La cuarta alianza

La cuarta alianza

GONZALO GINER

PLAZA JANÉS

Primera edición, 2005
Primera edición en México, 2005

© 2005, Gonzalo Giner Rodríguez
© 2005, Random House Mondadori, S.A.
   Travessera de Gràcia, 47-49. 08021 Barcelona

D. R. 2005, Random House Mondadori, S. A. de C. V.
   Av. Homero No. 544, Col. Chapultepec Morales,
   Del. Miguel Hidalgo, C. P. 11570, México, D. F.

www.randomhousemondadori.com.mx

Comentarios sobre la edición y contenido de este libro a:
literaria@randomhousemondadori.com.mx

ISBN: 968-5959-12-9

Fotocomposición: Lozano Faisano, S.L. (L'Hospitalet)

Impreso en México/ *Printed in México*

Para ti, Pilar. Para Gonzalo y Rocío.
Dedicado a todas las personas
con las que he compartido este libro

El solo hecho de escribir es todo un placer. Pero cuando, además, ves publicada tu primera novela, como me está ocurriendo con ésta, la satisfacción es todavía mayor. Por eso, quiero dar las gracias en estas líneas a las personas que de un modo u otro han contribuido a ello.

Me refiero en especial a mi querida editora Raquel Gisbert, a la que sólo puedo estar agradecido por su total implicación en la revisión y publicación de esta novela. También por su permanente paciencia y motivación hacia mí. Nunca sabré cómo agradecérselo. Junto a ella, quiero dar las gracias a Lola y a Olga, que fueron las primeras que apostaron por mí en Plaza y Janés.

Recuerdo con afecto a mis padres, los más fieles creyentes en mi trabajo. A mis hermanas y a toda mi familia, que se han emocionado con cada paso dado. Y a mis amigos, con los cuales compartí una gran parte del libro, que fue muchas veces discutido y la mayor parte disfrutado.

No puedo olvidarme tampoco de Juan Carlos, que, por entender la oportunidad que se me brindaba con este libro, ha puesto en marcha nuestro proyecto empresarial algo más solo de lo previsto.

A todos, muchas gracias.

Montségur. Año 1244

La aquietada y muda oscuridad de la noche invitaba a pasear entre las almenas de aquella fortaleza enclavada sobre la monumental roca de Montségur. La húmeda brisa que la recorría pendía ligera en el aire como recuerdo de la intensa lluvia del día anterior a ese lunes 14 de marzo.

Desde su torre principal, Pierre de Subignac contemplaba con infinita tristeza aquel majestuoso escenario que en pocas horas iba a ser testigo de un horrendo y pavoroso crimen. Él lo sabía. Había elegido el día. Era su única oportunidad de escapar de aquel largo asedio de las tropas del senescal cruzado Hugo de Arcis. Las últimas semanas había estado considerando todas las alternativas para evadirse de aquella situación, sopesando hasta la más remota posibilidad, pero había terminado por comprender que sólo podría conseguirlo pactando en secreto con los cruzados la entrega de la fortaleza a cambio de su perdón. Su traición iba a costar la vida a sus doscientas hermanas y hermanos, al lado de los cuales había resistido más de nueve meses de implacable asedio.

Aquellos cátaros refugiados en Montségur, desconocedores de su felonía, resistían esperando la ayuda prometida de

Raimundo VII desde su condado de Toulouse, aunque ésta no terminaba nunca de llegar.

Para Pierre, el apellido Subignac comportaba el firme e inquebrantable precepto de mantener en secreto un sagrado juramento familiar que se había sucedido de generación en generación durante los últimos dos siglos. Y aunque su atormentada conciencia apenas lograba encontrar alguna justificación a la despreciable traición que iba a cometer, se sentía indefectiblemente obligado a impedir que el antiquísimo medallón que colgaba de su cuello pudiera caer en manos ajenas y con ello traicionar su deber de sangre.

El aire fresco se repartía con generosidad y con alivio por todo su rostro, borrando las huellas de la pesada y calurosa jornada.

En el interior de la fortaleza la moral y la esperanza de aquellos últimos cátaros se iba resquebrajando como consecuencia de los más de doscientos setenta días de feroz asedio. Esa larga agonía suponía una pesada carga para aquellos hombres que se llamaban a sí mismos «los puros» y que desde hacía casi cien años profesaban el gnosticismo. Los cátaros habían llegado a ser una de las desviaciones heréticas más preocupantes para la Iglesia católica, hasta el punto de provocar una cruzada específica, la albigense, convocada y alentada por el propio papa Inocencio III. Antes de la solución armada habían fracasado otros muchos intentos por convertir aquellas almas descarriadas. Los dominicos, principales encargados de ello, habían tratado con todo su empeño de convertir a los cátaros con el uso de la palabra, aunque en vano.

Unos años antes habían llegado a Montségur, de boca de trovadores y viajeros, inquietantes noticias de las matanzas cometidas por los cruzados contra sus hermanos en la fe en Béziers, Carcassonne y otros emplazamientos del sudeste del Languedoc. Según se pudo saber, en Béziers, en el verano de 1209, habían sido ejecutados sus veinte mil habitantes al son de las campanas. Muchos de ellos en la misma catedral donde se habían refugiado. Los cruzados, henchidos de empeño y ardor en su cometido de atajar la preocupante herejía gnóstica, estaban limpiando y quemando todo lo que pudiera oler a catarismo. Casas, templos, hombres y mujeres hacían hoguera común en las plazas y formaban enormes columnas de humo y ceniza a lo largo de todo el Languedoc.

Una semana antes, Pierre había cumplido cuarenta y cuatro años. Era el máximo responsable de la hermandad cátara de Montségur. Él conocía esos trágicos acontecimientos. También sabía que eran los últimos cátaros que resistían la cruzada en todo el Languedoc, pero cuidaba con celo de que sus hermanos no lo supieran para no acrecentar aún más el temor que ya tenían. La poca esperanza que les restaba se mantenía viva ante la renovada y anunciada ayuda del conde de Foix, señor de las tierras donde estaba la fortaleza, y también de la del conde de Toulouse.

Pierre sabía que ninguno de ellos aliviaría su desesperante situación, ya que el propio Raimundo VII, conde de Toulouse, antes protector y benefactor del catarismo, había abandonado su benevolencia hacia los puros, no por motivación religiosa sino por proteger a sus vasallos y sus enormes dominios; ahora estaba entregado a la persecución de los cátaros después de suplicar piedad al papa Inocencio III, que le había excomulgado por esta causa. Jacques de Luzac, su gran amigo de infancia, le contó que había visto a Raimundo expiando sus pecados en la puerta de Notre Dame a través de la aceptación de un acuerdo que le exigía lealtad a la Iglesia y al rey de Francia, lo que implicaba la cesión de la alta Provenza a la primera y el matrimonio de su hija, que aportaría como dote el bajo Languedoc, con un hijo del rey de Francia. Y que, como penitencia impuesta por el propio Papa, había permanecido encerrado durante seis semanas en la torre del Louvre. Raimundo, movido únicamente por el afán de conservar sus amplias posesiones en el Languedoc, y ante la real amenaza que suponía Simón de Montfort —verdadera cabeza de la cruzada albigense—, sabía el peligro que suponían la nobleza de Borgoña y la de la Isla de Francia para sus estados. Una nobleza que deseaba imponer su lengua y la influencia germánica sobre sus dominios. Sin posibilidad de movimientos, había terminado por claudicar y se había sometido a la voluntad del Papa.

Montfort, muerto en 1218 durante uno de los asedios a la ciudad de Toulouse, además de verdugo de la herejía cátara había sido representante del poder del norte, que deseaba arrebatar sus fértiles tierras del Languedoc.

Pierre había evitado también que en la fortaleza se supiera el grado de terror y los desmanes que el vizconde de Montfort infligió por donde había pasado. El mismo Jacques había escuchado que en Bram sacaron los ojos a todos los defensores de la ciudad. O que en Lavaur todos los caballeros que defendían la plaza, junto con Arnaud Amaury, antiguo abad del monasterio de Poblet, habían sido horriblemente ejecutados y la hermana de Amaury violada y apedreada en un pozo.

Mientras meditaba sobre todo esto, Ana de Ibárzurun se acercaba a él.

—Pierre, querido, es medianoche y debes descansar. ¡No puedes seguir así! Llevas cuatro noches en las que apenas has dormido y no quiero que acabes enfermando por agotamiento.

Mientras su suave voz le inundaba de paz, Pierre reconocía en aquellos ojos verdes a la mujer que durante dieciséis años le había convertido en el más feliz de los humanos.

—Querida Ana, tienes toda la razón. No tardaré mucho.

—Besó su mano—. ¡Ve antes tú y espérame! Sólo quiero dar una última vuelta para examinar los puestos de vigilancia.

Ana, alzando su pesada falda, se volvió sobre sus pasos y se encaminó hacia las escaleras del ala nordeste de la fortaleza. Sin dejar de observarla, Pierre se llevó la mano hacia el rostro e inspiró los restos de la delicada fragancia que le impregnaba.

Ana había nacido cerca de Puente la Reina, en un pequeño pueblo llamado Oscoz, en el reino de Navarra. Era la mayor de tres hermanas de una familia acomodada que poseía abundantes tierras y una gran fortaleza amurallada. Allí fue donde Pierre la conoció, cuando fue a cumplir un extraño encargo encomendado por los templarios unos años antes de abrazar la fe cátara.

El trabajo, espléndidamente pagado, había consistido en el diseño y la construcción de una iglesia de planta octogonal, común al peculiar estilo arquitectónico que caracterizaba muchos de sus templos.

Todos pensaban que esas construcciones poligonales, que rompían con el estilo tradicional de planta de cruz latina, eran fruto de la importación, por parte de los cruzados, de los templos que habían conocido por tierras de Bizancio.

Pero Pierre sabía muy bien qué significados ocultos escondían esas edificaciones, pues había sido iniciado de la mano de los propios templarios. Estos monjes soldados buscaban lugares con intensas fuerzas telúricas, lugares que sus habitantes y vecinos, desde tiempos inmemoriales, consideraban enclaves mágicos. Las condiciones únicas en torno a esos emplazamientos facilitaban la comunicación con el mundo del espíritu. Siendo conscientes del poder de esas corrientes de energía, los templarios plantaban el eje central de sus templos justo encima. La energía y la fuerza de la tierra quedaban así dirigidas y concentradas sobre ese punto, que servía como puente de comunicación directa entre el cielo y la tierra, entre lo humano y lo divino. En sus templos trataban también de incorporar parte de la tradición sufí musulmana y de la cábala judía, filosofías que habían ido asimilando durante su larga permanencia en Palestina. El uso simbólico de determinados números, como el ocho o el doce, que casi siempre presidían sus obras, era un ejemplo claro de la influencia de la cábala.

Pierre había visitado en una ocasión la sede principal del Temple en Jerusalén. Estaba próxima a la Gran Mezquita de la Roca, octogonal también, donde se veneraba una gran piedra basáltica. La tradición hebrea la consideraba la misma que habría servido a Abraham como mesa de sacrificio de su hijo Isaac en el monte Moriah. Los musulmanes atribuían también a esa piedra un gran valor, pues desde ella el profeta Mahoma había viajado al cielo y al infierno guiado por el arcángel san Gabriel, cuando le fue revelado el Corán. Justo en el mismo emplazamiento donde se levantaba el antiguo templo de Salomón, el rey Balduino II les había cedido, anejo a su palacio, la que era mezquita de al-Aqsa, «la lejana», construida por el califa Omar. Por tanto, la sede principal de los templarios estaba en uno de los lugares de mayor concentración de energía espiritual y telúrica conocidos en el mundo: en la mezquita de al-Aqsa, y cerca de la Cúpula de la Roca.

El nuevo templo que le encargaron levantar en Navarra, en los alrededores de Puente la Reina, en un lugar llamado Eunate —lugar de las cien puertas—, serviría de culto y refugio a todos los peregrinos que recorrieran el camino de Santiago. Ese emplazamiento estaba dentro de la encomienda que siete años antes habían recibido los templarios por parte del señorío de Cizur. El insólito proyecto también comprendía la construcción de un claustro redondo y abierto en el perímetro exterior del templo. Asimismo, debía reproducir su pórtico, hasta en el más mínimo detalle y con todas y cada una de las figuras que decorasen las dobelas de sus arcos, en otra iglesia ya construida, a una hora de camino de Eunate, en dirección este. Atendiendo a sus precisas indicaciones, las figuras de la segunda iglesia tenían que terminar siendo la imagen invertida de las de Eunate. Como si una fuese la imagen opuesta de la otra.

Pierre fue uno de los más afamados maestros constructores de todo el Languedoc, Aragón y Navarra, avalado por la cantidad y calidad de sus numerosas obras realizadas a lo largo de esas amplias regiones. Pertenecía además a la logia de Saint-Jacques, o de Santiago, que había levantado casi todas las iglesias que salpicaban las rutas de peregrinación del camino de Santiago. Aunque todas las construcciones le habían apasionado, los encargos de los templarios nunca dejaban de parecerle especialmente interesantes.

Mientras iba recordando aquellos acontecimientos alcanzó el ala norte de la fortaleza y en ella comentó a su fiel vigilante:

—¿Alguna novedad en las posiciones de esos malditos, querido hermano?

—Ninguna apreciable, mi señor. Sólo he visto a unos diez o doce jinetes alejándose a toda velocidad en dirección norte cuando apenas empezaba a anochecer, y hasta ahora, ya metidos en plena noche, no les he visto regresar. ¡Creo, mi señor, que será una noche tranquila!

Pierre se despidió y se encaminó, sumido en la tristeza, hacia la puerta del torreón para descender por su escalera de caracol hasta la planta baja. Demasiado bien sabía él que aquella noche no iba a ser nada tranquila. Aún le restaban dos horas de tensa espera hasta que la pesada puerta principal de entrada a Montségur ardiese de forma intencionada. Una vez destruida, las tropas cruzadas efectuarían el asalto definitivo a la fortaleza, con la segura detención de todos sus hermanos. Con el fin de aprovechar el desconcierto había planeado su huida por la cara sur, la menos vigilada por el enemigo, a través de una trampilla que, tapiada años atrás, localizó en una ocasión revisando los planos del castillo. Ésta pudo ser cegada en su momento por razones de seguridad y posteriormente quedó inadvertida. Había logrado localizarla y durante casi un mes, con la máxima precaución, se dedicó a extraer la argamasa de las juntas de las al menos veinte piedras que la ocultaban. Había disimulado las uniones con una mezcla de arenisca y engrudo de manera que no llamaran la atención.

Durante las últimas noches había meditado mucho sobre las posibilidades que tendría de escapar junto con su amada Ana a la que tanto quería; pero finalmente había aceptado que en su complicada fuga debía ir solo si quería tener la menor oportunidad de llegar sano y salvo a tierras de Navarra, donde tenía algunos amigos que podían ocultarle el tiempo necesario.

Tener que abandonar a Ana a su suerte le atormentaba. Sólo imaginarla en manos de un destino tan cruel como el que suponía que iba a tener, seguramente consumida por las llamas, le provocaba una angustia insoportable. El recuerdo de los momentos pasados junto a ella era su único consuelo y medicina para sobrellevar los interminables minutos que aún tenía por delante. Los recuerdos volaban así hacia tierras de Navarra, donde conoció a su querida Ana.

Acababa de llegar a Puente la Reina, era miércoles, 21 de enero del recién iniciado año de 1228. Por fin alcanzaba la población tras un fatigoso viaje de doce jornadas desde Bailes, donde tenía su taller.

Al ver las primeras casas lo único con lo que soñaba era con encontrar la fonda que le habían reservado los monjes.

Necesitaba descansar en una buena cama, no sin antes haber llenado su estómago con alguno de los excelentes manjares navarros que le habían recomendado. Comer al calor de un hogar y en una mesa en condiciones era lo primero que quería hacer tras el largo viaje.

Mientras recorría con el pesado carro la calle principal, apenas reparó en la manifiesta belleza de ese pequeño pueblo navarro. Pensó que tendría muchos días y oportunidades para visitarlo y conocer hasta el último rincón.

La fonda Armendáriz estaba al final de la calle, a orillas del caudaloso río Arga, que atravesaba el pueblo por uno de sus extremos.

Sólo un mes antes de llegar allí había recibido la visita de una pareja de monjes de una encomienda templaria vecina a su taller. Venían para entregarle en mano una carta procedente de otra encomienda del reino de Navarra. Era un sobre pequeño en cuyo lacre estaba marcado el inconfundible sello templario con su tradicional cruz octavia.

Al abrirlo, una vez que los monjes hubieron partido, leyó con gran curiosidad su contenido. Cada uno de los encargos de aquellos monjes soldados había supuesto para él un enorme reto profesional como constructor, pero esos trabajos le resultaban doblemente interesantes al venir acompañados por enigmáticos significados ocultos. En esta ocasión se trataba de la construcción de una iglesia en el camino de Santiago, en una pedanía llamada Eunate.

Dejó de leer el encargo para buscar esa población en un plano de Navarra que guardaba en una estantería. En efecto, en las proximidades de Pamplona localizó un pequeño punto que respondía a ese nombre. El lugar de construcción estaba cerca de Puente la Reina, al este de la ciudad de Pamplona, calculaba que a una jornada de camino.

El escrito lo firmaba Juan de Atareche, con la referencia

de «Comendador templario de la encomienda de Puente la Reina».

La logia de constructores que él había fundado había trabajado frecuentemente para la *militia christi* desde su instauración en Europa, nueve años después de su fundación en Jerusalén en 1118.

Pierre de Subignac se sentía orgulloso de dirigir la mejor logia de constructores del sur de Europa, y por ello nunca le faltaba trabajo. De hecho, llevaba unos años con una inusitada demanda tanto en el sur de Francia como en el norte de la Corona de Aragón. Parecía que todos los señores feudales y la Iglesia se habían propuesto a la vez construir cientos de templos, todos con la exigencia de ser los primeros de una larga lista de encargos.

Repasando mentalmente, calculó sus posibilidades de emprender esta nueva obra. Tenía en ese momento a todos sus equipos trabajando en diferentes proyectos. A tres los tenía construyendo en varios lugares repartidos entre Aragón y el Languedoc. Dos más trabajaban en el proyecto más complejo de todos, la catedral de Valence. Y un último equipo, vecino a Navarra, estaba a punto de terminar una magnífica iglesia, octogonal también, en un bello paraje cerca de Logroño llamado Torres del Río.

Pensó que los cuatro constructores que estaban terminando este último encargo podrían ser los más adecuados. Hablaban todos castellano y estaban acostumbrados a dirigir y a contratar mano de obra local. Él sólo tendría que llevar desde el taller principal cuatro constructores más, acompañándolos inicialmente en sus trabajos, hasta ver encauzada la obra. Más adelante volvería para comprobar el estado de las mismas.

Sus recuerdos se detuvieron sin querer para volverse hacia las consecuencias que tuvo aquel encargo para su vida.

No había imaginado que aquella obra sería la última de su

carrera como constructor. Aquel recóndito paraje navarro fue el testigo de dos hechos que cambiaron completamente su suerte. Allí nació y se forjó su relación con Ana y, por ella, el abandono de su fe y de su trabajo. Un doble flechazo de igual origen que su corazón recibió de un solo golpe. Esparciendo primero el abono de su amor, sembró e hizo germinar en él, después, su devoción por la fe cátara que ella profesaba desde hacía muchos años. Alcanzar la más íntima comunión con Ana, compartiendo sus destinos, para emprender juntos aquel camino de perfección, de luz y de fe, implicaba abandonar todas las circunstancias que habían caracterizado su vida anterior. Y lo hizo sin dudarlo. Como su más celoso portador, aquel medallón —testimonio material de los más sagrados y antiguos significados— había ido dirigiendo su suerte y su destino a lo largo de su vida. Estaba seguro de que ahora también su influjo había actuado.

Volvieron de nuevo a sus recuerdos las imágenes de su primer viaje a Navarra.

Después de dos semanas de preparativos habían cruzado los Pirineos por Roncesvalles y, tras pasar dos penosas jornadas cabalgado entre la nieve, acompañados por un inusual y a la vez intenso frío, habían llegado a los verdes y húmedos valles de las proximidades de Pamplona. Recorriendo después caminos más suaves, y tras pasar un último puerto, divisaron Puente la Reina con gran alborozo y alegría de toda la comitiva.

El cartel que colgaba de la pared con el nombre de la fonda mostraba esculpida una altiva perdiz y un temeroso conejo, como prueba de las especialidades culinarias que la habían hecho famosa, aparte de su tranquilo emplazamiento y exquisito servicio.

—Hermano Pierre, siento molestaros tan tarde, pero creo necesario que sepáis que el almacén general de alimentos sólo tiene existencias para una semana más. Las últimas restricciones nos han permitido alargar nuestra resistencia, pero si esta situación se prolonga tendremos que hacer algo si no queremos morir todos de hambre.

La voz de Ferrán, responsable del almacén, le hizo retornar bruscamente a la realidad y abandonar sus recuerdos de Navarra.

—Comprendo, querido Ferrán. Gracias por tu empeño. Pero dejemos que llegue mañana. Entonces estableceremos nuevos planes para resolver ese serio problema. Descansa y retírate a tus aposentos. Mañana puede ser un día trascendental para todos.

Ferrán se alejó meditando esas palabras sin entender a qué se podría referir con lo de trascendental. ¿Qué más podía ocurrirles ya en su más que desesperante situación?

Al pasar por el lado norte de la fortaleza Pierre vio claramente en el bosque tres fuegos que formaban un perfecto triángulo. ¡Era la señal acordada para el inicio del asalto definitivo a Montségur!

Sobresaltado por la llegada del trágico momento, comenzó a bajar a trompicones las escaleras de caracol que le llevarían al patio central. Éste era el punto de donde partían las ocho calles en que se alineaban las viviendas y almacenes interiores de la fortaleza. Mentalmente había realizado el recorrido preciso, desde la torre norte hasta la puerta de entrada, infinidad de veces. Pero ahora se veía recorriendo la calle llamada del Consolamentum, que le llevaría hasta el pequeño taller de madera donde tenía preparados los tres barriles llenos de una mezcla altamente inflamable. El plan consistía en colocarlos en la única puerta de acceso al castillo y, una vez allí, prenderles fuego.

Introdujo la llave en la pequeña puerta del almacén y girándola tres veces consiguió entrar en su interior. La luz de la luna le permitió localizar rápidamente los tres barriles ocultos detrás de una montaña de gruesos listones de madera que el hermano Jacques usaba para confeccionar todo el mobiliario que poseía la fortaleza, muy austero pero siempre práctico.

Al inclinarse hacia ellos notó en su muslo la punta de la daga turca que por precaución había escondido entre su ropa para asegurarse de que nadie le impidiese llevar a término su misión. En lo más íntimo de su corazón esperaba no tener necesidad de usarla. Nunca había herido a nadie y mucho menos aún quitado una vida.

Alcanzó el primer barril y arrastrándolo con dificultad llegó hasta la puerta del taller. Miró antes para asegurarse de que nadie pudiera verle y salió en dirección norte para recorrer los escasos diez metros que le separaban del portón. El primer barril quedó cerca del enorme gozne izquierdo.

Notó cómo el sudor le caía por la frente, hasta la nariz, cuando estaba colocando el segundo, en el lado derecho y cerca también de su bisagra, pensando que una vez que ardieran con intensidad en esos dos puntos la puerta caería sin problemas.

El corazón le latía con fuerza, y en el silencio de la noche escuchaba su respiración al acercarse a recoger el tercer barril, en previsión de que los otros dos no fuesen suficientes. Estaba llegando a la puerta del almacén para extraer el tercero, cuando una voz le sobresaltó.

—¿Sois vos, Pierre?

La voz era de Justine de Orleans, la hermana del duque de Orleans, convertida al catarismo hacía sólo unos meses.

—Justine, me has asustado —reconoció, volviéndose en la dirección de la voz—. Estoy haciendo la última ronda antes de acostarme. Y tú, ¿cómo estás levantada tan tarde?

Desde el primer día que la vio llegar a Montségur le pareció la más bella de todas las mujeres que había conocido en su vida. Aunque amaba profundamente a Ana, Justine, con una sola de sus miradas, le alteraba como nunca antes otra mujer lo había conseguido.

—Antes de contaros las razones de mi paseo nocturno, me alegro de veros para poder informaros de un hallazgo que me ha resultado francamente extraño. —Tiró de su manga con intención de dirigir su mirada hacia otro punto—. ¿Habéis visto también vos unos barriles que están al lado de la gran puerta? Acabo de pasar cerca y me han extrañado mucho. Antes de encontrarnos estaba buscando un centinela, pues igual me equivoco pero al aproximarme a ellos noté un fuerte olor como a vinagre podrido y he pensado que, si por cualquier motivo ardiesen, al estar tan cerca de la puerta podrían ponernos en un grave aprieto. De hecho he intentado moverlos, pero pesan más de lo que mis débiles fuerzas pueden superar.

Una repentina sombra de inquietud atravesó la mente de Pierre ante el inconveniente descubrimiento de aquella mujer. La inesperada situación le obligaba a tomar una decisión, y de forma inmediata. Tirando de él, Justine trataba de alcanzar la puerta para mostrarle el motivo de sus preocupaciones. Pierre necesitaba ganar tiempo antes de actuar.

—Vayamos a ver esos barriles, pero explícame de camino qué ha motivado tu presencia por estas calles tan de madrugada.

—Hay algo que no me deja descansar últimamente. —Sus ojos reflejaron un sentimiento de desasosiego—. Cada noche, al acostarme, y en el silencio de mi soledad, me asalta un horrible pensamiento que no consigo rechazar. Sólo después de dar un largo paseo por la habitación unos días, o por la fortaleza otros, acabo lo suficientemente agotada como para poder conciliar el sueño.

—¿Y cuál es ese pensamiento que consigue desvelarte de esa manera, Justine?

—Querido Pierre. Nunca he tenido miedo a mi muerte, y menos desde que asumí, según señala nuestra religión, que morir en este mundo es el comienzo de la verdadera vida. Con ella sé que abandonamos la oscuridad del mundo para alcanzar la luz del verdadero Dios, pero el problema es la forma en que veo cómo me llega mi muerte. Es esa visión la que repetidamente me asalta cada noche y me perturba.

Nervioso por el tiempo que estaba perdiendo, Pierre le preguntó, de todos modos, interesado:

—¿A qué te refieres, hermana, con la imagen de tu muerte?

Justine se acercó más a Pierre para susurrarle al oído. Él sentía el roce de sus labios en su mejilla mientras la escuchaba.

—Comienzo viéndome tumbada boca abajo. Rodeada de un gran charco de sangre que empapa mi vestido. Intento levantarme, pero no puedo. Siento algo caliente que se escurre por mi cuello, pero no sé por qué no puedo gritar. De pronto veo una mano apretando mi cuello, ¡pero no es mía! No consigo entender qué me sucede. Después siento un frío intenso que recorre todo mi cuerpo hasta que finalmente me veo aplastada por algo oscuro. No sé qué es, pero no me deja moverme y no puedo respirar. De pronto, entiendo que lo que me aplasta es la tierra. ¡Estoy bajo tierra!

La mujer se quedó mirándole con una expresión incómoda. Al ver su rostro crispado se dio cuenta de que le estaba empezando a alarmar, cuando las preocupaciones que podía tener su superior eran bastante más graves que atender la pesadilla de una tonta como ella.

—Pierre, no quiero que creáis que estoy loca. La verdad es que no sé por qué os cuento estas cosas con todos los problemas que tenéis encima. ¡No tenéis bastante y ahora vengo yo a contaros mis tonterías!

Habían llegado al lugar donde los dos barriles esperaban su inminente combustión.

—No pienso que estés loca, Justine. Entiendo que sufras los efectos de la presión a que nos vemos sometidos desde hace demasiado tiempo. —Se agachó a estudiar el primer barril, mostrando por él un falso interés—. Has hecho bien advirtiéndome de tu hallazgo. Buscaré un vigilante para que me ayude a retirarlos.

La mujer, un poco avergonzada por sus tonterías, decidió que debía hacer algo por aquel hombre al que tanto admiraba.

—¡No os preocupéis por ello! Voy yo misma a buscar algún vigilante y le pido que los retire. ¡No os molestéis! Buenas noches, Pierre. Olvidaos por favor de todo lo que os he contado, ¡son tonterías mías!

Girando sobre sus talones, Justine se dirigió con decisión hacia el muro donde estaban las escaleras que llevaban al torreón del centinela.

La primera reacción de Pierre cuando la mujer dejó de hablar fue quedarse paralizado, pero inmediatamente después y de forma refleja su mano agarró la daga. No podía permitir que su plan peligrara. Era demasiado importante. Sus pies se pusieron en marcha con rapidez hasta alcanzarla. Pierre aspiró el suave aroma de Justine que impregnaba el aire en el preciso instante en que la hoja de la daga seccionaba con decisión su cuello. Sin emitir un solo sonido, cayó pesadamente al suelo boca abajo.

Pierre, como despertando de un sueño, observó horrorizado la misma imagen que Justine acababa de relatarle sobre su terrible muerte. Tras ello, miró su propia mano derecha al empezar a sentir el calor de la sangre que le resbalaba por entre los dedos y vio la daga, completamente teñida de rojo. Se sentía mareado, pero no podía apartar la vista de lo que tenía frente a él. El vestido y el suelo alrededor de Justine se iban empapando de color púrpura. Tiró la daga al suelo y se apresuró a intentar cerrar la sangrante herida apretando con fuerza con su mano, como un reflejo, para intentar evitar una muerte segura. Señor, estaba viviendo paso a paso la pesadilla que minutos antes Justine le había relatado. ¡Y además él era su protagonista!

¿Habría visto ella en su visión quién iba a ser su verdugo?

En un instante Justine dejó de respirar y Pierre, lleno de dolor y rabia por su terrible crimen, recogió con delicadeza el cuerpo sin vida y lo llevó a la parte trasera de una pequeña caseta que tenía a su derecha, para ocultarla de la vista de los centinelas.

La contempló por última vez. Cerró con ternura sus ojos y le arregló los cabellos, algunos pegados a la sangre de su rostro, cruzando después las inertes manos sobre su pecho. Empezó a rezar por ella. ¡Justine ya había pasado al mundo de la luz!

Sobresaltado por el tiempo que había perdido, pensó que no podía esperar ni un minuto más. Tenía que terminar con su dolorosa misión. Inició una corta carrera hasta el tercer barril y con rapidez lo colocó en el centro de la puerta.

La señal de los tres fuegos en el bosque era el aviso que precedía a la aproximación de las tropas cruzadas hacia la fortaleza, a la espera de derribar la puerta en cuanto estuviese lo suficientemente debilitada por el fuego.

Abrió dos barriles y derramó una parte del líquido alrededor de los mismos, asegurándose de que la puerta también quedase impregnada de la mezcla inflamable. Cuando estaba terminando la operación con el barril del medio, oyó relinchar a un caballo al otro lado de la puerta y le pareció que alguien hablaba en susurros a corta distancia de él. Se apresuró a iniciar el fuego en uno de los barriles ayudándose de una tea. El fuego se extendió rápidamente.

Encendió los otros dos y en pocos segundos el fuego empezó a consumir los bajos de la enorme puerta.

Las llamas ascendían con fuerza; si sus previsiones no le fallaban, en unos diez o doce minutos la puerta ardería en su totalidad. La mezcla que había preparado tenía la particularidad de producir poco humo, lo que haría más difícil su detección por parte de los centinelas.

Una vez comprobado que el fuego había tomado suficiente cuerpo, se alejó corriendo para introducirse en la parte central de la fortaleza. Tras doblar por el gran pasillo central alcanzó la puerta de su habitación. Quería ver por última vez a su amada Ana antes de huir definitivamente.

Abrió con cuidado la puerta, sin hacer ruido, y en penumbras se acercó hacia el lecho. La encontró arrebujada entre las sábanas y profundamente dormida. Le besó suavemente en los labios y aspiró con profundidad el aroma de sus cabellos intentando retenerlo para siempre en su memoria. Una lágrima resbaló por su mejilla mientras abandonaba la habitación con el corazón roto y lleno de espanto por su acción. Una vez más el medallón estaba dirigiendo su sino, despedazando de paso todo aquello que había amado y por lo que había luchado durante años. Dominaba su voluntad. Ana nunca había conocido nada de su historia y ahora, por causa de él, iba a morir.

En el mismo recodo de la escalera de caracol que le llevaba a la trampilla de salida, se golpeó violentamente con alguien que no supo reconocer en un primer momento.

—Pero ¿quién va a estas altas horas de la madrugada y con estas prisas?

Se estaba incorporando del suelo su primer auxiliar, Ferdinand de Montpassant, cuando, sin mediar más palabra, la hoja de una daga le entró por el lado izquierdo del cuello y con un solo movimiento le seccionó la yugular. Apenas le dio tiempo a cruzar una interrogante mirada a los ojos de su superior antes de desplomarse y golpearse la cabeza con la pared de la escalera de caracol. En un instante, un reguero de sangre resbalaba por la piedra hasta alcanzar la base del primer escalón.

Pierre no podía creer lo que estaba haciendo. A sangre fría había matado ya a dos de sus más queridos hermanos en la fe: a la hermosa Justine y a su querido colaborador Ferdinand, con el que había compartido más de tres años de trabajo levantando aquella heroica hermandad, viviendo momentos llenos de sufrimientos y sacrificios. Los dos se consideraban, por encima de la fe, casi hermanos de sangre. El intenso cariño que había crecido entre ellos había sido uno de los pilares fundamentales para construir el destino de los muchos hermanos cátaros que fueron llegando con los años.

Se preguntaba de dónde podía sacar esa determinación que le había llevado a cometer tan horribles crímenes.

Contemplaba el cadáver de Ferdinand con inmenso dolor, pero recuperó con rapidez la conciencia del trascendente momento que estaba viviendo y ascendió por la escalera de caracol hasta alcanzar la trampilla.

En pocos minutos terminó de separar todas las piedras que la tapaban hasta dejar a la vista la salida. Sacó una larga cuerda que había escondido tras ellas y la anudó a una gruesa columna. Sin perder tiempo, empezó a descolgarse por la pared para alcanzar el suelo, tras salvar sus más de cuatrocientos pies de altura.

Recuperada la respiración por el esfuerzo de la bajada, se empezó a tranquilizar al saberse fuera ya de lo que iba a convertirse en un infierno de sangre y fuego. Mirando hacia la enorme muralla que había dejado atrás, instintivamente se buscó entre la ropa el medallón de oro que colgaba de su cuello, asegurándose con alivio de que lo llevaba todavía.

Ese medallón, con la imagen en relieve de un cordero y una estrella, era la causa última de su traición. Al evitar que pudiera caer en otras manos cumplía rigurosamente su misión particular. Debía mantenerse como único portador, tal y como su padre lo había establecido y como lo hicieron su abuelo y su tatarabuelo. El medallón había pasado por cuatro generaciones desde Ferdinand de Subignac, tatarabuelo de Pierre, el primer portador de la familia. Ferdinand fue un valeroso cruzado a las órdenes de Godofredo de Bouillon, héroe principal de las cruzadas y posterior primer rey de la Jerusalén conquistada. A su vuelta de Tierra Santa llegó con el medallón y lo custodió hasta el mismo día de su muerte. Su firme empeño de que nadie, fuera de su linaje, supiese nada sobre su existencia ni sobre su origen y sentido simbólico, había sido mantenido escrupulosamente durante casi ciento cincuenta años por todos sus descendientes.

Para evitar los riesgos de una posible pérdida en manos de aquellos hombres, Pierre había tenido que negociar en secreto la entrega de la fortaleza, que constituía el último de los reductos cátaros del sur de Francia y cuya desaparición significaba la eliminación de la herejía albigense.

El alto precio que Pierre había tenido que pagar para no perder el medallón le había resultado completamente insoportable. Había entregado a la muerte a sus queridos hermanos en la fe, cometido dos asesinatos con sus propias manos y abandonado a su suerte a su propia amada.

Miró por última vez la magnífica fortaleza de Montségur. Su espectacular apariencia se perfilaba mejor que nunca esa noche. Los tonos anaranjados del fuego, que en esos momentos había tomado ya unas proporciones colosales, producían un terrible contraste con la oscura noche. Esa imagen se quedaría grabada para siempre en su mente y le acompañaría el resto de su vida.

Mientras pensaba en ello, Hugo de Arcis, comandando las tropas cruzadas, entraba al frente de unos doscientos jinetes en el interior de la fortaleza, después de derribar lo poco que ya quedaba de la inmensa puerta, casi completamente quemada, con la intención de cumplir hasta el final las órdenes que expresamente había recibido. Y éstas no eran otras que asegurar la eliminación de todos los herejes de la fortaleza, sin excepciones y sin misericordia.

En apenas una hora la orden estaba cumplida. Sólo los centinelas ofrecieron resistencia. El resto fueron ejecutados sin piedad. No se oyó ni un solo grito, ni a nadie pidiendo clemencia. Todos se abandonaron a su destino con orgullo, sabiendo que su sangre era testimonio de purificación.

A escasos metros de la fortaleza, Pierre de Subignac montaba un caballo que las tropas cruzadas habían dejado en un lugar convenido y cabalgaba con rapidez hacia el sur, hacia Navarra.

Allí tenía que cumplir con su destino, al que estaba obligado por linaje y promesa de sangre.

2

Madrid. Año 2001

Como era habitual en cualquier víspera de Navidad, aparcar un coche en la calle Serrano de Madrid era una misión casi imposible. La doble fila de vehículos se prolongaba a lo largo de toda la manzana donde tenía su local la prestigiosa Joyería Luengo.

La furgoneta de paquetería Serviexpress tenía que realizar una entrega esa misma tarde en el número 153; ya había dado tres vueltas buscando un sitio donde parar para entregar un paquete a nombre de don Fernando Luengo, de la Joyería Luengo.

En el cuarto intento el conductor localizó un coche que salía justo frente a la misma joyería. No lo dudó un minuto. Giró bruscamente, frenó con fuerza y aparcó rápidamente antes de que algún otro desesperado como él ocupase la plaza.

El portero empujó la puerta blindada de la joyería, que le dio paso a su lujoso interior. Siguiendo sus instrucciones, se dirigió hacia el fondo del establecimiento para entregar el pequeño paquete.

Tras bajar dos tramos de una lujosa e impoluta escalera de mármol alcanzó un mostrador donde una dependienta estaba ordenando unas facturas.

Le recibió con una angelical sonrisa. Le explicó que su jefe, el señor Luengo, estaba ocupado con una importante clienta, pero él, aunque se esforzaba en escuchar, no conseguía centrarse en la conversación ante aquella preciosidad que le hablaba a escasos centímetros.

Tras recoger el paquete y firmar el albarán de entrega, la chica le despidió con otra deslumbrante sonrisa.

—¿Crees, Fernando, que con este collar estaré a la altura? ¡Piensa en las joyas que se llevarán en una recepción como la de la embajada de Italia!

La condesa de Villardefuente se sentía completamente trastornada por tener que ponerse sus horribles gafas de cerca delante de aquel hombre tan apuesto. Sabía que le sentaban fatal, pero necesitaba verse mejor ante el espejo ovalado que tenía frente a ella para apreciar bien el efecto de ese collar en su estilizado cuello. Mientras las buscaba en su bolso, apenas escuchaba las explicaciones de Fernando Luengo.

—Blanca, ten en cuenta que este collar viene engarzado en platino de la mejor calidad y que sus sesenta y seis esmeraldas, como podrás comprobar, no tienen ninguna impureza. Además, las rosetas que alternan con las esmeraldas contienen más de cien brillantes de medio quilate cada uno. Te prometo que es la mejor pieza que tenemos y la más espectacular que pueda encontrarse hoy en todo Madrid.

Fernando Luengo intentaba emplearse a fondo en la posible venta de su collar más valioso. Aunque tuviese que rebajarle algo, el precio rondaría los treinta millones de pesetas.

Blanca Villardefuente se ajustó las gafas para estudiarse mejor en el espejo desde todos los ángulos posibles, hasta llegar a convencerse de que el collar realmente estaba hecho para ella. Tras preguntar si el engarce del collar era de oro blanco, se volvió para escuchar la explicación que Fernando pacientemente volvía a repetir.

Tampoco ahora atendía demasiado, ya que, de pronto, se había dado cuenta de los ojos profundamente azules que tenía su joyero. ¿Cómo no se había fijado nunca en lo guapo que era? ¿Seguiría enamorado de su mujer? ¿Encajaría ella con su tipo ideal?

—¡Fernando, eres irresistible vendiendo! Me has vuelto a convencer. Me lo llevo. Pero te advierto que como vea un collar más espectacular, aunque reconozco que con éste se lo voy a poner muy complicado a todas, vuelvo y te lo quedas.

—Sabes, Blanca, que la casa Luengo ha sido siempre la joyería de la familia Villardefuente. Huelga recordar que cualquier cosa, sea la que sea, que yo pueda hacer por ti, no tienes más que pedirla.

Al hilo de lo que escuchaba, Blanca, pensativa, volvió a estudiar esos recién descubiertos ojos azules, pero tras unos segundos y sin mediar palabra alguna, se despidió de él con dos besos y se marchó hacia su coche, que le esperaba a la puerta. Fernando la acompañó hasta el coche y tras besarle cortésmente la mano, se despidió de nuevo de ella. Cerró la pesada puerta del majestuoso Bentley y permaneció parado unos instantes siguiendo la negra silueta del coche, que ya se integraba en el intenso atasco de la calle Serrano.

Mientras volvía sobre sus pasos, iba ya pensando en un nuevo diseño de collar, más espectacular aún que el que acababa de venderle, para complacer en su siguiente visita a la que era, sin duda alguna, la mejor clienta de la joyería.

Mientras le daba vueltas al tema, Mónica, su ayudante más experta en gemología, se le acercó con un paquete en la mano.

—Fernando, acaban de traer este paquete hace un rato. Como estabas ocupado con la condesa, no he querido interrumpirte.

—¡Mónica, acabo de venderle a la condesa nada menos que el collar Millenium! ¡Abre una botella de Möet Chandon, esto bien merece que lo celebremos! Después prepara la factura para enviarla a la casa Villardefuente, por un importe de veintinueve... ¡qué diantres! De treinta millones de pesetas.

Mónica entró en el pequeño almacén donde tenían la nevera para buscar el champán. Colocó cuatro copas en una bandeja de plata y preparó unos dátiles con almendras: el aperitivo preferido de su jefe. Se alegraba por Fernando. Ese collar le había llevado muchas horas de trabajo en el taller, y le había dedicado días y días hasta bien entrada la madrugada.

Fernando era un buen jefe. Era innegable que las cosas le iban muy bien, pero trabajaba sin descanso. Mónica llevaba cinco años trabajando para él; después de tanto tiempo colaborando cada día codo con codo, creía que le conocía bastante bien. Después de la muerte de su mujer, tres años atrás, había llegado a pensar que el negocio se iba a hundir, o que terminaría en el peor de los casos traspasándolo. Perdió todo interés por las joyas. Dejó de trabajar por las noches y apenas si acudía un par de días a la semana a la tienda, donde nunca aguantaba más de dos horas seguidas.

Fernando había estado profundamente enamorado de Isabel, su mujer, y su muerte y las circunstancias que la acompañaron le habían dejado completamente roto. No se llegó a dar con el responsable del horrible crimen. La policía nunca encontró pista alguna que les hiciese pensar en otra causa que no fuera el robo con intimidación con resultado de asesinato.

Fue el mismo Fernando quien encontró el cadáver de Isabel en la escalera de su dúplex, empapado en su propia sangre y con un limpio corte en el cuello. La fuerte impresión que le produjo la escena le dejó profundamente trastornado durante muchos meses.

Así pues, Fernando se quedó viudo con sólo cuarenta y seis años, y sin pretenderlo Mónica se convirtió en su mano derecha, confidente y amiga; su más firme apoyo durante los momentos más duros. Durante los primeros meses empezó desempeñando ese papel, pero con el tiempo nació en ella, sin imaginarlo, un sentimiento más fuerte, que desde hacía un año se había convertido en un irremediable amor por él.

Ella acababa de cumplir veintiocho años. Apenas había salido de la facultad, de los estudios y casi de la adolescencia, y no se sentía lo suficientemente madura para Fernando. Por esa razón, y como no sabía si sus heridas ya estaban suficientemente cicatrizadas, se había propuesto que no llegase a notar nada. Mónica se conformaba con tenerle cerca trabajando a diario, aunque no perdía la esperanza de que algún día pudiesen cambiar las cosas entre los dos.

—¡Mónica, deja de pisar las uvas! ¡Encontrarás una botella de champán frío dentro de la nevera!

La fuerte voz de Fernando le sacó de sus pensamientos y se apresuró a llevar la botella para brindar por la venta del fastuoso collar. Era la primera vez desde la muerte de su mujer que se celebraba algo en la joyería. Fernando aprovechó como excusa aquella venta para agradecer a todo el equipo el estupendo trabajo que habían realizado durante los últimos meses, haciendo hincapié en el espectacular éxito que estaba teniendo la nueva línea de pendientes de estilo modernista con el diseño y bajo el empuje de Mónica.

Después del alborozo y los brindis, se pusieron a trabajar. Mónica se dispuso a preparar la factura del collar saboreando los elogios que acababa de escuchar de Fernando y Teresa, la otra vendedora, se recogió el pelo con una goma para seguir puliendo unos anillos de platino que había dejado a medias.

Fernando se encerró en el despacho para hacer una llamada a la Platería Luengo, de Segovia, propiedad de su hermana Paula. Tenía que encargarle un trabajo que había solicitado esa misma mañana un cliente que dijo ser palestino.

Desde el siglo XVII, en Segovia el apellido Luengo era sinónimo de plateros. El taller, recientemente renovado, aún se mantenía en su emplazamiento original y había pasado de generación en generación hasta llegar a Paula. En él, los dos hermanos habían aprendido el oficio de la mano de su padre, don Fernando, trabajando al principio juntos hasta que éste murió. Tras unos años, Fernando había decidido emprender un camino por otros derroteros en Madrid, donde abrió primero una modesta joyería que en poco tiempo se había convertido en una de las firmas más prestigiosas de la capital.

Paula se había quedado con la platería, en la que demostró que, además de su excepcional capacidad artística, poseía una innata habilidad para los negocios. Con ella, la Platería Luengo había alcanzado incluso una esperanzadora proyección internacional.

El palestino le había pedido una daga tunecina con una hoja de veintiún centímetros de longitud y una empuñadura de plata donde debía grabarle un texto con caracteres arameos. Se lo había dejado escrito en una tarjeta de visita. En ese instante Fernando se la estaba pasando por fax a su hermana, para que la tuviera acabada en una semana. Ése era el compromiso con el cliente.

—Fernando, ¡siempre me haces lo mismo! Te comprometes en unos plazos que sabes que no puedo cumplir. Primero me pones nerviosa a mí, y yo termino como una tonta liando a mi gente para cumplir fechas, sólo para que tú quedes bien. Sabes que en esta época del año hay mucha venta y, con el taller trabajando a dos turnos, no quedan apenas huecos para realizar trabajos de artesanía como el que me estás pidiendo. Acabaré haciéndolo yo misma, como casi siempre.

Mientras escuchaba la reprimenda de su hermana, Fernando se fijó en el paquete que le había entregado Mónica y que aún no había abierto. Su aspecto no era nada normal. Fernando empezó a estudiarlo con curiosidad, sin abrirlo. El papel del embalaje estaba muy desgastado. A primera vista, parecía muy antiguo. En algunas zonas se apreciaban restos de moho. Desprendía un fuerte olor que le resultaba familiar. Le recordaba al desván de la casa de sus abuelos, lleno de trastos y muebles antiguos. Aquel extraño paquete parecía haber estado abandonado durante mucho tiempo.

Pesaba poco. La etiqueta, una pegatina de la empresa de paquetería, iba dirigida a su nombre. En el remite leyó: «Archivo Histórico Provincial de Segovia».

Fernando, cortando a Paula, que en ese momento estaba explicando lo mucho que había subido la plata en los últimos meses y que por ese motivo había empezado a importarla desde Egipto a un proveedor nuevo, le preguntó:

—¿Paula, conoces tú a alguien que trabaje en el Archivo Histórico Provincial? Acabo de recibir un paquete de allí y no sé qué puede ser.

Paula, un tanto molesta al darse cuenta del poco caso que su hermano estaba prestando a sus problemas de suministros, le contestó con sequedad:

—No conozco a nadie allí, ni falta que me hace. Y además, me importan un rábano tus historias. Adiós.

Fernando colgó el teléfono. Abrió el cajón donde guardaba las tijeras y con sumo cuidado cortó la cuerda. Empezó a retirar el papel con precaución para no romperlo. Debajo apareció una caja de cartón con un anagrama casi borrado de clavos Mentz en verde. Por su aspecto, la caja podía tener más de cincuenta años. Aguantando la respiración, la abrió y encontró en su interior un estuche carmesí entre virutas de madera.

El estuche, semejante a los que él usaba en la joyería, estaba muy desgastado por el tiempo y no podía abrirse fácilmente. Ayudándose con la punta de la tijera, consiguió forzarlo hasta hacer saltar el cierre. Dentro apareció un ancho brazalete de oro, bastante erosionado, sin más adornos que doce pequeñas piedras de colores en cuatro filas en su cara exterior y en posición central. Parecía muy antiguo.

El color dorado no era del todo homogéneo, como si hubiese pasado por un largo desgaste. Por su profesión sabía que sólo el paso de muchos siglos producía esos cambios de color en el oro.

Al rebuscar en el interior de la caja no encontró ninguna tarjeta ni referencia alguna que le diera más pistas sobre aquel envío misterioso. Volvió a mirar la etiqueta y descubrió que por una esquina asomaba un pedazo de papel amarillento que parecía tan antiguo como el de la envoltura.

Con sumo cuidado, fue despegando la etiqueta hasta que salió a la luz la que había debajo. Estaba escrita con tinta azul y su letra bastante deteriorada. Había que esmerarse y poner mucha atención para descifrar el texto. Con la ayuda de una lupa pudo reconocer en la etiqueta original que estaba dirigida a don Fernando Luengo. Debajo llevaba una dirección muy borrosa y más abajo, claramente, se leía el destino de la ciudad: Segovia.

El nombre, igual que el suyo. Seguro que se trataba de su padre.

El papel lucía un antiguo sello de Correos con el dibujo de una imponente locomotora. En la base de la máquina podía leerse en letras diminutas «Serie ferrocarriles» y un año, 1933.

Intentó reconocer el nombre del remitente pero una enorme mancha de humedad había deteriorado de tal manera la escritura que sólo se llegaba a distinguir una «e», seguida «de los Caballeros».

¿De los Caballeros? Había multitud de pueblos en España que terminaban de esa manera. Pero con una «e», el primero que le vino a la mente fue Ejea de los Caballeros.

Repasó mentalmente si tenía algún familiar que hubiese podido vivir allí, pero no recordó ninguno. Aunque en el año 1933, en plena República, era posible que alguno hubiese estado por alguna razón en Ejea. Pero ¿por qué después de tantos años ese paquete, que aparentemente nunca llegó a su destino, lo recibía él y además enviado desde el Archivo Provincial de Segovia?

Se dirigió hacia la caja fuerte, marca Steinerbrück, de acero de doscientos milímetros de espesor, donde depositaba sus piezas más valiosas y tras colocar el estuche con el misterioso brazalete en su interior, cerró su pesada puerta y volvió a activar el sistema de seguridad de doble código que sólo conocían él y su hermana Paula. Posteriormente, se acercó al mostrador donde estaba Mónica. En ese momento se hallaba absorta mirando el catálogo de piedras semipreciosas del Brasil que había solicitado Fernando para lanzar una nueva línea de pendientes.

—Mónica, el paquete que acabo de recibir no ofrece suficiente información sobre su remitente. Lo envían desde el Archivo Histórico de Segovia, pero no aparece ningún nombre. Necesito ponerme en contacto con ellos. ¿Puedes llamar por favor a Serviexpress para que nos pasen toda la información de que dispongan sobre este envío?

Mónica marcó el número de teléfono gratuito de Serviexpress, donde le atendió un amable telefonista. Tras solicitar el número de referencia localizó su envío, si bien lamentó no encontrar ninguna información sobre el remitente. Quedó de todos modos en llamar a la oficina de emisión, por si allí le podían dar alguna pista.

A los cinco minutos el diligente empleado llamaba por teléfono y confirmaba que tampoco en Segovia tenían ningún nombre. Sólo habían encontrado una firma en la copia del albarán de salida de la persona que supuestamente había realizado el encargo. El empleado, adelantándose a su previsible petición, ya había pedido ese albarán a la oficina número siete, que era la principal de Serviexpress en Segovia.

Se comprometió a pasárselo por fax en unos minutos al número de la joyería. Mónica le agradeció su eficiente gestión y tras despedirse colgó el teléfono. No pudo esperar a recibir el fax, pues Mónica tuvo que atender a una señora bastante mayor, enfundada en un espléndido abrigo de visón, que acababa de entrar. Los demás empleados estaban ocupados atendiendo a distintos clientes.

La siguiente hora fue un incesante trasiego de personas. Mónica olvidó por completo el fax, hasta que el reloj de cuco marcó las nueve de la noche.

Al volver al mostrador encontró el fax que contenía el albarán de Serviexpress, en el que se distinguía claramente una firma en el recuadro reservado al emisor. Finalmente, ésa era la única información que había podido conseguir para Fernando. Él estaba terminando de sellar la garantía de un estupendo reloj Cartier, serie Panthere, que acababa de vender a una pareja de jóvenes japoneses que había entrado a última hora.

Mónica se acercó a Fernando con el fax en la mano, esperando a que terminase de accionar los sistemas de alarma y el mecanismo de cierre de la puerta de entrada, que hacía descender una enorme persiana blindada que tapaba todo el frontal de la joyería.

La había mandado instalar ese mismo año para evitar los robos que asolaban las joyerías de Madrid mediante el sistema del «alunizaje». La técnica consistía en estrellar un coche robado contra la luna de una joyería, facilitando así el robo de la misma.

—Fernando, este fax es toda la información que he podido conseguir sobre lo que me pediste. En Serviexpress me han explicado que en su ordenador no aparecía ningún nombre, pero que el albarán original emitido desde su central de Segovia estaba firmado por alguien, y muy amablemente nos han enviado una copia.

—Gracias, Mónica, de momento parece suficiente. ¡Déjame ver!, parece que pone Herrera de apellido…, pero no soy capaz de entender el nombre. Mira si tú tienes más suerte.

—Sólo consigo ver que empieza por ele, pero el resto es ilegible. Es casi un garabato.

Le devolvió el fax a Fernando y éste lo dobló y lo guardó en el bolsillo interior de la americana.

Mientras estaban cerrando caja y una vez que se hubieron marchado el resto de los empleados, Fernando le reveló a Mónica el misterioso contenido del paquete y compartió con ella su perplejidad ante lo insólito que resultaba haberlo recibido él, cuando su destinatario original había sido su padre.

Mónica le escuchaba con verdadero interés y se brindó de inmediato para ayudarle y averiguar el origen de aquel extraño envío. Él accedió encantado a su colaboración. Inmerso en un mar de dudas, no sabía por dónde empezar a buscar, por lo que cualquier apoyo era más que bienvenido.

Su única pista arrancaba en aquel Archivo Histórico.

—Entiendo que deberíamos empezar por Segovia, visitando su archivo. Este jueves podría ser un buen día —apuntó Fernando de forma decidida—. Si te apetece venir, además podríamos aprovechar el día para tomarnos un merecido descanso tras estas semanas de locura. Conozco un restaurante a las afueras que te encantaría. ¿Qué te parece? ¿Te apuntas?

—¡Me encantaría, Fernando! —contestó llena de espontaneidad, sin reprimir la enorme ilusión que le hacía la invitación. Desde hacía muchos meses no habían estado a solas y mucho menos todo un día.

Mientras bajaban en ascensor al aparcamiento privado, Fernando pensaba en cómo organizar el trabajo para poder escaparse un día. En medio de sus consideraciones sintió una punzada de amargura al acordarse de pronto de las festividades que se le venían encima. Las últimas navidades sin Isabel se habían convertido en una sucesión de tortuosas series de recuerdos y experiencias, frente a las cuales lo único que había tenido claro, desde el principio, había sido su decisión de afrontarlas en soledad.

Mónica le observaba de reojo tratando de entender lo que pasaba por sus pensamientos, aunque más que por curiosidad, por desear ser su única protagonista. ¿Llegaría el día en que él viese en ella algo más que a una ayudante?

—Fernando, te deseo felices fiestas. —Se adelantó hacia su coche—. Nos vemos a la vuelta. ¡Chao, jefe!

En pocos segundos el motor de dieciséis válvulas del deportivo rugía por la rampa de salida y se perdía de la vista de Fernando, que aún permanecía sujetando su puerta, aturdido de pronto ante la fugaz imagen que acababa de fijarse en su retina, un espléndido y seductor cuerpo de mujer, el de Mónica, por el que nunca antes había sentido el menor interés. Desde la muerte de Isabel no había vuelto a sentirse atraído por una mujer. Y en ese momento, sin entender muy bien cómo ni por qué, estaba experimentando algo que en su in-

44

terior parecía haber estado dormido. Arrancó el Jaguar y salió sin prisas a Serrano.

La calle estaba completamente atascada, pero no le molestaba tanto como otras veces pues saboreaba aquella imagen furtiva de lo que parecía ser una nueva Mónica.

3

Jerusalén. Año 1099

La primera imagen de la Ciudad Santa de Jerusalén, desde lo más alto del Monte de la Alegría, en el amanecer del 7 de junio, era la más gratificante recompensa que podían recibir los cerca de seis mil cruzados que habían conseguido llegar hasta allí después de cuatro largos años, tras arrostrar increíbles sufrimientos, crueles batallas y dejar a sus espaldas un penoso reguero de vidas, en número de trescientas mil, después de partir de Europa con el fin de liberar los Santos Lugares.

Los primeros rayos de sol parecían encender la imponente cúpula dorada de la gran mezquita de Omar. La Mezquita de la Roca, con su particular estructura octogonal, era el elemento más visible desde su posición, aunque también se distinguían varios minaretes y lo que podría ser una de las torres de la basílica del Santo Sepulcro.

Estaban a un solo paso de alcanzar su ansiado destino y de liberar el santo lugar donde Cristo había sido enterrado y donde resucitó gloriosamente.

Embargados de alegría a la vista de la Ciudad Santa, unos se abrazaban llorando, otros gritaban con fuerza: «¡Jerusalén, Jerusalén!», y otros, tumbados en tierra, daban gracias a Dios por saberse frente a la ciudad de los profetas y por pisar el mismo suelo por el que Jesucristo había caminado hacía algo más de mil años.

Entre ellos, cuatro caballeros se abrazaban llenos de satisfacción. Eran nobles y príncipes francos que habían encabezado la Santa Cruzada convocada solemnemente por el papa Urbano II en Clermont-Ferrand el 27 de noviembre de 1095. Godofredo de Bouillon, duque de la baja Lorena, había partido de Flandes. Tancredo de Tarento y Roberto de Normandía, en un segundo grupo, de Borgoña y Normandía, y Raimundo de Tolosa, en un tercero, de Provenza y Aquitania.

Godofredo, reconocido líder del grupo, levantó fuertemente la voz y repitió por tres veces:

—¡Dios lo quiere! ¡Dios lo quiere! ¡Dios lo quiere!

Al instante las seis mil gargantas repetían la consigna que Urbano II había acuñado para justificar esa guerra santa.

Liberadas sus conciencias de toda culpa, los millares de cristianos habían asaltado y conquistado todas las ciudades que habían encontrado en su recorrido por la península de Anatolia de camino a Jerusalén. Entre ellas, Nicea y Antioquía, donde habían pasado a cuchillo a la mayor parte de sus habitantes sin sentirse por ello culpables de pecado.

El propio Papa había concedido prebendas especiales a todos los participantes, tanto en el orden espiritual como en el material. Entre ellas, y a quienes muriesen, el perdón de todos sus pecados. La propia Iglesia, además, se comprometía a salvaguardar y velar por los bienes materiales de los participantes durante su ausencia. Y se les condonaba durante su cruzada el pago del diezmo obligatorio sobre la renta de la tierra o del ganado que poseyeran.

Pero, por el contrario, se sancionaba con la excomunión a todo el que huyera sin defender la fe o desertara sin motivo de causa mayor durante el camino.

Una vez que el griterío amainó, y puestos en camino ladera abajo hacia la ciudad, Raimundo de Tolosa se acercó a Godofredo.

—Hoy soy feliz, Godofredo, pero no puedo evitar acordarme constantemente de nuestro querido obispo Ademaro. Hace sólo dos semanas que le vimos morir a causa de la terrible epidemia que nos diezmó en Antioquía. Ademaro de Monteil ha sido el alma espiritual de esta cruzada y sin embargo Dios ha dispuesto que disfrutemos de esta visión sin él.

Godofredo enarboló el estandarte con la cruz y azuzó a su esbelto caballo para emprender el descenso mientras confesaba sus pensamientos a Raimundo.

—Estoy seguro de que hoy Ademaro está reuniendo una legión de ángeles para ayudarnos a conquistar esta ciudad, por la que hemos visto ya demasiadas almas sacrificadas durante estos años. Noble Raimundo, verás como el mismo Dios nos va a dirigir hacia su interior. Salvaremos sus murallas, abriremos sus puertas y en pocos días la habremos liberado definitivamente para toda la cristiandad.

Los cuatro comandantes se repartieron las tropas para rodear la amurallada ciudad. Los miles de cruzados se iban distribuyendo a una prudente distancia de sus límites, evitando la primera reacción de los sitiados en forma de lluvia de piedras y flechas. Aun advertidos de aquel agresivo recibimiento, no podían dejar de admirar la magnitud de sus defensas y la solidez de su aspecto. En sus caras se mezclaba la alegría por verse tan cerca de su destino con una incipiente preocupación al calcular la colosal empresa que supondría su asalto. En menos de tres horas un centenar de destacamentos cruzados vigilaban el perímetro de la Ciudad Santa.

Miles de turbantes de colores pululaban por encima de sus murallas en un frenético ir y venir, estudiando los movimientos e intenciones de los recién llegados. La preparación de la resistencia se había hecho en pocos días, una vez avistadas las tropas por los espías musulmanes. Aquella inquieta espera, junto con las pavorosas noticias que habían llegado relatando las atrocidades cometidas en otras ciudades conquistadas por aquellos infieles a Alá, habían invadido sus espíritus de un intenso terror.

Los oblicuos rayos de sol de aquel incipiente día estallaban en color en aquel mar de estandartes que ondeaban en todas direcciones, aumentaban el brillo de sus lanzas y armaduras y se difuminaban entre el polvo que levantaban los miles de caballos, y que creaba un escenario de amarga belleza.

Godofredo, una vez ordenadas y revisadas sus posiciones, se dirigió a la cabeza del resto de los nobles hacia una pequeña colina desde donde se divisaba una perspectiva mejor de Jerusalén.

De camino, hizo llamar a su presencia al senescal Ferdinand de Subignac para darle nuevas instrucciones.

Descabalgaron junto a Raimundo y se encaramaron a una alta roca para estudiar la cara sur de la ciudad.

Ferdinand de Subignac había sido recomendado personalmente por el conde Hugo de Champaña, uno de los nobles más ricos de Francia. Godofredo era vecino de su condado y Hugo le había pedido en persona que lo llevase con él bajo su protección. Ferdinand, a sus treinta y cinco años de edad, había demostrado poseer unas excelentes dotes de mando como capataz de las tierras del conde, aptitudes que Godofredo fue constatando a medida que transcurrían los años de viaje hacia Jerusalén. Ferdinand se había ido ganando además el respeto de los otros nobles francos por diferentes motivos. Era indiscutible su bravura en combate. Demostró una excelente visión táctica para resolver con eficacia los asedios de varias de las ciudades felizmente conquistadas y también reveló una gran capacidad intelectual, sin que se le conociera formación académica alguna.

Godofredo se sentía orgulloso de Ferdinand al advertir el sólido prestigio que había alcanzado entre la nobleza cruzada debido a sus propios méritos.

A los pocos minutos y cabalgando un brioso corcel negro, se acercó Ferdinand. Desmontó de un salto, ató las riendas en la rama de un viejo olivo que crecía al pie de la gran piedra y escaló con agilidad hasta llegar a lo más alto, donde estaban ellos. Les saludó cortésmente y accedió a la invitación de Godofredo de avistar desde ese punto la panorámica de la ciudad. Permaneció erguido, fijando su profunda mirada en ella. De forma espontánea, desenvainó su pesada espada y blandiéndola en el aire exclamó:

—¡Hoy y ahora, mis caballeros, es menester que demos gracias a Dios por el privilegio de asistir a la contemplación de la ciudad elegida! La ciudad que acogió su templo, el que encargó Yahvé a Moisés y que edificó Salomón para convertirlo en su Santa Morada.

Roberto de Normandía, mientras escuchaba al valeroso Ferdinand, había conseguido localizar la gran explanada del templo y absolutamente emocionado dijo en alto:

—La victoria final está tan cerca que ya puedo casi aspirar el olor del incienso y escuchar los solemnes cantos de nuestra primera celebración cristiana en el templo del Santo Sepulcro. Sólo nos queda expulsar a esos malditos que desde hace demasiados siglos mancillan la tierra prometida por Yahvé, que santificó Nuestro Señor al morir crucificado en ella.

Godofredo agarró del brazo a su senescal para acercarle hasta el extremo de la roca, desde donde se podía divisar también la zona oeste de la ciudad.

—Caballeros, debemos planear la forma de conquistarla con el mínimo coste de vidas. Todos los que hemos llegado hasta aquí, después de tanto sufrimiento, tenemos que lograr arrodillarnos para rezar frente a su Santo Sepulcro. Hemos de darnos mucha prisa en hacerla nuestra, pero debemos ser cautos.

Y dirigiéndose a Ferdinand solicitó su ayuda:

—Necesito que pongas en marcha tu imaginación. Creo que tendremos que idear nuevas soluciones, distintas a las que hemos probado en otras ocasiones, para superar sus murallas. Éstas son las más altas de todas las que nos hemos encontrado hasta ahora y, como veis, están fuertemente protegidas. Además de los miles de arqueros y lanceros que están guardando sus almenas, tienen dispuestos por todo el perímetro cientos de calderos con aceite hirviendo. Desde aquí se puede divisar su humeante contenido. Tendrán preparadas miles de piedras para alimentar sus catapultas. Un asedio tradicional, hasta que agoten sus víveres y su resistencia, no nos conviene, pues esperan la inmediata llegada de refuerzos desde el sur, según nos han informado nuestros espías.

Ferdinand, volviéndose para estudiar mejor la estructura y los posibles puntos débiles de los torreones, meditó unos segundos antes de reflexionar en voz alta.

—Aprecio desde aquí el perfecto ensamblaje de las piedras que forman sus muros, lo que nos impedirá una escalada rápida con garfios y cuerdas. Parecen ser tan lisas como el mármol. Por tanto, abordarla con escaladores para que abran una luz en sus defensas es francamente peligroso y considero, además, que tendríamos escasas garantías de éxito.

—Contamos con unas cincuenta escalas, posiblemente algo bajas para esa altura —apuntó Raimundo de Tolosa—; pero poniendo a cuatrocientos o quinientos artesanos a trabajar, podríamos llegar a tener casi un millar en sólo un par de días.

Godofredo, pensando en el volumen necesario de madera para toda esa empresa, se detuvo a contemplar los alrededores hasta donde casi se perdía la vista, comprobando que no habría más de veinte o treinta árboles. El paisaje era terriblemente árido.

—Raimundo, ¡encuentro muy difícil tu propuesta! Con un millar de escalas sería posible que alcanzáramos muchos puntos de sus almenas, pero me temo que se nos presentarían dos grandes complicaciones. Primera, que como veis igual que yo, no hay madera cerca. Supongo que tendríamos que buscarla por el valle del Jordán o incluso más arriba, luego transportarla hasta aquí y construir las escalas. Todo eso nos llevaría mucho tiempo y demoraría el asalto. Pero, además, tenemos un segundo problema que está por llegar. Como os he comentado antes, nuestros espías nos han avisado de que ha salido desde Egipto, para socorro y defensa de la Ciudad Santa, una gran flota, así como numerosísimos jinetes que vienen cabalgando desde el sur. Para cuando lleguen, calculamos que será dentro de tres o cuatro semanas, ya deberíamos estar en el otro lado de la muralla para defendernos de ellos desde una posición más segura. Si nos alcanzasen antes de conseguirlo, podrían ponernos en una situación enormemente incómoda. Nos veríamos forzados a luchar entre dos frentes o a tener que retirarnos, lo cual sería terrible para el ánimo de nuestros cruzados.

Dirigieron entonces la vista hacia sus hombres, que les parecieron frágiles puntos en medio de aquella gigantesca estructura de piedra que protegía Jerusalén y de una imaginaria ola de tropas enemigas descolgándose desde todos los enclaves montañosos que la rodeaban. Sin necesidad de hablar, todos adivinaban una segura matanza.

Ferdinand apuntó:

—Aunque pudiéramos alcanzar con las escalas varios puntos de la muralla a la vez, evidentemente no todos llegarían vivos hasta las almenas. Los que lo lograran deberían combatir cuerpo a cuerpo contra una ingente cantidad de enemigos antes de alcanzar alguna de las puertas que permitiese que el grueso de nuestras tropas entrase en la ciudad. Esto puede suponer un alto coste en vidas sin tener, además, garantías de éxito. ¡Bajemos un instante de esta roca, señores, creo que podríamos tener una oportunidad enfocando el problema de una manera distinta! Para explicarme, necesitaría dibujarlo.

Alisó un espacio suficiente en la fina arena amarillenta y, ayudándose de un palo, empezó a trazar lo que parecía una torre.

—Creo que podríamos lograrlo si somos capaces de construir cuatro sólidas torres móviles de madera de igual altura que sus murallas, como esta que veis en boceto. Cada torre, totalmente revestida de escudos, se transformaría en una estructura segura para nuestros soldados frente a flechas y lanzas. Con no muchos caballos las arrastraríamos hasta unos quince codos de distancia y desde allí tenderíamos unas tablas, a modo de puentes, para lanzarnos sobre sus defensas. Al estar a la misma altura, el aceite no nos alcanzaría y nuestros arqueros podrían despejar con facilidad el paso. A través de ellas, entraríamos sin un elevado coste en vidas.

Godofredo, sorprendido y satisfecho por la propuesta, añadió:

—Cuatro torres para cuatro puertas de entrada a la ciudad. Para dos de ellas tenemos suficiente madera si aprovechamos las catapultas y sus bases móviles actuales y levantamos su estructura con la madera que tomemos de los carromatos. Pero para construir las otras dos tendremos que buscar una parte por los bosques de Jericó y el resto obtenerla de un barco que llegará al puerto de Jaffa dentro de dos o tres días. Sabemos que transporta un gran cargamento de madera desde Génova para ampliar el puerto, ya que los barcos de gran calado apenas pueden entrar en él. Podemos retrasar su construcción hasta tener Jerusalén en nuestras manos.

Montó más confiado en su caballo y animó a todos a hacer lo mismo y a ponerse manos a la obra sin tardanza.

—Señores, tenemos mucho trabajo por delante. Preparad lo antes posible cuatro grupos de trabajo para construir cada una de las torres. Otros tres grupos más se encargarán de traer la madera desde Jaffa y desde Jericó. La orden es que estén terminadas el próximo día 15. Por tanto, tenemos pocas semanas por delante. El 15 de julio será el día del asalto final.

Ferdinand se prestó voluntario para ir al puerto de Jaffa. Seleccionó a un centenar de cruzados y diez grandes carros capaces de transportar la pesada carga.

Emprendieron la marcha a media mañana formando una larga hilera, precedida a cierta distancia por un selecto grupo de oteadores que batían el camino para evitar posibles ataques de los muchos grupos de egipcios que estaban dispersos por las montañas, de contiendas anteriores a la llegada a Jerusalén.

Ferdinand de Subignac, apodado «el Valiente» tras su actuación en la conquista de Nicea, cuando venció con su espada a más de cincuenta enemigos en un solo día, encabezaba el grueso de la comitiva. Durante el trayecto iba recordando, junto a su amigo de infancia y en ese momento compañero de ruta Charles de Tuigny, su ciudad natal de Troyes, entonces tan lejana en el tiempo y en la distancia.

Habían pasado ya más de tres años de su partida y sin embargo no dejaba de pensar ni un solo día en su mujer, Isabel. Cargaba con la pesada culpa de no haber podido ver ni estrechar entre sus brazos al hijo que dejó en su vientre antes de su marcha. Charles y él salieron juntos de Troyes con la misma ambición; superar la difícil vida de servidumbre y limitaciones que compartían. No habían nacido de noble cuna y por tanto sus apellidos no tenían vinculados condados ni tierras, castillos ni vasallos, pero habían trabajado para ellos. Ferdinand en los dominios del conde Hugo de Champaña y Charles para la Iglesia. La cruzada les había permitido soñar con algo que no les había sido dado por sangre: llegar a ser poderosos señores, con tierras, palacios y vasallos. Aun sabiendo que para ello habían dejado lo más querido de sus vidas muy lejos, casi podían palpar ya la recompensa de tantos sacrificios. La alternativa la conocían de sobra; uno hubiera terminado de capataz del conde para el resto de su vida y el otro como un sencillo alfarero a las órdenes de la Iglesia.

Charles, sabiéndose cerca ya del final de su peregrinación, quiso compartir con su amigo sus planes y deseos. Sin mujer que le esperase y sin ninguna responsabilidad en Troyes, su idea era probar fortuna en esas nuevas tierras. Pediría los derechos sobre alguna población y sus gentes. Con suficiente tierra de labor para sembrar trigo, centeno o cebada. Olivos, para proveerse de aceite y venderlo a un comerciante conocido de Marsella, y un gran rebaño de ovejas para comerciar con su lana, fabricar quesos al estilo de su región y aprovechar los rastrojos de las tierras. Y siempre tendría un buen cordero para invitar a un amigo.

Ferdinand estaba sorprendido de lo bien calculado de sus planes, pero le intrigaba saber cuáles eran sus proyectos de faldas, pues conocía las tendencias amorosas de su amigo. Suponía que la soltería no entraba dentro de sus intenciones y le había preguntado por ello, acompañándose de una cómplice mirada.

Antes de explicarse, Charles había soltado una estridente carcajada en réplica a su gesto.

Primero, contó, necesitaba verse instalado, pero sin tardar buscaría después mujer, y seguramente árabe. Desde que habían entrado en esas tierras se reconocía cautivado ante su belleza. Había oído hablar también de su carácter prudente y ponderado, de su amor generoso y fiel, de su sensatez de juicio y de su firmeza en la educación de los hijos. Con esas cualidades, ¿para qué iba a buscar mujer entre las de su tierra, cuando éstas eran perfectas? Con ella llenaría la casa de hijos, compartiría alegrías y vería su descendencia crecer y multiplicarse por esa santa tierra.

Ferdinand bromeaba ante el bucólico panorama que éste le había dibujado, tan distinto ahora, al recordar las numerosas ocasiones que habían estado a la búsqueda y captura de unas buenas faldas, o las escenas de combate, cargadas de sudor y sangre, donde los enemigos caían bajo el impulso mortal de sus espadas. El aire de esa tierra había surtido un efecto sorprendente en su amigo, pensaba Ferdinand. Así siguieron en animada conversación hacia Jaffa.

Godofredo y Raimundo, instalados en una de las tiendas recién levantadas, estudiaban las defensas de la ciudad.

Estaban discutiendo sobre el reparto necesario de tropas para cada puerta, cuando fueron interrumpidos por un cruzado que entró corriendo en la tienda.

—Caballeros, sabréis disculpar mi precipitación, perturbando así vuestro descanso, pero tengo noticias alarmantes que daros y creo que debéis conocerlas con urgencia.

—¿Y cuáles son éstas, amigo? —le preguntó Godofredo, intranquilo ante el semblante del cruzado.

—Estamos asustados, señor. Por todos lados yacen en el suelo caballos y también muchos de nuestros hombres con síntomas que parecen de envenenamiento. Unos están vomitando sangre y bilis, y los que están peor agonizan con intensos dolores. Los contamos ya por cientos.

—¡Por Dios bendito, eso es que habrán comido algún alimento en malas condiciones! —exclamó Raimundo—. ¡Acude raudo y da la orden de que se prohíba el reparto de alimentos antes de que podamos comprobar su estado!

El cruzado, inquieto por la situación, siguió hablando, ya que creía que la causa podía ser otra muy distinta.

—Permitidme con toda humildad transmitiros mis sospechas sobre el posible origen de esta maldición. Creo que todos los afectados se corresponden con los que, por efecto de la angustiosa sed que arrastramos durante tantos días, han ido a satisfacerla a las dos fuentes que hemos encontrado en las cercanías del campamento.

El panorama que Godofredo y Raimundo se encontraron cuando se desplazaron a ver las tropas era desolador. Decenas de cadáveres de caballos y, salpicados entre ellos, los de hombres y mujeres, unos gritando y otros agonizando de una forma espantosa, cubrían aquel escenario de dolor y confusión. Podía ser el agua, pero para estar totalmente seguros mandaron traer un cordero para que bebiera de ella.

En pocos minutos, el animal que había bebido con ansiedad se tiraba al suelo escupiendo babas, convulso y preso de fuertes dolores. Al poco tiempo empezaba a vomitar sangre, lo que no dejaba lugar a dudas sobre el origen del envenenamiento.

Godofredo recogió de los brazos de una mujer el cadáver de un pequeño que apenas tendría cinco años, víctima también del agua envenenada. Lleno de furia, y mirando hacia las murallas de la ciudad, gritó:

—¡Malditos seáis ante los ojos misericordiosos de Dios! ¡Sabed que yo, Godofredo de Bouillon, duque de Lorena y humilde portador en mi pecho de la cruz de Cristo, juro aquí, delante de mis hermanos en la fe, que pagaréis con vuestras vidas este crimen y el dolor que nos habéis provocado! ¡Vuestra hora está cerca! —siguió exclamando—. ¡Y juro que me encargaré de que ninguno de vosotros pueda volver a ver Egipto, el país de donde nunca debisteis salir!

Raimundo, que conocía perfectamente el carácter sereno y templado de Godofredo, ante la enérgica reacción que acababa de presenciar, la rotundidad de sus palabras y su firme semblante, pensó y entendió por primera vez, al igual que todos los que presenciaron el juramento, que tenía enfrente al que, por los méritos que había acumulado, iba a ser con toda seguridad el primer rey franco de Jerusalén.

La jornada que precedió al multitudinario entierro que había provocado el envenenamiento, estuvo cargada de dolor y de llanto por las más de doscientas almas perdidas en las mismas puertas de la Ciudad Santa, y también por el fatigoso trabajo de cavar aquella cantidad de tumbas en la seca y dura tierra. Durante ese día se abandonó la construcción de las torres, por lo que hubo que retrasar los planes.

Los casi seis mil cruzados se arremolinaban en la colina donde el capellán Arnoldo de Rohes, que celebraba solemnemente las exequias, estaba dirigiendo un encendido sermón en el que comparaba el sacrificio de Cristo en la cruz —tan cerca de donde estaban en ese momento— por el cual había redimido del pecado a todos los hombres, con el que habían padecido esas benditas almas cruzadas para liberar los Santos Lugares de las manos de tan cruel y blasfemo enemigo.

El padre Arnoldo pidió a todos los asistentes que los recordasen en sus oraciones, sobre todo el día que luchasen contra los egipcios. Y prometió también que la primera misa que se celebrase en el Santo Sepulcro sería ofrecida en recuerdo de todas esas santas almas que ya se habían ganado el cielo al haber muerto en cruzada.

Las jornadas siguientes fueron de intenso trabajo para todos. Los cruzados se habían organizado en varios grupos. Los más experimentados cazadores salían diariamente de madrugada a la búsqueda de animales. Los primeros días consiguieron abatir algunos ciervos y bastantes jabalíes que pastaban libres en las inmediaciones de los bosques que jalonaban el valle del Jordán. Luego, y a falta de más caza mayor, terminaron cazando cuantas ovejas o cabras silvestres encontraban dispersas entre las montañas y senderos que llevaban de Jerusalén a la vecina ciudad de Betania.

Uno de los grupos llegó un día alborozado con un rebaño de trescientas ovejas, propiedad de un colono egipcio que, por conservar la vida, les había entregado todos sus animales.

La comida escaseaba, pero aun así la carne se reservaba para los artesanos que trabajaban las veinticuatro horas del día para tener terminadas las torres. Se empeñaron con todo su esfuerzo en levantarlas a toda velocidad sin contar con apenas herramientas y consiguieron finalizar las dos primeras antes de la primera semana. Se propuso que se las bautizara con el nombre de los cuatro evangelistas y así, de común acuerdo, las dos primeras recibieron el nombre de San Mateo y de San Marcos.

Ferdinand de Subignac, con su grupo, había retornado desde el puerto de Jaffa una semana después de su partida con diez carros llenos de madera de roble. Con la nueva provisión se comenzó con la tercera torre, que sería la de San Lucas, y en pocos días quedaría también terminada la última, la de San Juan.

Sólo quedaban cinco días para que se cumpliera la fecha establecida del ataque a la ciudad.

Los sitiados no sabían de su construcción, pero se temían un ataque inminente a tenor del reforzamiento de las posiciones que los cruzados habían estado realizando en los últimos días. Su capacidad defensiva era crucial; no tenían otra posibilidad estratégica, pues los tímidos ataques que lanzaron desde sus posiciones unas jornadas atrás no habían producido daños a las tropas cruzadas.

El consejo de nobles francos había repasado una y otra vez las estrategias de asalto. Todo estaba a punto para el día clave.

Ya desde las primeras horas de la mañana del 15 de julio el calor era muy intenso. Las últimas arengas de los jefes cruzados habían encendido a las más de seis mil almas que aguardaban la orden de asalto. Durante los tensos y difíciles momentos de la espera, corrían por sus mentes, a veces un tanto mezclados, los diferentes deseos o motivos que les habían empujado a cada uno a emprender el camino de la cruzada. Los más devotos habían partido con el único fin de liberar la ciudad y así reabrir nuevamente la peregrinación de miles de cristianos a Tierra Santa, paralizada desde la entrada de los seléucidas turcos primero, y de los egipcios después. Otros sólo deseaban saciar su sed de venganza por los miles de muertos que habían tenido que pagar como tributo hasta llegar allí. Los nobles ambicionaban fama, gloria y, en algunos casos, también algún condado o ducado en esas tierras, por no poseerlo en las suyas.

Muchos otros cruzados, sin cuna ni apellidos, ambicionaban riquezas, tesoros o por lo menos conseguir alguna reliquia. La venta de reliquias estaba siendo uno de los negocios más rentables de la época, ya que media Europa se peleaba por tener y venerar el resto de algún santo. Las relacionadas con la vida de Jesús o con su pasión eran las más veneradas y las mejor pagadas.

Las cuatro torres se dirigían lentamente hacia las puertas asignadas, arrastradas por una docena de caballos. Eran las diez de la mañana cuando Godofredo, Raimundo, Tancredo y Roberto de Normandía se despedían gritando juntos una vez más el grito cruzado «¡Dios lo quiere!» y buscando cada uno la torre que le correspondía para participar en el asalto final. Detrás de cada una de ellas, se resguardaban ansiosos cerca de doscientos jinetes y unos mil cruzados a pie.

Los jinetes más adelantados enarbolaban miles de estandartes pertenecientes a ducados, condados y muchas regiones de toda Europa, pero sobre todo destacaban los miles y miles de blasones con la Santa Cruz que inundaban el horizonte, minando la moral de los asaltados.

Desde la ciudad y a las órdenes del gobernador egipcio, Iftikar al-Dawla, se comenzaron a lanzar cientos de proyectiles envueltos en fuego, que lograron abrir varias brechas entre las tropas cruzadas y alcanzaron también una de las torres, que comenzó a arder con violencia. La batalla había comenzado.

Miles de arqueros cruzados lanzaban flechas encendidas. La inusitada lluvia de fuego les dio unos minutos de ventaja para que las tres torres ganaran un poco más de terreno para alcanzar la muralla. Las pocas catapultas cruzadas que quedaban íntegras no cesaban de lanzar enormes piedras, pero desde dentro de la ciudad se respondía con fuego, flechas y ríos de aceite hirviendo, que contrarrestaban con intensidad el ataque cruzado.

Ferdinand de Subignac, subido a lo alto de la torre de San Juan junto a Godofredo y a Roberto de Normandía, consiguió finalmente alcanzar la muralla. Apoyados por veinte arqueros que lanzaban sin descanso andanadas de flechas, limpiando así de enemigos el camino, pudieron lanzar el primer puente y cruzarlo con cierta facilidad, convirtiéndose en los primeros que conseguían entrar en Jerusalén. Casi a la vez, derribaron la puerta de Damasco, y por ella más de tres mil cruzados, a las órdenes de Raimundo de Tolosa, entraban gritando.

Un enorme alboroto y espanto acompañó a todos durante las siguientes horas de aquel sangriento ataque cuerpo a cuerpo dentro de la Ciudad Santa.

Las espadas cruzadas trabajaban sin descanso, atravesando sin piedad miles de cuerpos de soldados que huían sin rumbo. Rodaron cientos de cabezas a lo largo de las empinadas calles hasta formar espantosas montañas. Muchos morían desangrados en las esquinas tras haber perdido manos, piernas o ambos.

Todos esos terminaron muriendo, ya fueran judíos, árabes o egipcios. Ante la muerte no hubo diferencias, ni de edad ni de sexo, raza o condición. Los cruzados estaban ebrios por el olor de la sangre que ya empapaba sus ropas y chorreaba por sus espadas.

Se podía sentir, y hasta casi oler, el odio y la venganza desencadenados durante esas primeras horas.

Así procedieron los cruzados durante un día entero hasta alcanzar y dar muerte al último habitante del último rincón de cada casa, calle o templo. Para dejar constancia de las nuevas propiedades, que cada individuo tomaba para su uso desde ese momento, se dejaba en cada puerta una bandera, escudo de armas o blasón con su apellido. En pocas horas casi todas las casas de Jerusalén habían sido repartidas. Era la parte del ansiado botín que todos deseaban después de una larga y pesada guerra, y de los casi tres años de camino.

Los nuevos propietarios se convertían por derecho en dueños de toda posesión conquistada, con todos sus bienes y riquezas.

Ferdinand de Subignac, que no había sido menos en la desenfrenada carrera por aniquilar al enemigo, cuando avanzaba por la Vía Dolorosa, camino del Santo Sepulcro, alcanzó un palacio presidido por un gran escudo en piedra que mostraba un cordero coronado por una estrella. En su puerta no había todavía ninguna marca de un nuevo propietario. Por ello se animó a tomar posesión de la que sería su primera conquista en Tierra Santa.

Entró con cautela después de forzar la puerta, ayudado por algunos cruzados. Una vez dentro mandó que le dejasen solo. Un amplio recibidor, ricamente ornamentado con bellos tapices, daba paso a un gran patio desde el que se adivinaba una segunda planta recorrida por una balaustrada de madera.

En la planta baja, pasado un arco de piedra decorado con motivos frutales, se hallaba una luminosa cocina. Un resto de brasas aún encendidas le hizo sospechar que la vivienda podía no estar completamente vacía. Debía mantenerse alerta.

A la derecha de la cocina se abría un amplio comedor y, en su centro, una gran mesa de caoba servía de base a dos grandes menorahs, el candelabro de siete brazos hebreo. En unas vitrinas se agolpaban finas vajillas de porcelana y juegos de jarras de plata de distintos tamaños.

Sin sentir ninguna otra presencia más que la suya, Ferdinand salió hacia el recibidor y alcanzó la escalera espada en mano. Fue ascendiendo sin perder de vista el corredor y una vez en la planta alta, decidió inspeccionarla desde la primera puerta que tenía a mano derecha.

La abrió despacio y comprobó que no era más que un pequeño dormitorio, sin más mobiliario que una cama en un extremo. Siguiendo el pasillo reconoció tres dormitorios más, alguno noblemente vestido, destacando, sobre todos, uno en el que se detuvo para admirar una enorme librería llena de cientos de libros cuyos títulos y lenguas le eran desconocidos.

La última puerta del corredor era tan pequeña que apenas permitía entrar encorvado.

Guardando la máxima prudencia abrió la portezuela y al

entrar sólo tuvo tiempo de ver el reflejo plateado de una daga que se venía hacia él. Sin atinar a comprender de quién o de qué se trataba, consiguió parar con su espada el primer golpe y contrarrestar con rapidez un segundo, que terminó, tras cambiar su espada de mano inesperadamente, lo que dejó a su agresor confundido un instante, con el templado acero incrustado en el cuello de éste, un joven egipcio que, una vez en el suelo, empezó a emitir los estertores que anunciaban una muerte segura.

En el fondo de lo que parecía una capilla, había una segunda persona, cubierta casi completamente por una capa negra, que permanecía inmóvil, apuntándole con una ballesta.

Ferdinand se quedó muy quieto ante el amenazante brillo de la flecha.

Miró a su verdugo sin reconocer su rostro, que estaba oculto bajo la sombra del oscuro manto.

—¡Tira la espada inmediatamente al suelo y arrodíllate!

La orden procedía de una voz femenina que le hablaba en su propio idioma. Ferdinand arrojó la espada lejos de su alcance y, arrodillándose, dijo a la mujer:

—No sé ni quién ni cómo eres. No he podido aún ver tu rostro. Por tu acento sospecho que eres judía, aunque reconozco que has aprendido bien mi lengua. Si además eres la dueña de este palacio, todo me hace pensar que eres una mujer culta y de noble linaje. Si dejas de apuntarme con tu arma prometo no hacerte daño. Te aseguro que soy hombre de palabra.

La mujer se echó hacia atrás el manto que le cubría la cabeza y mostró su rostro sin dejar de apuntarle ni un instante. Contestó con voz muy nerviosa:

—Nunca he matado a nadie. Ni siquiera he llegado a tener que empuñar un arma hasta ahora. Veo que temes por tu vida. Yo también por la mía. —Suspiró y continuó diciendo—: Das palabra de no causarme daño y tengo que fiar mi suerte a ella. ¿Cómo puedo estar segura de tu rectitud?

Ferdinand fijó su vista en los bellos ojos color miel de la mujer.

—Me temo que mi palabra sea la única garantía que en estas circunstancias puedas tener. Además, no te queda más remdio que aceptarla. Aunque me matases, fuera no tendrías ninguna oportunidad de escapar. En este momento cerca de seis mil hombres recorren las calles de Jerusalén. Están alterados por la mucha sangre derramada y te aseguro que han olvidado su capacidad de sentir piedad. Una judía sola, hoy, no duraría ni un minuto viva. Soy tu única salida si quieres seguir viviendo.

La mujer dejó de apuntar con la ballesta y le mandó que se levantara. Acercándose, le entregó el arma. Le temblaban las manos. Había oído, encogida de espanto, el griterío de muerte que penetraba desde la calle y que había recorrido cada rincón de su casa. Atenazada por el horror, sin poder huir, temía por su vida, pero sobre todo por la suerte de aquel trascendental colgante que llevaba desde niña y que daba sentido a su estirpe.

—Me llamo Sara y soy de Hebrón, de donde procede mi antiguo linaje. Mi vida está en tus manos ahora. —Su asustada mirada buscaba en los ojos de aquel hombre algún reflejo de misericordia.

Ferdinand, sin aflojar la tensión del que está pendiente de la más mínima amenaza, le preguntó si se iba a encontrar a más gente en la casa, como aquel egipcio que yacía muerto a sus pies.

—Todos los míos han muerto y sólo quedo yo. ¡Créeme! Digo la verdad. —Sus ojos reflejaban pavor. Pensaba que su única oportunidad de seguir viva pasaba por mostrarse sumisa a aquel hombre—. Entiendo que, desde ahora, el palacio en el que vivo y todas sus riquezas te pertenecen. Por ello, eres mi señor y me debo a ti. Espero que cumplas con tu palabra y me brindes tu protección.

Ferdinand observó a la dama unos segundos; relajó su tenso gesto y comprobó su enorme belleza y su evidente y noble apariencia.

—Mi nombre es Ferdinand de Subignac, y soy borgoñón. Ahora no puedo quedarme más tiempo contigo, mujer. Te ruego que permanezcas aquí hasta mi vuelta. Dejaré un vigilante en la puerta del palacio para que nadie pueda entrar y dar contigo. Por tu seguridad, trata de no hacer ruido. Por supuesto no intentes huir; sería una temeridad. Voy a estar un rato fuera. Quiero ir al Santo Sepulcro y recibir las órdenes de mi señor. A mi vuelta, podremos hablar de la situación que se nos presenta.

Ella, inclinándose con reverencia ante él, le despidió:

—Descuida, trataré de no crearte problemas. Mi vida está en tus manos y prometo responder a tu confianza con lealtad.

Aunque las intenciones de aquel hombre le parecían nobles, no podía alejar de su mente una espesa sombra de preocupación ante la crítica situación de riesgo a la que se iba a enfrentar en las próximas horas. Sus pensamientos se atropellaban, buscando argumentos que pudieran serle útiles para salvaguardar su herencia sagrada: un antiquísimo símbolo que colgaba de su cuello, oculto bajo sus vestidos.

Durante el tiempo que Ferdinand había pasado en su nuevo palacio, otros dramáticos sucesos acontecían por las calles de la ciudad. El gobernador egipcio se había refugiado junto a cientos de sus soldados en la mezquita de Omar y resistía desde hacía horas, seguramente resignado a un destino fatal.

Después de golpear insistentemente la puerta de la mezquita, los cruzados terminaron derribándola y entrando en ella; a pesar de las peticiones de clemencia de los jefes egipcios y de las órdenes expresas de mantenerlos con vida que dio Raimundo de Tolosa, todos murieron bajo las espadas cruzadas, con lo que se dio fin a la última resistencia musulmana en Jerusalén. La conquista había concluido.

El balance final fue terrible. Los setenta mil habitantes de Jerusalén acabaron regando con su sangre las calles de la ciudad. Tan grande fue la matanza que hasta los cronistas lo relatarían, asegurando que se vertió tanta sangre que llegó a la altura de los tobillos de los cruzados.

Ferdinand de Subignac, contemplando el horrible escenario de la matanza, ya en las puertas del Santo Sepulcro, lloró sin consuelo pidiendo repetidamente perdón a Dios por lo acontecido ese día en Su nombre. Junto a él, Godofredo de Bouillon y Raimundo de Tolosa hacían lo mismo, invitando a la vez a todos los presentes a que se arrodillasen y expiasen sus desmanes y pecados delante de la Santa Basílica.

—¡Pedid perdón a Dios por toda la sangre que acabáis de derramar en las mismas puertas de su Santa Morada! —exclamaba Godofredo—. Nadie que no haya sido purificado previamente con una confesión podrá entrar en el recinto del Santo Sepulcro, ni se le permitirá rezar ante la losa que sirvió de reposo a Cristo hasta su resurrección. Y para dar ejemplo de mis palabras, quiero ser yo el primero en confesar mis pecados para poder entrar purificado. —Levantó la vista dirigiéndola a un punto indefinido en aquel inmenso cielo y alzó su voz con fuerza—: ¡Que mis ojos y mi corazón alcancen con el perdón divino la dignidad para entrar y ver tan Santa Estancia!

Godofredo se acercó al primer sacerdote y, de rodillas ante él, inició una breve confesión. En pocos minutos largas colas de hombres y mujeres esperaban delante de los sacerdotes. Ferdinand, junto con Godofredo y el resto de los nobles francos, fue de los primeros en entrar en el lugar santo. La enorme emoción que experimentaban en aquel momento tantas veces deseado les hacía contener la respiración. Sólo el ruido de sus pasos rompía el sagrado silencio que reinaba en el interior.

Necesitaron unos minutos para adaptar sus retinas a la oscuridad que dominaba en el interior de la basílica. Transcurrido ese tiempo, comenzaron a apreciar su lamentable grado de abandono. Su planta, un tanto irregular, estaba coronada por una gran cúpula central.

Caminando en línea recta, se acercaron hacia un edículo de estructura poligonal que presidía su centro. Un potente chorro de luz caía sobre él desde la cúpula, parcialmente abierta en su eje, lo que le confería una espectacular majestuosidad. El ábside que rodeaba el edículo, y que formaba un ancho deambulatorio, tenía forma circular. Dieciséis columnas de mármol sostenían diecisiete arcos que servían de apoyo a una galería superior, con dieciséis columnas también. Sobre los diecisiete arcos de esta segunda galería se apoyaban el mismo número de nichos, antes de arrancar la cúpula, adornados con mosaicos que representaban a los doce apóstoles, a santa Helena, madre del emperador Constantino y descubridora del sepulcro, y a otros personajes no reconocibles.

Aquel edículo de mármol seguramente contendría el deseado sepulcro.

Encendieron varios candelabros que encontraron esparcidos por el suelo y en pocos minutos la visibilidad de la iglesia mejoró notablemente. Godofredo fue el primero en adentrarse en su interior.

Éste encerraba una pequeña capilla con una gran piedra circular que debió ser la misma que habría servido para cerrar el sepulcro donado por el rico José de Arimatea. Detrás, se encontraba una pequeña cámara funeraria que contenía una losa de piedra apoyada en una de las paredes de la cueva. La piedra estaba revestida con una plancha de mármol blanco. Godofredo comprendió que estaba delante del santo lugar donde había reposado el cuerpo de Jesucristo hasta su resurrección. Besó la piedra con devoción y permaneció unos minutos rezando delante del sepulcro, agradeciendo a Dios el privilegio de haber sido señalado para ser el primer cristiano que podía volver a adorar ese lugar después de tanto tiempo en manos impías.

En ese instante pensó que, gracias a la ayuda de Dios y a la entrega de tantos y tan buenos hombres, la misión de la Santa Cruzada se podía dar por cumplida, liberados ya los Santos Lugares para los millones de almas que, desde toda la cristiandad, podrían volver a visitarlos.

En pocos minutos el sepulcro se llenó de cruzados deseosos de contemplar y adorar el lugar donde el Hijo de Dios había reposado en muerte hacía mil años.

Ese día Godofredo, por unanimidad de los nobles francos y a las puertas del Santo Sepulcro, fue nombrado primer rey de Jerusalén. Ya había terminado la conquista y necesitaban una cabeza visible que dirigiese la posterior ocupación de toda Tierra Santa.

Godofredo aceptó agradecido el honor, pero rectificó el título delante de todos sus amigos:

—¡No deseo exhibir corona ni ser merecedor de otros honores! No debo ser nombrado rey de Jerusalén en el mismo lugar donde Cristo llevó una corona de espinas y donde fue crucificado con ese mismo título. No soy digno de él. Por ello, acepto dirigir el destino de los nuevos habitantes de esta ciudad pero con el título de «Defensor del Santo Sepulcro».

La primera orden de Godofredo como tal fue convocar una solemne misa para el día siguiente, 16 de julio, al mediodía, en la Santa Basílica, de ese modo todos podrían descansar durante el resto de ese agotador día en sus nuevas posesiones o visitar otros lugares históricos de la ciudad.

Ferdinand decidió volver a su nuevo palacio y rechazó la invitación de Raimundo para visitar juntos la mezquita de al-Aqsa. Deseaba poder comer algo caliente y hablar con esa misteriosa mujer que ahora estaba a su servicio. Empezaba a caer la noche.

Despidió al vigilante que permanecía en la puerta y, asegurándose de que quedaba bien atrancada, se dirigió hacia la cocina, desde donde parecía surgir el único ruido que quebraba el quieto silencio de aquel palacio. Al entrar, encontró a la mujer, sentada frente a una robusta mesa de madera, con la cabeza gacha y los brazos apoyados sobre ella, en clara actitud de espera. Sobresaltada ante su presencia, Sara se incorporó, levantó la vista hacia él un instante y con gesto sumiso bajó la cabeza, manteniéndose así durante toda la conversación.

—Buenas noches, mi señor. Durante tu ausencia te he preparado la cena. Si lo deseas puedes sentarte en el comedor.

Sara se dirigió hacia el fuego para remover el contenido de una olla de cobre que recogía el calor de la lumbre.

—Antes desearía beber algo de vino.

Ferdinand se desprendió de la malla de hierro y de la pesada espada, las dejó encima de la mesa y buscó asiento para su descanso. La prolongada y dura jornada empezaba a pasar factura a sus agotadas piernas.

Ella cogió una copa de una alacena, la llenó con generosidad, sirviéndose de un gran barril de madera que había en una esquina, y la dejó en la mesa, cerca de él, sin levantar la vista.

Ferdinand observó que la mujer se había cambiado el vestido. Ahora llevaba una larga túnica verde anudada a la cintura que realzaba su esbelta figura. Recogió la copa llena de vino y bebió con gusto el delicioso caldo, que corrió generoso por su garganta, aliviando su sequedad.

Ferdinand observaba sus gestos y reacciones entre una mezcla de curiosidad y de incertidumbre. Aquella mujer tenía que estar padeciendo un gran sufrimiento y sin embargo demostraba tener una gran capacidad de control. Considerando que en un mismo día había perdido a los suyos, y sido testigo de la cruenta conquista de su ciudad y que, ahora, atendía a los deseos de un extraño del que dependía por completo su futuro y hasta su propia vida, era de reconocer que sabía mantener el temple. ¿Qué pensamientos rondarían por su mente en ese momento? ¿Qué podía decirle para aliviar su dolor? ¿Cómo podía ganarse su confianza para evitar sus temores? Empezó a sentir mucha lástima por ella.

—Sara, aunque nuestro encuentro no haya sido muy convencional, desearía que no tuvieras ningún tipo de temor hacia mí. —Ella levantó la vista y se cruzaron sus miradas. Algo vio ella que consiguió rebajar momentáneamente su inquietud. Encontró comprensión y sinceridad—. Créeme que entiendo tu situación, pero debes confiar en mí. Dadas las circunstancias, me siento enormemente afortunado, pues no creo que haya otro hombre en esta ciudad que hoy cuente con el privilegio de saborear cena y compañía tan grata. —No se le ocurrió otra manera de romper la tensión que flotaba en el ambiente, aunque su estómago, que no entendía de palabras, clamaba a gritos algo con lo que empezar a trabajar.

Ferdinand se dirigió al comedor, donde vio que sólo había un servicio en la mesa. Por un momento pensó en pedirle que le acompañara, pero decidió que sería mejor para ella que le permitiera retirarse a sus aposentos. La llamó. Ella entró en el comedor para recibir sus órdenes.

—Sara, creo que deberías descansar. Tráeme lo que hayas preparado y déjalo en la mesa. Mañana será un nuevo día y podremos hablar con más tranquilidad.

Ella atendió a sus deseos, dejándole dispuesto todo lo que

había preparado para comer. Pidió permiso para retirarse y se dirigió hacia su habitación, sintiéndose algo más tranquila. De haber temido por su vida había pasado a preocuparse más por las intenciones de aquel hombre. Ahora reconocía que, por sus últimas palabras, y tras constatar su caballerosidad y su sincero respeto, se empezaba a sentir un poco menos en peligro. De todos modos, al cerrar su puerta, la atrancó desde el interior, rogando no tener necesidad de tocarla hasta la mañana siguiente.

Esa noche le costó conciliar el sueño. Las atroces imágenes y los dolorosos sentimientos que asaltaban su mente no la dejaban dormir. Oyó cómo el hombre pasaba por el pasillo sin detenerse en su puerta, lo cual, de inmediato, devolvió el ritmo normal a su corazón. Agotada, finalmente cayó dormida.

Durante las dos siguientes jornadas tuvieron muchas ocasiones, entre las salidas y misiones de Ferdinand, para hablar y conocerse. Entre los dos fue creciendo un mayor clima de confianza.

Ella le relató esbozos de su vida; desde los recuerdos de su feliz infancia en Hebrón, de donde procedía toda su familia, hasta su llegada a Jerusalén tras haber sido desposada con un rico mercader cuando sólo tenía dieciséis años.

No había sido muy feliz con ese hombre. Había vivido con él más de doce años, pero nunca se había sentido realmente enamorada. Reconocía, incluso, que había sentido cierto alivio cuando enviudó, hacía de ello algo más de tres años, tras haber sufrido éste una emboscada camino de Damasco a manos de unos bandidos que le habían robado y matado junto al resto de los integrantes de su caravana.

Una noche, mientras cenaban en relajada conversación,

desde el cerrado escote de Sara, y por un movimiento casual, asomó un pequeño medallón dorado con la imagen de un cordero y una estrella encima. A Ferdinand le llamó poderosamente la atención, y le recordó el escudo que presidía la entrada del palacio. Ella no se percató.

Inicialmente no preguntó por él, pero a medida que transcurría la velada empezó a sentir una irrefrenable curiosidad. Sin poder resistirlo por más tiempo, acabó haciéndolo.

—Durante buena parte de la cena he estado observando tu medallón. —Ella, sorprendida por el descuido y de pronto asustada, lo volvió a ocultar con toda rapidez bajo su vestido—. Reconozco que puede parecerte raro, pero me siento misteriosamente atraído por él. Como si tuviese una fuerza extraordinariamente especial. No sé explicarme. No puedo resistir los deseos por conocer algo más sobre él. Si no estoy equivocado, creo haber visto el mismo escudo sobre la puerta del palacio. ¿No es así?

Sara se revolvió incómoda ante la pregunta y le miró durante unos segundos con una expresión llena de dudas. Carraspeó dos o tres veces y siguió callada durante un rato que a Ferdinand le pareció una eternidad. Finalmente, ya decidida, rompió a hablar.

—Si has leído la Biblia recordarás parte de la historia que te voy a referir. Como es un poco extensa, si te parece, nos podemos levantar de la mesa y sentarnos en esos almohadones, donde estaremos más cómodos. Para acompañar la charla tomaremos un licor de dátiles. Creo que te gustará.

Sara comenzó su relato:

—Hace muchos cientos de años un hombre que vivía en Ur, una ciudad cercana a Mesopotamia, y de nombre Abraham partió por orden de Yahvé para conquistar una vecina tierra a la suya, Canaán, que le había sido prometida para él y su descendencia por Yahvé.

»Abraham estaba casado con Sara; pero, pese a los años que transcurrieron, no habían tenido descendencia.

»Obedeciendo a la voluntad de su Dios marchó hacia la nueva tierra con todo su ganado y con su familia. Una vez allí, una intensa sequía les obligó a huir a Egipto para poder alimentarse en las fértiles riberas del Nilo, pues de lo contrario les aguardaba una muerte segura. Al cabo de varios años volvieron a Canaán.

»Abraham deseaba tener un descendiente para que heredase la tierra que Yahvé, su Dios, le había prometido. Y lo tuvo finalmente, pero con una bella esclava que habían traído desde Egipto, pues Sara, su mujer, era estéril. A ese niño le llamó Ismael. Pero un día se le apareció Yahvé y le anunció que su mujer Sara, a sus noventa y nueve años de edad, estaba encinta y tendrían un hijo legítimo de ella, al que llamarían Isaac.

»Isaac nació de una anciana Sara ante la incredulidad de todos, y con los años fue creciendo en salud, fortaleza y en devoción a Yahvé, su Dios. Abraham, en su vejez, era el padre más feliz del mundo, pues Isaac heredaría la tierra que Yahvé les había encomendado y a través de él se renovaría la santa alianza con Yahvé, su Dios.

Ferdinand degustaba el suave licor mientras escuchaba a Sara con enorme curiosidad. Aún no llegaba a entender qué relación podía existir entre todo aquello con su pregunta.

—Un buen día, Abraham recibió un encargo de Yahvé que le infligió el mayor de los sufrimientos posibles. Algo que no acababa de entender. Le dijo: «Toma ahora a tu hijo, el único que tienes, al que tanto amas, Isaac, y ve a la región de Moriah, y allí lo ofrecerás en holocausto en un monte que yo te indicaré».

»Marchó Abraham, con un asno y dos sirvientes, junto con su hijo, hasta el lugar indicado. Partió leña para el holocausto y dejando a los siervos en el campamento ascendió junto con Isaac al monte. Llevaban leña, fuego y un cuchillo. Isaac le preguntó: "Llevamos el fuego y la leña; pero ¿dónde está el cordero para el holocausto?". Abraham le respondió que Dios proveería el cordero. Llegaron a lo alto de una montaña en Salem, la actual Jerusalén, y Abraham levantó un altar, preparó la leña y ató a su hijo Isaac, al que tumbó encima del altar. Alargó la mano y tomó el cuchillo para inmolarlo. Entonces, como sabes, un ángel de Yahvé le llamó desde el cielo y le gritó: "No extiendas tu mano sobre el muchacho ni le hagas mal alguno. Ya veo que temes a Dios, porque has rehusado a tu unigénito". Abraham detuvo el holocausto y, volviéndose, vio un carnero trabado por los cuernos en un matorral. Lo tomó y lo sacrificó allí mismo. Luego, el ángel de Yahvé le volvió a llamar y le dijo: "Juro, por palabra de Yahvé, que por lo que has hecho hoy, te colmaré de bendiciones y multiplicaré tu descendencia, que será como las estrellas del cielo y como la arena que hay a la orilla del mar, y tu estirpe poseerá las puertas de sus enemigos. Por tu descendencia serán benditas todas las naciones de la tierra, porque obedeciste mi voz".

»Al cabo de varios años murió Sara y fue enterrada en Hebrón, donde, como ya sabes, nací yo. Por ese motivo yo recibí su mismo nombre. Isaac se casó con Rebeca y tuvo a Esaú y a Jacob. Jacob se casó con Raquel y tuvo muchos hijos, pero de ellos el más famoso fue José, que fue vendido por sus hermanos y, hecho esclavo, fue llevado a Egipto. Después de él, tras numerosos nombres y descendientes directos, que ahora no te detallaré, nació mi padre, Josafat. Él vivió en Hebrón toda su vida y, como descendiente directo de Isaac, le fue confiada la importante misión de ser guardián de las santas tumbas de los patriarcas. Allí están enterrados Abraham, Isaac y Jacob. Como ves, una importante parte de la historia sagrada de esta tierra está vinculada estrechamente a mi propia sangre.

Ferdinand, a tenor del relato, empezó a entender las posibles relaciones entre el cordero inmolado por Abraham y el símbolo del medallón que llevaba Sara.

—Entonces, Sara, si tú eres descendiente directa de los patriarcas, ¿ese cordero representado en el medallón es el escudo de tu linaje?

Sara, volviendo a llenar los vasos de licor, se sentó sobre su almohadón, frente a él, y con gesto solemne contestó:

—El cordero es para nosotros un símbolo de sacrificio y a la vez de celebración. Abraham renovó su alianza con Dios de la forma más generosa: estando dispuesto a entregarle lo que más había deseado en toda su vida, a su único hijo. Pero en el último momento, la voluntad de Dios quiso que sacrificara un carnero. También, y antes de la salida del pueblo judío de Egipto hacia la tierra prometida, Moisés ordenó a los suyos que sacrificasen un cordero y marcasen la puerta de cada una de sus casas con su sangre. Ésa sería la señal para que, cuando pasase el ángel de Yahvé para castigar con la muerte a los egipcios, no entrase en ellas, salvando a los suyos de la muerte. Por ese motivo celebramos lo que llamamos la festividad de la Pascua y comemos un cordero. El cordero es, por tanto, símbolo de sacrificio y de celebración, de alegría para nosotros. Un recuerdo vivo y permanente del sacrificio del pueblo hebreo.

—Entiendo —dijo Ferdinand, que empezaba a atar todos los cabos—. Y la estrella es el símbolo de la heredad de tu estirpe. La promesa de Yahvé de vuestra enorme descendencia; «como las estrellas del cielo…».

—¡Exacto, Ferdinand! —respondió Sara—. Vas entendiendo sus significados. Esos dos símbolos, cordero y estrella, han permanecido unidos a mi familia desde entonces, pasando de generación en generación hasta llegar a mí. Esta tradición conlleva la obligación de que permanezca para siempre entre nosotros.

Sara se acercó hacia él, adoptando un semblante extraordinariamente profundo, para seguir hablando ahora en un tono mucho más bajo:

—Pero antes me decías que este medallón —lo sacó de su vestido y lo besó con delicadeza— te producía un efecto especial, que has definido como el de una fuerte atracción. Y lo comprendo, porque no sólo representa el escudo de mi linaje. Es en sí símbolo de Él, ya que fue forjado y pulido por las mismísimas manos de Abraham y colgado del cuello de Isaac después de su sacrificio en el monte de Salem. Abraham dispuso que el medallón se transmitiera de padre a hijo hasta el final de los tiempos, como símbolo sagrado de su alianza con Yahvé. Este medallón que ahora ves ha recorrido todo nuestro linaje hasta llegar a mí. Y tú, Ferdinand de Subignac, eres el primer hombre, fuera de nuestra familia, que sabe lo que es. Nadie conoce su verdadero poder como símbolo de la alianza entre Abraham y Yahvé, pero te aseguro que lo tiene.

Ferdinand se levantó, profundamente impresionado por la historia contada por Sara. Sin poder resistirse se dejó llevar por una fuerza inexplicable que le atraía hacia ella. Cogió con suma delicadeza el medallón entre sus manos y lo besó con respeto.

Sara le miró con afecto e instintivamente extendió una mano para acariciar sus cabellos. Algo muy especial que emanaba de aquel hombre la empujaba a abrir su corazón y hacerle partícipe de sus más íntimos temores.

—Cuando te vi aparecer por la puerta de mi pequeño oratorio me invadió un gran temor. En un primer momento no fue la muerte lo que más me inquietó. Lo que realmente me estremeció fue imaginar que el medallón pudiese acabar en manos ajenas. Mi sagrado deber en la vida consiste en proteger y transmitir a mis herederos este medallón. He tenido que vivir estos años con el tormento de no haber conseguido descendencia todavía, ya que mi marido no logró dejarme encinta en nuestros años de matrimonio. Desde su muerte —añadió—, y una vez que le hube guardado el luto debido, he vivido obsesionada por encontrar un nuevo hombre que me pudiera dar un hijo que portase el sagrado medallón. Los pocos con los que he logrado intimar se arredran en cuanto saben que soy viuda. Para la mentalidad del varón hebreo soy una mujer usada, que ha sido de otro, y eso suscita en ellos un tremendo rechazo. Además, sé que no puedo retrasarlo mucho más, pues ya voy para los treinta y dos años, y, de no conseguirlo ahora, me arriesgo a agotar mi edad fértil. Por añadidura, la ley familiar me obliga a cruzar mi sangre únicamente con sangre judía.

—Eres una mujer muy hermosa y todavía muy joven. No tendrás problemas para encontrar varón —quiso tranquilizarla Ferdinand, que no podía entender cómo no tenía ya docenas de pretendientes a su alrededor.

—Puede ser. Pero, tras vuestra cruenta entrada en Jerusalén, ahora tendré que buscarlo fuera, pues aquí no ha quedado ni un solo judío, sólo cruzados.

La mujer se acercó más a él. Clavó sus ojos en los suyos y continuó:

—Ferdinand, después de conocerte mejor sé que eres hombre de honor, temeroso también de Dios. —Le acarició una mejilla—. Me has salvado de una muerte segura y también has sabido respetarme como mujer. Sé que puedo confiarte todos mis secretos, pues sabrás guardarlos en tu corazón sin revelarlos jamás a nadie.

Ferdinand respondió a la caricia de Sara poniendo sus manos sobre las suyas, mientras seguía escuchando.

—Espero que atiendas con la misma generosidad lo que te tengo que pedir ahora. Necesito tu ayuda para huir de Jerusalén. No puedo permanecer escondida aquí y podría ponerte en un aprieto si llegasen a encontrarnos juntos. Tengo unos amigos en Telem, en una pequeña población al oeste de Hebrón. Si pudiéramos llegar hasta allí me acogerían en su casa y podría empezar una nueva vida.

Ferdinand, que seguía sujetando sus manos entre las suyas, las besó con decisión y con voz solemne contestó:

—Como caballero, juro ante Dios y en tu presencia que adquiero delante de ambos el inquebrantable compromiso de ponerte a salvo en la ciudad que tú me ordenes. Mañana mismo partiremos al alba hacia Hebrón. Te procuraré ropa adecuada y una armadura para disfrazarte de caballero. De ese modo creo que podremos eludir la vigilancia y, salvado el peligro, nada nos detendrá hasta llegar a Telem.

Al oír sus palabras Sara no pudo contener la emoción ante el generoso gesto de Ferdinand y comenzó a llorar de alegría.

Ferdinand se levantó y con paso decidido salió de la habitación, para abandonar el palacio y buscar vestimentas adecuadas para Sara.

El frescor de la noche le ayudó a despejar sus pensamientos y tras meditar unos instantes se encaminó hacia una de las tiendas levantadas esa misma tarde, donde se guardaba el armamento de los cruzados.

Sara se acostó en su dormitorio de la planta alta. Permaneció despierta bastante rato sin lograr dormir. Intranquila, entre las sábanas, trataba de imaginar qué le depararía el futuro. Aunque habían pasado pocos días, Ferdinand se había ganado su confianza, pero aun así le asaltaba la duda de si habría obrado correctamente contándole la historia del medallón. Pasado un buen rato cayó profundamente dormida.

Una hora más tarde Ferdinand volvía al palacio con todo

el material que había encontrado. Tras dejarlo a buen recaudo, se echó sin desvestirse en el dormitorio principal intentando también dormir un rato.

—¡Sara!, ¡Sara…! Es hora de ponernos en marcha.

Ella frotó sus ojos hasta recobrar la visión. Vio que parecía muy cansado.

—¿Has dormido algo? —le preguntó.

—Bueno, la verdad es que he descansado muy poco, pero no importa. Aquí te dejo ropa, armadura y escudo. Creo que te pueden valer. Mientras, prepararé los caballos. Si tienes alguna dificultad con la armadura, avísame para ayudarte.

Sara comenzó a vestirse con rapidez. Al enfundarse la malla vio que le quedaba demasiado ceñida. Las caderas se le marcaban bastante, aunque con la ayuda de la larga camisola blanca y la armadura quedarían bastante ocultas. Se recogió el pelo con un hilo trenzado de seda, y se colocó por encima una funda de lana que ocultaba completamente sus largos cabellos. Comenzó a atarse las correas de la armadura. Pero no lo consiguió. Se calzó unas botas negras de cuero y se ajustó a la cadera el grueso cinturón con la espada. Agarró finalmente el escudo y el casco, y comenzó a bajar pesadamente los escalones hasta la planta baja, en busca de Ferdinand.

Le encontró en el patio, sujetando por los bocados a dos caballos negros ya ensillados y preparados para partir.

—¡Válgame el cielo, cualquiera diría que debajo de este uniforme de caballero cruzado se oculta el cuerpo de una dama! ¡Perfecto! Nadie descubrirá la verdad de lo que esconde.

Sara sonrió complacida y le pidió su ayuda para terminar de fijarse la armadura. Una vez que Ferdinand acabó de apretar las correas entre las protestas de ella porque casi no le permitían respirar, la ayudó a montar en el caballo. Partieron por la puerta trasera del patio, hacia un descampado que les llevaba en línea recta a la puerta sur de la ciudad.

Mientras se dirigían hacia ella, Sara le reveló el lugar donde hallaría dos cofres llenos de monedas de oro y joyas que guardaba escondidos en el palacio. No quería que pudieran caer en otras manos, y aunque Ferdinand le expresó sus reservas, ella insistió hasta convencerle y hacerle jurar que los haría suyos en cuanto volviera a la ciudad. Ferdinand terminó prometiéndole que los llevaría con él a su vuelta a Troyes. Según le contó, procedían de los abultados beneficios que su difunto marido había acumulado con los años gracias a su lucrativa profesión. Sara le aseguró que contenían la suficiente riqueza para poder vivir con toda comodidad al menos una o dos generaciones.

Cruzaron las puertas sin dificultad, pues los vigilantes reconocieron al afamado senescal Ferdinand y dieron por buena la justificación de su salida junto a su escudero para visitar la vecina ciudad de Belén, arrebatada ya a los infieles. Se alejaron de las murallas al galope, en dirección sur, bordeando la ciudad de Belén. Tras superar un escarpado puerto que retrasó su marcha, se dirigieron hacia Hebrón, a donde esperaban llegar a mediodía.

Al cabo de un largo trecho sin parar de galopar, Sara, poco acostumbrada a montar, pidió descansar unos minutos, tras dejar atrás la aldea de Halhul, para beber en una fuente que se encontraba cerca del camino.

Ferdinand atendió su petición y ayudó a Sara a bajar del caballo. El peso de la coraza y de su espada casi no la dejaban moverse. Ella se acercó hasta la fuente y se sentó en una roca para descansar. Se desabrochó el cinturón que sujetaba la espada y lo dejó caer al suelo con alivio. También se despojó del casco y estiró con placer las piernas, sintiendo los cálidos rayos del sol sobre sus mejillas.

Mientras, Ferdinand sacaba agua de la fuente sirviéndose de un pequeño cántaro que colgaba del mismo pozo.

De espaldas a Sara había un cerrado bosque de encinas donde se ocultaban dos soldados egipcios agazapados tras unos altos matorrales. Sara estaba inspirando una larga bocanada de aire fresco cuando un agudo dolor atravesó su espalda derribándola al suelo. Gritó para avisar a Ferdinand justo en el momento en que otra flecha pasaba rozándole un brazo. Ferdinand corrió hacia ella y vio que sangraba profusamente por un costado. Alzó la vista y se lanzó con decisión hacia los dos soldados, que habían abandonado ya sus posiciones y que iban corriendo a su encuentro.

La espada de Ferdinand cortó de un tajo el brazo del primero y se hundió en el estómago del otro, que cayó pesadamente al suelo, herido de muerte.

Ferdinand atacó nuevamente al manco, que había quedado tendido en el suelo, absorto en la visión del chorro intermitente de sangre que manaba de su miembro amputado. El senescal le asestó un terrible golpe en la cabeza. El hueso del cráneo del infiel se partió en dos como si se tratara de una naranja.

Ferdinand, completamente horrorizado, se arrodilló ante Sara, comprobando que la flecha le había atravesado el pecho y que su punta asomaba por la espalda. Comprendió que la herida era de muerte.

Sara, reposando entre sus brazos, entendió la gravedad de su herida al ver la expresión de sus ojos.

—No ha podido ser, mi señor. Mi final está ya cerca.

Una dolorosa tos le hizo dejar de hablar. Ferdinand veía entre lágrimas cómo la sangre no cesaba de brotar de su costado.

—¿Qué deseas que haga, Sara? —preguntó Ferdinand.

Con extrema dificultad Sara contestó:

—Sólo dos cosas, las últimas que deseo pedirte. Primero, que tomes mi medallón y lo cuelgues de tu cuello. Que pase, de ahora en adelante y de generación en generación, por tu linaje. Debes prometerme que nunca revelarás su origen a nadie ajeno a tu sangre y a tu descendencia. No estará ya en la mía, pero tu nobleza te hace digno portador de este sagrado objeto. Lo segundo... —volvió a quedarse sin voz durante unos segundos— es que ofrezcas una oración a mi Dios cuando muera.

La mirada de Sara empezaba a mostrar su inminente final. Ferdinand acercó sus labios a los suyos y los besó durante largo rato. Las lágrimas le resbalaban por las mejillas y caían sobre la cara de la mujer. Cuando se separó de ella, ya había muerto. Lloró amargamente ante el cuerpo de Sara durante horas, sin tener noción del paso del tiempo, inmóvil ante ella. Cuando despertó de su dolor buscó el medallón entre sus ropas y lo desabrochó con cuidado. Limpió los restos de sangre que lo manchaban y se lo colgó del cuello, escondiéndolo bajo su ropa.

Cavó allí mismo, con la espada, una tumba. Depositó su cuerpo y lo tapó con arena primero y con un montón de piedras después. Se irguió frente a la improvisada tumba. Miró a un cielo que ya empezaba a ocultar el sol y se teñía con una infinita gama de naranjas y ocres. Sujetó el medallón en su mano derecha y exclamó en voz alta:

—Oh, Dios, padre de Abraham, de Isaac y de Jacob, con los que sellaste tu santa alianza. Mira con amor a tu hija Sara, que ha sido fiel portadora del símbolo del sacrificio del hombre. Acógela en tu reino para que goce de tu presencia y de la de sus antecesores. Dame, Dios mío, la fortaleza y la dignidad para ser fiel merecedor de tan alto honor. Asimismo, te pido que sepas guiarme en esta trascendente misión. —Inspiró profundamente y prosiguió—: ¡Yo, Ferdinand de Subignac, ante tu presencia y en esta tierra santa regada con la sangre de tu sierva, juro que este medallón no caerá nunca en manos de tus enemigos, ni por mi culpa ni por la de mis descendientes!

Agarrando la espada la clavó con fuerza en el suelo mientras concluía su parlamento:

—¡Que así sea, por tu santa voluntad!

En ese momento un fuerte trueno resonó en Jerusalén. Todos miraron el cielo, extrañados, pues no se veía nube alguna. Algunos afirmaron que había sido obra de Dios.

4

Segovia. Año 2001

El termómetro del coche señalaba una temperatura exterior de dos grados bajo cero nada más atravesar el túnel de Guadarrama.

Una hora antes Fernando Luengo había recogido a Mónica en su domicilio de Madrid. Quedaron a las nueve en punto para poder llegar a Segovia a media mañana y localizar al misterioso remitente del extraño paquete que Fernando había recibido unos días atrás.

Con el motor en marcha y en segunda fila, Fernando miró el reloj, extrañado de lo que estaba tardando Mónica. Eran las nueve y cuarto cuando la puerta del coche se abrió y entró enfundada en un chaquetón de piel vuelta.

—Buenos días, Mónica. ¿Preparada para pasar un día de intriga?

Luciendo una amplia sonrisa, Mónica contestó sin titubear:

—Dispuesta a descubrir el misterio del paquete segoviano, mi querido Holmes. —Sonrió feliz.

—Pues le aconsejo, mi querido Watson, que se quite el abrigo antes de acomodarse. La calefacción de este coche es muy eficaz y de no hacerlo, la veo sudando a mares y en pocos segundos.

Mientras ella dejaba el abrigo en el asiento trasero, Fernando seleccionó el *Concierto para dos violines* de Johann Sebastian Bach. Encajaba perfectamente con la oscura y fría mañana. Con las primeras notas Mónica, una vez sentada en la confortable tapicería de cuero, se ajustaba el cinturón de seguridad.

Fernando observaba sus movimientos.

Había elegido unos ceñidos pantalones vaqueros y un jersey de cuello vuelto de color cereza, en previsión del frío que podía hacer en Segovia. Llevaba el pelo recogido en una coleta, lo que realzaba su ya de por sí estilizado cuello.

—¡Espero que no me interpretes mal si te digo que hoy te encuentro más guapa que nunca! —comentó Fernando después de observarla de arriba abajo.

Ella se volvió hacia él un poco ruborizada.

—Gracias, Fernando, eres muy amable.

Sin apenas tráfico tomaron dirección Segovia y enfilaron a gran velocidad la carretera de La Coruña. La tensión, por lo inhabitual de estar a solas tanto tiempo, hizo que no abundase la conversación entre ellos durante un buen rato. Sus prolongados silencios, acompañados de la relajante música, favorecían que cada uno navegase por el interior de sus pensamientos. Mónica se sentía feliz sentada en ese coche. A sus veintiocho años había conseguido trabajar en aquello que tanto había deseado —incluso desde que era muy joven—, y eso la hacía sentirse bien consigo misma. Pero también veía que había sacrificado mucho para ser gemóloga y, realmente, para todo lo que había hecho en su vida. Desde muy pequeña, sus padres siempre le habían exigido ser la mejor en todo. «Inaceptable» era la única respuesta a la mera posibilidad de sacar una nota inferior a sobresaliente. Tras memorizar todo lo que el colegio exigía, ella seguía ampliando, en otros libros, sus conocimientos, para que «nadie te haga nunca sombra» le repetían en casa. Eso había supuesto, durante su infancia y adolescencia, tener que renunciar a las diversiones de los chicos y chicas de su edad y consumir todos sus días y fines de semana frente a una mesa de estudio. Finalmente, había conseguido sus objetivos, y entonces empezó a darse cuenta de las muchas cosas que se había dejado en el camino. Ahora que deseaba recuperar todo lo que se había perdido, veía que le faltaban los amigos con quien compartirlo, la maravillosa experiencia del amor y la presencia de una hermana o de un hermano a quien confiar problemas y alegrías. Entonces descubrió a Fernando y con él aquellos sentimientos que tanto había deseado.

Se enamoró como si de una enfermedad incurable se tratase. Amaba y sufría al mismo tiempo. ¿Qué podía darle ella, si era una inexperta en la vida? ¿Cómo conseguiría que se llegase a fijar alguna vez en ella? Esas y otras muchas preguntas se formulaba con frecuencia en su mente sin encontrar respuesta.

—Tengo que poner gasolina —dijo Fernando, interrumpiendo sus pensamientos—, ¿te apetece que tomemos un café?

—¡Estupendo! La verdad es que he salido de casa sin desayunar y me vendría muy bien tomar algo caliente.

Fernando paró el coche y repostó; luego aparcó en un hostal vecino a la gasolinera. Antes de abrirle la puerta recogió su abrigo del asiento trasero y se ofreció para ponérselo. Ella sintió un fuerte choque de frío. No se hacía todavía a la idea de estar a solas con él y trataba de saborear hasta los más mínimos acontecimientos de esa mañana.

Durante el café repasaron todos los detalles que conocían hasta el momento sobre el extraño envío de la semana anterior.

—He tomado una pequeña muestra de oro del brazalete —lo sacó del bolsillo, enfundado en una delicada bolsa de fieltro—, y la he enviado a un laboratorio de Amsterdam especializado en datar joyas. Consiguen fijar con bastante precisión su antigüedad. Confío en tener los resultados en una semana. —Pidió a un camarero un cenicero—. También he estado consultando en casa dos catálogos internacionales de joyas antiguas durante estas fiestas, pero no he podido encontrar ninguna alusión a ésta.

Se la aproximó para que Mónica la estudiara más de cerca.

—Como ves, el brazalete tiene una superficie limpia, sin relieves, con esas doce pequeñas piedras incrustadas en su cara exterior. Las piedras sí las he podido reconocer. Como tú eres experta en gemas, podrías confirmar si me he equivocado en su identificación. Son todas diferentes. Hay un topacio, una esmeralda, un diamante, un rubí y un zafiro. También tiene un sardonio, un jacinto, un ágata, una amatista y finalmente un ónice, un crisolito y un jaspe. En total doce piedras preciosas y semipreciosas. Todas están en estado puro y nunca han sido pulidas.

—Completamente de acuerdo. Veo que aún conservas tus conocimientos de gemología.

Fernando, sonriendo, continuó:

—El diseño que he encontrado más parecido a éste es el de un brazalete egipcio del siglo XIV antes de Cristo que localicé en un catálogo del Museo Británico. Presenta su misma forma, aunque su relieve es diferente y aparece un halcón; el símbolo del dios Horus.

—¿Tú crees que puede tener un origen tan antiguo? —preguntó Mónica, cogiéndolo entre sus manos.

—No podría asegurarlo en este momento. Debemos esperar el resultado del análisis del laboratorio. Si lo datan hacia ese siglo es fácil que proceda del antiguo Egipto. Pero tenemos que asegurarnos antes de hacer más conjeturas. Ahora mi interés se centra en descubrir la procedencia del paquete. Espero que eso me ayude a entender cuál pudo ser la razón de que mi padre no llegara a abrirlo. —Terminó el café que le quedaba en la taza y siguió—: Creo que ya va siendo hora de conocer a nuestro misterioso señor «L» punto Herrera. Espero encontrar alguna respuesta a las muchas preguntas que tengo para hacerle.

Mónica sintió un poco de frío y se cubrió los hombros con el abrigo. Mientras jugueteaba con la cucharilla del café y a la espera de que les trajeran las vueltas, le confió:

—Te agradezco mucho que hayas contado conmigo y la oportunidad de venir hoy. Espero servirte de ayuda.

Él le acarició la barbilla, dedicándole una amplia sonrisa. Terminaron el café y salieron hacia el aparcamiento. Entraron rápidamente en el coche para huir del intenso frío que casi les cortaba la respiración. Al poco estaban recorriendo los escasos kilómetros que les separaban de Segovia.

La inigualable belleza y el colosal aspecto del acueducto romano, por muchas veces que se haya visto, producen un fuerte impacto en cualquiera que visite Segovia. Para Fernando era la viva imagen de muchos hechos acontecidos bajo sus arcos a lo largo de su infancia. Dejaron atrás el acueducto y subieron la cuesta de San Juan, en dirección a la Plaza Mayor. El Archivo Histórico estaba en la calle Capuchinos Alta, a un paso de la plaza. Aparcaron sin mucha dificultad. Se bajaron, se abrigaron bien y tomaron la calle Trinidad, al lado del palacio de Mansilla, para ir a la calle de Capuchinos. A escasos metros de empezar esta calle se pararon frente a un edificio de piedra. Una placa de cobre indicaba que habían llegado al Archivo Histórico Provincial de la Junta de Castilla y León.

Al final de un pequeño vestíbulo y tras un amplio ventanal, localizaron a una funcionaria dedicada en ese momento a ordenar un fajo de cartas.

—Buenos días, ¿perdone, podría atendernos un momento, por favor?

La mujer se volvió, abrió la puerta y respondió:

—Cómo no. ¿En qué puedo ayudarles?

—Buscamos a un empleado del archivo, al señor Herrera. ¿Puede usted avisarle para ver si nos puede recibir hoy?

—Lo siento, pero aquí no trabaja ningún señor que se apellide Herrera —contestó la empleada, un poco extrañada—. En todo caso, nuestra directora se apellida Herrera, Lucía Herrera. ¿No estarán ustedes equivocados de persona?

Fernando sacó la fotocopia del envío y tras comprobar nuevamente el nombre, se lo enseñó a la mujer.

—He recibido un paquete que me han enviado ustedes donde aparece esta firma —le mostraba el fax que Serviexpress les había mandado—. Aunque, ahora que lo dice, no había pensado que pudiese tratarse de una mujer. En realidad, es lo mismo. ¿Está la señora Herrera hoy en el archivo?

—Pues justo en este momento no. Salió hace una hora, aunque dejó aviso de que volvería hacia las once y media. —Miró su reloj—. Faltan sólo diez minutos. —La mujer salió de la recepción y les invitó a seguirla—. Les acompaño hasta su despacho. Su secretaria está de vacaciones. Si lo desean, pueden esperar allí.

Mónica caminaba al lado de Fernando observando el bello patio interior del edificio. En las paredes se veían restos de frisos antiguos. Era obvio que había sido restaurado muy recientemente. Subieron unas largas escaleras hasta el piso superior y, tras atravesar un largo pasillo, llegaron ante la puerta de un despacho. Allí se paró la mujer. Una placa señalaba un nombre: DOCTORA LUCÍA HERRERA. DIRECTORA.

—¡Bueno, pues aquí les dejo! Tengo que bajar a atender el teléfono. Pueden ustedes sentarse si lo desean. Sobre la mesa encontrarán unas revistas para amenizarles la espera. —Dio media vuelta y se despidió de ellos.

Mónica se sentó en uno de los dos sillones del moderno y luminoso despacho y se puso a estudiar las revistas que había encima de la mesa.

—Mónica, ¿quieres echar un vistazo a esta publicación?

Fernando le estaba enseñando la portada del *Memorando histórico de las mestas en la Castilla del siglo XIV*.

—¡Si te parece me quemo a lo bonzo en este mismo despacho!

Él rió con ganas la salida de Mónica. Como Fernando no le dio más conversación y se había puesto a hojear otra publicación —seguro que tan interesante como la anterior—, dirigió su curiosidad hacia todo lo que había en el despacho. La mesa de trabajo estaba abarrotada de papeles, apiñados en tres montones, en un apreciable desorden. Se fijó en la pantalla de un ordenador que asomaba entre ellos. Un variado surtido de peces de colores la atravesaban felices, produciendo unas largas hileras de burbujas. Aburrida por el poco interés de sus descubrimientos se puso a imaginar la persona que aparecería por la puerta en unos minutos.

Al final, la misteriosa persona era una mujer. Se preguntaba cómo sería. Seguro que una directora de un sitio tan interesante como un archivo, lleno de actas notariales y papeles antiguos mohosos y polvorientos, sería una entrañable viejecita. Se la estaba imaginando bajita y gruesa, con unas pequeñas gafas de concha, como las que siempre llevaba su abuela, y con cierto olor a alcanfor.

—¡Buenos días! Me llamo Lucía Herrera y me acaban de informar de su interés por verme. ¿En qué puedo ayudarles?

La mujer había entrado con total decisión en el despacho

y estrechaba la mano a ambos, invitándoles nuevamente a sentarse.

—Mi nombre es Fernando Luengo y ella es mi colaboradora, Mónica García —dijo Fernando.

Mientras él hacía las presentaciones, Mónica se detuvo a estudiarla a fondo. No tendría más de treinta y seis o treinta y siete años como mucho, pero en sus facciones se podían reconocer esas huellas que, como testigos mudos, quedan marcadas en aquellas personas que han pasado frecuentes experiencias dolorosas. Su pelo era castaño y lo llevaba recogido en una coleta. Sus rasgos también reflejaban una acentuada personalidad: nariz afilada y proporcionada, pómulos bajos, labios finos sobre un sólido mentón y unas incipientes bolsas debajo de unos grandes ojos marrones. No se podía decir que fuera guapa, pero en conjunto se dibujaba una atractiva madurez. En verdad, encajaba poco con la imagen que previamente se había construido de ella. Abandonó esos pensamientos y volvió a meterse en la conversación.

—Hace unos días —decía Fernando—, recibí en mi joyería de Madrid, y de su parte, un paquete que me resultó francamente extraño. Mi colaboradora logró saber a través de la empresa de mensajería que había sido remitido desde aquí. Identificamos en la firma su apellido y desde entonces he deseado hablar con usted para obtener más información sobre el mismo.

—Recuerdo perfectamente ese envío —respondió ella, mientras sacaba del pantalón un paquete de Marlboro Lights y se encendía uno, tras ofrecerles antes a ellos.

—Me he animado a venir personalmente, sin recurrir a una fría llamada de teléfono, por su insólito contenido y sobre todo por su sorprendente antigüedad. Me explico. Tras estudiarlo detenidamente, he descubierto que su destinatario primero había sido mi padre, don Fernando Luengo. La dirección concreta de envío no he conseguido identificarla, pero sí la ciudad, Segovia. Y por su sello de correos he podido concluir que la fecha de envío pudo ser en torno a 1933. —Fernando le acercó un cenicero, para recoger la ceniza que estaba a punto de caer, sin dejar de hablar—. Como se puede usted imaginar, y después de sumar todas estas extrañas circunstancias, me han surgido multitud de preguntas que confío que usted pueda ayudarme a resolver.

Mónica seguía estudiándola, tratando de encuadrarla mejor. Aunque mantenía un aspecto físico bastante correcto para su edad, su gusto por la ropa no la acompañaba en absoluto. Llevaba unos pantalones de pana gris que le quedaban demasiado anchos y que apenas tenían ya dibujo y un jersey de lana trenzada azul bastante desgastado.

—Les aseguro que esperaba con interés esta visita. Me alegro de que hayan venido tan pronto. Y entiendo su inquietud por conocer más detalles sobre las circunstancias del paquete. Pero antes de contarles todo lo que yo sé, ¿les apetece un café o alguna otra bebida?

Mónica se apuntó agradecida a una Coca-Cola Light. Fernando pidió sólo un cortado. Lucía Herrera descolgó el teléfono para pedir dos cortados y la Coca-Cola, y volvió a sentarse. Les explicó que el Archivo Histórico llevaba sirviendo como tal más de sesenta años, aunque acababa de ser restaurado. En él se conservaban cientos de miles de documentos sobre la historia de la provincia y parte de Castilla y León. Algunos eran verdaderas joyas históricas, sobre todo los de la época en que la corte real estuvo instalada en el actual alcázar. Les animó, si tenían un poco de tiempo, a visitar el palacio y a conocer algunos de los documentos más antiguos y curiosos. Llegaron las bebidas y, mientras Fernando se ponía tres cucharillas de azúcar, como de costumbre, Lucía siguió con su relato:

—Unos años antes de iniciarse la Guerra Civil este edificio tuvo funciones muy diferentes a las actuales, pues sirvió de cárcel durante bastantes años. —Miró directamente a los ojos de Fernando—. Y ésta es la circunstancia que nos lleva al fondo del asunto que les ha traído hoy hasta aquí. —Se colocó la coleta por encima de su hombro en un gesto relajado—. Durante estos dos últimos meses hemos estado clasificando e informatizando todos los archivos de esa época y ha sido entonces cuando apareció el paquete que usted ha recibido. Estaba perdido entre la abundante correspondencia que se guardaba de la prisión y entre otros muchos más documentos, como registros de entradas y salidas de internos, facturas varias y numerosos escritos del régimen interior. Desde el primer día me resultó chocante. No entendía por qué un paquete de correos había quedado almacenado allí sin haber sido abierto por nadie en su momento. —Cruzó una pierna sobre la otra y se interrumpió unos segundos para beberse su café—. Primero fui a investigar en el registro de empleados y después en el de internos, tratando de localizar algún Luengo como posible destinatario. Y encontré uno —golpeó con el paquete de tabaco una de sus rodillas—, un preso con el mismo nombre que el suyo. Posteriormente conseguí dar con el mismo nombre y apellido en su joyería de Madrid. Lo demás ya lo conoce usted.

Fernando se frotó el mentón recordando con tristeza un doloroso episodio de la vida de su padre, que él no vivió, pero que conoció por boca de su madre. Él había nacido muchos años después de aquel extraño suceso.

—Mi padre estuvo en la cárcel durante algo más de un año, entre 1932 y 1933. Fue un afamado platero de Segovia, continuador de una larga tradición de orfebres con apellido Luengo cuyos orígenes arrancan a mediados del siglo XVII. El taller de platería de la familia Luengo continúa funcionando, ahora está en manos de mi hermana Paula, y siempre tuvo mucho trabajo, más que cualquier otro en todo Castilla y León. —Mostrándose algo inquieto eligió una gruesa pluma, que sacó de su americana, para tener algo entre las manos—. En la primavera de 1932 ocurrió algo, que nunca he logrado entender, que terminó llevándole a prisión pocos meses después. —Mónica escuchaba perpleja la insólita historia del padre de Fernando. Se sentía un tanto aislada al no poder participar en aquella conversación y un poco molesta al constatar el creciente interés que Fernando parecía haber tomado por lo que la directora le había contado—. Lucía, si conoce bien la iglesia de la Vera Cruz, como doy por supuesto por su condición de historiadora de Segovia, enfrente del altar mayor existen dieciséis lápidas con distintos nombres...

Ella, en cuanto oyó el nombre de esa iglesia, se incorporó en el sillón impulsada por el deseo de hacerles partícipes de su muy estrecha e íntima relación con esa venerada iglesia y le cortó:

—La Vera Cruz ha sido objeto de mi más profunda atención e interés desde que era muy joven. Hice el doctorado sobre ella y creo que la conozco todo lo bien que se puede llegar a conocer esa construcción llena de misterios, sobre todo por la poquísima documentación fidedigna que existe sobre ella. Perdóneme, señor Luengo, que de antemano haga una suposición sobre lo que creo que me iba a decir. Ahora recuerdo que por lo menos hay dos lápidas que tienen, efectivamente, el apellido Luengo.

—¡Veo que conoce bien ese templo! —exclamó Fernando, que seguía manoseando su pluma—. En efecto, tenemos dos lápidas con idénticos nombres; las de Juan Luengo y Paula Luengo y sus herederos. Fechada una en 1679 y la otra en 1680, en pleno siglo XVII. Ellos son las referencias más lejanas de los plateros Luengo.

Mónica, que sentía la necesidad de participar en la conversación y que empezaba a interesarse por el tema, se lanzó a preguntar:

—Perdónenme los dos, pero me gustaría que me aclarasen dos preguntas. ¿Dónde está la Vera Cruz? Y segunda, ¿qué tiene que ver todo esto, Fernando, con el suceso que llevó a tu padre a prisión?

—La iglesia de la Vera Cruz está muy cerca de Segovia —respondió Lucía volviéndose hacia ella—, camino del pueblo de Zamarramala. Es una iglesia muy peculiar por su estructura, ya que es dodecagonal. Se terminó en 1208, como testifica una placa que está en su edículo central. Es un bello ejemplo de construcción poligonal al más puro estilo templario, que actualmente pertenece a los caballeros de la orden de Malta, antiguamente llamados Hospitalarios de San Juan y contemporáneos de la orden religioso-militar del Temple. ¡Es una lástima que hoy no pueda tener tiempo para acompañarles a visitarla! ¡Merece la pena! Aunque suene un poco pedante decirlo, me considero, además, una experta en el mundo templario. Pero, bueno, podemos quedar otro día y la visitamos con todo el detenimiento que requiere. Verá, Mónica, que es un templo atípico, diferente a cualquier otro que haya podido ver en su vida y con el particular detalle de que contiene entre sus paredes una historia verdaderamente apasionante.

Fernando tomó la palabra y contestó a la segunda pregunta de Mónica:

—Mi padre fue detenido una noche en su interior. Había forzado la puerta y la policía le encontró tratando de levantar una de las lápidas de nuestros parientes, ayudado de una gran barra de hierro. Nunca supimos lo que pretendía hacer o buscar allí dentro, pero la mala fortuna hizo coincidir su detención con otro robo que se había producido en esos días, y del que también fue acusado. Al revisar todos los objetos de la iglesia, se echó en falta un pequeño cáliz antiguo que debía haber estado en uno de los altares. Él juró que no lo había robado y, de hecho, no le encontraron nada, pero al no dar con su paradero se le condenó a algo más de un año de prisión por violación de templo sagrado, robo de reliquias y daños al patrimonio histórico artístico.

—Pero ¿es posible que nunca os contase por qué quiso abrir las lápidas de la familia? —preguntó Mónica, sin poder contener su asombro.

—No, Mónica. De ese episodio, según me contó mi madre, mi padre nunca quiso hablar, jamás, y ni ella llegó a entender los motivos de su comportamiento.

Lucía se levantó del sillón y se puso a rebuscar entre un montón de papeles que había sobre su mesa. Sacó un viejo libro de pastas azules. Se volvió a sentar. Mónica observó que se había sentado aún más pegada a Fernando de lo que estaba antes. Lucía abrió una página que tenía marcada con un señalador amarillo.

—Éste es el registro de todas las altas y bajas de los presos que encontré entre la correspondencia. Aquí puede, bueno te tuteo, puedes ver el nombre de tu padre y la fecha de su salida de la prisión: 20 de agosto de 1933.

Mónica comenzó a pensar que la mujer se estaba tomando muchas confianzas. ¡Ya hasta le tuteaba!

—¡Seguro que era él! —exclamó Fernando—. La firma que aparece en el recuadro de la derecha es la suya. Pero Lucía, dime una cosa, ¿por qué no llegó a recibir el paquete, si iba dirigido a él y estaba preso en la cárcel en ese tiempo?

—Pues la respuesta no la sé todavía. Pero bajad conmigo al sótano. Allí guardamos todos los registros de entradas y salidas de mercancía, junto con todos los envíos realizados desde correos a la prisión. Con un poco de suerte podremos encontrar la fecha en la que se recibió y los datos del origen del envío. Espero que todo quedase registrado en su momento y eso nos ayude a salir de nuestras dudas.

Se levantó decidida del sillón y les invitó a seguirla, pasillo y escaleras abajo, hasta llegar a una puerta en el sótano que vieron que estaba cerrada con llave.

—Esperadme aquí un momento. Voy a buscar la llave. Pensé que habría alguien aquí trabajando.

Mónica, una vez que Lucía había desaparecido, quiso comentar con Fernando sus impresiones.

—¿Te has dado cuenta de que llevamos casi toda la mañana y aún no sabemos nada? Ya es cerca de la una y media y calculo que a este ritmo no salimos de aquí hasta las dos. A mí todo este asunto me está provocando un apetito tremendo.

—¡Tienes razón, Mónica! También a mí se me ha pasado el tiempo volando. Aunque la verdad es que estoy encantado de lo que hemos descubierto hasta el momento. He viajado a mi pasado y al de mi familia, sin ser consciente del tiempo que ya llevamos aquí. —Se golpeó la frente, a modo de señal de que había olvidado algo importante—. Por cierto, ahora que me acuerdo. He quedado con mi hermana Paula para comer los tres en un restaurante muy próximo a Segovia, en Torrecaballeros, y he quedado a las dos y media. Espero que podamos llegar a tiempo. De no ser así, vas a comprobar en persona el carácter de mi hermana.

Mónica sintió que se le caían definitivamente todos los esquemas de su soñado día. ¡O sea, que ahora, encima, tampoco iban a comer solos!

Lucía apareció con la llave. Intentó abrir la puerta, pero la cerradura se resistía. Fernando se adelantó para ver si él tenía más suerte. Le cogió de las manos el llavero y al segundo intento lo consiguió. Lucía dio la luz y tras los parpadeos habituales de varios tubos fluorescentes se iluminó un gran almacén lleno de estanterías, clasificadores, carpetas y archivadores. Mónica, ante la perspectiva de los muchos miles de papeles, documentos y libros mohosos, empezó a sentir los primeros síntomas de su fuerte alergia a los ácaros y estornudó tres veces seguidas. «Dios mío —pensó—, aquí debe de haber miles de millones de bichitos.» Dio un paso atrás y se disculpó por no entrar, alegando sus temores ante la presencia de tanto insecto junto. Aprovechó para fumarse un cigarrillo. No solía fumar más de uno o dos al día, pero estaba nerviosa y le pareció que la ocasión lo justificaba.

—En este archivador —le explicaba Lucía a Fernando— tenemos todos los documentos desde el año 1920 a 1933. Déjame que localice el libro que registraba las entradas de material y de correos.

Tras unos minutos rebuscando entre algunas cajas de cartón apareció el libro que buscaba. Lo abrió por la pestaña que señalaba el año 1933 y buscaron en el índice las referencias a entregas de paquetes o correos especiales. Fernando encontró el epígrafe. Escrito a mano, señalaba nada más que un código: A/C.1933.

—¿Qué pueden significar estas letras y números Lucía?

—Son las referencias del archivador que tenemos que buscar en la estantería «A». La «C» debe significar «correos» y 1933 el año. Sencillo, veo que no estás habituado a moverte por este mundo de los archivos. ¡Vamos a buscar la estantería «A»!

En pocos minutos tenían abierta una gran carpeta que guardaba unos cien avisos de correos. Se los repartieron y se sentaron, armados de paciencia, para localizar alguno en el que constase el nombre de Fernando Luengo. No pasaron más de cinco minutos cuando Lucía le enseñó uno.

—Bueno, me parece que ya lo hemos encontrado. Aquí tenemos un aviso de entrega a nombre de Fernando Luengo con fecha de 16 de septiembre de 1933.

—¡Pero si en esa fecha él ya había salido de la cárcel, Lucía! —En la cabeza de Fernando empezaban a encajar las primeras piezas de ese rompecabezas. Espontáneamente se lanzó a resumir lo que acababa de meditar—: Cuando llegó el paquete a la prisión ya hacía más de un mes que había salido de la cárcel. Hasta aquí entiendo que no pudiera verlo, pero sigo sin comprender qué pudo pasar para que nadie le avisase.

—No te puedo contestar con seguridad. Posiblemente el que fuera el encargado del correo durante esos años, al no encontrar su destinatario, lo dejó pendiente, y después lo olvidó o, peor aún, lo perdió. Piensa que a los tres años comenzó la Guerra Civil y ya nadie se preocuparía del asunto. La cárcel se llenó de soldados capturados en el frente y el paquete caería en el más absoluto de los olvidos. No se me ocurre otra explicación.

—Es posible —dijo Fernando—. ¿Se registra algún nombre en él? Necesito saber quién le envió el brazalete.

—¿De qué brazalete me hablas? —le preguntó Lucía a la vez que se lo quedaba mirando, sorprendida.

Fernando se lamentó de su falta de delicadeza por no haberle comentado el contenido del paquete.

—Perdona, tienes motivos para estar extrañada. Todavía no te había dicho que dentro del paquete apareció este brazalete. —Sacó la bolsita de fieltro del bolsillo y se lo enseñó.

Lucía lo observó con gran interés.

—Es precioso. Parece muy antiguo. Su estilo es peculiar. No sé, me resulta familiar pero no me siento ahora capaz de encuadrarlo en alguna época en concreto.

Fernando la observaba mientras ella lo estudiaba. Tenía

unas manos preciosas. Contemplando su cara se sorprendió al reconocer, en aquel brillo especial de sus ojos, los de su mujer. Los labios de Lucía eran más finos y firmes, y tenían un color delicioso sin necesidad de llevar carmín. El resto de su rostro irradiaba una personalidad llena de madurez y de serenidad.

Le refirió lo que había averiguado hasta el momento sobre el brazalete y los pasos que había iniciado para determinar su antigüedad. No podía afirmar nada definitivo todavía, a expensas de la confirmación analítica del laboratorio de Holanda.

—Ahora comprendo mucho más tu interés por saber cuál es el argumento de esta historia. Tratemos de localizar quién envió y de dónde salió este brazalete. De ese modo podrás tener una buena pista para empezar a desenredar todo este barullo.

Lucía volvió su atención al documento. En el remitente aparecía un nombre, Carlos Ramírez Cuesta, con la dirección siguiente: calle República Española, 3. Y la población: Jerez de los Caballeros, Badajoz.

—¡Jerez de los Caballeros! ¡Claro! No había pensado en esa población. Cuando estudié la etiqueta original del paquete, sólo se podía identificar el final del nombre y pensé que se trataba de Ejea de los Caballeros. ¡Jerez de los Caballeros! —Fernando se transportaba a su infancia. Recordaba vagamente que habían pasado un verano allí con sus padres—. Creo que mi padre tenía allí unos amigos. Recuerdo que mi hermana y yo lo pasamos muy bien aquellas vacaciones, aunque debíamos ser muy pequeños. Recuerdo una piscina y también un columpio rojo donde pasábamos horas y horas… —El parpadeo de un neón a punto de cumplir su vida útil le devolvió a la realidad. Miró a Lucía—. ¿No tendrás algún papel donde pueda apuntarme estos datos?

—Pues papel no, pero me parece que tengo en el bolsillo alguna tarjeta de visita. Si te sirve, puedes anotar los datos en el reverso.

Tras anotar en ella la dirección y el nombre de su siguiente contacto, satisfecho por la información que acababa de obtener, le invadió la necesidad de demostrarle a aquella mujer su agradecimiento. Lucía no le dio ningún valor al hecho de haber conseguido localizar al señor Ramírez. Tratándose de una cárcel, todos los envíos debían quedar registrados por cuestiones de seguridad. Por eso había sido muy sencillo encontrarlo.

Cerraron todas las carpetas y tras volver a colocar todo en su sitio salieron del almacén. Fernando se encargó de cerrar la puerta una vez que ya había demostrado su dominio con aquella complicada cerradura. Mónica esperaba nerviosa a que salieran de una vez. No le había hecho ninguna gracia dejarles solos y no poder enterarse de nada.

—¿Habéis encontrado algo? —preguntó nada más verles salir, analizando sus rostros.

Fernando lucía una espléndida sonrisa como muestra de un completo triunfo.

—Mi querida Mónica, ya sé quién envió el brazalete a mi padre. —Sacó la tarjeta de visita de Lucía y se la leyó en voz alta—. La siguiente pista está en Jerez de los Caballeros, provincia de Badajoz. Allí tengo que encontrar, si aún vive, a un tal Carlos Ramírez. Él mandó el paquete a mi padre.

Se volvió hacia Lucía. Le agarró una mano, la besó con cortesía y volvió a demostrarle una vez más su agradecimiento.

—Lucía, me siento muy satisfecho por tu inestimable ayuda. Me has ayudado a aclarar mucho mis dudas. No sé cómo puedo devolverte el favor, ¿podría hacerlo invitándote a comer hoy con nosotros?

Ella, un tanto incómoda por la situación, retiró su mano y se disculpó:

—Me encantaría ir, pero la verdad es que he retrasado unos asuntos muy urgentes que debía terminar, y si salgo a comer ahora se me hará muy tarde. Gracias por la invitación. Queda pendiente para el día que volváis a Segovia. Bueno, y, además —fijó su mirada en Mónica—, me he comprometido a enseñarte a fondo la Vera Cruz. Cuando sepáis cuándo vais a venir me llamáis con unos días de antelación, si es entre semana. O mejor, venid un fin de semana y así cubriremos las dos cosas: la visita y una comida los tres juntos. ¿Os parece bien?

—Por mi parte, encantada —mintió Mónica, aliviada al menos por evitarse la comida ese día—. Cuando Fernando diga volveremos a vernos.

Él repasó mentalmente las fechas que tenía disponibles y pensó que hasta pasadas dos semanas no podrían comprometerse a realizar otro viaje a Segovia.

—Una vez terminadas las fiestas baja mucho la actividad en la joyería. El sábado próximo no, el siguiente, vendremos a verte. ¿Te va bien, Lucía?

—¡De acuerdo, sin problemas! Si no te parece mal, buscaré alguna información en la hemeroteca sobre el robo y el suceso que llevó a la cárcel a tu padre. Si veo algo interesante, te lo mando. ¿Me puedes dejar alguna tarjeta con un número de teléfono y un fax?

Fernando le dejó una tarjeta de la joyería. Lucía se despidió de Mónica con dos besos y les acompañó hasta la puerta del archivo, donde les deseó una feliz estancia en Segovia.

Eran ya las dos y cuarto, y sólo tenían quince minutos para llegar al restaurante donde habían quedado con Paula. Fernando instó a Mónica a acelerar un poco el paso para salir lo antes posible de Segovia. Seguía haciendo todavía bastante frío, aunque algo menos que durante la mañana. A ninguno de los dos les sobraba el abrigo.

La puerta del restaurante se encontraba al fondo de un pequeño patio abierto que estaba curiosamente decorado. El camino empedrado que conducía al local dejaba a su izquierda una pequeña parcela de césped adornada con un divertido conjunto de hortalizas y frutas esparcidas por el suelo, junto a una carretilla de madera volcada.

Fernando preguntó a un camarero si había llegado ya la señora Luengo. El servicial joven le respondió afirmativamente, señalando dónde estaba sentada, en una mesa del fondo. Mónica nunca había visto a la hermana de Fernando, salvo en una foto enmarcada que había en la mesa de su despacho. Jamás iba por Madrid y sólo se veían cuando Fernando viajaba a Segovia. Fernando se acercó a ella y le dio dos besos.

—Hola, Paula. Me alegro de verte. Te presento a Mónica, mi colaboradora, de la que me has oído hablar muchas veces.

—¿Ahora se llaman colaboradoras? —apuntó Paula maliciosamente, mientras la estudiaba de arriba abajo.

—¡No seas grosera, Paula! —le recriminó Fernando, enfadado—. ¡De verdad que eres imposible! A veces pienso que madre, en vez de alimentarte de pequeña con leche infantil, te debió de dar vinagre. Espero que te disculpes delante de ella, no está acostumbrada a tus salidas de pata de banco.

Mónica, bastante abrumada por la situación, se acercó hacia ella y le besó en la mejilla, fijándose primero en sus ojos; tenían idéntico color y transparencia que los de su hermano. En aquel expresivo rostro convivía una curiosa mezcla de dulzura y picardía.

—Estoy encantada de conocerla. Fernando me ha contado bastantes cosas de usted.

—Perdóname, chata, soy una grosera, lo reconozco. Pero te aseguro que ser hermana de este hombre no es nada fácil. Siéntate a mi lado. Me apetece conocerte de verdad. ¡No me fío nada de lo que me ha contado mi hermano sobre ti!

—¿Les retiro los abrigos? —preguntó el camarero.

Fernando ayudó a Mónica a quitárselo ante la sonriente mirada de Paula, que no se perdía ni un solo detalle. Una vez sentados, Paula agarró una mano de Fernando y le dijo al oído:

—Te felicito por la elección, es una auténtica monada de niña. ¡Muy jovencita, además, para ti!

Fernando no pudo protestar ante el estúpido comentario de Paula, pues acababa de llegar el *maître* que, tras entregarles la carta, empezaba a explicar las especialidades de la casa, junto con sus recomendaciones para ese día. Paula no las escuchaba: observaba y pensaba en Fernando. Se veían tan pocas veces… Ella mantenía habitualmente contactos con su hermano pequeño —no había terminado de asumir que ya era un adulto—, aunque casi siempre por teléfono. Aparte de ser hermana, había tenido que desempeñar el papel de madre al morir sus padres cuando todavía eran muy jóvenes. Aquel primer sentimiento de protección, que de forma natural fue desapareciendo con el tiempo, volvió a renacer de golpe al enviudar de Isabel en las terribles circunstancias en que sucedió. Habían pasado varios años pero todavía mantenía fresca aquella imagen de su hermano entre sus brazos, roto de dolor. Ninguno de los dos había tenido suerte en el amor. Al igual que Fernando, el amor de su vida desapareció de forma brusca y Paula decidió que ningún otro hombre podría llenar ese hueco. Deseaba de todo corazón que él rehiciera su vida sentimental con otra mujer que le hiciera feliz. Deseaba la felicidad de su hermano más que la suya propia.

Abandonó sus pensamientos bruscamente para decidir lo

que iba a comer. Después de que el *maître* les tomara nota, Paula sacó a colación un asunto que quería comentar con Fernando antes de nada.

—No sé el motivo exacto que os ha traído a Segovia, aunque imagino que no habéis venido sólo para verme —les miró con complicidad—; pero he traído la daga de plata que me encargaste con tanta urgencia.

Sacó de su bolso una caja de cartón ondulado y, al destaparla, mostró una preciosa daga tunecina con caracteres arameos en la empuñadura, tal y como Fernando le había pedido. Él cogió la daga y la estudió con detenimiento. Paula, sin esperar su valoración, se adelantó.

—Como verás con tus propios ojos es una obra de artesanía. He ocupado a mi mejor platero tres días completos y yo misma he acabado de pulir los detalles más delicados.

—Bueno…, no está mal —concedió Fernando secamente.

—¡Cómo que no está mal! ¿Eso es todo lo que se te ocurre decir? ¡Serás inútil! Sabes que es el mejor trabajo que ha pasado por tus manos en lo que llevas vivido, ¡cacho ingrato!

Paula le arrebató de las manos la daga y la volvió a meter en la caja, muy ofendida por el comentario de Fernando. Mónica se sintió solidaria y quiso ayudar.

—A mí me parece una obra de arte. ¡Es preciosa!

—Gracias, Mónica. Veo que al menos hay alguien que sabe apreciar la calidad —miró a Fernando en ese momento—, así que no te juntes mucho con este malnacido. Como le conozco muy bien, sé que está intentando buscar la excusa para pagarme lo mínimo. Piensa que si reconociese lo que realmente es, una obra única, le tocaría pagarla como tal. ¿Verdad que es lo que pretendes, granuja?

—De acuerdo, reconozco que esta vez te has superado —dijo Fernando con una sonrisa, sabiéndose pillado—. Tus manos son ya mejores que las de nuestro difunto padre.

Dime la cantidad que me vas a cobrar, no te pases, y disfrutemos de la comida.

—Te enviaré la factura directamente a la joyería. Y no me la discutas, ¿vale?

Mónica eligió el vino. Era una buena conocedora de los caldos de La Rioja y pidió que trajeran un Viña Ardanza del 95. Durante el primer plato Fernando relató todo lo que habían averiguado por la mañana sobre el remitente del paquete y su contenido. Paula, apenas enterada del misterioso brazalete, seguía toda la historia con verdadero interés.

—¿Tú te acuerdas de un viaje que hicimos a Jerez de los Caballeros cuando éramos pequeños? Tú debías de tener unos doce años y yo tendría sólo cinco, no consigo acordarme de nada.

Paula se quedó pensativa, rememorando aquel viaje que permanecía lejano en el baúl de sus recuerdos.

—Padre tenía mucho interés en ir. Sólo estuvimos tres días, y fue un verano que hizo mucho calor. A nosotros nos dejaban jugando en el hotel, en una piscina estupenda, donde lo pasábamos bomba. Padre se iba muy temprano todos los días y volvía tarde. No sabíamos qué hacía durante el día. Pero recuerdo que en una ocasión escuché una conversación que tuvo con madre. Padre iba buscando algo que le había dejado a deber, o algo así, una persona que, por lo visto, había fallecido. Yo pensé que se trataría de algún pedido que no le habían pagado. Iba preguntando a todos los familiares del difunto sobre la deuda o lo que fuese, pero sé que finalmente nos volvimos sin que tuviera éxito. Recuerdo que durante el viaje de vuelta estaba francamente disgustado.

—Seguramente fue a buscar el brazalete —apuntó Mónica—, sin saber que su paquete ya había llegado a su destino.

Como no supo nada de él, trató de buscarlo directamente en el lugar donde suponía que tenía que estar, en Jerez de los Caballeros. —Inspiró una bocanada de aire para recuperar el aliento, encantada de las caras de interés de su auditorio, y continuó—: Por otro lado, y por lo que cuenta Paula, su contacto, por llamarlo de algún modo, debió de fallecer antes de avisarle de que el paquete ya había sido enviado. Con la muerte de… Fernando, ¿qué nombre tenías apuntado?

—Carlos Ramírez —leyó Fernando, que interrumpió por un instante las deducciones de Mónica—. Me encargaré de confirmar la fecha exacta de su muerte. Pero todas estas circunstancias me llevan a sospechar que debió de ser poco después de la llegada del paquete a la prisión, durante el mes de septiembre, o como mucho en octubre de 1933.

—Con la muerte de Carlos Ramírez —Mónica recuperó su línea argumental—, cualquier relación que hubiese existido con tu padre se fue con él a la tumba y toda la información se perdió. Durante el viaje a Jerez, que habéis recordado, tu padre no pudo conseguir ni noticias ni pistas sobre el paradero del brazalete, si es que sabía que se trataba de un brazalete.

—¡Excelente, Mónica! Me empiezas a caer muy bien. Reconozco que además de un cuerpo espléndido tienes una cabeza bastante bien amueblada —exclamó Paula, que empezaba a cogerle el gusto al tema—. ¿Cuándo vamos a Jerez de los Caballeros a saber quién y qué era don Carlos Ramírez, chicos?

—¿Cómo que vamos…? —atajó Fernando—. Te estoy contando todo esto porque eres mi única hermana y tiene relación con nuestro padre. Pero eso no quiere decir que cuente contigo para nada más. En todo caso, ya te iré poniendo al corriente cuando lo crea oportuno.

—¡Y luego soy yo la que tiene mal carácter, majo! —contestó Paula indignada por el desplante—. O sea, que me dejas tirada en esta historia como si fuera una colilla.

Fernando se limpió con la servilleta los restos de grasa de cordero, dispuesto a entrar en batalla. Pero antes de darle tiempo a hablar, Paula ya había vuelto a tomar la palabra.

—Cuentes o no conmigo, ¡yo voy! —Golpeó con un puño la mesa—. Te aseguro que no me vas a sacar de mis trece. No me pienso perder esta aventura. Así que vete reservando en Jerez de los Caballeros habitación para mí y, por supuesto, para Mónica que, igual, a la pobre también la ibas a dejar fuera de esto. ¿Te queda claro, querido?

Fernando, viéndose sin escapatoria, terminó accediendo a todo. Decidió que el siguiente fin de semana podría ser el más adecuado para ir sin tener que cerrar la joyería, aunque tuviesen mucho trabajo.

—Saldremos el próximo viernes, que es festivo. Intentaré reservar en el Parador de Zafra, que está bastante cerca de Jerez de los Caballeros. Podemos pasar todo el fin de semana allí. ¿Os parece bien?

—¡Así me gusta, hermanito!

Terminaron la comida y, después de pagar la cuenta, se despidieron en la salida del restaurante. Paula arrancó su coche y se alejó a toda velocidad. Fernando y Mónica hicieron lo mismo, pero antes de llegar a Segovia Fernando preguntó:

—Mónica, son las cinco de la tarde. Se va a hacer de noche dentro de poco. Tú decides, ¿estás cansada y quieres que te lleve a Madrid o nos damos el prometido paseo por Segovia? Al final, el esperado día de descanso se nos ha ido complicando y no he podido enseñarte ninguno de los lugares que más adoro de mi querida ciudad.

—Yo no estoy cansada. Acepto el paseo por Segovia, aunque sea tarde. Pero te adelanto que no pienso seguir hablando ni del brazalete ni, por favor, tampoco de historia. —Frunció el ceño, poniendo un simpático gesto lleno de súplica—. Me apetece sólo pasear un rato.

—¡Cuenta con ello! —respondió él decididamente.

Llegaron a Segovia y aparcaron cerca del acueducto. Desde allí, y tomando la calle Gazola, que era peatonal, caminaron despacio en dirección a la catedral. Fernando iba recordando algunas anécdotas de su niñez, entremezcladas con sus sueños de juventud. Su colegio, los amigos, los juegos, sus padres, su primera novia, María, cuando sólo tenía doce años, sus vacaciones en Cambrils.

Ella iba escuchando, encantada. Se imaginaba perfectamente cómo debían ser las peleas y las riñas con su hermana Paula, y le resultaba de lo más familiar.

Entre sus recuerdos Fernando iba intercalando unas veces una breve explicación sobre una iglesia que dejaban a la derecha, otras sobre algunos detalles de un antiguo palacio que acababan de pasar. Mónica nunca le había visto tan relajado, hablando sin parar de tantas cosas a la vez. Empezó a sentir cómo su nariz y en parte las orejas empezaban a manifestar los primeros síntomas de congelación.

—Fernando, ¿me invitas a tomar algo? Necesito entrar en calor. Estoy encantada con el paseo, pero me estoy quedando helada.

Estaban atravesando la Plaza Mayor y decidieron entrar en el Café Suizo. Se sentaron en una mesita, al lado del ventanal que daba hacia la plaza, y en pocos minutos tenían dos humeantes cafés y unas pastas para acompañarlos. Mónica seguía escuchándole ensimismada, sujetando con ambas manos la taza para calentárselas un poco. La cafetería estaba llena de gente. Las animadas y ruidosas conversaciones llegaban amortiguadas a los oídos de Mónica, que no dejaba por un momento de mirar a los ojos de Fernando, completamente hechizada por ellos.

—Por cierto, volviendo al tema del brazalete… —Sacó la bolsa de fieltro de un bolsillo de la americana.

—No, por favor, Fernando. Quedamos en que no volveríamos a hablar de él.

Él dejó la bolsa al lado de su mano sin terminar de entender su reacción.

—¡Feliz Navidad! Papá Noel te ha dejado un regalo en mi árbol.

—Pero… ¿Qué sorpresa es ésta? ¡Esto sí que no me lo esperaba!

Desató el cordón de la bolsita y sacó un anillo de oro con un bello peridoto verde de gran grosor. La bolsita era igual que la del brazalete, pero tenía otro contenido. Se lo puso encantada y lo contempló en silencio. Le miró a los ojos, se aproximó a él y le besó suavemente en la mejilla.

—Fernando, gracias. No tenías por qué regalarme nada. No sé qué decir…

—Igual quieres saber por qué lo he hecho… —El pulso de Mónica se aceleró. Parecía que iba a escuchar por primera vez algo romántico de él—. Como el motivo es demostrarte que estoy muy agradecido por tu trabajo, Mónica, he pensado que la mejor manera de decírtelo era con un regalo, y qué mejor momento que en Navidad. —Ella no pudo evitar un gesto lleno de decepción que a él no se le escapó—. Mónica, disculpa si digo una tontería, pero me da la impresión de que no te ha gustado. Si quieres, lo cambiamos por otro.

—Por supuesto que no, Fernando. —Encontró una sonrisa adecuada para disimular—. El anillo es precioso y no quiero que lo cambies. Muchas gracias, de verdad que me ha encantado —miró su reloj—, pero creo que se nos está haciendo un poco tarde. Si te parece bien, podríamos volvernos ya. Estoy un poco cansada.

Todas las ilusiones que se había construido durante ese día

se habían desmoronado estrepitosamente al entender sus intenciones. Nunca conseguiría el amor de Fernando. Ahora veía con claridad lo tonta que había sido. ¿Cómo iba a fijarse en una niñata como ella?

Fernando pagó las consumiciones mientras trataba de procesar lo que acababa de ocurrir. Sirviéndose de la excusa profesional, con ese regalo había querido mandarle un mensaje mucho más íntimo, sopesando antes la particular relación que existía entre ellos y sus posibles consecuencias. Al trabajar para él, un error de planteamiento por su parte o un rechazo por el suyo podía condicionar seriamente sus relaciones futuras.

La vuelta a Madrid fue rápida. No encontraron nada de tráfico y sin apenas darse cuenta se encontraban parados frente al portal de la casa de Mónica, despidiéndose. Ella salió del coche y se dirigió directamente hacia su casa; le saludó por última vez antes de cerrar la puerta del portal. Sólo deseaba llegar a su habitación y tirarse en la cama a llorar. Fernando, su único amor, le había hecho despertar de un sueño enfrentándola directamente a la cruda realidad; lo único que ella representaba para él era ser una eficaz empleada a la que se le premia por su buen trabajo. Se sentía destrozada.

Él puso en marcha el coche y salió en dirección a la Castellana. No entendía qué había cambiado entre la Mónica de la mañana, alegre, encantadora y cariñosa, y la que acababa de dejar, mucho más triste y seria. Había metido la pata. Seguro que ella había entendido sus verdaderas intenciones y se había asustado. Debía ser eso. Se sentía mal. Por más vueltas que le daba, aquella reacción de Mónica ante su regalo no podía entenderla de otra manera que como un amable rechazo.

—¡Qué iluso he sido! Todo un cuarentón pensando que una chica de veintitantos podría fijarse en mí.

5

Navarra. Año 1244

Pierre de Subignac cruzó los Pirineos por una de las vertientes menos transitadas de las montañas de Huesca. Tras varias jornadas a caballo alcanzaba por fin las estribaciones de Puente la Reina, en el reino de Navarra. Tras entregar la fortaleza de Montségur a las fuerzas papales, había decidido tomar esa dirección para desaparecer durante unos meses y refugiarse en aquel pequeño pueblo navarro.

Durante el tiempo que tardó en levantar el templo de Eunate había conseguido hacer algunos amigos dentro de la comunidad templaria, ya que, de los cuatro años que le había llevado su construcción, dos los había pasado en la propia encomienda, acogido por los monjes, como si se tratara de uno más. De aquello habían pasado más de diez años.

Sus relaciones con los templarios fueron en todo momento bastante cordiales, pero especialmente con su comendador, Juan de Atareche. Con él fueron mucho más estrechas y se estableció entre ellos una sólida amistad que todavía perduraba pese al transcurso de los años. Ésta se inició, al poco de llegar Pierre, tras reconocer una notable coincidencia en sus caracteres y opiniones. Esa afinidad les fue conduciendo, día a día, a desarrollar un mayor grado de confianza. Aunque Juan era mucho mayor que él, la diferencia de edad nunca había interferido demasiado en su relación. Para Juan, Pierre era en parte un discípulo y, también, el hijo que nunca había tenido. En pocos meses terminaron conociéndose muy bien, y compartían sin pudor sus sentimientos, sensaciones o preocupaciones. Así fue como Juan sirvió de testigo de la relación que se inició entre Pierre y Ana, y como conoció su conversión a la fe cátara, de la mano de ella.

Sorprendentemente su abandono del catolicismo marcó un profundo giro en su relación. En principio, Pierre había temido por su reacción, como hombre templario y defensor armado de la Iglesia y de la fe, pero encontró comprensión e incluso justificación a su decisión de abrazar la nueva fe. Juan empezó a mostrarse de una forma distinta, defendiendo postulados que a él se le antojaban más parecidos al catarismo que a los propuestos por la Iglesia cristiana.

Pese a su excelente trato y lo mucho que llegó a conocerle, Pierre nunca había entendido qué hacía ese hombre, con sus peculiares creencias, presidiendo una comunidad templaria.

Lo cierto es que, durante su estancia en el monasterio, habían disfrutado de numerosos y agradables paseos, conversando de lo divino y de lo humano por la ribera del río Arga. A medida que se reforzaba su amistad, Juan le fue contagiando su pasión por el estudio y la interpretación de sabidurías tan antiguas como la egipcia o la babilónica, en las que era un experto. Le enseñó a comprender la simbología que los números tenían como verdaderos motores del universo, según la filosofía cabalística de los antiguos pueblos semitas. Le hablaba sobre antiguas sectas judías, como los esenios, que habían encontrado la luz de Dios y, a través de ella, la relación directa con Él mediante la vida eremítica, la meditación y la ascesis. Ellos eran, según su interpretación, los que habían alimentado los principios básicos de la fe cátara.

Como maestro constructor que era, también le inició en los conocimientos necesarios para descifrar correctamente los precisos mensajes que los templarios deseaban transmitir al mundo a través de sus edificios. Mensajes ocultos a la vista de los no iniciados, pero que si se sabían leer adecuadamente expresaban un profundo contenido. Su lenguaje en clave estaba redactado dentro de las dimensiones numéricas que daban a sus estructuras, o en las premeditadas orientaciones de sus templos y, sobre todo, a través de la interpretación de la decoración de sus dobelas, canecillos y capiteles.

La larga vida de Juan —había cumplido ya los noventa años— empezaba a pesarle ya demasiado sobre sus espaldas, y no sólo por el desgaste natural del paso del tiempo, que también, sino por la factura que se habían cobrado en él la suma de tantas aventuras y desventuras acontecidas en los más variopintos lugares del mundo.

Cincuenta años atrás Juan había marchado a Tierra Santa, poco antes de que ésta fuera definitivamente arrebatada a la cristiandad por las tropas egipcias, dirigidas por Saladino, en 1188. Fue como caballero, respondiendo con generosidad a las llamadas del Papa en ayuda y defensa de los santos territorios, para proteger a los peregrinos frente a la continua amenaza de las huestes musulmanas. Pero Juan también sentía desde hacía tiempo una llamada especial de Dios. Y en Jerusalén conoció el Temple. La regla que profesaban aquellos monjes soldados cubría perfectamente su doble aspiración, como caballero y como hombre de Dios. Emocionado, solicitó ser admitido en la orden. Aceptado por los templarios, permaneció con ellos en Jerusalén durante bastantes años, antes de regresar a su Navarra natal.

Aprendió en el sanctasanctórum de los templarios las rígidas ordenanzas inspiradas por san Bernardo de Claraval, el abad que dirigió los inicios de la propia orden y defendió ante el mismo Papa su constitución. Pero como sus inquietudes por ampliar conocimientos no terminaban allí, acabó abocándose al estudio de otras sabidurías orientales, como la cábala, o a ahondar en el ascetismo de los sufíes.

Juan le había enseñado a Pierre a diseñar y a levantar las construcciones por encima de sus fines estéticos o devotos. Aprendió a transformarlas en instrumentos de transmisión de sabiduría para las generaciones futuras. Le explicó que el número cinco, para la cábala, simbolizaba la fuerza, la luz que da la vida, representada en la estrella de cinco puntas. Le animó a dar sentido al número nueve para sus siguientes diseños; el que se correspondía con la sabiduría, también con la serpiente. El número del iniciado y síntesis del bien y del mal.

Mientras se acercaba a la encomienda, iba recordando sus palabras: «Piensa, Pierre, que los hombres morimos. Que nuestros pensamientos e ideas perduran poco tiempo. Pero las piedras permanecen por siempre y es, en ellas, donde debemos expresar y comunicar la verdad, para que los que aprendan a interpretarlas sepan encontrar los caminos correctos».

Pierre se sentía agotado por aquel largo viaje, aunque estaba muy ilusionado con volver a ver a su amigo Juan. Cuando abandonó Montségur hacía años que no sabía nada de Juan.

Desde la colina donde se encontraba se divisaba todo el pueblo. A la entrada del mismo, a su izquierda, localizó el muro y la gran puerta de madera que separaban el monasterio templario, sede de la encomienda, del resto de los edificios. Respiró aliviado al ver finalizado su largo y pesado viaje.

Había pasado mucho tiempo y muchas cosas desde que salió por última vez de allí. Qué diferente le resultaba ahora de cuando partió. Iba con Ana, con su amada Ana, llenos de ilusión por empezar una nueva vida, conscientes de lo que dejaban atrás. Un agudo punzón atravesaba su corazón al recordar su imagen, y las lágrimas afloraron con intensidad. Volvía solo, con la única compañía de aquel irremediable remordimiento por su muerte. Huyendo de todo, sin saber qué debía hacer, ni qué le depararía el destino. Así alcanzó la entrada del monasterio. Un monje armado, al que reconoció de inmediato, pertrechado con su capa blanca y cruz octavia, le detuvo.

—¡Alto al que viene! ¿Qué deseáis de este lugar, buen hombre?

Pierre descabalgó con dificultad y, ya en el suelo, se presentó al freire.

—¡Buenos días, hermano! Parecéis no recordarme. Soy constructor y amigo de este monasterio, donde residí por un tiempo. Deseo ver al comendador don Juan de Atareche, mi amigo.

El monje, tras examinarlo detenidamente, terminó por reconocerle.

—Vos sois Pierre de Subignac, ¿cierto? —Tras oír su esperable respuesta afirmativa, extendió su lanza para cerrarle el paso—. Sabréis entonces que aquí no sois bien recibido. —Pierre le miró preocupado—. Ya podéis tomar vuestro caballo y dirigiros lo más lejos que podáis de aquí. ¡Fuera, maldito hereje!

—Por favor, hermano —clamó con voz humilde—, llevo muchos días a caballo con el único motivo de ver a mi amigo Juan. No pretendo quedarme más tiempo que el necesario para estar un momento con él. —Agarró su brazo en tono suplicante—. Os suplico que me dejéis pasar. Sé que él os autorizaría a hacerlo. Os ruego que tengáis caridad.

El hombre pareció apiadado por sus súplicas. Sin responderle cogió las riendas del caballo y le invitó a entrar. Continuaron caminando hasta las caballerizas en silencio. Finalmente, tras ver la desconcertada cara de Pierre, le explicó:

—Siento tener que informaros del grave estado de salud que padece nuestro comendador…

—¿Qué queréis decir exactamente con su grave estado de salud? ¿Cómo de grave está mi querido amigo? —le interrumpió Pierre, nervioso ante la inesperada noticia.

—¡Está muriéndose! Lleva cinco días agonizando. Su situación es crítica y me temo que ya es sólo cuestión de horas.

Pierre necesitaba ver a Juan. Le rogó que le llevase hasta él. El monje se disculpó por no acompañarle, pues debía permanecer a la entrada; pero le pasó el encargo a otro, que en ese momento se encontraba próximo a ellos, descargando unos sacos de avena en el establo. Pierre siguió al segundo monje por el interior del monasterio. Atravesaron el austero claustro románico por el que tantas veces había paseado, cruzándose con varios monjes que, tras reconocerle, le saludaban, unos extrañados y otros con una sincera sonrisa. Subieron las escaleras para alcanzar la planta alta, donde estaban los dormitorios. Tras recorrer dos largos pasillos llegaron al de Juan. La puerta estaba cerrada. El monje le rogó que aguardase fuera unos minutos.

Pierre se quedó solo. Ansiaba entrar y ver a su querido amigo cuanto antes. Se sentía aturdido y confundido. En ningún momento había pensado en la posibilidad de la muerte de Juan y, ésta, hacía que sus planes cambiasen por completo. Miraba desesperado a la puerta. No terminaba de abrirse. La espera se le hizo insoportable.

Por fin salieron dos monjes. El que le había acompañado hasta allí se alejó por el pasillo sin darle más razón. El otro era un viejo conocido de Pierre. Se trataba de Pedro Uribe, coadjutor de la encomienda y persistente detractor de Pierre durante la época en la que éste había convivido con ellos. Pedro jamás había aprobado su presencia dentro del monasterio. Nunca supo entender muy bien el alcance de sus motivos, pero le tocó padecer su refinada y sutil crueldad junto con una descarada antipatía, manifestadas sin ambages todos esos años. Su permanente acritud para con él empeoró, si cabe, cuando, un poco antes de irse, supo de su renuncia a la fe católica y su bautismo en la cátara.

—¡Así que tenemos nuevamente por aquí nada menos que al hereje don Pierre de Subignac! —afirmó con sorna—. ¿Qué nueva te trae por estas santas y católicas moradas?

—Acabo de llegar de un largo viaje, Pedro. Sólo venía a saludar a vuestro comendador, y al enterarme de su grave estado de salud he solicitado verle con urgencia. ¿Puedo pasar un momento a verle, por favor?

Pedro compuso en su rostro una mueca de desaprobación que Pierre interpretó como una clara negativa. Antes de obtener una respuesta de viva voz, Pierre reaccionó adoptando tal gesto de derrota que hizo que Pedro cambiara de opinión, apiadado tal vez por las circunstancias.

—Pierre, sabes que Juan es muy mayor. Ha cumplido noventa y dos años y se nos muere. Creo que no pasará de esta noche. Está tremendamente cansado y debilitado. Estos días no he dejado que lo vea nadie. Soy el comendador en funciones hasta que muera, y no sé por qué lo hago, la verdad, pero te concedo sólo unos minutos. Que sepas que lo hago más pensando en él, pues sé que te quería como a un hermano, que por ti. Confieso que no deseaba volver a verte en mi vida, pero mi corazón es piadoso y espero que lo sepas valorar.

—Te lo agradezco de corazón. No le causaré ninguna fatiga. Estaré poco tiempo, te lo prometo.

Pierre empujó la puerta y la cerró en silencio tras de sí. La habitación era pequeña y una única cama se encontraba al lado de un ventanal por el que entraba la luz generosamente. Cogió una silla y la acercó hasta la cama. Contempló a Juan, que parecía dormido. Estaba exageradamente enflaquecido. Los huesos de los pómulos se le marcaban con claridad y sólo los cubría una fina capa de piel amarillenta. Los párpados y las cuencas de los ojos presentaban un color azulado, así como sus labios. Una barba blanca y descuidada le cubría el cuello y reposaba por encima de las sábanas. Bajo ellas se adivinaba un frágil y esquelético cuerpo. Aquella contagiosa vitalidad y fortaleza que guardaba en sus recuerdos parecía haberle abandonado definitivamente.

Pierre tomó su mano. La notó fría. Ante el contacto, Juan abrió los ojos y encontró el rostro angustiado de Pierre.

—¡Qué agradable sorpresa…! —hablaba con extrema dificultad.

—Mi querido Juan, ¿cómo te encuentras?

—Ya lo ves, Pierre, me muero sin remedio. Me intentan engañar asegurándome que estoy mejor, pero yo sé que mi hora ha llegado y que pronto estaré en las manos de Dios. —Se interrumpió unos instantes para recuperar su frágil respiración—. Pero no hablemos ahora de mí. Cuéntame qué tal te ha ido en Montségur. He sabido de la terrible persecución a la que os ha sometido la cruzada. ¿Cómo están ahora las cosas por allí? ¿Cómo está Ana?

De camino a Navarra había meditado sobre esas previsibles preguntas calculando qué respuesta les daría. Sopesó varias posibilidades, y acabó decidiendo que sólo contaría parcialmente lo ocurrido, sin, evidentemente, referir nada acerca de su traición. Pensó que incluso la horrible muerte de Ana podía ser perfectamente comprensible tras un sangriento asalto. Aunque en esos momentos, y viéndole a las puertas de la muerte, tomó la decisión de contarle toda la verdad. Necesitaba liberar el enorme peso en su conciencia y Juan era su mejor consuelo. Sin poder contener la tensión que arrastraba desde entonces y al ver en ese estado a su amigo, arrancó a llorar.

—¿Qué te ha ocurrido?, ¿de donde proviene ese dolor? —Acarició su pelo, tratando de tranquilizarle.

Pierre se desabrochó el cordón de su jubón y sacó de su pecho el medallón, enseñándoselo.

—Juan, recordarás este medallón que has visto durante años. —El hombre afirmó con la cabeza, sin entender nada—. Nunca te revelé su origen ni su significado, pero hoy debo hacerlo. —Aspiró una buena bocanada de aire—. Tiene una antigüedad de más de dos mil setecientos años. Perteneció a Isaac, hijo de Abraham. Está desgastado por el paso del tiempo pero, como ves, tiene representado en relieve un cordero y una estrella. El cordero simboliza el sacrificio de un padre que, atendiendo a la voluntad de Yahvé, le fue ordenada la inmolación de su deseado hijo, Isaac. La estrella refleja la heredad, «como las estrellas del firmamento» de su descendencia, que fue bendecida por Yahvé, tras su alianza con Abraham.

Juan, impresionado por el medallón, lo cogió en su mano y se lo acercó a los ojos para verlo más de cerca.

—Pierre, ¿estás seguro de lo que dices? ¿Quieres decirme que llevas en tu cuello la reliquia más antigua y valiosa de todos los tiempos? Nunca había oído ni leído nada sobre su existencia. ¿Cómo puedes asegurar su autenticidad y su procedencia?

Pierre le explicó detalladamente los hechos vividos por su tatarabuelo Ferdinand de Subignac durante la primera cruzada. El inesperado encuentro, durante la conquista de Jerusalén, con la judía Sara, descendiente directa del patriarca Abraham, y su violenta muerte en brazos de su antepasado. Le explicó también el sagrado compromiso que desde entonces habían adoptado sus ascendientes, y él mismo también, de proteger y conservar el medallón, evitando por todos los medios que cayera en manos ajenas a la familia. Ése fue el juramento que su tatarabuelo realizó a Yahvé y a los grandes patriarcas en presencia del cuerpo inerte de Sara.

Juan de Atareche seguía con interés su relato. Una sombra de preocupación le asaltó por unos instantes. Tenía que explicarle algo que podía ser esencial para Pierre. Pero antes de hacerlo no terminaba de entender todavía qué relación tenía el medallón con su pregunta sobre Montségur.

—Pierre, pero ¿por qué no me cuentas nada de Montségur? ¿Por qué lo has relacionado con la historia del medallón?

Pierre se maravilló al ver cómo Juan, aun en el lecho de muerte, seguía manteniendo la misma lucidez de siempre. Las lágrimas volvieron a acompañarle durante el relato pormenorizado de los sucesos que habían desencadenado la toma de Montségur, su decisiva intervención en la entrega de la fortaleza para evitar que el medallón pudiese caer en manos cruzadas y la vergonzante huida, abandonando a una muerte segura a Ana y al resto de sus queridos hermanos cátaros. Confesó también, experimentando un agudo dolor, las horrendas muertes de Justine y de su hombre de confianza.

Juan lo observaba lleno de misericordia —como el padre que asiste al dolor de un hijo, participando de su pesar—, pero meditaba sobre el fantástico anuncio que acababa de recibir acerca de ese medallón. El medallón de Isaac, pensaba. Un objeto profundamente sagrado. El símbolo que buscaba.

Se abrió la puerta de la habitación y entró, decidido, Pedro Uribe para recordar al cátaro que debía abandonarles. Advertido Juan del poquísimo tiempo que tenían, antes de terminar la visita, tomó las dos manos de Pierre entre las suyas y le miró muy fijamente a los ojos.

—¡Pierre, es vital para ti que mañana te cuente una cosa muy importante! ¡No faltes por nada del mundo! Ven a verme en cuanto te lo permitan. —Desde donde estaba, Pedro había oído lo que Juan decía entre susurros—. Yo te prometo que resistiré un día más sin abandonar este mundo. Sé que Dios no me dejará morir antes de revelártelo. ¡Estoy seguro!

—¡Qué tonterías dices! ¡Pues claro que nos veremos mañana! Vendré a primera hora para estar un buen rato contigo como solíamos hacer antes, mi querido amigo.

Tras dejar descansando a Juan, salió al pasillo sin encontrar a Pedro. Bajó las escaleras, meditando sobre qué podría haber querido decir con esa información «tan vital para él». ¿A qué se referiría?

Al pasar por la sala capitular, que estaba en un lateral del claustro, vio que los monjes estaban reunidos escuchando en silencio la voz de Pedro Uribe. No pudo reprimir su curiosidad y se escondió detrás de una columna para oír sus palabras. ¡Ese hombre nunca le había gustado nada!

—Mis queridos freires. Como sabéis, nuestro hermano Juan está a punto de morir y puede que en las próximas veinticuatro o cuarenta y ocho horas nos abandone para siempre. Hasta la fecha he ocupado su responsabilidad en funciones, pero dada la situación, y tal y como determina nuestra regla, se debe proceder a nombrar un nuevo comendador convocando al consejo máximo de nuestra provincia. —Señaló con el dedo a uno de los freires, que estaba en la primera fila, muy cerca de él—. ¡Tú, Martín Diéguez, parte veloz a buscar a nuestro maestre provincial Guillermo de Cardona! ¡Convócalo en consejo para dentro de dos días! —Juntó las manos en un gesto devoto—. Desde esta noche hasta el día del consejo ayunaremos todos como ofrenda a Dios por el alma de nuestro superior. Recemos asimismo, hermanos, para que nuestro Señor nos ilumine durante la elección del que sustituirá a nuestro actual comendador. —Cogió aliento y mantuvo una prolongada pausa, mirando fijamente a los ojos de todos los asistentes. Tras unos tensos segundos de silencio, prosiguió—: Para finalizar, quiero advertiros que os queda prohibido terminantemente hablar ni una sola palabra o ayudar a la persona que ha estado hoy entre nosotros. Algunos lo habréis podido ver y otros ya lo conocíais de antes. Me refiero a Pierre de Subignac.

Pierre se sobresaltó al oír su nombre. Trató de ocultarse mejor para que nadie le pudiera descubrir.

—Subignac es un desalmado hereje cátaro. Mancilló nuestro monasterio al abandonar la fe católica y profesar la gnóstica durante el tiempo que vivió entre nosotros, abusando, abiertamente y sin pudor, de nuestra hospitalidad y buena fe. Pero más grave aún que su propia perdición, fue que embaucó con sus doctrinas a dos de los nuestros, que abandonaron los santos hábitos templarios y se marcharon con él a Francia, convertidos a su diabólica fe. Hoy le he dejado visitar a nuestro hermano Juan por caridad; pero, desde ahora, si lo veis por aquí apresadlo inmediatamente. Lo entregaremos a los dominicos. ¡Ya va siendo hora de que empiece a pagar su herejía delante del Santo Oficio!

Pierre, sobresaltado ante el evidente peligro, decidió no permanecer más tiempo allí y se dirigió deprisa hacia las caballerizas. De camino no encontró a nadie, salvo al vigilante que cuidaba la entrada. Se despidió y, sin mediar palabra, se alejó al trote por el centro del pueblo, hacia la fonda en la que siempre se hospedaba.

Una vez a solas en su habitación se derrumbó, agotado, en la cama, preocupado ante la gravedad de los últimos acontecimientos vividos en el monasterio. ¿Cómo podía haber cambiado tanto su situación…? Cerró los ojos y recordó la imagen de su moribundo amigo. Con su enfermedad todos sus planes se habían venido abajo. Ya no podía sentirse a salvo allí, en contra de lo que había deseado. La segura protección que Juan le hubiera podido ofrecer se había truncado debido a su fatal estado. Pero, además, y complicando aún más su delicada posición, había oído la grave amenaza que pendía sobre él de boca de aquel provisional comendador. Debía huir de allí, en cuanto pasara esa noche. Pero antes de marchar, tenía que ver a Juan para despedirse.

¿Cómo podría entrar y alcanzar el dormitorio, sin ser visto por alguno de los monjes? Después de meditar sobre las posibles disyuntivas decidió que iría de madrugada, aprovechando el sueño de los freires. Conocía muy bien la fortaleza y sabía que, salvando el muro por su cara norte, ayudado de una simple cuerda, podría alcanzar directamente la ventana del dormitorio donde estaba Juan. No parecía muy complicado. Dormiría un rato y a media noche saldría en silencio de la fonda. En las alforjas guardaba una larga cuerda y un gancho. Serían suficientes para sus fines, pensó. Agotado por los acontecimientos se quedó profundamente dormido al instante.

Mientras, en el monasterio, todos los monjes, tras el rezo de las completas, se disponían a retirarse a sus humildes celdas. Al cabo de una hora todas las luces estaban apagadas, salvo la de la habitación de Juan de Atareche. En ella la luz de un candelabro iluminaba parcialmente la cama donde estaba siendo interrogado sin miramientos por Pedro Uribe.

—¡Maldito seas para siempre, Juan de Atareche! Debes revelarme de una maldita vez el lugar donde escondiste el pequeño cofre y el papiro antes de que mueras y te tenga que enterrar sin saberlo.

Pedro agitaba bruscamente el delicado cuerpo de Juan, que respiraba cada vez con más dificultad. Llevaba un buen rato intentando obtener información, sin haber conseguido sacarle todavía ni una sola palabra. Empezó a abofetearle, empleando en ello una furia desmedida. Una violenta bofetada consiguió que Juan comenzase a sangrar por una ceja. Un grueso anillo que llevaba le había hecho un corte. La nariz también estaba rota y la sangre brotaba a borbotones.

—¡Ya veo que hoy no quieres contarme nada! Debe ser que necesitas todavía sufrir un poco más. ¡Me encantaría matarte ahora mismo, maldito! Pero te aseguro que lograré mantenerte vivo hasta que me reveles tu secreto. Ahora iré a dormir. Te animo a que medites esta noche sobre tu obstinada actitud. Si crees que puedes ocultarme tu secreto por más tiempo, estás muy equivocado. No me detendré hasta que hables, ni en la forma ni en los medios que tenga que usar para obtener la información.

Se limpió la sangre que teñía de rojo su mano con la ayuda de la sábana y, mirándole una última vez antes de salir de la habitación, se despidió hasta la mañana siguiente.

Pedro era sobre todo un fiel templario. La orden le había hecho convertirse en alguien respetable y respetado, de lo cual estaba más que agradecido. Por ella abandonó una senda cargada de confusión —la que había regido su anterior vida entre ladrones y asesinos—, y había llegado a alcanzar una más que aceptable posición de poder dentro de la orden. Aunque su superior era Juan, mantenía relación directa con la sede provincial de Aragón y Cataluña, a la que pertenecía Navarra. A su inquebrantable fidelidad se debía su celo, a veces falto de escrúpulos, por obedecer las órdenes que le dictaban sus superiores. El interrogatorio de Juan era una de ellas. Desde la sede provincial, por informaciones llegadas de Tierra Santa, se sospechaba que Juan había traído y ocultado algunos objetos de un alto valor sagrado que, en su momento, le fueron pedidos por sus maestres sin éxito. El Temple, lejos de quererlos para su provecho, estaba sufriendo la presión del papado, que era conocedor del hecho, y que los reivindicaba para su uso como reclamo para sus miles de feligreses. La sede del Temple en Tierra Santa, en San Juan de Acre, únicamente sabía que se trataba de un viejo papiro y de un antiquísimo cofre, pero desconocían su contenido.

Con todo ello, Pedro veía una doble oportunidad para su futuro: a corto plazo conseguir el maestrazgo de Puente la Reina, en cuanto Juan muriese, y, en pocos años, si conseguía para sus superiores aquello que tanto deseaban, verse encumbrado a cotas más altas dentro de la orden. Había dejado malherido a un moribundo Juan, pero sus fines eran mucho más importantes que un poco de sangre derramada.

Pasadas unas horas, Pierre se levantó de la cama y emprendió el camino hacia el monasterio. Las calles estaban vacías. La oscuridad de la noche transformaba los árboles y los edificios que bordeaban su camino en amenazantes sombras. Aquel pavoroso silencio, sólo roto por el sonido de sus pisadas, parecía querer esconder la presencia de mudas figuras dispuestas a apresarle. El camino que separaba la fonda del monasterio se estaba convirtiendo en una auténtica pesadilla. Finalmente alcanzó sus murallas y las bordeó con precaución, hasta alcanzar su cara norte.

Lanzó el gancho, que quedó prendido de un saliente al primer intento, y se dispuso a superar sus tres metros de altura. La escalada no resultaba nada sencilla. Aunque el muro no era excesivamente alto, algunas zonas de la pared estaban completamente cubiertas de musgo, lo que complicaba su sujeción. Una vez que alcanzó su borde, desenganchó la cuerda y lanzó el gancho nuevamente a la ventana del dormitorio de Juan. La operación resultaba más complicada porque debía acertar en un pequeño ángulo de piedra, en el alféizar, y éste se resistía una y otra vez. Tras muchos intentos, el gancho se fijó a la piedra. Tras asegurarlo con un fuerte tirón, comenzó el ascenso por la lisa pared. Al ir ganando altura, su sensación de temor iba creciendo. A ambos lados, iban pasando algunas ventanas de otras celdas, cada una de las cuales significaba un riesgo de ser descubierto. Afortunadamente no fue así y alcanzó la ventana de Juan.

Como era muy estrecha se vio obligado a permanecer agachado en ella, lo que dificultaba sus movimientos. Se sujetó con ambas manos en los laterales del marco de piedra y lanzó una fuerte patada a la ventana, que cedió con facilidad. Entró en el interior y buscó a tientas un candelabro. Lo encendió y se acercó a la cama de Juan. Un gran charco de sangre coagulada manchaba toda la almohada. El rostro de Juan estaba hinchado y amoratado. De su nariz brotaban dos hilos de sangre y todo un lado de su cara estaba cubierto por sangre seca, que partía desde la ceja.

—¡Juan, Dios santo! Pero ¿qué te han hecho?

Al no obtener respuesta, Pierre se aproximó más a su rostro y le acercó la llama a la boca. No se movía. ¡Juan no respiraba!

—¡Oh no, Juan, por todos los cielos! Te han matado.

Pierre, sintiendo un inmenso dolor, comenzó a llorar desconsoladamente, agarrándose al frágil cuerpo de su amigo, mientras le seguía hablando.

—Tus propios hermanos te han asesinado, mi querido Juan. No sé quién te ha hecho esto, pero seguro que Pedro Uribe algo ha tenido que ver. ¡Te juro que ese malnacido pagará este crimen!

Roto de dolor, Pierre observaba el cadáver recordando las últimas palabras de Juan. Aquel mensaje que le tenía que dar, tan importante para él, nunca lo conocería.

Levantó la mano derecha del fallecido para colocarla en su pecho y en ese momento observó que lo que parecía una mancha de sangre en la sábana, debajo de donde había quedado su mano, en realidad escondía un dibujo. Acercó el candelabro para ver con más claridad. Juan, con su dedo y usando como tinta su propia sangre, había dibujado una perfecta cruz templaria. Encima de ella había escrito la letra «C». Observó también que de la cruz, y por su parte inferior, salía una línea que continuaba el radio sudoeste de la cruz proyectándose hacia abajo y terminando en una punta de flecha.

—Juan, no sé qué quieres indicarme con este dibujo. ¡No entiendo su significado! Una «C» y una cruz octavia con una flecha… Me indicas la dirección sudoeste. Pero ¿qué debo encontrar? ¿Y desde qué punto? No logro entenderlo, amigo mío. —Pierre miraba desesperado el rostro de Juan deseando obtener alguna respuesta—. No puedo permanecer por más tiempo aquí, mi buen amigo. Muy a mi pesar debo dejarte. ¡Aquí corro peligro!

Pierre arrancó el trozo de sábana que contenía el dibujo y lo guardó en uno de sus bolsillos para no dejar ninguna pista a los monjes.

—¡Te prometo, Juan, que descubriré el significado de tu mensaje!

Se acercó nuevamente a él, acarició sus cabellos, apagó el candelabro y se encaminó hacia la ventana. Se agarró a la cuerda y una vez fuera miró por última vez el cuerpo de Juan.

—Sólo me queda pedirte que me protejas y me guíes en mi misión. ¡Adiós, Juan! ¡Descansa en paz, amigo mío!

Pierre descendió hasta el suelo y descolgó la cuerda, para no dejar pistas de su presencia esa noche. Se alejó del monasterio, corriendo en dirección a la fonda y sin entrar en ella fue hacia las caballerizas. Desató su caballo y en silencio se alejó del pueblo campo a través, en dirección sudoeste, en busca de aún no sabía qué.

La oscuridad de la noche ensombrecía los caminos que acompañaban a Pierre en su huida. A escasa distancia de Puente la Reina llegó a Eunate. Un montón de emociones y de pensamientos surcaban su mente ante la imagen estática e intemporal de su obra. No podía dejar atrás esa comarca sin antes ver, una vez más, su templo. Se aproximó con precaución, comprobando que no había ni un alma por los alrededores. Bajó del caballo y se acercó hasta sus paredes, deleitándose con su belleza.

A la vista de su claustro exterior recordó el dibujo de la sábana que Atareche le había dejado como pista, y cayó en la cuenta de que la «C» dibujada encima de la cruz indicaba la iglesia de Eunate. Recordó que el nombre de Eunate en la lengua local era «Lugar de las cien puertas». Juan había usado la «C», que en latín representaba el número cien. Le estaba indicando así el punto cardinal, el centro, desde el cual debía localizar su destino, tomando la dirección sudoeste.

Rápidamente relacionó también el significado que tenía la cruz templaria dibujada. Le señalaba también, como eje de coordenadas, el mismo Eunate. La iglesia era octogonal y si trazaba unas rectas imaginarias que uniesen el punto central con los vértices que formaban sus paredes, el resultado era una perfecta cruz templaria. La flecha, por último, tenía que indicar la dirección precisa que debía tomar, siguiendo las coordenadas que formaban la cruz. ¡Allí, en algún lugar, debía encontrar la respuesta al mensaje que no había podido oír!

—¡Bendito Juan! Al dibujar con tu sangre los signos que ahora estoy comprendiendo, sabías que sólo yo podría interpretarlos. Tú me habías enseñado a reconocer la presencia implícita de la cruz templaria en cada monumento levantado por el Temple. Cualquiera que viese la cruz pensaría que habías muerto venerando, hasta el final de tu vida, esa cruz que simboliza tu entrega como templario a Cristo.

Satisfecho por sus deducciones miró a las estrellas y se puso en marcha hacia el sudoeste, atravesando los campos que rodeaban la abandonada iglesia de Eunate. Se cubrió la cabeza con el ropón al sentir el intenso frío de aquel recién estrenado 15 de abril. Protegido por la oscuridad de la noche recorrió bastante distancia. Coincidiendo con la salida de los primeros rayos de sol llegó a la pequeña población de Lodosa. Decidió entrar en ella para almorzar algo caliente y dar descanso y comida al fatigado caballo. Ambos debían reponer fuerzas para afrontar la larga jornada que debían emprender. Encontró una hostería nada más entrar en el pueblo, y allí mismo encomendó el caballo a un mozo de cuadras mientras él entraba en su interior buscando mesa y abrigo. Localizó una, la más cercana a la lumbre, que estaba vacía.

—¿Qué deseáis almorzar, caballero? —Una gruesa camarera se había acercado hasta la mesa y con gesto antipático estudiaba a Pierre a la espera de su pedido.

—¿Cuáles son las especialidades de esta tierra, mujer? —preguntó, aspirando los aromas que flotaban por el local.

—Os recomiendo unas buenas pochas con una hogaza de pan blanco y una jarra de vino rosado bien fresco —respondió la lozana mujer.

—¡Pues tráeme todo eso, sin perder tiempo! Estoy a punto de desfallecer de hambre.

La mujer se alejó hacia la cocina y Pierre se sumió en sus propios pensamientos a la espera de la comida.

A esa misma hora, en la encomienda templaria de Puente la Reina, Pedro Uribe organizaba los funerales por el alma del comendador Juan de Atareche. A primera hora de la mañana había mandado a dos freires de su confianza a buscar a Pierre, suponiendo que lo hallarían en la fonda Armendáriz. Regresaron sin noticias de su paradero. En la fonda no sabían nada de él. Había dejado pagada la noche por anticipado y no había explicado nada más a nadie. Pedro tuvo un presentimiento. Algo le decía que Pierre había estado con Atareche antes de su muerte y que eso había provocado su precipitada huida. De no ser así, hubiese ido a visitar a su amigo, como le había pedido Atareche. No sabía cómo ni cuándo lo había hecho, pero decidió investigar en el dormitorio del difunto y comprobar si sus dudas estaban fundamentadas.

Tras un minucioso examen vio que la ventana mostraba señales de haber sido forzada. Por el suelo encontró esquirlas de madera y restos de barro seco. También descubrió que a la sábana que todavía cubría el cadáver de Juan le faltaba un trozo, que había sido deliberadamente arrancado, lo cual le pareció más que sospechoso. Era evidente que Pierre había estado esa noche con Juan, seguramente después de su interrogatorio, y posiblemente antes de que falleciera. ¿Para qué se había llevado un trozo de sábana? ¿Contendría alguna pista que indicaba cómo llegar hasta los objetos que él tanto anhelaba?

Pierre había escapado tras ver el lamentable estado en que había quedado Atareche tras su interrogatorio, y Pedro estaba convencido de que le había revelado el secreto. Pierre lo sabía todo, pensó Pedro, y eso resultaba peligroso para él, pues comprometía su ascenso dentro de la orden; y para la orden misma, que iba a tener que dar incómodas explicaciones al papa Inocencio por su manifiesta incapacidad para recuperar aquellos objetos.

Debía encontrarle. Pero no sabía por dónde empezar. Estiró la sábana que cubría el cuerpo inerte de Atareche y observó, en la bajera, una mancha de sangre que parecía una cruz templaria. Comprobó que estaba justo debajo del trozo arrancado. Se detuvo a mirar hasta el más pequeño detalle, advirtiendo que de uno de sus vértices salía una punta de flecha dirigida hacia el sudoeste.

Empezaban a cuadrarle las cosas. Juan debía de haber dibujado una pista con su sangre para ayudar a Pierre o a quien le encontrase a localizar el lugar donde estaba escondido su secreto. Pierre se la había llevado al arrancar ese trozo de sábana. Pero, afortunadamente, parte de la sangre había traspasado la sábana y había quedado marcada en la de abajo. Al menos sabía que Pierre se había dirigido en dirección sudoeste. Tenía que salir en su búsqueda sin demora. Localizaría su rastro y daría con él. Salió corriendo del dormitorio, fue al suyo y se hizo con todas sus armas. Buscó a sus dos monjes de confianza y les mandó preparar tres caballos con la máxima urgencia para abandonar el monasterio de inmediato. Justificó su partida al secretario y se dirigió hacia los establos, donde sus dos colaboradores le aguardaban con su caballo ensillado y esperando alguna explicación ante esa inesperada orden.

—Hermanos, debemos partir sin demora para buscar a Pierre de Subignac. He sabido que esta pasada noche ha entrado en el monasterio y robado un objeto enormemente valioso para la orden. ¡No podemos permitirlo! ¡Vayamos en dirección sudoeste, tras su rastro! He calculado que nos lleva media jornada de ventaja y, si no descansamos, podremos recuperar ese tiempo. Aprovecharemos sus descansos para ganar terreno. Si alguno de nosotros lo encuentra debe apresarlo para interrogarle, evitando a toda costa su muerte.

Los tres templarios salieron a galope del monasterio.

Pierre atravesó durante el día las comarcas llanas de la ribera del Ebro hasta llegar a media tarde a tierras más frías y altas.

En su soledad, sólo le acompañaban los negros recuerdos de sus últimas horas en Montségur, con aquellos, más recientes, que protagonizaba la imagen del maltratado cadáver de Juan. Se había encomendado a una misión sin destino ni objetivo, siguiendo un mensaje en clave que Juan había definido como vital para él, con la frustración de no saber qué era lo que tenía que hacer ni adónde ir. Pese a tantas dificultades, se notó más aliviado a medio día, cuando empezó a sentir el influjo y el poder de su medallón que nuevamente le dirigía.

Estaba ascendiendo por una escarpada loma que hacía peligrar el equilibrio de su cabalgadura. Abandonó sus pensamientos y se concentró en el manejo del animal hasta que alcanzaron su punto más elevado. Allí se detuvo para contemplar el paisaje que se le mostraba hacia el sur. La pequeña población de Arnedo se hallaba al comienzo de un largo valle, por donde el río Cidacos se abría paso hasta perderse en la lejanía.

Tras pasar el pueblo de Arnedo y recorrer un buen trecho bordeando el caudaloso río, alcanzó la población de Arnedillo, donde decidió dar por terminada la jornada y buscar posada. Al día siguiente, tomaría camino hacia la ciudad de Soria, lo que todavía le ocuparía, al menos, dos jornadas desde allí.

Sus perseguidores hallaron el rastro de Pierre en la hostería de Lodosa. Allí supieron que Pierre había partido después de almorzar. Al localizar su pista en ese punto, Pedro Uribe dedujo que la dirección que llevaba no podía ser otra que la de Soria, cerca de la vieja Numancia de los romanos. Por tanto, una vez conocida la ruta, ya no necesitaba alcanzarle con urgencia. Tomarían camino hacia Soria y cuando lo avistasen se mantendrían a una distancia prudencial, tratando de no ser advertidos por Pierre ni actuar hasta alcanzar el destino que Atareche le hubiese señalado. Marcharon a galope todo el resto de la tarde en dirección a Carboneras, donde el Temple tenía una modesta heredad cercana a Arnedo. Allí pasarían la noche y al día siguiente seguirían persiguiendo a su odiado hereje.

Carboneras estaba enclavado en un monte, desde donde se divisaba por entero el cauce del río Cidacos. A la hacienda templaria se llegaba a través de un oscuro y espeso bosque que apenas dejaba entrever el camino que conducía hasta la pequeña edificación de piedra. En la granja vivían sólo una docena de monjes. Pedro Uribe había estado en dos ocasiones comprando piedra de una cantera cercana cuando se construía el templo de Eunate. Para Pedro aquel lugar era casi como su segunda casa, pues su administrador era primo carnal suyo. Por ello no tendrían problemas para darles cobijo y alimento durante esa noche.

Fueron acogidos con entusiasmo por toda la comunidad, poco acostumbrada a tener visitas. Apenas terminaron los saludos pasaron al pequeño refectorio, donde estaba preparada la cena. Pusieron tres platos más y compartieron las patatas cocidas con alcachofas y espárragos que esa noche tenían como colación. La regla templaria obligaba a mantener una rigurosa sobriedad en la comida, por lo que quedaban prohibidos muchos alimentos, entre ellos la carne. De todos modos se permitieron una licencia con el postre. Don Carlos Uribe apareció con unos deliciosos dulces de yema, que saborearon en animada conversación. Rezaron juntos las completas y se repartieron por las habitaciones. Carlos compartió la suya con su primo. Una vez que se habían quedado solos en la habitación, le preguntó:

—Pedro, aún no me has explicado la razón de tu presencia por estas tierras. Pero tu llegada nocturna, sin previo aviso, me hace sospechar que sin duda debes tener alguna poderosa razón.

—¡No te equivocas, querido primo! —Se acomodó en una modesta silla de tijera, cerca de un buen fuego que calentaba la habitación—. Ha muerto Juan de Atareche, ayer por la noche. —Su gesto simulaba un profundo dolor.

—¡Por Dios, no sabía nada! ¿Y cómo ha sido? —Se sentó frente a él.

—Juan enfermó hace unas semanas de unas fiebres que le afectaron a los pulmones. Le debilitaron de tal manera que ayer por la noche su corazón no pudo resistirlo más y acabó muriendo.

—Lo siento mucho, Pedro. Sé que tu superior era un hombre santo y que os unía una estrecha relación. Pero, conocedor ahora de su muerte, todavía entiendo menos el motivo de tu inesperada visita. ¿Cómo es que estás aquí y no en sus funerales?

—Pues…, por un motivo muy importante para mí y para toda nuestra orden. Me explico. Sabrás que Juan de Atareche pasó muchos años en Tierra Santa. Todos conocemos la intensa búsqueda que protagonizaron los nueve primeros templarios de cualquier resto de símbolo o documento que hubiese tenido relación con los patriarcas, los apóstoles, o sobre la vida y la pasión de Jesucristo. Nuestro fundador, Hugo de Panyes, y sus ocho primeros monjes los buscaron entre las ruinas del antiguo Templo de Salomón, cuando el rey Balduino II les cedió parte de su palacio, en la actual mezquita de al-Aqsa. Y sabes que encontraron varios objetos. Pero, muchas décadas después de la conquista de Tierra Santa, Juan encontró un par de objetos sagrados, cuya existencia nadie conocía, dentro de unas cuevas, en el desierto de Judea, en las proximidades del mar Muerto. Los ocultó a sus superiores y los trajo consigo a su vuelta a Navarra. Yo no los he podido ver nunca, pero sé que se trata de un pergamino antiquísimo y de un pequeño cofre. —La cara de su primo expresaba un profundo interés—. Supe de su existencia por una conversación que, años después, mantuve en secreto con nuestro maestre provincial. Él me ordenó que le investigase muy de cerca para comprobar si Juan conservaba esas valiosas reliquias. Eran órdenes que venían desde lo más alto, nada menos que de la misma sede del Temple, en Acre, donde parece ser que un monje muy allegado a Atareche durante su estancia en Jerusalén declaró al gran maestre, años después y cuando por una casualidad había pasado a ser uno de sus hombres de confianza, haber visto cómo éste las había escondido entre sus pertenencias justo antes de abandonar Tierra Santa. Por eso supieron que se trataba de un pequeño cofre y de un viejo papiro, aunque nadie ha podido averiguar qué es lo que guarda el uno ni el texto que contiene el otro. El papa Inocencio fue informado de la existencia de esas dos enigmáticas reliquias por nuestro gran maestre y encargó a nuestra orden su inmediata recuperación. Con estos antecedentes, como te puedes imaginar, los busqué por todos los rincones de nuestro monasterio, sin encontrar rastro de ellos. Posteriormente deduje que debía haberlos ocultado en algún lugar, aprovechando alguno de los muchos viajes que realizó durante esos años. ¡Y eso es todo lo que sé! —concluyó, agotado de su largo monólogo.

Carlos, maravillado por el descubrimiento, no terminaba de entender las secretas razones de Juan.

—Pedro, ¿por qué piensas que no quiso que sus superiores supieran de su existencia? Y por otro lado, tampoco entiendo qué motivos podía tener para ocultarlo. —Suspiró, intrigado—. ¿Sabes algo más sobre su extraño comportamiento o, al menos, qué podía motivarlo?

—¡Pues sí, Carlos, sí que averigüé algo más! Juan pertenecía a un selecto y secreto grupo de freires que practicaban algún tipo de prácticas ocultas o esotéricas, al margen y sin el conocimiento de nuestros superiores. Más de una vez convocó alguna de esas reuniones en nuestra misma encomienda y a puerta cerrada. Me había contado muchas de sus aventuras en Oriente, narrándome increíbles experiencias y describiéndome los fantásticos lugares que había conocido. Pero de sus muchos relatos, había uno que le provocaba un brillo especial en su mirada. Era, con seguridad, el que más le apasionaba de todos. Te puedo asegurar, Carlos, que se transformaba cada vez que recordaba algo relacionado con sus estudios y descubrimientos en torno a una secta judía contemporánea a Jesucristo: los esenios. Los estudió con tanta profundidad que creo que terminó admirándolos en exceso. Decía, incluso, que Juan Bautista había sido uno de ellos.

Carlos se rascaba la calva, en señal de reconocimiento de que no sabía nada sobre esa secta.

—Por lo visto —le explicó Pedro—, esos hombres vivían en el desierto, en cuevas, aislados de todo contacto con la civilización y en la más estrecha comunidad de bienes. Pienso que allí encontró el cofre y el papiro. —Sus palabras traslucían una gran seguridad—. Se hacían llamar «los hijos de la luz», en una clara simbología dualista, en oposición a los hijos de las tinieblas, que personalizaban los falsos escribas y fariseos. —Golpeó con decisión el brazo de la silla, para subrayar la conclusión a la que había llegado tras una laboriosa y larga deducción—. ¡Creo que Juan terminó imitándolos, contagiado por sus creencias y prácticas! Posiblemente ese grupo de freires, imitadores de alguna manera de los antiguos esenios, se servían de objetos sagrados para aprovechar su innegable poder, empleándolos así para algún tipo de rito iniciático.

Carlos no podía casi pestañear ante aquel sorprendente relato. Le parecía increíble.

—Aun con todas tus explicaciones, no entiendo todavía qué relación tiene todo lo anterior con tu viaje.

Pedro pasó a referirle la aparición de Pierre de Subignac, así como su participación en la construcción de Eunate y su especial amistad con Juan. Le hizo partícipe de sus muy fundadas sospechas sobre la influencia que Juan había tenido en la pérdida de la fe de Pierre y en su posterior abrazo de las creencias cátaras, que tenían demasiadas similitudes con las de los esenios. También le relató los extraños acontecimientos de la muerte de Juan, saltándose los métodos que había empleado para intentar sonsacarle la información. Le contó sus sospechas sobre la visita nocturna de Pierre, previa a su muerte, y las pruebas que le habían llevado a pensar que éste se dirigía al lugar donde había sido escondido el cofre y el papiro. Por esa razón le iban siguiendo, camino de Soria, para tratar de hacerse con los objetos en cuanto Pierre los encontrase.

—Mañana partiremos al alba para seguirle más de cerca. —Se interrumpió un momento para tomar aire—. Bueno, Carlos, ¡ahora ya conoces toda la historia!

Consciente del mucho tiempo que habían pasado hablando, Pedro creyó que era un buen momento para irse a dormir.

—Querido primo, me temo que se nos ha hecho ya demasiado tarde. Hoy necesito descansar, pues no sé si lo lograré en las próximas jornadas.

Pedro se durmió casi al instante, pero Carlos se mantuvo un buen rato recordando todo lo que había escuchado esa noche. Pensó que su primo, a pesar de sus antecedentes delictivos en su vida laica, tras entrar en la orden había tenido más suerte que él con los destinos a los que había sido enviado. «¡Estas pequeñas posesiones de la orden, como la mía, son muy aburridas! ¡Nunca pasa nada apasionante! ¡Si pudiera, pediría un cambio a otra más grande!»

A primera hora de la mañana, Pierre inició la marcha siguiendo el curso del río, que apenas se llegaba a divisar, debajo de la espesa niebla, salvo por el rugido de sus aguas. Cuando veía un claro aceleraba el paso para ganar tiempo.

Durante la mañana recorrió bastante trecho y alcanzó, pasado el medio día, la población de Yanguas. Como el yermo paisaje que recorría no contribuía nada a distraerle, se había dedicado a pensar en el destino de ese viaje. Partiendo de la indicación sudoeste que Juan le había dejado señalada, los destinos posibles eran demasiado numerosos. Podía tratarse de Soria, Segovia, o más al sur, Toledo, o Cáceres, mucho más lejos; además, entre esas importantes ciudades había innumerables pueblos, lo que podía convertir su empresa en un imposible.

Conociendo bien a Juan, si había querido dirigir correctamente sus pasos a través de su críptico dibujo, su destino no podría ser otro que alguno donde pudiera localizar a un íntimo de él, alguien que supiera interpretar su mensaje. Se puso a recordar algunas conversaciones con Juan en las que apareciesen sus amigos más próximos. Recordó una, en la que mencionó a un joven comendador de la provincia templaria de Aragón y Cataluña, del que habló maravillas. Pero ése no coincidía con la dirección indicada. De pronto le vino a las mientes un apellido, Esquívez. Le había hablado bastantes veces de él y, si no recordaba mal, era muy amigo suyo y comendador de una posesión templaria cercana a Segovia. ¡Todo parecía coincidir en el caso de Esquívez! Ante el número de opciones que se le presentaban, decidió que debía probar primero en Segovia. Siempre podría buscar de nuevo un destino si ése no era el acertado.

Había estado en una ocasión allí, siendo muy joven, y la

recordaba como una de las más bellas ciudades que había visitado. Lo hizo con apenas dieciocho años, pero recordaba bien todas sus iglesias y, sobre todo, su soberbia catedral. Aunque había abandonado su oficio hacía años, aún seguía sintiendo curiosidad por aprender y observar nuevas técnicas y soluciones constructivas, por más que ya no fuera a hacer uso de ellas. En su anterior viaje, la iglesia del Santo Sepulcro, que tanta fama había ganado entre el gremio de constructores por su peculiar planta, no había sido todavía levantada. Había oído hablar de ella a colegas y, por ellos, sabía que era dodecagonal y que, al igual que en Jerusalén, en su centro se había construido un edículo. Esa estructura le parecía muy interesante. La sola idea de examinarla con detenimiento hacía que ese viaje fuera de gran atractivo. Técnicamente hablando, ese tipo de construcciones modificaban los clásicos flujos de presiones ejercidos por las paredes y los techos, pues el edículo central hacía las veces de tronco de árbol o eje único. Nunca había investigado una composición arquitectónica de esas características. Una parada en esa iglesia podía ser interesante, aunque no fuese el destino que Juan le había querido señalar.

A media tarde atravesaba las frías llanuras de Soria sin notar que, a escasa distancia, un grupo de tres templarios acababan de divisarle. Los perseguidores, ahora tranquilos, le siguieron manteniéndose a una distancia prudencial.

Durante las siguientes jornadas el tiempo fue empeorando. Había salido de Navarra con un sol espléndido y una tibia temperatura, pero a medida que se dirigió hacia el sur, las nubes y el frío empezaron a adueñarse del cielo. Nada más pasar Soria una intensa lluvia le acompañó, sin descanso, hasta llegar a Burgo de Osma. Atravesó la rica y bella ciudad sin detenerse en ella más que para almorzar y siguió camino. La siguiente población importante estaba a tres jornadas y, aunque la lluvia había cesado, un gélido viento le cortaba la respiración. Unas leguas detrás, Pedro Uribe seguía ideando cómo y dónde capturar a Pierre.

—Queridos hermanos, no sabemos hacia dónde se dirige ahora. Tras pasar Burgo de Osma, y por la dirección que lleva, o va a Burgos o hacia Segovia. En cualquiera de los dos casos, debemos esperar hasta adivinar su destino.

Pedro disfrutaba imaginándose la cara que pondría Pierre cuando se viera frente a ellos. El inmenso placer que le producían esos pensamientos estaba incluso ayudándole a superar el intenso frío que recorría los páramos por donde cabalgaban.

Sus dos acompañantes llevaban unos días hablando, de espaldas a él, de su extraña y precipitada partida del monasterio, de la absurda persecución sin un destino claro, sin entender tampoco los verdaderos motivos que podían estar animando aquella decidida voluntad de Pedro. Sabían del odio que profesaba a Subignac, pero no se les escapaba que debía existir otro motivo de índole personal, además del de recuperar aquel misterioso objeto robado, que le empujaba a desear tanto su captura. De hecho, varias veces habían preguntado por la naturaleza de aquellos objetos expoliados, pero Pedro nunca les había dado ninguna explicación. A tenor de esas extrañas reacciones, estaban empezando a pensar que esos objetos se hallaban más en la mente de Pedro que en las manos de Pierre. Pero le debían obediencia y no podían hacer otra cosa que seguirle, tras haber intentado convencerle varias veces de volver a la encomienda sin el menor éxito.

—Hermano Pedro, llevamos varias jornadas persiguiendo a ese hombre sin saber adónde vamos ni, lo que es peor, cuándo volveremos. Por eso pensamos que deberíamos caer sobre Pierre esta misma noche, mientras esté dormido. Una vez en nuestro poder, recuperaríamos lo robado y posteriormente lo podríamos entregar en algún monasterio dominico.

—Lo hemos hablado entre los dos y creemos que de este modo nos evitaríamos esta persecución sin sentido a la que nos estás llevando —se sumó el otro, con voz más firme—. Tenemos muchas obligaciones en el monasterio y no podemos estar fuera tanto tiempo. ¡O actuamos inmediatamente o te avisamos de que no seguiremos adelante con la misión! ¡Te lo advertimos, nos volveremos al monasterio!

Pedro, molesto ante la indisciplina de sus monjes y advirtiendo su repugnante flaqueza, les mandó parar y bajar de los caballos en ese mismo instante. Se acercó hasta donde estaba el último que había hablado y, sin descabalgar, levantó la fusta de cuero. Le asestó un fuerte latigazo en la mejilla al sorprendido monje, que al instante empezó a sangrar.

—¡Me debéis obediencia! ¡No permitiré ni un atisbo de indisciplina de ninguno de los dos! Os recuerdo que sois monjes soldados y que, por ambas condiciones, os debéis a las órdenes de vuestro superior, que soy yo, tanto en el trabajo y en la oración, como en la lucha o en la guerra.

El monje herido, en contra de la reacción de sumisión que Pedro esperaba como efecto de sus enérgicas palabras, lleno de odio por la afrenta a la que se había visto sometido, perdió la cabeza, desenfundó su espada y se abalanzó contra Pedro. Éste sólo tuvo el tiempo necesario para desenfundar la suya. Recibió un fallido golpe que le supuso un ligero corte en el brazo. Su respuesta, con más atino, cayó sobre el hombro del atacante, que se derrumbó rendido de dolor en el suelo. El otro, perplejo ante la violenta escena que se había desarrollado en sólo unos segundos, se quedó paralizado. Pedro se le quedó mirando, atento a sus posibles movimientos, entendiendo por su gesto de espanto que no tenía intención de secundar al otro. Bajó del caballo con la espada en alto, sin perder de vista al segundo, y se dirigió al dolorido monje, que todavía seguía vivo y desangrándose lentamente.

—Marcos, sabes que estás herido de muerte. No podemos llevarte a ningún sitio pues retrasaría la persecución. Tu estupidez te ha acarreado este terrible final. Tú solo has causado tu muerte, y créeme que lo siento. ¿Prefieres morir con dignidad o aguardar con agonía tu suerte?

El otro asistía atónito a la escena.

El monje apretaba su hombro abierto, intentando contener la hemorragia, sin apenas poder hablar por el intenso dolor que sentía. El corte de la espada le había seccionado los músculos y los tendones, y la cabeza le había quedado extrañamente ladeada hacia el hombro sano. Pedro, viendo la imposibilidad de obtener de él una respuesta, sintió pena por aquel hombre; pero, sin pensarlo dos veces, le atravesó el corazón con su espada. En su última mirada Pedro pudo leer una mezcla de horror y de impotencia. Se dirigió al otro, que estaba a punto de entrar en una crisis de pánico al ver a su hermano muerto. Aunque había entendido la primera reacción de defensa de Pedro, esa cruel forma de rematarlo le había parecido injustificable.

—He tenido que hacerlo en defensa propia. Si quieres correr la misma suerte que el hermano Marcos, ya sabes cómo conseguirlo, aunque espero que no se te ocurra. —Su gélida expresión reflejaba la escasa trascendencia que para ese hombre suponía el hecho de matar—. Si quieres seguir con esta misión, necesito tu plena obediencia y entrega. Lo que ha pasado, pasado queda. ¿Puedo contar contigo para completar la misión o deseas irte? Siéntete libre.

El monje, tras meditarlo unos segundos, confirmó su voluntad de seguir a su lado.

—Un verdadero templario no abandona jamás a un hermano en una misión —se justificó.

—Me alegro por tu fiel determinación, hermano. Montemos inmediatamente a los caballos y vayámonos ya. No quiero más demoras como ésta.

Clavaron con furia las espuelas en los animales para, al galope, dar de nuevo caza al perseguido. El intenso frío de ese atardecer, en aquel páramo soriano, provocaba en sus rostros el mismo efecto que el de cientos de afilados pinchos clavándose en su piel. Pedro apretaba con fuerza los dientes mientras pensaba en su próximo destino. Debía recuperar las reliquias para su orden tal y como se lo había pedido el gran maestre, y a éste el propio Papa. Robaron, de una pequeña casa de campo, unas ropas más discretas y algo más adecuadas para el viaje que sus hábitos templarios. Las suyas las ocultaron dentro de las alforjas.

Pasados cinco días Pierre alcanzó la ciudad de Segovia y su majestuoso acueducto que se recortaba en el cielo sobre un fondo de tortuosas callejuelas, palacios y casas.

Una vez que llegó a su base, descendió del caballo, asombrado de aquella obra de la ingeniería romana que había soportado el paso de más de mil doscientos años. Las grandes piedras se sostenían, unas sobre otras, por efecto sólo de su propio peso y sin necesidad de argamasa o cemento, dotando al conjunto de un aspecto insólitamente ligero.

Pasados unos minutos dejó a su espalda el acueducto y se adentró en el centro de la ciudad. Quería llegar a la plaza principal. Un gran tumulto de gente pululaba por un ruidoso y animado mercado. Lo empezó a recorrer encantado, descubriendo las más variadas viandas y objetos. Algunos le eran completamente desconocidos. De las cuerdas dispuestas en algunos de los primeros puestos colgaban diferentes tipos de embutidos, así como jamones y tiras de lomo desecado. Sobre las mesas, encima de unos blanquísimos paños de algodón, se mostraban, perfectamente ordenados, unos aromáticos quesos de múltiples tamaños, formas y colores. En una de las esquinas de la plaza, un hombre de aspecto enjuto servía con generosidad unos vasos de un especiado y fuerte vino, que anunciaba a voz en grito como el mejor vino de toda Castilla. Más adelante encontró a una vieja mujer completamente de luto, rodeada de cestos de mimbre de buen tamaño, llenos de sabrosas setas de distintas clases. Se decidió por degustar allí mismo algunos de aquellos manjares, llenando sus alforjas de vino y de variados productos curados para dar buena cuenta de ellos en las jornadas siguientes. Finalmente, tras recorrer casi todos los puestos, se adentró por una de las estrechas calles que salían de la plaza.

A pocos metros de él, dos hombres le seguían sin perderle de vista ni un solo segundo. Pedro Uribe calculó que allí se le presentaba la mejor oportunidad para abordarle, al ser un lugar bastante solitario, y con la mayor decisión se acercó hasta darle alcance.

Pierre había dejado su caballo en una cuadra cercana a la plaza para que lo guardasen y le diesen algo de comida. En esos momentos se disponía a buscar alguna fonda donde descansar un rato. De pronto alguien le agarró del hombro y, al volverse, se encontró con el rostro risueño de Pedro Uribe, acompañado por otro hombre al que no reconoció. Aparte de la desagradable sorpresa, notó algo punzante que se le clavaba a la altura de los riñones.

—¡Quién te iba a decir que nos volveríamos a ver tan pronto! ¿Verdad, Pierre? Te aconsejo que no te resistas ni intentes hacer ningún movimiento raro. Tengo un puñal apuntando a tu espalda y no dudaré un segundo en clavártelo hasta el fondo.

—¿Qué estáis haciendo aquí? —preguntó Pierre asustado.

—Exactamente lo mismo que tú pero con mejor suerte,

porque el pequeño cofre terminará en nuestras manos y no en las de un asqueroso hereje como tú. —Le empujó hacia un callejón muy cerrado, al abrigo de posibles miradas molestas.

—¿De qué me hablas, Pedro? No sé de qué me estás hablando.

La posición del otro hombre impedía cualquier posibilidad de fuga. Pedro sonrió con una expresión cínica.

—Pierre, lo sé todo. Juan te dio la pista para encontrarlo aquí, en Segovia, pero te aseguro que no conseguirás hacerte con él. Ese cofre pertenece a los templarios y estoy dispuesto a todo por recuperarlo. —Le agarró del cuello y, apretándolo contra la pared, continuó hablando—: Sé que volviste al monasterio por la noche y que Juan te indicó el lugar donde lo había escondido. Te hemos seguido desde entonces, y cuando comprendí que te dirigías a Segovia, me empezaron a cuadrar todas las pistas. Juan vino en el año 1224 a esta ciudad, coincidiendo con la llegada de una reliquia de la cruz de Jesucristo, dentro de un relicario, a un nuevo templo que nuestra orden había dedicado al Santo Sepulcro. Debió de ser entonces cuando escondió los objetos de los que tratas de apoderarte.

En pocos segundos, Pierre había asimilado la nueva información. Pedro le acababa de dar algunas de las claves del mensaje dibujado en la sábana que no había conseguido descifrar. Ahora quedaba confirmado que el destino era Segovia y, posiblemente, la iglesia del Santo Sepulcro. Y también le había revelado lo que debía encontrar: varios objetos de los que al menos uno era un cofre. Juan no había querido que los monjes se hicieran con ellos por la razón que fuese. Y él tenía que respetar su voluntad. A partir de entonces tenía que ser lo suficientemente hábil para que Pedro le dirigiera y ayudara a encontrarlos, pero evitando que se los pudiese quedar él.

Pedro le colocó el puñal en el cuello y le atrajo hacia su rostro.

—¿Dónde están escondidos? Tienes un minuto para decírmelo o te rebano el cuello. Si no cooperas te mato aquí mismo y ya los encontraré yo solo.

Pierre se acordó del sagrado medallón y le contestó con rapidez:

—Juan me habló de la iglesia del Santo Sepulcro, a las afueras de Segovia. Allí están escondidos. Pero no me dio más detalles, porque cuando le visité esa misma noche ya lo habías matado tú.

—Siento defraudarte, pero yo no le maté. Sólo lo interrogué, digamos, con un poco de severidad. —Pierre le miró con asco—. ¡Entonces iremos esta misma noche a esa iglesia y localizaremos el cofre y el pergamino! Si nos ayudas a recuperarlos, te prometo que no te mataré. Pero como intentes algo, no respondo de mi promesa.

Pierre pensó que podría tener alguna oportunidad de deshacerse de esos hombres si al día siguiente los llevaba antes al enclave templario que administraba el buen amigo de Juan, el tal Esquívez. Tenía la intuición de que ese hombre podía ayudarle. Se aferró a esa posibilidad sin pensárselo dos veces.

—Pedro, te ayudaré. Pero no creo que sea una buena idea ir esta noche. Seguro que está fuertemente vigilada y posiblemente cerrada. No sé si lograríamos entrar y, aunque lo consiguiéramos, sería imposible encontrar el cofre en la oscuridad. De día podremos estudiar con detalle el templo para obtener las pistas que nos ayuden a localizar el lugar donde los escondió. Seguro que no será una empresa fácil. Os propongo que vayamos primero a la hacienda templaria de Zamarramala, la que atiende el Santo Sepulcro, para conseguir que nos dejen visitar la iglesia. Como vosotros sois templarios, no creo que os pongan muchas dificultades.

—¡De acuerdo, mañana iremos juntos! Trataré de convencer a mis hermanos para que nos dejen verla bien; pero por si no lo consigo, ya puedes pensar alguna buena excusa que nos permita quedarnos solos, y con tiempo suficiente, para encontrar esos objetos. —Separó el puñal de sus riñones—. Ahora iremos a buscar una posada donde descansar. Dormiremos todos en la misma habitación. No quiero que te quedes ni un minuto solo.

A pocos pasos del callejón localizaron una hospedería que tenía habitaciones libres. Se alojaron en ella para pasar la noche. Cenaron allí mismo; aunque durante el resto de la tarde no llegaron a cruzar más de tres o cuatro palabras, y menos aún con aquel monje que acompañaba a Pedro, que parecía mudo, Pierre pudo completar su escasa información acerca del misterioso cofre y del papiro. Supo que Juan los había traído desde Tierra Santa tras haberlos encontrado en el desierto de Judea. Sin que nadie entendiera sus motivos, ocultó el hecho a sus superiores. Mientras Pedro hablaba, él iba digiriendo aquella información. Tenían que ser unos objetos de una formidable importancia para que muchos estuviesen dispuestos a matar por obtenerlos. Juan había sido una buena prueba de ello. Desde luego, era obvio que Pedro, junto con su silencioso ayudante, estaba decidido a hacer cualquier cosa por conseguirlos. Logró también saber que la misma sede del Temple, en San Juan de Acre, estaba implicada en esa misión. En su fuero interno agradecía el efecto del fuerte vino que Pedro había tomado sin medida durante la cena: gracias a él había obtenido sin esfuerzo mucha información.

Una vez en el dormitorio, Pedro se aseguró de dejar la puerta bien trancada y de comprobar el cierre de cada una de las ventanas para evitar que Pierre pudiese escapar. Le ató de manos y pies a las patas de la cama y, tras asegurarse de que no podía moverse, se acostó en la suya. El otro monje, finalmente, había ocupado otra habitación.

A los pocos minutos Pierre asistía a un sonoro concierto

de ronquidos. No conseguía dormir pensando en todo lo que le estaba pasando. Intentó hilar lo poco que había deducido del mensaje que Juan le había dibujado en la sábana con la información que Pedro le acababa de proporcionar, dando por supuesto que él ya estaba al corriente. Le vino a la memoria el momento en que le enseñó el medallón. A raíz de ese hecho, Juan había insistido con vehemencia en verle al día siguiente para contarle algo muy importante. ¿Qué relación podría haber entonces entre su medallón, el cofre y ese papiro?

Por un lado, Pierre tenía claro que le había dejado, con sangre, un mensaje que sólo él sería capaz de descifrar. Por tanto, lo lógico era también pensar que ese mismo dibujo debería contener alguna otra pista que señalase el lugar exacto donde buscar. Trató de verlo en su mente. Era una cruz octavia, de la que salía una línea rematada con una flecha en dirección sudoeste y, encima de ella, una única letra, la «C».

El destino que aquella flecha marcaba había quedado ya descubierto, aunque de forma casual. Correspondía a la iglesia del Santo Sepulcro de Segovia. La «C» inicialmente la relacionó con Eunate pero, posiblemente, podía contener algún otro significado. Comenzó a pensar. Era la tercera letra del abecedario. La tercera, y encima de la cruz…

De pronto, le asaltó la imagen de un templo tradicional de cruz latina. En su crucero, donde se unen los dos imaginarios travesaños, siempre se ubica el altar y éste suele estar coronado por una cúpula. Ésta refleja simbólicamente el arco celeste, el cielo. En ese punto central, debajo justo de la cúpula, los católicos celebran el sacramento de la consagración, como un acto que simboliza la comunión del cielo y la tierra. De lo humano, el pan; con lo divino, el cuerpo de Cristo.

Su razonamiento iba por buen camino, pero la iglesia del Santo Sepulcro era de planta dodecagonal y, por tanto, no contaba con un crucero.

Juan le había enseñado a localizar la cruz octavia en los edificios templarios, implícitamente ubicada dentro de su propia estructura. Pensó mentalmente en un dodecágono. Si juntaba los doce puntos, unos con otros, no salía ninguna forma de cruz. Pero, de pronto, imaginó que si dejaba sin unir los cuatro puntos cardinales; norte, sur, este y oeste, y unía sólo los restantes, quedaba perfectamente dibujada la cruz octavia. Los otros cuatro puntos podrían dibujar un círculo externo a la cruz. El resultado de su dibujo mental era una cruz templaria, cuyo centro bien podría coincidir con el del edículo edificado en la iglesia del Santo Sepulcro, rodeada por un círculo. Este último podría simbolizar el mundo o, sin ir más lejos, el mismo sello templario, que siempre se enmarcaba con un círculo.

Pierre acababa de adivinar el lugar donde había escondido el cofre su amigo Juan. ¡Tenía que estar en el interior del edículo central, el auténtico eje de la cruz templaria! Además, y siguiendo la otra pista —la de la letra «C» que había dibujado encima de la cruz—, entendió que Juan le estaba señalando, con más precisión, en qué lugar del edículo debía encontrar el cofre.

La tercera letra en el orden alfabético, la «C», colocada justo encima de la cruz octavia le señalaba que debía buscarlo encima también del edículo, y en un posible tercer nivel o altura. Satisfecho con sus deducciones terminó durmiéndose, confiado de que al día siguiente podría, por fin, entender el significado de aquellas palabras de su amigo Juan de Atareche.

La hacienda de Zamarramala constaba de un conjunto de modestas casas de labor dispuestas alrededor de un templo, de cuyo extremo oriental nacía un feo apéndice, que no era sino la edificación donde debían residir los monjes. A primera vista, la construcción parecía bastante humilde, lo que resultaba poco habitual en la orden.

Golpearon con insistencia un gran portón, pues parecía que nadie estuviese a su cargo, hasta que, pasado un buen rato, les abrió un freire de aspecto escuálido y antipático.

—Aparte de querer romper nuestra puerta, ¿qué más se les antoja a vuestras mercedes de esta casa?

Con la puerta entornada estudió con rapidez a los tres personajes. Los de su misma orden no le sonaban de nada. El tercero parecía ser el más espabilado.

—¡Buenos días, hermano! —se adelantó Pedro—. Venimos de Navarra y nos gustaría hablar con el comendador de esta villa.

—¿Para qué queréis verle? —preguntó con sequedad el enjuto personaje, que parecía no estar muy dispuesto a facilitar las cosas.

Pedro, un tanto bloqueado, trataba de encontrar una respuesta convincente. Pierre fue más rápido.

—Venimos a saludar al comendador Esquívez. —Pedro le miró, extrañado de que supiese su nombre. A él también le resultaba familiar—. Para pedirle un favor y comentar unos asuntos.

—Veo que conocéis a nuestro superior, Gastón de Esquívez. —La actitud anterior de reserva había desaparecido—. ¡Podéis pasar! Lo encontraréis rezando por el claustro. Queda a la derecha del patio por el que vais a pasar. —Abrió toda la puerta para darles paso.

Accedieron así a un gran patio interior. Dos jóvenes monjes se acercaron para llevarse sus caballos. A su derecha, localizaron un arco que comunicaba con el claustro.

—¿De qué conoces tú al tal Gastón de Esquívez? —Pedro estaba obsesionado, intentando recordar por qué le sonaba tanto ese apellido.

—Juan me dio ese nombre antes de morir. No sé nada de él —mintió Pierre. Aceleró el paso para rehuir el tema.

Al acceder al claustro por uno de sus ángulos escudriñaron los dos pasillos que convergían en ese punto sin ver a ningún monje. Caminaron por el de su derecha, buscando una nueva panorámica. Antes de llegar a su extremo, apareció un anciano monje que parecía abstraído en la lectura de un pequeño libro. Al acudir a su encuentro, éste levantó la vista, alertado por sus pisadas.

—Buscamos al comendador Gastón de Esquívez. —Pierre intuía que lo tenía justo enfrente.

El monje le tendió la mano, clavando la mirada en sus ojos.

—Pues aquí mismo lo tenéis —dijo sonriendo con amabilidad—. ¿En qué puedo ayudaros?

El monje estudiaba ahora a los dos hermanos templarios. El mayor de ellos se adelantó, con intención de presentar a todo el grupo.

—Mi nombre es Pedro Uribe, estimado señor. —Estrechó con fuerza su mano—. Me acompañan Lucas Asturbe, mi ayudante, y Pierre de Subignac, constructor y colaborador nuestro. El motivo de nuestra presencia por estas tierras es visitar con detenimiento su famosa iglesia del Santo Sepulcro. Hemos realizado un largo viaje en compañía de nuestro constructor con la intención de sacar ideas para un nuevo templo que nos disponemos a levantar. —Pedro había ideado esa estratagema en ese mismo instante para justificar su propia presencia y la de Pierre. Con ella ganaría un poco de tiempo, hasta asegurarse de que el freire fuese de total confianza y, si se daba el caso, revelarle luego sus verdaderas razones.

—Si eso es todo lo que buscáis, me va a resultar fácil complaceros. —Se agarró del brazo de Pedro, invitándoles a seguirle—. No tengo ningún inconveniente en que visitéis la iglesia. Podéis emplear todo el tiempo que necesitéis. —Esquívez parecía dar todo tipo de facilidades—. Pero, perdonad mi curiosidad, ¿de qué encomienda venís?

Pedro advirtió con su mirada a Lucas, reclamándole una absoluta discreción.

—Pertenecemos a una reciente encomienda de la zona del Maestrazgo —afirmó, demostrando bastante seguridad en lo que decía. El freire observaba el rostro de Pierre, que delataba un espontáneo gesto de repulsa—. ¡Es tan reciente, que casi nadie sabe que existe! —remachó, dando por finalizada esa incómoda conversación.

—¡Estupendo!, me encanta oír buenas noticias de nuestra orden y ver que seguimos creciendo. —Sonrió—. Habéis llegado en buen momento, pues nos disponíamos a almorzar. ¿Os apetecería acompañarnos?

Ninguno lo había notado, pero Esquívez había reconocido la verdadera identidad de Pedro Uribe al instante de oír su nombre y la de Pierre de Subignac, un poco después. Del tercero no tenía noticias. Sabía perfectamente que Uribe era el coadjutor de su amigo Atareche desde hacía tiempo y, aunque no se habían visto nunca, conocía bastantes cosas de él, casi todas negativas. Juan no confiaba en él y sabía que le espiaba de continuo. Al no haberse presentado como tal, y tras haberle mentido sobre aquella imaginaria encomienda, decidió no ponerle en evidencia hasta conocer mejor sus intenciones. De Subignac sabía que le unía una gran amistad con Juan de Atareche. Éste le había hablado numerosas veces acerca de él y sabía el gran respeto que se profesaban. La situación le resultaba de lo más extraña. Su primera conclusión había sido, y por ello les seguía el engaño, que Juan no estaba al corriente de ese viaje ni de las razones que lo guiaban. La segunda, en consecuencia, que tenía que descubrir el motivo.

El freire se acercó hacia Pierre y cogiéndolo cordialmente del brazo le separó del grupo, dirigiéndose hacia el refectorio donde les aguardaba un sobrio almuerzo.

—Aprovechándome un poco de vuestra presencia y oficio, me preguntaba si podríais dedicarme un rato, tras el almuerzo, para aconsejarme sobre un nuevo proyecto que tenemos para ampliar nuestra hacienda. ¿Lo haríais por mí? —Deseaba interrogarle a solas, sospechando que Pierre no estaba allí por su propia voluntad.

—Nada me agradaría más que ayudaros.

Llegaron a un amplio refectorio, donde habían servido unas hogazas de pan negro y un variado surtido de verduras cocidas. Dispuestas entre los platos, unas jarras de barro con vino. Mientras daban buena cuenta de la comida, Esquívez le contó cómo era la vida diaria en aquella heredad del Temple, cuál era el trabajo que desempeñaban los monjes y el producto principal de la hacienda: un excepcional vino, muy afamado en todo Segovia, que vendían para enviar el dinero obtenido a Tierra Santa.

Terminaron el almuerzo y salieron al claustro. Esquívez encargó a un monje que acompañara y enseñara la hacienda a los dos templarios, mientras él y Pierre iban a estudiar el proyecto de la nueva obra. Pedro Uribe trató de evitarlo sin ningún éxito. No le hacía ninguna gracia que Pierre se quedase a solas con Esquívez, pero aquel hombre resultaba bastante convincente.

Pierre y Esquívez entraron en un austero despacho y éste cerró la puerta tras de sí. El freire no perdió un segundo.

—¡Pierre, sé perfectamente quién eres! —Aquella entrada pilló al constructor completamente de sorpresa—. Seguro que sabes que Juan de Atareche es íntimo amigo mío, pero dudo que sepas que también sé bastantes cosas de ti, a través de él. He maquinado este encuentro para estar a solas y así darte la oportunidad de hablar con sinceridad. —Le invitó a sentarse—. Para tu tranquilidad, debes saber que también conozco a Pedro Uribe y que tengo de él unas pésimas referencias. Algo muy raro está pasando y necesito que me lo expliques. Cuenta con toda mi discreción y ayuda.

Pierre trató de sobreponerse con rapidez a aquellas afirmaciones tan rotundas y, tras un breve silencio, buscó sus ojos. Encontró en ellos la confianza que necesitaba y comenzó a hablar:

—Nuestro amigo Juan de Atareche está muerto —dejó caer la noticia y estudió la reacción de Esquívez.

—¿Muerto?, ¿cómo es posible? —Sus ojos empezaban a humedecerse—. Sé que estaba muy enfermo, pero no que hubiera muerto…

—Hace unos días murió en su encomienda. Pude verle unas horas antes de que sucediera, pero debes saber que no murió de forma natural.

Esquívez le cortó, ahora completamente bañado en lágrimas.

—¿Quieres decir que su muerte fue provocada? —Se enjugó las lágrimas con un pañuelo blanco que sacó de un bolsillo interior.

—Digamos que la aceleraron, pues antes ya estaba agonizando. Sé que el que precipitó su muerte fue Pedro Uribe.

—¡Ese malnacido! ¡Tendrá valor para presentarse aquí mintiendo y disimulando después de lo que ha hecho! —Apretaba los puños con fuerza—. Seguro que tú sabes para qué ha venido aquí y qué negras intenciones tiene.

Pierre le narró todos los acontecimientos ocurridos en Puente la Reina: la pista que Atareche le dejó dibujada en sus sábanas; su huida tras descubrir el cadáver; sus deducciones sobre el contenido del mensaje y cómo había llegado a la conclusión de que Juan quería dirigirle hacia allí para encontrarse con su amigo. Luego siguió con los detalles de su captura, en pleno centro de Segovia, por Pedro y su ayudante. Le habló de cómo logró saber lo que buscaban, un cofre y un pergamino, y por qué sospechaban que habían sido escondidos en la iglesia del Santo Sepulcro.

—¡Entonces lo saben! —le interrumpió Esquívez, contrariado, pensando en voz alta—. Y te mandó a ti para ponerme sobre aviso. Voy entendiendo… —Se rascaba el mentón pensando en cómo quitarse de en medio a Uribe y a su ayudante de la forma más discreta. Pierre cortó sus pensamientos.

—Por tu reacción, entiendo que esos objetos existen de verdad.

—Por supuesto que existen y están bien escondidos. —Se levantó e inició una serie de nerviosos paseos a su alrededor, que Pierre seguía volviendo la cabeza de un lado a otro.

—Ellos saben lo que son, pero no lo que contienen. ¿Qué hay dentro que tanto interés despierta hasta en la misma sede del Temple?

—¿También Acre está al corriente de todo esto?

Afortunadamente, y para descanso de su cuello, Esquívez se había quedado parado frente a él.

—Eso me comentaron ayer. ¿Qué puede ser tan importante para movilizar a tanta gente y de tan alta jerarquía? —Pierre ardía en deseos de conocer más detalles.

—No te lo puedo contar ahora. Confía en mí. —Estrechó su mano—. Llegado el momento, y te aseguro que va a ser pronto, lo sabrás, mi estimado amigo Pierre. Ahora debemos buscar a tus captores y seguirles el juego.

—¿Y qué debo hacer yo?

Esquívez parecía tener un plan y Pierre deseaba saber cuál iba a ser su papel. Esquívez, brevemente, le explicó que les dejaría acudir a la iglesia para inspeccionarla. Les acompañaría al principio para mostrarles los detalles más importantes del templo y luego les dejaría solos, aunque se quedaría cerca y a la espera. Pierre tenía que estar en torno a una hora aparentando estudiar el templo, después debía conseguir que Pedro subiese a la segunda planta del edículo.

—Verás que hay una trampilla en el techo. Los objetos están tras ella. Una vez allí, tú sólo espera a que yo llegue. Entraré por una puerta lateral, sin que nadie me advierta, y el resto corre de mi cuenta.

Pedro Uribe estudió a fondo el rostro de los dos hombres, preguntándose de qué podrían haber hablado tanto rato, pero no notó nada especial. Le informaron de que partirían de inmediato al templo, atendiendo a sus deseos. Sus caballos ya estaban ensillados. Les acompañaría el propio comendador Esquívez. De camino, Uribe se acercó al caballo de Pierre y lo separó del resto para hablar un momento a solas.

—Pierre, te veo demasiado tranquilo. Espero que sepas cumplir tus promesas y que no hables más de la cuenta. ¿Has conseguido que nos deje un buen rato a solas en el templo?

—Ha comprendido que necesito hacer muchos cálculos para captar su estructura y que, para ello, es esencial que nadie nos moleste durante un buen rato.

—¡Bravo, Pierre! Reconozco que no te faltan recursos. ¡Perfecto! Estoy a un solo paso de conseguir mi cofre y mi papiro.

Pierre le miró asqueado ante el descarado gesto de avaricia con que había pronunciado «mi cofre y mi papiro».

Al final de una cuesta divisaron el perfil de la iglesia del Santo Sepulcro. Pierre iba estudiando su peculiar estilo a medida que se iban acercando. El templo era estrictamente dodecagonal, con tres ábsides en su cara sur y una torre cuadrada de dos cuerpos en su cara oeste. Sobria en su decoración exterior. Los canecillos sin labrar, a diferencia de otros muchos templos románicos de su época.

Llegaron hasta la puerta principal, donde dos templarios, armados con largas espadas, coraza y yelmos, guardaban el templo. Tras mandar que abriesen las puertas entraron todos en completo silencio. Pierre observó la decoración de la puerta principal, que constaba de un gran arco abocinado con tres arquivoltas apoyadas sobre seis columnas. Alguno de sus capiteles presentaban decoraciones vegetales, motivos humanos o animales, que no tuvo tiempo de reconocer. Le gustaba interpretar las esculturas que decoraban los templos, tanto en los canecillos como en los capiteles. Tenía como uno de sus más preciados libros una edición original del *Bestiario*, un libro que se había hecho muy popular en esos años. En él se explicaba a los no iniciados cada uno de los significados de esas esculturas.

—Señores, ésta es la famosa iglesia de la Vera Cruz, que conocíais como la del Santo Sepulcro. Cambió de nombre coincidiendo con el envío de un *lignum crucis* por el papa Honorio III. —Gastón de Esquívez se colocó en el centro del pequeño grupo para explicar las características del edificio—. Nuestro bien más preciado se encuentra en el interior del edículo central.

Apuntó con su dedo a un bello relicario de plata que contenía un fragmento de la Santa Cruz y que reposaba sobre un pequeño altar. Ambos se encontraban en el centro de una pequeña cámara dentro del edículo, en su planta baja. A la cámara se accedía por cuatro puertas, cerradas a media altura por unas sobrias verjas de hierro.

Pierre observó que el edículo constaba de dos cuerpos. En el inferior se localizaba el *lignum crucis*. Al cuerpo superior se accedía por una escalera lateral. Comprobó que el cuerpo principal del edículo se unía en un arco de medio punto al techo del deambulatorio. Intentó encontrar esa tercera altura a la que se refería la pista dada por Atareche, pero no acababa de ver ninguna otra por encima del segundo nivel del edículo. Debía de estar tras la trampilla a la que había hecho referencia Esquívez.

Se arrodillaron ante el relicario para rezar unos minutos. Después, el grupo recorrió el resto del templo admirando su bella decoración. Sobresalían sobre todas las demás obras de arte dos frescos que decoraban dos de sus tres ábsides. El del centro estaba presidido, tras su altar mayor, por un bello crucifijo de madera de grandes dimensiones. En el mismo ábside, y sobre un pedestal, se encontraba un sagrario bastante deteriorado. Ya habían recorrido toda la iglesia, cuando Gastón se acercó hacia Pierre.

—Pierre, como ya hemos terminado de verlo, podéis ahora quedaros el tiempo que necesitéis para estudiarlo con detenimiento. Confío en que vuestro buen oficio os sirva para tomar ideas con vistas a vuestro nuevo templo. Si necesitáis cualquier cosa, avisad a los monjes guardianes. Daré orden de que os atiendan en todo lo que podáis necesitar.

Salió del templo cerrando la puerta tras de sí, dejando solos a Pierre y a Pedro. Lucas, por orden de Pedro, se había quedado acompañando a los guardianes para asegurarse de que no les molestasen en un buen rato.

—¡Manos a la obra, Pierre! Para ganar tiempo vamos a buscar por separado.

Pedro se dirigió hacia los ábsides, inspeccionando en ellos hasta la más mínima rendija. Comprobaba piedra a piedra, cerciorándose de que no ocultaran ninguna cavidad que pasase inadvertida a simple vista.

Pierre empezó por el extremo opuesto, simulando hacer otro tanto, agotando el tiempo previsto antes de subir a la segunda planta. Se preguntaba cómo conseguiría Esquívez, a su edad, frenar las posibles reacciones de Pedro cuando descubriese la estratagema. Tras un rato subió por las escaleras hacia el segundo piso del edículo. Su estructura era también dodecagonal, y en cuyo centro se alzaba un pequeño altar labrado en piedra y sobre él un Cristo yaciente.

Tres ventanas se abrían en sus laterales; la más grande estaba enfrente del altar mayor. Desde ella veía a su enemigo dedicado en alma y cuerpo a la inspección de cada rincón de la parte baja. La bóveda de esa capilla estaba enervada al estilo árabe. En su arranque contaba con nueve pequeñas ventanitas por las que entraban unos chorros de luz. A gran altura, y un tanto oculta, estaba la trampilla de madera que atrajo de inmediato su atención.

Asomándose a una ventana llamó a Pedro para que fuera a verla. En pocos segundos estaba en el edículo, mirando hacia arriba, en la dirección que Pierre señalaba. Pierre estaba muy nervioso, esperando la inminente llegada de Esquívez, que parecía retrasarse más de lo calculado.

—Pedro, creo que detrás de esa trampilla está lo que buscamos. Para llegar necesitaremos un tablón o una escalera. He visto que había un madero colgando por fuera de esa ventana, la que da al altar. Intenta cogerlo. Nos puede valer.

Pedro fue muy decidido hacia la ventana. Se asomó, sin encontrar ningún madero. Se estaba volviendo cuando vio la cara sonriente de Esquívez. Sus dos manos le empujaban hacia el vacío. Pedro, horrorizado, intentó agarrarse a los lados; pero no encontró asidero y cayó con todo su peso. Se estampó contra el suelo.

Pierre no había visto entrar a Esquívez, ni el momento en el que éste había aprovechado para empujarle, pero la velocidad y el resultado de los hechos le habían dejado paralizado. Odiaba a Pedro Uribe por lo que le había hecho a su amigo Juan, y por motivos propios, pero no había pensado que Esquívez diese al asunto una solución tan violenta, aunque, una vez hecho, tampoco le molestaba demasiado.

—¡Éste ya no podrá mortificarnos más…! —Miró satisfecho a Pierre—. Del otro, nos encargaremos más adelante.

Bajaron para comprobar su estado. Al llegar, vieron que no se movía. Estaba bañado en sangre y aparentemente no respiraba. Al mismo tiempo, advertido por el fuerte ruido, Lucas quiso saber lo que pasaba y entró corriendo. Su mirada recayó primero en el difunto Uribe y a continuación en la del comendador Esquívez, que permanecía junto a Subignac al lado del cadáver.

Gastón trató de agarrarlo, pero éste salió a toda velocidad hacia la puerta exterior. Esquívez gritó para advertir a los guardianes cuando Lucas ya los había superado y saltaba a lomos de un caballo. Partió al galope en dirección opuesta a Zamarramala.

Tras alcanzar el exterior del templo, Esquívez observó cómo el huido desaparecía entre unas lomas. Ordenó su persecución, aunque preveía el fracaso del intento.

—¡Maldita sea! —exclamó enfurecido—, si esto llega a oídos de nuestros superiores empezaré a tener verdaderos problemas.

Miró hacia el horizonte, tratando de ver si, por suerte, sus hombres conseguían capturar al monje. Poco más podía hacer ya. Pierre, a su lado, le observaba, imaginando la crítica situación en la que se hallaría el freire templario en cuanto se supiera lo que acababa de hacer. Sintió lástima por él. Estaba abatido.

—¡Vamos a sacar el cuerpo de Pedro! Lo enterraremos en un lugar discreto antes de que vuelvan mis hombres.

Pierre tuvo que poner doble esfuerzo en el trabajo, pues Esquívez no gozaba de buenas condiciones físicas y resoplaba tanto que parecía que se le iba la vida en ello. Lo subieron con mucha dificultad en uno de sus caballos y partieron hacia un lugar que Esquívez conocía, por lo visto lleno de cuevas, donde darle sepultura sin la presencia de miradas comprometedoras.

La tierra no estaba muy dura, pero excavarla con sólo una piedra convirtió el trabajo en una pesadilla para Pierre. Ante el lamentable estado físico en que había quedado Esquívez, ni se había planteado otra posibilidad que la de hacerlo a solas.

Habrían pasado algo más de tres horas cuando acabó de poner la última piedra que tapaba completamente el lugar donde quedaba enterrado Uribe. Agotado por el esfuerzo, se sentó para descansar un rato antes de partir hacia la hacienda templaria.

—Te estaré eternamente agradecido por toda tu ayuda. —Gastón trataba de dar conversación al agotado Pierre, pero seguía preocupado por saber si sus soldados habían podido capturar a Lucas—. Si al final escapa, me va a traer muchas complicaciones. No puedo imaginar la reacción que puede provocar en mis superiores; pero, bueno, hablemos un poco de ti. ¡Bastante te he hecho pasar, para cargarte ahora más problemas a las espaldas! Al final, y con todo lo que ha pasado y hemos hablado, ¿cuál crees que pudo ser el motivo por el que Juan hizo que vinieses hasta aquí?

—Aún no lo sé, pero a medida que pasa el tiempo me siento más perdido y desesperado. Durante las últimas semanas he visto morir a todos a los que más quería en el mundo. A mi mujer y a mi mejor colaborador en Montségur, junto con otros muchos queridos hermanos. Y en Puente la Reina, a nuestro amigo Juan, asesinado. La de ése, poco me ha importado. —Señalaba hacia el enterrado—. También me han perseguido, amenazado, y no sé qué más me puede pasar. Pero volviendo a tu pregunta, no sé qué tenía que buscar aquí.

—Pierre, mi querido amigo, me apena mucho verte así. Puedes quedarte aquí todo el tiempo que quieras. Me gustaría que te sintieras igual que cuando estuviste con Atareche en Navarra.

Pierre veía en su afectuoso rostro el mismo de Juan. Se sentía muy solo, pero al menos había encontrado alguien a quien poder confiar todos sus secretos. De pronto recordó la escena con Juan, mientras le enseñaba el medallón.

—Cuando vi por última vez a Juan, su comportamiento cambió de repente cuando le enseñé mi medallón. Entonces insistió en contarme algo que podría ser vital para mí, pero como no pudo, al final lo dejó dibujado, con su sangre, para que lo interpretara.

—¿De qué medallón me hablas? —Esquívez, intrigado por aquella nueva noticia, casi había perdido el resuello.

—De este medallón. —Lo sacó de su jubón, mostrándoselo sin reparos—. ¡Del medallón de Isaac!

Esquívez no salía de su asombro ante tamaña sorpresa. De ser verdad lo que decía, acababa de entender el verdadero propósito de su amigo, Juan de Atareche, al enviarle a Subignac. En realidad, le había mandado el medallón para que se hiciese con él, sirviéndose de un engañado y bien confiado portador.

—¿Y cómo sabes que es auténtico? —dijo, empezando a planear la manera de hacerse con él.

Pierre le relató todo lo que había escuchado de su padre acerca de su procedencia y del modo en que había llegado hasta él. Mientras, Esquívez escuchaba encantado, deleitándose por adelantado al saberse muy pronto en posesión de la más antigua de las reliquias conocidas en todo el orbe.

—Ahora que me has revelado tu mayor secreto, haré yo lo mismo. —Pierre le miró con curiosidad—. El cofre que pretendía encontrar Uribe perteneció a la comunidad esenia del mar Muerto. Lo llevaron doce de los sacerdotes que vivían en el Templo, que abandonaron para constituirse en esa nueva sociedad en el desierto, como parte del tesoro del Templo de Salomón que no pudo esconderse en el monte Nebo. Ese cofre fue encomendado a Juan, para su protección, por el grupo esenio y contiene un brazalete de enorme valor. El papiro con el que vino encierra una antiquísima profecía muy importante. —De pronto, su rostro se transformó—. ¡Necesito que me des tu medallón! Su energía será definitiva para nuestros propósitos.

El cambio que había experimentado su rostro produjo a Pierre una alarmante sensación de inquietud. Instintivamente, Pierre lo agarró con una mano y volvió a ocultarlo bajo su jubón. Le asustaba aquella mirada. Era la misma que Esquívez tenía tras la muerte de Uribe.

—Este medallón se queda conmigo —afirmó con contundencia—. Jamás abandonará mi cuello —concluyó ante un cada vez más azogado Esquívez.

El que había considerado un amigo, el que le había ayudado a eliminar a Uribe y era el destinatario del mensaje de su querido Juan empezaba a ser un peligro para él.

Antes de que Pierre pudiese reaccionar, un cuchillo que había aparecido repentinamente de entre las ropas del templario se había clavado en su cuello, atravesándolo hasta dar con las vértebras cervicales. Un flujo de sangre se le coló por la traquea y, tras un gorgoteo, Pierre cayó muerto a sus pies.

—Ya ha abandonado tu cuello, Pierre de Subignac.

De un tirón arrancó el medallón y lo guardó en un bolsillo. Escondió el cuerpo de Pierre en una cueva y se dirigió a caballo de vuelta a la Vera Cruz. Los monjes habían regresado sin haber dado caza al huido.

Gastón entró en la iglesia y subió hasta la segunda planta. Se sirvió de una escalera para alcanzar la trampilla y la abrió con una llave. Accedió a una cámara muy estrecha. A escasa altura de ella, había otra segunda cámara, abovedada. Localizó una piedra, que separó de la pared, y, de detrás de ella, extrajo un pequeño cofre de madera de enebro. Lo abrió e introdujo el medallón junto a un bello brazalete. Volvió a colocar la piedra en su sitio y abandonó las dos cámaras.

Cuando bajaba hacia la planta principal del templo pensó: «¡Ahora se podrá cumplir la profecía!».

6

Jerez de los Caballeros. Año 2002

Los gruesos neumáticos del coche hacían crujir la gravilla del aparcamiento del Parador Nacional de Zafra. El reloj digital del vehículo indicaba las diez de la noche. El portero del parador abrió la puerta del acompañante, por la que salió Mónica. Fernando abrió el maletero desde el cuadro de mandos para recoger su cartera de mano. Entraron en la recepción del viejo hotel palacio del siglo XV. Era un viernes de la segunda quincena de enero del recién estrenado año 2002.

Habían salido de Madrid a las seis de la tarde para llegar a cenar a Zafra. Fernando quería aprovechar la mañana del sábado, en la vecina ciudad de Jerez de los Caballeros, para tratar de saber quién era el tal Carlos Ramírez, personaje directamente ligado con el envío del brazalete a su padre.

Resultó un viaje de lo más tenso. Mónica no había logrado superar todavía el decepcionante final de aquella tarde en Segovia y se mostraba un tanto fría. Durante el camino, apenas habían hablado más que de trabajo. Fernando tampoco había estado muy locuaz. Comprobó que llevaba el anillo puesto y que se mostraba distante. Viajaban solos, ya que Paula, dos días antes, había llamado a Fernando para decirle que iría desde Sevilla. Iba a cerrar un acuerdo con una importante cadena de joyerías durante la mañana de ese viernes y, por la tarde, tenía planeado alquilar un coche para acudir a Zafra. Posiblemente llegaría antes que ellos.

El mostrador estaba situado al fondo del vestíbulo.

—Buenas noches y bienvenidos al Parador Nacional de Zafra. ¿En qué puedo servirles? —Una joven recepcionista sonreía al otro lado del mostrador, cautivada por los ojos azules de Fernando.

—Buenas noches. Tengo una reserva de tres habitaciones a nombre de Fernando Luengo, para dos noches.

La recepcionista, tras consultar en su ordenador, lo confirmó y les pidió su carnés de identidad.

— ¿Puede decirme, por favor, si ya ha sido ocupada alguna por doña Paula Luengo?

—Lo siento, pero de momento no ha venido nadie preguntado por sus habitaciones.

La joven se fijaba, con cierto descaro, en los rasgos del apuesto cliente, mientras avisaba al botones para darle sus dos llaves.

—Les he dado dos habitaciones contiguas, la número 5 para doña Mónica García y la 6 para usted, tal y como nos pidió, señor Luengo. Son nuestras mejores suites. Bienvenidos de nuevo y esperamos que su estancia entre nosotros sea del todo agradable.

Siguieron al botones hasta el ascensor, en silencio. En la primera planta y, tras recorrer un amplio pasillo, llegaron a la habitación que mostraba en su puerta el número 5.

—Esta habitación es la que tiene más historia de todo el castillo. En ella durmió el conquistador Hernán Cortés. Si me permiten, en un momento se la muestro a la señora, y luego le llevo a la suya, caballero —les informó el botones, que introdujo la tarjeta magnética en la cerradura electrónica y abrió la puerta, invitándoles a pasar.

Después el botones encendió el interruptor general, dejó la bolsa de viaje de Mónica en una banqueta y explicó dónde se encontraba el minibar, así como el funcionamiento de las luces de toda la habitación. Mientras daba a Mónica su llave, le enseñó el uso de otras dos que la acompañaban.

—La pequeña es la del minibar. Y esta otra abre la puerta —señalaba a su izquierda— que comunica con la suite de al lado; la número 6. —Mónica recibió del botones una breve mirada llena de complicidad—. Si necesita algo, marque el nueve. Le atenderemos gustosamente —dijo e invitó a Fernando a seguirle.

Fernando le despidió con una generosa propina tras recibir también sus oportunas explicaciones. Asimismo, le mostró la llave que abría, esta vez desde su lado, la puerta que daba a la habitación de Mónica. Una vez solo, Fernando marcó el número de teléfono de Paula para saber a qué hora iba a llegar.

Mónica estaba impresionada con el enorme salón anejo al dormitorio. Era rectangular, con bóveda circular de piedra y mampostería decorada con dibujos geométricos. Las paredes estaban recubiertas con grandes tapices antiguos. Dos cómodos sillones de color blanco, con una mesa baja de estilo francés frente a ellos, ocupaban uno de los ángulos de la habitación. Enfrente del ventanal había un escritorio con una lámpara con tulipa de cristal verde, y un teléfono. Mónica se quitó el abrigo y lo tiró en uno de los sillones, ansiosa por investigar el resto de la habitación.

«Es preciosa», pensó mientras se dirigía hacia el dormitorio.

Éste ocupaba una de las esquinas del castillo y sus dimensiones eran fabulosas. Sus paredes también estaban vestidas con bellos tapices flamencos y el techo estaba cubierto por un fantástico artesonado de madera adornado con dibujos florales e incrustaciones doradas. En uno de sus ángulos, una

puerta conducía a una pequeña salita circular, que debía co-
rresponder a la planta de uno de los torreones. La cama era
enorme, de madera de roble, y con un dosel decorado con
bellos lienzos damasquinados. ¡Era una auténtica pieza de
anticuario!

«Qué desperdicio de habitación, tan romántica y maravillosa, únicamente para dormir, y además sola», se decía,
imaginándose lo muy diferente que hubiera podido ser en la
compañía de Fernando.

Dirigió la vista hacia la puerta que unía las dos habitaciones. «Tal y como nos pidió, señor Luengo.» No había entendido bien si la recepcionista se refería a la expresa reserva de
dos suites o a que estuvieran contiguas. De todos modos, y
sin saber cuál era la verdadera intención de Fernando, prefería pensar que se trataba de la segunda opción.

—¿Paula?, ¿me oyes bien ahora?

—Sí, perfectamente, Fernando.

Un suave aroma a flor de naranjo invadía el patio interior
del restaurante sevillano La Chica, por donde Paula paseaba
con mejor cobertura que en su interior.

—Nosotros acabamos de llegar al hotel, ¿por dónde andas tú? —preguntó, confiando en que, durante la cena, su
hermana contribuyese a rebajar la tensión que existía entre
Mónica y él.

—Sigo en Sevilla, Fer, y aún tengo para un buen rato. Me
has encontrado justo cuando iba a empezar a cenar con mis
clientes. Aunque he tratado de escaparme, se han empeñado
en celebrar nuestro acuerdo y no he podido negarme.

—¡Vaya faena, Paula! Entonces te quedarás a dormir allí,
claro. —Iba a tener que solucionar lo de Mónica sin la ayuda de nadie.

—¡Faena la que vais a tener los dos esta noche tan solitos y sin mi control! —Soltó una carcajada—. Espero que mañana me cuentes todos los detalles de vuestra noche loca y…

—Deja de decir tonterías, Paula —la cortó Fernando—. No va a ocurrir nada, porque nada hay entre nosotros, y, cambiando de tema, ¿a qué hora esperas llegar mañana?

—No creo que sea antes de comer. De todos modos, ya te llamaré de camino para confirmártelo. —Fernando se despedía ya, con intención de colgar—. ¡Espera, no me cortes todavía! Llevo varios días queriendo decírtelo, pero no he encontrado el momento; quiero que sepas que Mónica me cayó estupendamente el otro día. Creo que encajaríais muy bien. ¡Vamos, en otras palabras, que me gusta mucho para ti, Fer!

—¡Vale, mamaíta! Veo que nunca abandonas tus tradiciones. Ya te contaré cosas en otro momento, pero no por teléfono.

Mónica estaba guardando su ropa en un armario cuando oyó que llamaban a la puerta. Abrió a Fernando y le invitó a pasar. Éste le contó el cambio de planes de Paula y le preguntó si le apetecía salir a cenar.

—Te lo agradezco mucho, pero es un poco tarde y estoy bastante cansada y con poca hambre. Sólo me apetece una buena ducha y luego meterme en la cama. —Se sentía algo confusa y aquello de cenar solos no le parecía una buena idea.

—Como tú quieras, Mónica. Lo entiendo. De cualquier modo, si lo deseas, pido que te suban algo a la habitación. —Ella accedió al ofrecimiento—. ¿Hay algo que te apetezca especialmente? —Fernando estaba descolgando uno de los teléfonos para hacer el pedido a recepción.

—¡Pide lo que quieras! No tengo ningún capricho, sólo que sea poca cantidad.

Quedaron que la recogería a las nueve para bajar a desayunar y finalmente se marchó tras desearle buenas noches.

El baño estaba separado del dormitorio por dos grandes puertas correderas de madera de roble y cristal, con unos visillos blancos en su interior. Un largo lavabo de mármol y un gran espejo presidían el frontal del mismo. En un lateral, y tras una mampara de cristal, estaba la ducha, revestida de mármol blanco, tanto en paredes como en suelo.

Mónica seguía impresionada. Nunca había estado en un hotel tan lujoso. Le dio a un mando y en pocos segundos unos chorros de agua caliente salían por varias bocas, formando una auténtica cortina de agua que ocupaba toda la ducha.

Sonó el teléfono en la habitación de Fernando.

—Perdone que le moleste, señor Luengo. —Fernando reconoció la voz de la recepcionista—. Se me había olvidado entregarle un mensaje que tenía para usted. Se lo leo: «Bar La Luciérnaga. Once de la mañana». El mensaje me lo dio por teléfono esta tarde un señor que dijo ser don Lorenzo Ramírez, de Jerez de los Caballeros.

—¡Muchas gracias! Ha sido usted muy amable. Por cierto y antes de colgar, ¿podría usted mandar a la habitación de la señora García, junto con la cena, una botella fría de Möet Chandon con una breve nota que diga únicamente: «*carpe diem*», por favor?

—Por supuesto. En menos de diez minutos la señora García tendrá todo lo que ha pedido en su suite. Lo suyo le llegará a la vez. ¡Que lo disfruten!

Fernando colgó y abrió su bolsa de viaje para coger una carpeta donde guardaba toda la información que hasta el momento había conseguido reunir sobre los familiares del fallecido Carlos Ramírez. No era mucho. Sólo había localizado al tal Lorenzo Ramírez a través de un buscador de internet. Tras una única conversación, el 28 de diciembre, habían concertado la entrevista para la mañana del día siguiente. Con ese apellido había tenido que emplearse a fondo hasta localizar uno que había nacido en Jerez de los Caballeros y que, actualmente, dirigía la cátedra de Historia Medieval de la Universidad de Cáceres. Encontrar después su teléfono resultó una tarea bastante complicada. La universidad estaba cerrada por vacaciones y fue en uno de sus artículos, tras leerse unos cuantos, donde lo obtuvo, pues estaba al lado de sus datos profesionales. Se sentó en un confortable sillón y empezó a repasarlos mientras esperaba que llegase su cena.

Mónica se había desnudado y estaba disfrutando de una reconfortante ducha. Desde sus ocho salidas, el agua se repartía por todo su cuerpo procurándole un relajante efecto. Los nervios y la tensión del viaje parecían ir desapareciendo poco a poco. Se enjabonó todo el cuerpo con el gel del hotel y luego dejó que el agua la aclarara sin ninguna prisa.

Fernando estaba abriendo el sobre que había llegado a la joyería a última hora de la mañana desde Amsterdam. Con las prisas por dejarlo todo arreglado en la tienda antes de salir de viaje, lo había guardado sin abrirlo, pensando hacerlo más adelante y con más tranquilidad.

Lo leyó con rapidez. Se quedó asombrado. Según exponía el informe, el brazalete databa de entre el siglo XIV y mediados del siglo XIII antes de Cristo. Habían identificado también el oro como una variedad muy común de las tierras altas del

Nilo, bastante semejante en su composición al encontrado en otras joyas descubiertas en las tumbas faraónicas de esa época.

«¡Un brazalete egipcio! —pensó Fernando—. ¿Qué historia acumulará y por cuántas manos habrá pasado antes de caer en las mías?» Le resultaba tan asombroso pensar que tenía tal antigüedad como incomprensible la relación que podía tener con su padre. ¿Por qué le llegaría ese antiquísimo brazalete? Fernando buscaba algún detalle en la vida de su padre que le ayudara a encontrar una respuesta, pero no terminaba de dar con nada que le llamase la atención. Los recuerdos que conservaba de él no eran muy distintos de los habituales entre un niño y su padre: sus caricias, alguna que otra riña, los cuentos antes de dormir, sus tardes en la platería… A medida que fue creciendo descubrió en él nuevas facetas: la del trabajador infatigable y responsable, la del obstinado y perfeccionista, y sobre todo —muy por encima de las demás—, la del padre exigente. Desde pequeños les enseñó a entender el valor que tenían todas las cosas. Su negocio atravesó malos momentos, algo antes y, sobre todo, después de la Guerra Civil, lo que les llevó a vivir con estrecheces. Lo que hacía más increíble que hubiera llegado a hacerse con un brazalete egipcio de incalculable valor.

Llamaron a la puerta. Fernando se levantó y abrió a un camarero que traía un carrito con la cena. Le despidió con un flamante billete de diez euros y cerró la puerta, dejando el carrito en el salón, cerca de los sillones. Levantó la campana. El contenido consistía en un aromático jamón de bellota. Dentro de una caja redonda de mimbre apareció un pequeño queso del Casar, el más delicioso queso de Extremadura. Había pedido lo mismo para Mónica. Miró el reloj. Ya eran las once y media.

Se sentó en uno de aquellos confortables sillones blancos y empezó a pensar en ella mientras se comía el jamón. Recordaba el día que llegó para realizar una entrevista. La joyería tenía cada vez más ventas y necesitaba la ayuda de un experto en gemología que le sacase trabajo, para así dedicarse él más a otros asuntos. Había empezado a invertir en negocios inmobiliarios y estaba descuidando las compras y la tasación de las piedras. Necesitaba una persona cualificada que se dedicase de lleno y que se ocupara un poco de la gestión de la tienda. Mónica fue la tercera persona que entrevistó esa tarde.

Hacer entrevistas de trabajo era la peor de las pesadillas que uno podía desear a su peor enemigo. Resultaba un ejercicio agotador por el esfuerzo mental que había que invertir en captar, durante una breve conversación, hasta el más mínimo detalle que coincidiese con las características requeridas para el puesto, identificando a la vez los posibles defectos del candidato para el trabajo.

Las dos entrevistas anteriores le habían llevado una hora cada una. Cuando entró en la salita Mónica, la suma del esfuerzo le estaba empezando a pasar factura. La verdad es que desde el primer momento le gustó mucho, y no sólo por su impecable aspecto. Su expediente era perfecto. Había sido la número uno de su promoción y, tras finalizar sus estudios, había hecho un posgrado en el Instituto Gemológico de Basilea, uno de los más prestigiosos del mundo. Hablaba perfectamente inglés y francés, y todo eso con sólo veinticuatro años. Lo único que le faltaba era experiencia, ya que prácticamente acababa de regresar de Suiza y ésa era su primera entrevista.

Comparada con los otros dos entrevistados era la mejor con diferencia. ¡Un diamante en bruto, nunca mejor dicho! Pensó que podría enseñarle el oficio sin tener que luchar con ningún vicio adquirido y, además, él se beneficiaría de su reciente aprendizaje de las nuevas tecnologías. Sin dudarlo, ese mismo día la contrató.

—Buenas noches, Fernando. Primero, quiero decirte que has acertado plenamente con lo que me has pedido y, también, gracias por el champán. No tenías por qué. —Él le restó importancia—. Y por cierto, el mensaje que me ponías, *carpe diem*, si no recuerdo mal quiere decir algo así como «disfruta del momento» o «aprovecha intensamente cada día», ¿es cierto?

—Eso es exactamente lo que significa. Con ello sólo he tratado de contribuir, un poco, a que se cumpla esa expresión durante tu estancia en este maravilloso hotel.

—¡Eres muy amable! Te aseguro que lo estás consiguiendo.

A esto siguió una larga pausa que se mantuvo hasta que la voz de Fernando surgió de nuevo por el auricular.

—Hace un rato me estaba acordando de tu primer día en la joyería; la tarde en que te entrevisté. Nunca me has contado qué sensaciones tuviste.

—Pues mira qué casualidad —respondió ella—, mientras me estaba duchando también lo recordaba. Reconozco que ese día estaba muy nerviosa. Era mi primera entrevista de trabajo y sabía que tenía delante de mí a uno de los más famosos joyeros de Madrid. Querías cubrir un puesto que, desde el principio, supe que me venía como anillo al dedo. Recuerdo que estabas sentado en tu despacho, y que te encontré guapísimo. De ningún modo encajabas con la idea que me había hecho. Supuse que me iba a encontrar a un venerable anciano y, al verte, me costó un rato ponerme en situación para no quedarme como una tonta mirándote a lo ojos. Cuando, escasamente pasados diez minutos, me dijiste que contabas conmigo para empezar al día siguiente, me quedé estupefacta. En ese momento me veía como una cría llena de inseguridades, aún las sigo teniendo, y tú vas, y sin apenas saber nada de mí, me dices que soy la mejor para ese trabajo y me contratas. No te puedes hacer una idea del impacto que tuvo en mí. —Llevaba un buen rato hablando sola y pensó que debía estar aburriéndole—. ¡Menudo rollo que te estoy metiendo! —Él lo negó—. Bueno, lo mejor es que lo dejemos por hoy. Me apetece dormir. ¡Mañana tenemos un intenso día por delante!

Se despidieron. Después, ambos dieron cuenta de lo poco que quedaba en las bandejas con la cena y se acostaron. Mónica se llevó una copa llena del burbujeante champán a la cama, para saborearlo. Su mirada se dirigía hacia la puerta que la separaba de Fernando. ¿Por qué no se le ocurriría abrirla? Se la terminó de un trago, apagó la luz y se dispuso a dormir.

Cuando Mónica se despertó la luz del día atravesaba las grandes cortinas que cubrían los ventanales. Se estiró complacida disfrutando de aquellos últimos minutos en la cama. Una vez levantada, buscó en el armario la ropa que había decidido ponerse para ese día. Se asomó a un ventanal, tras descorrer las grandes cortinas, y contempló el paisaje. Una espesa neblina cubría el pueblo. Tenía pinta de hacer bastante fresco. Sintió un escalofrío y pensó que ir con una falda corta como la que se acababa de poner no iba a ser una buena decisión. Buscó nuevamente en el armario y encontró un pantalón de pana negra y un jersey de cachemira de cuello alto, negro también. Se cambió y se sentó a esperar a que Fernando la recogiera para desayunar. Casi al instante llamó a su puerta, vestido con unos pantalones vaqueros y un jersey azul marino.

—¡Buenísimos días, Mónica! ¿Cómo te encuentras esta mañana?

—¡Humm, totalmente descansada, pero con hambre!

—Pues si ya estás preparada bajamos a desayunar. ¿Te parece?

Fernando miró el reloj. Eran las nueve de la mañana. Si no se entretenían demasiado con el desayuno, calculaba que, saliendo a las nueve y media, llegarían a Jerez de los Caballeros antes de la hora. Allí había quedado con el único descendiente del misterioso Ramírez.

Entre uno y otro café se acordó de la carta de Holanda y se la enseñó para ponerla al corriente de la enorme importancia y antigüedad del brazalete. Terminaron el desayuno y preguntaron en recepción cómo tenían que hacer para llegar hasta Jerez de los Caballeros. El recepcionista les dibujó la mejor ruta en un pequeño mapa local. Salieron del parador y arrancaron el coche a las nueve y media.

Tomaron la carretera nacional, dirección Huelva, y a los pocos kilómetros se desviaron a la derecha, entrando en otra que les llevaba directamente hasta Jerez de los Caballeros. A los lados de la carretera la vista se perdía entre inmensas dehesas de encinas, donde pacían cientos de cerdos ibéricos y algunas vacas. El teléfono móvil empezó a sonar. Fernando comprobó en la pantalla digital que el número era el de su hermana Paula.

—Buenos días, Paula. ¿Por dónde andas?

—Ya voy de camino, querido. Acabo de pasar el pueblo de El Ronquillo. Si no tengo complicaciones, os veré justo para la hora de comer. ¿Cómo nos encontraremos?

Fernando pidió a Mónica que buscase en la guía algún restaurante para quedar. Localizó uno que tenía tres estrellas.

—Cuando llegues al pueblo, pregunta por un restaurante que se llama La Ermita. Allí estaremos hacia las dos de la tarde.

—¿Cómo van las investigaciones, hermanito? ¿Has averiguado algo nuevo?

Fernando repasó mentalmente lo que no le había contado todavía a Paula y le informó del más que sorprendente resultado del análisis del laboratorio holandés.

—Cuando nos veamos en el restaurante, ya te contaré todo lo que averigüemos en nuestra cita con el único descendiente que he podido encontrar del difunto amigo de padre. Espero que entonces pueda darte más información.

—¿Y dices que el brazalete es de origen y estilo egipcio? ¿Por qué crees que a padre le pudieron mandar un objeto tan antiguo y valioso? ¿Tú qué piensas, Fer?

—Por más vueltas que le doy, no termino de encontrar una respuesta. Me pregunto qué tuvo que ver nuestro padre con el difunto extremeño. Necesito saber quién era Carlos Ramírez y toda su historia. Sólo entonces podremos comprender qué tipo de relaciones pudo tener padre con él. La entrevista que vamos a mantener esta mañana va a ser muy importante.

—¿Vas con el manos libres?

—Sí, te estamos escuchando los dos.

—Bueno, pues coge el teléfono, que necesito preguntarte una cosa. —Fernando descolgó el aparato y siguió escuchando a Paula. ¿Qué se traería entre manos?—. ¿Has conseguido algún avance con Mónica que tenga yo que saber? Sólo tienes que decir sí o no.

—No mucho —contestó él, sopesando lo que decía.

—Tranquilo, ya te ayudaré un poquito.

—¡Ni se te ocurra meterte en medio! ¡Vale ya! ¡No sigas por ahí! No me da la gana seguir hablando contigo de tonterías. ¡Adiós! —Fernando colgó el teléfono y lo colocó en su soporte, un tanto molesto.

Mónica le miró llena de curiosidad, sin atreverse a preguntar.

—Mi hermana es incorregible. Sus cualidades artísticas, que reconozco van mejorando con el tiempo, no contrarrestan su manía por cotillearlo todo. Necesita controlarlo todo. Es superior a sus fuerzas. Cuando la vayas conociendo mejor te darás cuenta.

Ascendieron a un collado donde un cartel anunciaba el comienzo del pueblo. Fernando aparcó en la plaza de Santa Catalina, tras haber preguntado a un policía dónde podían encontrar el bar La Luciérnaga. El agente les indicó que darían con él a sólo dos calles de donde estaban.

Fernando miró el reloj del ayuntamiento. Marcaba las diez y media. Tenían todavía un rato para pasear y conocer algo del pueblo. No recordaba nada de su viaje de niño. Todo le resultaba completamente desconocido.

El bar La Luciérnaga se encontraba en uno de los laterales de la plaza, bajo un gran cartel luminoso, algo anticuado, de Coca-Cola. Al entrar en él todos sus clientes dejaron de hablar y les estudiaron de arriba abajo, sobre todo a Mónica, que esa mañana estaba especialmente atractiva.

Un camarero de barriga prominente, desde detrás de la barra, tras haberle preguntado por don Lorenzo Ramírez, les señaló a un hombre que estaba de espaldas, sentado a una mesa al fondo. Fueron hacia él.

—Buenos días. ¿El catedrático don Lorenzo Ramírez?

El hombre, al ver a Mónica, se puso de pie.

—Soy yo. Usted debe ser don Fernando Luengo. —Estrechó la mano a Fernando y se dirigió hacia Mónica, a quien besó cortésmente la mano tras ser presentada por Fernando como su ayudante—. Por favor, les ruego que tomen asiento.

Ayudó a hacerlo a Mónica y llamó al camarero, que no se perdía ni un detalle de aquellos visitantes.

—¿Desean tomar algo los señores?

El camarero aprovechó para limpiar con un trapo la mesa arrastrando los restos que había dejado algún cliente anterior. Mónica pidió una Coca-Cola Light y Fernando un café bien cargado. Don Lorenzo no pidió nada. Mónica empezó a estudiar al hombre. En torno a cincuenta años. Pelo totalmente blanco, un poco pronto para su edad, pensó. Nariz y barbilla prominente. Los ojos apenas se le veían detrás de los cristales graduados de sus gafas. Se había mostrado muy educado con ella y vestía bien, por lo que Mónica decidió, satisfecha de su análisis, que estaba delante de un caballero extremeño.

—Bueno, pues ustedes dirán en qué puedo ayudarles.

—Espero que en mucho. Le explico —repuso Fernando—. Soy joyero y vivo en Madrid, aunque mi familia proviene de Segovia. Localicé su nombre en internet después de probar antes con la guía telefónica, lo que me resultó una auténtica pesadilla por la abundancia de personas con su mismo apellido. Pero a lo que voy, he sabido de una forma extraña y muy recientemente que mi padre, que en paz descanse, había sido amigo de un pariente suyo, don Carlos Ramírez.

—En efecto, ya le dije que soy su nieto. Pero mi abuelo murió hace ya muchos años. Concretamente, y si ahora no recuerdo mal, el 20 de septiembre del año 33, recién cumplidos los sesenta años. Si el motivo de su viaje era verle, mucho me temo que lo van a tener muy complicado.

Mónica abrió el bolso y sacó una pequeña agenda, donde anotó la fecha que acababa de oír. Él la miró receloso.

—Oiga, usted, aparte de trabajar para Fernando, no será periodista, ¿verdad?

Mónica se puso colorada, se disculpó y le explicó que tomaba esas notas para contrastar otras fechas que tenían, para entender mejor la relación entre ambos fallecidos. Fernando la ayudó.

—Su abuelo envió a mi padre un objeto a mediados de septiembre de 1933, cuatro días antes de morir, según la fecha que nos acaba de dar, objeto que nunca llegó a recibir. Sin embargo lo he recibido yo, hace sólo unas semanas, y estoy intentando entender qué relación existió entre ellos durante esos años.

—¿Qué me está diciendo? ¡Que el envío no se llegó a abrir en su momento, y que ha llegado ahora, a usted, sesenta y siete años después! Perdone mi torpeza, pero me parece difícil entenderlo.

—Por razones que serían largas de explicar en este momento, ese envío (que, por cierto, se trataba de un pequeño paquete) se perdió en un almacén. Fue olvidado allí durante la Guerra Civil y siguió así un montón de años, hasta hace sólo un mes, que ha vuelto a aparecer y me lo han entregado a mí.

El hombre se rascaba la cabeza intentando entender algo.

—Y dígame usted, si no es indiscreto por mi parte, ¿qué contenía el paquete?

—Bueno, esa información prefiero no comentarla todavía. Queda dentro de la intimidad de la familia.

El hombre cambió rápidamente el gesto, frunció el ceño y empezó a mirar a Fernando con desconfianza.

—¡Veamos! ¡Recapitulemos! Usted, un joyero de Madrid, me llama por teléfono el día de los Santos Inocentes y me solicita una reunión lo antes posible, lo cual ya me extrañó bastante. Llega hasta aquí y me cuenta que su padre mantuvo una relación, sin saber de qué tipo, con mi abuelo, que lleva muerto un montón de años. Luego me cuenta que ha recibido un paquete que tardó sesenta y siete años en ser entregado (¡viva la rapidez del servicio de correos en España!) y que el resto, su contenido y el motivo de tenerles a ustedes aquí, queda dentro de la más completa intimidad familiar. —Paró de hablar y se empezó a poner el abrigo—. ¡Miren! Ustedes me perdonarán, pero siento mucho que hayan tenido que viajar tantos kilómetros hasta aquí, porque, visto el planteamiento, completamente falto de transparencia, con el que vienen y sintiéndolo mucho por mi parte, me temo que voy a irme.

Se levantó y se disponía a besar nuevamente la mano de Mónica, cuando ella le dijo:

—Le ruego que se vuelva a sentar. ¡Se lo pido por favor, don Lorenzo!

El hombre, que no se esperaba la reacción de aquella hermosa joven, atendiendo la súplica de la mujer volvió a sentarse a la espera de mejor explicación.

—Con el poco tiempo que hemos tenido para conocernos he podido constatar que es usted todo un caballero. Le pido disculpas por la desordenada e incompleta información que le hemos dado hasta el momento.

El hombre escuchaba algo más complacido las explicaciones de Mónica. Pensaba que la joven parecía más sensata. Fernando hizo ademán de tomar la palabra, pero Mónica le puso la mano en el brazo para evitarlo y continuó ella.

—Comprenderá usted que, sin tener todavía la suficiente confianza entre nosotros, hayamos comenzado esta charla sin darle toda la información de que disponemos. No sabemos qué uso podría hacer de ella. Tampoco hemos tenido tiempo suficiente para conocer su versión de los hechos. Estoy segura de que, tras conocerla, nos animaremos a aportar todos los datos de que disponemos, para finalmente desenredar entre todos este barullo. —Mónica empezaba a sentirse cómoda ante el gesto más tranquilo del hombre—. Para empezar, le puedo decir, sin entrar aún en detalles, que el objeto que recibió mi jefe era una joya bastante antigua, que estamos estudiando en este momento. El señor don Fernando Luengo, padre de Fernando, murió en 1965, pero sabemos que al menos en una ocasión vino a su pueblo para buscar información sobre algo que tenía que haber recibido, años antes, de parte de su difunto abuelo. No sabemos por qué, pero se volvió a Segovia sin obtener nada. Ahora hemos entendido que lo que buscaba ya se lo había mandado su abuelo. ¡Aunque él nunca llegó a saberlo! —Lorenzo se mantenía atento a las palabras de Mónica—. Fernando Luengo padre estuvo circunstancialmente preso, y permítame, por respeto a su memoria, evitar explicarle ahora los motivos que le llevaron a ello, en Segovia durante 1932 y parte de 1933. Salió de prisión el 20 de agosto de ese año. —Inspiró para continuar. No estaba segura de tener la completa aprobación de Fernando al estar dándole tantos datos, pero algo en su interior le decía que ese hombre era de fiar—. Hace poco hemos comprobado documentalmente que su abuelo mandó a la prisión el paquete que contenía la joya. Pero el envío llegó a la cárcel casi un mes después de su salida. Y por razones que desconocemos, posiblemente por un descuido de algún funcionario, se perdió en un archivo y allí permaneció durante casi setenta años, hasta que hace poco tiempo, coincidiendo con la informatización del Archivo Histórico de Segovia, ha aparecido de nuevo. Después localizaron a Fernando Luengo, hijo, y lo demás ya lo sabe usted.

Don Lorenzo miró a los ojos de Fernando, notando la desaprobadora mirada que estaba dirigiendo a Mónica.

—¡Caballero! —exclamó el hombre—. ¡Tiene que estar usted orgulloso de contar en su empresa con una mujer de tanta valía!

Fernando sonrió complacido y miró a Mónica con un gesto esta vez lleno de agradecimiento. Acababa de captar la estrategia que la joven había llevado a cabo. Parecía haber dado sus frutos. Lorenzo se mostró más relajado y con ganas de hablar.

—La familia Ramírez comenzó a vivir en estas tierras tras salir de León, junto al rey Alfonso IX, para arrebatársela a los árabes a comienzos del siglo XIII, entre 1227 y 1230. La primera dinastía Ramírez luchó codo a codo con el rey y por ello, una vez conseguida la victoria, les fue recompensada su generosidad y valentía con abundantes y ricas tierras a lo largo de esta comarca. Si observan un plano del sur de Badajoz, verán numerosos pueblos con nombres que reflejan su colonización por leoneses. Por ejemplo, y por citar algunos, Fuentes de León, Segura de León, Cañaveral de León, Calera de León y algunos más. La mayor parte de ellos fueron entregados por el rey a mis antepasados. Pero también donó otras grandes extensiones a las ordenes militares y sobre todo al Temple, en agradecimiento por su valiosa participación en las conquistas. Los monjes templarios constituyeron aquí una encomienda, con centro en Jerez de los Caballeros, que de ellos tomó el nombre, de unas proporciones colosales. Háganse cargo que la extensión de sus dominios llegó a tener mayor tamaño que la actual provincia de Santander.

Mónica tomaba notas a toda velocidad tratando de no dejarse nada importante. Había empezado con unas breves pinceladas de la historia medieval de esa comarca. Tratándose de un catedrático de Historia, era muy previsible.

—Durante el tiempo que estuvieron los templarios en esta tierra y hasta su disolución en 1312 por orden del papa Clemente V, pueden ustedes comprender la cantidad de relaciones políticas y económicas que se establecieron entre ellos y las familias nobles de la zona, entre las cuales estaba la mía. No siempre hubo una buena relación entre esos poderosos vecinos. En ocasiones se produjeron pequeños enfrentamientos, que muchas veces terminaban en pérdidas de uno u otro pueblo, según qué parte ganase.

Don Lorenzo hizo una larga pausa estudiando los rostros de su audiencia y comprobando que estaban completamente enganchados a su relato.

—Pero ahora, les ruego que dejen atrás todo lo que les he contado hasta el momento, ya que ahora viene la parte más importante, y que tiene relación con el asunto que les ha traído aquí. —Bajó la voz, para que nadie más que ellos lo escuchase—. A partir de su llamada he repasado todos mis papeles, tratando de encontrar el nombre de su padre. Ya les contaré cómo, pero al final lo encontré. Esa circunstancia me ha hecho pensar en una teoría; pero, antes de explicarles más detalles, creo que deben saber otra cosa: ¡he descubierto que mis antecesores iniciaron una extraña y especial relación con los templarios!

Paró nuevamente de hablar, disfrutando del efecto que estaban provocando sus palabras. Llamó al camarero y le pidió una copa de vino y dos coca-colas para su audiencia, tras preguntar lo que deseaban.

—De momento, y para no confundirles más, esa fase de la historia la terminaré en este punto, pues necesito explicarme por otros derroteros. Se preguntarán qué tiene que ver lo que pasó ochocientos años atrás entre unos templarios y mi familia con su padre y mi abuelo hace setenta. ¡Pues creo estar muy cerca de poder responder a esa cuestión! Aunque, por prudencia, todavía no me atrevo a sacar conclusiones definitivas. Para que lo entiendan mejor —se dirigió a Fernando—, ¡he descubierto cosas sobre su padre! Y no porque mi abuelo se lo contase a mi padre y éste a mí, pues desgraciadamente para todos, ambos lo mantuvieron totalmente en secreto. Lo que he logrado averiguar ha salido del estudio minucioso de la enorme documentación que mi abuelo dejó a su muerte. Parte de su gran biblioteca y de los archivos que fue atesorando en vida se quemó durante la Guerra Civil. Otra parte fue confiscada por los republicanos y, el resto, ocultada por mi padre. —Tomó un sorbo de vino para aclararse la garganta—. He dedicado más de veinte años a recuperar y reunir la información perdida, salvo la quemada, por razones obvias, y creo que ya tengo casi completada la que pudo ser la original.

Fernando ya no pudo aguantar más y le preguntó:

—Me ha parecido entender que estaba cerca de conocer la relación entre nuestros familiares. ¿Cuál piensa que fue? Y otra pregunta, antes de que me conteste, ¿qué es lo que ha sabido sobre mi padre?

—Por algún motivo los dos querían ocultar algo que habían descubierto, y debieron pensar que una buena forma era que nadie pudiese nunca relacionarles. Por eso, ni usted, por su parte, ni yo, por la de mi padre, hemos sabido nada hasta hoy sobre el tema.

—Pero ¿cómo se conocieron? —preguntó Mónica.

—Fue mi abuelo el que se puso en contacto con su padre en Segovia. Lo hizo durante un viaje, hacia 1930. He logrado reconstruirlo a través del detalle de sus gastos, apuntados en el libro de contabilidad que llevaba. Mi abuelo anotó y tituló el viaje como *Visita a la Vera Cruz*. ¿Les dice algo esa iglesia?

—¡Sí, y mucho! —respondió Fernando—. Para empezar, allí están enterrados los primeros Luengo, fallecidos en el siglo XVII. Y además, y no sabemos por qué motivo, por intentar forzar sus tumbas sin permiso, en 1932, mi padre fue encarcelado. ¡Por tanto, ya conoce el motivo de su prisión!

—Mi abuelo conservaba dentro del libro la dirección de una platería de Segovia y un nombre anotado al margen, Fernando Luengo. Y lo más extraño; entre comillas, y al lado de su nombre, puso otro: «Honorio III». ¿Saben quién era?

—Creo que fue un Papa, pero no sé nada de él. —Fernando intentaba seguir el razonamiento de aquel hombre; pero, a medida que iba desarrollándose la historia, se le estaba complicando cada vez más.

—Ahora que caigo, he sido tan descortés que no les he contado nada acerca de mí. Ya saben que soy catedrático de Historia Medieval. Mi familia fue vendiendo sus tierras durante los dos últimos siglos y ahora apenas quedan unas pocas hectáreas que ya no dan lo suficiente para vivir. A mi generación nos ha tocado tener que buscarnos otras fuentes de ingresos, lejos, incluso, de nuestras raíces.

—Se había quedado en Honorio III. ¿Qué relación, piensa usted, puede tener un antiguo Papa con el padre de Fernando? —preguntó Mónica, para no perder el hilo.

—¡No lo sé! Estoy investigándolo todavía. Pero sí tuvo mucho que ver con la iglesia de la Vera Cruz, ya que tomó ese nombre, dejando de ser llamada del Santo Sepulcro, coincidiendo con el envío de una reliquia de la Santa Cruz, por parte de Honorio III, para que fuera venerada allí. Eso ocurrió en el año 1224, poco después de que fuera construida. Desconozco por qué mi abuelo anotó el nombre de su padre y el de Honorio III juntos. ¿Tienen ustedes alguna idea que no se me haya podido ocurrir a mí?

—¡Ninguna! A mis antepasados los enterraron en 1679 y 1680, más de cuatrocientos años después del hecho que nos acaba de relatar. No soy capaz de entender qué puede relacionar a la curia romana con mi familia.

Fernando miró su reloj. Se les había pasado la mañana volando y ya eran casi las dos de la tarde. Se acordó de Paula y empezó a sentirse incómodo. Si seguían allí, iban a llegar tarde al restaurante donde habían quedado.

—Perdone que interrumpa esta interesantísima charla. Mi hermana está a punto de llegar a Jerez de los Caballeros. Hemos quedado con ella para comer en el restaurante La Ermita. Sería un placer que nos acompañase y continuar allí con esta charla.

Lorenzo Ramírez se disculpó, pues debía ir a Sevilla para visitar a un familiar enfermo y tenía planeado pasar el resto del fin de semana allí. Además, el lunes tenía que dar una conferencia en la Universidad de Sevilla.

—¡Han elegido un buen restaurante! ¡Es estupendo! Les recomiendo que prueben las criadillas. Es una de sus especialidades. ¡De cualquier manera, seguro que tendremos más oportunidades de comer juntos!

Mónica tenía todavía muchas preguntas, como todos. Pero había una que le interesaba especialmente y no quería que Lorenzo se fuera sin conocer su respuesta.

—Antes de que nos separemos, querría hacerle una última pregunta sobre su abuelo. ¿Era un templario?

Fernando se quedó perplejo ante aquella extravagante pregunta. Pero don Lorenzo, sin embargo, se sonrió y la miró con actitud de absoluta entrega. Esa inteligente mujer no hacía más que confirmar la buena impresión que de ella se había forjado desde un principio.

—Voy a intentar contestarle lo mejor que pueda. Los templarios desaparecieron en 1312, pero algunos continuaron ejerciendo como tales, clandestinamente, durante cientos de años. Con su pregunta me acaba de demostrar que ha llegado a la misma deducción que yo, con la diferencia de que he necesitado muchos años de investigación, y usted apenas dos horas, las que llevamos hablando. En efecto, tengo serias sospechas de que tanto mi abuelo, Carlos Ramírez, como su padre, don Fernando Luengo —se dirigió a Fernando—, pertenecieron, primero el mío y posteriormente el suyo, animado seguramente por mi abuelo, a los templarios, o a una rama moderna de los mismos.

—¿Está diciendo que mi padre fue un templario? —Fernando no salía de su asombro.

—No un templario al modo tradicional. Evidentemente no digo que fuese un monje guerrero, pero tanto mi abuelo como su padre debieron de formar parte de un grupo secreto de personajes que de algún modo practicaban ceremonias y métodos semejantes a los de aquellos antiguos monjes soldados.

Fernando no podía creer lo que estaba escuchando, pero ansiaba saberlo todo sobre el asunto. Lorenzo Ramírez tenía mucha más información de la que les había contado.

—Don Lorenzo, creo que deberíamos hablar nuevamente sobre todo esto. Si de ahora en adelante compartimos la información que vayamos descubriendo por cada lado, podremos entender lo que pasó. ¿Cuándo podríamos volver a vernos?

—Pues yo tengo que viajar a Madrid la primera semana de febrero. Podría intentar quedarme unas horas más para vernos más tranquilamente.

Fernando le dejó una tarjeta de la joyería, donde apuntó su teléfono particular.

—Llámeme cuando sepa la fecha exacta. Le invito a mi casa si necesita pasar la noche en Madrid.

—Muchas gracias por su amabilidad. ¡Lo tendré presente!

Se levantaron y empezaron a ponerse los abrigos. Lorenzo ayudó a Mónica con el suyo. Fernando fue a pagar las consumiciones y salieron a la plaza. Se despidieron, hasta una nueva ocasión.

—Querida Mónica, ha sido un auténtico placer conocerla. —Le volvió a besar la mano—. No se encuentran ya mujeres de su categoría.

Mónica, agradecida por los elogios, se acercó a él espontáneamente y le respondió con un beso en la mejilla.

—¡Ni caballeros como usted!

Mónica y Fernando siguieron las indicaciones de don Lorenzo para encontrar el restaurante y llegaron, curiosamente, a la vez que Paula.

Ella bajó de su coche y se dirigió a dar un beso a Mónica.

—Hola, Paula, me alegro de volver a verte. ¿Qué tal el viaje?

—¡Largo y un poco aburrido! Pero al final, ya estoy con vosotros.

Mientras iban hacia la puerta del restaurante, Mónica observaba a Paula. Se conservaba perfectamente bien, pese a sus más de cincuenta años. Seguro que habría tenido muchos pretendientes durante su juventud. Paula le parecía realmente atractiva. No dejaba de admirar su siempre impecable aspecto. Tenía unos llamativos ojos azules, exactos a los de su hermano, y una espléndida figura. Mónica no entendía qué habría motivado que siguiera soltera.

—Mónica, me miras con muy buenos ojos. ¿Verdad que ya estoy hecha una birria?

Mónica se sintió un poco avergonzada al verse pillada, pero le contestó que la encontraba estupenda. Aprovechó la ocasión para cambiar de tema y le preguntó si recordaba dónde había comprado su jersey, pues le había encantado.

Entraron en el restaurante y les sentaron en una mesa redonda que estaba cerca de una espléndida chimenea de granito.

—He dejado mi maleta en el parador antes de venir aquí, y debo reconocer que has sabido elegir muy bien. Es un parador de lo más especial. Parece como muy romántico, ¿verdad? —Miró a ambos con una maliciosa sonrisa.

Fernando la cortó en seco.

—Paula, ¿cambiarás alguna vez en tu vida? ¿O sólo cuando cumplas los sesenta, que ya te falta muy poco, por cierto, dejarás de martirizarme con tus ironías?

—¡Oye, guapo, no seas tan borde y no me pongas más años de la cuenta! Apenas acabo de cumplir los cincuenta y esa edad a la que te has referido está lejísimos todavía —contestó enfadada.

—Ahora que lo dices, disculpa mi mala memoria. Acabo de recordar que hace sólo cuatro años que celebramos en tu casa tus cincuenta —Fernando seguía disparándole artillería pesada.

—¡Mira quién fue a hablar! El chavalete que acaba de cumplir cuarenta y ocho.

—Cuarenta y seis —protestó Fernando.

—Cuarenta y siete por lo menos —le picó Paula.

Mónica empezaba a estar harta de la discusión.

—¿Vais a empezar a tiraros del pelo en breve o podemos empezar a comer como adultos? Se suponía que yo era la pequeña del grupo...

—¡Perdónanos, Mónica! Es mi hermano, que disfruta discutiendo conmigo siempre que puede.

Fernando protestó nuevamente diciendo que era Paula la que le pinchaba, pero afortunadamente llegó el camarero con las cartas, lo que provocó un descanso en su peculiar combate fraternal.

Eligieron los platos y nuevamente fue Mónica la encargada de elegir vino. En esta ocasión pidió un priorato, Les Terrasses cosecha de 1998. Se tuvo que emplear a fondo, utilizando todas sus habilidades, para que las caras de los dos hermanos se fuesen relajando y empezaran a poder tener una comida normal, «en familia». El vino, junto con un aperitivo de queso y jamón, terminó de relajar las tensiones.

—¡Bueno, queridos!, ¿cómo habéis aprovechado la mañana? ¿Ha sido interesante la charla con ese familiar del misterioso Ramírez?

—Ha sido magnífica —contestó Fernando—, sobre todo gracias a la mano izquierda de Mónica. De no ser por ella, no habríamos avanzado nada. No sé cómo lo hice, pero yo inicié la conversación y la planteé tan mal que don Lorenzo Ramírez, que así se llama el nieto de Carlos Ramírez, estuvo en un tris de irse sin dar más explicaciones. Te aseguro, Paula, que ese hombre sabe muchas cosas. Por cierto, es de tu edad.

Paula cogió la mano a Mónica.

—Ya ves cómo a la mínima que puede me tira un dardo. Querida, menos mal que el otro día se levantó con algo de luces y contó al final con nosotras para venir aquí. ¿Recuerdas que estuvo a punto de querer dejarnos en tierra? ¡Así les van las cosas a los hombres cuando quieren hacerse los autosuficientes!

—Lorenzo Ramírez es catedrático de Historia Medieval y nos ha dicho que padre era un templario —continuó Fernando, haciendo caso omiso del comentario.

—¿Cómo dices?, ¿padre un templario? ¿De dónde se ha sacado esa majadería ese hombre? No conozco el tema de los templarios, sólo habré leído un par de libros sobre ellos; pero, si no recuerdo mal, ¿no eran unos monjes soldados que vivieron en la época de las cruzadas?

Mónica sacó la libreta con sus notas y le resumió la entrevista.

—Lorenzo Ramírez lleva más de veinte años investigando en los abundantes archivos que, por lo visto, tuvo su abuelo, y ha llegado a la conclusión, y así nos lo transmitió, de que Carlos Ramírez perteneció a una, digamos, secta seguidora de los templarios. Conoció a vuestro padre hacia 1930, en Segovia, y parece que consiguió convertirle a sus creencias, y que tu padre, por algún motivo, empezó a formar parte de ese grupo. Nos narró también parte de la historia de su familia. Parece ser que provienen de unos terratenientes que se instalaron en estas tierras al serles donadas, tras su conquista, por los reyes castellano-leoneses. Originalmente la familia procede de León. Pero en esa misma época también los reyes donaron a la orden del Temple una enorme extensión de tierras que comprendía un montón de pueblos, entre ellos en el que estamos ahora, que fue la cabecera de su encomienda. Entre los templarios y su familia hubo unas «muy especiales relaciones», así nos lo dijo, sin entrar en más detalles. Todo esto ocurría en el siglo XIII. Ochocientos años después, su abuelo y Fernando Luengo padre establecieron contacto, por iniciativa de Carlos Ramírez, en Segovia, con el posible motivo de tratar algo relacionado con la iglesia de la Vera Cruz.

—Mónica, eres un cielo y te explicas de maravilla, pero me pierdo. Son demasiadas cosas a la vez. ¿Cómo sabe que contactaron en 1930?

—Gracias a un escrupuloso trabajo de investigación de los muchos documentos de la biblioteca que tenía su abuelo. Por lo visto, en un antiguo libro de contabilidad encontró el detalle de los gastos de un viaje a Segovia acaecido en esa misma fecha, y allí aparecía, por primera vez, el nombre de tu padre, junto con la dirección del taller. A esa partida de gastos, generados en ese viaje, les llamó: «Visita a la Vera Cruz».

—¡Estupendo! Sabemos que se conocieron, pero ¿cómo deduce que eran templarios o de esa secta de seguidores del Temple?

—No nos lo explicó, ya que aún no ha concluido sus investigaciones. Pero, Paula, te aseguro que es un hombre que sabe lo que dice. ¡Sus razones tendrá!

—Don Lorenzo sospecha —siguió Fernando— que pretendieron ocultar algo que habían descubierto y que, para mantenerlo en secreto, evitaron dar a conocer a todos los suyos su relación. Por ese motivo, padre nunca pudo averiguar nada durante su viaje a Jerez de los Caballeros, cuando éramos pequeños. Debió de hablar con el padre de don Lorenzo Ramírez, pero éste no sabía de las relaciones que su padre mantuvo con el nuestro.

Paula intentaba asimilar toda la información.

—Resumiendo, padre fue convencido por ese hombre para hacerse de una secta templaria tras conocerse en Segovia, con el trasfondo y motivo de una visita a la iglesia de la Vera Cruz, que es templaria. También sabemos que habían descubierto algo que, fuera lo que fuese, lo mantenían en el mayor de los secretos. Deduzco que igual tendría algo que ver con el brazalete enviado y, en su momento, nunca recibido. Y, finalmente, sabemos que la familia Ramírez tenía, ya desde hacía muchos años, una relación muy especial con los templarios. ¿Voy bien?

—¡Perfectamente, Paula! Por un día veo que usas tus pocas neuronas —contestó Fernando con un punto de deliberada acidez.

—¡Me evito los comentarios a tu impertinencia! —continuó ella—. Dos años después de esa visita, padre fue detenido y apresado por intentar forzar y abrir las tumbas de nuestros antepasados, en la misma iglesia de la Vera Cruz. Y nunca entendimos sus motivos, entre otras razones porque nunca llegó a explicarlos. ¿No os parece que pudo existir alguna relación entre ese hecho y toda esta historia?

—¡Seguro que sí! —contestó Mónica.

—Se lo contamos a don Lorenzo, pero no entramos a fondo en ese punto. Tendremos que profundizar más la próxima vez. ¡Me lo apunto!

—Si aceptamos como válido lo anterior, la conclusión es que trató de buscar algo dentro de una de las tumbas que, fuera lo que fuese, podía tener alguna relación con esos descubrimientos que llevaban tan en secreto.

Fernando recordó el nombre del Papa —que estaba al lado del de su padre—, en el libro de contabilidad.

—No te hemos contado que, para complicar más aún el tema, aparecía el nombre de un Papa, Honorio III, al lado del de padre, en las anotaciones del viaje. Y hemos sabido que fue el mismo Papa que envió la reliquia de la Vera Cruz en 1224. —Siguió hablando, esta vez con tono más decidido—: ¡Debemos hablar lo antes posible con la doctora Lucía Herrera! Nos dijo que era una experta en historia de la Vera Cruz y en el tema de los templarios. Deberíamos explicarle todas nuestras pistas para entender qué secretos encierra esa iglesia para los templarios, y para sus misteriosos seguidores. Estoy empezando a estar casi seguro de que, por alguna razón, la Vera Cruz es el centro y motivo de toda la historia del brazalete, desde luego, de la prisión de nuestro padre y de las especiales relaciones que mantuvo con Carlos Ramírez. ¡Mañana mismo voy a llamar a Lucía para quedar con ella!

Empezó a rebuscar dentro de su cartera hasta que sacó una tarjeta de visita.

—¡Sabía que me había dejado su teléfono! —afirmó con tono triunfal.

Paula leyó la tarjeta con la dirección privada de la mujer y miró intuitivamente a Mónica, descubriéndole un no disimulado gesto de fastidio.

—¿Es guapa esa doctora del archivo? —preguntó Paula, dirigiendo la mirada a un punto intermedio entre ambos.

—No demasiado —contestó Mónica.

—Es inteligente —respondió Fernando casi a la vez—. Pero ¿a qué viene esa pregunta ahora, Paula?

Ella volvió a mirar a Mónica, que se había puesto a estudiar los restos de la lubina, ocultando su rostro, mientras contestaba a su hermano:

—¡Por nada importante..., era sólo pura curiosidad!

Llegaron los cafés que habían pedido. Fernando, además, se apuntó a una copa de brandy para prolongar la sobremesa. Tras un pausado sorbo quiso hacerles partícipe de sus dudas.

—A medida que vamos descubriendo nuevos datos, se nos abren más incógnitas. Por ejemplo, ¿por qué el señor Ramírez envió el valioso brazalete a padre y no se lo quedó él? También me pregunto ¿qué tendría que hacer luego padre con él? Aunque, casi antes de saber la respuesta a esa pregunta, deberíamos entender qué es y a quién perteneció ese brazalete que nos han datado en pleno imperio egipcio.

Mónica le cortó, para plantear otra serie de cuestiones.

—Todos nos preguntamos qué era lo que buscaba tu padre en las tumbas de los Luengo. —Tras una pausa siguió—: Pero, tanto como saber qué buscaba, me parece igual de misterioso entender para qué podría querer lo que buscaba. Pues parece que todos los hechos nos llevan a deducir que, por algún motivo que no conocemos todavía, trataban de reunir el brazalete con lo que buscasen dentro de la tumba. De no ser así, ¿para qué se lo envió a tu padre a Segovia? Y finalmente, y de ser cierta la anterior suposición, ¿qué tipo de efecto perseguían reuniendo los dos objetos? —Hizo una pausa, que aprovechó para beber un sorbo de licor y continuar—: Por otro lado, don Lorenzo casi nos ha convencido de que los dos pertenecían a una secta de templarios. ¿En qué grado explicaría eso su extraño proceder y su voluntad de reunir los objetos?

Fernando la animó a que anotase en el cuaderno todas esas preguntas para repartirse el trabajo, ya que tenían demasiados frentes abiertos para tratarlos todos a la vez.

Paula tocó un tema que no se les había ocurrido a ninguno aún.

—¿Os habéis parado a pensar si los dos estaban solos en el asunto que se traían entre manos, o si habría más personas implicadas o al corriente? Me refiero a gente de su misma secta. No parece improbable que formasen parte de algo más grande.

—¡Tienes mucha razón, Paula! No habíamos caído. Incluso, hasta podría darse el caso de que tampoco nosotros estuviésemos solos en esta historia.

Fernando repartió las líneas de investigación para cada uno.

—¡Mónica, tú te encargarás de seguirle el rastro al brazalete! Creo que hasta que no sepamos realmente lo que es o, en su defecto, a quién perteneció originalmente, seguiremos con problemas para entender sus posibles implicaciones. ¡Tú, Paula, deberías investigar a nuestros antepasados enterrados en la Vera Cruz! Busca todo lo que puedas sobre su vida, por si nos puede ayudar a descubrir qué pudieron guardar en alguna de sus dos tumbas. Yo estudiaré la vida del papa Honorio III para ver qué relación puede tener con lo que buscaba padre.

El camarero le entregó la cuenta a Fernando, que pagó con su American Express. Luego les comentó los posibles planes para esa tarde. Después de la fructífera conversación con don Lorenzo Ramírez ya no quedaba mucho más que descubrir por esas tierras, salvo aprovechar la tarde para hacer algo de turismo. Las animó a dar una vuelta para visitar algunos monumentos que parecía tener aquel pueblo.

Casi eran las nueve de la noche cuando llegaban los dos coches al Parador Nacional de Zafra. Fernando pidió sus dos llaves y después ayudó a Paula con los usuales trámites para asignarle habitación. Aquella recepcionista de mirada acosadora estaba resultándole odiosa. Para más infortunio le dio la habitación número 7. «¡Todos bien juntos! —pensó—. Seguro que el parador tiene un montón de habitaciones libres y tengo la desgracia de que le adjudiquen la única que queda al lado de las nuestras.» ¡El martirio estaba servido!

—Fer, ¿nos vas a dar de cenar bien o nos despacharás con cualquier cosilla, como sueles hacer? Lo digo para ponerme uno u otro vestido.

—Os aconsejo que os pongáis guapas. ¡Esta noche voy a tirar la casa por la ventana! —contestó Fernando.

—¡Me alegra ver que estás consiguiendo cambiarle! ¡Esta noche toca «elegante, a la par que sencilla», cariño! —le dijo Paula a Mónica.

Subieron a las habitaciones. La de Paula estaba enfrente de las otras dos, lo que le daba la suficiente panorámica para controlar cualquier movimiento. Quedaron en verse a las diez, pero antes de cerrar su puerta, Paula, sin poder aguantarse más, les dijo:

—¡Cuidado con los posibles ajetreos de vuestras puertas, que desde aquí me voy a enterar de todo! —Soltó una carcajada y cerró la puerta a tiempo de escuchar el grito de su hermano.

—¡Paulaaaaa...!

Mónica y Fernando entraron en sus respectivas suites. Ella se fue directa a escoger qué ropa ponerse. Entró en el cuarto de baño con dos conjuntos. Uno se lo había comprado hacía pocos días, y era el que mejor le sentaba. El otro tal vez resultaba demasiado elegante para el restaurante del hotel. De todos modos, tenía que verse con los dos puestos para decidirse por el más adecuado. Después de sucesivas pruebas, se decantó por el nuevo. Era un conjunto compuesto por una ajustada camiseta de cuello alto de color marfil, sin mangas ni hombros. Debajo, una falda recta en el mismo tono. Una vez que se lo volvió a poner comprobó en el espejo que le quedaba como un guante, realzando notablemente su figura. Se puso también unas medias a tono y, tras darse la aprobación definitiva, empezó con el laborioso arte del maquillaje y del peinado. Acabó, tras probar varios estilos, recogiéndose el pelo en una trenza.

Fernando golpeaba con los nudillos la puerta de la habitación de Mónica.

—¡Mónica, ya son las diez! ¿Te falta mucho?

—¡Estoy lista en dos segundos! ¡No te preocupes, que ya salgo!

Destapó el frasco de perfume, se pulverizó unas gotas por el cuello y los hombros, y tras darse el último repaso delante del espejo, abrió la puerta de su habitación y salió al pasillo.

—¿Qué tal estoy? —Dio un giro completo—. ¿Da usted su aprobación, señor Luengo?

Fernando no pudo contener un piropo ante aquella transformación.

—¡Estás increíblemente guapa! ¿Nos vamos?

Llamaron a la puerta de Paula. Como no hubo respuesta, bajaron al restaurante. Paula estaba sentada a una de las mesas, de espaldas a ellos, tomando un martini. Nada más verse, Mónica y Paula palidecieron al darse cuenta de que llevaban el mismo conjunto. Al ver sus caras Fernando empezó a reír, sin poder contenerse, sobre todo por los respectivos gestos de incredulidad que ambas estaban poniendo mientras se estudiaban, completamente horrorizadas. Entre risas, Fernando intentó rebajar la tensión.

—Esta noche os aseguro que estáis las dos igual de bonitas.

—¡Eres un cerdo, hermanito! Para una mujer, éste es uno de los momentos más bochornosos, al que temes cada vez que tienes que ir un poco más arreglada. ¡Podrías ser más comprensivo, majo!

—Si os sirve de consuelo, al menos, no hay coincidencia

ni en el color del pelo, ni en los pendientes —comentó Fernando.

Se miraron los tres y empezaron a reírse con ganas.

Durante la cena, Mónica consiguió que Paula contase algo de su vida. Supo así que había tenido un novio durante muchos años, que murió dos días antes de celebrarse la boda, cuando ella tenía unos treinta y cinco años. Se habían conocido muy jóvenes, pero les había costado mucho decidirse a formalizar su relación en los altares. El impacto de aquel triste suceso la dejó completamente trastornada durante años. Había sido el amor de su vida y, tras él, había tomado la decisión de vivir sola el resto de sus días. El taller de platería, con el enorme trabajo que conllevaba, cubría psicológicamente el vacío que había dejado ese hombre.

Mónica sintió lástima por Paula y empezó a valorarla mucho más después de lo que había contado. Detrás de toda su ironía y su fuerte carácter, que demostraba con frecuencia, subyacía un pasado lleno de dolor y tristeza. Mónica se propuso quedar más veces, de entonces en adelante, ellas dos a solas, para conocerse mejor. ¡Le caía muy bien! Y empezaba a notar que ese sentimiento comenzaba a ser mutuo.

Terminada la cena quedaron para desayunar a las nueve. Acto seguido, subieron a sus habitaciones y se dieron las buenas noches sin que, extrañamente, Paula hiciese ningún comentario jocoso.

Los tristes sucesos que había recordado la habían dejado sin muchas ganas de bromear.

Cuando Mónica entró en su suite, estaba apenada pensando en la vida de Paula. Se sentó en la silla, frente al escritorio del saloncito, y marcó el número de su habitación.

—¿Sí, dígame? —preguntó Paula.

—¡Soy Mónica!

—¡No me digas más! ¡Ya sé por qué me llamas! Te han

dejado sola en esa estupenda habitación y te sientes un poco perdida y aburrida. ¿A que sí?

—No, no seas mala. Bromas aparte, te llamo para decirte que me gustaría mucho que nos viéramos alguna vez. Me encuentro a gusto contigo y me encantaría que nos conociéramos mejor.

—¡Cuenta con ello! También a mí me apetece. Ya te llamaré un día para quedar... —Paula se quedó unos segundos dudando si hacerle una comprometida pregunta—. Por cierto, y si quieres no me contestes, aunque no voy a poder dormir esta noche tranquila si no lo sé (ya sabes mi fama de chismosa), ¿a ti te gusta mi hermano?

—Bastante —contestó, sin pensárselo mucho.

—Me encanta saberlo, Mónica, y es más: no sé si se lo has notado, pero creo que a él le pasa lo mismo.

—¿Tú crees? —preguntó inocentemente.

—Bueno, ya sabes lo patanes que pueden ser los hombres cuando tienen que expresar sus sentimientos. Creo que conozco bien a Fernando, y sé lo que digo. Déjale actuar. Que tome la iniciativa. Estoy segura de que, aunque le cueste un tiempo, terminará haciéndolo.

Esa noche Mónica volvió a mirar aquella puerta que separaba su habitación de la de Fernando, pero esta vez no le importaba que se abriese, pues se sentía llena de felicidad. Antes de quedarse dormida se repetía: «¡Fernando me quiere! ¡Fernando me quiere!».

7

San Juan de Letrán. Roma. Año 1244

—Si no os importa esperar un poco más, os aseguro que en menos de una hora el papa Inocencio habrá terminado el oficio litúrgico y podrá estar con sus señorías. Podéis esperar en este salón que llamamos de los espejos. ¡Él acudirá aquí!

El secretario personal del Sumo Pontífice llevaba un grueso paquete de documentos por el que asomaban multitud de ellos, bastante desordenados. Muy nervioso, se disculpó delante de Armand de Périgord, gran maestre del Temple, y de Guillem de Cardona, maestre provincial de Aragón y Cataluña, por no poder acompañar su espera debido al abundante trabajo que debía resolver antes de terminar la mañana. Salió apresuradamente del salón, despidiéndose de forma cortés. Los templarios quedaron sentados en dos altos sillones, enfrente de un largo escritorio de nogal que presidía una gran talla de marfil de Cristo crucificado.

—Me temo que el Papa no va a acoger con agrado nuestras noticias, mi señor Armand. Vos que le conocéis mejor, ¿qué carácter tiene?

El gran maestre se estiraba su largo hábito blanco con cruz

octavia roja por debajo del ancho cordón anudado sobre el estómago. Sobre sus hombros tenía la máxima responsabilidad de la orden templaria desde hacía doce años, fecha en la que trasladó su residencia a la ciudad fortaleza de San Juan de Acre en la costa norte de la ciudad de Haifa. Desde 1187, con la pérdida de Jerusalén por las tropas de Saladino, la sede había tenido que trasladarse a Acre, donde los cruzados aún mantenían uno de los puertos de más actividad con Occidente.

Ésta no era la primera vez que iban a hablar con el Papa del asunto que les había llevado ese día allí. Como el papa Inocencio, hombre obstinado, en la anterior ocasión había insistido en la necesidad de que él, personalmente, diese un especial impulso por hacerse con las misteriosas reliquias —visto el poco éxito que habían tenido de momento—, le preocupaba la imprevisible reacción que podría tener el Sumo Pontífice al conocer las noticias de Segovia.

—Querido Guillem, Inocencio IV es un hombre santo, pero de carácter áspero cuando las cosas no salen como las ha planeado. Tras sus reiterados correos solicitándome información sobre nuestros avances en la búsqueda del famoso cofre y el papiro, he creído que ya no podíamos demorar por más tiempo nuestras explicaciones y me he visto obligado a acudir aquí. Creedme que tener que comunicarle tan negativas noticias no me hace mucha ilusión. Además, la grave situación que atravesamos en Tierra Santa no me permite abordar prolongados viajes, a diferencia de años atrás, cuando solía hacerlos a menudo.

Guillem de Cardona no lograba rebajar su ansiedad. Se consideraba un hombre de honor, y como tal había cumplido fielmente todas y cada una de las misiones que le habían sido encomendadas por sus superiores en el pasado. Pero esta vez había sido diferente. El encargo de recuperar aquellos obje- tos —que sabían que su comendador, Juan de Atareche, ha- bía traído desde Tierra Santa y ocultado después— no sólo se había saldado con un fracaso, sino que, para empeorar las cosas, su fiel espía, Uribe, había sido asesinado en el intento. Gracias a que su ayudante, Lucas Ascorbe, había logrado escapar, pudo conocer de primera mano el relato de parte de los acontecimientos ocurridos en la Vera Cruz. Tratándose de un mandato papal, había informado sin demora al gran maes- tre Armand. Para poner remedio a su descrédito, pasado un tiempo había recibido una comunicación desde la sede de San Juan de Acre que le obligaba a presentarse ese día para dar explicaciones al mismo pontífice.

El gran maestre De Périgord también estaba seriamente preocupado. Se imaginaba delante de la suprema autoridad de la Iglesia católica, a la que debía máxima obediencia, justifi- cando los mínimos avances conseguidos en aquella misión que había encomendado a su orden, y a él personalmente, du- rante una de sus audiencias privadas.

Estaba convencido de que aquello iba a perjudicar sus imperiosas necesidades de reunir nuevos recursos, tanto hu- manos como económicos, para emprender las nuevas campa- ñas contra los infieles en Gaza. Antes de que llegase la nue- va cruzada —a la que Inocencio IV se había comprometido en persona, haciendo un postulante llamamiento a los prín- cipes cristianos—, quería recuperar algunos enclaves estraté- gicos en Palestina.

Guillem, para consumir la tensa espera, se puso a estudiar algunos detalles de aquel salón. Con toda lógica se llamaba así, ya que estaba recubierto de grandes espejos, desde el sue- lo hasta el techo. La impresión de profundidad que daba era el resultado de una ilusión óptica, ya que realmente sus di- mensiones eran más bien reducidas.

—¡*Pax vobiscum*, hijos míos!

La puerta se había abierto y un decidido Inocencio entraba con una radiante sonrisa. Cerró la misma tras él.

—¡*Et cum spiritu tuo*, Santidad! —contestaron a coro.

Puestos en pie, besaron con respeto el anillo del sucesor de Pedro. Esperaron a que se sentara en su sillón, para hacer ellos lo propio en los suyos.

—¡Enseñadme esos objetos sin demora! Estoy ansioso de conocer vuestro relato. Pero os ruego primero que me dejéis verlos. ¡He deseado tanto que llegase este día que no puedo esperar más! —El Papa toqueteaba, nervioso, el crucifijo que colgaba de su cuello, mientras les miraba.

—Santidad, me temo que no va a poder ser todavía —empezó Armand.

—¿Acaso las habéis entregado a mi secretario? —le cortó el Papa, sin dejarle terminar su explicación—. De ser así, sabed que habéis desobedecido mi orden. ¡Os dije que me las entregaseis a mí, en mano!

El gran maestre Armand se revolvió en su silla y carraspeó, buscando las palabras más adecuadas para darle la mala noticia. Tras un suspiro, decidió explicarle lo ocurrido.

—Santidad, como os expuse en mi último correo, creemos tenerlos localizados a través de la información de un hijo vuestro y miembro de nuestra orden, que informó al aquí presente Guillem de Cardona, nuestro maestre en la Corona de Aragón, pero lamento añadir ahora que no hemos podido recuperarlos aún.

—¿Cómo decís? —Los ojos del Papa casi se salían de sus órbitas. Su ceño se frunció tanto que palideció por la presión. La mano que antes toqueteaba su crucifijo golpeaba ahora, sonoramente, la mesa del escritorio. Luego agarró la base de una pesada lámpara de aceite, componiendo un semblante amenazador—. ¿Me estáis diciendo que no habéis sido capaces de conseguir lo más fácil, después de lo que ha costado localizarlos? —Hizo una breve pausa—. Perdonadme, ¡pero no lo entiendo! —El silencio que siguió acuchilló a los dos hombres—. A todo esto, ¿dónde creéis que están escondidos?

El maestre aragonés, absolutamente desencajado, le narró los acontecimientos que se sucedieron tras el fallecimiento del comendador Atareche, la posterior persecución de un antiguo amigo del fallecido del que sospecharon podría haber recibido la información de dónde se hallaban los objetos, tras visitarle momentos antes de su muerte. Su fiel colaborador Pedro Uribe, segundo del comendador Atareche, le siguió junto a otro monje, que había sido el único testigo de todo lo acontecido.

—Tras apresar a Pierre de Subignac, que así se llama el amigo del traidor Atareche, llegaron hasta una hacienda, propiedad de nuestra orden, en una pequeña villa segoviana llamada Zamarramala. —El papa Inocencio creía haber escuchado anteriormente aquel nombre pero no recordaba cuándo. Atento de no dejarse ningún detalle importante, el maestre Cardona seguía con su relato—. Amenazado de muerte por los nuestros —la expresión del pontífice no pareció alterarse por aquello—, Subignac pareció querer colaborar en el rescate de los objetos. Decidieron presentarse ante el comendador de Zamarramala con el fin de obtener el permiso necesario para visitar y estudiar el lugar donde sospechaban que habían sido escondidos los objetos: la iglesia de la Vera Cruz.

—¡Entonces, están escondidos en la Vera Cruz! ¡Qué coincidencia...! —interrumpió el Papa, poniendo mayor interés en el relato.

Hacía rato que el pontífice había dejado de agarrar la lámpara, y ahora se dedicaba a frotarse los dedos, para que perdieran su reciente rigidez. Parecía que su tensión inicial estaba empezando a desaparecer. Comenzaba a pensar con toda rapidez la manera de afrontar aquella curiosa situación que se le acababa de presentar, mientras su invitado continuaba explicándose.

—Tras ser aceptada su petición, fueron acompañados por el propio comendador a la citada iglesia. A partir de entonces ya no tenemos constancia directa de lo que allí ocurrió. Lo siguiente se basa únicamente en el testimonio que aportó nuestro informador, que sólo vio el fatal resultado de aquella «interesada visita» al templo. Parece ser que pudieron quedarse solos durante un tiempo razonable inspeccionando su interior, mientras el otro monje vigilaba la entrada y los movimientos de sus dos guardianes. Un inusitado ruido, procedente del interior de la iglesia, alertó a nuestro hombre. Lo que descubrió le hizo salir despavorido de allí. Cabalgó al galope y sin descanso durante varias jornadas, hasta que pudo localizarme para contármelo todo. —Inocencio aguardaba con impaciencia el final—. Encontró a Pedro Uribe muerto, en medio de un gran charco de sangre, junto a sus asesinos: Subignac y el comendador. Este último, al sentir su presencia, parece que trató de retenerle, pero afortunadamente no lo consiguió. —Suspiró, ya más relajado, al saber que había terminado su parte en aquel incómodo trance.

—¡Exhaustivo relato, hijo mío! —El Papa miró primero al aragonés y luego al otro—. Con todo, me falta saber dos cosas más: ¿quién es ese comendador? Y segundo, si ya sabéis dónde están escondidos el cofre y el papiro, ¿qué os ha impedido traérmelos hoy mismo?

—Contestaré yo a esas dos preguntas. —El gran maestre había esperado con resignación su momento de dar explicaciones—. El nombre del comendador es Gastón de Esquívez que … —No pudo seguir.

—Gastón de Esquívez y la Vera Cruz. Ahora sé de quién hablamos. —El Papa dejó su frase en el aire, seguida de un deliberado silencio—. Termina, hijo mío, ya hablaremos después de mi interés por ese personaje.

Périgord justificó su decisión de no abordar frontalmente aquella lamentable situación causada por un miembro de su orden, y de no mandar a nadie a recuperar los objetos, por darse en el comendador Esquívez la doble coincidencia de ser, por un lado, el origen del actual problema y, por otro, uno de los sujetos de una discreta investigación interna que estaba siendo llevada por unos hombres de su máxima confianza. En la sede del Temple se había sabido que existía un grupo de templarios en Europa, entre ellos altos cargos, que habían constituido una rama secreta, al margen del respeto debido a la regla templaria, que seguían unas extrañas creencias y ritos. La investigación para descabezar y disolver aquella rama podrida dentro del gran árbol de la orden estaba dando sus primeros frutos. De momento habían identificado a dos maestres regionales y a cinco comendadores como miembros del grupo, pero sospechaban que quedaban al menos otros cinco, que permanecían ocultos.

—¡Nunca me hablaste de esa secta! —exclamó Inocencio IV, algo defraudado por su falta de sinceridad.

—Santidad, no me faltan las excusas. Al principio no le di demasiada importancia, pero al saber los nombres de algunos de sus protagonistas empecé a alarmarme más y, aunque debía haberos informado, traté de acabar primero con ellos para luego daros todas las explicaciones. —Armand se sentía abrumado.

—No me valen tus razones; pero, por favor, sigue con tu argumento.

—Cuando conocimos lo que había sucedido en la Vera Cruz y la implicación de Esquívez, pensamos en mandar un grupo armado para juzgar los hechos y recuperar las reliquias. Pero al meditarlo más detenidamente, la circunstancia de que

Esquívez fuese uno de los miembros confirmados del grupo rebelde nos hizo cambiar de opinión. Si la información sobre su más que probable apresamiento llegaba al resto de sus correligionarios, podríamos alterar la buena marcha de nuestra investigación. Por ese motivo hemos paralizado cualquier decisión, salvo la de tenerle en continua vigilancia para que no oculte los objetos en otro lugar. Él sabe que estamos informados de la muerte de Uribe, pero hasta el momento no ha tenido noticias nuestras. Es lógico que quiera proteger esos objetos que todos anhelamos. —Tras concluir aquellas palabras, se sentía con la misma paz que cuando confesaba con su capellán.

Los más allegados al Papa sabían que, cuando estaba enfurecido, le sobrevenía una tosecilla seca, muy insistente, junto con un temblor del mentón de lo más peculiar. Todo el que le conocía y detectaba esos dos síntomas sabía que lo mejor durante esos trances era estar lo más lejos posible. Al terminar de escuchar a sus dos hijos templarios el Papa padecía ambos tics. Apretó los dientes lleno de rabia y, tras unos segundos, pareció empezar a relajarse.

—Una curiosa coincidencia, que pronto entenderéis, me anima a contaros algo que requerirá de vuestra ayuda para confirmarlo. Me explico. Mi antecesor, Honorio III, mandó una reliquia de la Santa Cruz, en un bello relicario de plata, a la iglesia del Santo Sepulcro de Segovia. Por motivo de su haber y exposición en ella, el templo pasó a llamarse de la Vera Cruz. Por varias razones que no ha lugar exponeros en este momento, he tratado reiteradamente de recuperar la santa reliquia, solicitando a vuestro comendador Esquívez su devolución, sin que nunca atendiera a mi voluntad. Han sido innumerables las cartas enviadas con mi sello personal que no han encontrado respuesta. —Golpeó uno de los brazos de su silla—. ¡Ese miserable no sabe lo que le espera! Carente de escrúpulos, no sólo retiene mi relicario sino que también esconde las otras dos enigmáticas reliquias, el cofre y el papiro, que tratábamos de localizar desde hacía tiempo. No sabe contra quién se ha enfrentado. —Sus ojos se le iluminaron—. ¡Voy a rescatar esas reliquias contra su voluntad, sin violencia y sin que él se entere!

—Pero, Santidad —intervino el gran maestre—, ¿cómo podréis haceros con ellas? Por lo que conocemos de Esquívez, sin el uso de la fuerza dudo que lo logréis.

El Papa miró a Armand de Périgord para responderle. Al hacerlo, apareció en sus ojos un brillo de picardía.

—Primero contesto a tu pregunta: no seré yo el que se encargue de ello, ¡lo vais a hacer vosotros! —afirmó con rotundidad—. Para hacernos con el relicario del *lignum crucis*, yo mismo os daré la idea; la solución para sustraerle los otros dos objetos espero que sepáis encontrarla vosotros solos. —Adoptó un severo gesto cargado de negras consecuencias—. Ahora bien, quiero que tengáis muy claro que no aprobaré vuestra vuelta si no traéis las reliquias con vosotros. Y sobre todo quiero el relicario. Sin él es mejor que no os dejéis ver en Letrán. ¿Me entendéis? ¡Como poco con el relicario! Es el único objeto que sé con seguridad lo que es; de los dos restantes sólo barajamos conjeturas. —Los dos maestres captaron la consigna—. Ahora, os explicaré cómo tenéis que proceder para haceros con la reliquia de la Santa Cruz.

—Pero ¿cómo lo conseguiremos sin que lo adviertan?

—Mandaré de inmediato que se construya una réplica exacta del relicario, y vosotros os encargaréis de sustituir el auténtico por la copia, que contendrá un trozo vulgar de madera. ¡Ése es mi plan! Así paliaréis el frustrante servicio que me habéis prestado hasta ahora. —Hizo una pausa y miró fijamente a los ojos del gran maestre—. ¡Armand, esperaba mucho más de ti! No vuelvas a defraudarme. Tengo planes muy interesantes para tu causa en Tierra Santa. ¡Espero que demuestres que los mereces!

—Santo Padre, ¿podríamos conocer qué os motiva a desear esta reliquia con tanto ardor? —Guillem de Cardona, que se había mantenido largo tiempo en un discreto silencio, no quiso retrasar su pregunta por más tiempo. Necesitaba entender el sentido de tan delicada misión.

Périgord, sin embargo, y después de la advertencia que había recibido, creía que era mejor mantenerse en un discreto silencio.

—¡Está bien!, os contaré algo. Si conseguís traérmela a Letrán, os ampliaré el resto de la información. De momento, sólo puedo exponeros una parte de mis motivos.

Se acomodó en el sillón y les miró, calculando el poco tiempo que disponía para narrar lo imprescindible sobre ese relicario. Tenía muchas obligaciones esa mañana, pero pensó que podía serle de utilidad que conocieran algo más. Así se entregarían con más ahínco a su recuperación.

—En mi opinión, los papas no sólo recibimos el poder espiritual sobre el pueblo, también el poder temporal. Sobre el primero no existe controversia, pero sí sobre el segundo. Como los príncipes cristianos, en general, no lo asumen, rivalizan por ese derecho que nos asiste, empujados por su propia ambición. Nuestras competencias como sumos representantes del poder divino deberían ser entendidas como apoderados y regentes también del humano. Para conseguirlo, hemos probado dos caminos. El primero, aglutinar en nuestra persona, y bajo un único proyecto, los diferentes intereses de los príncipes europeos. Con ese empeño se consigue el reconocimiento de una autoridad superior, la del Papa, sobre las individuales de cada rey. De ahí nacieron las cruzadas. Nadie antes había conseguido reunir, bajo un solo mando, el del Papa, todo el poder europeo. Pero, además, al pueblo llano también hay que darle motivos para que reconozca esa nueva autoridad, y qué mejor que con el concurso de las reliquias. Muchos de los que acudieron a las primeras cruzadas lo hicieron con el único objetivo de hacerse con alguna de ellas, y otros por contemplarlas en Tierra Santa, sobre todo, las relacionadas con la vida de Cristo. Por eso quiero recuperar el mayor número de reliquias, para tener al pueblo de nuestro lado, ardiendo en deseos por venerarlas.

»Siendo éste el mayor motivo de mi interés por recuperar ese relicario, en este caso particular también concurren otras razones. —Observó el interés de sus invitados—. Apenas llevo un año en el pontificado. Como sabéis, antes y durante muchos años, me encargué del archivo y registro privado de los papas. En San Juan de Letrán se conservan infinidad de documentos sobre las actividades de los distintos pontífices que han ido presidiendo la cátedra de san Pedro durante casi un milenio. No son documentos doctrinales, son simplemente escritos de índole interna, como cartas privadas, gastos varios y otras referencias escritas sobre la vida personal de los pontífices. —Vio a sus invitados más relajados y continuó tratando de relatar sólo lo más importante.

Les contó que la documentación más desordenada con la que tuvo que enfrentarse había sido la perteneciente a uno de sus antecesores, Honorio III, y, por tanto, fue a la que dedicó más tiempo. Honorio III había sido elegido para sentarse en la silla de Pedro en 1216 y murió en marzo del año 1227. Durante su mandato fue el promotor de la quinta cruzada. Destacó también de él que fue un Papa muy dado a la escritura y dejó numerosísimos escritos. Pero una de sus más destacadas actividades, por la que sería recordado durante siglos, fue la restauración de la iglesia de San Pablo Extramuros de Roma. La iglesia, que había sido erigida por orden del emperador Constantino hacia el año 320 de nuestra era, ocupaba el lugar donde, según la tradición oral, había sido enterrado el apóstol Pablo. La iglesia fue reformada en su casi totalidad, aunque manteniendo su estructura original, con tres naves separadas por ochenta colosales columnas de mármol. Se sabía que Honorio había querido embellecerla generosamente. Pero, sin lugar a dudas, el deseo que más fama le daría fue la decoración de la cúpula del ábside, donde mandó realizar un bello mosaico que representaba a un Cristo entronizado, acompañado de sus principales discípulos: san Pedro y san Pablo —este último en posición preferente—, junto con san Lucas y san Andrés, hermano de san Pedro. Ordenó a los artesanos venecianos que, además de las figuras principales, incluyeran una pequeña imagen suya a los pies de Jesucristo y a su izquierda, con el título «Honorius III».

Continuando su relato, Inocencio IV abordó la descripción del transepto de San Pablo Extramuros, donde se abrían cuatro capillas. Una de ellas había sido también reformada por Honorio, que mandó embellecerla con un bello mosaico de estilo bizantino que le había sido enviado por Germán II, patriarca ortodoxo de Constantinopla, en el que aparecía la Virgen María con su Hijo, vestida de azul, sobre fondo dorado.

—Si la visitáis, podéis ver que el Niño agarra en su mano izquierda un papel o un pequeño pergamino blanco. La Virgen está representada, al más puro estilo helenístico, con un bello vestido azul enriquecido con cenefas doradas y con unos significativos y bellos pendientes. Ese último detalle, los pendientes, me llamó fuertemente la atención desde el primer momento.

Inocencio les aclaró que ese mosaico había sido elaborado en Constantinopla y que era réplica de un mosaico más antiguo, posiblemente del primer siglo de nuestra era. Por tanto, se suponía que quien hubiera realizado el original podía haber conocido a la madre de Dios en persona.

—Yo no recordaba haber visto antes ninguna imagen de la Virgen portando joya alguna. Y por lo que sé, no se ha vuelto a repetir en ninguna otra obra, ni pintada ni esculpida. Por eso creo que, a través de ese icono, Honorio dedujo una importante consecuencia de una enorme trascendencia histórica. —Parecía con ganas de terminar la entrevista—. Hoy no entraré en más detalles, esto es todo lo que puedo anticiparos de momento, hasta que volváis con la reliquia. Para entonces, os daré algo más de información.

El secretario papal interrumpió el relato después de llamar tres veces a la puerta y pedir permiso para entrar. Una vez dentro, se acercó al Papa y, tras besar su anillo, se aproximó a su oído para darle algún mensaje que no deseaba que los invitados pudieran oír. Antes de volver a salir a toda prisa, el Papa le pidió que le trajese unas copas y una ampolla de vino de la Toscana.

Inocencio continuó su relato que, hasta el momento, ninguna relación tenía con el relicario de la Vera Cruz.

—Os puedo adelantar que, entre los muchos documentos de Honorio, encontré dos que me resultaron especialmente curiosos. Uno justificaba el pago de un relicario de plata a un prestigioso taller de Roma. Hasta aquí todo normal. Pero también apareció otro recibo, de mucha menor cuantía y pagado a un taller de poca monta de la ciudad de Ostia, en concepto de una supuesta reforma del anterior.

Los dos templarios le seguían con enorme atención, tratando de no perder el hilo de su relato.

Cuando Inocencio comprobó las fechas de ambos documentos, vio que sólo les separaba una semana. Tras sopesar esa curiosa circunstancia sacó la conclusión de que se trataba del mismo relicario. Pero ¿para qué se iba a reformar un relicario nuevo que se suponía que ya habría sido revisado por sus originales orfebres y, además, en un taller desconocido y sin prestigio?

Para responderse a esa pregunta, decidió que Honorio habría utilizado el segundo taller para mejorar o corregir algún detalle, posiblemente propuesto por él y no bien aceptado por sus creadores. Aunque no era lo más frecuente, él sabía que en ocasiones una obra de arte podía ser retocada por otro artista, para evitarle al primero el sacrificio de tener que corregir o modificar su obra original.

Pensó que, como mera posibilidad, podía tener cierta lógica, pero también fue madurando una segunda alternativa, que, finalmente, pasó a convencerle mucho más. Decidió que se había servido del segundo taller para introducir algo en su interior de una manera discreta. Algo que, por algún motivo desconocido, Honorio III no quiso que formase parte de los tesoros de Letrán y que escapara al conocimiento de la curia romana.

Les miró con gesto de satisfacción, consciente de que el tiempo que les había dedicado se estaba agotando.

—Bueno, queridos hijos míos, pues ese mismo relicario fue el que donó a la iglesia del Santo Sepulcro de Segovia en 1224. En ese año, a requerimiento suyo y por motivo de la presencia de la Santa Reliquia, la iglesia pasó a ser llamada de la Vera Cruz. —Forzó una solemne pausa—. ¡Creo saber qué es lo que ocultó!, pero me lo reservo hasta cerciorarme con mis propios ojos.

Se sirvió un poco más de vino y lo contempló al trasluz, apreciando su brillo y coloración. Luego bebió un sorbo. Le gustaba saborearlo despacio, apreciando su calidad. «¡Está muy bueno!», pensó. Sirvió con sus propias manos una generosa cantidad en las copas preparadas para sus invitados y se las ofreció.

—¡Gracias por el vino, Santidad! ¡Está delicioso! No querría ocuparos mucho más de vuestro valioso tiempo, pero aún tengo una última pregunta. —Guillem era el único que se mantenía con suficiente ánimo para hablar. El gran maestre Armand todavía necesitaba un poco más de tiempo para digerir las consecuencias que tendría para su orden si fracasaban en su misión—. Como bien sabéis, las relaciones entre vuestro antecesor, Honorio III, con el Temple no fueron muy fluidas. ¿Pudo tener algún otro motivo para enviar ese relicario a un emplazamiento de nuestra orden?

—¡Excelente pregunta, maestre Cardona! También yo lo he pensado más de una vez. Creo que debió de tratarse de algo temporal y que por eso nunca les llegó a informar de su contenido real. Sabía que en vuestras manos estaba completamente a salvo hasta que surgiera el momento adecuado para llevarlo a su destino final, que debía ser el Santo Sepulcro de Jerusalén. ¿Con quién iba a contar mejor, para ese destino final, que con sus propios y valientes defensores? La razón de que fuese primero a Segovia creo que se debió sólo a una coincidencia. Se acababa de inaugurar allí un templo, a imagen del Santo Sepulcro de Jerusalén, también dirigido por el Temple. Honorio III sabía que en esos momentos no tenía ninguna garantía de hacer llegar a Jerusalén la reliquia de la cruz, su contenido secreto, por la falta de seguridad de esas tierras. Por ello, debió decidir que permaneciera durante un tiempo en Segovia. Pero le llegó la muerte antes de poder dar la orden para que fuera enviado a Jerusalén, y allí se quedó. Hasta ahora. Ese relicario no fue el único que mandó realizar. De hecho, he seguido la pista de otro más, que fue encargado en esas mismas fechas y que también pasó por el taller de Ostia. Honorio III decidió adornar con él la tumba del apóstol san Juan en Éfeso. Ahora no puedo explicaros más, pero leí un documento manuscrito por él donde se indicaban, precisamente, esos dos lugares como destino final de los relicarios: Jerusalén y Éfeso. Aunque el primero hiciese escala temporal en Segovia. —Les miró fijamente—. ¿Entendéis ahora su importancia y la necesidad de recuperarlo junto con los otros dos sagrados objetos, con total discreción y sin demora?

—¡Santidad, dejadlo en nuestras manos! ¡Esta vez no os fallaremos!

Inocencio miró a los ojos de Armand de Périgord. Si quería más ayuda para Tierra Santa, ya sabía lo que tenía que hacer.

—¡Hijos míos, entonces nada más nos queda por hablar! Ya os haré llegar el relicario en cuanto esté terminado. No es necesario que nos volvamos a ver antes de vuestra partida. ¡Espero, eso sí, que la próxima ocasión traigáis el auténtico relicario!

Se levantó de la silla obligando a ambos a hacer lo propio. Acercó su mano para que besasen su anillo y, con ello, dio por terminada la reunión. Antes de salir del salón les impartió su bendición, poniendo sus manos sobre sus cabezas.

—¡Id con la ayuda de Dios! Que Él os llene de su auxilio para que os guíe y oriente en vuestra misión. ¡Id en paz, hijos míos!

Los dos hombres abandonaron el salón de los espejos y atravesaron las dependencias papales hasta dejar atrás uno de los palacios anexos a la bella catedral de San Juan de Letrán.

Superado ya el duro trance, el aroma y el bullicio de la calle contribuyeron definitivamente a eliminar sus últimos restos de tensión. Instintivamente aspiraron una larga bocanada de aire fresco y decidieron dar un paseo para pensar con más tranquilidad qué estrategias tomar en su nuevo encargo. Allanar la delicada situación con Esquívez para conseguir en alguna medida su colaboración, junto a la imprescindible protección del secreto de las investigaciones en curso, parecía una empresa bastante complicada. Como consuelo, disponían de varios días en Roma para encontrar la solución.

En una plaza vecina a la catedral había un mercadillo. A los pocos minutos de estar paseando entre los numerosos puestos, admirados por la enorme variedad y belleza de los muchos objetos que allí se exponían, se sintieron tan cautivados que, casi sin querer, olvidaron momentáneamente su conversación con el Santo Padre.

Las sucesivas cruzadas habían perseguido, además de preservar los Santos Lugares y los reinos francos de Palestina, mantener abiertas las rutas comerciales entre el lejano Oriente y Occidente. Y aunque en 1188 se había perdido Jerusalén, y con ella muchos de los principados francos de Tierra Santa, el puerto de Acre y los puertos de Venecia y Génova seguían siendo origen y destino de la mayor parte de los productos que luego se movían por el resto de Europa. Muchos de ellos estaban ahí expuestos, entre aquellos tenderetes que fueron recorriendo juntos.

Guillem de Cardona se había quedado parado frente al puesto de un grueso mercader veneciano, escuchando una entretenida conversación que éste mantenía con un cliente. El sudoroso vendedor apenas le dejaba moverse, manteniéndole agarrado del brazo para evitar que se le escapase.

—La alfombra que tenéis en las manos es única, caballero. ¡No encontraréis una igual en todo Roma! Está confeccionada con la producción de más de quinientas ovejas de raza karakul. Esas ovejas sólo viven en las altas cumbres de las montañas de unas lejanas y frías regiones de Oriente. Al soportar tan bajas temperaturas, la calidad de su vellón es única y consigue esta suavidad. ¡Tocad vos mismo y sentiréis su inigualable tacto! Notaréis la misma sensación que si tocarais la delicada piel de una beduina del desierto. —Se rió con una abierta carcajada, demostrando con sus gestos que sabía de lo que hablaba—. Para su confección es necesario el trabajo de un artesano durante al menos tres largos meses, normalmente una mujer, para alcanzar un resultado como el que veis ahora. —Respiró un segundo, buscó otro ángulo, y aproximando su gruesa y redondeada nariz hasta casi rozar la del cliente, le susurró—: ¡Hoy estáis de suerte, querido amigo! Tengo que volver a San Juan de Acre por nueva mercancía y debo deshacerme de lo poco que me queda. Hoy lo vendo todo por debajo de su coste.

Le dio un precio que al maestre Guillem, sin entender nada del asunto, le pareció excelente. Pero, casi a punto de cerrarse el trato, el efecto de una chirriante voz a su espalda dejó paralizado al cliente hasta entender de qué se trataba. Un hombre se acercaba protestando hacia el puesto.

—La alfombra que me vendiste ayer era de ovejas karakules de calidad inigualable, ¿verdad? Pues resulta que ayer, a la hora de la cena, se derramó una jarra de agua encima, y esta mañana ha aparecido el dibujo borroso. La lana se ha puesto áspera y tiene un aspecto deplorable. Como no me devuelvas todo mi dinero te aseguro que vas a tener un problema parecido al de mi alfombra. ¡Puede ser que tu cara te la borre con mis manos y no te reconozcas luego ni tú mismo!

El romano abusaba de toda suerte de gestos y movimientos con sus manos para atemorizar al grueso vendedor. Éste, a pesar de su difícil situación, empezó a argumentar con maestría.

—Perdonad, caballero. ¡Os recuerdo perfectamente! Ayer

estuvisteis por la tarde con una bellísima mujer, seguro que vuestra señora, y unos maravillosos niños en esta mi humilde tienda. Os vendí una alfombra estupenda. Pero me decís que, en sólo un día, le ha desaparecido parte del dibujo. ¡Vaya desastre! Habréis pensado que os he intentado timar, ¿verdad?

El hombre, más tranquilo al ver que lo estaba reconociendo todo, afirmó que, efectivamente, así lo había pensado. El veneciano continuó hablando y Guillem permaneció entre ellos, disfrutando de la habilidad de aquel comerciante.

—Esa alfombra que os vendí ayer debieron colármela dentro de las muchas que compro a mis proveedores. Cuando trabajo con los más serios no me pasan cosas de este estilo, pero cuando pruebo con alguno nuevo, y éste ha debido ser el caso y el de vuestra alfombra, me intentan engañar y me meten, entre las buenas, alguna alfombra de mala calidad. De todos modos, me extraña lo que ha ocurrido porque, y como vos podéis entender, antes de ponerlas a la venta las reviso una a una.

Se acercó hasta el hombre, le agarró del brazo y en voz baja le explicó cómo se lo iba a compensar. Guillem oyó el arreglo.

—Mirad, la alfombra que os llevasteis ayer ya no vale para nada. Os la regalo. Me costó doce piezas de oro pero, y para que no os quedéis con las ganas de tener una buena alfombra, os voy a dar esta otra —levantó, de uno de los montones, una nueva— por sólo una cuarta parte del precio de la que os vendí ayer. Vos me dais tres piezas de oro y os quedáis con las dos alfombras: esta nueva, que vale en realidad veinte piezas de oro, y la de ayer, que podéis usar perfectamente. Os envuelvo esta segunda. Me dais ahora sólo tres piezas de oro, y todos tan contentos.

Casi sin dejarle hablar, ya le había conseguido meter el paquete con la nueva alfombra entre su brazo y recibía las tres piezas de oro. Aún le despidió, diciéndole en voz baja:

—Por favor, os pido que no contéis a nadie lo barato que os he vendido las alfombras. ¡Sois un pillo! Habéis conseguido ser la persona que me ha sacado el mejor precio por una alfombra en todos los años que llevo con este negocio. Si se enterase la gente, me hundiríais el negocio, caballero.

El hombre, con una sonrisa algo bobalicona, le prometió su total discreción. Todavía, y antes de irse, el veneciano le regaló unos cordones de seda trenzados con unas gruesas borlas que colgaban de ellos para que se los regalara a su bella esposa, por si le hiciesen falta para algún cortinaje.

Guillem de Cardona brindó una felicitación silenciosa al veneciano por su maestría cuando sus miradas se cruzaron por un instante. Sin entender muy bien sus razones y lejos de ver satisfecha su curiosidad, el vendedor le perdió de vista al mezclarse éste entre el gentío. Fruto de la casualidad, Guillem iba entusiasmado buscando a Armand entre aquellos puestos. Aquel hábil personaje acababa de darles la pista para engañar a Esquívez. Localizó al gran maestre en un puesto de frutas mientras compraba unas cerezas de sabroso aspecto.

—Armand, acabo de ver clara la estrategia. ¡Lo tengo todo solucionado!

El maestre De Périgord se volvió hacia él, muy intrigado.

—Me alegra mucho saberlo, hermano Guillem. —Pagó lo que debía y le ofreció unas cerezas que confirmaron su elección—. No perdamos más tiempo y cuéntame lo que has pensado mientras seguimos con el paseo.

Guillem detalló toda la escena que acababa de presenciar en el puesto de las alfombras, así como las distintas reacciones de los personajes que la habían protagonizado. El gran maestre no acababa de entender qué relación podía tener aquello con la solución a sus problemas.

—El habilidoso veneciano no sólo ha sido capaz de solucionar un serio problema, sino que lo ha aprovechado para realizar una nueva venta, dejando a un cliente contento, y, además, ha alimentado su ego por hacerle creer que había comprado mejor que nadie y por tener la más bella mujer y niños de todo Roma. ¡Toda una lección de habilidad! —Decidió que había llegado el momento de entrar a explicar su idea—. Cambiando el sentido de nuestro mensaje, Esquívez va a creer que su situación es justo la contraria de la que suponía. Si hasta ahora pensaba que nuestra reacción ante la muerte de Uribe iba a ser muy dura y su situación en la orden de lo más complicada, le haremos ver todo lo contrario; que estamos muy satisfechos de su comportamiento y que vamos a anunciarle un posible ascenso a maestre provincial.

—Tu idea me parece bastante acertada; pero ¿cómo haremos para darle la vuelta a la autoría de su crimen, si sabe que estamos informados sobre ella? —Las dudas sobre la eficacia de la propuesta le estaban asaltando.

—¡Ya había pensado en ello! Recuerda que nuestro informador nos contó que se había encontrado a Esquívez y al cátaro junto al cuerpo de Uribe; pero que no llegó a ver quién había sido el responsable de su muerte. Le convenceremos para que piense que nuestras sospechas nunca habían ido dirigidas hacia él, sino hacia el cátaro. —Se sentía satisfecho de sus argumentos—. También he pensado que lo más conveniente sería que le visitara yo solo. Si nos viera aparecer a los dos, con la sorpresa de ver nada menos que al gran maestre del Temple junto a su provincial, se pondría en peligro nuestra estrategia, basada en transmitirle nuestra más plena confianza. Por el contrario, una visita de su provincial, sin la presencia de escolta armada y sólo con su auxiliar, anunciándole buenas noticias sobre su situación y restando trascendencia al lamentable suceso, conseguirá el efecto deseado.

—¡Excelente, Guillem! —Palmeó su espalda en señal de

aprobación—. ¡Creo que puede funcionar! —Empezó a rascarse su poblada barba con gesto pensativo—. Todavía tengo una duda. Una vez que superes su desconfianza, ¿cómo conseguirás hacerte con los tres objetos?

—Anunciaré mi voluntad de pasar dos o tres semanas con ellos. A lo largo de esos días, trataré de reforzar la relación de confianza con Esquívez para conseguir que relaje su incomodidad por mi presencia, e intentaré investigar entre sus monjes y en la iglesia el posible escondrijo de los objetos. De todos, el cambio de los relicarios con el *lignum crucis* es el que inicialmente menos me preocupa. Localizar el cofre y el papiro puede resultar algo más complicado.

Como las mayores dudas que abrigaba Armand sobre el plan de Cardona parecían haber encontrado soluciones aceptables, la viabilidad del mismo le acabó convenciendo. Además, ese plan tenía la virtud de no hacerle viajar hasta Segovia, pues su ausencia de Tierra Santa hubiera retrasado con toda seguridad el inicio de las nuevas campañas. Lamentaba de corazón tener que dejar toda la responsabilidad del éxito o del fracaso a Guillem, pero no había una alternativa mejor.

Satisfechos, dejaron atrás el mercado y se dirigieron hacia la sede del Temple en Roma. Se separarían durante una semana: uno se quedaría en Roma para atender las necesidades más urgentes de la orden y acelerar las gestiones con Letrán para el envío de los ansiados suministros; el otro visitaría Nápoles, donde residía una rama de su familia, pues había decidido aprovechar esos días libres con los que no contaba.

Quedaron en volver a verse, antes de la partida de Guillem, para visitar juntos la famosa iglesia de San Pablo Extramuros y conocer los mosaicos que el papa Honorio III había mandado colocar en ella y que tanto habían interesado al actual pontífice. Se despidieron y cada uno tomó caminos diferentes; hacia sus obligaciones uno, y hacia sus familiares el otro.

Cuando Armand de Périgord y el maestre Cardona volvieron a verse, pasada ya esa semana, fue frente al atrio de la imponente iglesia de San Pablo. Accedieron a su interior y de inmediato se asombraron de su magna estructura. Constaba de tres naves rectangulares, la central más amplia, separadas entre ellas por una larga fila de imponentes columnas de mármol. Se dirigieron hacia el arco que separaba la nave central del transepto y buscaron la capilla donde sabían que Honorio III había mandado colocar el misterioso mosaico de la Virgen con su Hijo.

—Mira, Guillem, ¡ahí está! ¡Tan bello como nos lo describió el Santo Padre! Observa qué majestuoso contraste de colores. El azul turquesa del vestido de María con el rojo del Hijo, enmarcados en un fondo de oro. ¡Es un conjunto soberbio!

El gran maestre Armand se aproximó para observar más de cerca los pendientes de la Virgen que tanto habían llamado la atención del Papa. Sólo se apreciaba el de un lado, al quedar oculto el otro por el ángulo que adoptaba la posición de su rostro, que se dirigía hacia su Hijo. La mano derecha del Niño lo señalaba simbólicamente, enseñando al mundo el camino para llegar a Él, a través de su Madre.

De no haber sido por el comentario del Papa, se les hubiera pasado por alto el detalle del pendiente. Seguro que muchos de los que visitaban a diario el templo ni se habían percatado de su existencia. Armand quiso memorizar su aspecto, con la dificultad de que apenas llegaba a apreciarse realmente su forma por efecto de la natural falta de precisión, al tratarse de un pequeño objeto, reproducido además en un material de por sí fragmentado como era el mosaico. Si esa joya había existido alguna vez o todavía existía en algún lugar, él lo desconocía; pero, por los comentarios del Papa, aunque no había querido revelarles todo lo que sabía, se podía deducir que lo que buscaba dentro del relicario igual tenía algo que ver con ese mosaico y con el pendiente.

Había que estar muy ciego para no casar las dos historias que les había contado. Aunque no podía estar del todo seguro, se inclinaba a pensar que era tal y como lo estaba imaginando.

Visitaron el resto de la magnífica iglesia y la tumba de san Pablo. Admiraron la belleza del monumental mosaico, realizado por encargo también de Honorio, que engalanaba el ábside. Abandonaron el templo y se dirigieron a los Palacios Papales de Letrán para recoger el relicario falso. Un día antes, había llegado un emisario a su residencia avisándoles de que estaría listo para ese día.

Fue el mismo secretario papal quien hizo entrega del objeto, discretamente guardado en una caja de madera que simulaba contener botellas de vino.

—¡Mañana partiré, gran maestre! He sabido que al alba sale un barco desde el puerto de Ostia a Barcelona. Por mar ganaré tiempo y así podré despachar, en nuestra casa de Barcelona, aquellos asuntos que demanden más urgencia de mi provincia, antes de emprender camino a Segovia.

Antes de despedirse, Armand le deseó suerte en su misión y le dio un encargo personal para el rey Jaime I.

—¡Estoy seguro de que lo lograremos, mi buen Guillem! Aguardaré lleno de ansiedad tus noticias. En cuanto regreses de Segovia y parta algún barco de Barcelona para Acre, hazme saber todo lo que haya pasado y el resultado del plan.

Ese mismo día, a mucha distancia de Roma, Gastón de Esquívez había mantenido una reunión en Sigüenza con algunos miembros de su comunidad secreta. Les había informado de la reciente captura del preciado medallón de Isaac, que había ocultado en la Vera Cruz. Detalló exactamente cómo había llegado hasta sus manos y también cómo había tenido que sacrificar la vida de su portador, Pierre de Subignac, a fin de asegurar su propiedad para la orden. Ninguno de los presentes pareció asombrarse mucho por la muerte del hombre y por ello no le reprocharon haber usado ese procedimiento para hacerse con la preciada reliquia. No sería la primera vez, ni seguramente la última, que habría que emplear métodos parecidos para alcanzar algún objetivo importante para su obra. Además de aquella muerte, y en un tono bastante más triste, declaró la del templario Pedro Uribe, viejo conocido de algunos de los presentes y responsable de la de Juan de Atareche, miembro fundador del grupo. Narró la fuga del ayudante de Uribe y discutieron sobre las posibles consecuencias una vez que fuese conocida la noticia en la sede. Decidieron posponer cualquier otra reunión hasta pasado un tiempo, para no levantar sospechas.

También les mostró la última carta recibida de Roma con el sello de Inocencio IV, exigiendo una vez más la devolución del relicario con el fragmento de la Vera Cruz. Todos compartían la negativa a hacerlo y estudiaron ideas para evitar que la reliquia pudiese ser sustraída cuando se conocieran los firmes deseos de la Iglesia de Roma por recuperarla. El más anciano de los presentes propuso ocultar el relicario durante un tiempo en un lugar seguro y exponer una copia exacta para su culto. De esa manera, si alguien pretendiese hacerse con él de forma indebida, se llevaría la pieza falsa y el fragmento de la Vera Cruz, que era lo que ellos precisaban para sus cultos, seguiría en sus manos. Así lo decidieron a mano alzada y por mayoría, y confiaron al propio Esquívez el encargo de la copia para tenerla expuesta, lo antes posible, en la iglesia de la Vera Cruz.

A la mañana siguiente un nuevo pasajero era admitido, tras pagar su pasaje y una excelente propina a un antipático y apestoso capitán, en un galeón que partía esa misma mañana en dirección a Barcelona. Guillem había tenido que pagar el doble de un pasaje normal para que le fuera permitido meter en las bodegas sus dos caballos y el resto de equipaje que llevaba.

Una vez en alta mar y alojado en el mejor camarote de que disponía el barco, dada su alta condición, había dedicado largos ratos a la lectura para aliviar el pesado transcurrir del tiempo a bordo.

Durante los diez días que duró la travesía les acompañó un tiempo francamente malo, con una persistente tormenta que mantuvo el mar embravecido y al capitán teniendo que servirse de todas sus artes de navegación para mantener el barco a flote y en rumbo. Una buena parte de la tripulación, aunque experimentada en aquellas y peores circunstancias, padeció los efectos de un intenso y tenaz mareo. El maestre templario no fue una excepción y sufrió como el que más las consecuencias del penoso viaje.

Cuando llegaron a los enormes muelles del puerto de Barcelona el deseo de pisar suelo firme y recobrarse de la sensación de estar en un mundo en permanente bamboleo hizo que el monje abandonase el barco a toda prisa por la escala de madera, tras encomendar a un marinero que se hiciese cargo de sus caballos y de su equipaje. Pasados unos minutos, y seguro ya de sus pasos sobre el firme suelo del muelle, se sentó sobre unos fardos, a la espera de sus pertenencias, observando muy entretenido la bulliciosa e intensa actividad de aquel familiar puerto.

Barcelona era el tercer o cuarto puerto más importante

del Mediterráneo, pues desde la conquista de Tierra Santa, y a causa de la mayoritaria participación en ésta de los señores francos y venecianos, las rutas comerciales reabiertas con Oriente habían favorecido más a sus puertos rivales de Venecia, Génova y Marsella.

Desde aquel punto Guillem oía a un grupo de nubios, de facciones tan negras como el basalto, hablando en una extraña lengua a otros extranjeros ataviados con largas túnicas blancas, rematadas con bellas pieles de animales salvajes y vistosos turbantes. A tan extraños personajes se les sumaba un intenso y variado tráfico de carros con las más cautivadoras mercancías. En uno, dos mujeres estaban colocando unas grandes piezas de seda de Damasco; en otro, unos voluminosos tarros de cristal llenos de especias de todo tipo procedentes de Arabia. Allí, maderas de los bosques de la India, más lejos, cuernos de marfil o porcelanas de China. Podía uno perder toda una mañana observando aquel animado escenario sin apenas darse cuenta de ello. Así permaneció Guillem hasta que apareció el tripulante con uno de sus caballos, ensillado, y el otro cargado con todas sus pertenencias.

Guillem de Cardona fue por las callejas del puerto hacia su residencia habitual en la ciudad, dejando atrás las atarazanas, y entonces recordó el encargo del gran maestre para el rey Jaime. Nada más llegar a la casa de Barcelona pediría a su secretario que solicitase una audiencia inmediata. Confiaba en que el monarca estuviera en la ciudad, cosa infrecuente dadas sus intensas ocupaciones. Apodado el Conquistador, había logrado ser el rey que más había ensanchado sus dominios: hacia el este, conquistando las Baleares en 1229, y hacia el levante, reconquistando a los almorávides la ciudad de Valencia en 1238. La importancia de las nuevas plazas había compensado, aunque sólo en parte, sus deseos de ampliación hacia los antiguos territorios perdidos —la Occitania—, tras la fatídica muerte de su padre en la batalla de Muret, en defensa de sus súbditos cátaros y contra los cruzados francos. El Temple había colaborado en cada una de las campañas, y sus relaciones personales con el monarca, aunque habían pasado por momentos mejores, eran buenas. Recordaba ahora la última ocasión que se habían visto, poco antes de partir a Roma, en el sitio de Játiva, por cuya conquista el Temple había obtenido como pago a sus servicios la mitad del astillero de la vecina ciudad de Denia. Sus antecesores habían sido más generosos que él a la hora de los repartos, dándoles siempre la quinta parte de lo obtenido. El rey Jaime había empezado a reducir ese porcentaje con las últimas ocupaciones, lo que había dado origen a algunas discusiones y al propio encargo del gran maestre, que veía reducida la contribución de la Corona de Aragón a las necesidades de Tierra Santa.

Los abundantes asuntos de la provincia, que le había reservado su secretario para atender con más urgencia, ocuparon sus siguientes veinticuatro horas, encerrado en su despacho. Desde hacía varios años habían conseguido del rey el mandato de acuñar la moneda para toda su corona, actividad que estaba generándoles tantos ingresos como la mejor de las encomiendas. Uno de los problemas que demandaba una solución inmediata era la sospechosa desaparición de reservas de moneda de un almacén bajo su control. De llegar a oídos del rey Jaime, el asunto podía desencadenar la pérdida de aquella rentable actividad para la orden y un demérito para nuevas empresas. Redactó la resolución del alejamiento a distintas encomiendas de los monjes mayores encargados de su gestión y el envío de los más jóvenes a San Juan de Acre, para que purgaran allí sus pecados luchando contra el enemigo. También tenía que cubrir la baja del comendador de Puente la Reina, Juan de Atareche, que había fallecido poco antes que su segundo, Pedro Uribe. Durante las pocas horas que le restaban para abandonar Barcelona resolvió algunos asuntos más de verdadera importancia, los que no demandaban tanta urgencia quedarían para su vuelta de Segovia.

A la mañana siguiente acudió al Palacio Real junto con un auxiliar que había solicitado que le acompañara. Iban preparados para emprender un nuevo viaje en cuanto terminase la entrevista. Esta vez no deseaba ir solo.

El rey Jaime le recibió sin las formalidades habituales. Su mujer, Violante de Hungría, le saludó con afecto, excusando posteriormente su presencia. El pequeño Pedro se quedó jugando a los pies de su padre.

—Cuando he sabido de tu presencia en Barcelona me ha tranquilizado mucho la noticia. —La profunda voz del rey parecía extenderse por el salón como una pesada alfombra—. Te esperaba para iniciar una nueva conquista hacia la región de Murcia y en una zona muy próxima al califato de Granada. Pero y tú, ¿dónde te has metido todo este tiempo?

—En Roma, despachando con el gran maestre De Périgord. —Había decidido no mencionar la visita a Letrán y, con más motivos, su contenido—. Y hoy debo emprender viaje de nuevo, aunque no me ocupará más de tres o cuatro semanas.

—El tiempo necesario para tener mis tropas listas y salir hacia Murcia. —Su nueva ausencia de Barcelona no parecía alterar demasiado los planes de Jaime I, pensó Guillem—. ¿Y qué se cuenta el bueno de Armand? Hace muchos años que no nos vemos.

—Desde hace un tiempo anda pidiendo el envío de más

ayudas para iniciar una nueva campaña en un territorio esencial para recuperar algún día Jerusalén: los territorios de Gaza. Me ha encargado que os pida en persona vuestra colaboración para enviarle toda la caballería que buenamente dispongáis. —El rostro del rey reflejaba una total conformidad con la solicitud—. También, desea que recuerde sus reiteradas llamadas para recuperar el derecho del Temple a la quinta parte de las conquistas.

—¡Ya hemos discutido ese tema y mi decisión está tomada! —Su firme tono de voz barrió toda la habitación—. Los repartos son proporcionales a los recursos que cada uno ponga. Ya le dije, en respuesta a uno de sus correos, que con la nueva norma si el Temple ponía más medios, también podía ganar más botín que la quinta parte del pasado. Me parece que ya lo dejé bastante claro antes, y no deseo que se hable más del asunto.

La audiencia terminó mucho más templada, tras comentar durante un buen rato otros asuntos menos sensibles, y se despidieron hasta la vuelta del maestre Cardona.

Tras cinco jornadas a caballo alcanzaron la ciudad de Zaragoza, atravesada por el caudaloso río Ebro, el más famoso de la península Ibérica y del que ésta tomó el nombre. Antes habían cruzado el largo desierto de los Monegros bajo un sofocante calor. Durante su viaje descansaban a mediodía bajo las sombras de los pocos árboles que encontraban de camino, tratando de recuperar tiempo a la caída de la tarde y comienzo de la noche, cuando se atemperaba el calor.

Ya en Zaragoza se detuvieron a conocer la catedral de San Salvador. Entraron por su cara septentrional y atravesaron un bello pórtico de estilo románico, flanqueado por dos torres circulares. Se sorprendieron de las impresionantes dimensiones del templo. Luego, y por las explicaciones de su deán, que acudió a saludar al maestre provincial del Temple en cuanto supo de su presencia, conocieron que había sido levantada encima de una antigua mezquita, aprovechando parte de la construcción anterior. En ese momento se habían paralizado las obras para levantar en su extremo oriental tres nuevos ábsides circulares, el central, más grande, y dos más a cada lado, según explicó el viejo deán, y dos más, cuadrados, en sus extremos.

Debido a los elevados recursos empleados en la reconquista de Valencia las arcas del rey Jaime I estaban diezmadas. Además, los ingresos comunes que antes llegaban desde los condados se habían visto reducidos al haberles sido concedida, por parte del rey, cierta autonomía financiera de la corona. Todo ello estaba provocando una disminución en los fondos necesarios para terminar la catedral tal y como estaba programada.

Tras su salida de Zaragoza, todavía tardaron cinco días en alcanzar las inmediaciones de Segovia. La bordearon por su cara este y dirigieron sus pasos hacia Zamarramala, destino final de aquel largo viaje. Llegaron a las puertas de la hacienda templaria a mediodía.

El comendador Gastón de Esquívez se vio importunado en su minuciosa actividad contable del último viernes de cada mes por unos insistentes golpes en la puerta. Superó el deseo de responder con un alarido, pues bien sabían todos que, para ese trabajo, exigía siempre la más absoluta quietud y, armado de paciencia, terminó dando permiso para que entraran.

—¡Comendador, el señor maestre está en la puerta! —Los ojos del monje parecían salirse de sus órbitas.

—¿El maestre Guillem de Cardona está aquí? —Una nube de pánico invadió de golpe los pensamientos de Esquívez. Aquel encuentro, tantas veces temido, finalmente iba a tener lugar. Se levantó atropelladamente de la silla—. Y, dime, ¿le acompañan muchos hermanos? —Imaginaba su inminente arresto, conducido entre un abultado grupo de monjes armados.

—Ha venido con su auxiliar, mi señor, y pregunta por vos.

El monje se retiró, tras recibir la orden de que les acompañara hasta la biblioteca.

Esquívez no salía de su asombro. Lleno de desconfianza, miró desde su ventana las inmediaciones de la hacienda buscando alguna prueba de la presencia de hombres armados que pudieran esperar una orden para entrar en acción. No encontró nada que confirmara sus temores. Bajó las escaleras hacia la planta inferior y se dirigió hacia la entrada de la biblioteca preso de una intensa angustia.

—¡Mi buen Gastón! ¡Qué alegría me da verte de nuevo!

El maestre Cardona estrechó en un efusivo abrazo a un cada vez más estupefacto Esquívez.

—También yo me alegro de veros, mi señor. —Disimuló lo que pudo, pues sólo le salía un hilillo de voz—. Hacía mucho tiempo que no os veíamos por esta humilde hacienda. —Carraspeó para ganar un poco más de tiempo—. Os ruego que disculpéis mi curiosidad, pero ¿qué buena razón os ha traído por aquí? —Inmediatamente pensó que podría haber parecido algo descortés preguntándole tan directamente, pero no se contenía las ansias por entender sus intenciones.

—Comprendo tu inquietud, pues vengo sin haber avisado antes de mi visita —ahora llegaría el inminente ataque de furia, intuyó Gastón por sus palabras—, pero lo he hecho con toda la intención. —Hizo una prolongada pausa.

Agarrotado, Esquívez esperaba la llegada del fatídico momento. Por su lado, Guillem de Cardona estaba disfrutando manteniéndole en aquella tensión.

—Tras mi llegada a Barcelona de un largo viaje, he querido venir en persona para darte yo mismo la noticia. —Otro largo silencio terminó de romper los nervios del comendador, que, sin poder soportar un minuto más aquella agonía, terminó preguntando, sin apenas salirle la voz, por aquella noticia que venía a darle—. He decidido darte la responsabilidad de la encomienda de Puente la Reina en sustitución del hermano Juan de Atareche. La importancia de esa encomienda me ha animado a acudir desde Barcelona para anunciártelo personalmente.

Esquívez abrió los ojos del asombro. Aquello era una broma pesada o estaba soñando despierto. Era imposible que el maestre Cardona no supiera algo sobre su participación en la muerte de Uribe. ¿Cómo, entonces, le planteaba algo tan lejano a un severo castigo? El maestre parecía que le había leído el pensamiento, pues inmediatamente abordó ese escabroso asunto.

—Estoy informado del terrible suceso acontecido en la iglesia de la Vera Cruz y de la violenta muerte de nuestro hermano Pedro Uribe. —Los latidos del corazón de Esquívez se aceleraron con un ritmo insoportable. Se sentía mareado por los bruscos cambios de dirección que iba tomando la conversación—. Supongo que su responsable, ese tal Subignac, habrá pagado su culpa. —Guillem estaba plenamente satisfecho al comprobar lo bien que estaba funcionando su plan.

Esquívez pensaba a toda velocidad cómo explicar el asesinato de Pierre desde aquel nuevo enfoque que se le ofrecía. Aunque ahora parecía algo ilógico, no había contado con la posibilidad de imputar el crimen a Pierre, aunque lo cierto es que Lucas no había presenciado la escena. Decidió apostar por la nueva tesis sin pensárselo más.

—Lamento confesar que tuve que matar a ese criminal, mi señor. Después de su vil acción trató de escapar y pude evitarlo, aunque durante la pelea que le sucedió, en mi propia defensa acabé con su vida.

Eso sí que era nuevo para Guillem. Aquello le confirmaba, todavía más, lo muy peligroso que era Esquívez.

—¡Que sea así, que pague en el infierno sus culpas!

Para continuar con su engaño, era imprescindible disipar cualquier duda sobre su parecer. Esquívez pensó que desplazarse a Navarra no le convenía nada, y menos por la complicación de tener que esconder todos los objetos que ahora ocultaba en la Vera Cruz; pero seguía asombrado del cambio favorable que habían tomado los acontecimientos. Más relajado, le preguntó a Cardona si iban a disfrutar de su presencia por un tiempo. Supo que planeaba quedarse dos o tres semanas con ellos, aprovechando también para descansar un poco, alejado de los deberes habituales de su cargo.

En las semanas que siguieron a su llegada, Esquívez demostró ser un perfecto anfitrión, manteniendo largos paseos y conversaciones con su maestre, eso sí, evitando en todo momento cualquier desviación de las mismas hacia temas que pudieran desvelar sus ocultas creencias, intención que no le pasó inadvertida entre algunas de las preguntas que su maestre le formuló.

Durante esos días, Cardona trató de obtener pistas sobre el lugar donde podían estar escondidos los objetos que buscaba, hablando con cada uno de los monjes, analizando el menor rastro de información que pudiera obtener de ellos y rebuscando en el archivo de Esquívez, siempre que éste andaba ocupado en otros menesteres. Pero no lograba dar con nada, ni tan siquiera un punto de arranque que le permitiera una búsqueda posterior.

Pasadas las tres semanas, defraudado por su nulo éxito, abandonó el empeño de buscarlos y decidió que sólo acometería el cambio del relicario falso que había traído desde Roma por el auténtico, que había admirado durante sus frecuentes visitas al templo de la Vera Cruz. Al menos, el Papa quedaría parcialmente satisfecho, aunque el gran maestre y él mismo no tanto.

—Esta misma tarde partiremos hacia Barcelona, hermano Gastón —le anunció una luminosa mañana del recién estrenado mes de agosto, tras el frugal almuerzo de las mañanas—. Deseo celebrar antes de mi salida una breve bendición con la reliquia del *lignum crucis* en la Vera Cruz para impetrar al Señor protección y ayuda para mi viaje.

—Os acompañaré gustoso en esta última ocasión de teneros entre nosotros.

Aunque Cardona trató de convencerle de que no era necesario que lo acompañase, Esquívez insistió en ello, hasta el punto de no tener más remedio que hacerse a la idea. Guillem había pensado hacer el cambio de relicarios sin más una vez que se hubiera quedado solo en el templo. La amable oferta de su compañía complicaba bastante el proceso. Calculó que el único momento que dispondría para intercambiarlos sería durante la bendición. Llevaría oculto el falso en una de sus casullas, que oportunamente requeriría para celebrar la ceremonia, y disimularía el auténtico en idéntico sitio hasta encontrar un escondite definitivo, cuando procediera a cambiarse dentro de la pequeña sacristía del templo.

Coincidiendo con la máxima altura del sol, el maestre, su auxiliar y Gastón de Esquívez llegaron a la bella iglesia de la

Vera Cruz, tras despedirse del resto de los monjes de la hacienda. Entraron en su interior y se dirigieron al edículo poligonal que guardaba en su planta baja, encima de un pequeño altar, el relicario. La capilla estaba rodeada por verjas de hierro forjado que cerraban, aunque sólo a media altura, cada una de las cuatro puertas de acceso. Esquívez abrió una de las cancelas y entró en su interior junto con el auxiliar. Se arrodillaron, a la espera de que el maestre acudiera revestido con su casulla desde la pequeña sacristía, donde guardaban los útiles litúrgicos. Había rechazado usar alguna de las que disponían ellos, expresando su especial deseo de hacerlo con la suya.

Guillem de Cardona bordeó el pequeño altar y se colocó frente a ellos para empezar la bendición. La tensión nerviosa empezó a crecer en él, al saberse tan próximo al momento crucial. El auxiliar, que conocía el objetivo de su maestre, sentía como amplificados los latidos de su corazón, tanto era así que estaba convencido de que los demás debían de estar oyéndolos también.

El celebrante se arrodilló frente al altar y comenzó la oración inicial en un perfecto latín, continuando después con una serie corta de letanías. Terminadas éstas y llegado el momento clave, se levantó y se acercó hacia el relicario.

Comprobó más de cerca que era exactamente igual al que llevaba bajo las ropas. Lo agarró con ambas manos y comenzó a desplazarlo dibujando el símbolo de la cruz, primero frente a los dos asistentes y después, dirigiéndose hacia cada uno de los puntos cardinales del edículo, trazando el símbolo de la cruz en cada uno de ellos.

Cuando estaba de espaldas a ellos, sujetó el relicario con una sola mano, sacó el falso de su ropa y ocultó el auténtico en el mismo lugar que había servido de escondite al primero con tal habilidad que nadie vio nada extraño.

240

Vuelto hacia ellos, dejó el relicario en el mismo punto del altar donde se hallaba el primero, se arrodilló de nuevo y comenzó a cantar en latín la última oración. Observando con detenimiento el relicario, nadie podía notar que se trataba de una copia. Los orfebres romanos habían hecho un trabajo tan perfecto que no permitía duda alguna sobre su autenticidad. Una vez que Guillem terminó los cánticos, bendijo nuevamente a los dos y se acercó hacia donde estaba Esquívez, le impuso las manos sobre la cabeza y formuló en voz baja una breve oración que no supo reconocer.

Concluida la ceremonia salieron todos del templo y Guillem se despidió del burlado Esquívez, emplazándole a acudir a su nueva encomienda antes de terminar el verano.

Una vez solos, tomaron el camino con dirección a Segovia para afrontar el largo viaje que les debía llevar hasta Barcelona primero y a Roma después, otra vez por barco y ya solo, al maestre de Aragón y Cataluña. Aceleraron el paso de los caballos deseando alejarse de allí lo antes posible. Seguro que Gastón no podía sospechar lo que había pasado, pero saberse lejos de allí les hacía sentirse mucho mejor.

El día 25 de agosto Cardona entraba en la ciudad de Roma a media tarde, esperando ver a Su Santidad a la mañana siguiente para hacerle entrega del valioso relicario. Antes de su partida en barco, había escrito al gran maestre una larga carta donde se felicitaba por el éxito de su estratagema, pues había conseguido recuperar el relicario que el Papa tanto quería. Lamentaba, a mitad de la carta, no haber podido saber nada sobre el paradero del cofre y el papiro, aunque prometía no cejar en ese empeño hasta localizarlos. Terminaba la comunicación tranquilizando al gran maestre, al tener la completa seguridad de no haber puesto en peligro en ningún momento las investigaciones que se llevaban a cabo contra el grupo clandestino.

A la mañana siguiente y desde muy primera hora, los rayos del sol calentaban de tal manera la ciudad que parecía ya medio día. Para Guillem de Cardona, que abandonaba en ese momento y con aparente prisa la sede del temple en la ciudad eterna, iba a ser una jornada muy especial.

Esperó en el salón de los espejos al papa Inocencio IV. Sin lugar a dudas, esta vez se sentía mucho mejor que en la anterior audiencia. Deseaba hacerle entrega del anhelado relicario para demostrarle la posición inequívoca del Temple: siempre obedientes a su voluntad y prestos a la hora de cumplir cualquier misión que se les encomendara.

—¡*Pax vobiscum*, hijo mío, qué alegría me da verte!

El papa Inocencio acababa de entrar al salón junto con su secretario personal.

—*Et cum spiritu tuo!* —contestó Cardona, puesto en pie.

Tras los saludos se sentaron, y sin mediar más palabra el maestre sacó de una bolsa de terciopelo negro el relicario de plata que contenía la santa reliquia, depositándola con extrema delicadeza sobre la mesa. El Papa mantenía los ojos enormemente abiertos, conteniendo la respiración, hasta que la pudo coger con sus propias manos.

—¡Bellísima! ¡Gracias a Dios ya está con nosotros! —Le miró emocionado y siguió—: Estoy muy agradecido por vuestro fiel compromiso ante éste, y lo reconozco de corazón, difícil encargo. Ansío que me cuentes cómo lo lograste, pero primero muero de ganas por saber si también traes contigo el cofre y el papiro, y segundo, deseo saber si has tenido algún problema con ese Esquívez, que imagino que no.

—Ningún problema, Santo Padre. El engaño ha funcionado. Santidad, estad completamente seguro de que nunca sabrá que le ha sido cambiado su relicario por otro. Todo se ha llevado de la forma más discreta y el asunto está libre de toda sospecha —contestó a la segunda cuestión, informando después de su absoluto y total fracaso con la primera. No había obtenido ni un solo indicio del lugar donde podían estar escondidos aquellos dos objetos.

La dulce y radiante expresión de alegría del Papa no había variado demasiado pese a aquella mala noticia. Inocencio pasó el relicario al secretario para que de inmediato lo llevase a un pequeño taller del que disponía Letrán y, una vez allí, fuera abierto con extremo cuidado y lo antes posible. Le ordenó que estuviese presente en todo momento, y que todo lo que encontrase en su interior le fuera llevado a su presencia, sin que nadie lo pudiese ver antes que él. El secretario partió a toda velocidad con el relicario.

El maestre aprovechó la espera para narrarle el plan que habían ideado, nada más salir de la anterior entrevista con él, y todos los hechos previos a la recuperación del relicario. Le pareció oportuno, para la empresa de su gran maestre Armand en Tierra Santa, hacer una única mención a los elevados gastos que había tenido que acometer para cumplir la misión. Finalmente, Guillem recordó su audiencia con el rey Jaime I, adelantándole la noticia de su campaña prevista contra los musulmanes para recuperar Murcia.

—Al rey Jaime le tengo especial aprecio. Su labor en la cruzada por expulsar a los impíos es encomiable y del todo efectiva. De no ser por el estado de aquellos lugares, le animaría a encabezar una nueva cruzada a Tierra Santa. Su valor y nobleza serían garantía de éxito. ¡Excelente rey y excelente cristiano es mi querido Jaime!

El secretario entró por la puerta con el semblante completamente pálido y lleno de sudor. Se acercó al Papa y le susurró algo al oído, lo que provocó que Inocencio abriese de par en par los ojos con un gesto de enorme decepción. Se sujetó el rostro con las dos manos y suspiró profundamente. Esperó unos minutos, levantó ligeramente la cabeza, le miró y dio la noticia a Guillem.

—Hijo mío, lamento haberos comprometido en toda esta historia. Me acaban de informar de que no se ha encontrado nada dentro del relicario, aparte de la propia reliquia de la cruz. Ahora me siento profundamente desconcertado. Cuando decidí recuperarlo fue porque coincidían en él una serie de circunstancias que me empujaron a pensar que Honorio III había ocultado en su interior un importante secreto. Pero veo que no era más que el fruto de mi imaginación. ¡Mi teoría no tenía ninguna consistencia! El relicario no contenía nada. —Suspiró hondo—. Lamento vuestros sacrificios, pero al menos, os recompensaré con generosidad. A mi fiel De Périgord para que pueda acometer su nueva campaña, a ti con lo que razonablemente me pidas.

El Papa demostraba no tener el mayor interés en que aquella audiencia se prolongara. Con un indisimulable gesto de fracaso, se levantó y forzó la despedida de Guillem de Cardona, no sin dar órdenes al secretario para que éste le pagara una generosa cantidad como ayuda a la orden en su provincia. También le indicó que anulase todas las visitas que tenía pendientes para toda la jornada.

Inocencio IV, una vez solo, no conseguía que en su cabeza le dejase de asaetear la misma pregunta.

Si no estaban en el relicario de la Vera Cruz, ¿dónde habría escondido su antecesor, Honorio III, los pendientes de la Virgen María? ¡Seguro que tenían que estar en el otro relicario, el que mandó a Éfeso!

8

Iglesia de la Vera Cruz. Segovia. Año 2002

Fernando Luengo aparcó su coche en una pequeña explanada contigua a la iglesia, al lado de un autocar que había llevado a una treintena de turistas de la tercera edad a una visita guiada. En ese mismo momento, el grupo se disponía a acceder a su interior siguiendo a una joven que iba explicándoles los primeros detalles relevantes sobre el simbólico templo.

Dentro del coche, Fernando y Mónica esperaban a la doctora Herrera. Habían quedado a las doce de la mañana de ese sábado, 23 de enero, para visitar la Vera Cruz y pasar luego la tarde con su hermana Paula. Se habían adelantado un cuarto de hora y cada uno viajaba por sus recuerdos.

Fernando repasaba la visita del pasado fin de semana a Jerez de los Caballeros y las revelaciones de don Lorenzo Ramírez. Éstas le habían dado suficientes motivos para querer visitar esa iglesia, que no le era del todo desconocida pues parecía estar llena de significados ocultos y de misteriosas implicaciones.

Habían quedado con la doctora Lucía Herrera por ser una de las mejores expertas en la Vera Cruz. La había llamado pensando que sólo ella podría esclarecer sus enigmas, paso necesario para seguir descifrando la historia del brazalete.

Mónica permanecía acurrucada en su asiento, recordando la conversación que había mantenido con Paula ese mismo jueves. El motivo fundamental de su llamada había sido ponerla al corriente de la información que había conseguido sobre la doctora Herrera. Inicialmente, le había hecho gracia que la hermana de Fernando se hubiese molestado en buscar referencias sobre aquella mujer. Estaba recordando algunos de los detalles de aquella conversación.

—Mónica, he estado averiguando cosas sobre la doctora Lucía Herrera, y, créeme, no me ha resultado nada fácil. Te cuento lo que he sabido hasta ahora de ella. Aunque Segovia ha crecido muchísimo, para algunas cosas sigue siendo como un pueblo, y por tanto, aquí casi todo se sabe. Pero con esta mujer ha sido diferente. Sabemos que no es de aquí. Que llegó a Segovia cuando consiguió la plaza de directora del Archivo Histórico, y de esto, hace ya unos cinco años. Tenía sólo treinta años cuando empezó a dirigir el archivo. Debido a su juventud, se suscitaron todo tipo de comentarios; favorables unos, por su destacada inteligencia, pero otros no tanto. Muchos piensan que consiguió el trabajo por un enchufe de un alto cargo de la Junta de Castilla y León. Como te digo, no me ha resultado nada fácil indagar sobre ella. Además, no es una mujer que se deje ver demasiado en los corrillos de sociedad de Segovia. Personalmente, no la conozco más que de vista y, siéndote sincera, físicamente la encuentro de lo más normal, pero parece ser que, a todos los que la han tratado en profundidad, tanto cultural, como intelectualmente, les ha llamado mucho la atención.

—No es de extrañar, por su particular trabajo. ¿Sabes aquel refrán que dice que el hábito hace al monje? En su caso, la convivencia diaria con tratados, manuscritos, tesis o ensayos históricos tiene que haber moldeado una personalidad con una destacada capacidad cultural. Pero fuera de ahí, quién sabe cómo es... —Mónica no trataba de rebajarle méritos intelectuales, pero sembraba sus dudas sobre el resto.

—En ese sentido, he averiguado algunas cosas acerca de su vida personal. Sé que se casó hace algo más de un año y que enviudó poquísimo tiempo después, tan poco como que, entre uno y otro hecho, sólo transcurrieron tres semanas. ¿Qué te parece?

—De lo más sorprendente, la verdad. Pero ¿has llegado a saber lo que le ocurrió para enviudar en menos de un mes?

—Mi información proviene del propio archivo. Una amiga mía, Marisa, es íntima de una mujer que trabaja allí y, ésta ha sido la que me ha contado todo lo que hasta ahora te he expuesto. Según parece, su apenas recién estrenado matrimonio se quebró por la muerte de su millonario marido, en accidente de avioneta, durante un viaje de negocios. Pero espera a oír lo siguiente, que no tiene desperdicio. —El teléfono de su casa estaba sonando insistentemente, pero nada podía ser más interesante que aquello que le estaba contando Paula. Prefería seguir pegada a su móvil—. Como resultado del lamentable deceso, Lucía heredó una gran fortuna. Su marido, de edad parecida a Fernando, era un importantísimo empresario de la construcción que disfrutaba de un gran patrimonio. Además de mucho dinero en el banco, Lucía heredó una estupenda finca en Extremadura con una enorme hacienda y cerca de mil hectáreas, repartidas entre zonas de cultivo, caza y ganadería. También tiene dos casas más en la playa, una en la Costa Brava y otra en el Puerto de Santa María, además de la de Segovia, donde vive. También heredó un par de vehículos de lujo y un ochenta por ciento de las acciones de la constructora.

Mónica se había quedado con la boca abierta. Desde luego, la imagen que se había hecho de Lucía no encajaba mucho con la de una rica heredera que conducía coches de lujo o repartía su tiempo libre entre alguna de sus muchas posesiones. Ni tampoco la veía dando órdenes a sus sirvientes.

Atendiendo a su forma de vestir, cuadraba más con un tipo de mujer prudente, discreta y hasta modesta. No la imaginaba simultaneando un trabajo relativamente anodino, como investigadora y gestora de un archivo oficial, con una vida económicamente desahogada y llena de comodidades.

—A primera vista —Paula trataba de sacar alguna conclusión lógica—, parece que mantiene una doble vida, lo que da una primera imagen bastante distorsionada de ella, Mónica. En mi opinión, nos enfrentamos a una mujer que encierra una compleja y difícil personalidad, ciertamente marcada por un terrible suceso. Teniendo en cuenta tus sentimientos por Fernando, que me confiaste en Zafra, mi consejo es que tengas mucho cuidado, que no des por sentado nada y, sobre todo, vigila sus movimientos.

—Te lo agradezco mucho, Paula. De todos modos, creo que Lucía no encaja demasiado con el tipo de mujer que pueda resultarle interesante a Fernando. Como sabes, lleva unas semanas muy ilusionado con toda esta historia del brazalete, y entiendo que en Lucía sólo ve una ayuda más para avanzar en sus descubrimientos.

—Bueno, puede que tengas razón, pero creo que debes tener precaución cuando se vean. Sabes muy bien, Mónica, que las mujeres podemos hacer lo que queramos con los hombres. Y, aunque ahora no estés demasiado preocupada por ella, me temo que nos enfrentamos a una mujer fuera de lo normal en todos los sentidos. No quiero preocuparte más de la cuenta, pero recuerda, estate muy atenta. Ábrele los ojos a Fernando siempre que puedas, mi niña.

Un potente rugido de motor la rescató de sus pensamientos y la hizo descender de nuevo a la realidad. Había llegado la doctora Herrera.

Lucía primero saludó con un besó a Fernando y luego se acercó a Mónica para hacer otro tanto. Su aspecto no había mejorado demasiado desde la entrevista en su despacho.

—¡Me alegro mucho de volver a veros! —Se volvió para colocarse frente al templo—. ¡Aquí tenéis: la famosa iglesia de la Vera Cruz! —Miró a Mónica—. ¡Espero que te guste! Intentaré, a través de mis explicaciones, compartir con vosotros los muchos misterios que encierra.

Mónica todavía no había hablado con Fernando de la llamada de Paula, y por tanto, tampoco de lo que sabían de Lucía. Viéndola allí, sin ningún otro motivo, y sin entender muy bien por qué, su sola presencia conseguía que volvieran a aflorar, en parte, sus pasadas inseguridades. Instintivamente, se puso en alerta con ella.

Tras recorrer apenas quince metros desde los coches, se detuvieron delante de la puerta principal, donde Lucía empezó a describir algunos detalles históricos sobre los motivos de su construcción. Empezó datando su construcción a principios del siglo XIII, discutiendo, a continuación, la atribución más generalizada de la misma a la orden del Santo Sepulcro, teoría que ella consideraba errónea y que adjudicaba, como sus promotores reales, a los monjes templarios que poseían en heredad una gran hacienda en la vecina villa de Zamarramala, donada al Temple unos cuarenta años antes. Puntualizó que recientemente había descubierto el nombre de un comendador templario que dirigió esa hacienda, contemporáneo a su construcción y a otros posteriores sucesos. Su nombre —les invitó a quedarse con él, porque saldría muchas más veces a lo largo del día— era Gastón de Esquívez.

Hizo especial hincapié en hacerles ver lo difícil que resultaba para los investigadores encontrar buena información, contrastada, sobre los templarios. Dos razones lo justificaban. A partir de su disolución en el siglo XIV casi toda la documentación había desaparecido, fue quemada o simplemente se había perdido. El segundo motivo se debía a la existencia de un material excesivo sobre el tema templario, la mayoría manipulado o, cuando no, bastante controvertido, coincidiendo con un fuerte boom editorial.

—Con la ayuda de un becario estoy consiguiendo recopilar bastantes datos sobre las actividades de ese templario, del cual estamos descubriendo cosas muy interesantes, de su peculiar vida y de algunas extrañas actuaciones que parece que emprendió. Aunque aún es muy pronto para sacar conclusiones más definitivas. —Satisfecha tras explicar su teoría templaria, pasó a referirse a datos más concretos sobre la iglesia—. Entrando ya en las peculiaridades y estructura de este templo, sabemos que, inicialmente, fue bautizada como iglesia del Santo Sepulcro, hasta que el papa Honorio III, al donar una reliquia de la Santa Cruz, hizo que cambiase de nombre al actual de la Vera Cruz.

»Su planta es dodecagonal y, aunque otras iglesias templarias también son poligonales, muy pocas se parecen a ésta, ya que predominaba más la estructura octogonal, como recordatorio de la actual Mezquita de la Roca, en Jerusalén, que fue su iglesia de culto, cuando éstos residieron en la Ciudad Santa. El origen de esas peculiares plantas hay que buscarlo, en torno a los siglos XII y XIII, en templos muy semejantes, construidos en Bizancio y Tierra Santa. El caso de la Vera Cruz recuerda en parte a la basílica del Santo Sepulcro, por la presencia del edículo central y su deambulatorio casi circular. El actual Sepulcro no se parece mucho al que encontraron los cruzados, al haber ido padeciendo los efectos de varios incendios y ampliaciones. Pero los que conquistaron Jerusalén durante la primera cruzada tampoco la conocieron tal y como es en la actualidad. Dentro descubrieron una segunda construcción, a modo también de templo y de ocho ángulos, que contenía el sepulcro que ocupó Jesucristo por tres días. Después, trataron de reproducir la basílica en distintos lugares a lo largo de toda Europa. Cuando pasemos a su interior, veréis que en su eje central existe una estructura hueca, similar a la que os acabo de describir, aunque en este caso es dodecagonal.

—Perdona que te corte, Lucía, pero, aparte de las razones que nos das sobre este tipo de iglesias, ¿qué motivó que esas construcciones tuvieran ocho o doce caras? —Fernando había estado en muchas ocasiones en esa iglesia, pero nunca había entendido las razones de su peculiar planta.

Lucía le miró fijamente a los ojos, complacida por la pregunta, hasta que él se notó incómodo, por la presión de los suyos, y terminó por apartarlos.

—¡La respuesta a esa pregunta abre la puerta a uno de los mayores misterios que encierran estas paredes! Me encanta tener un auditorio tan inteligente.

Mónica empezó a sentirse también incómoda con aquellas miradas, y con el elogio que había dirigido a Fernando, ya que ella todavía no había abierto la boca.

—En todas las religiones, incluso en las más antiguas como las mitraicas, egipcias, zoroastriana y por supuesto en la judía, se creía en el poder y la simbología de los números. La misma cábala es todo un tratado que relaciona los números desde el 1 hasta el 9 con distintas letras y, ellas, con varias partes del cuerpo humano y con sus correspondientes símbolos e interpretaciones trascendentes.

»Por ejemplo, el número 1 se corresponde con la palabra *keter*, que es la corona, y es la que está en el punto más alto de la cabeza. Otro ejemplo es el 5, que se corresponde con la palabra *gebura*, que es "fuerza" y encarna el símbolo de la luz divina: la luz que da la vida. Su representación es también la estrella de cinco puntas y el pentagrama. La estrella de David es el símbolo que mejor refleja todo el contenido de este número; la fuerza, la luz que genera la vida. La luz de Yahvé que iluminó el camino del pueblo judío por el desierto hasta la tierra prometida. ¿Habíais oído, alguna vez, esta forma de interpretar el significado de los números?

Ambos, contestaron que no, aunque Mónica, evitando quedarse al margen, aprovechó la oportunidad para preguntarle qué simbolizaba el número doce.

—Muchas cosas, veréis. Doce fueron los hijos de Jacob y doce fueron las tribus de Israel, como doce los primeros apóstoles. El emperador Carlomagno llevaba doce caballeros, al igual que el rey Arturo con su famosa mesa redonda y sus doce caballeros. Antiguamente, el sistema decimal no era el más empleado, sino el duodecimal que generó la forma de computar las horas del día, los meses del año, los grados de una circunferencia. Y os recuerdo que los signos del Zodíaco son doce.

Habían empezado a visitar primero la parte central, pues el deambulatorio estaba lleno de ancianos que contemplaban los coloridos blasones que colgaban de las paredes, con los escudos de la orden de Malta y de otros lugares donde ésta estaba implantada.

Fueron a ver el interior de la planta baja del edículo que, según explicó Lucía, antiguamente era el lugar donde estaba colocado el relicario con el fragmento de la Santa Cruz, para su veneración por los peregrinos que acudían hasta Segovia.

Tras subir una escalera, accedieron a un segundo piso, presidido en su centro por un pequeño altar. Era una sala dodecagonal, iluminada por varias ventanas que se abrían en distintas direcciones. Desde una de ellas, mucho más grande que las demás, se veía perfectamente el altar mayor, que estaba presidido por un Cristo crucificado.

—¡Mirad! Si os fijáis, desde esta ventana se pueden distinguir las dos lápidas de mis antepasados. Son las que están enfrente del altar principal. —Fernando apuntaba con su dedo, señalando dos de las lápidas que ocupaban el suelo del deambulatorio.

—¿Os habéis dado cuenta de que hay un total de dieciséis lápidas y de que las que estás señalando, las de tus antepasados, Fernando, hacen la número ocho y la doce?

—¡De nuevo esos números, Lucía! —exclamó él, interesado por el detalle.

—¿Pueden tener alguna relación con los dos números que, según dijiste, eran habituales en muchas iglesias templarias?

—¡Bravo, Mónica! En ese detalle no habíamos caído ninguno. Es muy posible que sí. Como os dije antes de entrar, esta iglesia esconde muchos misterios, y en ella han ocurrido cosas verdaderamente extrañas que todavía nadie ha sabido explicar de forma convincente. Por ejemplo, como habéis visto, este edículo tiene dos alturas. Ahora, estamos en el segundo nivel, pero existe un tercer nivel, que no se ve con facilidad, encima de vuestras cabezas.

Miraron hacia arriba y vieron una trampilla de madera, que estaba en un lateral de la pequeña cúpula del edículo.

—Detrás de esa puerta, hay una pequeña cámara, se trata más bien de un vestíbulo, con dos altos escalones que llevan, más arriba aún y por encima del arco del deambulatorio, hacia una verdadera cámara con bóveda de cañón, un poco más grande que la anterior. Por tanto, estoy hablando de tres alturas o tres niveles, pues considero que la tercera cámara es la más alta, a la que la anterior sólo sirve de antesala o, como decía antes, de vestíbulo. Algunos investigadores, que han querido interpretar esta iglesia desde un punto de vista más esotérico, y no sólo atendiendo a sus características arquitectónicas, se han preguntado por el significado que sus constructores pudieron dar a estas cámaras, y sobre todo a la más alta y oculta. Algunos se inclinan a pensar que se trataba de simples refugios donde escondían determinados objetos o documentos importantes.

Las explicaciones de Lucía cautivaban tanto a Fernando que estaba convencido de que sólo ella podría ayudarle a desentrañar las complejas relaciones entre los templarios y la Vera Cruz y, a la vez, las extrañas coincidencias que pudieron existir entre un Papa del siglo XIII con sus antepasados allí enterrados, o los raros comportamientos de su padre, por los que terminó pasando una temporada en la cárcel.

Lucía se había sentado en un banco de madera que rodeaba el recinto y ellos habían hecho lo mismo, casi enfrente de ella. Fernando cayó en que, hasta ese momento, no se había fijado demasiado en ella. Pero ahora que la observaba, y aunque era evidente que no se trataba de una belleza, estaba descubriendo que aquella mujer tenía algo especial. Podría ser debido a su serena madurez, a su desbordante inteligencia, incluso a aquella personalidad tan propia que demostraba, o a la suma de todo. En definitiva, fuera lo que fuese, Lucía poseía un especial y marcado encanto, muy distinto del que estaba habituado a encontrar en otras mujeres que había conocido.

—Algunos eruditos sobre el mundo templario justifican los tres niveles como representación simbólica de los tres grados de iniciación, y creen que la Vera Cruz pudo ser diseñada específicamente para este fin. Me explico. Simbólicamente, cada nivel implicaría un determinado estado de transición, camino o peregrinación hacia un conocimiento superior. Y así, el nivel inferior podría coincidir con la etapa de adoctrinamiento general del aspirante. Está a ras de suelo, cercano a la tierra, a lo más humano. El segundo nivel simbolizaba la necesaria muerte figurada, la verdadera forma de renuncia de todo lo material y carnal. Morir a uno mismo para renacer en Él. Y después de la muerte, le sigue la tercera cámara: la de la resurrección figurada del iniciado. La cámara del tercer nivel, la más elevada, la del hombre nuevo. Allí, el iniciado resucita a un conocimiento superior, más trascendente. A esta cámara muchos la han llamado «la linterna de los muertos». Realmente, si lo pensáis, resulta un nombre de lo más apropiado.

Continuó con el simbolismo de los tres niveles, comparándolo después con la propia vida de Cristo, dividida también en tres períodos. El primero, el que transcurrió en contacto con el hombre, con sus necesidades y limitaciones, durante sus años de juventud y durante el comienzo de su acción pastoral. Comprendería, así, la parte de su adoctrinamiento. Un segundo período, dominado por su entrega absoluta a la voluntad del Padre, que le supuso su renuncia a la vida, en la crucifixión. Y un tercero, y último, que se inició con su resurrección, consiguiendo vencer a la muerte y resucitando por ello a una nueva vida; a la vida eterna.

—Fijaos, además, en la coincidencia numérica entre los tres días que transcurrieron entre la muerte de Jesucristo y su resurrección. ¡Nuevamente, el número tres! El mismo número que las cámaras en las que nos encontramos y puede ser también el mismo número de días que tardaban los aspirantes en completar su iniciación. Se sabe que usaban reliquias durante esas ceremonias de iniciación. Hay un documento, muy bien conservado, que da fe de la donación de un *lignum crucis* por el papa Honorio III, y en él se especifica que «servirá para los juramentos de entrada a la orden».

Fernando, que se había aprendido algunos detalles de la biografía de ese Papa, tal y como habían acordado en Zafra, quiso demostrar sus conocimientos a Lucía.

—Ahora que lo dices, sé que fue un Papa bastante dado a aprobar nuevas órdenes religiosas. De hecho, a él se debieron las de los dominicos, franciscanos y carmelitas. También sé que fue un Papa bastante guerrero. Persiguió a los cátaros, promovió una de las cruzadas a Jerusalén y se enfrentó con el rey Federico II, al que excomulgó después de haber sido su preceptor, amigo íntimo y benefactor durante un tiempo. ¡El hombre era de armas tomar!

Lucía alabó sus conocimientos, bromeando sobre su delicada situación como directora del archivo si Fernando decidía opositar a él. Tras esa pausa, siguió dando más explicaciones.

—Por último, hay otros autores e investigadores que han dado una interpretación distinta a las anteriores sobre el uso de estas cámaras. Piensan que eran lugares destinados a la penitencia, donde purgaban sus conciencias a través del recogimiento y el silencio, en expiación de aquellos pecados o faltas serias cometidos contra su regla. Aseguran que, con este fin, los monjes podían permanecer varios días ahí, sin comer ni beber, y sin ser molestados por nadie. Personalmente, creo más en las dos últimas teorías —subrayó con el tono de voz—. Para los templarios ortodoxos, y ya me entenderéis qué quiero decir con esto, eran cámaras de iniciación y, una vez dentro de la orden, de penitencia. Pero para algún grupo ultrasecreto y bien organizado, que existió en su seno, debió de tener otro sentido, distinto al de la penitencia o la iniciación, como imitar, por algún motivo, a los eremitas que tradicionalmente iban buscando la oración en la soledad de las cuevas. Y hace poco creo haber entendido la principal razón de su comportamiento. Pero eso es tema para una charla aparte, en otro momento. ¡Ya os lo explicaré!

Lucía, tras acabar de hablar, buscó la cara de Fernando a la espera de ver en ella alguna muestra de curiosidad o de cierta inquietud por todo lo hablado, pero le encontró entregado en la contemplación de sus piernas, lo cual, sin extrañarle en parte, no dejó de producirle una curiosa satisfacción.

De pronto, empezó a sonar un móvil. Era el de Fernando. Bajó las escaleras a toda velocidad y salió al exterior de la iglesia, antes de descolgarlo, por la falta de cobertura en su interior, dejando a las dos mujeres hablando sobre la posibilidad de explorar las cámaras ocultas ese mismo día.

—¿Eres tú, Fernando?

—Sí, Paula. ¿Qué quieres?

—Estoy en el taller y acabo de llamar a la policía. ¡Esta noche han entrado a robar! ¡Está todo revuelto y hecho un desastre! ¿Puedes venir ahora? La verdad, estoy asustada.

—¡Claro que sí, Paula, ahora vamos todos! Ten mucho cuidado, y hasta que llegue la policía no toques nada. No te muevas de allí. Llegaremos en unos diez o quince minutos. —Colgó y entró corriendo para informar a las dos mujeres—. ¡Tenemos que irnos! —exclamó, mientras recuperaba la respiración—. Parece que han robado en el taller de mi hermana y está muy afectada.

Bajaron a la planta inferior y salieron a la explanada. Arrancaron sus respectivos coches a la vez.

Lucía seguía a Fernando por el interior de la ciudad. Aunque en su momento el taller se había levantado a las afueras, con la natural expansión de Segovia las nuevas construcciones habían engullido la vieja nave, y ahora casi se podía decir que estaba en pleno centro. Al llegar a la puerta de la oficina, vieron tres coches patrulla y bastante gente arremolinada tratando de ver algo. Un policía les impidió el paso.

—Soy el hermano de la propietaria. ¡Por favor, déjeme pasar!

El policía se disculpó y dejó que entraran.

Recorrieron el largo pasillo que acababa en la puerta del despacho de Paula, de donde salían varias voces. Primero entró Fernando y vio a dos policías de paisano a cada lado de la mesa de Paula, tomando notas. Ella, nada más verle, se levantó de su butaca y se abalanzó hacia él para abrazarlo con fuerza.

—¡Fer, qué miedo he pasado! Cuando he visto que todo estaba revuelto y la puerta forzada, además del susto, de pronto he pensado que podían estar todavía dentro. ¡Ha sido horrible! —Fernando acariciaba su pelo, intentando tranquilizarla—. Sabes que es la primera vez que nos roban, pero te aseguro que con una vez me basta. ¡Gracias por venir tan rápido!

Al volverse, reparó en la presencia de Lucía, que se había quedado detrás de Fernando. Mónica se abrazó también a Paula, queriendo expresarle todo su cariño. Lucía se acercó también, guardando una lógica distancia, y se presentó.

—Soy Lucía Herrera. Hace sólo un rato, estaba con su hermano y Mónica, enseñándoles la iglesia de la Vera Cruz, cuando hemos sabido la asombrosa noticia. Lamento de verdad que nos tengamos que conocer en estas circunstancias.

—Agradezco tu amabilidad, Lucía. Tienes toda la razón. Realmente no es un buen día para conocerse. Gracias de todos modos.

Uno de los policías, el que parecía mayor, preguntó en tono descortés si la recepción les iba a ocupar mucho más tiempo o podían continuar tomando declaración. Se acercó a Fernando y se presentó.

—Inspector jefe Fraga, del Cuerpo Nacional de Policía, ¿con quién tengo el gusto de hablar?

Fernando le saludó, dio su nombre y parentesco con Paula y aprovechó para presentar a sus dos acompañantes. El hombre, muy educado, besó la mano de cada una de las mujeres. Paula volvió a sentarse y el inspector continuó con las preguntas, admitiendo la presencia de los recién llegados.

—En resumen, usted ha llegado hacia las doce de la mañana y se ha encontrado la puerta de la oficina con signos de haber sido forzada. A través de ella, pudieron tener un fácil acceso a la nave de producción y a las cajas fuertes, donde habitualmente guarda los objetos ya acabados. Y asegura que la puerta de la oficina quedó cerrada ayer, con toda seguridad, y que había dejado puesta la alarma, ¿no es así?

—Correcto. La alarma no se activa si alguna puerta, tanto del taller como de la entrada, queda abierta. Con las de las cajas fuertes pasa exactamente igual; de no estar completamente cerradas y puestos todos los bloqueos, la alarma no se activa. Si me hubiera dejado algo abierto el sistema habría dado un aviso, un pitido intermitente y del todo reconocible.

—De acuerdo. La puerta estaba bien cerrada y la alarma puesta. Después de haber comprobado sus sistemas de seguridad, puedo afirmar que son bastante modernos; por tanto, el o los que hayan entrado y desactivado el sistema no son vulgares rateros. Nos encontramos ante unos profesionales.

—Efectivamente, hace sólo dos años mandé instalar un sistema de seguridad alemán muy caro que, según me aseguraron, era el mejor y uno de los más fiables del mercado. Creo que técnicamente es muy difícil anularlo. De todos modos, está visto que cuando quieren entrar les da igual lo difícil que se lo trates de poner. Al final, ya lo ven, lo acaban consiguiendo.

El policía más joven, que era el que tomaba las notas, alternaba sus apuntes con fugaces vistazos a las preciosas piernas de la mujer más madura y al espectacular cuerpo que se presumía debajo de los ajustados vaqueros de la otra, más joven. ¡Vaya par de señoras!, pensaba. Lucía se estaba dando cuenta de aquellas miradas, bastante sorprendida de sí misma y del efecto que estaba causando ese día en los hombres.

—Ahora nuestros expertos están analizando la caja fuerte. Pero, a primera vista, todo conduce a pensar que ha sido reventada con un pequeño explosivo y un dispositivo silenciador para evitar que la detonación les delatara. Ese detalle confirma que se trata de gente que sabía lo que venía a hacer o que conocía bien lo que se iba a encontrar. ¿Ha despedido a algún empleado hace poco tiempo que pudiese conocer detalles internos de su empresa?

—¡En absoluto! En los últimos años no he tenido que dar de baja a nadie. Por tanto, es difícil que se trate de alguien que trabaje aquí. Tengo veinte empleados, y estoy segura de que ninguno de ellos tiene algo que ver en ello, directa o indirectamente.

—Entiendo su posición, señora. Pero no crea de antemano nada que antes no haya sido probado. Se lo digo por experiencia. Nunca se sabe de dónde puede venirle a uno la traición. De cualquier modo, lo que más me extraña de este caso es que no haya echado en falta nada.

Fernando intervino, para preguntar qué se habían llevado.

—Paula, ¿no te falta nada?

—Pues eso es lo extraño, Fer. No se han llevado casi nada. Para ser más exacta, de la caja fuerte sólo me falta algo de dinero, que guardaba en billetes, y no más de trescientos euros. Pero lo raro es que, incluso, han dejado objetos terminados de mucho valor y los lingotes de plata que usamos en todos nuestros trabajos. Lo que han dejado dentro puede valer entre trescientos y cuatrocientos mil euros, y lo han dejado tal y como estaba. Por no hacer, ni lo han movido de sitio.

Mientras hablaba Paula, un tercer policía entró en el despacho y se dirigió hasta donde estaba el inspector jefe, para pasarle una información. Fraga le contestó algo que nadie oyó y el policía abandonó el despacho.

—Me acaban de informar de que tiene usted pinchado su teléfono y, por supuesto, no por nosotros. Alguien ha estado espiando sus conversaciones desde hace un tiempo. No sabemos cuánto. —Paula sintió un escalofrío, mezcla de miedo y sorpresa, al sentirse espiada. Trataba de entender quién podía estar interesado en sus conversaciones y qué interés podían tener, mientras el inspector seguía hablando—: Señora, empiezo a pensar que aquí hay algo más importante que un simple robo. Desde hace un tiempo alguien ha estado escuchando todas sus conversaciones privadas. En mi opinión, posiblemente a partir de algún comentario que haya realizado y en referencia a un posible objeto de valor o a una fuerte cantidad de dinero, debieron de creer que merecía la pena venir hasta aquí a tratar de hacerse con ello. Esos hombres han pensado que usted guardaba aquí alguna cosa muy valiosa. —Se tiró repetidamente del lóbulo de la oreja izquierda. Todos los que le conocían sabían que eso significaba que había encontrado un rastro definitivo. Lo hacía siempre, cuando se sabía en el momento más crítico de una investigación—. Empiezo a ver el tema tan nítido como el agua.

»Señora, a usted no han venido a robarle unas piezas de plata para revenderlas en el mercado negro y sacar unos euros. Los autores del allanamiento de su taller venían con una idea clara de lo que buscaban. Y parece que se han marchado sin encontrarlo. ¿Tiene usted alguna idea de lo que podrían buscar, primero, y segundo, recuerda haber mantenido recientemente alguna conversación que pudiese haber provocado un especial interés en ellos?

Inmediatamente, tanto Fernando como Paula y Mónica pensaron en el brazalete. De él habían hablado varias veces por teléfono entre ellos. Fernando trató de acordarse de cada conversación y recordó una, cuando supo su verdadera antigüedad por el informe del laboratorio holandés, en la que comentó que le parecía más prudente guardarlo en la caja fuerte del taller y no en la de su joyería, vista la oleada de robos que se estaban produciendo últimamente en Madrid.

Se miraron los tres y decidieron, tácitamente, que no comentarían nada del brazalete, de momento, a la policía.

Los agentes no se dieron cuenta del intercambio de miradas, ya que —y ahora eran los dos— estaban la mar de entretenidos con las piernas de Lucía, que acababa de cambiar de postura. A ella el hecho le resultaba de lo más insólito. Hacía mucho tiempo que no se ponía falda, aunque tampoco ésta era tan corta, y tenía más que olvidada la época en que estas cosas le pasaban con más frecuencia. De estar tanto tiempo entre papeles, tras quedar viuda, y sabiéndose más bien normalita de cara, no se había vuelto a plantear el poder de su condición femenina sobre los hombres. Se prometió empezar a salir un poco más de ahora en adelante y dejar de parecer una rata de biblioteca.

—Han revuelto los archivos que guardo en la habitación de al lado —dijo Paula— y, como pueden comprobar, este despacho lo han puesto patas arriba. Estoy de acuerdo con sus deducciones. Buscaban algo más, pero no entiendo el qué. En mi negocio no entra ni sale ningún otro tipo de objeto que no sea plata. No sé qué interés pueden tener mis conversaciones por teléfono para esos hombres. Sólo hablo con proveedores, bancos y con otras muchas joyerías que, como clientes habituales, me pasan periódicamente algún pedido. El resto de las llamadas que normalmente tengo son de índole personal, muchas veces con mis amigas y mi familia. Como pueden suponer, la mayor parte de las veces los temas de conversación son de lo más intrascendente.

—De acuerdo, señora Luengo, creo que por hoy es suficiente. Sólo le pediré que, con un poco más de tiempo, revise todo su archivo, y si echa en falta alguna cosa, que no haya recordado hasta ahora, me llama. Ésta es mi tarjeta, con el teléfono de la oficina y el móvil. Puede usted llamarme a la hora que sea. —Dejó también otra a cada uno de los asistentes.

Se levantaron a la vez. El inspector jefe Fraga estrechó la mano de Fernando y, a continuación, la de Paula. El más joven se acercó a Lucía, dándole un sonoro beso en su mano. Lucía notó con tal intensidad el áspero bigote del policía que retiró la mano de forma refleja.

Una vez solos, se sentaron más tranquilos para comentar sus impresiones. Fernando y Lucía lo hicieron en un mismo sillón, nada amplio por cierto, quedando sin remedio bastante pegados. Mónica, desde una de las sillas, y Paula en su sillón, comprobaron, con cierto desagrado, los escasos milímetros que apenas lograban separar sus dos cuerpos.

Fernando fue el primero en arrancar a hablar.

—¿Estás más tranquila ya, Paula?

—Pues sí, y no. Sí, porque os tengo aquí y está todo en manos de la policía, pero sigo bastante inquieta al no saber por qué han querido robarme. Además, y no sé vosotros, temo posibles acciones en el futuro. Me he acordado del brazalete cuando el inspector estaba enumerando los supuestos motivos del robo y excluyó, expresamente, la plata como único móvil.

—Ese brazalete del que habláis —preguntó Lucía, que apenas había abierto la boca desde que habían salido precipitadamente de la iglesia— entiendo que es el mismo que me enseñaste en el archivo y que, supongo, debes de tener en tu casa. ¿Estoy en lo cierto?

—Sí. Pero no está en mi casa —respondió Fernando—. Está más protegido, en la cámara acorazada de la joyería. —Tenía que preguntar algo a su hermana antes de que se le olvidase—. Paula, he recordado hace sólo un momento que mantuvimos una conversación acerca del posible cambio del brazalete a tu caja fuerte. ¿La recuerdas?

—Sí, me he acordado antes. Estabas preocupado por los robos en Madrid y hablamos de guardarlo en mi caja fuerte, cuando te informaron de su alto valor histórico.

—¡Exacto! Ya tenemos el móvil del fallido robo. Esos hombres iban buscando el brazalete. Escucharon nuestra conversación y creyeron que lo tenías tú. —La idea le produjo un respingo—. No puedo entender cómo han podido saber que lo tenemos, ha pasado muy poco tiempo desde que lo recibí en la joyería; pero empiezo a estar preocupado, sobre todo porque no sabemos contra qué o contra quién nos enfrentamos.

Lucía puso una mano sobre el hombro de Fernando, para comunicarle sus fundados temores.

—Fernando, si esos hombres han escuchado vuestras conversaciones, saben algo sobre el brazalete, y si han sido capaces de entrar hasta aquí, aunque no lo hayan conseguido, ¿no creéis que igual lo están intentando ahora, en tu joyería o en tu misma casa, o que puedan hacerlo en otro momento?

—Tienes toda la razón, Lucía. ¡Ahora mismo voy a llamar a mi portero para que se dé una vuelta por casa y vea si todo sigue normal! Llamaré también a la empresa de seguridad para que me informen de la situación en la joyería. —Sacó su móvil y se puso a marcar el número de la portería.

—Fer, aquí dentro no tienes cobertura. Sal a la calle a llamar o, si quieres, llama desde el fijo.

—Casi prefiero el móvil. Después de saber que tu fijo está pinchado, no me da ninguna seguridad.

Fernando cerró la puerta tras él y se fue a la calle.

Las tres mujeres se quedaron solas, y bastante preocupadas, en el despacho. Ahora que eran conscientes de los verdaderos motivos de esos hombres, hubieran preferido permanecer en una cómoda situación de ignorancia. Tras unos tensos segundos de silencio, Paula se arrancó a hablar con Lucía, para cambiar el rumbo de sus pensamientos.

—Es raro que, con lo pequeño que es Segovia, no nos hubiésemos visto antes, ¿verdad?

Lucía se arrimó hasta el borde del sillón y cruzó las piernas, dirigiendo su mirada hacia la hermana de Fernando.

—Posiblemente nos hayamos visto alguna vez sin que ahora lo recordemos, aunque, por otro lado, puede que tampoco sea tan raro teniendo en cuenta el poco tiempo que le dedico a mi vida social. El trabajo absorbe todo mi tiempo y el poco que me queda lo empleo en leer, supervisar aburridas tesis doctorales o estudiar tratados que, seguro, os resultarían aburridísimos. Algunos fines de semana los paso en Extremadura, en una finca que tengo cerca de Cáceres. Y además, llevo viviendo en Segovia relativamente pocos años. Sabíais que no soy de aquí, ¿verdad?

—Yo no lo sabía —mintió Mónica—. ¿De dónde eres, entonces?

—Soy de Burgos, aunque he pasado muchos años en Madrid, a la que considero casi mi ciudad natal.

—No tengo muchos contactos con el mundo de la investigación histórica, aunque, últimamente, contando al catedrático de Cáceres y a ti, casi debería decir lo contrario, pero te ruego que no me tomes a mal lo que te voy a decir: ¿el tuyo no resulta un trabajo bastante ineficaz y del todo aburrido?

Nada más acabar de hablar, Mónica lamentó el insolente acento de su pregunta, que no había pretendido en ningún caso dar. La presencia de esa mujer, no sabía por qué, la descolocaba. Tenía que ser más prudente, pensó.

Lucía calibró a toda velocidad la situación y a punto estuvo de seguirle el juego. Pero responderle con lo primero que le venía a la boca —«¿y acaso estar metiendo relojes, sortijas o pendientes en cajitas más o menos delicadas te resulta un trabajo excitante?»— no le pareció lo más adecuado si quería mantener la compostura. Trataría de suavizar su respuesta. Al haberla visto sólo en dos ocasiones, no podía tener todavía una imagen muy definida sobre ella, pero le había parecido que era una joven mucho más sensata y equilibra de lo que acababa de demostrar. Durante la mañana había notado más de una mirada suya de rechazo, aunque tampoco le dio mayor importancia. ¿Qué había hecho ella para que se mostrase tan desabrida? De pronto, se le encendió una lucecita y lo entendió todo: ¡Mónica estaba enamorada de su jefe y había visto en ella una posible competencia! ¡Tonterías, propias de una veinteañera! Ahora le cuadraban las cosas.

—Desde fuera puede parecerlo. Lo reconozco. Y tal vez se deba a lo poco conocido que es nuestro trabajo en general. Debéis imaginar que trabajar en un archivo histórico es algo parecido a coleccionar, en un recinto más o menos silencioso y de olor un tanto rancio, a un conjunto de tipos raros, por lo general decrépitos ancianos y jubilados, desde ni se sabe cuándo, dedicados, en cuerpo y alma, a la búsqueda del dato más peregrino e inútil que puedan encontrar entre una montaña de libros polvorientos. ¿Lo he descrito más o menos bien?

Mónica acababa de recibir toda una lección de «saber estar». Lucía había respondido a la provocación, contrarrestándola con estilo e ironía.

—Creo que se ajusta bastante bien a la idea que se suele tener de ello, sí —intervino Paula, echando un capote a Mónica—. Tal vez Mónica ha tratado de reflejar, mediante una pregunta, esos tópicos que has descrito después.

—¡Claro, no he tenido ninguna duda de ello!

La ironía era una de sus habilidades. «Ahora se ha cerrado el triángulo —pensó—. Mónica quiere a Fernando, Paula ayuda a Mónica y supongo que a la vez empuja a Fernando hacia ella. ¿Estará Fernando jugando esa misma partida?»

Lucía reconoció que una parte de la imagen que se tenía del trabajo habitual de un investigador se aproximaba bastante a la realidad. Pero añadió que, por debajo de esa visión, un tanto estereotipada, existían otros factores, menos conocidos por la gente, que lo convertían en algo apasionante.

—A veces pensamos que somos como los buzos que buscan un tesoro en la inmensidad del océano. Metemos la nariz en sucesos ocurridos cientos de años atrás, buscando nuestro pequeño cofre del tesoro, con la emocionante sensación de estar como viviendo dentro de esas escenas, preguntando a sus personajes y entendiendo sus intenciones. Nos dedicamos a construir un enorme y difícil puzzle, donde a veces te cuesta años encontrar la pieza que debe encajar en un punto determinado.

—Lucía, al escucharte puedo asegurar que estás consiguiendo cambiar el concepto que tenía de una científica. —Paula empezaba a ver con mejores ojos a aquella mujer.

Mónica se mantenía callada, y un tanto avergonzada, pues sabía que había hecho el ridículo hasta que Fernando entró en la habitación. Le preguntó qué noticias tenía.

—¡Todo está en orden! Gracias a Dios, no ha pasado nada. He aprovechado para pedir a la empresa de seguridad que doble la vigilancia de la joyería y que mande también a un agente a mi casa. Creo que así tendremos mejor protegido el brazalete. —Notó que había un ambiente, entre las tres mujeres, ligeramente tenso y decidió que lo mejor sería cortarlo, yéndose a comer todos juntos—. Toda esta situación me ha abierto el apetito. ¿Qué os parece si buscamos un buen restaurante?

Lucía decidió que ella iba en su coche, para no tener que volver a buscarlo al taller de Paula. Mientras iba siguiendo al de Fernando, pensaba en lo diferente y divertido que le estaba resultando ese día. Al acudir esa mañana a una cita que se presentaba como un acto profesional más —sirviendo de guía a Fernando y a Mónica por los entresijos históricos de la iglesia—, de forma casual, y sin haberlo imaginado, había redescubierto su feminidad, decidido dar un cambio a su vida personal y, lejos de su intención, protagonizado, incluso, una reacción celosa en una chica de veintitantos años por un hombre en el que apenas se había fijado.

Tras aparcar los coches en un aparcamiento del centro, llegaron hasta la puerta del restaurante, donde les recibió un joven camarero.

—Buenos días, señores. Humm... ¿Habían reservado mesa?

—No, no tenemos reserva. Seremos cuatro. ¿Les queda alguna libre?

El camarero se puso a comprobarlo en un aparatoso libro.

—Humm, veamos... ¡Sí, dispongo de mesa para cuatro! Humm..., de acuerdo. ¡Síganme, por favor!

Atravesaron un amplio salón, hasta llegar a uno de los laterales.

—Humm..., ¿esta mesa les parece bien o prefieren alguna otra?

—Ésta puede estar perfecta, gracias —contestó Fernando.

Les invitó a sentarse y ayudó a hacerlo a las tres mujeres.

—Humm... ¿Desean algún aperitivo los señores, antes de pedir los platos?

Pidieron tres martinis blancos y un jerez.

—Humm..., ¿qué os parece este sitio? —bromeó Fernando.

—Humm…, también nos hemos dado cuenta del detalle —apuntó Paula.

Se rieron por el deje tan cómico del camarero y se pusieron cada uno a recordar la muletilla que más gracia le había producido en su vida. Ganó Mónica por mayoría, al contar la que tenía un viejo profesor de su colegio, que acortaba en «mamente» la expresión «mismamente» y la repetía cada tres o cuatro palabras. Por lógica, en su colegio, por todos era conocido como el profesor Mamente.

Mientras leían la espectacular carta, el ambiente parecía haberse relajado. Eligieron sus platos, y para beber, Fernando escogió un tinto reserva Dehesa de los Canónigos, un vino de la Ribera del Duero que le encantaba.

Metidos en el segundo plato, Fernando expuso sus averiguaciones —que a todos parecieron bastante escasas— sobre la vida del papa Honorio III. Tal y como habían acordado en Zafra, cada uno de los tres se había quedado encargado de ahondar en un tema concreto.

Lucía le había escuchado con atención y terminó contribuyendo —dado el poco contenido que éste había aportado— con sus conocimientos acerca de ese Papa.

—¡Ya vemos lo que te has matado, hijo! —Paula, aprovechó la oportunidad para atacar a su hermano, deporte que le encantaba practicar—. Como el resto hayamos seguido tus mismos pasos, estamos buenos.

Mónica expuso lo que había averiguado sobre el brazalete. Había estado buscando bibliografía en el Instituto Nacional de Gemología, para situar algo mejor el origen del oro con el que se había confeccionado. Como el informe del laboratorio holandés afirmaba que era una variedad bastante común en las tierras bajas del Nilo y esa pista les había llevado a concluir que se trataba de un brazalete de la época faraónica, ella había querido confirmar, en la medida de lo posible, aquella tesis.

—De unas minas del desierto de Nubia se extrajo una gran cantidad de oro, con el cual los artistas egipcios elaboraron multitud de objetos y joyas para la decoración de los templos y para uso personal del faraón. Estos últimos, como ya sabemos, terminaban acompañando al faraón en sus fabulosas tumbas.

»Puedo asegurar que la variedad del oro nubio que se empleó para estos fines coincide al cien por cien con la del brazalete. Se trata de una clase de oro tan específico que no deja lugar a dudas. —Dio un sorbo de vino para aclararse la garganta—. También he estudiado el origen de sus doce piedras y he encontrado bastantes coincidencias, lo que aún refuerza más la tesis egipcia. Según he leído, a lo largo de la franja montañosa paralela al Nilo y cerca del mar Rojo, llamada colinas del mar Rojo, hubo abundantes yacimientos, de donde salieron todo tipo de piedras; desde esmeraldas a dioritas y amatistas y otras muchas más, presentes todas en el brazalete. Del macizo del Sinaí se extraían también unas famosas turquesas que sirvieron para la confección de amuletos y collares. Por consiguiente, tanto por la variedad del oro como por las piedras, estoy segura de que nos encontramos con un brazalete egipcio de la época del Imperio Nuevo.

Lucía, al igual que el resto, felicitó a Mónica por su completísima investigación, mientras Paula se dedicaba a atacar, sin misericordia, a su hermano por la suya. Aquellos datos sobre el origen de las piedras del brazalete habían llevado a Lucía a considerar una remota posibilidad. Se decidió a intervenir, aunque ella no hubiese tenido ningún encargo.

—Igual os parece muy aventurado, pero se me ha ocurrido un posible y apasionante origen del brazalete. Para ello antes necesitaría comprobar algo en una Biblia. Fernando,

¿podrías preguntar al *maître* si por una remota casualidad tienen una? Si no la tienen, que será lo más normal, pídele el número de fax del restaurante. Tengo al becario trabajando hoy y puedo pedirle que me mande unas páginas.

Como era de esperar, el restaurante no tenía ninguna Biblia, pero sí un aparato de fax. Tras la llamada de Lucía al archivo, pocos minutos después un camarero traía dos hojas que acababan de recibir a su atención. Comprobó que eran las páginas correctas.

—Fernando o Mónica, cualquiera de los dos me vale, ¿podríais decirme qué piedras tiene el brazalete?

—¡Claro que sí! —intervino Fernando—. Son doce piedras en estado puro, es decir, no fueron pulidas y, si no recuerdo mal, corrígeme Mónica si me equivoco, en la primera fila hay un rubí, un topacio y una esmeralda. En la segunda, una turquesa, un zafiro y un diamante…

Lucía le cortó, y siguió nombrando, por orden, las piedras que faltaban del anillo, mientras leía aquel fax.

—«En la tercera un jacinto, un ágata y una amatista; en la cuarta un crisólito, un ónice y un jaspe. Llevarán engarces de oro para sus encajes…»

Todos la miraban asombrados, sin saber qué estaba leyendo.

—«Estas piedras serán doce, según los nombres de los hijos de Israel.» Éxodo 28, versículos 17 al 22. Fernando —Lucía le miró a los ojos, con expresión de triunfo—, ¿coinciden las piedras que te faltaban por nombrar, con las que te he leído?

—¡Pues, sí! Y en el mismo orden. Dime una cosa, lo que has leído ¿está en la Biblia, en el Éxodo?

—Sí. En el Antiguo Testamento. Y se corresponde exactamente con las especificaciones que Yahvé dio a Moisés para la elaboración de un peto y otros ornamentos que el sumo sacerdote debía llevar para entrar en el lugar santo, aquel donde sería guardada el Arca de la Alianza, que contenía las Tablas de la Ley, y que en definitiva sería su santa morada.

Paula y Mónica no salían de su asombro ante tamaña revelación, pero Lucía parecía no haber terminado con sus deducciones.

—¡Cada vez lo veo más claro! —Se apartó un mechón de pelo que le estaba tapando casi media cara y aspiró profundamente—. Lo que voy a deciros puede resultar un tanto alucinante pero, ese brazalete, aparte de antiquísimo, es extraordinariamente valioso. Empiezo a creer que pudo pertenecer al mismísimo Moisés. —Sus ojos brillaban de gozo tras haber llegado a esa conclusión. Los demás dejaron de comer ante la impresionante noticia—. Si nos atenemos a sus coincidencias de diseño con estas referencias bíblicas, hay que pensar que, si no fue suyo, por lo menos tuvo que tener conocimiento de él.

Fernando intervino para ratificar sus suposiciones.

—El laboratorio de Holanda lo ha datado entre el siglo XIV y el XIII antes de Cristo y, si no recuerdo mal, coincide con el éxodo del pueblo judío desde Egipto a la tierra prometida. ¿Estoy en lo cierto?

—Parece ser —le contestó Lucía—, y con las naturales dudas sobre la fecha precisa, que Moisés emprendió el camino hacia la tierra de Canaán, entre el mil trescientos al mil doscientos antes de Cristo. Por tanto, esos análisis prueban que no vamos mal encaminados, y aún hacen más razonable la participación del profeta.

»Seguramente nunca podríamos tener una certeza absoluta ya que, en los viejos testamentos, no se hace ninguna referencia a él y ésa es la única documentación escrita que nos ha llegado sobre Moisés. Pero todavía existe otro argumento para pensar que pudo ser su portador, si cruzamos las analogías que se producen entre los acontecimientos acaecidos en el monte Sinaí con otra historia, ocurrida unos años antes, en Egipto y en la corte del faraón.

A lo largo de su introducción había ido apareciendo un brillo especial en sus ojos que se había contagiado a Fernando, quien empezó a frotarse los suyos y a tragar saliva, ante su sorprendente argumentación.

Mónica llevaba un rato observando que Fernando no dejaba de mirar a Lucía con un gesto de entrega absoluta.

—Me explico. Se sabe que Moisés durante su juventud, en el palacio del faraón, recibió de éste otro brazalete que llevó durante muchos años. Se lo devolvió cuando esa estrechísima relación que tenían, casi como hermanos de sangre, se quebró ante la negativa del faraón a dejarle partir y llevarse al pueblo judío hacia la tierra prometida, tal y como se lo había mandado Yahvé, su Dios. Si lo vemos de esta manera, para Moisés un brazalete podía simbolizar una forma de fidelidad, en su momento al faraón, durante su juventud, o de unión con él. Pero después de recibir en el Sinaí las Tablas de la Ley y, con ellas, la alianza de Dios con su pueblo, me pregunto: ¿pudo querer guardar una prueba de esa divina alianza a través de un brazalete?... Y me respondo a mí misma que sí. Por eso pienso que tenéis el auténtico brazalete que Moisés usó después de protagonizar los acontecimientos sagrados ocurridos en el Sinaí.

A cada minuto que pasaba, la admiración de Fernando por Lucía iba creciendo. Nunca había conocido a una mujer como aquélla.

—¡Estoy casi al cien por cien segura de que estamos ante la más importante y sagrada reliquia que haya conocido el hombre, a lo largo de todos los tiempos!

—Lucía, ¡qué fuerte! —Paula llevaba tiempo queriendo intervenir—. Estás asegurando, nada menos, que podemos tener en nuestro poder un brazalete de Moisés, pero ¿cómo es posible que algo así pudiera caer en manos de mi padre?... Bueno, me refiero sólo en intención, porque luego, el pobre, ni lo llegó a ver.

Un camarero se dispuso a llenar las copas de vino para acompañar los platos, que todavía no habían casi probado. Paula esperó a que se fuera para seguir hablando.

—Antes de contestarme, y suponiendo que estés en lo cierto, sabemos que el brazalete se lo envió el tal Carlos Ramírez y que, según nos comentó su descendiente Lorenzo Ramírez, lo único que pudo relacionarles fue una hipotética pertenencia a un supuesto grupo templario y la iglesia de la Vera Cruz.

Lucía pidió que le resumieran aquella entrevista, cuyos detalles desconocía. Mónica se prestó voluntaria y le dio todos los detalles de lo que habían hablado. Durante su explicación, Lucía empezó a relacionar cosas. Coincidiendo con la llegada de una estupenda fuente de pasteles variados, una vez que Mónica había terminado y tras pensárselo unos minutos más, Lucía se lanzó a exponer una nueva teoría, que acababa de conjeturar.

—Por lo que me acabáis de contar tengo una nueva sospecha, que necesita algo más de tiempo para madurar, pero os avanzo lo que he estado pensando. Podría ser que el brazalete fuera encontrado por alguno de los nueve primeros templarios que fundaron la orden en Jerusalén, posiblemente durante alguna de las muchas excavaciones que debieron hacer en los sótanos del antiguo templo de Salomón. —Esta contundente afirmación produjo un nuevo efecto de absoluta perplejidad en su auditorio. Tras los lógicos comentarios iniciales de sorpresa, Lucía creyó que debía darles una pincelada histórica para que pudieran entender su nueva teoría—. Por si no lo sabíais, desde que se fundó la orden en 1119, y hasta el año 1128, los nueve primeros monjes vivieron solos durante esos nueve años en lo que es la actual mezquita de al-Aqsa, que les fue cedida por el rey de Jerusalén Balduino II, sin poder aceptar la entrada de ningún otro miembro hasta que su regla fuese aprobada, lo que sucedió en el Concilio de Troyes. Durante ese tiempo, pensad que fueron los primeros occidentales, desde los romanos, que tenían la oportunidad de investigar a conciencia aquel emplazamiento, que coincidía exactamente con el del varias veces destruido Templo de Salomón.

»El tesoro de Salomón ha sido uno de los objetivos más anhelados para cualquier arqueólogo, no sólo por su valor histórico y material, sino por su valor religioso. Hablamos de un tesoro que incluiría al Arca de la Alianza, con las Tablas de la Ley, la mesa de oro, objetos para el culto del sumo sacerdote y más cosas, todas perfectamente descritas en la Biblia y que estuvieron dentro del primer templo antes de su destrucción a manos de Nabucodonosor. Todo me lleva a pensar que el brazalete también formaba parte del tesoro, y no sé cómo, pero aquellos fundadores del Temple igual debieron encontrarlo.

—Lucía, si eso fuese cierto, confirmaría mucho más su autenticidad. Pero fíjate que estamos poniendo la mirada en un punto de la historia de hace nada menos que mil años. ¿No te preguntas cómo ha podido llegar hasta nosotros después de tanto tiempo? —Paula, sobre todo, no terminaba de asimilar tener en su poder una reliquia de aquella importancia.

—¡Lógicamente, sí! No sabemos todavía cómo, pero creo que si podemos concertar una entrevista con ese tal Lorenzo Ramírez y ponemos en común todo lo que sabemos igual podremos tener más datos para entender cómo llegó hasta Badajoz.

»Deduzco que si lo encontraron los templarios, es posible que también fueran sus propios guardianes durante años. La coincidencia de que el brazalete saliera de Jerez de los Caballeros, que fue una de las mayores encomiendas templarias de Europa, y llegara hasta la Vera Cruz, que perteneció también a la misma orden, hace más verosímil su pertenencia...

Fernando pidió dos cafés más al camarero y la cuenta.

—Humm..., ¿desean, además, los señores algún licor?

—No, gracias. Sólo los cafés.

Lucía había tenido el protagonismo de la mayor parte de la conversación y le parecía mal cortarla, pero terminó disculpándose para ir un momento al servicio.

—Deberíamos llamar a don Lorenzo Ramírez para saber qué día viene a Madrid. Estando Lucía, seguro que entre los dos darán un fuerte empujón a la resolución de este misterio.

Al resto le pareció una buena idea. Mónica se dio cuenta de que la agenda donde creía tener apuntado su número estaba en su bolso y éste se lo había dejado en el coche de Fernando. Decidió acompañar a Lucía al servicio, dejando a los dos un momento solos.

Paula se fijó en su hermano. Sus ojos parecían estar puestos allí por casualidad y su rostro expresaba una apariencia algo perdida, como si su mente estuviera viajando por otros destinos.

—Fer, ¿estás bien?

—¿Sí?... ¿Qué quieres, Paula? —Al parecer retornaba a la realidad.

—Digo que si estás bien. Que parece como si estuvieras un poco ido. ¿En qué pensabas?

—Me estaba acordando de Isabel y creo que es debido a la presencia de Lucía. Si viviera, tendría su misma edad. Hay algo en esa mujer que me la recuerda con bastante frecuencia y que me resulta interesante.

—No me estarás diciendo que te atrae Lucía, ¿verdad? Te recuerdo que en Zafra me pareció entender que sentías cierto interés por Mónica. Me parece que te estás liando.

—No sé si «atraer» es la palabra más adecuada. Más bien creo que sólo se trata de un interés, algo especial eso sí, por su asombrosa riqueza interior que, supongo, a ti no se te ha escapado.

—Por supuesto que me he dado cuenta, Fer. Lucía representa lo bueno y lo malo de una mujer madura y, por eso, se nota que tiene mucho recorrido en su vida. Yo creo que, detrás de tanto saber, reposa otra mujer que no vemos, más complicada, con más problemas. Me puedo equivocar, pero yo, en tu caso, no le perdería la pista a Mónica. En ella encontrarás todo lo contrario; una dulce inocencia, también inteligencia, capacidad de entrega absoluta hacia ti y poder disfrutar del placer que da descubrir sus inexploradas sensaciones.

—¡Mira que eres! No abandonarás nunca tu objetivo. —Le dio un cariñoso pellizco en la mejilla—. De todos modos, creo que has llevado demasiado lejos mi comentario. En ningún caso me estaba planteando tener que dilucidar entre las dos. Sencillamente he comentado en alto mis pensamientos, porque me lo has pedido.

—¡Vale, de acuerdo! Pero insisto en que Mónica es la mejor elección.

Las dos aludidas estaban acercándose a la mesa y tuvieron que dejar la conversación.

Se despidieron a la llegada al aparcamiento, donde cada uno tomó su camino.

Durante su regreso a Madrid, Fernando parecía ausente. Mónica pensaba que tampoco tendría muchas oportunidades como ésa de estar a solas con él para revelarle sus sentimientos. Pero recordaba los consejos de Paula sobre la conveniencia de dejarle la iniciativa y contuvo sus deseos de hacerlo ella. Cuando estaban llegando a la entrada de Madrid, y sin apenas haber hablado en el camino, le hizo una pregunta que puso punto final a sus incertidumbres.

—Mónica, ¿te has enamorado alguna vez de un hombre?

—Vaya pregunta, Fernando. Pues claro que me he enamorado, y de más de un hombre. En concreto, y para no mentirte, de dos. Del primero ya ni me acuerdo, pues ocurrió durante un verano, cuando debía tener los dieciséis. Luego, me enfrasqué tanto en los estudios que los chicos pasaron a ser la prioridad número... cien, por lo menos.

—¿Y quién fue el segundo?

Empezó a ponerse colorada por momentos. La sangre parecía querer ocupar hasta el último milímetro de sus mejillas. Acorralada por las dudas, no sabía qué contestar. ¿Se lo decía abiertamente que se trataba de él? ¿Era ése su momento?

Su silencio hizo que Fernando volviera a preguntar.

—No me has contestado todavía, Mónica. No te enfades, ¿vale? ¿Es que no ha habido un segundo?

—¡No! En efecto. No lo ha habido. —Decidió lanzarse a la piscina—. Porque lo hay... y eres tú.

Ya estaba dicho, suspiró aliviada. Ahora la palabra la tenía él. Estaban llegando al portal de su casa y esperaba su reacción. No quedaba mucho tiempo.

—Me alegra saberlo y, personalmente, me siento muy halagado. —Se puso algo más serio—. Supongo que querrás saber lo que yo siento.

—Me gustaría, claro.

Fernando meditó mucho su respuesta. Había parado el coche en segunda fila, frente a su portal.

—También tú me atraes, y mucho. —Acarició su mejilla—. Eres tan especial para mí que debo ser muy sincero contigo. Todavía no tengo tu misma seguridad sobre mis sentimientos, aunque me encantaría alcanzarla a tu lado, si me das un poco de tiempo.

Dentro del ascensor de su casa, Mónica, una vez a solas, no pudo retener por más tiempo sus lágrimas y rompió a llorar emocionada. Había logrado que se hiciera realidad aquello que llevaba anhelando tanto tiempo. ¡Al fin, Fernando sentía algo por ella!

Empezó una semana de trabajo que para el resto de empleados de la joyería Luengo transcurrió con cierta monotonía, debido a la baja actividad típica de finales de enero. Mónica, sin embargo, y bastante más vital de lo habitual, estaba radiante.

Hacia las ocho de la tarde del miércoles, Fernando recibió en su despacho una llamada de Lucía.

—¿Fernando Luengo, por favor?

—Soy yo. Me parece que eres Lucía, ¿verdad?

La doctora Herrera quería saber si podían verse ese jueves, a última hora de la tarde. Había descubierto algo importante. Tenía que bajar a Madrid para solucionar unos asuntos en el Ministerio de Cultura y calculaba que estaría libre a partir de las siete. Quedaron en que él la recogería en el Ministerio a esa hora, para verse y tomar un café.

Fernando colgó el teléfono en el momento justo en que entraba Mónica. Le traía varias facturas y otros papeles, para su firma. Ese día estaba especialmente guapa. Al terminar, ella cerró la carpeta y se quedó parada un instante, mirándole a los ojos, guardando un misterioso silencio.

—¿A que no sabes qué día es mañana?

—Pues jueves. Pero, con mi habitual despiste, seguro que sospechas que me he olvidado de alguna reunión importante. ¿Debería acordarme de algo en especial?

—Sólo que es mi cumpleaños. Nada más.

Se levantó, luciendo una amplia sonrisa, y cerró la puerta, tras salir de su despacho.

¡Vaya lío!, pensó inmediatamente Fernando. Acababa de citarse con Lucía para esa misma tarde, ante el anuncio de que tenía novedades interesantes sobre el brazalete. Además, esa coincidencia —el que Lucía tuviese que bajar a Madrid y tuvieran que aprovechar para verse— le seducía lo suficiente como para no anular la cita. Sin meditarlo más, creyó que lo mejor sería no comentarlo con ella de momento. La invitaría a cenar a su casa, después de verse con Lucía, y, cuando tuviera oportunidad, se lo contaría todo con más tranquilidad.

«Así lo haremos. Cuando vuelva a entrar en el despacho, le diré que nos veremos a partir de las nueve», se dijo.

—Mónica, si te parece, podemos quedar en mi casa y preparo yo mismo la cena. Siendo tu cumpleaños, prometo esmerarme. ¿Te parece bien?

—Me parece estupendo. Me paso por tu casa hacia las nueve, pero confío en que éste sea un cumpleaños «muy especial». —Le guiñó un ojo—. Bueno, te dejo solo.

Mónica se levantó y se despidió hasta la mañana siguiente, dejando a Fernando trabajando un rato más, aunque ya eran las nueve de la noche.

Salió del garaje de la joyería como cualquier otro día, y tomó la dirección hacia su casa. Un coche, con dos hombres en su interior, comenzó a seguirla de cerca, guardando la suficiente distancia para no ser advertidos. Mónica no se había dado cuenta de que estaba siendo observada desde hacía un par de días.

Pasadas las siete de la tarde del día siguiente, Fernando dejaba el coche en un aparcamiento de la calle Alcalá para ir a buscar a Lucía al Ministerio. Iba a la carrera, pues llegaba tarde. Un atasco en Serrano, debido a la caída de una farola, le había entretenido diez minutos más de lo previsto.

Lucía le esperaba en la calle, enfundada en un abrigo de color beige, y no paraba de moverse intentando combatir el intenso frío que hacía esa tarde. Fernando llegó hasta ella y le dio un beso y se disculpó por el retraso. Iba algo más arreglada que en las anteriores ocasiones y le pareció mal decírselo, pero la encontró mucho más atractiva.

—¡Estoy helada! He salido hace un rato y no me esperaba que en Madrid hiciese este frío. Menos mal que me acordé de ponerme un abrigo más grueso. ¿Qué tal, Fernando?

—Aparte de avergonzado por el retraso, encantado de verte. Si te parece bien, nos tomamos un café cerca de aquí para entrar en calor y me cuentas ese descubrimiento. ¡Me has tenido todo el día reconcomido por la curiosidad!

—Te agradezco el café, pero prefiero explicarte antes lo que he averiguado, y para ello necesitaría ver de nuevo el brazalete. Apenas lo recuerdo y me parece importante comprobar una cosa. Podríamos ir a tu joyería primero, y luego nos tomamos el café. Y ahora que lo pienso, podríamos aprovechar para explicárselo a la vez a Mónica, que supongo que estará allí.

Fernando imaginó la escena como si de una película de terror se tratase. Lo había organizado todo el día anterior y ahora no podía darle la vuelta de una manera sencilla. Mónica no podía verles aparecer así, de pronto, y sin saber nada de aquella cita, en la joyería. Pensó rápidamente una excusa y, a la vez, en una alternativa.

—Lo siento mucho, Lucía, pero lo de la joyería no va a poder ser. Por motivos de seguridad, la caja fuerte dispone de un sistema automático de programación de apertura que sólo permite su acceso a ciertas horas del día y ya no le corresponde abrirse de nuevo hasta mañana a las diez. Bueno, en realidad se podría, pero no te imaginas el lío que hay que organizar para conseguirlo. —¿Estaría siendo lo suficientemente convincente?, pensó—. Pero se me ha ocurrido una solución. En mi casa tengo varias fotos digitales que le hice. Supongo que también podrían valerte. ¿Te parece bien?

—¡Claro que sí! Hubiera preferido tenerlo delante, pero comprendo el problema. Creo que con las fotos me bastará.

Decidieron coger los dos coches para que Lucía, al acabar, pudiese salir directamente a Segovia.

El magnífico dúplex de Fernando se situaba en una de las calles más exclusivas de Madrid, en pleno corazón del barrio de los Jerónimos. Entró con su coche en el paso de carruajes, y le siguió Lucía. Ambos le dejaron las llaves al portero.

—Buenas tardes, Paco. ¿Alguna novedad sobre tu hijo? —Se acordaba de que esa mañana tenía las pruebas de acceso a la Armada.

—No sabemos nada aún. Debe seguir en el examen. —Procedía a entrar en el primer coche para aparcarlo—. De todos modos, gracias por su interés, don Fernando. En cuanto llame, le daré mis impresiones. —Por más que pensaba, no reconocía haber visto antes a su acompañante.

Fernando abrió la puerta de su casa, e invitó a entrar a Lucía en un amplio y ovalado vestíbulo. Enfrente se repartían cuatro puertas de porte clásico rematadas en arco.

Fernando la ayudó a quitarse el abrigo y la acompañó hasta un enorme salón iluminado por dos anchos ventanales, a través de los cuales se disfrutaba de una amplia panorámica del parque del Retiro. Ella se sentó en un confortable sofá de color hueso. Fernando la dejó sola un instante, para buscar las fotos del brazalete y preparar un café.

Lucía observó la decoración del salón. De todos los objetos que había, su vista recaló en una serie de portarretratos de plata, en una mesita, al pie de uno de los ventanales. Como no alcanzaba a verlos bien, se levantó para acercarse. De todas, la foto que más llamó su atención era la de una pareja en traje de boda. Aunque estaba algo cambiado, era indudable que Fernando era el novio.

Ahora que lo pensaba, nunca había hablado de su mujer. ¿Se habría separado? El descubrimiento le resultaba del todo revelador, pues ella —y no es que se hubiese parado a preocuparse mucho de ello— ya había decidido que era soltero.

Al lado de esa foto, había muchas otras de aquella mujer en distintos lugares; unas veces sola y otras, los dos juntos. No era muy guapa, pero mostraba un atractivo diferente, especial.

—Ésa era Isabel, mi mujer. Murió en esta casa, hace ahora casi cuatro años, en circunstancias muy dolorosas.

Fernando dejó la bandeja con los cafés en una mesa, al lado del sofá, y se acercó hacia ella para darle las fotos prometidas.

—Lo siento, Fernando, no sabía que habías enviudado. ¿Te parece mal si pregunto cómo ocurrió?

Dejó el portarretratos en la mesita y se fue hacia el sillón para ver las del brazalete, dejándole espacio suficiente para que también lo hiciera él, a su lado.

—No te preocupes. Recordarlo una vez más no me supone un gran sacrificio, pues apenas consigo que pase un solo día sin acordarme de aquella escena. Me encontré a Isabel, en las escaleras que llevan al ático, tumbada en su propia sangre y con un profundo corte en el cuello. Perdona que te lo explique así de crudo, pero, ése es mi terrible recuerdo, Lucía, tal y como lo viví.

—¡Santo Dios, tuvo que ser espantoso! ¿Supiste cómo ocurrió? —Se le había puesto la carne de gallina al imaginarse la macabra escena.

—La policía determinó que el móvil inicial había sido el robo, aunque posiblemente, ante la inesperada llegada de Isabel a la casa y al encontrarlos en plena faena, se les complicó la situación. Se debieron de poner nerviosos y para evitar que los reconociera decidieron matarla. Yo nunca he creído esa versión. Mi instinto me dice que el asesinato había sido intencionado y no causado por el robo, pero no he podido probarlo, ni conseguir que la policía mantuviese abierta la investigación.

—Lo siento, de verdad, Fernando. ¡No puedes imaginar cuánto y cómo te entiendo! No sé si lo sabes, pero también soy viuda, y además por un doloroso accidente.

Fernando dijo que no lo sabía y le sirvió un café. Lucía se encendió un cigarrillo y siguió hablando.

—Me casé con él completamente enamorada. Mi marido era un hombre increíble. Nuestro noviazgo había sido corto, pero suficiente para saber que estábamos hechos el uno para el otro. Murió en un accidente de avioneta cuando iba a visitar las obras de una urbanización que promovía en Alicante, a las tres semanas de nuestra boda, y a una de nuestra luna de miel. Cuando te enfrentas, de golpe, a una muerte tan inesperada, se te rompe la vida en pedazos. Estuve casi un año sin salir a la calle. No quería hablar con nadie ni ver a nadie, hasta que la herida cicatrizó.

—Parece ser que ambos hemos tenido que probar el cruel sabor que tiene la pérdida de un ser a quien has entregado tu vida entera. ¿Cómo pudiste superarlo?

Lucía sacó un pañuelo de su bolso para secarse las lágrimas por revivir sus dolorosos recuerdos.

—¡Ni yo misma lo sé! ¿Cómo se sale adelante? Supongo que te sacan, porque sola no sabes salir. —Se sonó, pidió disculpas por ponerse a llorar como una tonta, y siguió hablando—: A mí me ayudó mucho el trabajo. Afortunadamente, al poco tiempo me dieron la responsabilidad de dirigir el archivo y eso me sirvió para centrar mi atención en otras cosas. Para mí fue determinante. Aunque ahora me vea algo mejor, sé que nunca podré ser la misma de antes. Igual lo mismo te pasa a ti, pero a veces me he sentido como un jabalí herido. Tiras para adelante como puedes, aun tropezando contra todo y contra todos, y te vas comiendo tu dolor sola; pero como alguien se te cruce con intención de hacerte daño, no lo dudas ni un minuto y le atacas sin misericordia. —Se volvió a sonar e intentó limpiarse los ojos, ya que se le empezaba a correr el rímel—. Bueno, creo que es mejor que cambiemos de tema o acabaremos como dos plañideras.

Fernando asintió, preocupado por el tiempo que necesitaría Lucía para explicar su descubrimiento. Tenía en mente que Mónica iba a acudir a cenar esa noche, y algo debía hacer para que no se encontrasen.

Lucía dijo que necesitaba esas fotos para comprobar su parecido con un anillo que habían localizado en un catálogo de joyas antiguas que se exponían en el Museo Arqueológico de Ammán, en Jordania. Ese anillo también contenía doce piedras y había sido encontrado en unas recientes excavaciones en las inmediaciones del monte Nebo, el lugar más venerado de toda Jordania. El anillo había sido datado con bastante posterioridad a la fecha que tenía el brazalete. Se pensaba que habría podido servir para usos ceremoniales en algún tipo de rito hebreo. Lucía le recordó la importancia sagrada de aquel punto geográfico, Nebo, y que desde su cumbre, y gracias a su impresionante vista panorámica, Moisés vio por primera vez la tierra prometida.

—De confirmarse su similitud, no caben muchas más dudas sobre su propiedad, ni de su estrecha vinculación con el profeta Moisés. Aunque el anillo sea menos antiguo, guarda el mismo estilo de los objetos que Yahvé mandó hacer a Moisés para su culto en el recinto santo, donde debía guardarse el Arca de la Alianza. Es muy lógico que pasados los siglos aquellos herederos de la tradición hebrea reprodujeran esos diseños para oficiar sus ritos.

—Lucía, nunca dejarás de sorprenderme. Tu capacidad es asombrosa. No sé qué hubiéramos hecho sin tu ayuda.

Fernando volvió a sentir aquella especial atracción por esa mujer, sensación que había tratado de explicar a su hermana en Segovia.

—Gracias por tus elogios, pero espera a escuchar lo siguiente. Si después de ello te queda la más mínima duda, te mato aquí mismo. —Sonrió—. En la Biblia, en el libro de los Macabeos, se narra que el profeta Jeremías escondió en una cueva del monte Nebo el Arca de la Alianza, el tabernáculo y el Altar de los Perfumes. Como ves, hablamos de los grandes símbolos de la alianza de Yahvé con Moisés. En ella también se dice que Moisés nunca llegó a pisar la tierra prometida y que se quedó en el monte, no se sabe si murió allí o subió a los cielos. —Encendió otro pitillo, dejando en el aire sus conclusiones—. ¿No son demasiadas coincidencias? ¿No crees que el brazalete tuvo que ser guardado en esa cueva o en otro lugar semejante durante un tiempo, y que pudo servir de inspiración a ese anillo u otros objetos del estilo?

»¡Yo lo tengo claro! Para mí, queda demostrado que es el mismísimo brazalete del gran profeta y el símbolo de la Alianza con Yahvé.

—¡Excelente, Lucía! Con lo que me has contado, a mí no me queda ninguna duda.

Fernando, aunque estaba encantado de la conversación e impresionado por el nuevo descubrimiento, mostraba una manifiesta incomodidad. Por la hora que era, Mónica podía llegar en cualquier momento, y no quería imaginarse la escena que podría producirse si se encontraba a Lucía en su casa. Ella captó su intranquilidad y miró su reloj, comprobando que se le hacía tarde para volver a Segovia

—Fernando, debo irme. Es tarde y no quiero llegar muy de noche a Segovia. —Se levantó del sillón y empezó a caminar hacia el vestíbulo—. Estoy encantada de haber pasado este rato contigo.

Fernando fue a buscar su abrigo. Mientras le esperaba, pensó que, aparte de excelente oyente, ese hombre le estaba empezando a producir un curioso efecto, que parecía ir creciendo en su interior, devolviéndole unos inusuales deseos de sentirse más mujer.

—Me he olvidado de hablarte de un último tema que ha estado rondándome por la cabeza estos días. Se trata de una antigua secta judía, los esenios, que creo que pueden tener cierto papel en esta historia. —Algo le empujaba a querer quedar, otra vez y pronto, con él, y se animó a probar—. ¿Te parece si quedamos otro día para hablar de ello?

—Perfecto, claro que sí. —Fernando veía que pasaban más de las nueve y que aquello no podía prolongarse por más tiempo—. Te llamo y quedamos otro día, ¿vale? —propuso, un tanto cortante.

—Ahora que lo pienso… —Lucía acababa de encontrar una brillante posibilidad—. Si te parece, se me ocurre una idea mejor que quedar a comer o vernos como hoy. Antes me dijisteis que don Lorenzo Ramírez es extremeño. Tengo una finca cerca de Cáceres y debo ir el próximo fin de semana. ¿Por qué no te vienes conmigo a pasar el fin de semana y aprovechamos para hablar con ese famoso catedrático? Creo que podríamos tratar de cruzar todas las informaciones que tenemos hasta ahora, y seguro que juntos podremos sacar muchas más conclusiones.

Lucía pensó en decir «os venís», incluyendo a Mónica y a su hermana, pero casi sin querer le salió contar sólo con él. De cualquier manera, como ya estaba hecho, sería de lo más interesante ver su reacción.

—¿El fin de semana en tu finca?

Al verse teniendo que tomar una decisión rápida, Fernando se quedó un poco parado sopesando los pros y los contras. Sabía que contras había muchísimos, pero ante aquella mirada que estaba invitándole a que dijese que sí, terminó respondiendo afirmativamente.

—Me alegro de tu decisión, Fernando. Me encargaré de que la disfrutes. Por cierto, antes de irme, ¿te gusta la caza?

—Sí me gusta, aunque la practico poco. Tengo todo, licencia de caza y permisos de armas, pero ya te digo que no soy de los asiduos.

—Te prepararé una suelta de perdices. ¡Te divertirás!

Se acercó a él para darle dos besos, en el momento justo que sonaba el interfono del vestíbulo.

—¡Bueno Fernando, ya me voy! Te dejo que cojas el interfono.

Abrió la puerta y se fue hacia el ascensor, despidiéndole con la mano.

Fernando le respondió desde la puerta. Levantó el auricular. Oyó la voz de Mónica.

—Hola, Fernando, estoy en la puerta de tu casa y no sé si puedo meter el coche dentro. ¿Qué hago?

—Pues…, sí, claro…, claro que puedes. Estará el portero abajo. Déjale el coche. Aunque… bueno, no sé…

—¿Qué te pasa, Fernando?, te encuentro muy raro. ¿Puedo o no puedo aparcar? Por favor, dime qué hago porque estoy en doble fila y me están pitando varios coches… —Se produjo un extraño silencio—. Oye, de tu portal estoy viendo salir a… Pero si me parece que es… ¿Será posible, Fernando?

—Su voz expresaba un incontenible sentimiento de rabia y decepción, y se le entrecortaba. Le costaba respirar con normalidad—. Estoy viendo a Lucía salir de tu casa. ¿Has terminado ya con ella y ahora es mi turno?

—Mónica, te lo puedo explicar. No seas tonta, sube y te lo cuento.

—No tienes nada que explicar. Todo lo que necesito saber acabo de verlo pasar a dos metros de mí. No te molestes. ¡Hemos terminado con lo nuestro, si es que ha dado tiempo a que tuviéramos algo! ¡Buenas noches, Fernando!

9

Éfeso. 1244

Desde Venecia hasta el puerto de Esmirna, en la península de Anatolia, un barco tardaba casi dos semanas de navegación. Esmirna mantenía un intenso tráfico comercial con Occidente desde que las comunicaciones con los puertos de Trípoli y Acre se habían convertido en empresas demasiado peligrosas.

Los dos únicos pasajeros que viajaban en aquella galera se sentaban todas las tardes en su proa para recogerse en oración delante de aquel enorme templo natural llamado mar Mediterráneo. No querían poner en evidencia su condición religiosa a la tripulación.

Habían salido desde Roma, atravesando los Apeninos, para tomar en Venecia algún barco que les llevase hasta Éfeso. Tras no encontrar uno que fuera directo, embarcaron en una galera que cada quince días unía la ciudad de los canales con el puerto de Esmirna.

Esmirna se encontraba más al norte de Éfeso, pero a escasos kilómetros de la antigua ciudad romana, destino del discreto viaje que el papa Inocencio IV y su secretario personal, Carlo Brugnolli, habían emprendido hacía sólo una semana. La galera había sido bautizada con el nombre de *Il Leo-*

ne, testimoniando así, con orgullo, su bandera veneciana.

El capitán les había advertido, antes de aceptarles como pasajeros, que debía hacer una escala en Constantinopla para dejar parte de la carga que transportaba, lo que les podía retrasar unos tres días.

Inocencio IV se había presentado al capitán —un pequeño pero rudo personaje al que todos llamaban *Il Pescante*— con su nombre de cuna, Sinibaldo de Fieschi. Le había contado que era un comerciante romano que pretendía ir a Éfeso por asuntos que convenían a su negocio, en compañía de su hombre de confianza y contable, Carlo. Deseaba guardar en secreto su verdadera condición y por eso, tras salir de Roma, ambos se habían cambiado sus ropas para evitar ser reconocidos durante el camino.

Para llegar a Venecia debían atravesar varias regiones controladas, en ese momento, por las tropas del emperador Federico II, con el cual Inocencio mantenía unas más que complicadas relaciones. La tensión era tan alta entre ellos que los dos viajeros no reparaban en medidas de precaución, para no ser reconocidos y tener que enfrentarse a una muy incómoda entrevista con el emperador Federico II, y menos aún, después de haberle excomulgado hacía poco.

Tampoco en Bizancio las relaciones de Inocencio IV con el emperador Juan III pasaban por buenos momentos. En repetidas ocasiones el Papa le había solicitado que enviara tropas en auxilio de los cruzados que todavía resistían en Tierra Santa los ataques musulmanes y había recibido casi siempre una respuesta escasa, cuando no esquiva y escurridiza.

El emperador todavía estaba consagrado a tratar de superar las heridas producidas entre sus súbditos por la humillante y brutal conquista de Constantinopla durante la cuarta cruzada. Ya no podía convencer a su ejército de la bondad de compartir una empresa con aquellos cruzados. Argumentaba, además, la falta de tropas, pues las que tenía disponibles estaban más dedicadas a reprimir los más que frecuentes levantamientos populares que a abrir frentes contra enemigos lejanos.

Condicionado por esas tensiones políticas, era razonable imaginar que un viaje oficial del Papa hubiera implicado una pesada e incómoda diplomacia, que era precisamente lo que Inocencio menos deseaba.

El Papa tenía un más que justificado motivo para emprender esa discreta travesía a Éfeso. Quería encontrar una importante reliquia que sospechaba que su antecesor en la cátedra de Pedro, Honorio III, había ocultado dentro de otro relicario que había enviado allí, en 1224. Finalmente, tras sus fracasos, había deducido que los dos pendientes tenían que estar escondidos en el relicario que había en Éfeso. A pesar de las dificultades que suponía abandonar durante varias semanas sus importantes obligaciones, había tenido que tomar la determinación de llevar el asunto personalmente debido a los escasos resultados de las gestiones anteriores.

El diario de Honorio narraba con mucho detalle la entrega, por parte de un conocido príncipe cruzado húngaro, el día 15 de agosto de 1223, de unos humildes pendientes que habían sido hallados dentro un sepulcro, posiblemente el del apóstol Juan, en las ruinas de una gran basílica, levantada en su memoria sobre una colina en las afueras de Éfeso.

La importancia del hallazgo pasó inicialmente inadvertida al papa Honorio. Pero al poco tiempo de aquella donación se produjo un suceso extraordinario que le hizo entender la trascendencia que podían tener aquellos pendientes.

El patriarca ortodoxo de Constantinopla, Germán II, le había enviado un presente, a fin de rebajar la fuerte tensión entre las dos iglesias, la romana y la oriental. Se trataba de un mosaico de estilo bizantino para decorar la basílica de San Pablo Extramuros, que estaba siendo restaurada, desde hacía unos años, por orden del Papa. Bizancio se enorgullecía de tener entre sus nobles hijos a san Pablo, Pablo de Tarso, y querían dejar constancia de ello en su tumba en Roma.

Sin llegar a verlo, Honorio III lo mandó colocar en una de sus capillas. Pero pocos días después, durante una de sus visitas para supervisar la evolución de las obras, se llevó una enorme sorpresa. Vio el mosaico y allí, delante de sus ojos, estaba representada la Virgen María con Jesús en sus brazos, luciendo aquellos mismos y humildes pendientes que le habían sido regalados hacía pocas semanas.

Honorio, impresionado por el descubrimiento, dejó reflejadas en su diario sus dudas sobre la oportunidad de divulgar o no tan trascendental noticia. Aunque sabía que el mundo entero se alborozaría por el descubrimiento de la que podía ser única reliquia de la Virgen María —y sin querer sustraerse de la importancia de ese hecho—, a lo largo de dos páginas reflexionaba sobre el denigrante comercio que se estaba produciendo con las reliquias por toda Europa.

Honorio era consciente de que se estaba viviendo una auténtica fiebre en todo Occidente por la posesión y explotación de cualquier objeto santo. Las ciudades rivalizaban por hacerse con las más valiosas, pues aquellas que las conseguían llenaban sus arcas con rapidez merced al tránsito de peregrinos que, llenos de fervor, acudían desde lejanos lugares atraídos por ellas, llenando las posadas, inundando de generosos donativos a las iglesias y dando trabajo a muchos talleres de artesanía que no paraban, día y noche, de fabricar réplicas.

El Papa, tras haberlo meditado con toda serenidad y pasar muchas horas delante del sagrario de su capilla privada, había dejado escrita su firme y definitiva decisión. Cerca de mil doscientos años atrás, unos cristianos habían estado en el mismo trance que él, forzados a tomar una decisión sobre el destino de aquella extraordinaria reliquia. Decidieron esconder los pendientes junto al cuerpo de san Juan, discípulo predilecto de Cristo y protector de la Virgen tras la ascensión de su Hijo. Él haría lo mismo, pero los separaría: uno de ellos se enviaría a la basílica de San Juan y el otro a la basílica del Santo Sepulcro de Jerusalén, por ser los lugares donde habían sido enterrados su Hijo y su discípulo.

Inocencio era el único que conocía la existencia de ese diario. De hecho, no lo catalogó en su momento y decidió mantenerlo oculto —entre sus documentos personales y hasta comprobar la veracidad de sus revelaciones— antes de sacarlo a la luz pública.

—Carlo, ¿qué tal te has levantado hoy? ¿Se te han pasado esos desarreglos digestivos que te traían ayer a males?

Inocencio acababa de sentarse en un banco corrido, frente a la única mesa que había en el comedor del barco, con la intención de desayunar en su sexta jornada de travesía hacia Constantinopla.

—Bueno, esta noche he dormido de un tirón y no he necesitado levantarme para aliviar los retortijones de estos pasados dos días. Aunque no me encuentro bien del todo.

El marinero que hacía las funciones de cocinero se les acercó para ofrecerles el desayuno. Desde la primera noche a bordo, los dos estaban de acuerdo en que Paulino de Módena, que así dijo que se llamaba, además de servicial, era muy bueno guisando.

—Señores, esta mañana puedo ofrecerles un suculento plato de huevos pasados por agua con salchichas piamontesas bañadas en una deliciosa, aunque un punto picante, salsa de carne. De acompañamiento, he preparado unos boniatos al estilo de Módena, receta de mi tierra. ¿Se lo traigo junto con una jarrita de vino y una pieza de pan negro?

A Carlo se le torció el gesto al imaginar el efecto que podría producir toda esa comida en su frágil estómago y pidió sólo el pan, con una jarra de leche caliente.

Inocencio le observaba con lástima. Sus ojeras habían duplicado su tamaño y su piel lucía un preocupante tono grisáceo. Además, y aunque su secretario era de por sí delgado, tras esos dos días se estaba quedando en los huesos.

Él sí pidió una buena ración al cocinero. No recordaba haber comido nunca de la manera que lo estaba haciendo en ese viaje. La comida en Letrán era muy diferente a la de ese barco. Como en Roma siempre tenía compromisos a mediodía, casi nunca podía comer solo y a su elección. Lo más habitual era que los menús vinieran confeccionados de antemano y los platos a los que se enfrentaba eran unas veces excesivamente elaborados: en ellos se mezclaban tantos sabores que acababan sin tener uno propio.

No estaba habituado a una comida tan sencilla y sabrosa como la que estaba disfrutando esos días. En lugar de finos manteles de hilo bordado, vasos de cristal de Bohemia y cerámicas de Limoges, ahora lo hacía en una mesa de tosca madera, sin mantel, con platos de barro cocido y vasos de grueso cristal. Pero no sólo no le importaba nada, sino que además estaba encantado.

Él, Sinibaldo de Fieschi, había nacido en el seno de una familia muy rica y muy amiga de la del emperador Federico —contra el que estaba enfrentado en la actualidad— y, por tanto, nunca había conocido ambientes tan modestos. Lógicamente, la comida de esos marineros debía ser más sólida y nutritiva que la de Letrán, ya que debían enfrentarse diariamente a un intenso y duro trabajo a bordo.

Todo le sabía a gloria. Los guisos de cerdo, las judías estofadas con carne o los *tagliatelli* con setas eran algunos de los platos que había comido durante esos días, lejos del refinamiento y el boato al que estaba acostumbrado.

Ninguno de aquellos rudos y malhablados marineros podía imaginar que estaban compartiendo mesa nada menos que con el Papa de Roma. De haberlo sabido, seguramente no habrían blasfemado como acostumbraban ni se habrían atrevido a contar con todo lujo de detalles sus conquistas femeninas.

Durante las comidas se reían ostensiblemente, recordando sus hazañas con las mujeres que frecuentaban en los puertos donde amarraban, siempre deseosas de rebajar el peso de sus bolsas.

Para Inocencio, el viaje estaba resultando una oportunidad excepcional para conocer el mundo real de una forma directa, sin que nadie se lo filtrase, tal y como ocurría habitualmente. Pasados unos días, empezó, incluso, a participar en las conversaciones con la tripulación, disfrutando enormemente de ellas y opinando sobre cualquiera de los asuntos que iban surgiendo. Aquellos hombres, con su evidente falta de formación y cultura, le sorprendían, sobre todo, por su permeabilidad y apertura de miras. ¡Cuántas veces Inocencio había tratado de hacer apostolado con hombres mucho más inteligentes y formados que ésos, viendo cómo sus mensajes no eran capaces de penetrar en sus duros corazones! Y sin embargo, con aquellos sencillos marineros, durante esos días y desde su falsa condición de comerciante, estaba consiguiendo entender cómo funcionaba su corazón, cuáles eran sus anhelos y qué era lo que les importaba, de verdad, en la vida, cuáles sus creencias y cuán grande era su nobleza. Entendía que su Señor Jesucristo hubiese buscado a sus discípulos entre esa noble gente de mar. Lo que había llegado a aprender del interior del hombre durante esos días no había conseguido captarlo en los muchos años que llevaba viviendo en Letrán.

Una tarde, los dos hombres, paseando por la cubierta de la galera acompañados de una suave brisa, repasaban sus planes más inmediatos.

—Carlo, ¿te ha dicho el capitán a qué hora estima que lleguemos a Constantinopla mañana?

—Dice que si no se nos presenta ninguna complicación, podremos arribar a puerto antes del mediodía. ¿Habéis pensado qué haremos dos días en la capital del imperio, Santidad?

—¡Carlo, te recuerdo que tienes terminantemente prohibido llamarme de esa manera! Cualquier día, se te escapará delante de alguien y echarás a perder la misión.

Carlo se disculpó y prometió una vez más que trataría de evitarlo.

—Quiero visitar la basílica de Santa Irene, donde parece que está el original de nuestro mosaico de San Pablo Extramuros, y, por encima de todo, la catedral de Santa Sofía. Carlo, tendremos la oportunidad de conocer la más espectacular iglesia que se haya levantado nunca, la más grande de toda la cristiandad y la más bella de todas las que hayas visto. Desde hace años soñaba con pisar su suelo y contemplar como un peregrino más los magníficos mosaicos que decoran sus cúpulas, realizados con millones de teselas de cristal que, dependiendo de la cantidad y dirección en que inciden los rayos de luz sobre ellas, producen unos espectaculares destellos de colores y unas impresionantes series de brillos que resultan grandiosos, según me han relatado los afortunados que la han visto. Aprovecharemos el tiempo para hacer una discreta, pero intensa, visita cultural. Después de la toma de la ciudad por nuestros cruzados en 1203, muchos de los monumentos fueron quemados o destruidos, y algunas estatuas fueron llevadas a ciudades francas, aunque la mayor parte, junto con infinidad de reliquias, acabaron en Venecia. Pero aun así, restan una infinidad de magníficos lugares muy dignos de ver. Carlo, ¡te gustará! Eso sí, espero que para mañana estés totalmente recuperado, porque de no ser así, tendrás que quedarte en el barco.

A la mañana siguiente y a primera hora, la galera había atravesado el estrecho de los Dardanelos y enfilaba su proa en dirección nordeste, para llegar hasta el inicio del estrecho del Bósforo, donde se encontraba la grandiosa Constantinopla, deslizándose por el mar de Mármara.

A medio día, con el sol completamente perpendicular a ellos, y tras bordear la orilla izquierda del pacífico mar, apareció majestuosa ante todos la mágica ciudad de Constantinopla, con sus siete colinas y su serpenteante muralla, jalonada por más de trescientas torres.

Toda la tripulación se dispuso a admirar en silencio, una vez más, aquella imagen de la ciudad. Se decía que, desde el mar, y justo desde el punto donde estaban, se tenía la vista más bella. Por eso, y aunque la habían admirado en multitud de ocasiones, nunca llegaban a cansarse de contemplar la soberbia imagen de las cúpulas de la catedral de Santa Sofía, destacando entre las de otras muchas iglesias, brillando entre bellos edificios y palacios.

Carlo, al igual que el resto de la tripulación de *Il Leone*, contemplaba el fantástico perfil de la ciudad que contrastaba con el fondo azulado, resultado de la casi indistinguible unión entre el celeste firmamento y un reposado y espléndido mar.

Carlo escuchaba las explicaciones que Inocencio daba sobre la ciudad, que en su momento había sido la capital del mundo y que incluso, y de boca del propio emperador Constantino —al que debió su nombre—, fue llamada «la nueva Roma».

—La ciudad fue fundada en tiempos del rey David, unos mil años antes de Cristo, y conquistada por los romanos unos doscientos años antes también de Cristo. Pero no sería hasta el año 330 cuando fue nuevamente liberada por el emperador Constantino, que ordenó levantar una ciudad de nueva planta destinada a ser capital de su imperio. Tomó mucho más protagonismo cuando los visigodos invadieron Roma. Entonces Constantinopla pasó a ser, verdaderamente, la nueva Roma. Su máximo esplendor llegó con el emperador Justiniano, hacia principios del siglo VI. Él hizo levantar la catedral de Santa Sofía para reforzar la imagen de la ciudad como centro de cristiandad para todo el mundo oriental. Pero eso ya lo veremos más tarde. ¿Te encuentras ya bien?

—¡Perfectamente, mi señor! Creo que ya se han vuelto a colocar en su sitio todas las tripas y puedo hacer vida normal.

—¡Carlo, me alegra poder contar contigo, ya que nuestra aventura comienza ahora! Aunque en Roma no contábamos con esta escala, la aprovecharemos para investigar sobre aquel icono que nos llegó desde Constantinopla, y que recordarás que coloqué en una de las capillas de San Pablo Extramuros.

Pasada apenas una hora, el barco alcanzaba uno de los muelles del abarrotado puerto de Constantinopla, en pleno Cuerno de Oro. Con maestría, el capitán atracaba *Il Leone* entre dos barcos de menor calado, uno de ellos con bandera de la Corona de Aragón y otro con la genovesa.

A preguntas de los dos romanos, y a punto de abandonar la galera para conocer la ciudad, el capitán les dijo que hasta la mañana siguiente no les podría dar todos los detalles sobre la travesía final hasta Esmirna. Sólo les informó de que saldrían a primera hora de la mañana, antes de la salida del sol.

Una vez solo, el rudo capitán comenzó a dar a la tripulación las instrucciones precisas para que iniciaran con rapidez la descarga de toda la mercancía, que ocupaba más de la mitad de las bodegas del barco.

Carlo e Inocencio se dirigieron hacia el interior de la ciudad, atravesando primero unas callejuelas estrechas, repletas de pequeños comercios —la mayor parte pescaderías, a modo de pequeños tenderetes de lona y madera—, que apenas dejaban espacio libre para circular. A base de muchos empujones y a duras penas, iban ganando terreno, Inocencio primero y Carlo detrás, ante la imposibilidad de ir los dos juntos, debido a la cantidad de gente que abarrotaba las calles. Avanzaban embutidos en una masa humana, buscando la plaza que tenía que situarles en la entrada principal de la iglesia de Santa Irene, cerca de la catedral de Santa Sofía, tal y como les habían indicado en el puerto.

Habían avanzado un buen trecho, y aunque iban separados, Carlo, que guardaba una distancia mínima de seguridad con el Papa, consiguió evitar que Su Santidad fuera robado, propinando con todas sus ganas una patada a la espinilla de un sucio jovenzuelo, tras descubrirle en el preciso instante en que estaba introduciendo una mano entre sus ropas para hacerse con la bolsa donde el Papa llevaba todo el dinero.

—¡Vaya granuja!, se me había pegado como una lapa y, en un primer momento, no he visto su intención. ¡Gracias, Carlo! Eres como mi ángel de la guarda. Me habían advertido que tuviésemos cuidado con los ladrones, pues la ciudad está infestada de ellos. Pero me he descuidado. El paseo por esta sorprendente ciudad ha anulado completamente mis sentidos. Recuerdo que dos cardenales italianos de visita en Roma me contaron que habían llegado a sentirse totalmente embriagados callejeando por Constantinopla, hasta el punto de perder casi por entero la conciencia. Y te digo, Carlo, que una vez aquí reconozco que me he sentido igual. La suma de sus colores, sus sonidos y sobre todo sus olores son como una borrachera para los sentidos. Al principio, pensé que nunca me iba a abandonar el penetrante olor a pescado que nos acompañó desde que dejamos el puerto y en las primeras calles; pero desde que cruzamos esa plaza, donde estaban los vendedores de cestos, cada calle me ha cautivado con un aroma diferente.

Constantinopla reunía en sus callejuelas todos los perfumes del mundo. Habían atravesado una pequeña ronda abarrotada de puestecillos que vendían esencias, donde al principio dominaba un dulce aroma a jacinto, que más adelante se mezclaba con olor a sándalo, y que terminaba con una fragancia de rosas. Los cálidos rayos del sol cosquilleaban los millones de jazmines que trepaban por muros y paredes de casas o mansiones, que, ante su cálido efecto, devolvían su tributo al ambiente con un generoso aroma que reconfortaba el alma de cualquier transeúnte. Sin haberse sobrepuesto a tan variada exposición a sus sentidos, en otras calles volvieron a recibir nuevos impactos provenientes de otros puestos, que mostraban cientos de cestas multicolores con especias traídas desde los más remotos lugares de Oriente: nuez moscada, pimienta negra, clavo o vainilla. Aquellos condimentos combatían entre ellos por ocupar su particular espacio en el aire que respiraban, y que casi los aturdían.

No sólo el olfato y la vista se habían visto estimulados durante su recorrido, también el tacto. Empujones, pisotones, vendedores de paño amarrados a sus brazos queriendo arrastrarlos hacia sus puestos, o decenas de chiquillos tirando de sus túnicas para recibir una moneda o cualquier otro objeto posible. También las palmas de sus manos habían sido interpretadas por gitanas y videntes que iban al asalto de extranjeros y hombres de apariencia acomodada.

Después de abandonar aquel laberinto de callejuelas y plazas alcanzaron una plaza de enormes dimensiones, cerrada a su izquierda por el magnífico palacio del emperador de

Bizancio, el más monumental y lujoso recinto imperial de todo Occidente hasta el devastador ataque cruzado, que parecía haberlo dejado bastante deteriorado. Tras preguntar, les indicaron que la iglesia de Santa Irene estaba justo a la derecha y a la vista de donde se encontraban.

—Fíjate, Carlo, en su monumentalidad. ¡Es grandiosa! He deseado ver antes esta iglesia porque fue la primera de gran tamaño que se levantó en esta ciudad. Constantino fue su impulsor, y como podrás observar, a pesar de que han pasado por sus piedras más de seiscientos años, no ha perdido todavía su majestuosidad. ¡Vayamos a verla!

Se mezclaron entre un numeroso grupo de personas que, como ellos, entraban por uno de sus laterales para visitarla. Su interior se repartía en dos grandes espacios cuadrangulares. A su izquierda y al fondo quedaba un ábside rematado con una cúpula semiesférica y, un poco más cerca de ellos, una gran cúpula que daba fe de la ambición de sus constructores. Aquí y allá subsistían fragmentos desiguales de mosaico, dando una idea de la increíble decoración que en su momento habría enriquecido sus paredes y techos.

Inocencio sabía que muchos de ellos habían sido saqueados durante la cuarta cruzada. Al comprobar su lamentable estado, dudó encontrar el de la Virgen en mejores condiciones. Se dirigieron a su derecha y entraron en un grandioso atrio cuadrangular bordeado de numerosas capillas. Llenos de ansiedad, fueron recorriéndolas hasta dar con una, en el eje de la nave principal, que mostraba los restos del famoso mosaico. Le faltaban más de la mitad de las teselas y apenas se distinguía su dibujo original, pero Inocencio estaba seguro de que se encontraba frente al auténtico.

—Carlo, fíjate en su colorido. Han pasado cientos de años y sigue mostrando esa intensidad única, ese mágico contraste, que lo hace tan especial. —Un hombre de aspecto judío se les acercó con intención de aprovechar las explicaciones de aquel hombre, que parecía saber de lo que hablaba—. Aún se distinguen perfectamente los rasgos del Niño y las manos de la Virgen, los colores de la tela de su vestido y parte de su corona.

—¡Pero ni rastro de los pendientes! —Carlo alzó bastante la voz, desilusionado ante su aspecto deteriorado.

El judío, que acababa de escuchar aquellas palabras, se les acercó con descaro para oír mejor. Habían mencionado unos pendientes. ¿Se trataría de los mismos que ellos llevaban tanto tiempo buscando?

—Carlo, te aseguro que los vamos a encontrar y pronto. —Inocencio se percató de la cercanía de aquel desconocido y bajó la voz, guardando una mayor precaución—. Estamos a un solo paso de tenerlos en nuestras manos y verlos mucho mejor que en un mosaico. ¿Te imaginas poder venerar los pendientes que llevó la Virgen María? Tendríamos en nuestro poder su única reliquia conocida y la más grande de todas las contemporáneas de la vida de Nuestro Señor. ¡Ya falta poco, Carlo! En sólo unos días lo conseguiremos. Pero, de momento, sigamos con nuestras visitas y vayamos a Santa Sofía. Aquí poco nos queda por descubrir ya.

El indiscreto personaje había oído a medias lo último que acababa de decir aquel hombre de aspecto romano, pero entendió perfectamente que iban a encontrar los pendientes pronto, que también él y sus hermanos buscaban. Llevaban años tratando de localizar su pista. Para ellos suponían estar más cerca de su fin máximo y desencadenar la profecía. Su comunidad de hermanos de la luz le había designado para encabezar la búsqueda. En ocasiones acudía hasta esa iglesia para meditar frente al mosaico qué nuevas vías de investigación debía emprender. Casualmente aquel día habían aparecido aquellos hombres que, a diferencia de los muchos que visitaban el templo, parecían saber más cosas incluso que él. Sin dudarlo, decidió que no se iba a separar ni un minuto de aquellos extranjeros hasta averiguar quiénes eran y adónde iban. Guardando una prudente distancia, empezó a seguirles en su camino hacia Santa Sofía, que apenas distaba doscientos pasos de Santa Irene.

Ignorando aquella circunstancia y tras un corto recorrido por una enorme explanada, Inocencio se paró a contemplar la majestuosa basílica de Santa Sofía con sus numerosas cúpulas, tan altas como ninguna otra iglesia del mundo las tenía.

—¡Gracias, Dios mío, por haberme permitido ver tan especial espectáculo! —Inocencio golpeó el hombro de su acompañante—. ¡Carlo, estás frente a la iglesia de la Divina Sabiduría, Sancta Sophia en latín, o Hagia Sofia en griego! Como te digo, su nombre no recuerda ninguna advocación a una santa, sino que en ella se venera la misma Sabiduría Divina, la Inteligencia Trascendente, el mayor de los tesoros que pueda existir en el mundo, el pleno conocimiento, la comprensión máxima.

Mientras iban acercándose hacia lo que parecía su entrada principal, cientos de peregrinos de las más variadas condiciones se dirigían desde todos los ángulos de la plaza hacia el mismo punto.

Por delante, y a escasa distancia de ellos, se detenía una lujosa silla de manos, completamente cerrada y transportada por cuatro siervos. De ella descendió una mujer de nobles atuendos seguida por dos damas de compañía, lo que llamó la atención inmediatamente de todos los que estaban esperando para entrar. En pocos segundos, las tres mujeres alcanzaban la puerta, adelantándose sin pudor a todos los que allí esperaban. No lograron ver quién era, pero una nube de preocupación invadió de pronto al papa Inocencio.

—¡Debemos pasar totalmente inadvertidos, Carlo! ¡En este lugar podría haber gente que me reconociese!

Tras atravesar la puerta exterior llegaron al primer nártex, que, a modo de cámara estrecha, recorría todo el ancho del edificio. Sus paredes estaban desnudas. Al atravesar el segundo nártex, o cámara interior, se empezaron a maravillar por el revestimiento de mármol de sus paredes y por su techo abovedado, recubierto de bellísimos mosaicos geométricos, estrellas y cruces ribeteadas de oro. Desde lejos, el hombre seguía espiando todos sus movimientos.

—Estas cámaras son atrios o lugares de purificación, donde el alma que llega impura desde el exterior debe desprenderse de las sombras que le ciegan a la contemplación de la Verdad. Esas manchas son el egoísmo, el orgullo, la ambición o el ansia de poder, pues sin ellas debe entrar el alma en la casa de Dios: limpia y purificada. Estos, y otros muchos pecados, son los que enturbian la mirada del hombre, e impiden que vea la luz de Dios.

Inocencio se agarró en ese momento del brazo de su secretario y ambos se retiraron hasta uno de los extremos del nártex para seguir hablando tranquilamente, evitando estar en medio del tránsito de visitantes antes de entrar definitivamente en la nave principal.

—Los constructores bizantinos fueron los primeros con la suficiente capacidad técnica para levantar estos impresionantes templos, que trataban de acercar a los hombres al cielo. Nosotros hemos conocido los templos románicos, oscuros y fríos por definición, con paredes gruesas y ventanas estrechas. Aquí aprendimos nuevas técnicas de construcción que han permitido que nuestras iglesias asciendan también al cielo. Sus paredes se han adelgazado y se han abierto en ellas grandes ventanales que permiten, por fin, la entrada de la luz. Con este estilo se está levantando actualmente la que será la catedral de París, en la isla del Sena, que va a ser ofrecida a Nuestra Señora, Notre Dame en francés.

»Bueno, como te digo, aquellos maestros las diseñaron para que estas iglesias fueran lugares grandiosos, amplios y sobre todo muy altos y llenos de luz. La luz divina ilumina así el alma del hombre que acude, minúsculo y lleno de miserias, a comunicarse con lo más elevado y eterno, con Él.

—Perdonad, mi señor, pero tengo una duda: ¿tiene algún sentido que dos salas precedan al templo?

Carlo se reconocía completamente lego en asuntos artísticos. Durante su juventud había tratado de ser un simple y humilde cisterciense, pero pronto empezó a hacerse patente su extraordinaria inteligencia a los ojos del abad, que informó a sus superiores, y éstos a otros, hasta que le propusieron, sin haber cumplido los treinta años, para la secretaría del recién elegido Inocencio IV. Superó a otros candidatos de mucha más experiencia y peso político que él, que también deseaban servir a Dios ejerciendo esa importante función. Inocencio eligió a Carlo y adoptó para con él, casi desde el principio, una actitud muy paternalista, sin dejar de ser terriblemente exigente.

—Pues sí, mi querido Carlo. En efecto, en muchos templos te encontrarás con dos antesalas, atrios o nártex, que sirven de recordatorio para todas las almas que desean entrar en la casa de Dios de que primero deben despojarse del lastre que suponen sus pecados, de toda miseria humana, o como simbólicamente yo diría, del polvo del camino que les ata al mundo, a la tierra. En esta primera cámara el hombre debe lavar sus culpas. Digamos que es como una cámara de limpieza. Y por eso, si te fijas, casi siempre verás que está sin decorar, pues esa sala simboliza un lugar de transición, limpio, donde el peso de lo humano es mayor aún que lo divino. En la segunda, en la que estamos, se debe producir la renuncia a uno mismo, a su yo. Para llegar a Él, hay que morir a uno mismo. ¿Entiendes qué quiero decir?

—Sí, Santidad… perdón, mi señor. Es la cámara donde uno debe renunciar a su persona. En la primera el alma se limpia de toda mancha terrenal, y en la segunda se debe morir a todo lo que uno representa para entrar, humildemente, en la casa del Señor. Por eso, en la cúpula, están representadas muchas cruces; son símbolos de muerte y sacrificio.

—Se te perdona lo de «Santidad» pero sólo porque has entendido a la primera estos importantes significados. Pasemos al interior. ¡Estoy deseando verlo!

Inocencio se adelantó a su secretario y traspasó la puerta, llamada imperial, que les separaba de la impresionante nave central.

Inocencio conocía perfectamente la basílica, incluso sin haberla visto antes. Había leído todo lo que se había escrito sobre ella. Además, había escuchado los relatos de cardenales muy próximos a él que, tras visitarla, la habían descrito con tantos pormenores, externa e internamente, que casi le parecía haberla recorrido infinidad de veces en su imaginación, deleitándose en cada rincón y con cada detalle.

Al entrar en la nave, el primer golpe de luz no les permitió contemplar la magnitud de lo que allí les esperaba, pero apenas unos segundos después, se descubría ante sus ojos una impresionante base cuadrangular, con una enorme cúpula central que parecía estar flotando en el aire, ante una aparente falta de pilares, y otras dos medias cúpulas, una anterior y la otra posterior a la principal. Estaban tan asombrados de sus magníficas dimensiones que Inocencio recordó una expresión que se ajustaba a la medida del momento.

—Carlo, recuerdo haber leído que cuando el emperador Justiniano la vio terminada, exclamó: «¡Gloria a Dios por haberme juzgado digno de una obra semejante! ¡Oh Salomón, te he superado!». Y ahora entiendo el porqué de sus palabras. ¡Fíjate! A primera vista, la cúpula central parece que está suspendida en el aire. Sólo, con más detenimiento, se puede ver que su peso está repartido entre las otras cúpulas y sobre cuatro nervaduras, y que éstas se apoyan sobre cuatro grandes pilares que están ocultos bajo los muros. ¡El efecto es sorprendente!

Se fueron adentrando en el interior de la gran basílica, admirando las enormes proporciones de aquella cúpula de la que salían cientos de destellos de colores por efecto de la luz, que entraba desde distintos puntos y se reflejaba en los millares de cristales que adornaban su superficie.

—¿No os parece, Santidad, que es como si estuviéramos contemplando el mismísimo cielo en una de esas noches estrelladas? Es como si tuviésemos encima de nosotros la gran cúpula celestial, recorrida por miles de brillantes estrellas.

Inocencio estaba absorto ante el magnífico espectáculo que surgía desde lo más alto de la basílica, y por eso no se llegó a fijar en la noble mujer que había entrado en la basílica con su dama de compañía, un momento antes que ellos, y que, ahora, permanecía a escasa distancia de él, observándolo. La mujer se estaba aproximando cada vez más a ellos, hasta que finalmente, y de una forma decidida, se colocó justo a su lado.

—¿Santidad?

La mujer quería saber si ese hombre que se parecía tanto al papa Inocencio IV era o no el que creía. ¡A ella le parecía que sí! Había estado en tres o cuatro ocasiones hablando con él, la última hacía sólo un año, en recepciones privadas en Roma, y en una o dos ocasiones más, durante una de las visitas que éste había realizado a Génova, ciudad donde ella residía y de la que era la duquesa. Tenía dudas cuando lo vio de lejos, pero ahora, a su lado, estaba segura de que ese hombre era Inocencio IV. Ella no olvidaba una cara, aunque no le cuadrara la ropa tan peculiar que vestía, que no se correspondía con la imagen de un sumo pontífice.

Inocencio, sobresaltado al verse reconocido, miró a la dama y se acordó de quién era al instante: la duquesa de Génova.

—Disculpadme, pero me temo que os habéis equivocado, señora. Soy sólo un simple comerciante romano de visita por esta bella ciudad.

La duquesa no daba crédito a sus palabras, pues a medida que se iba fijando más en él, más segura estaba de que era el mismo Papa.

—Santidad, no puedo creeros. ¡Sé que sois vos! Hasta en la voz os reconozco. Y es que, además, estoy notando que también vos sabéis perfectamente quién soy yo. ¿No es verdad? —La duquesa, emocionada, estaba levantando cada vez más la voz, provocando el interés de muchos de los visitantes del templo, que, atraídos por la conversación, estaban empezando a arremolinarse.

—Perdonad, señora, pero repito que estáis equivocada. Reconozco que no es la primera vez que me confunden con el Papa y por ello no me resulta extraña, ni me molesta, vuestra insistencia; pero me temo que sólo estáis delante de un modesto comerciante que se dedica a comprar tejidos por estas tierras, para venderlos luego entre Roma y Venecia. ¡Ésa es toda mi historia!

El corro de curiosos estaba creciendo con rapidez, ante la sorprendente idea de tener allí al mismísimo Papa de Roma. A los dos hombres les estaba invadiendo una terrible ansiedad por salir de allí al ver aquel incesante flujo de personas que estaban reuniéndose a su alrededor.

—Santidad —la duquesa insistía—, os estaría eternamente agradecida si me permitís asistir a la misa que seguro vais a oficiar en esta santa basílica.

—Mirad, señora, no sigáis con ello. Vuestra insistencia me parece un poco excesiva. ¡De verdad que no soy la persona que vos creéis! ¡Dejémoslo así! Además, lo cierto es que tenemos un poco de prisa y debemos irnos ya. ¡Lo sentimos!

Debían salir de allí inmediatamente, antes de que se complicaran más las cosas. Se despidieron de las damas con brusquedad y se dirigieron hacia la puerta, por donde acababan de entrar hacía escasos minutos.

Aquel hombre que desde hacía un buen rato no se había despegado de ellos pudo escuchar casi toda la conversación confundido entre el grupo de curiosos. Si resultaba cierto lo que acababa de oír, sus perseguidos eran todavía mucho más interesantes que lo que había sospechado.

Se acercó a las damas al instante de haberse quedado solas, estudiando el gesto de perplejidad de la duquesa de Génova, que no terminaba de entender por qué Su Santidad se había negado a reconocerse como tal.

—Perdonad, señora. He escuchado en parte la conversación que manteníais con esos caballeros y, si no he entendido mal, me ha parecido que vos habéis creído reconocer al mismísimo Inocencio IV. ¿Estáis hablando del pontífice romano?

—¡Con toda seguridad, caballero! Era él, no me cabe ninguna duda. Lo que no entiendo es qué hace aquí de incógnito.

El hombre no había terminado de escuchar las últimas palabras y ya se dirigía, veloz, tras las huellas de aquellos dos escurridizos romanos. Los localizó nada más salir al exterior. Se dirigían a buen paso hacia el centro urbano. Si no se daba prisa, era fácil que se le perdiesen entre los abundantes transeúntes que, a esas horas, abarrotaban las calles comerciales, por lo que decidió acelerar el paso, tratando de no perderles de vista en ningún momento. Antes de terminar la primera calle, y previamente a que entrasen en la zona más transitada, el hombre ya se encontraba a muy corta distancia; los seguía con la mayor precaución para evitar ser visto.

Al principio los dos hombres no daban más de veinte

pasos sin que alguno se volviese a mirar, tratando de saber si alguien les seguía. Pero pasadas varias manzanas de casas, y sabiéndose ya lejos de la basílica, empezaron a hacerlo con menos frecuencia.

El judío, que en todo momento estudiaba sus reacciones, trataba de no perderles, guardando una distancia prudencial. De este modo recorrieron bastantes calles, hasta que llegaron a una explanada, justo al lado del puerto. Los dos hombres, ya más tranquilos, redujeron el paso y se encaminaron hacia un muelle donde estaban amarrados unos buques. Después de pasar por delante de varios, ascendieron por la rampa de una galera de nombre *Il Leone*, de bandera veneciana, y desaparecieron de la vista del judío.

Éste esperó unos minutos para acercarse al barco. Identificó al que parecía ser su capitán, pues andaba azuzando a dos hombres para que terminasen de cargar unos sacos en un carro que estaba al lado de la galera. Se acercó a hablar con él.

—Buenas tardes. Mi nombre es Isaac Ibsaal. ¿Sois vos el capitán de este barco?

—Con él estáis hablando. ¿Puedo ayudaros en algo? —contestó el capitán, observando a aquel hombre enjuto.

—¡Posiblemente! Necesito partir de viaje con urgencia y estoy buscando un medio de transporte rápido. Como vuestra galera parece muy veloz, me he animado a acercarme a ella para saber hacia dónde tenéis previsto viajar.

—Mañana zarparemos a primera hora hacia Esmirna. Tras dejar la carga allí y recoger nueva, partiremos a Venecia. No sé adónde pretendéis ir vos, pero siento deciros que no admito pasaje. Esta galera sólo se dedica al transporte de mercancías.

—¿A Esmirna? ¡Perfecto! Es justo donde deseaba ir. —El judío sacó una bolsa llena de monedas y, sin mediar palabra, se la puso en la mano. El capitán compuso un gesto lleno de asombro—. Podéis contarlo, pero creo que hay suficiente oro para aliviar todas las molestias que os pueda causar como pasajero.

El capitán abrió la bolsa y, al ver su contundente contenido, la volvió a cerrar y la metió en su jubón.

—Señor Isaac, considerad este barco como vuestra propia casa. Bienvenido a *Il Leone*. Estáis delante de la galera más veloz que pueda surcar el Mediterráneo. En mi barco llegaréis a Esmirna antes que con cualquier otro que hoy pueda estar atracado en este puerto. —Le dio la mano e instintivamente tocó la bolsa oculta bajo su jubón—. Si lo deseáis, podéis pasar incluso la noche en él. Si no os conviene, sólo necesitáis saber que os espero mañana, para partir al alba. —Le ofreció nuevamente la mano como signo de conformidad.

—Gracias por vuestro ofrecimiento, pero debo concluir algunos asuntos antes de mi partida. ¡No os preocupéis! Antes de la salida del sol, me tendréis por aquí.

El judío se despidió finalmente del capitán, estrechándole con fuerza la mano.

Tras cruzar nuevamente la zona del mercado, Isaac llegó hasta un pequeño local donde se servía el mejor té verde de Constantinopla. Allí localizó a un grupo de tres hombres que estaban fumando y hablando acaloradamente en hebreo. Uno de ellos, el que lucía una luenga y pelirroja barba, al verle, le saludó, agarró una silla y se la acercó para que se sentase junto a ellos.

—Pero ¿dónde te habías metido, hermano Isaac? Habíamos quedado en vernos aquí hace ya tiempo y no aparecías. ¡Nos tenías bastante preocupados!

Isaac mandó que bajasen la voz y les pidió que se acercasen más a él, para contarles algo importante.

—¡No os lo vais a creer, pero acabo de ver al Papa de Roma y sabe lo de los pendientes!

El de la barba pelirroja, al oír la noticia, se sobresaltó de tal manera que, sin querer, empujó la taza de té que tenía justo delante, derramando todo su contenido en el regazo del que tenía a su lado. Éste empezó a quejarse de forma ruidosa.

—¡Calla, Ismael, y deja de protestar! —le increpó el barbudo, que se llamaba David—. Escucha a Isaac, que esto parece serio.

—He querido ver, una vez más, el mosaico que todos conocéis de la Madre del Nazareno en la iglesia de Santa Irene, para encontrar alguna nueva pista que nos diera su localización. Y cuál sería mi sorpresa cuando escuché a unos extranjeros que estaban allí hablando de sus pendientes. Como sabéis, el estado de deterioro del mosaico impide identificar el rostro de la imagen; por tanto, aquellos hombres, y por el motivo que sea, conocen su existencia al igual que nosotros.

—¿Cómo puede ser que alguien más sepa de ellos? —pensó en alto David.

—Lo desconozco, pero aún me resultó más sorprendente que parecieran estar seguros de poder hallarlos. Lógicamente, he empezado a seguirles a partir de ese momento, y su siguiente parada ha sido Santa Sofía.

—Has dicho que uno de ellos era el papa Inocencio, ¿cómo lo has averiguado? —Ismael era algo más lento de reflejos que el resto.

—Te contesto, hermano, siguiendo con mi relato. Unas mujeres, también extranjeras que visitaban aquel templo, parece que reconocieron casualmente a uno de los hombres, y pude presenciar, de cerca, la extraña situación que se desencadenó. La más noble de ellas aseguraba que se trataba del papa Inocencio IV aunque no llevase sus hábitos. Me acerqué a ellas para confirmar lo que había escuchado, después de que los otros decidieran abandonar la iglesia apresuradamente al verse reconocidos.

—¡El Papa latino en Bizancio! Me pregunto qué puede

estar haciendo por estas tierras, donde sabe que no es bien recibido. Si únicamente ha venido por los pendientes, sus motivos por hacerse con ellos tienen que ser muy distintos a los nuestros. —David, preocupado ante la novedad de tener aquella ilustre y seria competencia por la posesión de los pendientes, quiso hacer esa reflexión, antes de dejar continuar a Isaac con su relato.

—Tampoco yo lo sé, David —contestó Isaac—, pero está claro que quiere viajar de incógnito. Fijaos que, en cuanto ha sido reconocido por aquella mujer, ha salido huyendo como de la peste. Al salir de Santa Sofía, les he seguido por toda la ciudad hasta que se han metido en un barco veneciano, amarrado en el puerto, que he sabido que sale para Esmirna mañana. Y sin dudarlo, he comprado un pasaje para viajar con ellos. —Hizo una breve pausa, para aclararse la garganta con un sorbo de aquel delicioso té—. Creo, hermanos, que debemos seguirle hasta saber lo que pretende. Estoy seguro de que lo que ha venido a hacer en Constantinopla, o lo que vaya a hacer a Esmirna, lo quiere llevar en completo secreto. Por eso, y como no me han visto, partiré con ellos en el barco, a primera hora de la mañana.

Todos los presentes dieron su conformidad.

—¿Quieres que te acompañemos a Esmirna, Isaac? —le preguntó Ismael.

—No, en absoluto. Creo que deberíais quedaros aquí, siguiendo nuestras propias pistas. Además, en el barco no dejan llevar a pasajeros. ¡Me ha costado una fortuna conseguir que el capitán me admitiera! Tenemos que actuar con mucha prudencia. Nadie debe averiguar el motivo último que mueve nuestro interés por poseer esos pendientes. Como sabéis, casi nadie conoce nuestra existencia, y así deberíamos seguir el mayor tiempo posible. Como esenios, pretendemos y anhelamos ver la llegada del gran momento final, cuando tengamos en nuestro poder todos los objetos sagrados. Pero en esta empresa, tan trascendental como delicada, debemos movernos con extremo cuidado.

—De acuerdo, nosotros seguiremos con lo nuestro, pero ten mucha precaución, hermano Isaac. Si te ves necesitado de ayuda, te recuerdo que tenemos una pequeña comunidad de hermanos esenios en Éfeso.

—Muy bien, David. ¡Lo tendré presente! Ahora me voy a buscar ropa y dinero para mi partida. Le he dicho al capitán que embarcaría mañana, aunque me ofreció dormir esta noche en el barco. Estoy pensando que podría ser más conveniente que pase esta noche allí. Así tendré vigilados a los dos hombres.

Se tomó el té de un trago, se levantó y se despidió de todos.

—¡Que el Dios de la luz te ilumine en tu viaje, Isaac! —le despidió Ismael.

—¡Que así sea, hermano!

En ese momento, dentro de *Il Leone*, Inocencio hablaba en el camarote con su secretario Carlo.

—¡Qué mala suerte hemos tenido! Esa fastidiosa mujer se ha dado cuenta de quién era y por poco provoca una gravísima crisis diplomática y religiosa. ¡Imagínate el lío que se puede montar si el patriarca de Constantinopla se entera de que el Papa de Roma está en sus dominios, sin avisar, y disfrazado de comerciante! ¡Ríete de las consecuencias que podría acarrear!

—¿Piensa Vuestra Santidad que una indiscreción de la duquesa podría poner en peligro nuestro objetivo?

—Carlo, no conozco a la duquesa de Génova más que de vista, durante alguna recepción, y no en más de dos o tres ocasiones. Pero sé, por otros que la conocen bien, que en

Génova tiene fama de no poder guardar un cotilleo. Por tanto, debemos asumir que sólo será discreta si, por casualidad, no conoce a nadie en Constantinopla, lo cual no lo podemos saber. En todo caso, debemos prepararnos para lo peor, y por ello lo más prudente es que no salgamos del barco hasta que partamos mañana hacia Esmirna. Creo que es lo más sensato, dadas las circunstancias.

—¡Como ordenéis, Santidad!

Los dos pasajeros estuvieron el resto de la tarde sin salir de su camarote, aprovechando la tranquilidad que reinaba en el barco para celebrar misa y para planificar sus movimientos en Éfeso. Ya estaba anochecido cuando llamaron a su puerta para avisar de que la cena estaba preparada. Salieron del camarote y fueron directamente al comedor. Al abrir la puerta, se sorprendieron al encontrar sentado a la mesa al capitán hablando con un desconocido. Al verles entrar, el capitán se volvió hacia ellos.

—Buenas noches, señores. Esta noche nuestro cocinero Paulino nos ha preparado un suculento menú. ¡Sentaos con nosotros, caballeros!

Tomaron asiento sin dejar de mirar a aquel hombre de pelo rizado y nariz aguileña, que hacía lo propio con ellos.

—Os presento al señor Isaac… —se volvió hacia él—, perdonad, pero no recuerdo cómo era vuestro apellido.

—Isaac Ibsaal —contestó el desconocido.

—El señor Ibsaal va a acompañarnos hasta Esmirna. Debe acudir allí urgentemente, y me ha solicitado que le hiciera el favor de llevarle en nuestra galera. Os aseguro que es muy convincente, y no he sabido negarme, aunque le expliqué repetidamente que este barco es mercante.

Inocencio extendió su mano para estrechársela.

—Mi nombre es Sinibaldo de Fieschi, soy romano y voy en viaje de negocios. Os presento a mi compañero, Carlo

Brugnolli. Ambos viajamos a Éfeso para realizar unas compras. Por cierto, ¿de dónde sois vos, caballero?

Se sentaron en los bancos que quedaban libres.

—Soy de Antioquía, aunque toda mi familia procede de Jericó. Mis padres tuvieron que huir de allí cuando entró Saladino con sus tropas y tomó la ciudad. Teníamos bastantes tierras entre Jericó y el mar Muerto, pero las perdimos a manos de los egipcios y tuvimos que emigrar hacia el norte.

Paulino de Módena entraba en ese momento con dos grandes fuentes de comida que dejó en la mesa.

—Os he preparado, de primero, unas deliciosas migas de atún con aceite de oliva y unas tostas de trigo con sésamo. Para el que se quede con hambre, le espera un segundo plato, también muy bueno: sardinas escabechadas del Adriático.

—¡Bravísimo, Paulino! Eres un maestro en la cocina. Sólo queda que nos traigas, para acompañar esta estupenda cena, un par de jarras de vino blanco, bien fresquitas, y así nos harás plenamente felices —comentó el capitán, que ya se había animado y puesto una buena porción de atún encima de una gran tosta—. ¡Estoy hambriento! No sé vosotros, pero os invito a empezar a comer, sin timideces. Yo no respondo si luego os queda poco. ¡Tengo tanta hambre como si no hubiese comido en cien años!

Los cuatro comensales atacaron sin misericordia las dos fuentes comprobando, una vez más, las habilidades culinarias del virtuoso de Módena.

Inocencio, mientras tanto, trataba de observar algún detalle en el rostro de aquel hombre que le ayudase a captar sus posibles intenciones, ya que en su interior algo le estaba diciendo que no era de fiar. Había algo en su mirada, en aquellos profundos ojos negros, que le producía una creciente inquietud.

Una vez que habían acabado con el atún, Paulino trajo una enorme fuente de barro llena de sardinas, que despren-

318

dían un aroma delicioso. Se sirvieron unas buenas raciones en cada plato, y mientras daban cuenta de ellas, Inocencio, rompiendo el silencio, preguntó a Isaac:

—He entendido, por lo que nos habéis contado, que sois judío. ¿Estoy en lo cierto?

—Estáis en lo cierto. En efecto, llevo sangre judía, que se ha mantenido pura durante muchísimas generaciones. Mi familia ha conservado y transmitido, con mucho celo, una larga y viva tradición oral desde entonces y, gracias a ello, podría ser capaz de relataros la historia de mis antepasados, uno a uno, desde por lo menos doscientos años antes de vuestra era hasta la fecha. Pero me temo que os aburriría.

—Seguro que vos lo haríais ameno, pero no creo que tuviéramos tiempo suficiente para escuchar la vida, calculo a ojo, de por lo menos cuarenta generaciones —intervino Carlo.

—Cuarenta y seis, para ser exactos. Pero no temáis, no tengo ninguna intención de hacerlo.

—Y si no es mucha indiscreción, ¿cuál es el motivo de vuestro urgente viaje a Esmirna? ¿Es por negocios? —le preguntó Inocencio.

—Pues bien…, resulta… —estaba tratando de responder, ante la inquisidora mirada del grupo, pensando a toda velocidad en algo que fuese convincente— que tengo un familiar gravemente enfermo en Éfeso, a las puertas de la muerte, y quiero estar con él durante los pocos días de vida que le quedan.

—Creedme, Isaac, que siento lo de vuestro familiar pero, por encima de ese grave motivo, resulta graciosa la coincidencia de nuestro destino. Todos vamos a Éfeso, por una u otra razón. Desde luego, la vuestra es más dolorosa que la nuestra, pero podríamos aligerar su pena si hacemos el camino juntos, siempre que a vos os parezca bien, claro.

—Estaré encantado de compartir camino con vosotros, por supuesto.

Terminaron de cenar y se retiraron a sus camarotes.

Una vez que Inocencio y Carlo habían cerrado la puerta del suyo, Carlo dijo:

—Santidad, ¿qué impresión habéis sacado de ese hombre? Vamos a llevarlo pegado hasta Éfeso, y no podremos hablar de lo nuestro hasta que nos separemos de él. Os lo pregunto porque a mí no me ha dado la sensación de ser demasiado sincero con el motivo que nos ha dado para su viaje.

—Estoy de acuerdo contigo, Carlo. Isaac ha mentido. No sé la razón, pero estoy convencido de que se ha inventado lo de su familiar. La expresión de sus ojos lo delataba. Pero, Carlo, no creo que debamos preocuparnos más de la cuenta. Posiblemente tenga algún otro motivo para no contarnos de buenas a primeras sus razones. Piensa que también nosotros damos unas explicaciones que tampoco son las verdaderas.

»Iremos con él a Éfeso, lo que no nos llevará más de media jornada. Luego, allí, y una vez solos, tendremos que establecer contacto con un monje franciscano que está al cargo del monasterio vecino a la basílica de San Juan. Únicamente cuando estemos a solas con él me presentaré como Papa, y le pediremos el relicario del *lignum crucis* que envió Honorio III. Cuando esté en nuestras manos nos volveremos a Roma. Todo será muy fácil, ya verás.

»Ahora descansemos unas horas para estar frescos mañana. Tenemos un par de días antes de llegar a Esmirna. ¡Ya tendremos tiempo de conocer mejor a nuestro compañero de viaje!

—De acuerdo, Santidad, que descanséis.

Isaac, en su camarote, pensaba en todas las respuestas posibles que debía tener preparadas a las preguntas que sin duda le harían durante la travesía, hasta que terminó también durmiéndose.

Las dos jornadas que estimaban tardar hasta Esmirna se convirtieron en sólo una y media, debido a la demostrada pericia del capitán, a la menor carga que llevaba *Il Leone* y sobre todo a la inesperada ayuda de un fuerte viento del norte, que se había levantado poco después de dejar atrás el estrecho de los Dardanelos y que empujaba al barco en su rumbo.

Apenas consiguieron hablar con Isaac durante el trayecto, ya que desde que zarparon se sintió indispuesto, debido al fuerte viento que, aunque les ayudaba a ir más rápido hacia Esmirna, también levantaba un poco de oleaje, pero lo suficiente para que provocase un intenso y permanente mareo en el judío.

De tal manera que casi todo el viaje lo pasó dentro de su camarote, y las pocas veces que le vieron fue casi peor, ya que las náuseas le sobrevenían cada poco y le hacían devolver por la borda el poco alimento que le debía quedar dentro. Y así fue que no mediaron palabra.

A medio día de la segunda jornada divisaron nítidamente la línea de la costa occidental de Anatolia. Había amainado el viento y eso ayudó a que Isaac comenzase a recuperar un poco de color en sus mejillas y también su apetito, después de su forzoso ayuno.

A media tarde, alcanzaban una bellísima bahía resguardada por montañas al sur y al este, que alojaba en su fondo el puerto y la ciudad de Esmirna. En un alto destacaba una gran fortaleza, medio en ruinas, que el capitán dijo que había sido levantada por Alejandro Magno. Tras varias maniobras, finalmente *Il Leone* amarraba en el muelle. Sus pasajeros se despidieron del capitán, de la tripulación y especialmente de Paulino, el cocinero, que les había preparado unos pasteles de carne por si no encontraban lugar para cenar.

Los tres extranjeros se adentraron en la ciudad y preguntaron en la primera taberna que vieron la dirección que debían tomar para ir a Éfeso. Los dos romanos explicaron a Isaac que nunca antes habían estado en Esmirna, pues acostumbraban a ir a Éfeso directamente. El judío se excusó por no conocer tampoco el camino, ya que sólo había hecho la ruta desde el interior y no desde la costa. Tras serles ésta indicada, tomaron un camino de tierra que les llevaría directamente a la ciudad de Éfeso.

—¿Ya os encontráis mejor, Isaac? Vaya travesía más horrible la que habéis debido de pasar durante estos dos días, ¿verdad? —Inocencio trataba de entablar alguna conversación con el judío, aunque fuera intrascendente.

—Os aseguro que sólo deseaba pisar tierra firme y que el mundo dejase de dar vueltas. ¡Nunca lo había pasado peor! Siento haber sido tan mal compañero de viaje. Por mi culpa, no hemos podido hablar nada durante el trayecto. —Le pegó una patada a una rama y siguió hablando—. Me dijisteis que sois comerciantes, ¿verdad? Y, si se puede saber, ¿qué venís a comprar por estas tierras?

—¡Tejidos! Somos comerciantes de tejidos. Ya sabéis, tratamos de comprar las mejores sedas y telas de Damasco y de Persia para luego venderlas a buen precio en Roma. Creedme, un negocio con pocos misterios —contestó Inocencio, con la seguridad que daba haber mentido unas cuantas veces antes.

—Pero vos no nos habéis contado a qué os dedicáis. Nos encontramos en Constantinopla y nos dijisteis que erais de Antioquía, pero entre esos dos lugares, ¿normalmente qué es lo que hacéis? —intervino Carlo.

—Compro y vendo piezas antiguas. Tengo un almacén en Constantinopla, y desde allí me dedico a buscar antigüedades. Las restauro, si es necesario, y luego las vendo a los nobles para decorar sus palacios. —Se paró un momento en el borde de un acantilado, para contemplar el bello paisaje del azulado mar Egeo. Les animó a hacer lo mismo. Tras ello, siguieron la marcha—. Como veis, también me dedico al comercio, ¡igual que vosotros! Yo visto las casas y vosotros a sus propietarios. —Se sonrieron los tres por la ocurrencia del judío—. Estas regiones son tan ricas en historia que podéis imaginar la cantidad de piezas, objetos y adornos que se han podido recuperar. Sólo hay que tener un poco de cuidado con las falsificaciones, que abundan. Os aseguro que, al final, no es ninguna empresa complicada. Sólo en esta costa se han sucedido más de dos mil años de imperios de enorme importancia, que han dejado un legado grandioso. —Se había preparado a conciencia algunas frases sobre su hipotético trabajo y estaba pareciendo convincente, a tenor de las expresiones de sus compañeros de camino.

Después de recorrer varias horas el polvoriento sendero, y tras cruzarse con algunas caravanas, que lo hacían en el otro sentido, alcanzaron un alto. Desde allí se divisaba la inmensa ciudad de Éfeso: al oeste el puerto, y al este, ya en la ciudad, su grandioso teatro romano. Ninguno de los tres había estado allí antes; pero, como habían afirmado todos lo contrario, evitaron hacer comentarios acerca de lo que estaban viendo, para no ponerse en evidencia.

Descendieron siguiendo el camino, el cual, y a medida que se iban acercando a las primeras casas, empezaba a ser intransitable debido a la intensa aglomeración humana que, por momentos, se iba formando.

Desde que Roma dejó de ser la metrópoli de la península anatólica, Éfeso había dejado de disfrutar de su intensa actividad e influencias, aunque seguía siendo una de las ciudades más importantes de Asia con sus más de doscientos mil habitantes.

A medida que iban avanzando hacia el centro urbano, se

hacía patente la importante herencia romana. Dejaron a su derecha un antiguo gimnasio de grandes proporciones y, poco después, una señal indicaba, también a la derecha, en latín y en griego, la iglesia de María.

Inocencio se sentía enormemente emocionado al saberse a pocos pasos de una iglesia que había congregado entre sus muros el tercer concilio de la cristiandad, en el año 431, donde se proclamó solemnemente a María como madre de Dios. Desgraciadamente, el transcurso del tiempo y la falta de cuidado habían pasado su factura y su estado amenazaba derrumbe.

Más adelante, y después de bajar una loma, se encontraron de frente con el escenario más grandioso de aquella increíble ciudad. A la izquierda de la calzada se alzaba el teatro romano, de enormes proporciones y muy bien conservado. Las taquillas del mismo estaban abiertas, y una larga cola de gente aguardaba para comprar alguna de las veinticinco mil entradas de que disponía, tal y como rezaba un cartel de piedra en su misma entrada.

A la derecha y frente al teatro, se hallaba una amplia avenida de aceras de mármol, adornada con altísimas palmeras, que terminaba en el puerto. A su izquierda, una gran explanada albergaba un mercado. A punto de anochecer, la mayoría de sus tenderetes estaban siendo desmontados.

Siguiendo por la avenida principal se encontraron, de frente, con un bellísimo edificio de dos alturas, cuya placa indicaba que era la biblioteca de Celso. Se detuvieron a contemplar aquella bella fachada, reconociendo en sus hornacinas, situadas entre sus columnas, algunas estatuas que representaban los saberes clásicos. Al lado de la biblioteca, y tras pasar un impresionante arco romano, encontraron una calle muy elegante con residencias a los dos lados y algún que otro monumento. Una de las primeras villas que vieron, a su izquierda, estaba pintada de un vivo color rosa muy extremado. En su puerta se mostraban varias mujeres escasas de ropa y exageradamente pintadas. Todos supieron al instante que se trataba de un elegante burdel. Casi enfrente se anunciaba un hospedaje. Inocencio decidió que era un buen momento para despedirse de Isaac. Harían noche allí. Había oscurecido y estaban muy cansados.

—Bueno, querido Isaac, nosotros pasaremos la noche en este hospedaje. —Señaló la bonita villa, en la que se anunciaban habitaciones disponibles, a pocos metros de donde se habían detenido.

—Hacen bien, mis señores. Yo seguiré mi ruta hasta llegar a la casa de mi familiar. Está a las afueras. Allí pasaré la noche. Os aseguro que ha sido un placer haber compartido camino con vosotros, aunque no diría lo mismo con el barco, por los motivos que podéis imaginar. De cualquier modo, os deseo una feliz estancia y, por supuesto, que hagáis buenos negocios.

Antes de despedirse, le desearon un buen descanso y un feliz destino para su familiar. Entraron en la villa, donde esperaban encontrar un poco de tranquilidad.

—Buenas noches, señores —una bellísima joven les dio la bienvenida detrás de un mostrador de mármol muy bien pulido.

—Buscamos habitación para esta noche. Venimos desde lejos y estamos deseando descansar un poco. Confiamos en que tenga alguna disponible —intervino Carlo, encantado de poder realizar, aunque fuera con esa simple gestión, su habitual labor como secretario papal.

—¡Humm, veamos!… Una habitación para dos… Pues mirad, habéis tenido suerte, porque nos queda libre la capitolina, la mejor de todas. Dispone de una pequeña piscina interior y un jardín privado. Os gustará. —Apuntó sus datos en un libro—. Si os agrada el teatro, os recomiendo que acudáis a ver la obra cómica que se está representando durante estos días. Este establecimiento cuenta con unas plazas reservadas y podéis disponer de ellas si lo deseáis. Pero si no fuerais amantes de las artes escénicas, os recomiendo que visitéis alguno de los muchos restaurantes que rodean el puerto. ¡Éfeso tiene fama de tener el mejor pescado de todo Bizancio!

—Muy amable, señorita. Abusando de vuestra generosidad, asistiremos al teatro. —Se cruzaron las miradas en búsqueda de conformidad—. Hemos visto una larga cola, lo que debe significar que la obra merece la pena. Verdaderamente vuestra invitación nos deja gratamente sorprendidos. No nos lo esperábamos. Gracias de nuevo —dijo Inocencio.

A preguntas de Carlo, la joven les dio el precio de la habitación. Éste protestó educadamente al escuchar aquella desorbitada cantidad, pero la joven le recordó que se encontraba en la muy exclusiva ciudad de Éfeso, donde todo era bastante más caro que en cualquier otra ciudad del entorno.

Les dio su llave y las entradas para el teatro, advirtiéndoles de que empezaba a las diez de la noche. Les señaló el camino para llegar a su habitación y, finalmente, les deseó una feliz estancia.

El edificio tenía la estructura clásica de una villa romana, con un patio central abierto y una clásica fuente en medio. A los lados, y bajo unos pórticos, se sucedían las habitaciones. Siguiendo las explicaciones de la joven, encontraron sin problemas la suya y entraron. Comprobaron que la chica no había exagerado lo más mínimo al describirla como la más bonita de todas. Se tumbaron un rato, encantados de sentir bajo sus espaldas una cama de verdad, tras las más de dos semanas durmiendo en un nicho enano en el barco.

Esa noche asistieron al teatro, después de cenar algo en un local cercano al puerto. El teatro estaba abarrotado. La iluminación era perfecta y la representación les gustó mucho. Era una de aquellas comedias que se habían puesto muy de moda que, como eje principal, planteaba irónicamente los curiosos amoríos entre los cruzados cristianos y las damas musulmanas, llevado en un tono divertido, y con el clásico desarrollo de un enredo amoroso: engaño, desengaño y final feliz.

Terminada la obra, dieron un paseo por la animada noche de la ciudad y, finalmente, terminaron acostándose en el hospedaje. Sin saberlo, Isaac había estado siguiéndolos toda la noche.

A la mañana siguiente salieron temprano, siguiendo la dirección que la joven les había indicado para alcanzar el monte de Ayasoluk. Allí se encontraba la basílica de San Juan, encima del antiguo templo a la diosa Artemisa.

Inocencio estaba emocionado por saberse tan cerca de su objetivo, imaginando el gran momento, tantas veces deseado, de tener entre sus manos aquellos pendientes que habían pertenecido a la Virgen María. Isaac los seguía, sin que ellos pudiesen ni imaginarlo.

Tras un escarpado y duro ascenso por la cara norte del monte, solamente recompensado por un agradable aroma a romero y hierbabuena, alcanzaron la explanada superior. Allí, frente a ellos, se alzaba la majestuosa basílica del apóstol Juan, el discípulo predilecto de Jesús, aquel que le había seguido desde el principio de su vida pastoral, tras conocerle en su bautismo en el río Jordán, y que ya no le había abandonado nunca, ni en sus últimos minutos, cuando era crucificado en Jerusalén.

—Observa, Carlo, lo grandiosa que es. Apenas es algo más pequeña que Santa Sofía.

Empezaron a recorrerla por uno de sus lados, comprobando el lamentable estado en que se encontraba. Una gran parte estaba derrumbada. La basílica se hallaba jalonada por siete cúpulas, pero sólo tres se mantenían íntegras.

—¿Conocía Vuestra Santidad el estado actual de este templo? La verdad es que está para caerse —apuntó Carlo, que veía cómo uno de los arcos, sobre el que descansaba una de las cúpulas, presentaba una enorme grieta que parecía no poder aguantar mucho más tiempo el peso que soportaba.

—¡Pues no, la verdad! Había oído que necesitaba una restauración, pero no imaginaba que estuviese en tan mal estado. Viendo su grado de abandono, me pregunto dónde puede estar el relicario. Desde luego, es evidente que aquí dentro no está. En estas condiciones, esta iglesia no puede estar abierta al culto.

Terminaron de recorrerla por todo su perímetro y entraron por una de sus capillas laterales, rodeando un montón de escombros. En su interior evitaron caminar por debajo de las pocas partes techadas que quedaban, ante la evidente falta de firmeza que éstas presentaban.

Inocencio iba explicando a Carlo que esa basílica, al igual que Santa Sofía, la había levantado Justiniano con el deseo de honrar al evangelista, autor del libro del Apocalipsis, y único apóstol que no había muerto martirizado.

La tradición aseguraba que Juan había escrito su evangelio en Éfeso, siendo ya muy mayor, y ante la insistencia de sus discípulos. Acababa de ser puesto en libertad, después de un largo cautiverio en la isla vecina de Patmos, una vez que había muerto el emperador Diocleciano, su captor y su mayor enemigo. Éfeso no era una ciudad desconocida para él ya que, anteriormente, había estado allí con la Virgen María. Después de la ascensión de Jesús a los cielos, María pasó tres años en Betania, en casa de Lázaro, hasta que los judíos les expulsaron, junto con sus hermanas. Juan recogió entonces a la madre de Jesús y se la llevó con él a Éfeso, donde pasaron juntos unos seis años. Trataba así de cumplir con el preciado encargo que Cristo le había hecho antes de morir en la cruz: el de cuidar de su madre. Además, Juan quería protegerla y escapar de las brutales acciones que estaba cometiendo Herodes Agripa, por aquel entonces, en Jerusalén.

—Santidad, y si en esta iglesia no está el relicario, ¿qué podemos hacer para localizarlo?

—Por la información de que dispongo, sé que, cerca de la basílica, hay una pequeña comunidad franciscana. Su prior, un tal Luciano Lilli, nos dará toda la información sobre el paradero del relicario. ¡Posiblemente hasta lo tengan ellos!

—¡Pues vayamos en su búsqueda! —exclamó Carlo—. Santidad, cuando estábamos en el otro lado de la basílica, me ha parecido ver, detrás de un bosque, una construcción de piedra. Si no es allí, seguro que alguien nos indicará el camino.

Carlo estaba seguro de que tenían que dirigirse a aquel lugar y arrancó a caminar hacia él.

Mientras, Isaac se mantenía oculto, detrás de unas rocas, sin entender muy bien lo que hacían, pero con la esperanza de que no sólo estuviesen visitando ruinas, sino tratando de encontrar algo.

Llegaron a una humilde casa de piedra con un hermoso huerto en un lateral. En nada parecía un monasterio. Llamaron a la puerta y salió una gruesa mujer que, tras escuchar sus explicaciones, les indicó que los frailes se habían desplazado hacía tiempo a una montaña, al sur de Éfeso, llamada del Ruiseñor. En su planicie, habían levantado unas cuantas casas cerca de la que llamaban Meryemana, que traducido a su lengua era «la casa de María». Les indicó amablemente el camino que podían tomar desde donde estaban, para evitarles tener que pasar de nuevo por la ciudad.

Lo siguieron durante al menos dos horas y llegaron a lo más alto de aquel monte. Allí había varias viviendas de adobe alrededor de una más grande, de piedra, de planta cuadrangular que destacaba sobre las demás. Unas mujeres se acercaron hasta donde ellos estaban, con gesto de pocos amigos.

—¿Qué hacéis por aquí? ¿Buscáis la casa de María? —les preguntó una, la que parecía mayor.

—Venimos desde Roma y buscamos al prior Luciano Lilli. Nos han indicado que preguntemos por él aquí. ¿Sabéis dónde vive? —preguntó Carlo, dirigiéndose a la mujer.

Se miraron unos segundos entre ellas y se pusieron a cuchichear, estudiándolos a fondo. Finalmente, la mujer mayor les invitó a seguirla. Atravesaron una larga explanada llena de flores moradas y llegaron a una de aquellas humildes casas. La mujer se paró frente a la puerta y llamó con fuerza.

—En esta casa vive el prior Luciano. Os recomiendo que le habléis alto, porque está bastante sordo.

Sin esperar contestación, la mujer se disculpó y se dirigió hacia una de las casas vecinas. Esperaron unos segundos, extrañados de que nadie abriese la puerta. Desde lejos, la mujer se volvió, y viendo que seguían fuera, les gritó:

—¡Si no os abre, llamadle más fuerte! Ya os digo que está muy mal del oído.

Inocencio golpeó la puerta tres veces más, hasta que, desde dentro, se oyó la voz de un anciano.

—¡Empujad!…, la puerta está abierta.

Inocencio y Carlo entraron. Frente a ellos, se hallaba un viejo monje, sentado cerca de una ventana, con un gran libro entre las manos.

—¿Prior Luciano? —preguntó Inocencio.

—¡Habladme más alto, por favor! No oigo muy bien.

Tomando aire, Inocencio alzó mucho más la voz:

—¡¡Prior Lucianooo!!

—Sí, hijo mío, yo soy el prior Luciano. Pasad y dejadme veros... Humm, me parece que no os reconozco. Pero no seáis tímidos y acercaos más a la luz, para que os vea mejor. ¿Con quién tengo el honor de compartir esta mi humilde casa?

Los dos cerraron la puerta y comprobaron que estaban solos. Se acercaron a la luz para que el hombre los viera mejor, e Inocencio le respondió:

—Yo soy Inocencio IV, Papa de Roma, y éste es mi secretario Carlo Brugnolli.

—¿Me podéis repetir lo que habéis dicho? Me parece que no os he entendido bien.

—¡Digo, que soy el papa Inocencio IV, prior! —alzó la voz Inocencio.

—¡Válgame el cielo! ¿El Papa de Roma, en esta humilde casa?

El viejo se levantó con dificultad y, doblando una pierna, le besó la mano con infinito respeto.

—Por favor, prior Luciano, sentaos y no os preocupéis por los formalismos. Supongo que os extrañará mi presencia por estos lares, sin haber sido avisado previamente de mi venida, y, lógicamente, entiendo que querréis saber el motivo que me ha traído hasta aquí. Sospecho, además, que os habrá extrañado la forma de vestir con la que nos hemos presentado. ¿Estoy en lo cierto?

—Claro, Santidad. Pero no tenéis que dar ninguna explicación a este vuestro humilde siervo.

Se sentaron frente a él, e Inocencio tomó nuevamente la palabra.

—¡Deseo dárosla, prior! La situación política entre Roma y Bizancio está pasando momentos muy delicados. El emperador Juan III está tratando, por indicación mía, de poner en contacto a las dos iglesias, la latina y la griega, para avanzar

331

hacia una unificación, aunque todavía nos encontramos con enormes dificultades. Desde luego, la toma de Constantinopla por los cruzados en 1203 y los desmanes que allí acontecieron entre hermanos, todos cristianos, no ayudó mucho a lograr este objetivo. Bueno, pero estaba hablando de mi viaje. Desde que partimos de Roma, mi secretario y yo decidimos, por prudencia, y para evitar conflictos diplomáticos y tensiones innecesarias con el patriarca de Constantinopla, viajar de incógnito.

El prior acercaba su oído derecho hacia el rostro del Papa, para no perderse nada. De todos modos, le pidió que le hablase algo más alto. Inocencio continuó, levantando aún más la voz.

—Mi presencia aquí está motivada por dos razones. La primera es recoger una reliquia que envió el papa Honorio III a la basílica de San Juan, de Éfeso, para estudiarla en Letrán. ¿Podemos ver el relicario?

—Sí, Santidad. Lo mantenemos expuesto en una capilla, dentro de la casa de María. Yo mismo lo recibí cuando todavía oficiábamos en la basílica de San Juan, pero debido a su mal estado de conservación, cuando se nos derrumbó uno de los laterales, nos asustamos, de tal modo que decidimos no arriesgar más la vida de los fieles y abandonamos definitivamente el culto en ella. Mi pequeña comunidad franciscana se trasladó entonces hasta esta montaña, donde vivió la Virgen María durante varios años, buscando el recogimiento y la oración en este santo lugar. El relicario del que habláis, con un fragmento de la Santa Cruz, se trasladó al interior de la capilla, y allí lo podéis encontrar. Toda la comunidad le tiene mucha devoción pero, lógicamente, obedeceremos con resignación vuestra santa voluntad. ¡Consideradlo como si fuese vuestro!

—¡Sea santificada vuestra capacidad de entrega a Dios y

vuestra obediencia, mi querido prior! Dejadme que os explique mi segundo motivo. He querido también cumplir mi más ferviente (y por varias razones demasiado postergado) deseo de visitar la santa casa de María. Desde que tuve las primeras noticias sobre la identificación de su emplazamiento, y de la posterior construcción de su capilla, no ha pasado un día sin que me haya propuesto visitarla para rezar a la madre de Dios en el lugar que la cobijó durante años.

—Santidad, ¡no demoremos el momento! ¡Vayamos juntos!

El prior Luciano se levantó, animando a hacer lo mismo a sus invitados. Salieron de la humilde casa y tomaron el camino hacia aquella construcción que presidía el centro del poblado, la única de piedra. No presentaba ningún signo externo que la identificara como la casa de María. Extrañados, preguntaron el motivo. El prior les explicó que era una medida de protección. Se empezaban a propalar atroces historias sobre los bárbaros mongoles que estaban conquistando los territorios del norte y amenazaban con entrar en breve en las tierras medias. Si evitaban su identificación, podría tener más oportunidades de pasar inadvertida y no ser destruida o expoliada.

Entraron en la pequeña casa, habilitada como modesta capilla. Un humilde altar de piedra, al fondo, presidía su pequeño espacio. De la pared sólo colgaba un crucifijo de madera. Frente a él había cuatro estrechos bancos en dos filas, donde estaban rezando dos frailes que se volvieron, curiosos, para estudiar a los forasteros.

Sobre el altar estaba el relicario: una cruz de plata de tipo patriarcal, de doble brazo, con varios granos de aljófar y tachelas de plata. En su centro, se veían dos crucecitas de madera, procedentes de la misma cruz que fue testigo mudo de la muerte de Cristo.

Inocencio estaba impresionado por la modestísima decoración del templo que, desde luego, no se hallaba en consonancia con su importancia; pero entendió el peligro de una ostentosa decoración dadas las circunstancias en esas inestables tierras. La única pieza de valor que contenía el templo era aquella reliquia y, lamentablemente, él iba a llevársela.

Sintió lástima de aquellos pobres hijos suyos que tan celosamente habían guardado la sagrada morada, protegiéndola de unos peligros que ni imaginaban todavía y que se les acercaban irremediablemente desde el sur, por parte de los egipcios, y desde el norte con los feroces mongoles. Y para defenderse de tantas amenazas sólo contaban con su oración. De todos modos, la reliquia no debía seguir por más tiempo allí. ¡Era demasiado arriesgado!

—Santidad, necesitáis lleváosla ya, ¿verdad?

El prior había visto el rostro de dolor del Papa, y adivinando sus pensamientos, le quiso ayudar.

—Gracias, Luciano. Sí, debo partir sin falta ahora mismo.

—No os preocupéis, Santidad, os prepararemos el relicario para que lo podáis transportar discretamente.

Ordenó a uno de los monjes que así lo hiciera, y salieron de la pequeña capilla. Hablaron un rato sobre la recién constituida orden franciscana, y Luciano recordó alguna de las conversaciones que había mantenido con su fundador, Francisco de Asís, muy al principio de su fundación, tras decirle Inocencio que él era un ferviente admirador del que, para él, ya consideraba santo.

Al poco rato, le trajeron una bolsa de cuero, dentro de la cual iba el sagrado objeto envuelto en un paño de algodón. Carlo la sujetó con celo. Inocencio, tras impartir una emotiva bendición, se despidió de aquellos hombres, abrazándolos con cariño y deseándoles paz y fortaleza de ánimo. Se alejaron de ellos, despidiéndose varias veces con la mano por el camino que les había llevado hasta allí. Giraron luego en una encrucijada y tomaron el sendero que les llevaría directamente a Éfeso.

Iban contentos por tener definitivamente, y después de tanto sacrificio, el deseado relicario en su poder. Inocencio deseaba llegar a Éfeso, para abrirlo y ver su contenido. No sabían que llevaban a Isaac detrás, siguiéndoles los pasos desde que habían abandonado el monte.

Tras una hora de camino llegaron a Éfeso, localizaron la calle de los Curetes y la siguieron hasta el final para llegar a su hospedaje. La joven encargada les reconoció nada más entrar y les dio la bienvenida junto con su llave. La recogieron y, sin perder un minuto, se dirigieron a la carrera hacia la habitación. Por suerte, no se cruzaron con nadie pues, tras la larga caminata, iban muy sucios y sudorosos, oliendo a rayos.

Inocencio esperaba con una agitada respiración, casi encima del hombro de Carlo, a que éste consiguiese abrir la puerta de la habitación, que parecía resistirse más de la cuenta. Llenos de ansiedad por saber lo que contenía, entraron como dos flechas y cerraron tras de sí la puerta con tal energía que vibró la pared y una lámpara de cobre que iluminaba el interior del pequeño recibidor.

Inocencio se sentó en la cama, agarró un puñal y se puso a tratar de separar las dos piezas simétricas que sellaban el relicario, para saber, de una vez por todas, si había algo escondido allí dentro. Carlo, como no quería perderse el gran momento, se pegó al lado del Papa, sujetando el relicario por su base, para facilitarle las maniobras con el afilado instrumento. Le pidió tranquilidad cuando, por dos ocasiones, vio cómo pasaba rozando el afilado metal a escasa distancia de su mano, en el empeño por abrirlo.

En ese mismo momento, en la entrada del hospedaje, un hombre preguntaba por el número de habitación de aquellos romanos que acababan de entrar. Para tranquilizar a la joven, que compuso un gesto lleno de desconfianza, le dio sus dos nombres, le explicó que eran buenos amigos y que sólo quería darles una sorpresa.

La mujer, convencida, le proporcionó las indicaciones precisas para que el hombre diera con su habitación. Isaac llegó a la habitación que, como rezaba la placa de cobre que ostentaba, recibía el nombre de Capitolina. Llamó a la puerta.

En pocos segundos se abrió y apareció la cara de Carlo, sorprendido de ver de nuevo a Isaac, el judío; pero más aún, al ver los dos largos cuchillos que llevaba en cada una de sus manos, uno de los cuales, y sin apenas darse cuenta, empezaba a pincharle el cuello.

—Señores, os solicito que guardéis silencio y que no hagáis tonterías.

Isaac cerró la puerta y miró a Inocencio, que tenía una expresión de absoluto asombro, sentado en la cama y al lado de un bello relicario de plata, abierto por la mitad. En una mano, sostenía un pendiente azul. El judío vio cómo la cerraba, instintivamente, tratando de ocultarlo.

—Santidad, no os molestéis en esconder lo que tenéis en vuestra mano. Por favor, dádmelo inmediatamente y no os pasará nada. De lo contrario, no respondo del filo de mis puñales.

Se aproximó a la cama, sujetando por la espalda a Carlo, y con la daga amenazando su yugular. Arrebató el pendiente de la mano de Inocencio y se lo guardó en un bolsillo de su pantalón.

Sin perder más tiempo, Isaac se dirigió hacia la puerta con la intención de abandonar la habitación. Se volvió hacia ellos por última vez. Miró al rostro del contrariado y herido papa Inocencio, que veía cómo se le estaba escapando, en un segundo, la reliquia que tanto había anhelado, abrió la puerta de la habitación y se despidió antes de cerrarla de golpe.

—Santidad, ¡os deseo un buen viaje de regreso a Roma!

10

Finca Vistahermosa. Cáceres. Año 2002

El teléfono móvil de Lucía Herrera sonaba con insistencia dentro de su bolso. Mientras trataba de localizarlo, entre la multitud de objetos que había en su interior, y antes de atender la llamada, se propuso no dejar pasar ni un día más sin hacer limpieza y tirar el montón de cosas inútiles que se le habían acumulando.

—¿Sí, dígame?

—¿Lucía? Soy Fernando.

—Hola, Fernando, ¿por dónde vas? —Miró la hora y siguió hablando, sin dejarle responder—. Ya casi son las once. Debes de estar muy cerca, ¿no?

—Pues supongo que sí, pero tengo un problema.

Lucía le oía mal. Debía de estar pasando por una zona de mala cobertura

—¿Fernando? ¡No te oigo! ¿Tú me escuchas?

—Ahora, sí. Casi había perdido la señal durante un rato, pero ahora te oigo perfectamente. Te decía que no acabo de localizar la finca. Me dijiste que, pasado Navalmoral de la Mata, fuese hacia Navatejada, y ya lo hice. Encontré también el desvío desde Navatejada hacia Almaraz, pero llegué hasta el pueblo y no he visto la entrada; ahora estoy volviendo por la misma carretera.

—Vale, entiendo. No te preocupes, estás muy cerca. Tienes que dejar a tu izquierda una casucha derruida.

—Sí, ¡estoy viéndola justo ahora!

—Reduce la velocidad porque, a unos doscientos metros, verás que se abre un camino. Tienes que encontrar una verja con una puerta de metal verde. Ésa es la entrada de la finca. Haz una cosa: como luego, dentro, hay muchos desvíos y está bastante liado dar con la casa, espérame a la entrada. Te iré a buscar con el jeep.

—Ahora estoy girando y veo la puerta. ¡Te espero aquí!

Fernando colgó el teléfono y paró su coche, una vez traspasada la puerta y a escasos metros de ella. Frente a él se extendía un bello encinar cuyo final apenas se distinguía. Salpicadas entre los árboles pastaban algunas vacas, cerdos y bastantes ovejas. A su izquierda arrancaba un largo sendero serpenteante, limitado a su vera por unas grandes piedras, y a su derecha por más y más encinas.

A esas alturas de enero, apenas había pasto en el campo, pero aun así, en los pocos penachos verdes o bajo las copas de las encinas, algunas ovejas trataban de aprovechar la poca hierba que despuntaba.

Durante el camino a Cáceres había meditado sobre la inesperada sucesión de acontecimientos de sus últimas cuarenta y ocho horas, desde que se había visto con Lucía. La invitación para pasar ese fin de semana con ella parecía haber surgido de forma espontánea, mientras se despedían el jueves anterior en su casa, y bajo un loable motivo: tratar de avanzar en la línea de investigación que llevaba el catedrático Ramírez, compartiendo sus respectivas informaciones.

Visto así, y de forma aséptica, no había que hacer más conjeturas. Pero, retrocediendo a la noche del jueves de esa misma semana, el incidente producido por la coincidencia de Lucía con la llegada de Mónica había cambiado sensiblemente su estado anímico.

Mónica había puesto en duda sus verdaderas intenciones con Lucía, lo que en parte le resultaba bastante lógico, pues él le había ocultado la entrevista. Al día siguiente, en la joyería, ella se había mostrado muy contrariada, aun después de explicarle Fernando cómo se habían producido los hechos y la intrascendencia sentimental de los mismos. Aquello le gustó mucho menos. Ante ese nuevo panorama evitó mencionar la oferta de Lucía de pasar el fin de semana en su finca, para no terminar de complicar más la delicadísima situación.

Sin haberlo pretendido, estaba envuelto en una sucesión de faltas de sinceridad con Mónica, había estropeado una incipiente relación sentimental con ella —que le resultaba de lo más atractiva— y se encontraba esperando, en la puerta de una finca, a una mujer por la que había experimentado algunas sensaciones, seguramente poco definidas, que le habían generado cierta inquietud.

También había tenido tiempo para hacer un balance de sus últimos años, valorando los escasos avances conseguidos en su trastocado equilibrio emocional tras quedar viudo. Con la muerte de Isabel no había vuelto a fijarse mucho en las mujeres. Para él habían pasado a convertirse en clientas o vecinas, camareras o dependientas de su joyería, cajeras o presentadoras de televisión, pues a eso habían quedado reducidos sus contactos con el mundo femenino. Pero de golpe, y en escasamente un mes, todo parecía haber cambiado.

Surgió un especial interés por Mónica, tan inesperado, que apenas lograba explicarse cómo había empezado ni por qué se había producido. De hecho, había estado a su lado todos esos años sin darse cuenta de que, además de una estrecha colaboradora, era una mujer fascinante. Las circunstancias que se sucedieron tras la aparición del brazalete sirvieron de escenario para descubrir la atracción que se tenían mutuamente, y propició la oportunidad de expresarse sus sentimientos.

Fernando se preguntaba cómo se había podido complicar todo de una forma tan tonta. En menos de una semana se había deteriorado la relación de tal manera que, inmerso en un mar de dudas, ahora se veía incapaz de definir sus sentimientos.

Si reconocía que Mónica ya ocupaba un lugar estable en su corazón, ¿por qué ahora, y para complicar aún más su situación sentimental, se iba a pasar ese fin de semana con Lucía? Analizándolo así se veía como un idiota, poniendo en peligro su ya delicada situación emocional.

En esos pensamientos estaba, cuando distinguió un todoterreno verde que venía en su dirección por el sendero de la izquierda. A los pocos minutos el vehículo frenaba al lado de su coche. Lucía bajó de él con una radiante sonrisa. Se notaba que estaba feliz.

Fernando también salió del suyo.

—¡Bienvenido a Vistahermosa, Fernando! —Se le acercó, saludándole con un beso—. Sígueme hasta la casa. Si quieres, dejamos allí tu equipaje y te enseño la finca a caballo antes de comer. ¿Te parece?

—¡Como tú digas, Lucía! ¡Estoy en tus manos!

—Bueno, eso está por ver… —Ella sonrió, revelándose como otra mujer, bastante más relajada y ocurrente que en anteriores ocasiones.

—No…, quería decir que… —balbuceó Fernando.

—Bah… déjalo estar, sólo era una broma. ¡No perdamos más tiempo aquí! Iré despacio, porque hay una parte del camino que no está muy bien y tu coche es muy bajo. ¡Ten cuidado, y no te dejes medio coche en él!

Fernando volvió a poner en marcha el deportivo y la observó mientras subía en su Rover. Llevaba unos pantalones de pana verde y un chaleco de lana, del mismo color, sobre una camisa blanca. Anudado al cuello, un pañuelo estampado, también en tonos verdes, y, completando el conjunto, unas botas de montar a caballo. Fernando decidió que cada día le resultaba más atractiva.

Después de recorrer dos kilómetros, y tras detenerse a estudiar la mejor manera de pasar por los dos puntos del camino que parecían presentar más dificultades para el deportivo, llegaron sin problemas a un alto, desde donde se divisaba la casa, en medio de una limpia vaguada. Era un enorme cortijo de tres cuerpos. Tenía uno central, de dos plantas, más grande, y dos laterales, de una sola altura, que cerraban el conjunto en forma de «u». Próximo a él, se veían dos almacenes grandes y una cuadra junto a un patio vallado, donde paseaban una media docena de caballos.

Bajaron por un empinado camino hasta encarar la entrada de la casa. Lucía paró enfrente de un patio ajardinado y Fernando lo hizo justo detrás. Un hombre de mediana edad se acercó hasta ellos.

—Te presento a Manolo. Es el encargado de la finca y mi hombre de confianza aquí.

Fernando le estrechó la mano, presentándose a su vez.

—Manolo vive permanentemente aquí con su familia desde hace… ¿veinte años, Manolo?

—En abril hará veinticinco, señora —puntualizó el hombre.

—Su mujer, Elvira, trabaja en la cocina y hace la limpieza de la casa. Tienen un par de chavales, ya mayores, que nos ayudan con el ganado y en las labores del campo. También trabajan en la finca cuatro hombres más que viven en los pueblos de alrededor, pero como hoy tienen el día libre, no los verás.

El hombre recogió la bolsa de viaje de Fernando del maletero y se dirigió hacia el interior del cortijo, tras haberle deseado una agradable estancia.

—¿Qué pie calzas, Fernando? —le preguntó Lucía.

—Un cuarenta y dos —contestó él.

—Perfecto, te valdrán las botas de mi marido. ¡Sígueme, por favor, hacia las cuadras! ¿Sabes montar a caballo?

—Monté mucho de joven. Supongo que es algo que no se olvida. Pero hace ya como veinte años que no me subo a la grupa de un caballo.

—¡No te preocupes! Como me lo imaginaba, he mandado que te ensillaran a Princesa. Es una yegua muy mansa y fácil de manejar.

Llegaron hasta la valla de madera que rodeaba el patio y se pararon para ver los caballos que estaban siendo ensillados para ellos.

—¡Mira, la tuya es esa que tienes enfrente! La de capa castaña y crines rubias. ¡Es una preciosidad! Verás cómo te haces con ella rápidamente.

Fernando se fijó en el pelo castaño de Lucía. Lo llevaba suelto y bastante corto. Se le acababa de ocurrir una broma con doble sentido. Ella había jugado a lo mismo hacía sólo un rato, y no parecía que aquellos atrevimientos tuviesen especiales consecuencias ese día.

—¿Me quieres decir que se me dará bien porque es fácil de llevar, o es que estás pensando que me gustan especialmente las castañas?

Lucía captó la indirecta a la primera, y le contestó con otra cargada de ironía.

—Sólo te lo decía, Fernando, porque no todas las hembras castañas son tan dóciles de llevar como ésa. Con otras, posi-

342

blemente tengas que emplearte más a fondo para ganártelas. ¡Y ojo, que sólo estoy hablando de yeguas! Vamos, no sé si tú estabas pensando en otras cosas...

—¡Por supuesto que no, Lucía...! Ya veo que los dos estábamos hablando de lo mismo.

Se miraron con complicidad.

—Pues, ¡vamos al establo! Allí te puedes cambiar. Tengo unos pantalones que te pueden servir, para no mancharte los que llevas.

Entraron en los boxes y Lucía le presentó a uno de los hijos del encargado, que estaba sacando la cama de uno de los caballos.

Lucía se acercó a un armario y extrajo unos pantalones de montar y unas botas. Le indicó una pequeña habitación donde podía cambiarse. Ella se quedó hablando con el joven, para informarse de la evolución de un caballo que, por lo visto, había pasado un fuerte cólico hacía pocos días.

Las botas le quedaban algo justas, pero el pantalón muchísimo más. Tuvo que tomar aliento para poder subirse la cremallera. ¡Debía de ser dos tallas menos que la suya! Salió al pasillo justo cuando ella se acercaba para meterle un poco de prisa. Le miró de arriba abajo, notando perfectamente sus apreturas, pero como vio que lo estaba pasando tan mal terminó por no hacer ningún comentario. Le agarró del brazo, y se dirigieron hacia el patio para montar los caballos. Al llegar al suyo, Lucía lo montó con una facilidad asombrosa. A él le costó un poco más de tiempo, pero al final lo consiguió, sin necesitar la ayuda que le ofrecía el mozo. Salieron por un portón y se dirigieron a continuación, campo a través, en dirección oeste. Tras recorrer escasos metros, ella le explicó lo que iban a ver.

—Empezaremos por la parte oeste de la finca. Allí es donde tenemos casi todo el ganado mayor; en los pastos más próximos a la gran laguna. Después seguiremos nuestro recorrido dándole casi la vuelta entera, para dirigirnos hacia el norte. Apenas entraremos en esa parte, ya que comprende la zona más silvestre de toda la finca y tiene peor acceso a caballo. En esa zona abunda el monte bajo y casi toda la caza mayor, fundamentalmente jabalíes y venados. Posteriormente, seguiremos por su vertiente este. Verás que está poblada de encinares y la reconocerás por ser la que hemos atravesado antes para llegar hasta la casa. Allí tengo los cerdos ibéricos y un rebaño de ovejas merinas. Y por último, terminaremos el paseo por su lado sur. Sólo merece la pena dar un rápido vistazo desde uno de sus altos, ya que la tenemos completamente sembrada de cereal y no tiene ningún otro interés.

—Me tienes impresionado con las dimensiones de esta finca. Dime una cosa, ¿cuántas hectáreas tiene?

—No llega a mil. No recuerdo exactamente el número, pero aunque te parezcan muchas, que lo son, cuenta que casi la mitad es improductiva. En total hay mucha tierra, pero realmente se le saca partido a una pequeñísima parte.

Siguieron por un extenso alcornocal, repleto de bellos y enorme árboles centenarios, disfrutando de unos cálidos rayos de sol que acababan de traspasar las nubes.

—Por cierto, Fernando, imagino que no habrás tenido problemas para quedar con don Lorenzo Ramírez.

—¡Ninguno! Esta tarde acudirá a la finca hacia las cinco y me ha adelantado que tiene novedades sobre nuestros antepasados.

—¡Estupendo! ¡Estoy deseando conocerle! Aunque empecemos un poco tarde a hablar, si vemos que nos alargamos le invitaré a cenar. ¿Te parece?

—Claro, Lucía. Sé que hoy, entre los tres, vamos a darle un buen empujón al enigma del brazalete.

Durante casi tres horas recorrieron sin prisas la finca. Llegaron a los establos hacia las dos de la tarde. Fernando reconoció que empezaba a tener un poco de hambre, aparte de un inquietante dolor de riñones por la falta de costumbre de montar a caballo. Descabalgaron en las cuadras y dejaron las riendas al encargado, para dirigirse a comer hacia la casa.

—Creo que si te propongo una buena ducha caliente antes de la comida para quitarnos este olor a caballo, me lo agradecerás. ¿Cierto? —Fernando asintió encantado—. ¡Pues, vamos! Te enseñaré tu habitación y tu baño. Nos duchamos, comemos y después, tranquilamente, te enseño el resto del cortijo.

Atravesaron un amplio recibidor donde llamaba la atención una enorme trilla apoyada en una de sus paredes y un vetusto carro de caballos a su izquierda, lleno de plantas y flores. Fernando se fijó también en una pareja de cuadros de grandes proporciones, donde posaban, en actitud poco natural, dos campesinos de gesto agrietado y sonrisa forzada, vestidos de traje regional, sobre un fondo de mieses y bueyes. Lucía le indicó que se trataba de los primeros propietarios, familia de su difunto marido. Subieron hacia la segunda planta. Una vez arriba, Lucía abrió la primera puerta y le animó a seguirla.

—¡Aquí tienes tu habitación! —Vio su bolsa de viaje sobre una mesa baja—. El baño lo encontrarás detrás de la puerta que queda a la izquierda de ese balcón. —Descorrió unas pesadas cortinas para dejar entrar la luz del mediodía—. ¡Por favor, Fernando, siéntete como en tu casa! Si necesitas cualquier cosa, no dudes en llamar al servicio.

—¿Todo, lo que se dice todo...?

El agradable paseo a caballo con Lucía había operado en el ánimo de Fernando como un aislante de los problemas que le habían venido asaltando desde la noche del jueves, consiguiendo relajarse completamente de ellos. Sin querer buscarse complicadas justificaciones, en ese entorno natural se había empezado a sentir más libre y se dejaba llevar por la pura espontaneidad de sus reacciones con Lucía, apeteciéndole cada vez más coquetear con ella. Además, parecía evidente que la seria doctora, culta y formal, también estaba relajada.

—Sí, salvo que se tratase de alguna cosa que no fuera conveniente que lo supiera el servicio. En ese caso y sólo entonces, te permito que me lo pidas a mí directamente. —Lucía le devolvía la insinuación, dándose por enterada.

—¡Conforme, entonces! Lo tendré en cuenta.

Lucía se dirigió sonriendo al baño, para comprobar que todo estuviera en orden. Le parecía del todo inusual, para su forma de ser, verse casi como una adolescente, disfrutando de aquellos inocentes flirteos con Fernando. Contrariamente a lo que sería razonable, no sólo no le importaba nada, sino que incluso decidió que se iba a dejar llevar por lo que surgiera ese fin de semana, si es que tenía que surgir algo.

Al salir, se encontró a Fernando tratando de quitarse una de las botas, lo que parecía resultarle bastante complicado.

—¡Espera, que te ayudaré! —Se colocó frente a él, de cuclillas, y agarró una bota. La giró en varias direcciones, hasta ver que finalmente cedía y empezaba a salir sin dificultad. De un tirón, la sacó—. ¡Vayamos a por la siguiente!

Comenzó con la otra, repitiendo el mismo procedimiento, pero ésta se resistía más. Se levantó, le dio la espalda a Fernando y agarró la bota con fuerza, sujetándola entre sus piernas. Tras varias maniobras la bota salió, pero con tan mala suerte que, con el último empujón, la bota y Lucía fueron a parar al suelo. Fernando, sin poder resistirlo, empezó a reírse a carcajadas. Ella se contagió, con tanta intensidad también, que al poco rato le empezaban a doler las mejillas.

—¡Hacía tiempo, Fernando, que no me reía de esta manera! —Todavía entre risas, trataba de seguir hablando—. Como no nos duchemos ya, con el ritmo que llevamos, nos va a pillar don Lorenzo comiendo. Venga, ya te dejo, Fernando. ¡Nos vemos dentro de un cuarto de hora en el vestíbulo!

Ambos se ducharon con rapidez y se cambiaron de ropa para comer. Cuando Fernando bajaba las escaleras en dirección al vestíbulo, las campanadas de un reloj de pared indicaban las tres de la tarde. Al final de la escalera estaba Lucía esperándole para llevarle al comedor.

La mesa resultaba algo excesiva para dos. Era de caoba y podía admitir, cómodamente, hasta veinte personas. Lucía se sentó presidiéndola y Fernando lo hizo a su izquierda. Una mujer de mediana edad entró en el comedor con una gran sopera.

—Fernando, te presento a Elvira, la mujer de Manolo.

—Encantado de conocerla. Apenas hace un rato que he conocido a uno de sus hijos en las cuadras y ahora sé de dónde ha sacado su buen parecido.

—Es usted muy amable señor. Espero que le guste este caldo. Es de faisán trufado, una de mis recetas preferidas —informó la mujer, mientras se disponía a servirle.

—Estoy seguro de que me encantará, pero por favor no me ponga mucho —le indicó Fernando.

Durante la comida, Lucía estuvo hablando de las dificultades que se le habían presentado al hacerse cargo de la finca, pues tuvo que aprender de todo un poco hasta adquirir la suficiente capacidad para gestionar una explotación agrícola de ese tamaño. Ahora ya conocía cuáles eran las épocas de siembra, las distintas variedades de semillas, la maquinaria, los abonos… Lógicamente, había contado desde el principio con la experiencia y buen hacer de su encargado, Manolo, que sabía lo que se llevaba entre manos. Nunca había querido parecer la típica señorita que va a pasar algunos fines de semana a su finca, sin entender de nada y delegándolo todo en su capataz. Ella había querido implicarse desde el principio en ella; comprendiéndola, mejorándola y disfrutándola también.

Le contó que acababa de leer un buen libro sobre la cría de cerdo ibérico en extensivo, y que ya sabía calcular las densidades óptimas de animales durante la época de montanera, según viniera el año de producción de bellota. También había tenido que aprender de ovejas, de vacas de campo y hasta de apicultura.

—Ya me ves, Fernando, he tenido que meterme en todo esto, partiendo de una experiencia previa totalmente de letras, como licenciada en historia. Ahora, eso sí, te aseguro que después del esfuerzo merece la pena. ¡El campo es algo especial! ¡Es para vivirlo!

Comieron de segundo un exquisito guiso de venado de la propia finca y un postre casero a base de miel, bizcocho y mucho licor. Otra especialidad de Elvira.

—Si lo desean, pueden pasar a tomar el café. —Manolo retiró la silla de Lucía, para ayudarla a levantarse.

Se dirigieron hacia el salón, contiguo al comedor, donde se sentaron en un confortable sillón de piel frente a una gran chimenea de piedra. Dos grandes troncos se estaban consumiendo lentamente, transmitiendo un agradable calor. Elvira dejó una bandeja con el café, en una mesita baja, frente a ellos.

—¿Has comido bien, Fernando? —Lucía le servía el café.

348

¡Como hacía tiempo! —Se dirigió a Elvira—. Doy fe de que cocina usted tan bien como mi madre que, por cierto, era toda una experta. Y casi he de reconocer que sus manos son aún mejores que las suyas.

—¡Gracias, señor! Es usted muy amable conmigo. No creo que merezca tantos elogios.

—Elvira, puede usted retirarse cuando lo desee —le rogó Lucía—. Cierre por favor la puerta cuando salga y trate de evitar que nada nos moleste durante un rato…

—¡Cómo no, señora! ¿Les traigo antes de irme algún licor?

—Sí, gracias. Tráiganos, por favor, un par de copas de coñac —respondió Lucía.

La mujer sirvió dos generosas copas de Cardenal Mendoza, una un poco más cargada para él, y las dejó sobre la mesa. Luego, cerró tras de sí la puerta del salón.

—¡Te la has ganado! Yo, que la conozco, te digo que su cara delataba la más absoluta entrega por ti. Verás cómo esta noche te mimará con otra de sus especialidades. ¡Como te lo cuento! —En el fondo le estaba agradecida por su atento comportamiento—. Bueno, ¡por fin solos! —exclamó Lucía.

—Tenemos exactamente una hora antes de que venga don Lorenzo Ramírez para que me cuentes cosas sobre esos esenios a los que hiciste referencia antes de salir de mi casa. —Fernando acababa de mirar su reloj, que marcaba las cuatro.

—De acuerdo, empecemos. —Lucía se dejó caer hacia atrás, acomodándose en el sillón, con su copa de coñac en la mano. Tomó un pequeño sorbo y comenzó a hablar—. ¿Recuerdas que te conté que estaba dirigiendo una investigación sobre un comendador templario de Zamarramala, llamado Gastón de Esquívez?

—¡Sí! Me suena. Lo contaste el día que estuvimos visitando la Vera Cruz.

—Pues bien, por lo que llevamos descubierto, te puedo asegurar que el tal Gastón de Esquívez, de haber vivido en este siglo, habría podido ser padrino de la mafia o algo parecido. Trataré de justificar por qué digo esto. Apenas existe documentación fiable sobre la orden del Temple. Su fulminante disolución por el papa Clemente V, sumada a la detención, en una sola noche, de toda su plana mayor en Francia, produjo una dramática y rápida tensión en todos los reinos donde estaba establecida la orden del Temple, incluidas Castilla, Aragón y Cataluña. Me estoy refiriendo a los años comprendidos entre 1312 y 1315. El Papa, que era francés de nacimiento, fue forzado por el rey Felipe IV de Francia, que ambicionaba las riquezas y dominios del Temple (del que había recibido abundantes préstamos y que hasta había guardado los tesoros de la Corona), a tomar tal medida. Felipe quería así aliviar sus maltrechas finanzas y contar con poderosos y nuevos recursos para iniciar sus campañas. Ante la lógica confusión que se produjo, muchas encomiendas trataron de deshacerse de todos los papeles que guardaban en sus archivos para evitar que pudieran ser utilizados contra ellos en alguna causa, y por eso quemaron algunos. Otra parte de la documentación terminó en manos de las demás órdenes religiosas, que acogieron en sus encomiendas a muchos de los desorientados monjes templarios. Al entrar en ellas, algunos llevaban consigo documentos importantes que habían conseguido salvar de las llamas y que inmediatamente pasaron a formar parte de los nuevos archivos. Total, que una parte de la documentación templaria la recibieron los hospitalarios (para que lo entiendas mejor, la actual orden de Malta), muy poca la de Calatrava, y la mayor parte fue a parar a manos de la orden de Montesa, que se fundó precisamente para recibir la herencia del espíritu templario. —Lucía sacó un paquete de cigarrillos de una caja de madera y encendió uno, deteniendo un momento su relato mientras le daba una profunda calada—. Con todo lo anterior, lo que quiero decir, y para no desviarme del tema, es que nos ha costado mucho tiempo localizar, y volver a juntar después, los documentos que pertenecieron a la casa del Temple en Zamarramala y que iban firmados por su comendador, Gastón de Esquívez, entre los años 1218 y 1234, coincidiendo con la inauguración de la iglesia de la Vera Cruz.

—Perdona que te corte, Lucía. ¿Qué habéis encontrado en esos documentos para haber llegado a la conclusión de que el templario Esquívez era un pájaro de cuidado, por decirlo de una forma coloquial?

—Espera, Fernando, ahora te lo explico. —Dio una nueva calada—. A través de ellos, y ocho siglos después de haber sido escritos, hemos averiguado que el señor Esquívez compaginaba sus obligaciones como comendador templario con otras actividades, más secretas y peligrosas, dentro de un selecto grupo de doce personalidades templarias de esa época, que se definían como los «hijos de la luz» o *filii lucis*, en latín. ¿Recuerdas ahora lo que hablamos sobre el número doce estando en la Vera Cruz?

—¡Claro, Lucía! Y, ¿cómo habéis llegado a esa conclusión? Supongo que no lo dejarían así, escrito y tal cual, ¿no?

—Hemos logrado interpretar algunos documentos gracias a un potente sistema informático que nos ayudó a sacar las claves criptográficas que utilizaban para ocultar sus contenidos. Dicho de otro modo, estaban redactados utilizando unas reglas de encriptación verdaderamente complejas para la época de la que hablamos. Te aseguro que, a primera vista, parecían textos normales, pero escondían mensajes muy interesantes. Hemos podido traducir unos cuarenta documentos durante las dos últimas semanas. Aunque ahora vamos rápido, no hemos tenido tiempo suficiente para descifrarlos todos, y nos faltan por estudiar diez escritos más, que nos están costando mucho. —Un tronco de la chimenea se abrió por la mitad, produciendo un fuerte chasquido, lo que les despistó por unos segundos—. Bien, sigo. De entre lo que hemos visto hasta ahora, han aparecido cosas interesantísimas, por ejemplo, sobre la Vera Cruz. Pero también cosas terribles. Recuerdo uno, de los más dramáticos, que hacía referencia a una ejecución a manos del propio Esquívez de un tal Pierre de Subignac, en las cercanías de la Vera Cruz. Según las referencias que hace el propio escrito, que mandaba a uno de sus correligionarios secretos, además del luctuoso hecho, citaba más información: «Por causa de venir buscando el cofre y el papiro, engañado por nuestro hermano Atareche, se ha conseguido del fallecido y para beneficio de la comunidad, un medallón de gran trascendencia y antigüedad». Todavía no entendemos qué importancia podía tener el referido cofre, el papiro o el medallón. De hecho, ya no vuelven a ser citados en ningún otro documento. ¡Tenemos que investigar más sobre ello!

—¡Para un momento, Lucía, por favor! —Fernando se incorporó en el borde del sillón y bebió un poco de coñac—. ¿A quién dirigía esos escritos el comendador Esquívez? Y antes de contestarme tengo otra pregunta. ¿Has averiguado de qué clase de grupo se trataba?

—En su mayoría, las cartas iban dirigidas a otros comendadores templarios; como a un tal Juan de Atareche, de la encomienda de Puente la Reina, en Navarra. También, a seis templarios franceses de las regiones del Languedoc, Champaña y el Rosellón. Dos destinatarios más eran ingleses y otro más catalán, un tal Joan Pinaret, de la encomienda de Begur, y por último, a un italiano. El dato definitivo, que nos sirvió para identificarlos como integrantes de ese grupo secreto, resultó ser un pequeño detalle que aparecía en los correos de Gastón de Esquívez y que éste ponía al final de cada uno de sus nombres y sólo en ellos. Eran dos simples letras, «F.L.», que aparentemente no tenían ninguna relación con sus siglas o con alguna otra abreviatura más o menos clásica. Tras dar muchas vueltas a su posible significado, finalmente las pudimos relacionar con las iniciales en latín de *filii lucis* o «hijos de la luz», en castellano. Lo que me ayuda a conectar con tu segunda pregunta acerca de la clase de grupo que constituyeron aquellos doce personajes. —Lucía adoptó un gesto lleno de trascendencia, consciente de lo que iba a decir—: ¡Fernando, estoy segura de que se trataba de una comunidad esenia en pleno siglo XIII!

—Lucía, vayamos por partes. Llevo varias veces oyéndote hablar de los esenios. Lamento mi ignorancia, pero no sé mucho de ellos. ¿Me puedes explicar quiénes eran, o son, los esenios?

—Tienes razón, Fernando. Debo empezar por el principio. Dejemos de momento a nuestro amigo y a su grupo, y te cuento lo que sé de los esenios. Pero antes, si quieres, nos tomamos otro café. ¿Lo quieres solo? —Se incorporó en el sillón y cogió su taza, a la espera de su contestación.

—¡Sí, solo! Pero, por favor, corto de café.

Lucía retomó la conversación explicándole que los esenios habían sido un grupo no muy numeroso, que integraban una de las ramas filosóficas del judaísmo, en convivencia con las otras dos oficiales: los saduceos y los fariseos, unos dos siglos antes de Jesucristo y hasta unos setenta años después. Durante sus inicios, habían formado comunidades estables en muchos pueblos de Samaria, Judea o Galilea. Pero, en torno a ciento ochenta años antes de nuestra era, se escindió una secta que decidió ir a vivir al desierto y en las inmediaciones del mar Muerto.

—Casi se puede afirmar —especificó Lucía— que con ellos se inicia una de las formas clásicas de ascetismo religioso: la vida eremita. Ésta consiste, básicamente, en aislarse del mundo para vivir en oración, en lugares como cuevas o parajes naturales, pero viviendo en comunidad y no completamente solos, como lo hacen los anacoretas.

»Los esenios construyeron en el desierto, dentro de las montañas, auténticos monasterios excavados en la piedra. Dentro de las cuevas vivían juntos, renunciando a los bienes de esta tierra, rechazando todo contacto sexual, compartiendo la comida, predicando el amor fraterno y tratando de hacer el bien. También dedicaban gran parte del día al estudio de los libros sagrados y a la escritura. Odiaban a los saduceos, a los fariseos y a los escribas, a los que acusaban de haber violado la ley de Moisés, de haberse quedado sólo en la aplicación del precepto, y en la letra, y de haberse burlado de la tradición oral.

»En el año 1947 ocurrió un acontecimiento trascendental en el desierto de Judea, una región de lo que era, en ese momento, Jordania. El árido paisaje donde se produjo el suceso estaba sembrado de decenas y decenas de pequeños montes, horadados a su vez por miles y miles de pequeñas cuevas. En una de ellas, muy cerca del mar Muerto, en la zona de Qumram, un pastor de cabras árabe, caminando con su ganado, encontró varias vasijas de barro que contenían una docena de pergaminos enrollados y algunos papiros que, a primera vista, le parecieron muy antiguos. Considerando que podían tener mucho valor, los vendió en un mercado a un comerciante y, tras pasar por varias manos, terminaron en las de un investigador judío, que los sacó a la luz. La prensa inmediatamente se hizo eco de la sorprendente noticia y se puso en marcha una expedición de arqueólogos que empezaron a investigar en los miles de cuevas de la zona. En poco tiempo encontraron unos ochocientos rollos y papiros, dentro de cientos de tinajas de barro, repartidas en numerosas cuevas a lo largo de todo el desierto. Su excelente estado de conservación fue uno de los aspectos más sorprendentes. La bajísima humedad y las suaves, y muy estables, temperaturas en el interior de las cuevas fueron las responsables de que mantuvieran sus características originales durante cientos de años. Al poco tiempo se confirmó científicamente que los papiros tenían en torno a los dos mil años y que habían sido escritos por las comunidades esenias que habían habitado aquellos monasterios, constituidos a lo largo de esas paupérrimas regiones.

»Puedes hacerte una idea del notición que supuso en su momento. Ocupó las primeras páginas de todos los periódicos de la época: "Aparece una biblioteca de papiros, contemporáneos a Jesucristo". Confirmada su antigüedad, empezó una auténtica carrera para traducirlos, en varios lugares del mundo y a la vez. A medida que fueron avanzando los trabajos, se pudo saber que la mayor parte de los rollos eran manuscritos, o copias, de los libros del Antiguo Testamento, del Pentateuco. También aparecieron versiones de antiquísimos libros de profecías anteriores a Jesucristo, como la de Enoc y las de Jeremías y Elías. Pero, tal vez, lo que sorprendió más a la comunidad internacional fue el descubrimiento de la doctrina esenia, las bases de su fe y todo el conjunto de sus reglas. Los esenios escondieron esos pergaminos durante el levantamiento judío, en plena ocupación romana y hacia el año 67 de nuestra era, cuando temieron que sus comunidades podían ser atacadas y destruidas por los soldados romanos. No estaban muy equivocados, porque la desaparición de las comunidades esenias de Qumram se produjo hacia el año 69 después de Cristo. Para mantener a salvo sus libros sagrados, los guardaron dentro de tinajas, en distintas cuevas, pensando que así sería más difícil su localización.

—¡Y lo consiguieron, Lucía! ¡Tuvieron que pasar casi veinte siglos para que alguien los encontrase!

—Cierto. Gracias al estudio de los papiros, y de cientos de esos rollos, se ha conocido mucho mejor el mundo esenio. Parece ser que la comunidad de Qumram, a cargo de un jefe que llamaban el Maestro de Justicia, se exilió en el desierto a partir de una escisión de la anterior comunidad esenia, que estaba repartida por toda Palestina. —Lucía dejó de hablar un momento para saborear un sorbo de coñac—. ¡Atento ahora a lo que te voy a contar! Espero que te suene a algo. —Agarró su mano, tratando de atraer aún más su atención—. Uno de los pergaminos empezaba diciendo: «Así comenzó la guerra de los hijos de la luz contra los hijos de las tinieblas». En él se narraba la instalación de la comunidad en Qumram. Ésta fue fundada por varios sacerdotes, concretamente doce, que habían residido en el Templo de Jerusalén, el cual abandonaron posteriormente como consecuencia de su rechazo del fariseísmo. Por ello, al resto de los sacerdotes del templo, como también a los romanos, los llamaban los *kittim* o «los hijos de las tinieblas». Parece ser que no pudieron soportar más tiempo ver cómo seducían al pueblo con sus falsas palabras, más preocupados por mantener las buenas relaciones con el poder religioso, sin interesarse en hacer crecer la fe en Dios. El texto continuaba diciendo que los hijos de la luz habían fundado en el desierto un nuevo Templo, que sustituía al antiguo, formando una nueva alianza entre Dios y su pueblo a través de otro éxodo por el desierto y otro asentamiento en una nueva tierra prometida, en Qumram. Así lo hicieron, y en pocos años fueron estableciéndose varias comunidades alejadas de la civilización.

Fernando empezó a relacionar las descripciones de los primeros esenios con el grupo secreto del comendador Esquívez.

—Doce sacerdotes... del Templo... que renuncian a su condición y establecen una comunidad distinta. Que buscan una nueva alianza con Dios y un nuevo éxodo al desierto de Judea… en una nueva tierra… —deducía Fernando—. ¡Lucía, ya lo voy comprendiendo! Tu grupo de templarios, con Gastón de Esquívez a la cabeza, eran sacerdotes, también doce, formaron una comunidad secreta y se llamaban a sí mismos los hijos de la luz. Demasiadas semejanzas para pensar en casualidades, ¿verdad?

Fernando estaba casando las piezas sueltas y empezaba a verle un sentido al conjunto. Ahora entendía mejor cómo había conseguido Lucía llegar a saber que se trataban de esenios, cuando, antes, le había parecido demasiado aventurado que hubiera llegado a esas conclusiones a partir de la interpretación de las letras «F» y «L», que podrían haber tenido muchos significados distintos y todos válidos.

—¡Ya voy entendiendo el porqué de tus deducciones, Lucía! ¡Eres genial!

—Gracias por el elogio, pero es mérito de dos. Cuando el becario y yo nos dimos cuenta de esas analogías, empezamos a hilar un montón de cabos sueltos que ahora podemos interpretar en conjunto y no aisladamente, como lo veníamos haciendo. Me refiero, por ejemplo, a aspectos relacionados con la iglesia de la Vera Cruz. Un templo dodecagonal; por tanto, una vez más, el número 12 por medio. Levantado por templarios, llamados así por haber fundado su orden en el mismo lugar donde había estado el Templo de Salomón. La fecha de entrega de la reliquia a la Vera Cruz por parte de Honorio III fue en 1224, una cifra resultado de juntar 12 + 24. ¡Veinticuatro eran los sacerdotes que tenía el Templo, Fernando!, y doce los que lo abandonaron para fundar la secta esenia, según quedó escrito por ellos mismos.

La cara de Fernando no podía reflejar más asombro.

—¿Sigo? —preguntó Lucía, que no podía contenerse las ganas de seguir relatándole sus descubrimientos.

—¡Pues claro, me tienes embrujado!

—Si te has fijado, la orografía que enmarca a nuestra querida iglesia de la Vera Cruz es muy peculiar. Rodeándola por su cara norte, hay un monte bajo lleno de pequeñas cuevecitas, «las grajeras», como las llaman popularmente por la cantidad de grajos que anidan en ellas. ¡Un paralelismo más con las áridas montañas, llenas de cuevas, de los alrededores del mar Muerto! —Los ojos de Lucía iban cambiando de intensidad a medida que avanzaba en su argumento.

—¿Crees que ese grupo de templarios, digamos que de afinidades esenias, pudo seleccionar ese emplazamiento por ese motivo?

—No lo sé —contestó ella—, pero insisto, empiezan a ser demasiadas casualidades juntas.

—Estoy de acuerdo contigo, Lucía. ¡Demasiadas coincidencias!

—Pues sigo, porque hay más. Cuando estuvimos visitando la iglesia de la Vera Cruz, recordarás que hablamos sobre las cámaras ocultas, y que os dije que podían haber sido empleadas como lugares de reclusión para un grupo selecto de monjes que pretendían imitar la vida eremítica, por lo menos durante cortos períodos de tiempo.

—¡Lo recuerdo! Unos investigadores sostenían que eran cámaras de penitencia; otros, centros de iniciación para los nuevos aspirantes, y otros, simplemente lugares para ocultar objetos discretamente.

—¡Excelente memoria, Fer!

Lucía soltó su mano, después de haberla tenido sujeta un buen rato, y le preguntó si no le importaba que le llamase así, usando aquel apócope que había oído emplear en varias ocasiones a su hermana. Fernando aceptó sin problemas, y ella continuó con sus explicaciones.

—Sin ánimo de restarle posibilidades a esos probables

usos, creo que nuestro amigo Esquívez y su comunidad esenia la mandaron edificar o, por lo menos, quisieron levantarla como «su nuevo templo», a imagen de los primeros sacerdotes que constituyeron la comunidad esenia de Qumram. Y es más, creo que, al igual que hicieron sus antepasados, ellos dieron a la Vera Cruz una doble función: como lugar donde pudieran llevar una vida eremítica por un lado, y por otro, cada vez estoy más convencida de ello, para esconder en algún punto, extremadamente secreto, algunos objetos que podían usar durante sus capítulos. De esto último no tengo pruebas, pero mi sexto sentido me dice que trataban de tener también su sanctasanctórum, o lugar secreto, a la manera del que hubo dentro del original Templo de Salomón.

—¿Cuándo podemos investigar la iglesia a fondo, Lucía? ¿Crees que aún puede haber algo escondido? —Fernando parecía entusiasmado con la idea de buscar un posible tesoro.

—¡Desde luego, tu padre debió de creerlo! Y yo también lo creo, Fernando, aunque, lamentablemente, no te puedo contestar todavía a la primera pregunta. Ya he solicitado al ministerio una autorización para cerrar la iglesia al público y realizar una profunda investigación en su interior. Quiero saber de una vez por todas si de verdad hay o no algo oculto en ella. Estoy a la espera de una respuesta oficial, que calculo podré tener en una o dos semanas.

—¡Cuenta conmigo, Lucía, te lo pido por favor! ¡Quiero estar presente si aparece algo! —Esta vez era Fernando el que agarraba una de sus manos, poniéndole cara de pena.

—No te preocupes, ya contaba contigo. Además, quiero ver el interior de la tumba de tus antepasados y creo que lo mínimo es que estés presente.

Se abrió la puerta del salón y Manolo anunció que el señor Ramírez acababa de llegar.

—Manolo, antes de hacerle pasar, denos cinco minutos

más, por favor —ordenó Lucía—. Fernando, creo que antes de hacerle partícipe de estas cosas, sería mejor que primero supiéramos lo que tiene él. Si no nos aportase nada nuevo, sería partidaria de no mostrarle todavía nuestras cartas ni nada de lo que hemos estado hablando esta tarde. Por cierto, aún no te lo he preguntado, ¿ya sabe lo del brazalete?

—No, hasta ahora sólo sabe que se trata de una joya antigua. De todos modos, pienso que no debería parecer que tratamos de ocultarle información. Por haber usado esa misma técnica, la primera vez casi se me largó sin darme más explicaciones. Seamos prudentes, pero algo debemos contarle.

Manolo abrió la puerta del salón tras golpear tres veces e invitó a entrar a don Lorenzo Ramírez.

Lucía y Fernando se levantaron y fueron a su encuentro. Fernando se adelantó para darle la mano y presentarle a Lucía.

—¡Me alegro mucho de verle, don Lorenzo! Lucía Herrera, su colega y directora del Archivo Histórico de Segovia y propietaria de esta casa. —Se dirigió después a ella—. Lucía, don Lorenzo Ramírez es catedrático de Historia Medieval de la Universidad de Cáceres y, como sabes, nieto de Carlos Ramírez, amigo de mi padre y responsable del famoso paquete de correos que apareció en tu archivo.

Lucía le miró a los ojos, ofreciéndole su mano. Lorenzo la cogió y la besó cortésmente.

—Sea usted bienvenido a esta casa, don Lorenzo. Si lo desea, podemos tomar asiento cerca del fuego.

—¡Pues sí! La verdad es que hoy se agradece el calor de una chimenea. De lo soleada que ha empezado la mañana, a lo oscura y fría que se ha puesto la tarde va un mundo —respondió, mientras observaba el refinado mobiliario del salón.

—Don Lorenzo, ¿desea un café o una copa de coñac para entrar en calor? —preguntó Lucía, mientras los tres tomaban asiento frente a la lumbre.

—Pues, sin ánimo de abusar, casi le diría que las dos cosas, ¡gracias!

Don Lorenzo miraba a Fernando, dudando en preguntarle algo. Lucía mandó a Manolo que trajera café y se levantó para servirle la copa de coñac, aprovechando para llenar las suyas.

—Si les parece, podíamos tutearnos —propuso Lucía.

Todos acordaron que entre ellos ya no eran necesarios más formalismos. Don Lorenzo, tras unos segundos de silencio, preguntó educadamente por Mónica.

—Fernando, supongo que Mónica no ha podido estar hoy entre nosotros.

—Lamentablemente, no —contestó Lucía de forma inesperada—. Su ausencia sólo se debe a una falta de cortesía por mi parte al no haberla invitado junto con Fernando.

Fernando se sorprendió ante las excusas de Lucía. La verdad es que, aunque pudiera parecer raro, no habían hablado en todo el día sobre el asunto. Fernando, en buena medida, estaba agradecido de no tener a Mónica con ellos tras el fiasco del jueves.

Por su parte, don Lorenzo quiso ver en el detalle algo más que una disculpa. Su intuición le decía que esa mujer no solamente estaba ayudando a Fernando por su condición de historiadora. Allí se estaba cociendo una relación a dos bandas entre el joyero y las dos mujeres. Todavía no conocía bien a la nueva, pero debía reconocer, tras haber estado con la otra, que Mónica era mucho más guapa.

—Bueno… como dice Lucía, hoy no estará con nosotros. Mónica está en estos momentos en Madrid —intervino Fernando, sintiéndose obligado a dar alguna explicación.

—¡Lo lamento de verdad! Honradamente sigo creyendo, como lo expresé en la anterior ocasión, que es una persona de una extraordinaria capacidad, aparte de encantadora y, todo sea dicho de paso, muy bella.

—Seguro que tendremos más oportunidades de estar todos juntos —concluyó Fernando, que deseaba cambiar de tema—. ¿Cómo van tus investigaciones, Lorenzo?

—Entiendo que por buen camino. Ya verás cómo me darás la razón, cuando te informe de algunos de mis descubrimientos. Pero antes de empezar con ellos, no puedo esperar más tiempo sin saber qué habéis averiguado sobre la joya y de qué tipo de joya hablamos. —Se dirigió hacia Lucía—. Deduzco que eres la responsable de la aparición del paquete que mi abuelo mandó al padre de Fernando. ¿Estoy en lo cierto?

—¡Evidentemente! —contestó ella, sin muchas ganas de dar más explicaciones.

Lucía no acababa de confiar en él y tampoco le había gustado nada cómo la miraba.

—Se trata de un brazalete… —Fernando titubeó, dudando si era el momento de entrar de lleno a explicar todo lo que sabían, o si tenía que esperar a que empezase primero él, tal y como había convenido con Lucía. Sin decidirse por ninguno de los dos caminos, siguió hablando entre numerosas pausas—. Pues del brazalete sabemos… que es muy antiguo… —seguía con continuas pausas—, que está realizado en oro… y que pudo pertenecer a los templ…

Lucía, al ver que estaba a punto de revelar una de las conclusiones más importantes a las que habían llegado, le cortó, siguiendo ella con la frase que no le había dejado terminar.

—… los templos funerarios del alto Egipto. ¡Eso! Fernando ha querido decir que pudo ser un brazalete egipcio, encontrado seguramente en alguna excavación de un templo funerario.

Lorenzo estaba atónito ante la actitud dubitativa de Fernando. La explicación le estaba sonando muy rara, y empezó a sospechar que una vez más no eran francos con él. Se incorporó en el asiento y respiró profundamente, adoptando un semblante muy serio.

—Vamos a poner las cosas claras desde el principio. Nos hemos reunido dos expertos en historia para solucionar este enredo y entiendo que estamos todos en el mismo barco. ¿Estáis de acuerdo con ello, sí o no?

Los dos respondieron que así lo veían ellos también: embarcados juntos en la búsqueda de respuestas.

—¡Bien!… ¡De acuerdo! —Inspiró una bocanada de aire—. Entonces, ¿qué pretendéis conseguir ocultándome la información de que disponéis?

Tras disculparse, Fernando reaccionó ante la lógica posición de Lorenzo y, sin más dilaciones, comenzó a explicar todo lo que sabían sobre el brazalete. Compartió la convicción que tenían de su pertenencia a Moisés, junto con los motivos que les habían llevado a pensar eso: las sólidas coincidencias con las referencias bíblicas del Éxodo, las doce piedras semipreciosas que lo decoraban, la variedad nubia del oro con que había sido fabricado y los análisis realizados confirmando su antigüedad. También le hizo partícipe de las sospechas de su posible descubrimiento, por parte de los primeros templarios y fundadores de la orden, en los sótanos del antiguo Templo de Salomón, posiblemente cuando residían justo encima de su emplazamiento original.

—¡Excelente! ¡Os felicito por el enorme avance que habéis conseguido! —Incluyó a Lucía, tratando de ganársela. Notaba en ella cierta incomodidad por su presencia—. Lucía, entiendo que tu participación en este descubrimiento ha tenido que ser determinante, y no lo digo sólo por adularte; se nota la mano de alguien que sabe manejar técnicas de investigación histórica, como la síntesis comparativa, para llegar a una conclusión tan precisa como la presentada, partiendo de los pocos datos de que disponíais.

—Lorenzo, tienes razón al ensalzar el trabajo de Lucía. De no ser por ella, yo no hubiera llegado jamás a las conclusiones actuales. ¡Ella fue la que dio con la clave!

Ambos miraban el rostro de Lucía que, un tanto avergonzada, trataba de restarse importancia.

—Sin pecar de inmodestia, la verdad es que no me ha resultado muy complicado llegar a estas conclusiones. Aunque he de reconocer que todavía tengo muchos puntos sin corroborar de una forma científica. Entiendo, incluso, que con algunos va a ser prácticamente imposible, debido a la falta de pruebas documentales.

Lucía parecía que estaba empezando a alejarse de su relativa frialdad inicial. Fijó la vista en Lorenzo, mientras le expresaba sus dudas.

—Llegado a este punto, tanto a Fernando como a mí, nos resultaría vital conocer cuál es tu criterio, y lo avanzadas que están tus investigaciones. Necesitamos entender qué tipo de conexiones pudo existir entre los templarios y tus antepasados en la Edad Media y, segundo, cómo y por qué vuestros antepasados más cercanos intervienen en un momento determinado, enviándose el brazalete.

—De acuerdo. Os voy a contar las conclusiones a las que he llegado. Me alegra ver que vamos por buen camino. Veréis, durante nuestra charla en Jerez de los Caballeros, comenté, sin entrar en detalle, que había descubierto unas peculiares relaciones entre mis antepasados y los monjes templarios que dirigían la encomienda, durante los siglos XIII y XIV. Es necesario interpretar esas primeras relaciones como las propias de dos vecinos que mantienen frecuentes conflictos por los límites entre sus respectivas propiedades. Esa particular circunstancia produjo una abundante correspondencia sobre asuntos de interés mutuo, o de disputas otras veces. A título de ejemplo, en unos se hacía referencia al reparto de los horarios de riego con el agua de las acequias que compartían. En otros escritos trataban de alcanzar acuerdos acerca de los límites entre una y otra parte de sus dominios. He podido ver, también, reclamaciones sobre la pertenencia de los animales que habrían pasado de una finca a la otra. Bueno, e infinitos temas más. Todos esos documentos estaban guardados en el archivo de mi abuelo, que he tratado de ir recuperando. Primero he ido clasificándolos por fechas, y luego por asuntos. Entre ellos, y después de vernos, encontré uno, fechado el 22 de abril de 1312, firmado por el responsable de la encomienda de Jerez de los Caballeros, que nada más verlo me pareció francamente extraño. Estaba dirigido a un antepasado mío, de nombre Gonzalo Ramírez. En él se hacía referencia a la entrega de un objeto, que éste le habría hecho llegar a mi antepasado, con una clara consigna. —Sacó un papel doblado de un bolsillo de la americana y unas gafas de leer—. «Débase su señor de guardarse en protegerlo, frente a otros que lo demandasen como suyo en el futuro, permaneciéndolo consigo, hasta que se lo tornase a solicitar el que subscribe, y sólo a su propia persona.»

Dobló el papel y lo guardó nuevamente en el bolsillo.

—En el escrito no constaba de qué objeto se trataba.

—La fecha del documento ¿no coincide con la bula de supresión del Temple por Clemente V en el concilio de Vienne? —intervino ella.

—Tienes buena memoria, Lucía —respondió don Lorenzo—, pero no exactamente. La bula *Vox in excelso* fue firmada un mes antes, el 22 de marzo, aunque fue el 3 de abril cuando se dio a conocer en el plenario del concilio. De cualquier manera, en esas fechas, su comendador ya debía conocer lo que se estaba cociendo contra la orden, en Francia y en el resto de Europa. Se pudo imaginar que aquello iba a terminar mal y que los bienes de la encomienda corrían el peligro de ser traspasados a otra orden religiosa, tal y como ordenó el Papa.

—Y piensas que, entregándoselo a tu familiar, se evitaba que el objeto pudiera caer en manos de otras órdenes, siempre que éste guardase la suficiente discreción —dedujo Fernando.

—¡Con toda seguridad! —respondió don Lorenzo sin vacilar—. Es más, estoy seguro de que el brazalete es el objeto a que hace referencia el documento. Inicialmente no caí en ello, pues no me dijisteis lo que contenía el paquete. Por mi lado y de todos modos, he tratado de investigar qué pudo ocurrir con el comendador templario. Pero no he logrado saber nada de él, salvo que era muy mayor. No sé… Posiblemente murió sin haber vuelto a demandar el brazalete, y de esta manera fue pasando de generación en generación hasta llegar a mi abuelo.

Lorenzo tomó su copa de coñac y, en ese instante, recordó un detalle.

—¡Ah, se me olvidaba! He querido averiguar el significado de unas extrañas siglas que aparecen en bastantes escritos, aunque no en todos, siempre al final, y detrás del nombre del comendador y en aquellos en los que aparecía mi antepasado Gonzalo. Pero aún no sé qué significado pueden tener. Sólo que se trata siempre de las mismas letras, «F.L.». Sirva de ejemplo el documento de cesión del objeto al que antes me he referido.

A Lucía se le abrieron los ojos de golpe ante lo que acababa de escuchar. Empujada como por un resorte, le interrumpió, mostrando una completa seguridad sobre lo que iba a decir.

—¡«F.L.» son las iniciales de *filii lucis*!

—¿Hijos de la luz? —tradujo rápidamente Lorenzo—. ¡Nunca lo había oído antes! Pero veo que vosotros sabéis algo al respecto. ¿Qué creéis que puede significar esa adscripción?

—¡Pues que ese comendador templario y tu antepasado eran esenios! —respondió Fernando.

—¿Cómo esenios…? ¿Esenios, como los que vivieron en el mar Muerto en tiempos de Cristo? —Les miró lleno de escepticismo, ante lo que a todas luces parecía una peregrina relación entre dos hombres del siglo XIII con una secta judía, desaparecida un montón de siglos antes.

Lucía contó todo lo que había averiguado en Segovia sobre las andanzas del comendador templario de Zamarramala, Gastón de Esquívez. Le resumió las investigaciones realizadas en torno a su vida y le expuso cómo, gracias a ellas, había descubierto unos comportamientos anormales, incluido el asesinato, y su pertenencia a un grupo secreto formado por doce templarios.

Terminó compartiendo con Lorenzo su proceso de deducción, que le había llevado a establecer sólidos paralelismos entre ese grupo de sacerdotes de la primera mitad del siglo XIII con los originarios fundadores esenios, desertores del templo de Jerusalén. Desarrolló su teoría sobre el peculiar valor simbólico de los números que acompañaba —desde cualquier criterio que se quisiese abordar— a la misteriosa iglesia de la Vera Cruz y a ese grupo secreto. Doce eran sus miembros, como doce los primeros fundadores del emplazamiento esenio de Qumram. Se organizaban en torno a una iglesia, la de la Vera Cruz, dodecagonal y en una orografía de notables similitudes con la de los monasterios de las montañas del desierto próximo al mar Muerto.

Lucía hizo también una mención a la existencia y sobre todo al uso de cámaras secretas como posibles emplazamientos para alcanzar la ascesis, al igual que los esenios. Y, por último, la definitiva presencia de las dos iniciales «F.L.», «hijos de la luz», que también ella había encontrado en los escritos del comendador Esquívez y detrás de los once restantes nombres del grupo secreto.

Lorenzo había minusvalorado a esa mujer. Tenía frente a él a una profesional de la historia con una capacidad deductiva sobresaliente, que mantenía siempre un esquema dialéctico bien estructurado sin por ello abandonar el uso de un esmerado vocabulario. Lucía era una mujer verdaderamente brillante.

—Excelente, Lucía. No puedo decir otra cosa, sino aceptar de buen grado que acabas de darme una auténtica lección de investigación. —La había visto intuitiva y rigurosa, ágil y a la vez sensata—. En definitiva, que realmente estoy encantado oyéndote.

Lucía estaba poniéndose colorada ante tanto elogio. Él, sin darle tiempo a manifestarse, siguió hablando:

—¿Recordarías ahora los nombres de los templarios con quienes se comunicaba tu querido Esquívez? Lo pregunto por si alguno de ellos fuera de la encomienda de Jerez de los Caballeros y así pudiésemos atar más cabos.

—¡Pues trataré de hacerlo, aunque no es tarea fácil! Sólo los vi una vez. —Miró a Fernando, pidiéndole ayuda para que los fuera anotando en un papel—. Eran seis franceses; Philippe Juvert, François Tomplasier y Charles du Lipont. Otro era… ¡ya! Guillaume Medier y Richard Depulé, y el último no lo voy a conseguir… ¡Sí!, Philippe Marcé.

—¡Eres increíble, Lucía! Pero ¿cómo puedes acordarte de todos los nombres? —Fernando estaba completamente entregado ante la inteligencia de esa mujer.

—Simplemente creo que tengo buena memoria. Pero, volviendo al tema, me había quedado con los franceses. También había dos nombres ingleses, uno italiano y los españoles. ¡Sigo por estos últimos, que son los más fáciles! Tenemos

a un tal Juan de Atareche, navarro, al propio Gastón de Esquívez y por último, a un catalán… Joan Pinaret. Los ingles…

Lorenzo la dejó a media palabra, muy emocionado.

—Lucía. Has dicho Joan Pinaret, ¿verdad?

—Sí, uno de ellos creo que era Joan Pinaret. Debía de ser
el más joven del grupo, a tenor de algunos comentarios que
se hacían en las cartas sobre él. Como si fuese un discípulo
que estuviese iniciándose para la comunidad.

—Creo que no os lo había dicho todavía —Lorenzo respiró, solemnemente—, pero el comendador que firmaba el
documento de entrega del brazalete era un tal Juan Pinaret…
—Miró seguidamente a cada uno, haciendo una pausa—.
¿Qué os parece, creéis que hablamos del mismo?

Lucía calculó mentalmente la diferencia de fechas. De los
documentos que hacían referencia a Pinaret, los más antiguos
eran de 1244. Sin embargo, la fecha del que había localizado
Lorenzo era de 1312, y en Jerez de los Caballeros, ¡muy lejos por tanto de Cataluña! Entre ellos, transcurrían sesenta y
ocho años. ¡Era mucho tiempo! Pero podía ser. «¿Por qué
no?», pensaba Lucía.

—En mis documentos, Pinaret aparece como un joven
novicio recién admitido en la comunidad. Imaginemos que
tuviese en torno a los dieciséis o dieciocho años. Algunos
años después, por el motivo que fuera, pudieron destinarlo
a la encomienda de Jerez de los Caballeros. Si no me salen mal
las cuentas, pudo firmar el documento que encontró Lorenzo con ochenta y tres u ochenta y cinco años. ¡Suena raro,
pero no es imposible!

—Desde luego, el nombre coincide, aunque en Jerez no
firmase como Joan, y, desde luego, su adscripción esenia
también. Yo creo que debemos pensar que el señor Pinaret
constituye el eslabón que une definitivamente los dos emplazamientos templarios, el de Zamarramala y la encomienda de

Jerez de los Caballeros. —Fernando empezaba a verlo todo bastante más claro.

—En resumen, sabemos que dos templarios, uno vinculado a la Vera Cruz y el otro, primero en Cataluña, y luego en Jerez de los Caballeros, formaron parte de un grupo secreto esenio. En un caso, el de Jerez, cedió temporalmente un objeto a mi familia, que era, nada menos, que el brazalete de Moisés. Del templario de Zamarramala no sé mucho... —Lorenzo trataba de estructurar lo que habían averiguado hasta el momento.

—Nosotros sabemos alguna cosa más —intervino Lucía—. También hallé una referencia a unos objetos en uno de los escritos, en concreto en el que se justificaba el asesinato del tal Pierre de Subignac. En él se mencionaba un medallón, un cofre y un papiro. ¡Eso es todo lo que sabemos!

—¡Muy curioso! —repuso Lorenzo—. De momento, en nuestro recuento de objetos, sumamos un brazalete, un medallón, un cofre y un papiro. —Se dirigió hacia Fernando al caer en un detalle—. ¿Te das cuenta de que en su mayor parte se trata de joyas...? Me parece que, en esta historia, nada de lo que está ocurriendo es fruto de la casualidad. Pensad por un momento en este razonamiento: nos hemos juntado dos historiadores y un joyero para tratar de desenredar una compleja trama acontecida hace casi ocho siglos y, a medida que nos vamos metiendo más y más dentro de ella, todo lo que hemos descubierto hasta ahora resultan ser joyas u objetos de incalculable valor histórico y religioso. Me intriga saber si el resto tendrá un valor comparable al del brazalete de Moisés.

Lucía le contó sus sospechas sobre la posibilidad, aunque remota, de que algunos de aquellos misteriosos objetos estuvieran escondidos todavía en la iglesia de la Vera Cruz. Y que, por ello, había solicitado al ministerio una autorización para investigarla a fondo. Aprovechó para decirle que le avisarían, por si estuviese interesado en participar en ella o seguirla de cerca.

—¡Gracias, Lucía! Cuento con ello. —Se acomodó en el sillón y miró a Fernando—. Entonces, toda esa parte la podemos aparcar de momento hasta saber qué encierra la iglesia de la Vera Cruz. Ahora sólo nos queda saber qué hacían mi abuelo y tu padre en todo este jaleo.

Cansada de estar sentada tanto rato, Lucía se levantó del sillón y se colocó frente a ellos, de espaldas a la chimenea. El reloj del salón acababa de marcar las ocho. Pensó que sería interesante dilucidar el punto que acababa de proponer Lorenzo, para abordarlo de un modo diferente.

—Os propongo que hagamos lo siguiente: vosotros tratáis de escribir en una hoja todos los datos que recordéis sobre ellos: fechas, contactos, trabajos, documentos que hubieseis guardado de ellos, o sencillamente recuerdos importantes que puedan tener algo de interés. Lo hacéis por separado y lo más sintético que os sea posible. ¡No se trata de escribir una biografía! En cuanto terminéis y los hallamos puesto en común, trataremos de buscar los paralelismos, si los hubiera, con los templarios que vivieron en Jerez de los Caballeros y en Segovia en el siglo XIII. ¿Os parece bien?

Los dos hombres pensaron que podía resultar una interesante forma de trabajar y se pusieron a ello.

Lucía encendió un pitillo y abandonó el salón para hablar con Elvira sobre los preparativos de la cena. No estaba segura de si iban a tener que contar finalmente con don Lorenzo, aunque la idea no le hacía ninguna gracia. Prefería disfrutar de una cena tranquila con Fernando.

Habían agotado la tarde charlando. Calculaba que, en principio, una vez terminado todo lo referente a sus familiares más cercanos, ya no quedaba mucho más de que hablar. En media hora podían haber terminado. De todos modos, por si aquello se alargaba, mandó a Elvira que pusiera un servicio más en la mesa y pidió a Manolo que fuera encendiendo la chimenea de sus dos dormitorios, y para asegurarse una buena lumbre toda la noche.

Subió a su habitación y se pasó un buen rato frente al vestidor, pensando.

Aquella mañana los dos habían participado en un estimulante juego de equívocos y en una suerte de sugerentes insinuaciones, que le habían dado a entender que Fernando mostraba ciertas intenciones hacia ella, situación que no solía ser muy frecuente en su inorgánica y apolillada vida actual, lo cual no dejó de agradarle como mujer.

Reconocía que Fernando le resultaba de lo más interesante, por raro que le siguiese pareciendo a ella dedicar tiempo a un tema como ése. Una oportunidad como aquélla no parecía sensato desaprovecharla y menos con un hombre que parecía haber pasado tantos sufrimientos como ella. ¿Qué podían perder si se buscaban como hombre y mujer? ¡Aunque fuera sólo un día!

Eligió un sencillo vestido negro, de corte algo insinuante, que no recordaba ni cuándo se lo había puesto la última vez. Lo descolgó y rápidamente se lo probó, comprobando que le sentaba a la perfección. Lo dejó encima de la cama para ponérselo después a la hora de la cena.

Bajó al salón para saber cómo iban con su tarea y se sentó al lado de Fernando. Los dos habían terminado y fue don Lorenzo el primero en leer sus notas.

—Mi abuelo recibe en herencia un brazalete, procedente de unos lejanos antepasados. Viaja a Segovia en 1930 para visitar la Vera Cruz y establecer contacto con el dueño de una platería, la de Fernando Luengo. Escribe en su libro de contabilidad un apunte de su estancia, con una referencia al papa Honorio III. Éste había enviado en 1224 un relicario con un fragmento del *lignum crucis*. Integra a tu padre en un selecto grupo seudotemplario, y deciden ocultar su relación a todo su entorno. Luego envía el brazalete a tu padre, cuando éste está en la cárcel, a mediados de septiembre de 1933. —Levantó un momento la vista del papel—. Hago aquí un inciso, porque no acabo de entender qué pudo empujarle a mandar un objeto de ese valor a una prisión, arriesgándose a que pudiera ser incautado... Pero eso lo trataremos de entender más adelante. —Se puso las gafas de nuevo, y siguió leyendo—. Y mi abuelo fallece unos días después del envío del brazalete, concretamente, a finales de septiembre de 1933.

Lorenzo dobló el papel lentamente y lo dejó en la mesa, forzando un tenso silencio. Finalmente, se reclinó en el sillón y les miró con un extraño gesto, lleno de misterio.

—Por si pareciera poco importante lo anterior, no es nada en relación con lo que os voy a contar ahora. —Se podía cortar el aire por la densa tensión que acababa de provocar—. Me acabo de dar cuenta, mientras estaba escribiendo este resumen y tras la información que he obtenido durante nuestra charla de esta tarde, de un detalle que me había pasado totalmente inadvertido hasta ahora. —Lucía y Fernando estaban perplejos ante el asombroso comportamiento de don Lorenzo—. ¿Queréis mirar con atención el anillo que llevo y decirme si veis algo especial en él?

Levantó la mano, para que vieran de cerca un sello rectangular engarzado en oro y con un escudo labrado sobre un zafiro azul, que llevaba en la mano derecha. Lo sacó de su dedo y se lo pasó a Lucía, para que lo viera más de cerca.

—Veo un escudo, supongo que el de vuestro apellido: un león rampante sobre lo que parece una piedra, con un brillante sol en su esquina derecha y un olivo a la izquierda. ¡Eso es todo lo que veo! —concluyó Lucía, mientras le pasaba el anillo a Fernando.

—En efecto, Lucía —dijo don Lorenzo—. Como tú bien dices, es un escudo: el escudo de la familia Ramírez. El león indica nuestra tierra de origen. No sé si lo sabías, Fernando sí, que mis antepasados conquistaron parte de la actual provincia de Badajoz a los árabes y recibieron del rey muchas tierras, como pago por sus generosos servicios. De ahí viene la roca y el olivo, símbolos de la tierra que nos fue donada. —Mientras hablaba, Fernando seguía estudiando el anillo desde todos los ángulos—. Fernando... —siguió Lorenzo—, ahora que lo tienes en tus manos. ¿Puedes fijarte mejor en esa piedra que está debajo del león? ¿Identificas lo que tiene escrito con letra muy pequeña?

—Apenas se puede leer... —Fernando se acercó más el anillo—. Hay dos letras tan pequeñas que no las distingo bien. ¡Esperad un momento! Ahora, sí. Me parecen una «F» y una «L».

—*Filii lucis!* ¡Hijo de la luz! —exclamó Lorenzo, completamente emocionado—. Este anillo era de mi abuelo. Él lo llevó hasta su muerte y después me llegó a mí, como un recuerdo muy querido por él.

—Pero ¿es posible que nunca hubieras visto esas letras? —preguntó Fernando.

—Las había visto más veces, pero nunca supe qué significaban al no coincidir con las iniciales de mi abuelo, lo cual hubiera sido lo más lógico. Pero, por fin, hoy lo he entendido. Y sospecho que mi abuelo pudo pertenecer también a una secta de esenios. —Mostraba una expresión casi infantil, encantado por su descubrimiento—. ¡Las cosas cuadran mucho mejor! Tal y como os dije, creí que se trataba de una secta seudotemplaria, por los extraños contactos que mantuvo y por sus frecuentes viajes a distintos emplazamientos del Temple, datos que pude conocer a partir del estudio de sus libros de gastos. También contribuyó a reforzar ese pensamiento la mucha correspondencia que mantenía con personas y organizaciones extrañas. De su lectura se podía deducir que guardaba alguna filiación con esas organizaciones. La suma de todas esas coincidencias me hizo pensar que había sido una especie de templario.

—Por lo que sabemos, tu abuelo formó parte de una larga cadena de personas por las que ha ido pasando el brazalete. Aunque debieron existir muchos nombres anteriores, de los que conocemos, el primer eslabón pudo ser Esquívez, que lo hizo llegar a un segundo, a Juan Pinaret, hace más de ocho siglos. El tercero pudo ser su antepasado Gonzalo, cuyo nombre también precedía a las dos siglas esenias. A partir de él, creo que existe una alta probabilidad de que se siguiera manteniendo siempre en manos esenias. —Lucía estaba ligando aquellos sucesos separados por el tiempo—. Por tanto, necesariamente tu padre —se dirigía a Fernando en ese momento— fue también un esenio. De no ser así, ¿qué sentido tendría que Carlos Ramírez hubiese mandado el brazalete a un destinatario que no fuera de su misma y secreta secta?

A tenor de lo que acababan de descubrir en el anillo, Fernando recordó que su hermana Paula había heredado de su padre otro, que éste había llevado siempre. Trataba de recordar cómo era, pero no lo lograba. Su padre había fallecido hacía muchos años y apenas conservaba en su memoria su aspecto.

—Mi padre llevó un anillo, que a su muerte heredó mi hermana Paula. ¡Podría llamarla ahora! Si ese anillo presentase algún tipo de coincidencia con el otro sería prueba suficiente para cerrar definitivamente esta cadena de hechos. ¿Qué os parece?

Fernando cogió su teléfono móvil y buscó el número de Paula en su memoria.

—¿Eres tú, Fernando?

—Sí, Paula. ¿Cómo estás?

—Yo bien, pero ¿tú por dónde andas? Te he estado llamando varias veces a casa, y no lo coges. ¡Ya tenía yo ganas de hablar a solas contigo!

—Estoy fuera de Madrid y te llamo porque te necesito para aclarar una duda muy importante que tengo, que sólo tú puedes...

—¡Para!, ¡para...! —le cortó, indignada—. ¿Tú te crees que puedes obviar las barbaridades que has estado cometiendo durante esta última semana?, ¿así, sin más? Lo que has hecho con la pobre Mónica no tiene nombre.

—Mira, Paula, ahora no es el mejor momento para hablar de esas cosas. Te prometo que un día, si quieres, nos sentamos y lo arreglamos. —Fernando estaba empezando a sentirse violento por tener que hablar de esos temas delante de Lucía y don Lorenzo. Se disculpó y salió del salón para hablar con más comodidad—. Ahora no puedo hablar de esos asuntos que...

—De eso nada. A Mónica la tienes destrozada y encerrada en su casa después del jarro de agua fría que recibió el jueves. Ya me ha contado que, tras quedar contigo para celebrar su cumpleaños en tu casa, se encontró con la desagradable sorpresa de que tú ya habías empezado a celebrarlo, eso sí, a tu aire y con Lucía.

—¡Paula, para tú ahora! —Alzó la voz, enfadado—. ¡Déjame hablar un momento!

—¡No me da la gana dejarte hablar! ¡Eres un cerdo y necesito decírtelo! Sé que no debería meterme en tus asuntos sentimentales, pero esa mujer no te conviene. —Su voz era firme—. ¡Confía en tu hermana!

—De acuerdo, Paula... Realmente no deberías mezclarte en ellos, pero acepto tus consejos como hermana. Aunque debes entender que eso no quiere decir que, necesariamente, te haga siempre caso. De todos modos, creo que debemos vernos para hablar de estas cosas en persona. Voy a buscar un día con tiempo y quedamos, ¿vale?

—Vale... ¡siempre has hecho conmigo lo que has querido! En el fondo, aunque muy, muy en el fondo, todavía te quiero un poco, ¡tonto!

—Bueno, pues ahora necesito que me hagas un favor. ¿Tú te acuerdas del anillo que llevaba padre, que tú heredaste?

—Sí, claro, lo llevo puesto ahora mismo. Casi nunca me lo pongo, pero de vez en cuando me da y lo llevo durante una temporada. El otro día, el del robo en la platería, me acordé de padre y madre y me lo puse. ¿Por qué te acuerdas ahora de él?

—Te lo explicaré cuando nos veamos. Ahora, por favor, sólo necesito que me lo describas lo mejor que puedas, hasta en el más mínimo detalle. Yo no lo recuerdo.

—¡No te entenderé nunca, hijo! La verdad es que últimamente haces unas cosas muy raras, pero no pasa nada. Te explico, es un anillo de oro en forma de sello. En su superficie, hay doce brillantes muy pequeños, rodeando las dos iniciales de padre grabadas en el oro. Y no tiene ningún otro detalle más. ¿Eso es todo lo que querías saber?

—En su centro, entonces, dices que aparecen sus dos iniciales, una «F» seguida de una «L». ¿No es así?

—¡Pues claro! ¿Estás espeso hoy o te pasa con frecuencia? ¡Es exactamente lo que te acababa de decir! Si aún no lo has entendido te lo puedo decir en inglés. Mira: *Ring has got two letters on the middle, the «F» and the «L», that's right?*

—¡Vale, vale! No seas payasa. Sólo trataba de asegurarme. ¡Me acabas de dar el dato que necesitaba! Gracias por todo, hermana. Nos vemos otro día.

—¡De acuerdo, espero tus noticias!

Fernando iba a colgar ya, cuando oyó de nuevo la voz de Paula.

—Oye, antes de colgarme, ¿me prometes que vas a llamar un día a Mónica?

—Síiii…, te lo prometo, pesada.

—Y ahora que lo pienso. Para qué esperar más tiempo. ¿No podrías marcarte un tanto e invitarla a cenar esta noche? Venga…, ¿por qué no te animas?

—La verdad es que, aunque quisiera, hoy lo íbamos a tener complicado porque ya te he dicho que estoy fuera de Madrid.

—¿Dónde estás?, si es que se puede saber. ¿Solo o acompañado? —Paula empezaba a pensar mal.

—Bueno… Estoy con Lorenzo Ramírez. ¿Recuerdas al catedrático de historia que fuimos a ver a Zafra, el familiar del que mandó el brazalete a padre?

—Fernando, me parece a mí que con quien estás de verdad es con Lucía, en su finca de Extremadura. ¿A que no voy muy desencaminada, pedazo de caradura? —Ella siempre le notaba su cambio en el tono de voz cuando trataba de engañarla.

—Vale, sí… estoy en la finca de Lucía, pero con Lorenzo Ramírez. ¡Que quede claro, que no te he mentido!

—Con don Lorenzo, pero con Lucía también, claro. Y yo como una tonta animándote a que invites a cenar a Mónica. En fin, mira, prefiero no decir nada porque acabaríamos a gritos. Oye, ya eres mayorcito, y tú sabrás lo que debes hacer con tu vida. Además, ya veo que no quieres contar ya con nosotras para lo del brazalete.

—He venido aquí sólo para entrevistarme con Ramírez. ¡No se trata de lo que estás pensando! —Trataba de convencerla, sabiendo lo difícil que lo tenía.

—Mira, Fernando, que no me he caído de un guindo. Te dejo ya. Pero antes, un último consejo de hermana. ¡Cuídate por favor y no hagas nada de lo que tengas que arrepentirte después! ¡Adiós, Fer!

Fernando se quedó parado unos segundos, intentando encajar la conversación. Le había dejado muy tocado saber que Mónica estaba tan destrozada. Empezaba a dudar sobre la conveniencia de haber ido a pasar ese fin de semana con Lucía. Para hablar con Lorenzo, lo hubiera podido hacer perfectamente en Madrid, tal y como habían quedado. La puerta del salón se abrió, y apareció Lucía, intranquila por el tiempo que llevaba fuera.

—¿Has terminado de hablar con tu hermana?

—Sí, perdona, Lucía. Acabo de colgar. ¡Entremos al salón y os cuento!

Lucía captó inmediatamente algo en la cara de Fernando que le pareció extraño. Parecía triste. Se sentaron nuevamente. Un reloj tocaba las medias. Lucía miró el suyo. Ya eran las ocho y media. Aunque quedasen temas y ganas de hablar durante horas, confiaba en terminar pronto para que Lorenzo se fuese y no tuviera que quedarse a cenar con ellos.

—Casi queda confirmado que mi padre pudo ser otro esenio. En su anillo están las dos famosas letras. Cierto es que coinciden con las iniciales de su nombre, como también las mías, y no por ello soy un esenio, pero le rodean doce pequeños brillantes. ¡Doce!

—Los doce primeros sacerdotes brillando como estrellas —apuntó don Lorenzo—. ¡Los doce hijos de la luz! Esos brillantes son un símbolo, como en el de mi abuelo lo es el sol que aparece en su lado izquierdo. El sol, la estrella que regala e inunda de luz a la tierra.

Don Lorenzo estaba encantado. Empezaba por fin a ver, y nunca mejor dicho, la luz al final de un largo túnel de años y años investigando.

Algo preocupada, Lucía aprovechó la oportunidad para cortar la conversación tras escuchar esas últimas deducciones, pero sobre todo ante el gesto ausente de Fernando, que apenas había mejorado desde que había hablado con Paula. ¡Necesitaba saber si le había dado alguna mala noticia!

—¡Bueno, señores! Como ya está casi todo hablado, lo único que falta para terminar esta agradable e interesante conversación es que quedemos para la siguiente, que si nada lo impide, será en Segovia. En cuanto me den la autorización, os aviso.

»Veremos si las tumbas de tus antepasados realmente esconden algún secreto, Fernando. Estoy deseando buscar, hasta en el último rincón, esos misteriosos objetos, si es que existen —seguía hablando sin darles pie a ellos, tratando de cerrar el tema—. Por tanto, y si nadie dice lo contrario, yo creo que por hoy lo podríamos dejar aquí. —Se levantó del sillón, obligando a los dos hombres a hacer lo mismo.

Lorenzo miró su reloj y le entró la prisa por irse.

—Me vais a perdonar, pero se me ha pasado la tarde en un santiamén y tengo muchos kilómetros hasta Zafra.

—Es una pena que tengas que irte tan pronto. Hubiera sido estupendo cenar juntos —dijo Lucía, muy al revés de lo que sentía, feliz al ver que iba a tener una velada más íntima con Fernando.

—Gracias de verdad. ¡Eres muy amable, Lucía! Espero que pueda ser en otra ocasión. Si me quedo ahora, llegaría de madrugada a casa y no puede ser. ¡Gracias otra vez!

Le acompañaron hasta el coche y se despidieron de él, deseándole un viaje tranquilo. En cuanto arrancó, se volvieron corriendo hacia la casa para entrar en calor. Esa noche hacía muchísimo frío.

—Me ha parecido que la llamada a tu hermana te ha dejado algo preocupado. No deseo parecer curiosa, pero ¿ha ocurrido algo importante? —Fernando le restó toda trascendencia y le agradeció su interés—. ¡Me alegro que sea así! Tenemos todavía media hora antes de la cena. Yo necesito subir a mi habitación para arreglarme un poco. Tú haz lo que quieras. Si te apetece escuchar algo de música, en el salón hay un reproductor y muchos discos dentro de un armario, frente a la chimenea. O si prefieres, puedes relajarte un rato en tu habitación. En fin, no te voy a decir yo lo que tienes que hacer.

—Creo que me abrigaré y daré un paseo. Me encanta el campo de noche y tengo pocas oportunidades de poder hacerlo en Madrid.

—Como tú quieras. —Lucía se acordó de pronto de uno de los comentarios con el que habían bromeado esa misma mañana—. Y te sigo recordando que todo lo que necesites ya sabes a quién tienes que pedírselo. —Su mirada no trataba de ocultar sus intenciones—. Excluyendo algunas cosas, claro. —Le guiñó un ojo antes de darse la vuelta hacia la escalera—. Te dejo, Fernando. ¡Nos vemos a las nueve y media!

Fernando se puso una gruesa pelliza y una bufanda para salir a dar un paseo. El cielo estaba totalmente despejado y tachonado de estrellas, presidido por una mágica luna llena. Era una de esas noches de invierno que da paso a una intensa helada de madrugada.

Fernando empezó a sentir en su rostro un intenso frío que cortaba la respiración. Sin importarle demasiado, caminó unos doscientos metros hacia una pequeña colina, desde donde se tenía una de las vistas más completas de la finca, con la laguna de protagonista a sus pies, iluminada por la luz de la luna.

Reconociendo que se había llegado a obsesionar demasiado con el brazalete, hasta casi olvidar otros asuntos a los que también se debía, durante el paseo trató de centrarse en Mónica, aunque tenía demasiado reciente la incitante invitación que acababa de recibir de Lucía.

Durante el día, los dos habían demostrado estar bastante

receptivos a poner un punto de novedad en la que hasta entonces había sido una relación puramente formal. Internamente, sentía un fuerte deseo de dejarse perder con Lucía. Pero el rostro de Mónica también le asaltaba a cada paso. Paula le había dicho que, tras el lamentable encuentro, se había encerrado en su casa, destrozada. También le había insistido en que no dejara pasar un día más sin llamarla. ¿Por qué no hacerlo en ese mismo momento, para arreglar de una vez sus problemas? ¿Qué era lo más razonable en esa situación? Estaba a las puertas de saborear un encuentro con una mujer verdaderamente especial que, además, parecía estar deseando lo mismo que él. Aquello le resultaba de lo más tentador.

Tras sus azarosas vidas, donde sus relaciones sentimentales habían quedado olvidadas en algún oscuro ángulo de sus pasados, redescubrir, a la vez, aquellas sensaciones tan agradables, como si de nuevas se tratase… le podía más su instinto que el cumplimiento de su deber. ¡Qué caramba!, ¿podía llegar a ser una infidelidad, algo que ni había llegado a durar una semana? ¿Hacía mal a alguien? De pronto, se dio cuenta de algo que hasta ese momento no le había resultado tan evidente. Las dos serían las perjudicadas de sus acciones, si actuaba con poca sensatez. No podía seguir atormentándose.

Buscó el teléfono en su bolsillo y llamó.

—¿Sí, dígame? —Era la voz de Mónica.

—Buenas noches —contestó, simplemente.

—Hola, Fernando. ¡Qué casualidad! Hace sólo un minuto que me ha llamado tu hermana. Parece que ha estado hablando contigo.

—Supongo que te habrá dicho dónde estoy ahora.

—No, no me lo ha dicho. Sólo que no estabas en Madrid. Pero ya que sacas tú el tema, ¿dónde estás?

—Bueno, antes de eso, quiero que sepas que me gustaría

mucho que nos viéramos un rato. ¡Te lo pido por favor, Mónica!

—¡No sé, Fernando! Por mi parte no hay problema. Pero te pediría que antes aclares tus sentimientos. De no ser así, es mejor que no nos veamos. ¡No pasa nada! Por mí, no te preocupes. Se me pasará.

—Mónica, creo que los voy teniendo más claros y por eso te llamo. Además, quiero decirte que lo estoy haciendo desde Extremadura, desde la finca de Lucía. Acabamos de estar con tu amigo, don Lorenzo Ramírez, y te aseguro que ha merecido la pena. Sólo por eso he venido hasta aquí y, bueno, porque me invitó Lucía. —Al otro lado del teléfono, Mónica escuchaba en completo silencio—. Pero debes estar tranquila. ¡Lo que de verdad quiero lo tengo bastante más claro!

Pasaron unos larguísimos segundos sin que Mónica dijera nada.

—De acuerdo, Fernando. Llámame cuando quieras. La verdad es que no te entiendo muy bien. Me comprendes, ¿verdad?

—Claro. ¡Tú confía en mí!

—Entonces, hasta pronto, Fernando.

Miró el reloj. Faltaban cinco minutos para las nueve y media. Debía volver. La llamada a Mónica le había dejado más tranquilo. Ahora estaba algo más seguro de sus sentimientos y notaba en su interior una estupenda sensación de paz.

El problema lo tendría con Lucía. Evitar ahora su contacto iba a ser complicado. Mientras volvía hacia la casa, le pesaban aquellos coqueteos que había provocado esa misma mañana. Completamente helado, cerró la puerta de entrada justo en el momento que Lucía bajaba por las escaleras.

Fernando se sorprendió ante aquella transformación. Llevaba un escotado y ajustado vestido negro que realzaba su figura. Iba discretamente maquillada y con un bello collar de perlas que hacía juego con los pendientes. Había que reconocer que estaba estupenda.

—Pareces estar completamente helado, Fernando. ¿Quieres que nos acerquemos primero a la chimenea, para que entres en calor?

—¡Pues no es mala idea! Estamos un momento y luego cenamos.

Lucía le cogió de la mano y le llevó al salón. Le dejó frente al fuego y le ayudó a quitarse la pelliza. En pocos segundos, un grato olor a encina quemada invadía el ambiente. Fernando empezaba a notar cómo aquel confortable calor iba atemperando su cuerpo. Primero, fueron sus manos frotando con energía su espalda, luego recorriendo hombros y brazos, finalmente, era todo su cuerpo el que terminaba pegado en su espalda.

—Espero que así entres mejor en calor —le susurró Lucía al oído.

Nervioso ante aquellas peligrosas iniciativas, Fernando decidió pararlas, argumentando una repentina ansiedad por cenar. Se separó de ella y se puso a caminar hacia el comedor, animándola a hacer lo mismo.

—¡Venga, Lucía, vamos a cenar! Ya no siento ni pizca de frío, aunque sí un apetito feroz. ¡Estoy deseando ver con qué me va a sorprender doña Elvira!

Durante la cena, Lucía adoptó una actitud más formal y se dedicaron a hacer balance de aquella tarde con Lorenzo. Ahora sabían que sus antepasados habían pertenecido a un grupo esenio, al igual que lo habían hecho aquellos lejanos templarios. Unos y otros habían vivido en los mismos emplazamientos: Segovia y Jerez de los Caballeros, pero con ochocientos años de diferencia.

También sabían que una de las misiones fundamentales de

la fe esenia había consistido en levantar un nuevo templo, digno de convertirse en la casa de Dios, donde venerar sus sagrados objetos y símbolos, como se hizo, siglos atrás, en el Templo de Salomón.

Además, contaban con las referencias de varios objetos, que muy probablemente podían estar relacionados con la Vera Cruz, cuando no escondidos en ella. Pero las pruebas así lo indicaban, Fernando no acababa de asimilar que su padre hubiese estado implicado en esos jaleos.

Durante toda la cena, Elvira se mostró especialmente amable con él. Ese hombre tan agradable, que su señora había invitado para pasar el fin de semana, le había caído francamente bien. Compensó las atenciones que había tenido hacia ella con un delicioso primer plato, que Fernando elogió al menos en tres ocasiones, para más orgullo de la mujer.

La base del plato lo constituían unos espárragos trigueros, atados con una hebra de espinaca, rodeados de un surtido de verduras y hortalizas braseadas, y regadas con salsa romesco. De segundo plato, unos estupendos solomillos ibéricos rellenos. Y para aliviar la contundente cena, terminaron tomando una copa de sorbete de limón. Nuevamente, les sirvieron el café en el salón.

El matrimonio recogió la mesa y ordenó la cocina. Se asomaron al salón, por si deseaban alguna otra cosa antes de retirarse a descansar. Cerraron la puerta, dejándolos finalmente solos. Fernando se puso en tensión. El momento más complicado podía llegar a partir de entonces.

Lucía, tras servirse una copa de Baileys y un escocés para él, se sentó en el sillón, bastante cerca de él. Su perfume ocupó instantáneamente todo el entorno. Se produjo un tenso silencio entre ambos.

—Tenía muchas ganas de que llegase este momento de tranquilidad, después del intenso día que hemos vivido.

Lucía trataba de superar sus propios nervios ante aquella infrecuente situación. Encendió un pitillo. Fumar la ayudaba a relajarse.

—Yo me siento muy satisfecho de los avances que hemos conseguido, Lucía. —Su comentario quedó bastante escueto, pero en esos momentos tampoco le resultaba nada fácil estructurar frases más largas.

—Me alegro de que tu decisión de venir hasta aquí te haya resultado productiva. —Tampoco Lucía estaba muy hábil en sus intentos de entablar una conversación distendida.

Al alargar el brazo para coger su copa de la mesa, Fernando sintió aún más próximo el cuerpo de ella.

Localizó una estantería con abundantes libros antiguos, que le sirvió de perfecta excusa para interrumpir la evolución que parecía ir tomando la situación. Se levantó, llevando su copa en la mano, para estudiar sus títulos. Lucía le siguió.

—Como verás, hay libros muy valiosos. Algunos son primeras ediciones y de autores muy conocidos. —Tomó entre sus manos el que parecía más antiguo—. Aquí tienes una primera edición de *La Galatea*, de Cervantes.

Fernando lo abrió, comprobando su aceptable estado de conservación. Nuevamente, una buena parte del cuerpo de Lucía se apretaba contra él, mientras Fernando iba pasando sus páginas con una creciente rapidez.

Lucía había estado esperando que en algún momento Fernando tomase la iniciativa, pero se lo veía algo distraído. Sin embargo, ella estaba deseándole. Ante su aparente falta de interés, tenía que conseguir que se fijara más en ella. Mientras le observaba, él parecía estar aprendiéndose cada uno de los libros que había ido escogiendo.

—Supongo, Fernando, que hace mucho que no estás con una mujer. —«Entramos en terreno movedizo», pensó inmediatamente Fernando—. ¡Y lo echarás en falta tanto! —Le cerró el libro, que le estaba sirviendo de refugio ante el trance que se le avecinaba, y se colocó frente a él con una mirada seductora—. Desearía que me besaras. —Cerró los ojos a la espera de sentir sus labios sobre los suyos.

Fernando la miró, sintiéndose en parte contagiado del mismo deseo que el de Lucía, sin verse capaz de encontrar qué otra cosa mejor podía hacer en ese momento que responder a su voluntad de la forma más natural. No pudo resistirse y la besó delicadamente. Al contacto de sus labios ella se abrazó a él, apretándose a su cuerpo. Mientras las manos acariciaban su pelo, sus labios no abandonaban los de Fernando ni un solo instante.

Él se sentía cautivado por su pasión, pero a la vez estaba padeciendo por saberse incapaz de frenar aquello a tiempo.

Lucía recorría sus mejillas con besos, y su cuello, impulsada por sus propias sensaciones, aunque le notaba demasiado tenso.

Fernando se veía cada vez más atrapado. No podía seguir dejándose llevar. No estaba siendo sincero con ella, ni tampoco con Mónica, a la que había querido tranquilizar con el único argumento de que confiara en él. ¿Cómo podía detener aquello sin que pareciera un desprecio hacia Lucía?

Lucía seguía acariciándole, sin despegar sus labios de los suyos.

Fernando tomó finalmente una decisión y, sujetándola por los hombros, consiguió separarla durante un momento.

—Lucía, debo decirte…

Ella le tapó la boca con la mano sin dejarle terminar y estaba a punto de volver a besarlo, pero Fernando la detuvo nuevamente.

—Espera, Lucía. ¡En serio! ¡Necesito hablar contigo!

Lucía se volvió a sentar en el sillón, sin poder disimular su gesto de decepción.

—Es por Mónica, ¿verdad?

—Sí, Lucía. Te engañaría si te dijese lo contrario. Supongo que ya habías notado que existía algo entre nosotros.

—Más en ella que en ti, francamente.

Lucía se sentía avergonzada. Fijó la mirada en algún punto indefinido del salón.

—Reconozco que hoy no he sido honesto contigo. Te he estado incluso provocando, haciéndote pensar que deseaba que fuésemos a más.

—Pues sí me lo has dado a entender, la verdad. —Estaba completamente decepcionada por su comportamiento.

—¡Lo siento! No te falta ni un poco de razón. Sólo puedo añadir que he creído que no era justo contigo si no trataba de pararlo, aunque el hecho me estuviese suponiendo un esfuerzo increíble.

Lucía se sentía muy humillada y enfadada consigo misma por haberse dejado llevar de esa manera. También muy defraudada, por haber imaginado que con ese hombre podrían renacer algunos de sus más que aletargados sentimientos. Deseaba llorar, pero no delante de él. Lo mejor era cortar esa situación cuanto antes.

—Fernando, dejemos el tema aquí. Necesito estar sola. Creo que me voy a ir a la cama. —Se levantó del sillón—. Mañana ya hablaremos.

Subieron en silencio hacia los dormitorios, y se despidieron con un gesto un tanto absurdo, desde sus respectivas puertas. Fernando cerró la suya, acongojado por la ridícula actuación que había protagonizado, muy apurado también imaginando el daño que le había provocado a Lucía.

Un instante antes de quedarse dormido, en su mente apareció la imagen de Mónica. Al final, se durmió más tranquilo por haber pasado por ese difícil trance sin traicionar la confianza de Mónica.

Durante la mañana siguiente, ninguno mencionó lo ocurrido la noche anterior. Lucía, lógicamente, no parecía la misma del día anterior, pero siguió mostrándose correcta y atenta en todo momento, demostrándole que había sabido encajar el golpe sin perder la sonrisa.

Terminaron la cacería a media mañana, con poco éxito por parte de Fernando, que sólo cobró un par de perdices, frente a las quince de Lucía. Al menos, pareció servirles para distender un poco el ambiente y hasta para empezar a bromear un rato sobre ello. Pasado el mediodía, Fernando empezó a sentirse incómodo. Quería irse a Madrid. Decidió salir a la una para evitar el tráfico de entrada a Madrid de los domingos.

—Bueno, Lucía, te agradezco que me hayas invitado este fin de semana.

Cerró el maletero de su deportivo y la cogió de los hombros para despedirla con un beso en su mejilla. Ella lo esquivó y, ante su sorpresa, le dio uno en la boca.

—Venga, Fernando, que tampoco te pasa nada por darme un beso de verdad. —Le volvió a dar otro y se plantó allí, seria, mirándole a los ojos—. Quiero que antes de irte sepas algo que he venido meditando esta mañana, y reconozco que he dudado mucho si era lo más adecuado tras lo de ayer. Como verás, finalmente me he decidido por hacerlo.

Fernando aguardaba a sus palabras lleno de curiosidad.

—Quiero que sepas que me estás resultando muy atractivo. Lo que pasó ayer, aunque reconozco que inicialmente me hizo sentirme mal y bastante avergonzada, me parece propio de un caballero y te hace más interesante todavía. —Hizo una pausa para tomar aire, y siguió—: Los dos somos adultos y por eso podemos hablar de estas cosas sin reparo. Aunque ya te digo que entendí tu reacción, también sentí tu atracción hacia mí durante el día. O sea, que me gustaría que no cerremos esa puerta aún. La mía va a estar abierta. Sólo quería que lo supieras. ¡Nos veremos en Segovia! ¡Adiós y buen viaje!

Fernando arrancó el coche y se alejó de la casa, totalmente confundido con el eco de aquellas últimas palabras de Lucía resonando dentro de su cabeza.

Recorrió sin problemas el camino de salida de la finca y la abandonó, dirigiéndose hacia Almaraz. Sin haber recorrido ni doscientos metros, sonó su teléfono móvil. Lo descolgó y oyó una voz con un ligero acento extranjero.

—¿Fernando Luengo?

—Sí, soy yo. ¿Con quién hablo, por favor?

—Eso no le importa ahora mismo. Tiene usted un objeto que nos pertenece y debe dárnoslo inmediatamente. Le hablo del brazalete. —Fernando no acababa de entender con quién estaba hablando, pero el hombre siguió, sin dejarle intervenir—. Como hemos supuesto que nos podría costar convencerle por las buenas, hemos tomado prestada una cosa que sabemos que le interesa. ¡Le paso con ella!

—¿Fernando? —Era la voz de Mónica—. ¡Haz lo que te dicen! ¡Si no les obedeces, dicen que me van a matar!

—¡Mónica! —Preso de una instantánea taquicardia, paró el coche en el arcén.

—¡Bueno, basta, ya la ha escuchado! De momento está bien. Le aconsejo que no llame a la policía si no quiere que se la devolvamos por correo, a trozos. ¡Escúcheme con toda atención! Debe llevar consigo el brazalete, y estar en la Puerta del Sol, a un lado del oso y el madroño, a las dos de la tarde, mañana lunes. Si lo hace, recuperará a esta bella señorita, sana y salva. Pero, repito, como se le ocurra alguna tontería, tendrá que ir buscando fecha para celebrar su funeral.

—Pero ¿quiénes son ustedes...? —gritó desesperado.

La llamada se cortó tras esa última advertencia. Trató de recuperar el número en su móvil, pero no apareció ninguno.

Furioso por lo impotente que se sentía ante la situación, y con el dolor que le producía imaginar a la pobre Mónica en manos de esos hombres sin escrúpulos, arrancó de nuevo el coche y apretó el acelerador a fondo, para llegar lo antes posible a Madrid. A los pocos minutos, llamó a su hermana Paula.

—Fernando, noto que me llamas desde el coche. ¿Has dejado ya satisfecha a Lucía?

—Paula. ¡Déjate de tonterías y siéntate, porque la noticia que te tengo que dar es muy seria!

—No me asustes. ¿Has tenido un accidente? —preguntó preocupada.

—No, no se trata de mí, Paula. ¡Ojalá me hubiera pasado a mí! Se trata de Mónica. ¡Ha sido secuestrada!

11

Templo de la Vera Cruz. Año 1244

Once hachones conferían una misteriosa solemnidad a la cámara central del edículo de la Vera Cruz, ocupando cada uno de sus doce ángulos. Sólo uno permanecía apagado. Éste daba testimonio de la ausencia que se produciría en aquella reunión secreta. La luz se distribuía con una fluctuante oscilación a sólo media altura del recinto, provocando un efecto misterioso en el aire y un olor pegajoso, dominado por la combustión de la cera.

Gastón de Esquívez, Maestro de Justicia de aquella comunidad esenia, esperaba cerca de la entrada la llegada, por estricto orden de antigüedad, de los diez miembros, venidos desde muy diferentes y lejanos lugares para atender a la que sería la más importante de todas las reuniones que habían tenido hasta la fecha.

Recibía a cada uno imponiéndoles las manos en la cabeza como símbolo de unidad en la luz y fortificación en el amor que se profesaban como hermanos, e inmediatamente después se arrodillaba para lavarles los pies, en conmemoración del antiguo ritual de purificación que sus hermanos en la fe habían repetido, antes de cualquier reunión, desde todos los tiempos.

En la cámara inferior estaban dispuestos un hábito de lino y un cayado para cada uno. La ceremonia exigía que vistieran con la pureza del blanco en la ropa, los pies descalzos, honrando la tierra, y el bastón como signo de conocimiento de las leyes.

A medida que recibían la bendición de labios del maestro y oían el «purificado estás, entra con nosotros», se dirigían a ocupar su sitio entre los doce bancos que rodeaban la capilla, dejando uno vacío, el del hermano Juan de Atareche. Cuando se hubo sentado el último, el más joven de todos en la fe, Esquívez se dispuso a hacer lo propio y, en un completo silencio, esperó unos minutos más hasta recitar la oración inicial. Tomó un papel con un texto en hebreo antiguo y lo tradujo al latín.

—«La luz aún está entre vosotros por un poco de tiempo. Caminad, pues, mientras tenéis luz, para que las tinieblas no os sorprendan. El que anda entre tinieblas no sabe dónde va. Mientras tenéis luz, creed en la luz, para que seáis hijos de la luz.» Esta oración —Esquívez entendió que se hacía necesario aclarar el motivo de su elección— está sacada del Evangelio del apóstol Juan, donde cita unas palabras de Jesucristo que he creído que resultarían muy oportunas. Es la primera vez que las uso para dar comienzo a una reunión; pero, como habréis comprobado, parecen estar dirigidas a nosotros, los esenios. —Hizo una pausa para su meditación mientras estudiaba cada uno de sus rostros. Se dirigiría a ellos en latín ante el insuficiente dominio del hebreo antiguo por parte de los más jóvenes. Pasados unos segundos, siguió—: Por mi correo sabéis de la muerte de nuestro querido hermano Atareche. Con él hemos perdido un espíritu esenio ejemplar, generoso en su entrega a los demás y purificado a la visión de Dios, a la par que una personalidad presidida por su inagotable capacidad de lucha. De su viaje a Palestina le debemos nuestra fe, pues fue él quien nos rescató de nuestra iniquidad y nos ayudó a analizar nuestros antiguos principios simplificándolos con una sencilla visión en torno a su bondad o maldad. También nos dejó nuestra actual regla y, en general, casi todo lo que somos. Cada uno de vosotros ha sido iniciado a esta comunidad por él, y aunque luego me elegisteis a mí como Maestro de Justicia, hubiera sido de derecho que este título le correspondiera a él. —Sus rostros expresaban el mismo dolor que Esquívez estaba sintiendo en su interior—. Tras perderle, nuestra única alegría reside en saberle en manos de la Fuente de toda Luz, disfrutando de su contemplación y presencia.

John Wilcox y Neil Ballitsburg, los dos comendadores templarios venidos desde Inglaterra y últimos en ser admitidos en la comunidad, estaban situados a ambos lados de aquel hachón apagado que simbolizaba la pérdida de una luz, la que había inflamado a su antiguo propietario.

Rezaron por él la oración que acompañaba la muerte de un esenio, en silencio. Los once corazones de aquellos hermanos se entregaban en un único flujo que parecía ascender por el eje vertical de aquella cámara, como si un gran chorro de luz fuese empujado hacia lo más alto, hasta alcanzar el cielo.

Gastón de Esquívez se levantó, sacó de su hábito una bolsita de cuero y, sin abrirla, la dejó encima de la mesa, frente a ellos. Los asistentes clavaron la vista en el misterioso objeto, deseando que fuera lo que casi todos suponían.

—Queridos hermanos, esta noche seréis testigos de uno de los descubrimientos más formidables de la historia de la humanidad. Muchos hubieran dado su vida por saber que existe y vosotros no sólo vais a verlo, además podréis entender su importante papel para nosotros. Creedme cuando os digo que vais a tener el privilegio de ser de los poquísimos hombres que podrán tocarlo.

Guardó una larga y premeditada pausa, que sirvió para acrecentar en el auditorio el halo de misterio que parecía envolver aquel objeto.

—¡Tenéis frente a vosotros una pieza de trascendental valor simbólico, como ninguna otra lo haya tenido antes! Su entidad se me apareció recientemente en mi hacienda templaria. Insisto una vez más en la importancia de lo que hoy vamos a ver y hacer. Como bien imagináis, éste es el motivo más importante para dar razón de vuestra presencia hoy aquí.

Los diez asistentes mantenían sus pupilas completamente dilatadas con una creciente ansiedad por saber de una vez qué contenía exactamente aquella bolsa. Esquívez desanudó el cordel y, tras rebuscar en su interior, sacó un medallón de oro unido a una tosca tira de cuero. Lo mostró triunfantemente.

—¡Os presento el medallón del profeta Isaac!

Los diez asistentes se quedaron estupefactos ante la sorprendente revelación, de la que ninguno había oído hablar. Por el contenido de su secreta citación, habían sospechado que su maestro tenía razones suficientes para poner en marcha la profecía, y esto confería una importancia única a la reunión, pero en ella no se citaban los detalles concretos.

—¡Hermanos… —Esquívez, consciente de la trascendencia de sus palabras, adoptó un gesto solemne— estamos frente a un nuevo símbolo de las sagradas alianzas entre Dios y el hombre! —La relevancia del momento y la gravedad de sus palabras le animaban a detenerse para darles tiempo a asimilar cada una de sus palabras—. ¡Éste es el símbolo de la primera alianza, la de Yahvé con Abraham! —Miró a los ojos de todos los presentes, y continuó—: Con éste, nuestra comunidad ya cuenta con los símbolos de las más grandes alianzas.

Una alegría contagiosa recorrió cada uno de los bancos. El grupo de elegidos se sabía cerca de cumplir con la más sagrada misión de los esenios: la de reunir las tres alianzas. Las dificultades del viaje hasta allí, las imposibles explicaciones dadas a sus superiores para abandonar sus funciones durante un tiempo y los largos años pasados tras la pista de aquellos objetos acababan de verse recompensados.

Esquívez recordó la primera hazaña de Atareche cuando le fue encomendado, por sus hermanos del mar Muerto, el brazalete de Moisés, el símbolo de la segunda alianza entre Yahvé y el hombre. Alianza para dar a su pueblo en éxodo una tierra prometida y una nueva ley.

El medallón empezó a pasar de mano en mano, con extremo cuidado y con el respeto de sentirse delante de un objeto sagrado, con una antigüedad superior a los dos mil novecientos años.

—Maestro, ¿qué simboliza el cordero y lo que parece ser una estrella? —John se sentía fascinado por sus posibles significados.

—¿Alguien desea responder a la pregunta de nuestro hermano John?

Lo hizo el lombardo Nicola, que trató primero de situar en aquella época y para esos pueblos el significado de un símbolo como el cordero.

—Pensad que para los antiguos hebreos el cordero era el producto lógico en sus ofrendas, por tratarse de un pueblo dedicado a la ganadería y al pastoreo. Estas demostraciones se efectuaban como una forma de agradecimiento, por ejemplo del nacimiento de un hijo, o para pedir favores a Dios. Debemos tratar de situarnos en su momento y dentro de sus especiales circunstancias. Abraham era un pastor que emigró de su tierra a una nueva, prometida por Yahvé, con todo su ganado. En un momento dado, Yahvé le otorgó lo que él más deseaba, al hijo que nunca había podido tener. Y así nació Isaac. Pero cuando éste era joven, Yahvé puso a prueba a Abraham, ordenándole que sacrificase a su amado descendiente.

—Y un ángel —continuó el relato Charles du Lipont, comendador templario de Chartres— le mandó detenerse en el preciso momento en que iba a ejecutarlo, y acabó sacrificando un carnero que se había quedado trabado en unos matorrales. Yahvé, en agradecimiento a su obediencia, renovó con él y su estirpe la alianza, prometiéndole una descendencia tan grande como las estrellas del cielo.

—Perfecto, hermanos —dijo Esquívez—, acabáis de dar la explicación exacta al significado de las dos imágenes del medallón. El cordero simboliza al propio Isaac. Es la ofrenda. El sacrificio pedido por Yahvé a Abraham. Y la estrella, el símbolo de su inmenso linaje.

—¡Maestro! —interrumpió Philippe—, también sabemos que el cordero adoptó con Moisés un nuevo significado, como símbolo de celebración, instaurándose con él la tradición de celebrar la Pascua. Si recordáis —siguió el francés—, Yahvé ordenó a Moisés, antes de su partida de Egipto, que en cada casa se sacrificara un cordero de más de un año para comerlo durante esa noche, sin haber roto de él ni un solo hueso, y acompañado sólo con hierbas y pan ácimo. Les advirtió que debían marcar todas las puertas con su sangre, como señal para que el ángel de Dios pasara de largo, sin entrar en ellas. Toda vivienda que no fue así señalada vio cómo eran sacrificados todos sus hijos. Ante esta dolorosa y última prueba, y tras las siete plagas, el faraón terminó dejándoles partir de Egipto para que iniciaran su éxodo hacia la tierra prometida.

—Me llena de orgullo saber que conocéis bien las antiguas

escrituras. ¡Es un buen deber de esenio! —Esquívez les miró complacido y pasó a explicarles cómo había llegado la reliquia a su poder.

Gracias a la involuntaria generosidad de un cátaro que había sido su portador y por la indirecta participación de Juan de Atareche, hacía pocas semanas que se había hecho con él, aunque para ello no había tenido otro remedio que haberle dado muerte al cátaro. Atareche había mantenido una estrecha y lejana amistad con él, y le había dejado un mensaje en clave antes de morir.

—Cuando Pierre de Subignac, que así se llamaba el cátaro, logró interpretarlo, entendió que debía acudir a mí, desconociendo qué debía conseguir o encontrar después. Sin saberlo, había sido seguido por dos templarios de la encomienda de Juan. Éstos habían creído que estaba informado del lugar donde se había escondido el cofre del brazalete de Moisés y el papiro con la profecía de Jeremías. Pedro Uribe y Lucas Asturbe, que a esos nombres respondían los dos perseguidores, cumplían órdenes llegadas desde la sede principal del Temple y del propio papa Inocencio, para hacerse con ellos en cuanto el cátaro les hubiese ayudado a localizarlos. Pero ninguno sabía que el bueno de Juan nos lo estaba mandando para que nos hiciéramos con el medallón de Isaac, una vez que supo que su amigo era ni más ni menos que su portador. También tuve que matar a uno de los que le habían dado caza, a Uribe, aunque el otro escapó para informar de lo ocurrido a sus superiores. —Esquívez se tomó un respiro, tras haber resumido los acontecimientos.

Para finalizar, les hizo partícipes de sus fundados temores de tener que soportar represalias posteriores, una vez informados sus superiores templarios.

—Sé con toda seguridad que casi todos los presentes estáis siendo espiados por vuestras respectivas casas provinciales, y por eso hemos de extremar las precauciones, para no ser neutralizados en cualquier momento. En mi caso, hace pocos días recibí la visita de mi maestre, Guillem de Cardona, que vino a informarme de mi traslado en breve a la encomienda de Puente la Reina, donde sustituiré a nuestro difunto y querido hermano Juan de Atareche. —Sus miradas le mostraron una gran intranquilidad—. Por eso ésta va a ser la última vez que tengamos una reunión aquí, y por ello debe convertirse en la reunión más trascendental de todas las que hayamos celebrado desde nuestra fundación.

Inmediatamente todos pensaron en las consecuencias que aquella noticia iba a provocar. Si perdían el control sobre la iglesia de la Vera Cruz, su más preciado templo, los secretos que escondía, los objetos sagrados y sus fines últimos, se verían seriamente en peligro.

El hermano de la encomienda de Carcasona, Guillaume Medier, no sólo pensaba en esas consecuencias, también se había quedado con el detalle de los asesinatos cometidos. Nunca le había gustado la elección de Esquívez como Maestro de Justicia de su comunidad. Pensaba que se trataba de un manipulador, ajeno a la bondad necesaria para dirigir al grupo de esenios. Además, había usurpado el puesto que le pertenecía por derecho a él, pues fue el primer iniciado por Atareche. Desde entonces habían mantenido unas relaciones especialmente tensas. En su momento le había acusado incluso de haber comprado alguna que otra voluntad para asegurar su elección, lo cual, por no haber llegado a saber probarlo, le había hecho acreedor de una fuerte penitencia. Por eso no dejaba pasar ninguna oportunidad que tuviera para poner en un compromiso a su maestro.

—Maestro, nuestra regla decía amar al prójimo y vivir en armonía y en paz. Pero vos acabáis de contar que habéis matado a dos hombres con vuestras propias manos y no parece haberos importado demasiado. Viendo vuestro pecado, mi conciencia no me permite obedeceros más. Aprovecho la ocasión para denunciar delante de toda la comunidad vuestra actitud, que me resulta de lo más detestable. —Se levantó de la silla y golpeó con fuerza la mesa—. ¡Voto por una amonestación pública e inmediata!

Su voz resonó con fuerza en la cámara haciendo eco a sus últimas palabras. La violencia de su reacción provocó un inmediato revuelo entre los demás asistentes.

—¡Por favor, pido un momento de tranquilidad! El hermano Guillaume acaba de pedir una amonestación hacia mi persona que está plenamente justificada. —Las caras de los congregados se fueron transformando en gestos de perplejidad ante aquella salida tan imprevista—. Sí. ¡Es verdad! ¡No os extrañéis por lo que digo! La acción que he cometido quitándole la vida al cátaro, atenta a nuestra moral. Trataré de explicaros qué me movió a ello. Todos sabéis que nuestra hermandad ha estado esperando desde hace siglos la llegada del reino de la luz para derrotar definitivamente a las sombras, a la oscuridad. —Hizo una larga pausa, mirando a cada uno de los presentes—. ¡Hermanos, a partir del día de hoy viviremos momentos de plenitud! —Alzó las cejas en gesto triunfante—. ¡Tenemos los tres símbolos de las tres grandes alianzas!

—¿Seguís pensando que la reliquia de la cruz coincide con el tercer símbolo...? Hasta ahora, teníamos nuestras dudas —apuntó el de Blois, François Tomplasier.

—Es cierto, hermano François. Nunca hemos estado demasiado seguros de ello, pero podría serlo, pues simboliza el instrumento que acompañó a la muerte de su Hijo amado, y ¿qué mayor alianza con el hombre que la de ofrecer su vida? He de informaros a este respecto que, tras una reunión urgente y menos numerosa que ésta, hace poco decidimos exponer una copia del relicario en el templo para evitar el riesgo de que el original pudiese ser sustraído. Desde hacía algún tiempo, estaba advertido de que la curia romana andaba detrás de él, tratando de recuperarlo. Aunque nada nuevo haya ocurrido después, el original sigue estando en mi poder.

En el interior de aquella cámara reinaba un ambiente gélido, tanto por la dureza del invierno segoviano y lo avanzado de la noche, como por la inclemencia de aquella desacostumbrada y difícil situación.

Sensible a ello, Esquívez trató de templar con la emoción de sus palabras y la pasión de sus gestos las almas de sus buenos hermanos.

—Como hemos estudiado en muchas ocasiones, hace más de mil ochocientos años el gran profeta Jeremías dejó revelado que sólo cuando se encontraran y reunieran todos los símbolos de las alianzas con Yahvé, se iniciaría el momento de la gran batalla, la guerra entre los hijos de la luz y los hijos de las tinieblas. El triunfo del bien sobre el mal. —Mientras hablaba, aparte de su voz, sólo se oía el crepitar de las velas—. Cuando supe el origen de aquel medallón y vi la posibilidad de poder tener con él, y por primera vez en nuestras manos, los tres grandes símbolos de las alianzas, la cruz de Cristo, el brazalete de Moisés y el medallón de Isaac, entendí que la muerte de un impío no era nada al lado de desencadenar la guerra final. ¡Por eso le maté!

Estudió sus rostros, sin hallar más que expresiones de comprensión e ilusión ante el trasfondo de sus palabras. El reflejo de la esperanza, ante el advenimiento de una era donde finalmente la luz derrotase al mal, le parecía que estaba iluminando aquel recinto con casi más intensidad que la debida a los hachones.

—De todos modos, si seguís pensando que merezco la amonestación, compareceré para ser juzgado con toda humildad ante vosotros, para que me sea manifestado vuestro veredicto de la forma más firme y severa posible. —Inclinó la cabeza en actitud de total sumisión y entrega.

Guillaume había estado observando los rostros de los demás asistentes, comprobando una vez más que había perdido toda oportunidad de vencer a Esquívez. Tenía que reconocer su tremenda habilidad para manipular la voluntad del grupo y cómo dominaba con arte sus asombrosos recursos dialécticos. No sólo se habían pasado al bando del maestro tras escuchar sus explicaciones, sino que incluso habían empezado a mirarle con mala cara, esperando que se retractara de sus palabras. No tenía otra salida.

—Tras escuchar vuestras explicaciones, maestro, debo retirar mi amonestación, solicitándoos además vuestro perdón por mi indisciplina ante la comunidad presente.

Esquívez se levantó para abrazarle y mostrar su gesto de indulgencia. A esas alturas, estaban todos convencidos de su capacidad como Maestro de Justicia. Su rectitud de intenciones hacia el comendador del Languedoc reforzaba aún más la imagen de bondad, generosidad y sabiduría que de él ya tenían, y que resultaba clave en su posición de juez y cabeza de la comunidad.

Para el hermano Richard Depulé, uno de los más antiguos en la comunidad, aquella pérdida de tiempo debida a la inconsciencia de su hermano Guillaume había restado trascendencia y solemnidad al importante asunto que les había traído allí, por lo que decidió que se retomara la cuestión principal.

—¡Maestro! Todos deseamos que triunfe la luz sobre la oscuridad y que el mal perezca para siempre. Si tenemos los tres símbolos de la alianza, ¿qué debemos hacer ahora? ¿Cómo desencadenaremos el proceso final?

A su pregunta, las caras de los presentes se volvieron ansiosas hacia Esquívez.

—Mi buen Richard, las respuestas a tus preguntas fueron reveladas por Yahvé al profeta Jeremías hace muchos siglos. Sabéis que el papiro que trajo nuestro hermano Juan del mar Muerto era una copia del auténtico de Jeremías, que fue guardado celosamente durante cientos de años por nuestros hermanos, en el desierto. Recordaréis que contenía una profecía que siempre habíamos creído que estaba completa, aunque después he podido comprobar que presenta ciertos paralelismos con otra, también suya, que aparece reflejada en la Biblia, en el capítulo 31, y ahora estoy seguro de que la nuestra no es más que la continuación de esa otra. Os leo primero la que conocéis, la que nos trajo Atareche.

»"Sólo cuando los tres sagrados símbolos que os he dejado, de las tres verdaderas alianzas, estén en la cámara de las cámaras, entonces se empezarán a manifestar los tres signos y en tres días consecutivos, precediendo a la columna de humo y a la columna de fuego. Los tres se significarán con las tres realidades del mundo: la realidad celeste, la terrestre y la realidad humana. En esos días, cada una perderá su condición habitual mostrándose en su realidad opuesta. Por eso, durante el primer día el sol no dará luz. La tierra firme se moverá bajo nuestros pies en el segundo, y en el tercero deberá aparecer un hombre que no hable, no vea, ni oiga, pues sin esos sentidos —las puertas de su inteligencia—, parecerá más animal que humano." —Volvió a enrollar el pergamino y lo dejó sobre la mesa. A continuación abrió una Biblia por una página que había señalado previamente y empezó a leer en alto una parte del segundo libro de los Macabeos, el capítulo segundo, versículo cuarto, con el fin de que entendieran las similitudes que se daban con la profecía de Jeremías—. "Se dice también en los documentos que el profeta, ilustrado por la revelación de Dios, mandó que llevasen tras él el tabernáculo y el arca. Salió hasta el monte adonde Moisés había subido para contemplar la heredad de Dios. Una vez arriba, Jeremías halló una caverna y en ella metió el tabernáculo, el arca y el altar del incienso, y cerró la entrada." —Detuvo un momento la lectura, para imaginar a un Jeremías tratando de proteger los símbolos más sagrados de la alianza de las manos de Nabucodonosor, que poco después mandó destruir el Templo de Salomón tras invadir Jerusalén. Siguió leyendo otro versículo que continuaba haciendo referencia a la cueva—: "Este lugar quedará ignorado hasta que Dios realice la reunión de su pueblo y tenga misericordia de él. Entonces el Señor descubrirá todo esto y se manifestará la gloria del Señor y la nube y el fuego, como se manifestó en tiempos de Moisés y como cuando Salomón oró para que el templo fuese gloriosamente santificado".

Esquívez cerró la Biblia y guardó un breve silencio.

A continuación, trató de unificar y resumirles aquellos tres relatos.

—Según aparece en la Biblia, Jeremías escondió en una cueva del monte Nebo los símbolos de la alianza con Moisés, como firme creyente suyo. Moisés los había portado hasta allí desde el Sinaí, y Jeremías quiso protegerlos de las iniquidades que se venían cometiendo en el Templo de Jerusalén. Pensemos que imaginó que los tres símbolos que debía reunir por la revelación de Yahvé son los mismos que aparecen en el texto bíblico y que él trató de ocultar. Y como continuación de lo que escuchó de Yahvé, aquéllos se mantendrían escondidos hasta que Dios sellase una nueva alianza con su pueblo e hiciera que se descubriera de nuevo la cueva y su contenido. Entonces se manifestaría la gloria de Dios a través de una nube vertical durante el día, como la que vieron Moisés y Salomón, y otra columna de fuego durante la noche. Hermanos, queda demostrado que nuestro papiro amplía el texto de la Biblia; pero, sobre todo, creo que Jeremías se equivocó al considerar que se trataba del arca, el altar y el tabernáculo. Los tres objetos que tenemos ahora son los símbolos que corresponden a las verdaderas tres alianzas, el medallón de Isaac, símbolo de la primera alianza de Yahvé con el hombre; el brazalete de Moisés, símbolo de la segunda, y la cruz de Jesucristo, el símbolo de la tercera. Además, como habéis escuchado, nuestro texto da los detalles para entender cómo quiere Yahvé que se sepa que ha establecido una nueva y cuarta alianza con el hombre. En primer lugar, hay que encontrar y reunir en la cámara santa los símbolos de las tres alianzas anteriores, a lo que seguirá la aparición de los tres signos previos a los fenómenos del humo y del fuego.

Ante la pregunta de si pensaba que la cámara secreta de la Vera Cruz podría servir para la profecía, Esquívez argumentó que el templo en el que se encontraban había sido levantado a instancias de la comunidad esenia inserta en la dirección templaria, para cumplir exactamente con ese particular fin. Por eso, dentro de su cámara superior había una más oculta, recubierta completamente de oro, que se correspondía con el sanctasanctórum —el recinto más sagrado de todos— a imagen del que presidió el antiguo Templo de Salomón. Jeremías debió creer que la de Jerusalén era la elegida para desencadenar la profecía, aunque Esquívez entendía que, para la profecía, resultaba más determinante la presencia de los símbolos que su emplazamiento.

—En esa cámara colocaremos los tres símbolos que poseemos: el brazalete, el medallón y el fragmento de la cruz.

—Me pregunto qué nos puede detener a hacerlo ya, ¡ahora mismo! —propuso el lombardo, preso como los demás de una irrefrenable ansiedad por desencadenar la profecía.

Esquívez observaba aquella congregación de hermanos, sabiéndose instrumento del suceso más deseado por sus antecesores en la fe y maestro de una ceremonia que alumbraría una nueva vida para todos aquellos hijos de Dios que hubiesen respetado su ley, desde que ésta fuera dada a Moisés.

Algunos de los allí presentes eran ya ancianos; sin embargo otros más jóvenes guardarían y trasmitirían las enseñanzas a las futuras generaciones. Con la gravedad que le investía su misión, Esquívez estudiaba cada uno de sus rostros, apenas iluminados por los hachones, en aquella capilla, prólogo de la gran cámara santa, construida sobre piedra, tan sólida como la fe que los había congregado. Sabía la trascendencia de lo que iban a acometer, pero antes necesitaba terminar con otro asunto, por más que fuera ciertamente secundario.

—Antes de empezar con la ceremonia de las ceremonias debemos elegir un sustituto para reemplazar a nuestro queridísimo hermano Juan de Atareche. Lo haremos de la forma tradicional. Cada mentor presentará a su candidato y sus méritos entre aquellos novicios que lleven al menos tres años de formación en nuestra fe y hayan superado la fase de meditación interior de tres días, por la que todos hemos pasado para ser hermanos de pleno derecho. Como siempre, se aprobará la entrada a la comunidad de aquel que obtenga más votos. De momento tenemos dos candidatos. Yo mismo presentaré a uno, después de que lo haga nuestro hermano Philippe Juvert, que hará lo propio con el suyo.

—Querido maestro —el aludido, tras carraspear algo nervioso, tomó la palabra—, y hermanos todos, muy a mi pesar lamento informaros de que no puedo presentar a mi candidato, por haberse visto implicado en fechas recientes en una grave falta que lo descarta para integrarse en nuestra hermandad. —Hizo una pausa, comprobando los gestos de perplejidad de los asistentes, deseosos de conocer los detalles de esa repentina eliminación—. El templario Laurent Traubelier, de la encomienda de Luzca, era mi discípulo. Pero se ha descubierto su implicación en la falsificación de unos poderes y de otros documentos monetarios para su uso y beneficio personal. Ha sido amonestado severamente como manda nuestra regla; pero, irremediablemente, no puede ser candidato para nuestra causa.

Esquívez se lamentó del pernicioso efecto del dinero en el comportamiento de la mayoría de los hombres y aprovechó para recordar, una vez más, su renuncia a todo bien personal, junto con su obligación de compartirlo todo.

—Éstas, y no otras, son las bases morales que deben presidir siempre nuestros actos, para ser dignos miembros de una comunidad esenia —concluyó.

»Para sustituir a la magna personalidad de Juan de Atareche —prosiguió, iniciando la defensa de su candidato—, he tratado de escoger al mejor de mis discípulos. Se llama Joan Pinaret, y llevo formándole desde hace casi cuatro años. Actualmente es un joven hermano, también templario como nosotros, de sólo veintiún años y, por tanto, ya tiene la edad mínima que exige nuestra regla. Podría decir de él que, si Juan de Atareche era la realidad, éste es sólo la potencialidad, aunque de excelente fuste, ¡os lo aseguro! —Ordenó los papeles que tenía frente a él, concentrándose en uno—. Os cuento más cosas sobre él. Debo decir en su favor que es un ejemplo de virtudes: es dado a la generosidad, al amor fraterno y a la humildad, y cultiva con esmero el trabajo y su purificación interior. Actualmente reside en una encomienda de la Corona de Aragón, y en su haber, y considerando su corta edad, cuenta con la capacidad de hablar perfectamente cinco lenguas: griego, latín y árabe, como si fuera nativo, además de su lengua natal, la de oc, y ahora está acabando de aprender hebreo antiguo. Pensad por un momento en las ventajas que nos supondría contar entre nosotros con un hermano capaz de leer en lengua original los muchos documentos que tenemos atascados desde hace tiempo, y así disponer de ellos para nuestro estudio, una vez traducidos al latín.

—Maestro, ¡votemos ya por él! Habéis dado ya bastantes razones sobre su causa —interrumpió Richard.

—De acuerdo. ¡A mano alzada y a una sola votación, como siempre! ¿Quién aprueba la incorporación del candidato Pinaret?

Se levantaron nueve manos, incluida la suya, siendo los ingleses los únicos que no lo hicieron.

—Queda aprobada, por mayoría, la entrada del hermano Pinaret a nuestra comunidad. Yo mismo se lo notificaré en cuanto pueda. ¡Espero que podáis conocerlo pronto!

Parecía que ya sólo quedaba empezar con la ceremonia última que diera paso a la reunión de los tres símbolos. Esquívez les pidió que se pusieran en pie y que juntasen sus manos para hacer un círculo espiritual; mientras, él llevaría a cabo el rito profético. La pequeña cámara de oro era demasiado pequeña para entrar más de dos a la vez. Guillaume fue a buscar una escalera a la planta baja para alcanzar la trampilla. Una vez apoyada, el maestro Esquívez comenzó a ascender y desapareció de la vista de los diez esenios.

Esquívez sabía cómo accionar el sistema para abrir la cámara secreta. La piedra que ocultaba su entrada tenía un eje que le permitía girar sobre sí misma y que dejaba espacio suficiente para acceder con la mano a la más secreta de las cuatro cámaras de la Vera Cruz. A primera vista, no se notaba ninguna diferencia con el resto de las piedras que componían la pared y no mostraba ninguna muesca, hendidura o señal alguna. Para moverla se tenía que empujar una muy pequeña, del tamaño de una aceituna, que estaba en el vestíbulo anterior, la cual ponía en marcha el mecanismo para abrir la cámara secreta. Muy pocos de los presentes conocían ese procedimiento.

Gastón de Esquívez sujetó con sus dedos la pequeña piedra y la giró un cuarto de vuelta hacia la derecha. Se oyó un ligero chasquido. El sistema ya estaba desbloqueado. Subió dos últimos escalones de piedra y se tumbó en la cámara superior. A su derecha, y a la altura del estómago, quedaba la piedra que debía empujar. Lo hizo y abrió una pequeña oquedad, de dos codos por tres, donde estaban el papiro de Jeremías y el cofre con el brazalete de Moisés. Abrió este último y dejó en su interior el medallón. Al hacerlo, recordó los ojos de espanto de su portador cuando su cuchillo le atravesaba el cuello.

Pidió a Guillaume el relicario con el *lignum crucis*. Éste le había seguido por la escalera y aguardaba en el vestíbulo para pasárselo, pues era demasiado voluminoso para que lo llevara con él. Lo introdujo con ciertas dificultades debido a su tamaño y giró nuevamente la piedra para cerrar su acceso. Abandonó la cámara y colocó la pequeña piedra del vestíbulo en su posición original. Por último, descendió por la escalera hasta la cámara, pensando que era la primera vez que ya estaban los tres objetos en su interior. Abajo aguardaban los diez hermanos esenios.

—Queridos hermanos. La cuenta atrás ha comenzado. Los tres símbolos de las tres alianzas están ya juntos y dentro de la cámara secreta. Ahora debemos rezar una oración para pedir a Dios que la profecía se ponga en marcha.

»"Oh Yahvé, Tú que lo eres todo y que has querido establecer con el hombre tres grandes alianzas; la de Abraham, la de Moisés y la de Jesús, dígnate ahora, una vez reunidos sus tres sagrados símbolos en tu sanctasanctórum, iniciar el tiempo en el que finalmente reine tu luz para siempre sobre este mundo de sombras y oscuridad. ¡Que sean destruidos todos los oscuros que han entorpecido tu voluntad y que triunfen en la tierra los hijos de la luz por siempre y para toda la eternidad!"

Todos los presentes, emocionados por ser testigos de tan trascendental momento, se abrazaban salmodiando antiguos himnos de Salomón. Esquívez los observaba, contagiado de su misma alegría, agradeciendo a Yahvé el privilegio de haber sido el portador de su triple alianza y el elegido para desencadenar la última, y tan deseada durante siglos, guerra de los hijos de la luz.

El maestre Esquívez aconsejó que fueran todos hasta la hacienda templaria de Zamarramala para poder descansar algo antes de los maitines. En otras ocasiones también habían acudido a ella, para pasar algunas horas hasta su partida a sus lugares de origen, presencia que resultaba algo extraña al resto de los monjes templarios, aunque éstos acababan por no preguntar nada, pues se sentían obligados por el deber de obediencia y discreción a su comendador.

Subieron la cuesta en dirección a Zamarramala, hacia las casas que formaban el enclave templario. Al llegar se acostaron para dormir un rato antes del trascendental día que les esperaba.

—¡Hermanos...! ¡Segunda llamada a maitines!

El grave tono de voz de aquel hombre quebró la paz del somnoliento Charles du Lipont, que había compartido habitación con el comendador Esquívez. Se volvió hacia él, para ver si estaba despierto, y encontró su cama vacía y hecha. Se levantó y abrió las contraventanas de madera para ver qué día hacía. Era de noche. Debían pasar los maitines para que la luz brillara de nuevo. Tal y como decía la profecía, ese primer día debía iniciarse soleado, pero seguidamente debía pasar algo que hiciese que el sol dejase de brillar.

El comendador presidía la oración en la capilla cuando Charles entró un tanto retrasado. Allí se encontraban los diez miembros de la comunidad, junto con el resto de los freires de la hacienda de Zamarramala. Una vez terminados los primeros rezos del día, abandonaron la capilla y se dirigieron al refectorio, para tomar un ligero desayuno. Los once esenios no dejaban de mirar al cielo. Acababa de amanecer y estaba completamente azul, sin una sola nube. No había de qué preocuparse. ¡Quedaba el resto del día para que se produjese el fenómeno deseado!

A mediodía, los hermanos esenios empezaron a intranquilizarse, pues el signo que esperaban no sólo no se había producido, sino que incluso el día parecía más luminoso y agradable que cualquier otro. Gastón de Esquívez trataba de serenarles, pero de momento nada hacía pensar que aquel día fuera a cambiar.

A media tarde empezó a nublarse, lo que por un momento hizo concebir nuevas esperanzas al grupo. Nadie sabía exactamente qué era lo que tenían que ver, aunque suponían que podría tratarse de un eclipse o algo de ese calibre para que el signo fuese válido. Pero lo cierto es que la tarde continuaba transcurriendo sin que aconteciera nada fuera de lo normal.

La oscuridad de la noche les alcanzó sin remedio, y con ella se terminaba toda esperanza de verse cumplida la profecía. ¡Algo había fallado! Después de los rezos de la octava, se reunieron todos nuevamente en la segunda planta del edículo de la Vera Cruz.

—Hermanos, esta noche no os pediré silencio pues ya os veo bastante callados —comenzó Esquívez—. No ha pasado nada en todo el día y entiendo vuestra decepción, pero no debemos agotar nuestras esperanzas. ¡Seguro que nos ha faltado algo!

—Maestro, ¿estáis convencido de que el medallón de Isaac era el genuino? ¿No os habrán engañado? —preguntó sin ninguna caridad Neil Ballitsburg, disgustado por el evidente fracaso.

—¡Absolutamente seguro, Neil! Yo mismo, y de boca de su portador, oí cómo y dónde había aparecido, y no me cabe ninguna duda de su legitimidad. No creo que se deba a los objetos sagrados, pues la autenticidad del brazalete también está más que probada. Fue el propio Atareche el que lo recibió de nuestros hermanos esenios. Temían su posible pérdida ante los frecuentes ataques e incursiones, tanto de egipcios como de seléucidas. Nuestro pueblo esenio había escondido desde hacía muchos siglos ese brazalete, para que alguna vez pudiera ser usado en cumplimiento de la profecía. Nos queda el fragmento de la cruz. De los tres, podría ser el único que nos crease ciertas dudas sobre su autenticidad. Aunque esté certificado bajo un documento de entrega a esta iglesia, firmado por el mismo papa Honorio III, todos sabéis que la Santa Cruz ha pasado por muchos avatares.

—En el año 330 —terció Nicola— fue encontrada en Jerusalén por Helena, la madre del emperador Constantino. —Nicola conocía muy bien la historia de la Santa Cruz, y era el que más dudas tenía sobre su autenticidad—. En el siglo séptimo fue capturada por el persa Cosroes y llevada a su palacio. Pocos años después, fue recuperada por el emperador Heraclio, que la devolvió a Jerusalén, escena que está recogida en un fresco que habréis visto en uno de los ábsides de este templo. Pero la historia no termina ahí. Durante la época cruzada, fue portada en multitud de batallas, entera o posiblemente en fragmentos, como apoyo espiritual de los francos, animados por la fe en su milagrosa intercesión para una mayor derrota musulmana. Habiendo pasado por tantas manos se pudo perder o verse seriamente dañada.

—Puede ser que tengas razón, Nicola —convino Esquívez—. Pero, aunque también abrigo dudas como tú, sabéis del interés del papa Inocencio IV por recuperarla. No resultaría lógico pensar que es falsa cuando tanta voluntad pone en el empeño. Recordad que por este motivo hemos tenido que fabricar una copia, para evitar su pérdida. Temimos que tuvieran tentaciones de rescatarlo sin pedirlo... ¡ya me entendéis! —Se levantó del banco y dio vueltas alrededor del grupo, mientras contaba lo que pensaba—. Tras esa insistencia, las dudas que tenía sobre su autenticidad me han ido desapareciendo. Aunque sigo preguntándome para qué lo querría el papa Inocencio. ¿No estará tratando, como nosotros, de reunir varios objetos con algún otro fin?

—Si se me permite, ahora que mencionáis el nombre del papa Inocencio, desearía contar a la comunidad algo que puede resultar importante para nuestro objetivo. —Todos fijaron su atención en Guillaume—. He conocido recientemente en mi encomienda de Chartres, por el testimonio de uno de nuestros hermanos presentes en Palestina de nombre Ismael, que estaba de paso a Inglaterra, una historia verdaderamente extraña. Me aseguró que un hermano suyo, un tal Isaac Ibsaal, había visto hacía pocas semanas al papa Inocencio IV y a su secretario personal recorriendo de incógnito Constantinopla. Por lo visto, en un momento dado oyó que hablaban sobre un antiguo objeto que también iban buscando ellos, y decidió seguirles. Embarcaron en una galera, que les llevó a Éfeso. El tal Isaac viajó con ellos y espió sus movimientos por los alrededores de la ciudad hasta alcanzar un lugar que se llama Meryemana en lengua local, o «casa de María» para la nuestra, que fue el destino final del viaje. Lo que llegase a acontecer dentro de esa casa no lo logró averiguar, pues permanecía escondido por los alrededores para no ser visto. Pero una vez que la abandonaron, y viendo lo alegres que estaban, entendió que el papa Inocencio había alcanzado su objetivo. Ya de vuelta en Éfeso y en el primer momento que pudo, lo abordó y amenazó hasta hacerse con un viejo pendiente (dicen que de la misma Virgen María) que acababa de encontrar. Ahora parece ser que ese tal Isaac lo tiene en su poder, en Constantinopla. —Carraspeó nervioso—. Y, bueno, eso es todo. ¡He creído que debíais saberlo!

—Me acabas de dejar asombrado y a la vez lleno de curiosidad, hermano Guillaume —contestó Esquívez—. ¿Cómo no lo habías mencionado antes? ¿Por qué no hemos sido informados por nuestros hermanos de que alguno de ellos andaba buscando un objeto como ése? ¡Llevamos años persiguiendo cualquier elemento que pudiera tener una más mínima trascendencia sagrada! —A Esquívez le contrariaba la idea de que pudieran existir nuevas reliquias, cuando ya había creído que tenía las necesarias para que se cumpliera la profecía—. Y, sin embargo, ahora se me oculta la aparición de otros, como ese pendiente. ¡Quiero que el tal Isaac acuda inmediatamente con el pendiente y nos cuente todo lo que sabe sobre él!

Ante la noticia de Guillaume se desencadenó un desconcierto general. En contra de lo que Esquívez les había asegurado, ¿serían los tres símbolos con los que ya contaban los que necesitaban para sus fines?, ¿o tenían que empezar de nuevo? Cuando el maestro achacó el poco éxito logrado a una falta de concreción de la profecía en sus detalles externos y a que posiblemente había fallado por ser once en vez de doce los miembros necesarios para la ceremonia, a todos les sonaron un tanto vacuos esos argumentos, y aumentó la sensación de que el asunto se le estaba escapando de las manos.

Esquívez, que antes se veía como una pieza clave, por

manejar y dirigir sus destinos hacia el final deseado, en esos momentos era testigo de que parecían haber surgido demasiadas dudas sobre su papel. Pensó que era mejor no insistir en su argumento de contar con doce y esperar a saber algo más sobre aquel pendiente. Como su ascendiente como guía de la comunidad no podía verse mermado, pensó que lo que debía hacer en ese momento era tratar de recuperar su confianza y dar por concluida la reunión.

—Queridos hermanos —manifestó Esquívez—, nosotros ganaremos la guerra final. En cuanto tengamos ese pendiente nos reuniremos de nuevo y os aseguro que alcanzaremos el destino que hemos anhelado a lo largo de los siglos. ¡Hijos de la luz… iluminad vuestros caminos de esperanza y no desconfiéis porque nuestro tiempo ha llegado!

12

Madrid. Puerta del Sol. Año 2002

Faltaban poco menos de diez minutos para las dos de la tarde; la hora que habían fijado los secuestradores para el canje.

Desde una furgoneta de reparto de la cadena de comida rápida Rodilla, que servía de camuflaje a una estación de vigilancia especial de la policía, el inspector jefe Fraga se comunicaba con sus hombres, convenientemente repartidos por la Puerta del Sol, organizando los últimos preparativos. Cada rincón de la plaza quedaba perfectamente registrado en alguno de los doce monitores que recibían la señal desde las distintas cámaras que el ayuntamiento tenía instaladas por la plaza y calles adyacentes. La operación Madriguera se había puesto en marcha.

Fernando Luengo acababa de dejar aparcado su coche en un aparcamiento de la calle Arenal y se dirigía puntual a la peor cita de todas a las que había tenido que acudir en su vida. Mientras caminaba, sentía que todo alrededor de él parecía haberse detenido en el tiempo; ajeno al peligroso hecho que se iba a producir en pocos minutos, lo cierto es que sus sentimientos no parecían afectar al habitual flujo de vitalidad que caracterizaba a aquella plaza. Las tiendas seguían mostrando sus ofertas y productos, los bares sirviendo cafés o cañas, aquella pastelería de toda la vida seducía con su hechizante aroma los olfatos más reacios a ganar unos kilos de más y los autobuses escupían y tragaban gente que pasaba por allí por motivos que a Fernando se le antojaban más o menos intrascendentes.

Se sentía solo entre aquella multitud. Con la misma angustia del que embarca en un día de tormenta sabiendo de antemano que puede arreciar fuerte el mar. La incertidumbre por la situación de Mónica había desatado en él una inquietante sensación de culpabilidad, añadida a la angustia por no tener control sobre su desenlace. La noche anterior, Paula había decidido ir a Madrid para pasarla con él, tras haber notado su precario estado de ánimo por teléfono. Preocupada en todo momento por él, había tratado de tranquilizarle y de evitar que pasase aquellos duros momentos en soledad. Pero se contagió tanto de su malestar que perdió la estabilidad emocional y cayó en una crisis nerviosa tan fuerte que necesitó dos tranquilizantes, tener que acostarse de inmediato y la presencia de Fernando a su vera, hasta que consiguió superarla. Fernando se había acostado pasadas las cuatro de la madrugada, una vez que comprobó que su hermana estaba profundamente dormida.

Antes de acostarse había estado meditando sobre las circunstancias que habían confluido para haber llegado hasta aquel extremo. De haber estado disfrutando de lo que no parecía más que una apasionante aventura tras la búsqueda de los orígenes de aquel extraño brazalete, sin riesgos aparentes, llena de sorprendentes y misteriosos descubrimientos y repleta de asombrosas conexiones históricas, ahora se había convertido en un asunto mucho más serio y con implicaciones desconocidas.

También había recibido una llamada de Lucía desde Segovia. Estaba impresionada por la gravedad del hecho. Igual que les había pasado a los demás, pensaba que la aparente despreocupación con que habían dirigido sus investigaciones acababa de dar un giro de ciento ochenta grados y, como resultado, todo iba a cambiar radicalmente de ahora en adelante.

En el momento que se enteró de la noticia, por decisión propia, Lucía había llamado a la policía para advertir del secuestro, dando todos los detalles sobre el lugar convenido para la entrega del rescate. Lo hizo sin avisar a Fernando, preocupada por ver que éste se creía capaz de afrontar la situación sin ninguna ayuda. Pensó que no debía dejarle acudir solo a la cita con esa gentuza, aunque pudiese enfadarse con ella después.

Llamó al único policía que conocía, al inspector jefe Fraga, después de buscar su tarjeta en su billetera. El agente trató de disipar sus dudas sobre la seguridad de su plan y le prometió que no se haría nada que pudiese poner en peligro a ninguno de los dos. Le insistió en que no intervendrían hasta que el canje se hubiera realizado y tuvieran la plena seguridad de tenerlos completamente a salvo. Pondría policías camuflados por toda la plaza a la espera de cualquier movimiento, tanto de Fernando como de los secuestradores.

Fernando llegó a los pies del monumento al Oso y el Madroño, muy nervioso y anhelando volver a ver a Mónica. Intentaba localizarla entre la multitud que a esas horas abarrotaba las inmediaciones de la escultura. Aquellos centenares de rostros y miradas que se iban sucediendo a su alrededor le parecían fugaces actores de una película a cámara rápida donde todos y ninguno se acababan pareciendo a ella.

Dos policías vestidos de paisano estaban a menos de diez metros de él, sin perderle ni un instante de vista. En cada una de las calles que confluían a la plaza, el policía había puesto a dos de sus hombres para cortar el paso a los secuestradores si fuera necesario.

—Operación en marcha. El conejo acaba de llegar a la

boca de la madriguera. Va con traje oscuro y corbata azul. Se encuentra parado al lado del monumento.

—Localizado. Cambio.

—Localizado también. Cambio —confirmó un segundo agente.

—No le perdáis de vista ni a él ni a las zorras que aparezcan en la madriguera.

Una gitana que vendía lotería se acercó a Fernando.

—¡Zeñorito! ¿Quié uzté que le venda la zuerte? ¡Tengo el número que va a tocá ezte zábado!

La mujer le agarraba de la chaqueta tratando de atraer su atención, aunque Fernando no le hacía el menor caso. Seguía mirando en todas las direcciones, buscando a su querida Mónica.

—¡Se le ha acercado una vendedora de lotería, jefe! ¿La aparto? —Un policía se comunicaba con la furgoneta para solicitar instrucciones.

—¡No intervengáis hasta que yo dé la orden! Sólo se trata de una de esas gitanas que venden lotería.

La mujer seguía al lado de Fernando, tratando de conseguir que le prestara atención.

—¡Zeñorito, hágame uzté caso que tengo un recado pa uzté! Cómpreme uno décimo pa disimulá. —Fernando sacó de su cartera un billete y se guardó el boleto—. Unos hombres me han dicho que debe uzté ir a la zeción de oportunidade de El Corte Inglé, donde debe buscá una zapatilla de deporte. —Le agarró del traje, tirando de él para hablarle al oído—. Caballero, no zé qué ze traen entre medias, pero zin ánimo de meteme donde no me llaman, no le veo mezclao con eze tipo de gente. ¡Uzté ez un zeñorito! Tenga cuidao con ezoz elemento. ¡Son mu mala gente…! Ze lo digo yo, que sé lo que veo estando todo los día en la calle.

—¡Muchas gracias, señora, trataré de seguir su consejo!

Fernando comenzó a caminar a toda velocidad hacia El Corte Inglés.

—¡Atención a todos, el conejo se ha movido de la madriguera! ¡Carlos, Paco, seguidle sin que se os note! No le perdáis de vista.

El inspector había perdido la imagen de Fernando en el monitor cuando entró en la calle, por no contar con buena cobertura.

A esa hora los grandes almacenes estaban llenos de gente que aprovechaba los últimos días de las rebajas de enero. Así lo anunciaba un gran cartel en la puerta que Fernando casi ni vio, pues la atravesó a toda velocidad una vez que había comprobado en un directorio que la sección de oportunidades estaba en el semisótano. Los dos policías le seguían a escasa distancia.

Fernando localizó un ascensor con el indicador de bajada encendido y a punto de cerrar sus puertas. Se lanzó a la carrera para entrar en él. Los dos policías aceleraron el paso para tratar de entrar también, pero llegaron cuando las puertas ya se habían cerrado.

—¡Jefe, hemos perdido al conejo! Se nos acaba de escurrir en un ascensor y no sabemos en qué piso se puede bajar.

—¡Malditos inútiles! ¡Pero cómo le habéis dejado escapar! —El inspector jefe Fraga estaba enrojecido de furia—. ¡Todos los efectivos a las puertas de El Corte Inglés! Cubrid todas las salidas, y que cinco de vosotros entren para encontrar inmediatamente al conejo. ¡Y vosotros dos, repartíos por las plantas subterráneas!

El propio inspector abandonó la furgoneta a la carrera en dirección al gran almacén. Fernando se bajó en el semisótano y de un solo vistazo localizó unas estanterías donde se exponían prendas deportivas. Nada más llegar al pasillo que mediaba entre los dos aparadores de zapatillas, dos hombres le cerraron el paso. Uno de ellos, al que reconoció de inmediato como el palestino que le había encargado la daga de plata, se le acercó y empezó a hablar.

—¡Muy mal, señor Luengo! Le dijimos que no llamase a la policía, pero vemos que no nos ha hecho caso. Acaba de complicar terriblemente las cosas para todos. Me temo que lo ha estropeado todo.

—¿Cómo que policía...? Yo no he llamado a nadie... ¡Se lo prometo! —respondió Fernando buscando el rostro de Mónica por los alrededores.

—¡Bueno, déjese de excusas y deme el brazalete inmediatamente! —El hombre no tenía cara de muchas bromas.

—¿Y la chica?

—A la chica la hemos vuelto a llevar a un lugar seguro. En la plaza había muchos policías y nos arriesgábamos demasiado. ¡Deme usted el brazalete ahora y le prometo que podrá volver a ver viva a su chica!

—¡Yo no le doy nada si no la veo!

—Como usted quiera. Si no es por las buenas, será por las malas.

Fernando sintió la punta de un puñal que le pinchaba en un costado.

—Como grite, se lo clavo —le amenazó el otro desconocido.

Le agarraron cada uno de un brazo y lo arrastraron hasta uno de los probadores, sin que nadie reparara en aquella extraña escena. Se encerraron en uno que estaba vacío. Fernando, aterrado, y ante lo que le podía pasar allí dentro, gritó pidiendo socorro. El más grueso le propinó un fortísimo golpe en la cabeza con la culata de un revólver. Fernando perdió el conocimiento.

—¡Señor Luengo..., señor Luengo, despierte...!

Fernando empezaba a abrir los ojos; tenía un fuerte dolor en la cabeza. Estaba tumbado dentro de un probador, rodeado de tres hombres y de varias dependientas asustadas. Se había formado un gran corro de curiosos que trataban de asomarse por la puerta. La cara de uno de aquellos hombres le sonaba mucho, pero no era capaz de recordar de qué.

—Trate de levantarse despacio, ¡le han dado un buen golpe! Soy el inspector jefe Fraga. Me recordará usted de Segovia, cuando estuvimos en el taller de su hermana.

Fernando, instintivamente, se llevó una mano al bolsillo interior de la americana para buscar el brazalete. ¡Se lo habían quitado! El hombre, que reparó en su reacción, fue informado del objeto que aquéllos habían puesto como condición para el canje.

—¿Han cogido a los que me han hecho esto?

—Lo sentimos, pero se nos han escapado. Aquí hay demasiada gente siempre, incluso nos ha sido bastante complicado dar con usted. De hecho, ha sido una clienta la que le ha encontrado dentro del probador cuando ha ido a entrar en él.

Fernando estaba un poco aturdido, aunque trataba de entender la presencia de ese policía.

—Y ¿qué hace exactamente usted aquí, inspector?

—Muy fácil, tratar de protegerle y capturar a los secuestradores, como es función normal de un policía que se precie.

—¿Cómo ha sabido que se trataba de un secuestro?

—Nos llamó su amiga, doña Lucía Herrera, para ponernos sobre aviso. Créame que hemos puesto todos los medios para detenerlos, pero su entrada en estos grandes almacenes ha complicado su captura.

Empezó a sentir una incontenible furia hacia Lucía. El policía quiso convencerle de que ella había hecho lo correcto; pero para Fernando el resultado era que Mónica seguía en manos de los secuestradores, que ellos sabían que la policía estaba al tanto de todo y que todo eso podía empeorar aún más su, ya de por sí, delicada situación.

Accedieron a llevarle a su casa, pues deseaba relajarse allí de toda la tensión acumulada y hablar con Paula. Pero antes tenían que parar en una clínica para que le hicieran una pequeña revisión.

Salieron de los grandes almacenes, levantando una enorme expectación entre los muchos curiosos que se habían arremolinado alrededor de los probadores. Fernando llevaba un vistoso pañuelo ensangrentado con el que trataba de cerrar la herida todavía abierta que le había producido el arma. Se subió al coche del inspector y dejó las llaves del suyo a un policía para que lo retirara del aparcamiento y se lo acercara hasta su casa.

De camino le fueron tomando declaración, hasta que llegaron a su domicilio, en el barrio de los Jerónimos, donde el portero, nada más verle llegar, se le acercó profundamente preocupado y se interesó por todo lo que había pasado. Le anunció que los padres de Mónica habían llegado hacía cerca de una hora.

En el ascensor, Fernando pensaba cómo les iba a explicar lo sucedido, cómo iba a tranquilizarles si no tenía argumentos. En esos momentos él era el primero que temía seriamente por la vida de Mónica. Imaginaba con horror la tensa escena que se podría producir en su casa. Conocerles en esa situación y delante de la policía no era la mejor manera de empezar una relación.

No se encontraba con la seguridad suficiente para manejar emocionalmente los distintos ángulos de aquella situación. Se sentía fracasado, cansado y enfadado con Lucía.

El viejo ascensor subía hasta el ático acompañado de su habitual coro de crujidos y chasquidos. Uno de los policías miraba a un punto indeterminado entre el botón del tercero y el cuarto, mientras otro estaba entretenido interpretando un pequeño dibujo que alguien había hecho en la madera de una de sus paredes, seguramente con el extremo de una llave. El tercero no le quitaba el ojo de encima. Fernando se sentía tan agobiado que le tentaba la idea de salir corriendo escaleras abajo una vez que lo dejaran solo. Casi prefería que le detuvieran a tener que enfrentarse con la tensión que debía reinar en su casa.

Cuando el ascensor se detuvo en seco y salieron los cuatro comprobaron que la puerta de su casa estaba entornada. Decidió que Manolo debía haber avisado de su llegada desde el portal. Ahora ya no tenía escapatoria. Tragó saliva y entró el primero. Saludó en voz alta para que supieran que había llegado y entró hasta el vestíbulo, acompañado por el inspector Fraga y sus dos ayudantes. Uno de ellos era el policía joven que había estado en el taller de Paula. En un instante aparecieron por la puerta del salón los padres de Mónica, recién llegados de Pamplona, junto con Paula. Ella fue la que habló primero.

—¡Es terrible, Fer, estamos todos deshechos tras tu llamada! —Paula notó su violencia por verse delante de los afligidos padres y reaccionó con rapidez, presentándoselos—. Don Gabriel García y doña María, los padres de Mónica.

Fernando se acercó primero a la madre, que le recibió con un intenso abrazo, rompiendo inmediatamente a llorar, presa de los nervios. Fernando apenas se aguantaba las ganas de acompañarla. Estrechó la mano del padre con firmeza mientras estudiaba sus rasgos. Era evidente que Mónica los había heredado más de él que de su madre. Paula le abrazó con cariño, a la vez que le tocaba la herida de la cabeza que llevaba tapada con un esparadrapo.

—¿Te han hecho mucho daño?

Fernando le restó importancia y aprovechó el momento para invitar a todos a que pasasen al salón.

—¿Qué van a hacer ahora para recuperar a mi hija? —sollozaba la madre de Mónica, dirigiéndose a los policías.

—Por las descripciones que Fernando nos ha dado de los secuestradores sabemos que son extranjeros y uno de ellos palestino —respondió el inspector Fraga.

—Paula, ¡lo reconocí inmediatamente! —intervino Fernando—. Era el mismo que me encargó la famosa daga de plata el mes pasado.

El inspector jefe Fraga retomó la palabra y atribuyó la posible autoría del secuestro a los mismos que habían entrado a robar en el taller de Paula. En él habían localizado las huellas de uno de ellos y con la colaboración de la Interpol habían logrado su identificación. Se trataba de una mujer israelí, Raquel Nahoim, profesora de Historia Antigua de la Universidad Hebrea de Jerusalén, lo cual les había parecido un dato de lo más sorprendente. De los demás no sabían aún nada, pero sospechaban de que debía haber algún español entre ellos que les diese la cobertura necesaria.

Hizo una pausa para observar los rostros de todos los presentes y continuó informando de que ya estaba en marcha una orden de búsqueda y captura para la mujer. Para el palestino también, aunque de él sólo tenían un primer retrato robot a partir de la somera descripción que les había dado Fernando.

—Pensando en su hija —miró a la madre—, creo que el hecho de que tengan el brazalete resulta positivo para la resolución del secuestro. Estoy convencido de que ese objetivo es el mismo que habrían tratado de conseguir en el taller de la platería. —El inspector Fraga clavó la mirada en los rostros de Fernando y Paula sin ocultar su desaprobación por no haber sido informado a tiempo de su existencia.

—¿Y mi hija? ¿Qué va a pasar ahora con mi hija? —insistía doña María.

426

El policía justificaba la todavía escasa información de que disponían, como natural consecuencia de la inmediatez del suceso. Les aseguró que se estaban poniendo los medios necesarios para lograr una rápida resolución del caso. Alertada desde un primer momento la Jefatura Superior de Madrid y con ella todos los cuerpos de seguridad del Estado, se había puesto en marcha un dispositivo especial para localizar a los secuestradores, con controles en cada una de las salidas de Madrid. Aunque su jurisdicción natural era Segovia, se había encargado personalmente del caso, en colaboración con sus colegas de Madrid. Intentó dejar claro que, dada la situación, se estaba actuando con suficiente rapidez, y para tranquilizar algo más a la mujer le avanzó que, por regla general, cuando los secuestradores conseguían el rescate solían liberar a la persona, aunque seguramente en este caso esperarían a que hubiera menor presión policial.

—¿Cómo podríamos ayudarles? —preguntó Fernando.

—En este momento, poco o nada. Desde luego, eso sí, si usted recuerda algún detalle sobre el hombre que le encargó la daga, debe decírnoslo. Pero ya le digo que en estos casos, desgraciadamente, no se puede hacer otra cosa que esperar, hasta…

—Ahora que recuerdo —le cortó Fernando—, en la joyería me dejó lo que parecía una tarjeta de visita con el texto que quería que le grabásemos. Pienso que al menos podría contener alguna huella dactilar.

—¡Perfecto! Eso es justo lo que necesitamos. —El inspector abrió su *walkie-talkie* y ordenó que alguien fuera de inmediato a la joyería Luengo.

—Creo que debería acompañarles. No recuerdo exactamente dónde pude guardarla, si es que lo hice yo. Posiblemente fuese Mónica, pero claro ahora…

A la madre se le saltaron las lágrimas al oír su nombre.

Aprovechando la marcha de la policía, los padres de Mónica abandonaron la casa de Fernando para acudir a la de su hija, donde esperarían cualquier novedad que se produjese.

Al cabo de dos horas Fernando entraba nuevamente en su casa, esta vez solo. Había encontrado la famosa tarjeta en un archivador y la policía se la había llevado al laboratorio para analizar sus huellas. Parecía furioso.

—Paula, ¿sabías que, sin consultar a nadie, Lucía avisó ayer a la policía? —Se tumbó en un sillón, agotado por la tensión que arrastraba desde hacía veinticuatro horas.

—No tenía ni idea. ¿Por qué estás tan seguro de ello? ¿Acaso has hablado con ella?

Fernando le contó lo que le había explicado el inspector jefe Fraga al recuperar la conciencia en los probadores, y que se había enfadado tanto que aún no la había llamado a Segovia para ponerle al corriente de lo ocurrido. Su decisión había complicado la situación mucho más, aunque ya era de por sí bastante difícil. Mónica seguía en manos de sus captores, ellos se habían quedado sin el brazalete, que parecía ser la única razón para el canje, y los secuestradores estaban alertados de que la policía estaba informada de todo, lo que con seguridad les pondría más nerviosos.

Paula le reconoció sus motivos para estar enfadado, pero tampoco le parecía justo mantener a Lucía sin saber nada. La justificó, quitándole importancia al hecho, alegando que sus intenciones habían sido correctas, y no creía justo que tuviese que pagar con las culpas, cuando los únicos responsables del problema eran los hombres que mantenían cautiva a Mónica.

No le dejó que la llamase él, viendo su falta de convicción y su persistente actitud de querer acusarla de lo ocurrido, ofreciéndose ella a hacerlo con la excusa de su más que evidente crisis de nervios.

—Hablaré yo con ella. Tú hazte una infusión para tranquilizarte un poco.

Lucía estaba al borde del infarto por la excesiva y prolongada falta de noticias cuando descolgó el teléfono de su despacho, al comprobar en la pantalla digital que se trataba de la casa de Fernando. Reconoció la voz de Paula. Ésta le resumió lo que había ocurrido hasta el momento. Lucía lamentó el fracasado intento de recuperar a Mónica y el cariz que estaba tomando la situación debido al conocimiento de la presencia policial por parte de sus secuestradores.

Del malestar que había provocado en Fernando su aviso a la policía se enteró un poco más avanzada la conversación. Trató de explicar a Paula sus motivos para no avisarle: por no intranquilizarle más de lo que ya estaba, y, sobre todo, por su propia seguridad. Antes de terminar la llamada, se interesó por las iniciativas que iba a tomar la policía a partir de ese momento y le pidió después que le aclarase una duda.

—¿Sabes si Fernando les ha contado lo que hemos averiguado acerca del brazalete?

—Por lo que me ha dicho, no. Sólo les ha contado cómo y cuándo le llegó el brazalete y poco más. —Paula se había quedado convencida de las buenas intenciones de Lucía.

—Supongo que Fernando necesitará algo de tiempo hasta que se le pase el disgusto conmigo. Te rogaría que me mantuvieras informada de todo lo que vaya ocurriendo y, si pudieras, me gustaría que nos viéramos. Estoy detrás de una pista relacionada con tus antepasados enterrados en la Vera Cruz y querría conocer tu opinión.

Paula encontró a Fernando sentado en la cocina, dedicado a la degustación de una gran copa de vino, que debió parecerle mejor elección que una infusión de hierbas. Quedó poco convencido de sus explicaciones sobre los motivos de Lucía, aunque esta vez parecía algo menos intolerante. No obstante, saltó de nuevo cuando, sin haberle dado mayor importancia, Paula le comentó su interés por saber si había pasado información a la policía sobre el brazalete.

—¡Paula, a mí el brazalete me da igual! Lo que me importa es la vida de Mónica. —Golpeó la mesa de la cocina. La copa de vino se tambaleó.

—¡Y a todos, Fer! También a ella. Supongo que, entre otras muchas cosas que habrán pasado por su mente a lo largo de su prolongada espera, ese detalle habrá sido fundamental.

—Pues no lo ha parecido. Todo lo que ha conseguido es que Mónica siga con ellos y el brazalete también. Y te digo una cosa, como al final le hagan algo a Mónica, aunque sea lo más mínimo, no se lo perdonaré en la vida. —Fernando estaba especialmente nervioso, gritaba y gesticulaba.

Paula le miró preocupada. Fernando estaba descargando todos los nervios acumulados sobre Lucía y se estaba excediendo con ella. No parecía el momento más adecuado para recriminarle nada y por ello evitó hacer más comentarios.

Se instaló un tenso silencio entre ellos. Paula aprovechó para observar a su hermano y meditar sobre su actitud. De pequeños se conocían tan bien que podía predecir cualquiera de sus reacciones, sólo con mirarle a los ojos. Desde que se habían hecho mayores y viviendo tan separados, le entendía cada vez menos, sobre todo en su relación con las mujeres. En menos de una semana había estropeado una incipiente relación con Mónica y se había lanzado a pasar un fin de semana con Lucía —durante el que a saber qué habrían llegado a hacer—, la cual ahora parecía protagonizar la peor de sus pesadillas. De todas las mujeres que de alguna manera habían participado últimamente en su vida, sólo faltaba ella para ocupar un puesto en la lista de afectadas. Ya le llegaría. Por una u otra razón, al final todas habían terminado en la misma situación.

Le miró, analizando sus gestos, mientras seguía bebiéndose a sorbos la copa de vino. Su ceño, completamente fruncido. Una mirada llena de amargura y una incontenible ansiedad que se manifestaba con un movimiento nervioso e imparable de una de sus piernas cruzada sobre la otra. Le pareció un poco infantil.

Todos estaban sufriendo igual que él. Estaba claro que todavía no había aprendido a superar aquella tendencia, que tantas veces había padecido en su propia persona, a descargar sus responsabilidades y problemas en los demás, pese a sus cuarenta y muchos años cumplidos.

Fernando se bebió de golpe el resto de vino y miró a Paula con una expresión que a ésta le recordó la que solía poner de pequeño cuando acababa de hacer alguna trastada.

—Fernando, ¿hace falta que te lo diga o lo ves claro tú solito?

—Creo que, una vez más, me he dejado llevar por la habitual insensatez en mi manera de enfocar los problemas y que no estoy siendo demasiado justo con Lucía. Supongo que es lo que estás pensando, ¿verdad?

—Pues sí, chato. Como vas comprobando últimamente, tus relaciones con las mujeres viven momentos de lo más extremo y con reflejos que, creo, no siguen ningún proceso lógico. Tan pronto das pie a una para que se haga ilusiones, cuando a la vuelta de unos días le pegas un chasco de categoría. Y ahora estás indignado y odiando casi a la otra, con la que no hace ni dos días seguramente has estado como un idiota metido entre sus sábanas, y todo el día tras ella como un bobalicón, ¿verdad?

—No. No pasó nada entre los dos. Por una vez estás muy equivocada.

—Bueno, parece que mi hermanito pequeño está empezando a madurar. ¡Ya te tocaba, hijo! —Le cogió una mano y se la acarició con actitud maternal—. Me alegra saber que estás en el buen camino, aunque mi sexto sentido me dice que todavía no has terminado de ver qué o quién te conviene más.

El teléfono empezó a sonar. Fernando lo descolgó con rapidez.

—¿Sí, dígame...?

—¿Fernando? Soy Mónica. ¡Por favor, ven pronto a buscarme!

Fernando y Paula bajaron corriendo al portal y en menos de cinco minutos se incorporaban al tráfico del paseo del Prado, en dirección plaza de Castilla, desde donde Mónica acababa de llamar. Apenas había hablado con ella más de un segundo, pero su aletargada voz denotaba el peso de un profundo agotamiento, propio de las eternas horas que habían transcurrido desde su captura, y de las seguras y crueles circunstancias a las que habría sido sometida. Fernando acudía hacia ella deseando encontrarse con la misma mujer de siempre, con su dulzura, la energía de su juventud, su entrega sin condiciones y también con aquellos ojos de mujer vulnerable que habían llegado a hacer presa en él.

Entre semáforos y otras paradas también se iba temiendo lo que podría encontrarse, por cómo la conocía. Sus naturales inseguridades, propias de su juventud, podrían haberse acrecentado con el miedo, la incertidumbre, el pánico... Y la deliciosa candidez que emergía de su personalidad se habría endurecido ante la crudeza del trato recibido.

Cuántos deseos acumulados en las últimas horas le afloraban en ese trayecto que le parecía infinito…

No habían transcurrido ni quince minutos de la llamada cuando encontraron a Mónica, perdida, solitaria entre cientos de transeúntes que nunca pasarían por un trago parecido. Ella, apoyada en un semáforo, aguardaba pacientemente a que el mundo volviese a girar como siempre lo había hecho, sin necesidad de más detenciones inesperadas.

Fernando paró el coche en donde pudo y echó a correr para abrazarla, para recibir su llanto, para que le traspasase toda su tensión. Necesitaba apretarla entre sus brazos con mucha fuerza para que no se sintiera aislada, sino parte íntima de él. Acariciaba sus mejillas, le secaba las lágrimas y ordenaba sus cabellos porque no podía expresar con palabras lo feliz que se sentía de tenerla de nuevo abrazada. Mónica, sollozando, algo absorta, insistía en el miedo, en el mucho miedo que había pasado. La joven se apretó con fuerza entre sus brazos, sintiéndose instantáneamente protegida entre ellos.

En el camino hacia su casa, con una dificultad cercana al desfallecimiento, trató de contarles lo que le había ocurrido. Había sido el domingo por la tarde después de un café con unas amigas, cuando, de vuelta a casa, dos hombres la habían abordado y, antes de adormecerse por efecto de un tranquilizante que le dieron, se vio en el interior de un coche que conducía una mujer. Se despertó sin reloj y sin noción del tiempo en un dormitorio provisto de un sucio cuarto de baño.

—¿Cómo te trataron? ¿Te amenazaron? ¿Les pudiste ver? ¿Hablaron del brazalete? —Las preguntas se le agolpaban a Fernando.

—Sí. Muy al final hablaron de él. Eran cuatro y hablaban en una lengua extraña. Tenían mucho cuidado de no mencionar sus nombres cuando hablaban cerca de mí. Sólo pude entender uno, el de un tal Philippe, al que llamaron por teléfono en dos o tres ocasiones, porque hablaban con él en francés. Le decían que pronto iban a recuperar el brazalete para celebrar el gran día, o algo así. Eso fue lo único que les entendí.

—Habrás pasado mucho miedo, ¿verdad? —Paula le acariciaba el hombro desde el asiento de atrás.

—Decir miedo es poco. Durante esas horas han pasado por mi cabeza una gran cantidad de imágenes sobre lo que me podían llegar a hacer, y os aseguro que todas horribles. —Su voz se iba debilitando como si una fuerza interior se esforzase en apretarle la laringe. Fernando quiso que lo dejases; no podía resistir ver aquella angustia. Mónica necesitaba explicarse, exorcizar aquellos fantasmas—. Sólo ha sido una noche y un eterno día, pero empecé a obsesionarme con la idea de que podía morir y estaba aterrada. —Se tapaba la cara al recordarlo; un reguero de lágrimas le recorría las mejillas—. No entendía qué podían querer de mí. Lo primero que pensé es que se habían equivocado. Les oía gritar entre ellos sin saber lo que pasaba, hasta que oí al que llamaba por teléfono hablando en francés. Entonces empecé a ver que podían querer algo de ti, Fernando. Hasta ese momento no sabía lo que me podía pasar. Esta mañana me han llevado hasta la Puerta del Sol, supuse que para canjearme por dinero o por el brazalete, y no sé qué ha pasado, pero de golpe hemos vuelto a la carrera hacia al coche. Notaba que estaban muy nerviosos. Me han drogado otra vez y me he despertado nuevamente en aquella habitación. No sé si he tardado una hora, dos, o diez minutos en el trayecto.

—¿No pensarías que te íbamos a dejar abandonada, sin pagar el rescate, verdad? —Fernando le acarició una mano.

434

—No tenía dudas, y menos al despertar. Estaban muy alegres. Les oía reírse y hablaban muy animadamente. Sin entender lo que había pasado, presentí que habían conseguido lo que buscaban, aunque yo seguía todavía encerrada y por lo tanto confundida.

—Se han llevado el brazalete de Moisés. Al parecer, era todo lo que querían —aclaró Fernando—. Sabemos que la mujer es israelí y su nombre, Raquel Nahoim. La han identificado por unas huellas que dejó en el taller de Paula. Esta mañana he reconocido a otro de los secuestradores, a aquel palestino que nos encargó la daga de plata, ¿sabes de quién te hablo?

—Sí. Lo recuerdo perfectamente. ¿Sabemos quién es?

—Hemos estado con la policía en la joyería buscando la tarjeta que me dejó. Tratarán de identificar sus huellas.

—Ahora necesito reponerme de todo esto.

Mónica estalló de nuevo en lágrimas de forma incontenible. Paula no sabía cómo hacer para calmarla. Entre sollozos les pidió que la dejaran en casa, pues le dijeron que estaban allí sus padres.

Mónica no se despertó hasta bien entrada la mañana del día siguiente debido a los efectos del cansancio y a los dos tranquilizantes que le hicieron tomar sus padres antes de acostarse.

A lo largo del día y casi cada hora, Fernando les llamaba para interesarse por su estado. Se empezó a preocupar en serio cuando a media tarde Mónica seguía sin querer comer, tumbada en la cama a oscuras y sin salir de la habitación, acompañada de unos temblores que parecían aumentar en intensidad a medida que pasaban las horas. Decidió ir a su casa pasadas las diez de la noche para llevarla a urgencias.

Tras someterla a un montón de pruebas de rutina en las que no le habían encontrado nada, acabó en psiquiatría, donde determinaron que padecía el clásico trastorno de estrés postraumático como consecuencia de la tremenda experiencia por la que había pasado.

El especialista les recomendó iniciar una psicoterapia para ir enseñándole a afrontar sus recuerdos, imágenes y pensamientos negativos de una manera menos lesiva, aunque éstos no llegarían a desaparecer nunca. También les aconsejó que estuviesen atentos a la posible aparición de otros trastornos que solían estar asociados a ese tipo de procesos, como fobias, depresión, obsesiones o estados de ansiedad. Atendiendo a un último consejo del médico, tomaron la decisión de facilitarle la práctica de alguna de las actividades que más le gustaban, con el fin de procurarle una mayor relajación. Para ello y tras la primera serie de sesiones con el psicoterapeuta, sus padres se la llevarían a descansar a los Alpes durante unos días.

Fernando llamó a los dos días de la liberación a don Lorenzo Ramírez para ponerle al corriente del secuestro y de las terribles consecuencias en la salud de Mónica. También le informó de la pérdida del brazalete. El hombre se quedó más preocupado por la evolución de Mónica que por el brazalete, y aprovechó para mencionarle otra conversación que habían mantenido anteriormente, durante la cual recordaba haberle hecho partícipe de sus sospechas de sentirse vigilado. Tras las deducciones a las que habían llegado en la finca de Lucía, don Lorenzo empezó a sospechar también que podría existir en la actualidad algún grupo esenio que estuviese persiguiendo lo mismo que ellos y que fueran los autores del dramático suceso. Desde luego, visto el interés por el brazalete, semejante al que tuvieron sus antepasados, aquella posibilidad parecía no ser del todo descartable.

Fernando quiso acompañar a Mónica en las primeras visitas al psicólogo. También para aprovechar el único rato que tenía de verla.

Fuera por efecto de la medicación o por un empeoramiento de su estado, Mónica parecía embotada. Mostraba poco interés por lo que le contaba de la joyería o de cualquier otro tema, aunque Fernando evitaba en todo momento la más mínima referencia al brazalete, por ser motivo directo de sus traumáticos recuerdos. Tampoco le daba ninguna señal de mantener sentimiento alguno hacia él, lo cual hacía sufrir doblemente a Fernando.

El sábado siguiente al secuestro, a media mañana, el inspector jefe Fraga llamó a Fernando para decirle que ya estaba identificado el palestino. Se trataba de un tal Mohamed Benhaimé, nacido en Jericó y residente en España desde hacía diez años. Por lo visto, era un empresario de la construcción con intereses en la Costa del Sol y en Cádiz. Habían confirmado que no tenía antecedentes policiales, ni aquí ni en su país, aunque ya tenía puesta una orden de busca y captura contra él. Del resto del grupo no sabían nada, pero las investigaciones seguían su curso. El policía pensaba que podían seguir escondidos en Madrid o en alguna provincia de los alrededores.

Cada dos días Lucía hablaba por teléfono con Fernando para interesarse por la evolución de Mónica. Por sus conversaciones en las siguientes semanas, Lucía había empezado a notar en Fernando una cierta evolución interna. Por una parte, de aquella sensación inmediata de culpabilidad había pasado a otra, más orientada a asumir la responsabilidad de sus cuidados. Pero también se percató de un incipiente enfriamiento de sus relaciones afectivas. En ningún caso, dadas las circunstancias, resultaba evidente, pero cada día le parecía más real. Aunque Lucía lamentaba de verdad la situación de Mónica, y aun pudiendo parecer desleal por su parte, no conseguía quitárselo de la cabeza ni dejar de sentir un gran interés por él, sobre todo después de los hechos ocurridos en su finca. Luchando contra un relativo sentimiento de culpabilidad, veía que la manera más eficaz de atraerle hacia ella consistía en implicarle más en el desarrollo de sus descubrimientos y no en sus resultados, como había hecho anteriormente.

Tenía abiertas nuevas vías de trabajo, relacionadas con sus antepasados enterrados en la Vera Cruz y decidió, además de con Fernando, quedar también a comer con Paula para contrastar los suyos, pues habían hablado de verse cuando tuvieran la primera oportunidad, y sabiendo la influencia que la hermana tenía sobre él, podría resultar interesante buscarse una aliada.

Pasados unos días, Lucía se animó a llamar a Fernando con la excusa de haber recibido una notificación que demoraba el inicio de sus trabajos en la Vera Cruz, al parecer debido a unos problemas burocráticos entre la Junta de Castilla y León y el ministerio. En la carta se le informaba de que no tendría los permisos en regla hasta mediados de julio por lo menos. Sin resignarse a ello, había tratado de acelerar el proceso viajando a Madrid para discutirlo personalmente en el ministerio. Sirviéndose de esa circunstancia, aprovechó para animar a Paula a reunirse los tres para comer.

A Fernando le apetecía la idea —parecía haber superado ya su pasada tirantez— y quedaron en un restaurante japonés. Era un viernes de la primera semana de abril, casi un mes después del día del secuestro. No se habían vuelto a ver desde entonces.

Coincidieron aparcando los coches enfrente de la puerta del restaurante. Fernando venía con Paula, y se saludaron nada más salir de ellos. Entraron a un vestíbulo decorado con un estilo minimalista, donde un camarero les recibió con una impresionante inclinación, a la que respondieron de una forma más discreta. Lucía se interesó por el estado de salud de Mónica y Fernando le dio los últimos detalles conocidos. Le contó que, aunque en algunos aspectos había mejorado un poco, había entrado en un estado que técnicamente se llamaba «evitación», donde las emociones, tanto positivas como negativas, habían pasado a ser amenazas para ella, lo que le desencadenaba un rechazo directo a cualquier sentimiento, tratando de evitarlos por sistema. Un desastre, fue tal y como se lo resumió. Lucía notó que Fernando deseaba cambiar de tema.

Entraron en un pequeño reservado que quedaba separado del comedor por unas puertas correderas de papel al más puro estilo oriental. Se sentaron sobre unos almohadones dispuestos en el suelo, lo que motivó las protestas de Fernando, que prefería una silla tradicional para comer.

Fernando miraba a Lucía mientras ella les explicaba las bondades de la comida japonesa. Aunque últimamente había estado más cerca de Mónica, incluso intentando manifestarle cariño, cada vez que se veía con Lucía sentía que esta mujer desprendía algo que lo hipnotizaba. Se fijó en sus ojos castaños, profundos de experiencia, en sus finos labios, que por poco generosos le resultaban aún más sugerentes, en su esbelto y delicado cuello, que resaltaba en su conjunto. Ella percibía con el mayor agrado sus vibraciones, y en la primera ocasión que se cruzaron las miradas, de una forma tácita sus ojos le respondieron con un abierto consentimiento hacia aquello que él parecía haber buscado en ella, a la vez que reflejaban que compartía las mismas sensaciones.

Paula captaba las ondas que danzaban por aquella mesa, desde una inicial extrañeza hacia una incipiente aceptación de lo que se estaba desencadenando entre ellos. Cogió la carta y se escondió detrás de ella, ligeramente incómoda por estar en medio en aquel episodio.

—Lucía, tú que conoces la comida japonesa, elige lo que

quieras para los tres y luego nos cuentas tus descubrimientos.

Lucía, obligada a abandonar aquellos discretos intentos de seducción, decidió centrarse en lo que tocaba y se puso a elegir lo que iban a pedir.

El camarero parecía tardar horas en apuntarlo todo, hasta que finalmente acabó y les dejó solos, cerrando tras de sí la puerta corredera que los aislaba del resto del restaurante.

—Bueno, hasta que nos traigan los primeros platos aprovecho para empezar a contaros cosas. Creo tener una buena pista que determinaría cómo intervinieron vuestros antepasados en toda esta aventura —proclamó Lucía con aparente seguridad—. La semana pasada localicé un viejo documento en la parroquia de Zamarramala que seguro que os llamará tanto la atención como a mí. Estábamos buscando cualquier asunto que tuviera relación con el relicario y encontré una anotación que reflejaba un gasto, producido en 1670, de ciento cincuenta reales para su restauración, pagado a una platería de Segovia, sin especificar su nombre. —Miró a la hermana—. ¿Te imaginas lo mismo que yo, Paula?

Ella esperó unos minutos mientras les servían el vino. También había encontrado hacía sólo dos días una información que les iba a resultar de lo más interesante. Una vez que se retiró el camarero, Paula contestó:

—Creo que sí. Anteayer estuve hurgando en un pequeño cuarto del taller donde nuestro padre almacenaba documentos antiguos. Aparte de las dificultades que tuve para encontrar algo dentro de aquel infinito desorden y de tener que comprar una mascarilla para rebajar la intensidad de mis estornudos ante las toneladas de polvo que reposaban desde hacía años, hallé un diario de mi padre fechado hacia 1932, un año antes de que su amigo Carlos Ramírez le enviara el brazalete. El diario contenía una trascripción literal de un documento antiguo que debió pertenecer a nuestros familiares del siglo XVIII y que me costó un buen tiempo entender. La tinta estaba algo corrida por la humedad y sólo se podían leer unas cuantas palabras sueltas dentro de lo que debía haber sido un texto más largo.

Paula sacó del bolso un papel, donde lo había anotado para no olvidarse de ninguna palabra, y trató de leerlo alejándolo de ella todo lo que pudo sin mucho éxito. Desde hacía poco había notado alguna dificultad con su visión de cerca, por lo que terminó poniéndose unas pequeñas gafas que buscó en el bolso.

—Ya sé que no tienes problemas de vista, querida hermana, lo que necesitarías son unos brazos más largos. —Fernando se rió con ganas.

—¡De verdad que eres un poco idiota, Fer! ¿Cuándo dejarás de parecer un crío? —Estaba concentrada en su descubrimiento y no pretendía seguirle el juego—. Como os iba contando, el inconexo texto que aparecía en el diario que, por cierto, no os he dicho que estaba encabezado con el nombre de Zamarramala, razón que provocó mi interés por él, os lo leo, sin necesidad de estirar los brazos. —Levantó la vista por encima de las gafas, clavándola en su hermano con cierto aire de resignación—: «En su restauración se gastó una onza de plata y […]», no se veía apenas nada más; aquí debía haber una descripción completa de los materiales usados. Luego continúa: «Se había cobrado de una sola vez por un total […]», tampoco aquí aparece la cantidad, pero acabas de darla tú, Lucía. Luego sigue un espacio en el que resulta imposible identificar las letras, y debajo de la firma sí que se vuelve a leer algo, como si se tratase de una anotación posterior: «Por no ser reclamado, decidimos guardarlo con nosotros […]»; tras lo que podían ser tres o cuatro palabras más, el texto finaliza diciendo «valioso». Y eso es todo.

—¡Excelente, Paula! Con lo que acabas de explicar creo que no cabe ya ninguna duda de que se trató de ellos.

—Si fueron ellos, parece que encontraron algo que les pareció valioso y que sus propietarios debían desconocer, pues no reclamaron su propiedad.

—Debió ser algo así, Fernando —apuntó Lucía—. Tengo pruebas de que nunca más ha vuelto a ser restaurado y, por tanto, ellos podrían haber sido las únicas personas en cientos de años que accedieron a su interior. Piensa que tu padre trató de abrir esas tumbas. ¿Pudo sospechar, como nosotros, que habían encontrado algo y luego decidir que el objeto u objetos que fueran, podrían estar escondidos en ellas?

—Es de imaginar, si había encontrado el documento original que copió en su diario. Pero difícil de demostrarlo a estas alturas —intervino Fernando.

—También lo es comprobar sus relaciones con los esenios. Aunque de haber existido, es probable que entraran en contacto con él precisamente por ser el único que no levantaría sospechas si solicitaba la exhumación de sus familiares. De ser así, los esenios le convencerían de que entrase en su comunidad para luego utilizarle para sus fines. —Lucía se tomó un respiro para continuar con sus deducciones—. Por qué, no lo sé. Pero tu padre debió de tener algún problema con los permisos o recibió demasiadas presiones, ya que sin esperarlos se decidió a abrirlas sin más, lo que finalmente le supuso la cárcel.

Dos camareras, esta vez orientales, colocaron varios platos con los dos tipos de recetas japonesas que habían encargado. Lucía dedicó unos minutos a explicar en qué consistía aquella comida.

Mientras empezaban por el *kushiage*, una especie de brocheta en palito de bambú de cigala y rábano, Lucía continuaba exponiendo sus razonamientos.

Sumando nuevos motivos para justificar la autoría de la restauración a los Luengo y la posible ocultación de algún objeto en sus tumbas, les recordó que las fechas de sus lápidas eran posteriores a 1670. En concreto una era de 1679 y la otra de 1680. Por tanto, sus familiares habían fallecido y fueron enterrados después de la restauración. Lo que encontrasen en el interior del relicario pudieron esconderlo en una de las tumbas.

Aunque reconocía que esa hipótesis podía ser una entre un centenar —tratándose además de un objeto que no debía ser muy grande a tenor del tamaño del relicario—, se veía apoyada por lo que don Lorenzo Ramírez les había mencionado acerca de la sorprendente relación, en un escrito de su abuelo, de los nombres de su padre y de un Papa del siglo XIII, como si de una misma referencia se tratara. Igual que ella había encontrado el dato de la restauración, ¿por qué no iba a haberlo conseguido Carlos Ramírez tirando de archivos? Plateros en Segovia durante el siglo XVII debía haber pocos. No era tan difícil casar el nombre Luengo, incluso aunque fuera por eliminación.

Si Carlos Ramírez supo entonces que los plateros Luengo habían restaurado el relicario en 1670, y si sospechaba que dicho relicario contenía algo, un buen camino para hacerse con ello sería embaucar al padre de Fernando para que ingresase en su secta y convencerle después de la necesidad de estudiar las tumbas, sin comprometerse él en esa acción.

—¡Fernando, Paula, lo veo algo más claro! En resumen, los Luengo restauraron el relicario. Al hacerlo descubrieron dentro algo que trataron de ocultar. No lo sabremos con seguridad hasta que abramos sus tumbas.

»Hacia 1930, un grupo supuestamente esenio que sabía que el objeto había sido introducido en el relicario por el papa Honorio III averigua que éste había sido restaurado a finales del siglo XVII. Esa información les pone en la pista de sus restauradores, tus antepasados, e intervienen tratando de recuperarlo a través de tu padre. Si esto se confirmase, los Luengo habríais participado indirecta, pero muy intensamente, en la evolución de todos estos acontecimientos, tanto en el siglo XVII como en éste. Primero tu padre, y ahora tú. —Tomó aliento, con intención de concluir—. Casi diría que habéis sido la piedra angular que soporta una buena parte de toda esta trama.

—¿Y no podríamos adelantar esas investigaciones en la Vera Cruz? —preguntó Fernando—. Estoy ansioso por entender los muchos misterios que encierran sus paredes, como tú misma has dicho en varias ocasiones. Lucía, me parece mucho tiempo tener que esperar hasta julio. ¡Ahora entiendo más a mi padre! Tampoco él debió querer esperar y se lanzó esa famosa noche a averiguar lo que había allí dentro.

—¿Creo estar escuchando una proposición deshonesta por tu parte? ¿Introducirnos clandestinamente en la Vera Cruz antes de julio?

—¿Por qué no, Lucía? ¿Te atreves a ello y lo hacemos juntos? —Fernando estudiaba su cara, que parecía no estar creyéndose lo que estaba escuchando.

—Es del todo imposible, Fernando. Lo veo muy peligroso cuando podemos hacerlo con todas las bendiciones. ¿Qué ganamos arriesgándonos a que pase algo? Piensa que no se trata de algo fácil. Levantar las losas de las tumbas puede requerir maquinaria pesada que no se disimula así como así. ¡Debemos esperar!

Paula daba toda la razón a Lucía.

—Está bien, puede ser que tengas razón. ¡Esperaremos a la fumata blanca!

Se habían terminado el *nanban-zuke*, que resultó ser un delicioso pescado marinado y frito, y con él abandonaron aquel tema de conversación. Después charlaron de asuntos tan intrascendentes como de las diferencias entre vivir en Madrid o en Segovia.

Paula se había acordado en muchas ocasiones de la pobre Mónica. Pensaba que el hecho de no tenerla allí con ellos hasta podría haber sido mejor para ella. Al menos, por no tener que presenciar aquella serie de flirteos y miradas llenas de significados que no habían parado de intercambiarse Fernando y Lucía durante toda la comida. Especialmente le hirió ver aquel beso en la boca, que con apariencia natural Lucía le plantó a su hermano antes de despedirse, dando fe de que el asunto entre ellos había empezado a tomar cuerpo.

Tras aquel día, Paula no les volvió a ver en varias semanas, aunque supo que ellos se vieron al menos en un par más de ocasiones. Fernando seguía acudiendo con Mónica a las sesiones y parecía que ésta estaba mejorando notablemente. Paula no entendía cómo su hermano conseguía no alterarse ante aquella alternancia con una y otra. Decidió no llamarle para dejar de preocuparse por su desequilibrado corazón. De las dos mujeres, ya no le parecía ninguna ni mejor ni peor que la otra, aunque deseaba que Mónica se recuperara del todo para que pudiera pelear en igualdad de condiciones. Y eso parecía estar a punto de producirse según sus últimas revisiones.

Fernando sí la llamó, para contarle que se había vuelto a ver con Lucía por causa de unos extraños acontecimientos que sucedieron casi un mes después de la comida en el restaurante japonés, a mediados de mayo y en la Vera Cruz.

En esa ocasión se vieron en la comisaría de policía de Segovia, citados por el inspector jefe Fraga.

Toda la prensa se había hecho eco del suceso con abundancia de columnas. En las inmediaciones de la Vera Cruz había aparecido un joven sordomudo agonizando en el fondo de un

barrancal; le habían extraído los ojos con profusión de crueldad y violencia a tenor de las huellas de sangre que habían
quedado esparcidas a su alrededor. Antes de ser encontrado
casualmente por un campesino, el muchacho parecía haber
pasado demasiadas horas desangrándose, pues cuando llegó
al hospital ya había entrado en coma. Las crónicas no se ex-
plicaban los motivos de aquella cruel mutilación en un joven
ya de por sí físicamente disminuido, ni la relación que aquel
violento hecho podría haber tenido con un aparente intento
de robo en la vecina iglesia de la Vera Cruz, donde sorprendentemente sólo había sido forzada la puerta y una trampilla que daba acceso a una de sus cámaras, sin que se echara en
falta ningún objeto de su interior.

—Les he llamado por dos razones. A usted, Lucía, por su
condición de historiadora y experta en aquella iglesia. ¡Necesito
una ayuda en ese campo! Y a usted, Fernando, porque tengo la
sospecha de que los responsables de esta fechoría puedan ser los
mismos que secuestraron a Mónica. El bárbaro acto de mutilación que cometieron contra el pobre joven me resulta más
próximo a lo que podría ser un acto ritual que a una forma de
violencia gratuita. Si se tratase de Raquel Nahoim y del otro
palestino —expresamente se dirigía hacia Lucía—, su colega
parece ser mucho más peligrosa y violenta de lo que ya pensá-
bamos. Desde que conocimos sus identidades y actividades
profesionales no he parado de darle vueltas al asunto. Considero que no estamos enfrentándonos con una banda de delincuentes comunes, y cada vez estoy más inclinado a pensar que
se trata de algo parecido a una secta o, digamos, a un grupo raro.
De cualquier manera, en estos momentos estamos peinando y
registrando varias viviendas alquiladas en algunos barrios de
aquí, de Segovia, y confío que no tardaremos mucho en dar con

ellos. —Hizo una breve pausa y miró a Lucía—. Usted, como historiadora y experta conocedora de las extrañas vinculaciones que todos sabemos tuvo en el pasado la Vera Cruz, ¿opina igual que yo que podría tratarse de un grupo con fines distintos a un simple robo con violencia? Y de ser así, ¿contra qué tipo de secta o grupo cree que nos enfrentamos?

—¡Creo que se trata de una comunidad esenia!

—¡Explíquese, por favor! No había oído mencionar antes dicha comunidad. —Sacó una libreta para tomar notas.

Lucía le resumió lo que sabía sobre la filosofía esenia. La historia de su fundación, los acontecimientos ocurridos tras la rebelión de los judíos contra las tropas romanas, los monasterios construidos en Qumram en pleno desierto y los rollos hallados en el mar Muerto. Le explicó la visión dualista que éstos profesaban, que se plasmaba en un eterno enfrentamiento entre los hijos de la luz, ellos, y los hijos de las tinieblas, representación de la maldad en la tierra. Finalmente le precisó que tenían la creencia de que eran los únicos depositarios legítimos de las revelaciones divinas dadas a los grandes profetas.

El inspector jefe Fraga no paraba de tomar apuntes, pues aquello le resultaba de lo más novedoso e interesante.

Llamaron a la puerta y entró un policía al que parecía faltarle el aliento.

—¡Inspector, los hemos encontrado! He recibido una llamada de la brigada número uno, informándome de que acaban de detener a una mujer y a cinco hombres en un piso, aquí en Segovia, que coinciden con las descripciones que teníamos de los secuestradores.

El capitán se levantó de la silla y recogió su chaqueta de un perchero.

—Acompáñenme, por favor. Podría necesitarles para su

identificación durante los interrogatorios, sobre todo a usted, Lucía. —Miró después a Fernando—. ¿Puede llamar a la señorita Mónica para que acuda inmediatamente también? ¡Su testimonio es esencial!

Fernando le comentó que su inestable estado psicológico parecía no recomendar una exposición tan intensa como aquélla a sus propios recuerdos. El inspector jefe Fraga lo aceptó de mala gana, pero le pidió que, al menos, Mónica examinara las fotografías que se tomarían durante la declaración.

Después de recorrer cuatro manzanas desde la comisaría, entraron en un edificio atestado de policías. El piso parecía bastante destartalado. En su pequeño comedor, junto con dos policías más, estaban los seis delincuentes, esposados y sentados alrededor de la mesa. Sobre ella habían dejado varios de los objetos localizados durante el registro que habían resultado significativos. Fernando vio inmediatamente el brazalete, mientras un policía daba la identidad de cada uno de los detenidos.

—La mujer se llama Raquel Nahoim, nacida en la ciudad de Hebrón. Tiene treinta años y lleva tres en España. Sus papeles parecen estar en regla y hemos confirmado que actualmente está dando clases en la Universidad Complutense. El de su derecha es Mohamed Benhaimé, palestino. Nacido en Jericó y empresario de la construcción en activo. —Fernando reconoció al propietario de la famosa daga—. Y frente a ellos, tenemos a dos españoles...

Lucía cortó al policía nada más ver el rostro de uno de ellos. ¡Era uno de sus empleados del archivo! No entendía nada. ¿Por qué estaba allí?

—¡Julián!, pero ¿cómo es posible que estés metido en este asunto? —El hombre miró avergonzado a Lucía y agachó la cabeza—. Es uno de nuestros documentalistas. ¡Dios mío, esto es para volverse loca! —Se rascaba la cabeza, asombrada de ver a uno de sus íntimos colaboradores allí, entre esa gentuza.

—Julián García Benito es su nombre —siguió leyendo el policía, que tenía los documentos de identidad y pasaportes de los detenidos en sus manos—… y nos queda un cuarto, Pablo Ronda. El señor Ronda nos ha dicho que es de Segovia y que tiene una papelería. Los otros dos son franceses y se han negado a darnos sus identidades. No hemos encontrado ningún carnet o pasaporte.

El inspector jefe Fraga les miraba extrañado. Aquello confirmaba todavía más su impresión de que no se trataba de delincuentes tipo. Tenían unas posiciones acomodadas, incluso hasta un elevado nivel cultural. Miró los objetos que había encima de la mesa y de entre ellos recogió un pequeño papiro marrón, de aspecto extremadamente antiguo y bastante estropeado, y lo desenrolló. Al no reconocer el idioma en el que estaba escrito, se lo pasó a Lucía para que le ayudara.

—Es hebreo antiguo, inspector. No lo domino, pero con un poco de tiempo conseguiría traducirlo.

—Nos vendría bien que le echara un vistazo aunque sólo sea para saber de qué trata.

Fraga siguió estudiando unos papeles que había dentro de una carpeta, con varias fotos de Fernando y Mónica, y de Mónica sola. Contenía datos sobre sus horarios de entradas y salidas, tanto de sus domicilios como de la joyería, direcciones particulares de cada uno y muchas transcripciones de llamadas telefónicas entre ellos y Paula. El inspector jefe cerró la carpeta y miró a los seis detenidos.

—Se os va a caer el pelo a todos. Aquí hay pruebas suficientes para que os pudráis en la cárcel los próximos veinte años. Tendréis que justificar todo esto delante de un juez, y a menos que tengáis unas buenas coartadas, prometo que os lo voy a poner muy complicado. —Nadie abrió la boca—. El que desgraciadamente ya no va a poder identificaros es el

449

pobre joven al que mutilasteis de manera brutal y que se encuentra en coma profundo. Confío en poder probar vuestra participación en esa acción para que respondáis adecuadamente ante la justicia de esa barbaridad.

Siguió mirando los objetos de la mesa. Le llamó la atención un pequeño cofre de madera también muy antiguo. Lo abrió y vio que contenía un medallón de oro bastante desgastado y un pendiente muy estropeado formado por dos piedras; una azulada, más larga, y otra más corta blanca, engarzadas entre sí con una sencilla cadenita de oro.

—Lucía, ¿le gustaría echar una ojeada a estos objetos antes de que los enviemos a los laboratorios del Museo Arqueológico para su estudio en profundidad? Con que me firme un papel de entrega será suficiente.

Lucía recogió el cofre con los dos objetos y los guardó dentro de una bolsa de plástico, que le había ofrecido un policía, para llevarlos más protegidos dentro de su bolso.

El inspector ordenó que hicieran varias fotografías a los detenidos para enviarlas inmediatamente a Madrid y preparar el reconocimiento con Mónica. Si ella los identificaba, tendrían el caso prácticamente cerrado.

A la vista de la falta de voluntad de los detenidos a ser interrogados sin que estuvieran presentes sus abogados, dio por finalizada su presencia allí y decidió que ya se los podían llevar a los calabozos de comisaría.

La última en salir fue Lucía. Antes de hacerlo, la israelí se la quedó mirando fijamente y en un perfecto español se dirigió a ella:

—Señora, las dos somos colegas y, en honor a ello, le ruego que en cuanto lea ese papiro venga a verme.

Sin pensárselo, Lucía le aseguró que así lo haría.

Durante las dos semanas siguientes Lucía se dedicó a traducir aquel extraño papiro. Tuvo que consultar la opinión de varios expertos, pues el hebreo, en el que había sido redactado, se caracteriza por la ausencia de vocales, y es más fonético que literal, lo que hacía que cada palabra pudiera tener varios significados. Consiguió fecharlo entre el siglo VII al VI antes de Cristo, y, orientada por ello, trató de buscar alguna información que le ayudara a identificar su autoría.

El texto tenía un estilo profético y parecía ser sólo una parte de un conjunto más extenso, pues tal y como se iniciaba no tenía sentido *per se*, salvo que fuera la continuación de un párrafo anterior. Le pareció como si hubiese sido separado del resto. Debido a la época en que tuvo que ser escrito, podía haber sido redactado por Isaías o por el profeta Jeremías. Fuera quien fuese, le resultaba increíble tener aquella joya histórica entre sus manos, y excepcional que lo guardaran aquellos malhechores. Como si de un puzle se tratase, había ido pegando las distintas partes que iba traduciendo, hasta obtener frases con cierta coherencia.

Para establecer su autoría con rigor envió su traducción final a un experto en historia de las religiones. A los pocos días recibió su llamada. Por su estilo apocalíptico, parecía más de Jeremías, pues como profeta había empleado con mucha más frecuencia la amenaza de la destrucción y aniquilación del pueblo judío, si no se seguían los preceptos de Dios. Por el contrario, Isaías había predicado el amor a Dios y predijo la venida de un Mesías setecientos años antes del nacimiento de Jesucristo, con bastantes similitudes con lo que luego ocurrió.

La profecía del papiro vaticinaba la aparición de tres signos, si previamente se cumplía la condición de haber reunido en una cámara especial los símbolos de tres alianzas. Luego se extendía sobre los detalles para reconocer esos signos, pero esa parte, muy metafórica, les estaba resultando especialmente difícil de interpretar. El texto resultaba insuficiente para saber qué ocurriría si aquellas premisas se cumplían. Aquel hecho contribuyó aún más a convencerla de que sólo constituía una parte de otra profecía más completa.

Lucía iba comentando diariamente sus avances con Fernando. El día que terminó con la parte más compleja, le llamó totalmente horrorizada ante la gravedad de las coincidencias que existían entre el suceso del mutilado y lo que allí estaba escrito. Lo que le resultó más detestable fue descubrir que aquel joven había sido el protagonista del tercer signo. Lucía le leyó el fragmento que hacía referencia a este último.

—«… y en el tercero, deberá aparecer un hombre que no hable, no vea ni escuche, pues sin esos sentidos —las puertas de su inteligencia— parecerá más animal que humano». Fernando, ¿no te parece horrible?

—Sí, Lucía, me parece espantoso. ¡Me alegro de que esa gentuza esté a buen recaudo en la cárcel!

Su pensamiento voló en una décima de segundo hacia Mónica. En manos de aquellos desalmados podría haberle ocurrido de todo. Afortunadamente, sólo le habían provocado un fuerte shock emocional, del que ya estaba prácticamente recuperada. Con todo lo que Lucía le había contado hasta el momento, ante aquella confusión de signos, símbolos de alianzas y extraños grupos aparentemente esenios, Fernando se sentía aturdido, sin entender qué explicación tenía todo aquello. Se preguntaba qué podían significar aquellas alianzas a que se refería la profecía.

—¿Crees que puede existir alguna relación entre nuestro brazalete y los objetos que se hallaron en la casa donde fueron detenidos los secuestradores de Mónica?

También le preguntó si pensaba que podrían tener algo que ver con aquellas alianzas a las que hacía referencia el papiro.

—De momento, sin tener nuevos datos, no tengo ni idea, Fernando. Pero voy a ir a visitar a Raquel Nahoim. No te lo conté, pero me pidió que lo hiciera cuando hubiese terminado de traducirlo. Intuyo que me quería dar más detalles sobre todo este asunto. Por cierto, y cambiando de tema, acabo de recordar que me han adelantado la fecha para poder investigar en la Vera Cruz. Podremos empezar a mediados de junio.

Fernando se interesó por el resto de objetos que contenía el cofre.

—Vas a alucinar con lo que hemos averiguado. Estimamos que el medallón tiene una antigüedad de unos tres mil setecientos años. Cuatrocientos años más que el brazalete de Moisés. Estamos hablando, al menos, de la época de los grandes patriarcas: Abraham, Isaac y Jacob. Para estar seguros de su verdadero origen, nuevamente creo que se hace necesario que hable con Raquel.

»Del pendiente sólo sé que coincide en antigüedad con el cofre y que muy posiblemente ambos son de inicios de nuestra era. Como tú mismo viste, no es una joya valiosa. Hasta diría que parece más bien humilde y eso es lo que más me ha extrañado. Está confeccionado a partir de dos piedras semipreciosas de poco valor. Tampoco sé qué sentido tiene para esa gente, pero me propongo averiguarlo en breve hablando con ellos.

El inspector jefe Fraga fue informado de todos los avances sobre el papiro y los objetos. A petición de Lucía, le dio permiso para visitar a la mujer en la prisión de Alcalá de Henares. Lucía se decidió a ir sola para hablar con aquella extraña colega.

Mientras esperaba en una sala de visitas a que le trajesen a la presa, se puso a estudiar la escasa decoración de sus paredes. Ésta se reducía a un gran reloj sin florituras y a un calendario, que encontró de bastante mal gusto dado su emplazamiento, ya que estaba magníficamente ilustrado con los más bellos parajes y paisajes del mundo. Resultaba una ironía un tanto cruel para los reclusos. Estaba contenta, sabiendo que en pocas semanas podrían cerrar la Vera Cruz al público para empezar con sus investigaciones.

La puerta se abrió y entró Raquel, sujeta por una funcionaria.

—Se la dejo esposada por su seguridad. Si tiene cualquier problema, apriete ese botón. —Le indicó uno que estaba sobre una mesita, entre los dos sillones de plástico—. Si lo necesita, estamos al otro lado de la puerta. No se preocupe, y le recuerdo que tiene una hora de visita.

La gruesa funcionaria cerró la puerta y pasó la llave del cerrojo desde fuera. Lucía miró la cara de la mujer. Era de piel morena, ojos de color miel y pelo muy negro. La veía mucho más delgada que en el piso de Segovia, cuando fue detenida.

—¡Buenos días, Raquel! ¿Qué tal te tratan aquí? —intentó romper el hielo de una manera informal, sin olvidar que se encontraba frente a una mujer muy peligrosa.

—Mira, dejémonos de rodeos y vayamos al grano. ¿Ya has interpretado el papiro? —Sus ojos le miraban desde una inquietante profundidad.

—Sí, ya lo he leído entero y…

—¿Tú crees en las profecías?

—Me temo que no, y menos aún en la que está escrita en ese papiro.

—¡Abre esos ojos tan limpios que tienes, y deja que penetre la luz en su interior! No digas de antemano que no a lo que no conoces, hermana.

Lucía se admiraba de su perfecto castellano y le contestó:

—Primero, no soy tu hermana, y segundo, ¿cómo no lo voy a hacer si soy una científica? Como tal, nunca doy por cierta una verdad hasta que no ha sido probada.

—¡Como quieras, Lucía! Si deseas saber cosas sobre mí o sobre nosotros te las contaré, pero antes necesito tu juramento de que vas a hacer, sin tener en cuenta tus más que seguras reservas lógicas, una cosa que te quiero pedir.

—Bueno, depende de lo que sea… —dudó Lucía, intranquila por lo que podía querer la israelí.

—Como tú misma dices, hasta que no llegas a probar una cosa, no sabes si es realmente cierta. ¿No es eso lo que has dicho?

—¡Sí, es lo que he dicho!

Raquel se enderezó en el sillón y adoptó un gesto lleno de gravedad. Su única esperanza para que se cumpliera la profecía como tanto deseaba se encontraba enfrente de ella. Era una desconocida y lógicamente desconfiada. Pero sabía de antemano que iba a ser la elegida. Creía en la predestinación y esa mujer, sin saberlo, había sido designada hacía cientos de años. Esto le había sido revelado por el Dios de la luz aquel día en que se vieron por primera vez.

—¡Júrame que vas a cumplir los pasos exactos que marca esa profecía y que lo harás el 7 de noviembre de este año!

—Espera, espera… ¡vas demasiado rápida! Yo no juraré nada que suponga mutilar a alguien, que, por lo que veo, es como acostumbráis a conseguir que se cumplan las profecías.

—Tranquila, a ti no te hará ninguna falta. A veces hemos tenido que emplear métodos dudosos, dejando de lado nuestras propias creencias basadas en el amor, el respeto a los demás y en la contemplación del bien, guiados por un fin tan maravilloso que dejábamos a un lado los medios que aplicábamos. En efecto, tuvimos que actuar con aquel joven cuando circunstancialmente nos lo encontramos, después de haber tratado de poner en marcha la profecía, y una vez que habíamos introducido todos los objetos que poseíamos en la Vera Cruz. Su aparición en los alrededores de aquel templo nos pareció de lo más providencial, pues en él se podía representar el tercer signo. Sólo ayudamos a que el detalle físico que le faltaba no fuera excusa para un total éxito de la profecía. —Ante la cara de espanto que ponía Lucía dejó de dar más detalles y trató de serenarla—. En tu caso, has de alcanzar el resultado sin el empleo de nada que te violente, sólo con la conjunción de las tres alianzas. ¡Con eso es suficiente!

—Lo que me estás pidiendo que haga me resulta de lo más extraño. Ni tampoco entiendo tu objetivo. ¿Quieres que junte esas tres supuestas alianzas a que haces referencia, bajo juramento, y sin apenas explicarme nada? —Se sentía muy rara. Aquello era totalmente absurdo. En su mente, y sin ninguna lógica, le estaban asaltando dos pensamientos antagónicos. ¿Cómo iba a atender, sin más, los deseos de una extremista religiosa? Pero por más que no se entendiera ni a ella misma, notaba como si un sereno y decidido impulso interior le estuviese empujando a hacer lo que aquella mujer le pedía. Era un deseo de total abandono, una fisura en sus entrañas que dejaba volar libre su voluntad hacia aquello que se le pedía. Sus labios se abrieron ajenos a su voluntad, para contestarle con una decidida actitud—: Bueno… sí, podría hacerlo, ¿por qué no…? —Vomitó esas palabras como si necesitasen proyectarse fuera de ella, evitándole un daño mayor en sus adentros si las conservaba por más tiempo.

La mujer suspiró algo más tranquila tras escuchar las palabras de Lucía.

—Te digo que sí, sin saber ni por qué lo hago. Pero ¿me puedes explicar, por qué debo hacerlo el día 7 de noviembre?

—Por una coincidencia de números. Para la cábala el siete se corresponde con el triunfo, es el principio de causa final, es el esfuerzo dirigido a un fin determinado. El mes de noviembre hace el número once en el total del año, y once acompañan al elegido, hasta sumar entre todos doce. Es necesario que sumemos once y siete para que nos den dieciocho y, separando las cifras, dieciocho son uno más ocho, que suman nueve. El número de la sabiduría, de la ciencia, de la plenitud. —Lucía trataba de seguir aquel extraño razonamiento numérico sin entender demasiado su propósito. La israelí siguió hablando—: A estas alturas imagino que sabes que somos una comunidad esenia. Por otro lado, sé que has estudiado bastante acerca de nosotros, pero seguro que muy poco sobre las tres alianzas que vas a reunir bajo tu reciente juramento. Es bueno que sepas que lo mismo que vas a tratar de hacer tú ahora, durante los últimos ocho siglos muchas de nuestras comunidades lo han intentado en distintas ocasiones sin éxito. Algunos dentro de la iglesia de la Vera Cruz. Sabemos que probaron todas las posibilidades que la profecía dejaba un poco abiertas, pero finalmente nunca pasó nada. Nosotros mismos lo hemos vuelto a intentar, como sabes, sin conseguirlo tampoco.

Lucía la cortó, ante la infinidad de preguntas que se le empezaban a agolpar en su cabeza.

—Vayamos por el principio. Háblame del papiro. En nuestras investigaciones hemos descubierto varias cosas. Primero, y hablando del contenido, entiendo que sólo se trata de un fragmento que formaría parte de una profecía más larga. Por su datación, hemos pensado que su autor pudo ser el profeta Jeremías. Además, tengo varias preguntas que me gustaría que me aclarases. ¿De dónde salió y cómo cayó en vuestras manos? Y segunda, ¿estamos en lo cierto y realmente es de Jeremías?

Raquel empezó a darle las claves necesarias para resolver sus dudas. Los fundadores de la comunidad esenia de Qumram habían sido doce sacerdotes del Templo de Salomón, que lo abandonaron para constituir una nueva orden en el desierto, para ellos una nueva tierra prometida tras otro éxodo. Los textos del profeta Jeremías se habían mantenido celosamente guardados en el templo, y sólo unos pocos habían leído la profecía completa. En efecto, uno de sus fragmentos había sido llevado con ellos, junto con el brazalete de Moisés, al nuevo templo que de forma simbólica se había constituido en Qumram. Al faltar ese fragmento que completaba la profecía, la Biblia nunca pudo recoger el contenido íntegro de lo que le había sido revelado por Yahvé.

Quiso anteponer a la continuación de su relato que, según se aseguraba en la tradición, Jeremías había ocultado parte del tesoro del templo, la propia Arca de la Alianza con las Tablas de la Ley y otros objetos sagrados, para protegerlos de Nabucodonosor. Le animó a leer con detenimiento el capítulo 31 de Jeremías en la Biblia. Allí se revelaba la llegada de una nueva alianza entre Yahvé y su pueblo, y como prueba de ello Jeremías daba la primera pista para entender que aquélla se habría producido, quedando ésta reflejada en la misma Biblia. La recitó de memoria: «Este lugar quedará ignorado hasta que Dios realice la reunión de su pueblo y tenga misericordia de él. Entonces el Señor descubrirá todo esto y se manifestará la gloria del Señor y la nube y el fuego, como se manifestaron en tiempos de Moisés y como cuando Salomón oró para que el templo fuese gloriosamente santificado». Cualquiera que no conociera la continuación de la profecía que poseían los esenios pensaría que el descubrimiento del lugar donde fue escondida el Arca y el resto de aquellos objetos coincidiría con aquella señal profetizada. Pero si fuera así, allí no encontrarían los tres símbolos de las tres alianzas. En todo caso podría pensarse que sólo los de una, la de Yahvé con Moisés.

Lucía recordaba el contenido del fragmento que recientemente había traducido, donde Jeremías daba el resto de las claves para desencadenar la profecía.

—Raquel, en efecto el papiro habla de tres alianzas y es cierto que el Arca y las Tablas de la Ley simbolizan la de Moisés. Pero nosotros hemos llegado a tener una fundada sospecha de que el brazalete que nos habéis tratado de sustraer se corresponde también con esa alianza. De ser así, ¿crees que estamos en lo cierto?, y ¿cuáles son entonces las otras dos?

—Para cada una de las tres alianzas de las que habla el profeta Jeremías existe un símbolo. Estamos seguros de que el brazalete es uno de ellos, el símbolo de la segunda. El medallón que has visto en el cofre es el mismo que mandó hacer Abraham para que fuera llevado por su hijo Isaac y sus descendientes, como símbolo de su sagrada alianza con Yahvé, y primera que Éste estableció con el hombre. Ese medallón fue pasando de generación en generación hasta llegar a nuestras manos, hacia mediados del mil doscientos, cuando fue descubierto por un esenio, de nombre Gastón de Esquívez, que ocultaba su verdadera fe bajo la adscripción de templario, como otros muchos hermanos nuestros hicieron durante aquella época.

—Sé bastantes cosas sobre ese hombre. Incluso leí algo sobre el medallón, aunque he de reconocer que no sabíamos nada de su verdadero origen —dijo Lucía.

—Estábamos al tanto de tus investigaciones a través de uno de los nuestros que, como ya sabes, te vigilaba desde dentro del archivo. Volviendo al medallón, el templario Esquívez lo recuperó de manos de un cátaro, un tal Subignac, que lo había heredado de un antepasado suyo, que vivió la primera cruzada y la entrada en Jerusalén. Sabemos que llegó a sus manos a partir de una mujer judía, que era heredera descendiente directa del propio Isaac. Una mujer nacida en Hebrón, mi ciudad. Pero déjame que siga con los otros símbolos. Respecto del brazalete de Moisés, sobre el cual no me extenderé, pues veo que ya habíais llegado a su identificación, te contaré al menos cómo llegó a nuestras manos. Ese brazalete lo trajo a Navarra uno de los nuestros, Juan de Atareche, desde un recóndito lugar del mar Muerto, donde le fue encomendada su protección por nuestros hermanos de allí; Atareche perteneció a la hermandad esenia de Segovia, aunque fue comendador templario de Puente la Reina, en Navarra. Él mismo lo escondió en la Vera Cruz y allí estuvo durante muchas décadas. Cuando las cosas se pusieron feas para los templarios a principios del siglo XIV, Atareche ya había muerto hacía años, así que lo recogió Joan Pinaret, que era también templario y esenio como los anteriores. Éste se lo llevó a otra encomienda, la de Jerez de los Caballeros, cuando fue destinado a ella. El resto de los objetos, el medallón y el papiro, se repartieron entre la comunidad para ser escondidos en diferentes lugares. Nosotros sabíamos con cierta aproximación dónde se encontraban, y sólo hemos ido tratando de recuperarlos desde hace unos pocos años.

—El resto de la historia hasta llegar a manos de los Luengo, la conocemos bien —la cortó Lucía, que recordaba las conversaciones con Lorenzo Ramírez y Fernando en su finca.

—Para nosotros, los Luengo han supuesto una dificultad tras otra y nos ha obligado a emplear la violencia con ellos, como desgraciadamente le ocurrió a la mujer de Fernando. Desde hacía tiempo sospechábamos que podían tener algún objeto esencial para nuestras intenciones, aunque todavía no sabíamos nada del brazalete, pues ha sido ahora, a través de nuestro espía en el archivo, cuando lo supimos. —Raquel imaginaba el terrible efecto que iban a suponer en Lucía sus siguientes palabras. Adoptó un semblante sereno, una abierta mirada y un gesto de dulzura, para hacérselo lo más suave posible—. Hace unos años, un hermano nuestro que buscaba en su domicilio cualquier pista interesante para nosotros fue descubierto por ella y no le quedó más remedio que acabar con su vida, ante el escándalo de sus chillidos y la amenaza del atizador con que quiso agredirle. Aunque te parezca tremendo decirlo así, su destino estaba escrito.

—¿Fuisteis vosotros los que la matasteis? Esto ya se me hace insoportable. Me pregunto qué hago yo aquí, entre una panda de asesinos, tramando una locura apocalíptica. —Iba a tocar el timbre para avisar a la funcionaria y largarse cuanto antes de allí cuando se vio frenada por Raquel, que le pedía una última oportunidad para explicarse.

Empezó afirmando que ellos sólo perseguían la paz, que la violencia era el peor signo que acompañaba al mal y que, con ella, cada alma cargaba con el yugo de sus efectos hasta el final de los días. Le juró que aquello nunca dejaba sus conciencias en paz y que jamás pretendían usar el mal como medio, aunque había una única cosa que les consolaba cada vez que la sangre había empañado alguna de sus acciones. Una idea universal que ponía el significado a la vida y a la muerte.

—«Para construir, antes ha habido que destruir», Lucía. Si lo piensas con serenidad, no hay nada en este mundo que deje de cumplir la ley que acabo de exponerte. Debes confiar en mí, aunque te parezca un acto doloroso, impensable o repulsivo. Puedes y debes hacerlo. —Lucía se sentía mareada escuchando aquellas palabras que fluían con sabiduría desde esa mujer. La propia voluntad de sus actos estaba encadenada a la suya, y nada podía hacer para evitarlo. Continuó escuchándola, sintiéndose casi paralizada por el efecto de su poder—. El tercer símbolo es el que más nos ha costado identificar. —Raquel proseguía con su relato con toda naturalidad, tras saber superada aquella crisis—. Empezamos creyendo que se trataba de la cruz donde murió Jesús de Nazaret. Un objeto que para los cristianos representa la mayor de las alianzas con Dios. La Santa Cruz sería el testimonio del sacrificio y muerte del Hijo de Dios. Por ese motivo, la iglesia de la Vera Cruz siempre ha sido para nosotros una referencia fundamental en todos nuestros propósitos. Entre otras muchas razones, que las hay, porque allí mismo se veneraba un fragmento de esa cruz. La iglesia llegó a reunir los tres símbolos de las tres alianzas: la cruz de Jesús, el medallón de Isaac y el brazalete de Moisés. Ya teníamos las tres premisas que pedía la profecía, pero lamentablemente nunca llegó a funcionar. No se revelaron nunca los tres signos que profetizó Jeremías o, si lo hicieron, nunca pasó nada más. Nuestro grupo de Zamarramala averiguó por esas fechas que había aparecido un nuevo objeto sagrado; el comendador de Chartres se encargó de que el objeto y su portador llegasen hasta Esquívez. Supo que había sido incautado al mismísimo papa Inocencio IV en Éfeso cuando éste acababa de hacerse con él. Se trataba de un pendiente. El mismo que tienes en tu poder ahora. Un pendiente que había pertenecido a la madre del Nazareno. —Lucía estaba maravillada por la trascendencia de las revelaciones que estaba escuchando—. Al recibirlo en Zamarramala, el templario Esquívez debió pensar que podía ser éste, y no la cruz, ese tercer símbolo al que aludía la profecía. En verdad, al haberse establecido las alianzas entre Yahvé y los hombres, podía pensarse que la tercera alianza se habría producido a través de ella, como portadora de su propio Hijo, y no en Él o con algún objeto que hubiera pertenecido a Jesús. Pero aunque se probó con el pendiente, tampoco llegó a realizarse la profecía.

Lucía se preguntaba qué razones motivaban a esa mujer a desvelarle tan abiertamente aquellos misterios que habían mantenido ocultos durante siglos y siglos. ¿Por qué le contaba todo aquello precisamente a ella? Parecía como si todo estuviese previsto de antemano y que a ella le tocase desempeñar un papel en esa extraordinaria sucesión de acontecimientos atendiendo a un designio superior.

—¿Por qué me has elegido a mí? No lo entiendo. Me hablas con una total claridad de asuntos verdaderamente serios y sin apenas conocerme.

—Estoy segura de que mi respuesta no va a resultarte sensata desde tu punto de vista racional. ¡Me ha sido revelado por la fuente de toda luz! Él me ha señalado tu persona para que se alcance nuestro destino. ¡Ha sido así y así debe seguir!

Aunque Lucía pensaba que aquella mujer parecía desvariar, se reconocía empujada por una fuerza insalvable hacia aquel designio.

—Lo que me estás contando me parece extraordinario. ¡De verdad, Raquel! Ahora entiendo mejor vuestra participación durante la Edad Media y vuestros deseos de recuperar el brazalete, y también la trascendencia tanto del pendiente como del medallón. ¡De acuerdo, Raquel! Voy asumiendo que ahora esté todo en mi poder. Pero ¿qué puedo hacer yo para que conmigo funcione lo que han intentado antes los demás? —Se notaba completamente decidida a llegar hasta el final.

—¡Falta algo más…! —Raquel le clavó su limpia mirada—. ¡Siempre ha faltado una cosa más y sé que sólo tú puedes encontrarla! Lucía, sólo tú puedes reunir todo y desencadenar la cuarta alianza: la de la luz. ¡Esa cuarta alianza está en tus manos!

Lucía no sabía muy bien por qué, pero algo muy puro que emanaba de aquella mujer le hacía verse obligada a atender su voluntad. Ahora deseaba por encima de todo llevar a cabo su promesa y creía saber lo que faltaba para completar los tres símbolos. Raquel le estaba leyendo el pensamiento.

—¿A que sabes muy bien dónde debes encontrar lo que siempre ha faltado para completar las tres alianzas?

—¡Creo que sí! En la tumba de los Luengo, ¿verdad?

—Allí debe estar el otro pendiente, Lucía —afirmó con rotundidad Raquel—. Honorio III recibió los pendientes y los separó, mandando cada uno a lugares muy distantes: a Éfeso uno, oculto dentro de un relicario, y el otro a la Vera Cruz, seguramente oculto también en otro relicario. Sabíamos que su sucesor, Inocencio IV, trató de recuperarlos, pero sólo tuvo suerte con el de Éfeso, aunque luego lo tuviera muy poco tiempo en sus manos. El otro permaneció siempre oculto, hasta que los plateros Luengo restauraron el relicario en el siglo XVII. Por algún motivo particular, creemos que prefirieron llevarse su secreto a la tumba. —Bebió un poco de agua para aclararse la garganta y luego siguió—. Cuando tengas todos los símbolos en tu poder, y en la fecha que te he señalado, debes juntarlos en una cámara oculta que encontrarás girando una pequeña piedra redonda, que está en el vestíbulo de la tercera cámara, la superior del edículo de la Vera Cruz. Entonces rodará una piedra que abre un espacio santo recubierto de oro en la cámara más alta. Allí debes dejar los tres símbolos. Es el sanctasanctórum de nuestro nuevo templo, el templo de los esenios. Luego debes recitar una oración que te dejaré por escrito y esperar a la aparición de los tres signos. Para ello, no debes estar sola. Tiene que estar contigo al menos una persona más, que será la única que debe saber lo que hemos estado hablando. Si después de hacer todo esto, ves que no ocurre nada, quedas libre de tu juramento y nunca más deberás volver a intentarlo.

—De acuerdo, Raquel. ¡Lo haré! Lo he jurado delante de ti, y lo haré. —Lucía sentía una extraña presión interior que le estaba como ahogando—. Me siento muy confundida por todo lo que me estás pidiendo que haga. ¡Es una locura! Yo había venido sólo a contrastar contigo las dudas que me habían surgido al leer el papiro y no sé cómo pero has terminado haciéndome partícipe de vuestras prácticas apocalípticas. ¡Nunca lo hubiera pensado de mí! Siento que algo ha penetrado dentro de mi interior y está revolviéndolo todo, sin dejarme capacidad para decidir sobre ello. —Lucía la sujetó de los hombros, queriendo escuchar de la mujer una respuesta sincera a lo que le iba a preguntar—. Concretamente, ¿qué esperáis que ocurra, si se llega a iniciar vuestra esperada nueva alianza?

Raquel estaba incomodísima con las esposas. Al notarlo, Lucía llamó a la vigilante y le dio la orden de que se las retirara para el resto de la visita. En cuanto volvieron a quedarse solas, Raquel respondió a la pregunta que se había quedado en el aire.

—Tus sensaciones se deben a que ya ha entrado en ti la luz. Ya no serás nunca la de antes. —Se frotaba las muñecas con alivio—. Gracias por tu consideración hacia mí. Desgraciadamente, ni yo ni nadie sabría contestar a tu pregunta. Hay unas fuerzas del mal que mueven este mundo. Sabemos que pueden producirse cosas muy serias por ellas, pero también contra ellas. Los hijos de la luz irán derrotando a esas fuerzas malignas, pero, insisto, no sabemos cómo ocurrirá. Sólo sé que, llegado ese momento, seguro que nos daremos cuenta de su significado.

Lucía miraba con cierta lástima a aquella colega que, por extrañas circunstancias de su vida, en vez de estar en una universidad enseñando historia como hubiera sido lo normal, iba a pasarse unos cuantos años en una fría y dura cárcel. Sintió un fuerte deseo por saber algo más sobre ella.

—Raquel, hasta ahora no me has hablado nada de ti, de tu vida. ¿Cómo has llegado hasta aquí? ¿Cómo entraste en contacto con esas comunidades de las que tan poco se conoce?

—Llegué a ellas desde la investigación. Nací en Hebrón, tierra donde se conservan las tumbas de los grandes patriarcas. Allí viví mi infancia, rodeada de pasado por cada una de sus esquinas. Creo que de jugar tanto entre ruinas, algunas de más de tres mil años, me aficioné a conocerlas y así decidí estudiar historia, especializándome en Antigua. Investigué las comunidades esenias que vivieron en Qumram y otros muchos emplazamientos. Durante mi doctorado conocí a un profesor que, finalmente, fue el que me introdujo en mi actual fe. Luego, lo demás ha pasado a tanta velocidad... Las primeras prácticas en comunidad, las enseñanzas, una prolongada ascesis interior, mi venida a España. Lo último, el capítulo de mi vida que tú ya conoces. ¡Ya ves! Al final, tras esperar ser yo la llave que abriera nuestra esperada gran guerra, aquí estoy viendo pasar los días a través de unas rejas, incapaz ya de hacer nada, como una simple delincuente. —Hizo una emocionada pausa, para secarse las lágrimas que habían empezado a brotar de sus ojos.

Lucía encontraba en Raquel una inusual incoherencia. Irradiaba bondad y sensibilidad, aunque también parecía perfectamente capacitada para infligir el daño que fuera necesario a los demás. Se acordaba del joven mutilado al que habían dejado en estado crítico después de haberle sacado los ojos.

—Por lo demás —prosiguió Raquel—, como esenia he tratado de vivir en completa comunidad de bienes con mis hermanos, practicando la oración durante un tercio de mi día, viviendo en castidad absoluta y purificándome por entero con agua tres veces al día. Pero ahora hablemos también de ti, Lucía. Yo he sido la encargada de seguirte durante estos últimos meses. Y lo he tenido que hacer tan de cerca, que creo haber empezado a conocerte un poco.

A Lucía le resultó de lo más amargo volver a saber que había sido vigilada. Pero se le ocurrió que, al menos, podía ser interesante conocer su opinión sobre ella.

—He visto en ti a una mujer especial, madura e inteligente, con una capacidad profesional notable y llena de vida. Creo que estás atravesado una temporada llena de inquietudes y ansiedad. Una época de cambio que te hace estar, digamos, un poco más rara. El otro día, cuando nos detuvieron, vi que te llevabas muy bien con Fernando Luengo. ¿Estás enamorada de él?

—Sí, más o menos. —Raquel no dejaba de sorprenderle. Ahora le hablaba sobre su vida como si fueran íntimas amigas. Sin entenderlo, deseaba contarle cosas que habitualmente no compartía con nadie—. La época rara a la que te refieres tiene mucho que ver con él. Como parece que sabes casi todo sobre mí, el dolor que me produjo verme tan pronto viuda hizo que los hombres dejaran de interesarme durante un tiempo, hasta que apareció Fernando. Con él he vuelto a sentirme mujer. ¡No sé cómo puedes vivir tú sin compartir el amor con un hombre! Él no acaba de aclarar sus sentimientos y de momento está navegando sin rumbo entre Mónica y yo. ¡Eso es todo lo que me pasa!

Llamaron a la puerta para avisar de que debían terminar. Se levantaron y se despidieron con dos besos. Raquel le pidió que volviera a verla cuando descubriera lo que contenía la tumba de los Luengo. Lucía se lo prometió.

Esperó a que le pusieran nuevamente las esposas y a que se la llevaran, y salió de la prisión con una rara sensación interior. No conseguía entender por qué tenía que ser ella la llave para desencadenar aquellos extraños acontecimientos profetizados por Jeremías, más de seiscientos años antes de Jesucristo. Decidió que tenía que ver a Fernando para contárselo todo con pelos y señales. Le llamó al móvil para tratar de verse ese mismo día, pues desde la cárcel tenía que pasar por Madrid para regresar a Segovia. Además, deseaba volver a verle.

No le cogía el teléfono.

Decidió ir a la joyería directamente. ¡Le daría una doble sorpresa!

Era la primera vez que entraba en ella y tuvo que preguntar por él a la única empleada que se encontraba en esos momentos en el interior de la tienda. Le señaló la puerta de su despacho, indicándole que estaba dentro.

Lucía entró sin llamar, dispuesta a repetir uno de sus ya clásicos y directos saludos con Fernando. Ansiaba volver a besarle.

No esperaba encontrarse a Mónica con él y menos en la actitud en la que estaban. De golpe, se enfrentó a toda una escena de pasión que se estaba produciendo entre ambos: unidos sus labios en un estrecho contacto, con las manos de Mónica recorriéndole el pecho descubierto, y él con las suyas ocupadas en recorrer alguna parte de su anatomía que no quiso ni precisar. Si para ella el resultado de su presencia no fue nada agradable, para los dos sorprendidos amantes lo fue menos.

—Por lo que veo, Mónica, ya pareces bastante recuperada, y no pierdes el tiempo. —Su mirada reflejaba todo menos alegría por la recobrada salud de su rival—. Tranquilos, no os molesto. Sólo venía a saludarte un momento, Fernando. Vosotros seguid con lo vuestro.

Cerró la puerta sin darles tiempo a reaccionar.

A los tres minutos, sonaba en su móvil una llamada de Fernando.

—Siento que hayas tenido que presenciar esa situación, tan violenta para todos. —Fernando no sabía cómo explicarse.

Lucía apenas conseguía tragarse la rabia ni contener las lágrimas.

—Fernando, no me he encontrado con nada de lo que tú no me hubieras prevenido. La culpa es mía por haber sido tan tonta de creerme que podía cambiar tus sentimientos. Prefiero no hablar ahora. ¡Ya lo haremos en otro momento!

13

Iglesia de la Vera Cruz. Segovia. Junio de 2002

Un cartel plastificado sobre la puerta principal de la iglesia de la Vera Cruz de Segovia rezaba que, por motivos de restauración, el templo permanecería cerrado al público hasta mediados de julio.

El equipo de investigación dirigido por la doctora Lucía Herrera trabajaba en su interior tratando de encontrar las respuestas a ciertos enigmas íntimamente unidos a su historia que, tras haber sido extensamente analizada, les había llevado a sospechar que aún podía seguir atesorando ciertos misterios que habrían permanecido ocultos muchos siglos después de su construcción.

Había conseguido los permisos para empezar la investigación el 10 de junio, pero unos días antes un último problema con el ayuntamiento de Zamarramala retrasó cinco jornadas su inicio.

Lucía se decidió a llamar a Fernando pasada una semana de la entrevista con Raquel en la cárcel y de presenciar la escena de pasión con Mónica en la joyería. Había necesitado cierto tiempo para digerir el amargo trago que le había dejado su inoportuna presencia en aquel despacho; aunque, sobre todo, se veía impelida a transmitirle las muchas cosas que había descubierto con aquella enigmática historiadora esenia, tanto sobre los objetos requisados el día de su detención, como del cambio interior que se había operado en ella una vez que se había comprometido a llevar a término la profecía. Durante los días anteriores había decidido no atender a las reiteradas llamadas de Fernando, que se sucedían casi cada día, hasta que no se viera con las fuerzas suficientes para hablar con él.

El día que hablaron, cuando Lucía hubo terminado su explicación y tras haber dejado pasar unos minutos para que Fernando asimilara aquellas sorprendentes revelaciones, quiso compartir con él la tremenda presión que sentía al saberse ahora responsable de que se cumpliera una profecía escrita hacía más de veintiséis siglos, y ser la custodia de los símbolos de las tres más sagradas alianzas de Yahvé, a la vez que su sensación de que la empujaba una fuerza desconocida, ajena a cualquier explicación racional y en clara oposición a su proceder habitual.

A Fernando le costaba retomar esas cuestiones. Había tratado de centrarse en su trabajo, estaba volcado en su relación con Mónica y pensaba que todo aquel asunto ya les había dado bastantes problemas. Por eso, al escuchar a Lucía le costaba captar el alcance de la nueva situación y entender la decisión que había tomado tras aquella entrevista. Se sentía responsable de haberla metido en aquella intriga, y eso le empujó a comprometerse con ella hasta donde fuera necesario. De ahora en adelante tenía muy claro que se iba a mantener siempre a su lado, para que no se sintiera sola ante la incierta evolución de los acontecimientos.

Como consecuencia de la trascendencia de aquellos hechos, y para evitar riesgos innecesarios a los demás, decidieron mantener en secreto lo último que habían conocido acerca de los símbolos y no poner al corriente ni a Paula ni a Mónica. El siguiente paso que debían dar era desvelar de una vez por todas lo que contenían las tumbas de los Luengo.

Lucía organizó los preparativos para levantar las pesadas losas y disponer la presencia de todos en la tercera semana de junio, sin concretar el día exacto. Contaba con la asistencia de Lorenzo Ramírez, que era quien podía tener más dificultades con su agenda.

A lo largo de aquella prolongada conversación en ningún momento quiso Lucía parecer que mostraba interés por su situación sentimental con Mónica, aunque varias veces se había mordido los labios para no hacerlo. Había tomado la determinación de enfocar su atracción por él sin reparar en los obstáculos, como el que se enfrenta a una gran piedra en medio de una carretera y, sin parar, la evita para continuar su ruta, pero sabiendo que la piedra está ahí. Tampoco pensó que fuera oportuno darle por teléfono la noticia de la verdadera autoría de la muerte de su mujer. Esperaría a tener una oportunidad, un poco más de intimidad, para contarle lo sucedido y darle apoyo y consuelo por su previsible reacción.

Serían las doce de la mañana cuando, desde el coche, Fernando y Mónica divisaban la peculiar estampa del templo de la Vera Cruz aquel caluroso miércoles de la tercera semana de junio. Paula iba a acudir también, pero no antes de la una. Don Lorenzo Ramírez había confirmado su llegada para las doce y media, tan interesado como el resto en presenciar la exhumación de las dos tumbas de los Luengo.

Lucía estaba con dos miembros de su equipo tomando notas sobre la salud de la piedra y, en general, del estado de conservación de su exterior cuando les vio llegar. Se fijó en Mónica en cuanto bajó del vehículo y comprobó que en su rostro apenas había rastro del proceso traumático por el que había pasado. Su abundante melena rubia y sus grandes ojos verdes, su figura juvenil y aquella encantadora sonrisa volvían a componer la anterior imagen que de ella tenía. Mientras se le acercaba, la encontró insultantemente perfecta.

Mónica se sabía ahora con ventaja en aquella particular competición con aquella mujer. Fernando había contrarrestado su pérdida de interés por todo lo que la rodeaba con su atracción por ella. La hizo sentirse nuevamente viva con su contagioso dinamismo y Mónica recuperó parte de su autoestima al saber que le pertenecía un hueco de su corazón. Fernando había puesto los ladrillos para su reconstrucción personal.

Las dos mujeres se besaron, luego Lucía besó a Fernando, pero no como solía, conteniéndose el deseo de hacerlo.

—Lucía, cuéntanos qué plan tenemos para hoy.

Lucía le agarró de la mano con toda intención y le arrastró al interior del templo mientras les explicaba que ya tenían montadas unas pequeñas estructuras de madera provistas de poleas para levantar las pesadas lápidas. Empezarían por la que hacía el número ocho, la de más antigüedad, y luego lo harían con la de 1670, la número doce.

En ese momento se oía el repiqueteo de las gubias, que trabajaban sin descanso para eliminar las juntas de cemento que sellaban cada una de las lápidas.

—Cuando terminemos con las tumbas, que no creo que sea antes de las dos, iremos a comer. Luego, nosotros solos investigaremos las cámaras superiores, pues he dado la tarde libre a todo el equipo. ¡No me interesa que haya más ojos que los nuestros en ese momento!

—Supongo que vamos a esperar hasta que estemos todos —apuntó Fernando.

—Lorenzo debe de estar a punto de llegar y con él no hay

474

problema. Pero no puedo hacer que el equipo pierda tanto tiempo por esperar a Paula. De todos modos, estoy segura de que llegará antes del gran momento.

Lucía se disculpó un minuto para supervisar las últimas acciones de su equipo y ellos decidieron hacer tiempo dando una vuelta por el templo. Fernando estaba preocupado por Mónica, pues era la primera vez tras su secuestro que ésta volvía a participar en la intriga del brazalete, y tenía serias dudas de cómo le podría afectar, estando tan reciente su trauma. Aunque había insistido en que no viniera, ella le había asegurado que tenía las fuerzas suficientes para enfrentarse de nuevo a ello.

Mientras subían a la segunda planta del edículo, Mónica pensaba en los buenos y malos momentos que se habían sucedido en su vida en los últimos tiempos, desde la llegada del paquete a la joyería. Aunque ir del brazo de Fernando, tal y como iba en ese momento, lo compensaba casi todo. Su amor por él podía contra todo y, aunque le pareciese que Fernando necesitaba demasiado tiempo para decidirse a dar nuevos pasos en su relación, ella se veía en el futuro siempre a su lado y compartiendo definitivamente sus vidas.

Fernando se acercó a la ventana que daba al altar mayor, desde donde se observaba al equipo trabajando alrededor de las dos tumbas. Lucía los seguía de cerca, hablando con unos y otros. Fernando contó a seis personas atareadas en distintas actividades en ese momento.

A los pocos minutos oyeron llegar un coche, en el preciso momento en que Lucía daba por terminados los preparativos para abrir la primera tumba. Transcurridos unos instantes, asomaba por la puerta principal la calva del extremeño, que tras determinar su posición se dirigió directamente hacia Lucía. Fernando le saludó desde el edículo, indicando con las manos que ya bajaban para saludarle.

El hombre se alegró mucho de ver a Mónica recuperada e incluso le dijo que la encontraba más guapa que en Jerez de los Caballeros. Besó primero su mano y luego le estampó dos respetuosos besos en las mejillas. Al haber visto bajar juntos a Fernando y a Mónica de la mano, Lorenzo comprendió por qué rumbos discurría en esos momentos el endiablado triángulo amoroso que Fernando mantenía con aquellas dos mujeres.

Lucía les invitó a que se pusieran a una distancia prudencial de la zona de trabajo, a la espera de que la pesada losa de la tumba fuera levantada y depositada a un lado. Dio las órdenes al equipo y cuatro jóvenes accionaron a la vez unos dispositivos neumáticos que habían colocado en cuatro puntos de la lápida. En pocos segundos ésta había subido unos centímetros, los suficientes para poder pasar dos cuerdas por debajo, que sujetaron a sendas poleas. Así, moviendo solamente las manivelas de las poleas, fueron ganando altura. En muy pocos minutos la pesada losa de la primera tumba descansaba sobre el suelo, al lado de los epitafios. Iluminaron su interior con dos potentes focos y todos los presentes se acercaron al borde para ver lo que contenía. La tumba estaba dividida en su mitad y en sentido longitudinal por una pared de piedra. Una vez que el polvo que se había levantado al remover la lápida se disipó, aparecieron ante ellos los restos de dos cuerpos.

Mónica era la única que no prestaba atención a su interior, pues estaba más interesada en el rostro de Fernando. Se mantenía agarrada a su brazo, sintiendo la tensión de sus músculos y siguiendo la sucesión de sus expresiones, primero de ansiedad, nerviosismo luego, tal vez incertidumbre, junto con una pizca de serenidad; en definitiva, toda una suma de sentimientos que veía cabalgar por su interior y que no quería perderse en aquellos momentos tan trascendentes. Paula entró a la carrera en la iglesia, buscándolos. Sin recuperar el aliento, besó y saludó a todos y se colocó al lado de Lorenzo, sin reparar en quién era, para ver desde primera fila el contenido de las tumbas.

Lucía bajó hasta la primera, tras colocarse una mascarilla. La camiseta de algodón blanco que llevaba, unas tallas mayor de lo que le correspondía, testimoniaba su estancia en Toronto en alguna ocasión. Se acercó al primer cuerpo, que era el del varón, y con unas pinzas separó algunos jirones de ropa. Sobre·su esternón, sujeto por una mano, aparecía un bello crucifijo de plata, muy oscuro por el paso del tiempo, que Lucía retiró con extremo cuidado y que entregó a uno de sus ayudantes para que lo guardara en una bolsita de plástico. El cadáver no parecía tener ninguna otra cosa de interés. Lucía se movía con extremo cuidado entre el poco espacio que le dejaban los cuerpos y se puso de cuclillas al lado del segundo. A simple vista, estaba en mejor estado de conservación que el primero. Los restos de lo que debió de ser un fino vestido de lino seguían cubriéndole casi por entero. Su larga melena evidenciaba que se trataba de una mujer. Lucía pidió que enfocaran desde otro punto para evitar su propia sombra, y en cuanto mejoró su visibilidad se quedó de una pieza ante aquella sorprendente visión.

—¡Este segundo cuerpo es de una mujer y, agarraos, está incorrupto!

Se levantó un rumor entre todos los presentes ante el extraño descubrimiento.

—Parece una mujer joven, como de unos treinta años, de facciones delicadas y labios finos. El pelo es castaño. —Trataba de retirárselo de la cara—. Y sedoso, aunque sigue firmemente sujeto al cráneo. ¡Resulta increíble! Su cara parece expresiva todavía, como si mostrase una profunda dulzura y felicidad o como resultado de una muerte serena. —Asombrada, Lucía vio entre sus cabellos aquella joya que hacía más de setecientos años un Papa había escondido dentro de un relicario y que muchos habían tratado de encontrar antes. Siguió contándoles lo que veía—. En su rostro destaca la presencia de un único y bello pendiente que aún cuelga de una de sus orejas. Consta de dos piedras engarzadas entre sí por una pequeña cadena de oro. Una es más alargada, ovalada y azul, la otra más redondeada y blanca. —Levantó la mirada buscando la de Fernando y le dedicó una sonrisa triunfal, llena de alegría. ¡Habían encontrado el segundo pendiente de María!

Se lo soltó con cuidado, después de haber pedido una cámara de fotos y tras realizar una serie de tomas que dieran fe del estado inicial del cuerpo. Guardó el pendiente en una bolsita que metió intencionadamente dentro de su pantalón. El cuerpo no tenía ningún otro objeto, por lo que Lucía salió de la tumba, ayudada por Fernando y un pelirrojo de nombre Claudio.

Una vez arriba, miró a Fernando un segundo y se abrazó a él. Sin entender nadie esa inusual reacción, y para mayor desconcierto de todos, se arrancó luego a llorar. Mónica y Paula la miraban totalmente desconcertadas. También Lorenzo, pero éste se acercó hasta ellos y, separando a Lucía de los brazos de Fernando, le ofreció los suyos, lo que a Mónica le pareció bastante más acertado. Lorenzo no sólo era cortés, sino también hábil.

—¡Venga, Lucía!, pero ¿qué te ha pasado, mujer? Son sólo los nervios, ¿verdad? —Lorenzo trataba de entenderla, aunque Lucía se separó de él y se disculpó ante todos por su reacción.

—Perdonadme, llevaba tanto tiempo deseando que llegara este momento que me he emocionado un poco. Lo siento, os suplico que me perdonéis.

Todos le restaron importancia, incluso Lorenzo trató de abrazarla de nuevo para dejar clara también su solidaridad y comprensión, a lo cual Lucía se resistió, extrañada por la actitud excesivamente cariñosa del hombre, y se puso a animar al equipo para que empezasen con la siguiente tumba.

En la otra sólo hallaron los restos de tres cadáveres que no tenían ningún interés. Volvieron a poner las losas encima y las sellaron con una argamasa que tenían preparada. Lucía miró su reloj y comprobó que ya habían pasado unos minutos de las dos de la tarde. Decidió que era buen momento para recoger un poco el material que no volverían a usar hasta el día siguiente y para ir a comer. Su equipo no hacía más que preguntarle por el interés que tenían aquellos objetos que habían encontrado, en un intento de entender por qué habrían provocado en ella semejante reacción. Sus respuestas fueron evasivas; se limitó a prometer que les daría más información cuando tuviera más datos y estuvieran terminados los análisis necesarios.

Mónica y Paula hablaron entre ellas por si alguna sabía algo más que la otra sobre el pendiente que tanto había impresionado a Lucía. Como habían captado con toda claridad aquella mirada de triunfo que le había dirigido a Fernando, llegaron a la conclusión de que les estaban ocultando cosas, sin entender ni aceptar los motivos. Muy decididas se acercaron a él, dispuestas a obtener esa información por las buenas o por las malas.

—Oye, Fer, explícanos qué sabes exactamente acerca de ese pendiente. Puedo suponer que es la pareja del que se llevó Lucía de la casa donde estuvo secuestrada Mónica, como me comentaste después por teléfono. ¿Qué nos ocultas? —Paula le miraba a los ojos, reclamándole una respuesta sincera.

Paula se disponía a estudiar las expresiones de su hermano para calibrar la veracidad de su respuesta. Lorenzo, ajeno al asunto que trataban, iba conversando con parte del equipo de Lucía, mientras se disponían a abandonar el templo.

—¡No es fácil de explicar, y menos ahora! Me comprometo a contároslo con todo detalle, pero no en este momento. De todas maneras, tu intuición no te ha abandonado, Paula, y el pendiente que hemos encontrado en esa tumba es exactamente el gemelo del que poseían los secuestradores y que recogimos para su análisis. —Se detuvo a estudiar la expresión de Mónica, que parecía no verse demasiado afectada por aquella conversación—. Pero ahora no puedo explicaros más. Os repito que lo sabréis todo en su momento, confiad en mí, sólo os pido que me deis un poco más de tiempo.

—¿Has estado hablando con Lucía sin haberme dicho nada? —Mónica frunció el ceño, transmitiéndole su malestar por ese silencio y esa falta de confianza.

—¡Cierto! He sabido cosas nuevas de boca de Lucía, pero todo ha sido por teléfono. —Acarició el mentón de Mónica queriendo reparar su falta—. Por motivos que entenderéis más adelante, le he prometido no revelar nada a nadie todavía. Sabía que esto no os sentaría muy bien, pero espero que quede adecuadamente justificado en el futuro, aunque reconozco que ahora sólo puedo contar con vuestra confianza y paciencia. Quiero que sepáis que esta tarde necesitaré estar a solas con Lucía un rato en la iglesia para estudiar las cámaras superiores y realizar una serie de comprobaciones. No quiero que esté tampoco don Lorenzo y necesito que me lo quitéis de encima. ¿Me vais a ayudar? —Se acercó a Mónica, la besó en la mejilla buscando su comprensión e hizo lo mismo con su hermana, encontrando en ella un poco más de rechazo.

—Pides mucho, hermanito. Nos dices que tengamos paciencia, comprensión y confianza, cuando tú mismo no parece que la tengas con nosotras al no contarnos lo que sabes. Y para más inri, tampoco podemos estar presentes en el resto de las investigaciones. ¡Pero, bueno, tendrá que ser así! Está bien. De acuerdo. ¡Esperaremos lo que haga falta!

Durante la comida, en un restaurante próximo, don Lorenzo, que se había sentado al lado de Lucía, no paraba de intentar sacarle información sobre el pendiente. Ella se sentía agobiada con las reiteradas atenciones de su colega. La colmaba de todo tipo de favores por conseguir que le diera algún dato, sin entender su silencio: la sal no se la pudo poner ella, el pan no le faltó en ningún momento, ni el vino ni el agua, ya que don Lorenzo se encargaba de que nunca bajasen de un determinado nivel. Le cambió una chuleta de cordero por una suya inmediatamente después que ella hizo un intrascendente comentario acerca de su excesiva dureza, y durante los postres hasta él pidió el flan casero que ella había descartado, tras dudar entre ése o unas fresas. Lorenzo le estuvo ofreciendo su flan cada poco rato, sin probarlo él, hasta que ella, un poco harta, le contestó, ya muy seca, que no insistiera más. No deseaba hacer partícipe al resto de aquellas investigaciones y le dijo que le informaría de ellas en otro momento, lo que no terminó de convencer al hombre, aunque decidió, un tanto defraudado, cejar en su empeño.

El resto del equipo se había sentado en otra mesa, riendo con ganas las ocurrencias de uno de ellos. Estaban completamente relajados y tenían intención de prolongar la sobremesa aprovechando que la jefa les daba la tarde libre.

Una vez terminada la comida, Lucía y Fernando se fueron solos, caminando, hacia la Vera Cruz. Don Lorenzo hubiera querido acompañarles, sobre todo por ver si resultaba mejor momento para ponerse de una vez por todas al día; pero como se había percatado de los nulos deseos que Lucía tenía de contar con él, y tampoco Mónica y Paula iban a estar presentes, decidió aceptar la invitación de las dos mujeres a tomar café en casa de la hermana de Fernando.

Fernando y Lucía llegaron a la iglesia. Abrieron la puerta con una enorme llave de hierro que ella guardaba en un bolsillo. Una vez en su interior la volvió a cerrar para asegurarse de que no serían molestados. Subieron las escaleras que llevaban al segundo piso del edículo en completo silencio. Fernando había echado el ojo a una escalera de aluminio que localizó al lado de una pared, y con ella alcanzaron las trampillas que cerraban el acceso a las cámaras superiores. Una vez en la segunda planta, la apoyaron en el borde de las dos pequeñas puertas y ella empezó a ascender, mientras Fernando sujetaba la escalerilla.

Lucía llegó arriba en un instante. Como no había encontrado ninguna llave que pareciera abrir aquellas puertas, se había armado de una palanqueta para forzarla. Lo intentó varias veces sin conseguir saltar la cerradura. Pidió a Fernando que probara él. El hombre subió hasta donde estaba ella, pero necesitaba que Lucía dejara libre cierto espacio para moverse e hizo que ésta bajase unos cuantos travesaños, lo que le pareció suficiente para sus ya de por sí limitados movimientos, pero peligroso para la estabilidad de ambos sobre aquella frágil escalera. Se veía en el suelo de un momento a otro.

Fernando agarró la palanqueta y de un solo golpe reventó la vieja cerradura, que cayó al suelo de piedra con un retumbo. En ese momento, con el codo, sin querer, dio un golpe en un pómulo a Lucía que le hizo perder apoyo y estar a un punto de caerse. Se disculpó.

Lucía al ver abierta la vía para alcanzar el vestíbulo subió por la escalerilla y apartó a Fernando y en un instante ya estaba arriba, asomando la cabeza para animarle a subir.

—Fernando, puedes entrar aunque hay poco espacio. Creo que cabemos los dos.

Cuando él alcanzó el pequeño vestíbulo, Lucía ya estaba estudiando sus paredes con una linterna, tratando de encontrar la pequeña piedra redonda que debía accionar, según le había explicado Raquel. Por lo demás, el vestíbulo era muy pequeño y salvo su revestimiento de mampostería no presentaba ningún otro detalle digno de mención. De ahí se accedía a la última cámara a través de dos empinados escalones. Lucía no terminaba de dar con aquella piedra redonda. Le parecían todas iguales, y aunque lo estaba intentando hasta con el más pequeño relieve que iba encontrando, se estaba dejando los dedos sin dar con la que accionaba el mecanismo de apertura.

Fernando vio un despunte en la cara de uno de los dos escalones y se agachó para tratar de alcanzarlo con la mano. Era como una esfera de piedra muy pequeña que parecía poder girarse, aunque con ciertas dificultades. Avisó a Lucía de su hallazgo y se concentró en ese punto, aplicando toda la fuerza que pudo con sus tres dedos. Empleándose a fondo pudo vencer su resistencia y consiguió moverlo unos noventa grados. Entonces se oyó un agudo chasquido, como el provocado por el roce de dos superficies pétreas.

—¡Bravo, Fernando, lo has logrado! Sube tú primero a la tercera cámara, yo te sigo.

Fernando, armado del potente foco de la linterna, apuntó a los dos escalones para estudiar primero su resistencia y altura, antes de atreverse a poner un pie encima de ellos. Comprobó su firmeza y ascendió despacio. Accedió a una cámara abovedada un poco más baja que la anterior en la que se hacía necesario estar casi tumbado. La luz le llegaba a través de una pequeña saetera, lo que hacía innecesaria la linterna y, por tanto, la apagó. Lucía alcanzó en un instante la cámara y se tumbó con dificultad a su lado. En un lateral de la entrada, prácticamente a la misma altura del suelo, una de las piedras estaba un poco fuera de sitio y dejaba entrever por una rendija un espacio que permanecía oculto tras ella. Como Lucía era la que estaba más cerca, empujó la piedra en el punto que parecía ser su eje. La piedra fue desplazándose lentamente hasta dejar un espacio suficiente para meter los dedos y tirar de su extremo hacia fuera. Se abrió a sus ojos una pequeña cámara que podía tener unos cuarenta centímetros de ancho por unos treinta de fondo y treinta de alto.

—Fernando, ¿te das cuenta de que estamos delante del lugar más santo, la cámara de las cámaras, del nuevo templo de las comunidades esenias? —Lucía sentía una gran emoción ante el trascendental descubrimiento y deseaba explorarlo hasta el último centímetro—. ¿Podrías encender la linterna e iluminarme un poco para ver su interior?

Fernando estaba tumbado, hombro con hombro con Lucía; en tan incómoda posición a duras penas logró encenderla y pasársela por encima.

Como el foco no estaba alumbrando en el lugar preciso que le permitiese ver bien su contenido, Lucía dirigió su mano hasta verlo perfectamente. Se acercó todo lo que pudo hasta la boca de la pequeña cámara. La luz de la linterna se reflejaba en sus paredes, produciendo brillantes destellos dorados a lo largo y ancho de toda la superficie de la oquedad. La pequeña cámara estaba totalmente revestida de un oro finísimamente pulido. Lucía estudió hasta el último rincón de la misma sin encontrar nada. No había ninguna marca o dibujo, ni tampoco ningún otro objeto.

—¡Aquí no hay nada, Fernando! Sólo es el lugar elegido para juntar en ella los sagrados símbolos y ahora está vacía. Tendremos que esperar a la fecha señalada para cumplir mi promesa y esperar a lo que suceda.

Fernando quiso verla antes de bajar y para ello tuvieron que hacer mil contorsiones, pasando Lucía por encima de él para dejarle su sitio al lado de la cámara.

Lucía empezó a sentir una sensación de congoja, que a medida que se hizo más intensa le dificultaba mantener su ritmo normal de respiración. En su cabeza parecía haberse instalado de golpe algo parecido a un rabioso remolino que actuaba dispersándole las ideas pero manteniendo en su eje una sola que insistentemente le asaltaba: «Tú eres la elegida, debes cumplir». Empezó a preocuparse cuando se vio sumida en un profundo estado de sopor y comenzó a sentir un escalofrío que iba recorriendo todo su cuerpo desde los pies a la cabeza. Creyó que había llegado el momento de pedir ayuda a Fernando.

—Me siento fatal… Fernando, necesito que me saques de aquí cuanto antes. —Tenía la mirada perdida.

Al verla, Fernando se asustó ante la extrema palidez que mostraba su rostro y su lánguido tono de voz. Se retorció como pudo hasta que consiguió llegar a la salida y, desde allí, la cogió en sus brazos para bajarla hasta el vestíbulo anterior. Una vez allí tumbada, levantó sus pies pensando que se había tratado de una bajada de tensión, y poco a poco empezó a ver que iba mejorando. Ante la dificultad de bajar por aquella escalera transportándola, decidió que lo mejor sería esperar a que se recuperase del todo. Sin haber pasado ni cinco minutos, Lucía trató de compartir las extrañas sensaciones que acababa de tener.

—Fernando, sé que nos enfrentamos a una gran fuerza, superior a cualquier otra que te puedas imaginar. Allí arriba hay una energía especial que me ha atravesado por dentro y que me ha dado un mensaje. Te parecerá una locura, pero algo me ha señalado con claridad mi camino: debo seguir con la misión que Raquel me encomendó, porque he sabido que yo soy la elegida. Te aseguro que si no me hubiese pasado a mí, no lo creería.

Fernando reconoció no haber notado nada especial, aunque intentó comprender su reacción por más que le pareciera de lo más extraña. Lucía recordaba sus propias palabras cuando les había explicado en una ocasión anterior que la última cámara podría haber servido como lugar de iniciación a los monjes —«la linterna de los muertos», como algunos la habían llamado— a un conocimiento superior. Ella se había visto en ese trance. Necesitaba saber más, conocer mejor todo, estar en los mismos sitios donde el profeta había recibido la revelación. Si iba a ser la elegida, necesitaba estar mejor preparada.

—Fernando, arriba he sido consciente del papel que debo cumplir y de que esto no es ninguna broma. Estamos en el centro de un hecho verdaderamente trascendental y yo asumo mi función, pero me es urgente prepararme para ello. —Se incorporó hasta quedarse sentada, le agarró las dos manos y le miró a los ojos como nunca antes lo había hecho—. ¡Necesito ir a Israel lo antes posible y que tú me acompañes! ¡Debo ir ya! Allí he de ver, he de saber, he de entender mejor a lo que me comprometo, y sé que sólo allí encontraré las respuestas. ¡Debes venir conmigo!

Fernando se sintió sin salida. Aunque todo aquello resultase casi imposible de explicar, también conocía su misión, y ésta consistía en protegerla y permanecer a su lado.

—Te acompañaré —le contestó sin ningún asomo de duda.

El vuelo de la compañía israelí El Al iba a tomar tierra a las tres y media de la tarde en el aeropuerto internacional Ben Gurión, de Tel-Aviv. Fernando y Lucía ocupaban dos de las veinte butacas de clase *business* mientras terminaban de preparar el programa de visitas que iban a realizar en su breve estancia en Israel. Alquilarían un coche en el aeropuerto para dirigirse por carretera a Jerusalén y pasar la noche allí. Al día siguiente, viajarían hasta el mar Muerto para visitar Qumram y desde allí, tras cruzar la frontera con Jordania, subirían al monte Nebo, para terminar durmiendo la segunda noche en la capital jordana, Ammán. Con ello darían por terminado el viaje y volverían a Madrid.

Ante la premura del viaje, Fernando había buscado por internet los hoteles y alguna otra información necesaria para hacer las reservas de antemano.

Para Fernando no había resultado nada fácil explicar aquel viaje a su hermana Paula, pero mucho menos a Mónica, cuando además le confirmó que no podía acompañarle y tampoco pudo explicar el motivo real de sus actos. Desde luego, el hecho de la inmediatez de su salida, se lo comentó con menos de una semana, y el hacerlo en compañía de Lucía, no contribuyó en nada a que lo aceptara con cierta resignación. Fernando reconocía que las palabras «confianza» y «fe» le estaban quedando ya un tanto desgastadas ante la excesiva frecuencia que de su uso hacía últimamente. Estaba seguro de que Mónica se había sentido fatal, y de que también a él le resultaría difícil olvidar alguna de aquellas frases que le «regaló» antes de su partida.

Aunque en parte lo entendía, no le habían resultado nada esperanzadoras si pensaba tener con ella una relación sólida y con futuro. Tras varios intentos por hacer verle que su decisión no debía afectar a su relación, sólo oyó: «Mira, Fernando, tú sabrás lo que tienes que hacer. No he entendido muchas de las cosas que me has hecho en el pasado; pero voy dándome cuenta de que nunca te entenderé y eso me resulta algo mucho más grave», y también: «Admito que creas que debes ir a hacer no sé qué, pero me cuesta aceptar que sólo pienses en ti y no en mí».

Tras oír aquello, decidió que lo mejor era esperar a su

vuelta para enfocar el tema con más tranquilidad, y tal vez desde otro punto de vista.

Las ruedas del Boeing 777 rodaban por la pista del aeropuerto en dirección a la terminal de llegadas internacionales.

Se sintieron algo más tranquilos cuando superaron la dura inspección a la que fueron sometidos todos los viajeros en la aduana por aquellos soldados armados hasta los dientes y con cara de pocos amigos.

Se dirigieron a un aparcamiento para recoger su vehículo alquilado y Lucía se encargó de las funciones de copiloto, provista de un complejo mapa de carreteras. Tras un breve recorrido de apenas cincuenta kilómetros, llegaron a media tarde a las puertas del majestuoso hotel King David, donde habían reservado habitaciones para aquella noche. Decidieron tomarse una relajante ducha antes de ir al centro de la ciudad antigua para dar un paseo por el barrio judío.

—Mañana madrugaremos un poco para ir hacia el mar Muerto, donde están los restos del monasterio de Qumram, el principal legado histórico de nuestros amigos los esenios. He recogido bastante información durante días y ya te comentaré algunos detalles interesantes durante la cena.

Lucía llevaba una camiseta de algodón y unos pantalones cortos para aliviar el intenso calor que estaba casi derritiendo la ciudad. Atravesaban un laberinto de calles que formaban el barrio judío, próximo al Muro de las Lamentaciones, destino al que se dirigían.

—¿Cómo te encuentras ahora, Lucía? Tengo todavía fresco el recuerdo de la Vera Cruz y espero que no tengas que pasar por más experiencias de ese estilo.

La cantidad de gente que recorría aquellas calles les obligaba a ir casi pegados.

—Encantada de estar a solas contigo estos días. —Le lanzó una insinuante mirada, pero volvió a ponerse algo más seria después—. De aquello que me ocurrió, afortunadamente no he vuelto a sentir nada aunque, no sé, supongo que este viaje que tanto deseo me provocará, por qué no decirlo, unas reveladoras y emocionantes sensaciones, y lo digo en el más amplio sentido de la palabra. —Esta vez hizo un interesante quiebro con su mirada, como si lo que estuviese pensando pudiese verlo en un punto indeterminado del aire.

Como se iba haciendo algo tarde, visitaron con bastante rapidez el Muro de las Lamentaciones, donde, como marca la tradición, introdujeron un pequeño papel por una rendija, y de allí se dirigieron por la Vía Dolorosa hacia el Santo Sepulcro y, después de visitarlo, a la ciudadela de David, donde algo cansados buscaron un restaurante para reponer fuerzas.

Con una deliciosa cerveza israelí, en el restaurante Gilly's compartieron una sabrosa degustación de algunos platos típicos de Israel. Lucía pasó casi toda la cena contándole los detalles que conocía acerca de la vida cotidiana de los esenios, cuando éstos residían en el monasterio de Qumram: de sus labores agrícolas y ganaderas, su dedicación al estudio y la copia de antiguos escritos sagrados, su ascetismo de eremitas, pues dormían en cuevas cercanas al recinto principal y, sobre todo, su espíritu comunal y de entrega a los demás.

Llegados a los postres, y casi agotado el tema de los esenios, Fernando quiso romper la seriedad de la conversación.

—¿Se puede saber qué dejaste escrito en aquel papel que colocaste en el muro? —Fernando seguía de lo más intrigado, tras haber hecho numerosas veces aquella misma pregunta.

—Lo sabrás a su debido tiempo. —Lucía quería mantenerlo en secreto, hasta que llegase una oportunidad más adecuada.

De pronto recordó que no le había contado todavía la revelación que Raquel le había hecho sobre la muerte de su mujer y, aunque no le resultaba nada agradable soltar aquella bomba, pensó que era mejor hacerlo cuanto antes.

Como era de esperar, Fernando encajó fatal la noticia. Se repetía que ya había intuido él que nunca se había tratado de un robo. Por más que Lucía trató de introducir nuevos temas de conversación, acabó entendiendo que hasta que no acabase de liberar toda su rabia y dolor, era inútil hacer nada para mejorar el dolido semblante de Fernando.

De camino al hotel todavía se seguía preguntando cómo aquellos esenios habían podido arrebatarle aquello que para él había sido lo más importante de su vida, alegando, encima, razones benéficas y humanitarias.

Se desearon buenas noches y cada uno se dirigió a su habitación, Fernando sin perder todavía su rictus de dolor. Habían quedado para desayunar a las siete de la mañana, para salir después con destino a las montañas del desierto de Judá, al misterioso Qumram.

El paisaje desde la explanada donde estaban los restos del monasterio de Qumram resultaba sobrecogedor. A sus espaldas quedaban los montes que habían salvado desde la meseta de Judea, saliendo de Jerusalén, para bajar hasta aquella depresión que formaba un extenso valle desértico en cuyo eje se encontraba el mar Muerto.

En la soledad del desierto, apenas sin más vida en todo aquel lugar que las suyas, Lucía y Fernando bajaron del todoterreno para pasear por aquellas ruinas donde dos mil años antes una rama filosófica del judaísmo, los esenios, habían hecho de él su nuevo templo en un entorno tan puro como seco.

Lucía se agarró de la mano de Fernando mientras recorrían las distintas estancias, tratando de identificar cada una de ellas, aunque el estado de las construcciones no permitía más que hacer un ejercicio de imaginación de cómo pudo ser aquello en su momento.

—Fernando, analizando este lugar y sobre todo en su entorno, tan vacío de vida, tengo la impresión de que los esenios lo eligieron por su imagen de pureza. Fíjate que en el éxodo desde Egipto, el pueblo hebreo atravesó durante cuarenta años territorios desiertos hasta llegar a la tierra prometida. Esos terrenos yermos debieron de ser vistos por ellos como un símbolo de purificación, etapa necesaria para avanzar en el camino del mal al bien, de las sombras a la luz, de la esclavitud a la libertad.

—Recuerdo lo que comentamos en una ocasión acerca de las etapas que transcurrían durante la iniciación de aquellos monjes templarios —dijo Fernando—. Había una primera fase de adoctrinamiento, de formación, otra presidida por la muerte figurada de uno mismo y la renuncia a lo material, y una tercera de resurrección a una vida superior, al conocimiento.

—Claro, Fernando, aquí los monjes estudiaban las escrituras sagradas para su formación. También se bañaban todos los días antes de las comidas, realizando todo un ritual de inmersión en las pozas que acabamos de ver. Era una forma de eliminar todas las impurezas del cuerpo, de lo más humano del hombre. Y vivían en el desierto, que de por sí es símbolo de pureza y camino de purificación. Dentro del monasterio, abandonaban todas sus posesiones materiales y vivían en comunidad de bienes con sus hermanos en la fe. Estás en lo cierto, esos mismos pasos son los que trataban los esenios de vivir en esta comunidad. Habían abandonado el mundo impuro para vivir en este templo espiritual. —Se sentó sobre unas piedras y se puso más trascendente—. Yo misma deseo experimentar esas etapas. Este viaje es, en sí, un paso de mi necesaria formación para entender con más profundidad lo que voy a hacer después.

Visitaron por último algunas de las cuevas donde habían sido encontrados los famosos rollos del mar Muerto, deliberadamente ocultados por aquellos esenios contemporáneos a Jesucristo durante la invasión romana, y decidieron, finalmente, tomar camino hacia Jordania para atravesar la meseta de Moab, en dirección al monte Nebo, y ya desde allí alcanzar la capital de Jordania, Ammán, donde habían reservado hotel para pasar aquella última noche.

Cuando alcanzaron la cumbre del monte Nebo se sintieron sobrecogidos por las espectaculares vistas. El sol empezaba ya a descender, y frente a ellos se divisaba una hermosa imagen del mar Muerto y el valle del Jordán. La diferente gama de tonos ocres de las montañas del desierto se fundían con aquel atardecer anaranjado que a cada minuto se tornaba en diferentes matices de color. Por debajo, dentro del profundo valle, el pálido color azul del mar Muerto se mantenía imperturbable desde hacía milenios. Tuvieron la misma contemplación que Moisés pudo tener cuando llegó hasta allí desde Egipto. Aquel paraje no necesitaba de palabras, sólo vivir las sensaciones de saberse en uno de los lugares más sagrados del mundo, donde Yahvé le mostró al profeta la tierra prometida, dolorosamente prohibida para él, y destino elegido por Jeremías para esconder parte del tesoro del Templo de Salomón.

Lucía se sentía extrañamente afectada por aquel lugar. Allí, en ese preciso punto, se había cumplido la promesa de Yahvé en su alianza con el pueblo judío. Si ella era la supuesta elegida para que se estableciera una nueva e hipotética alianza, el solo hecho de saberse en aquel lugar le provocaba escalofríos y un pavoroso temor.

—Fernando, necesito que me abraces con fuerza. —Se apretó a él, pues necesitaba sentirse protegida ante la inmensa empresa que le había sido encomendada y presa de dudas sobre su propia capacidad—. No sé si podré hacerlo, Fernando. ¿Por qué no abandonarlo todo y volver a mi vida de siempre, rutinaria y normal? No me veo con fuerzas…

Fernando le habló desde el corazón, apoyándola para que llevase su promesa hasta el final.

—En este lugar santo acabo de entender que todo lo que nos ha ocurrido durante estos últimos meses termina y empieza aquí. Nada ha sido fruto de la casualidad, Lucía, y no debemos parar ahora lo que ya se ha desencadenado. Al igual que tú, no entiendo por qué nos ha tocado a nosotros, o si todo esto no es más que un sueño raro, pero deseo que sepas que me tendrás a tu lado pase lo que pase.

Con sus últimas palabras ella se apretó aún más fuerte a él.

Lucía acababa de saber que le amaba con toda intensidad y que en ese viaje no sólo cumpliría con su misión de iniciación a su promesa, sino que también iba a alcanzar con él una resurrección a un nuevo amor, más auténtico, como tercera y última fase, después de haber pasado por una primera etapa de conocimiento mutuo, y de una segunda, ahora, que requería la necesaria muerte de todos los condicionantes de sus vidas pasadas. Él también lo supo, sin necesidad de hablarlo, con la seguridad que le daba aquel sagrado silencio que reinaba en el monte Nebo.

Lucía dormía sobre el hombro de Fernando durante el vuelo que les llevaba de vuelta a Madrid. Fernando tenía a su lado a la que sabía que iba a ser la mujer con la que compartiría el resto de su vida. La noche anterior se habían amado por primera vez en aquel hotel de Ammán que recordaría ya para siempre y se habían jurado una fidelidad nacida de saberse cada uno parte indivisible del otro.

Aquel paquete que había recibido en su joyería, dirigido a su padre setenta años antes, le había metido de lleno en un formidable entramado histórico donde habían aparecido entremezclados templarios con familiares suyos, así como papas buscadores de reliquias con grupos esenios aparentemente desaparecidos dos mil años antes. Había llegado a averiguar el origen del brazalete, resolviendo parte del misterio, aunque después se complicó con la aparición de nuevos objetos: un medallón de mayor antigüedad todavía y los pendientes de la Virgen María.

Y coincidiendo con todo aquello, había conocido a una mujer excepcional, a Lucía, inteligente, sensible, perspicaz e intuitiva, a la cual, tras un largo período de vacilaciones, finalmente había llegado a amar.

Meditaba sobre lo que podría ocurrir en sólo cuatro meses, cuando llegase el día señalado. Aunque pareciera absurdo, se habían comprometido a atender la voluntad de una delincuente e integrista israelí, e iban a celebrar un fantástico ritual que estaba señalado en una vieja profecía. Y si después de todo no pasaba nada, ¿qué harían? O si, por el contrario, se demostraba que, uniendo los tres símbolos de las tres grandes alianzas, se producía la guerra de los hijos de la luz contra los hijos de las tinieblas, que habían proclamado y perseguido los esenios como resultado de la nueva alianza, ¿de qué tipo de guerra se trataría?

Y el resultado, ¿sería bueno o malo para ellos? Y su amor por Lucía, ¿sería también verdadero o sólo una sensación más dentro de todas las que habían vivido aquellos días?

14

Tercera cámara.
Iglesia de la Vera Cruz. 2002

—¡Pásame el medallón, Fernando, con él terminamos!

Fernando lo sacó de una bolsa de terciopelo negro y se lo entregó con sumo cuidado. Anteriormente había hecho lo mismo con los dos pendientes de la Virgen María y el brazalete de Moisés.

Lucía Herrera y Fernando Luengo estaban tumbados en la cámara superior del edículo central de la Vera Cruz. Con el medallón de Isaac acababan de reunir, por primera vez en la historia, los tres símbolos de las sagradas alianzas. Lucía los introdujo dentro del viejo cofre y éste, a su vez, dentro de la más oculta y preciada cámara del templo, atendiendo así a la promesa hecha a Raquel de llevar a cabo todo lo que el cumplimiento de la profecía de Jeremías requería.

Lucía terminó la operación y cerró la piedra. Se quedó quieta, mirando a un punto indefinido de la bóveda de la cámara, respiró hondo y pensó en silencio en las posibles consecuencias de lo que acababa de hacer. Sin apenas darse cuenta, empezó a sentir de nuevo en su cuerpo aquella fuerza mayor, que ahora la apretaba contra el suelo, reteniéndola allí arriba.

—¿Tú crees, Lucía, que lo que estamos haciendo tendrá algún sentido?

Hombro con hombro, tumbados los dos sobre la cámara, Fernando había empezado a sentir también una extraña presión sobre su cuerpo. No deseaba mover ni un solo músculo, como si algo estuviera tratando de mantenerles allí, juntos para siempre. Aunque tenían que bajar a la segunda cámara para terminar la ceremonia que Raquel les había indicado, ya lo harían después.

—Fernando, creo que acabamos de desencadenar algo trascendental. Intuyo que hemos puesto en marcha un mecanismo que producirá consecuencias importantes en nuestras vidas. Puede parecerte una tontería, pero me estoy empezando a sentir atrapada aquí arriba, sin ganas de moverme. No sabría decirte lo que me lleva a estar así, pero me parece que deberíamos salir de aquí de inmediato. Recuerdo con angustia la otra ocasión que estuve en esta cámara y no deseo repetirla. ¿No tienes también estas mismas sensaciones?

—Creo que hemos despertado una fuerza enorme que hasta ahora estaba dormida. Si atendemos a lo que te contó Raquel, acabamos de poner en marcha la cuenta atrás de esa cuarta alianza, la del bien contra el mal. —Cogió su mano—. La profecía señalaba que sólo cuando las tres primeras alianzas estuvieran juntas se producirían los tres signos que señalarían que la guerra habría empezado.

—Los tres signos —dijo Lucía—: el sol, que debe dejar de dar su luz; la tierra, que temblará en su segundo día, y el hombre, que aparece carente de sus sentidos en el tercero. —Trató de incorporarse sin conseguirlo, incapaz de hallar las fuerzas suficientes—. ¡Debemos bajar a la cámara inferior y terminar con esto, Fernando! ¡Tenemos que recitar la oración! El papel que me dejó Raquel está abajo, en mi bolso. No sé tú, pero yo casi no puedo ni moverme. ¡No sé qué me está ocurriendo!

Fernando tenía la misma sensación. Algo les estaba encadenando a aquella cámara, inmovilizados y sorprendidos ante la posibilidad de permanecer eternamente entre aquellas paredes.

—Lucía, tenemos que salir inmediatamente de este sitio. Algo está pasando aquí que ejerce demasiado poder sobre nuestra voluntad y nuestras acciones.

Se incorporaron con dificultad y descendieron hasta la segunda cámara. Lucía buscó en su bolso la nota que le había dado Raquel y la leyó en voz alta.

—«Oh Yahvé, Tú que lo eres todo y que has querido establecer con el hombre tres grandes alianzas; con Abraham, con Moisés y con María, dígnate ahora, una vez reunidos los tres símbolos de esas tres alianzas en tu sanctasanctórum, alumbrar ahora el tiempo de una nueva alianza, en la que finalmente reine tu luz para siempre sobre este mundo de sombras y oscuridad. ¡Que sean destruidos todos los oscuros que han entorpecido tu voluntad y que triunfen en la tierra los hijos de la luz por siempre y para toda la eternidad!»

Se abrazó emocionada a Fernando. Sabía que acababa de cumplir con su deber de elegida. La única cosa que no le había contado de todo lo que pasó por su mente, cuando estaban en el monte Nebo y por no intranquilizarle, fue el miedo que allí percibió sobre su propio destino. No sabía lo que ocurriría a partir de entonces, pero aquellos brazos que la protegían eran su máxima aspiración en esta vida. Aunque muriese entre ellos en ese mismo momento, se iría segura de que no había nada de este mundo que hubiese deseado más.

A su vuelta de Jordania e Israel, Fernando se encontró con el rechazo de Mónica, dolida por aquella relación que parecía haber ligado definitivamente a Fernando y a Lucía, y sin transcurrir veinticuatro horas le presentó su renuncia a su puesto de trabajo, para alejarse definitivamente de la joyería y de él, y así tratar de rehacer nuevamente su vida.

Paula pareció aceptar mejor la noticia aunque se apenó por Mónica, a la que había deseado para su hermano en multitud de ocasiones. Nuevamente se quedó sin saber nada de lo que habían hecho o visto en Tierra Santa, ni el trasfondo de lo que tenían entre manos, aunque Fernando le había prometido que se lo contaría un poco más adelante. También llamaron a don Lorenzo, para ponerle, al menos en parte, al corriente de los últimos acontecimientos, sin que éste nuevamente consiguiese entender lo que realmente ocurría, para aumento de su desesperación.

Dos días después de haber estado en la Vera Cruz, Fernando estaba recostado en un confortable sillón de su piso, siguiendo las noticias de la noche por la televisión. En esos momentos estaban transmitiendo los efectos del fortísimo terremoto que se había producido esa misma mañana en el sur de la India, al que le habían sucedido otros seísmos, algo menores de intensidad, por la mayor parte de Asia.

«Ayer se produjo un eclipse completo de sol —pensaba a solas—, que pudo verse en Oriente Próximo y parte de Asia central y hoy, este terremoto. Resultan dos significativas coincidencias con los mismos signos señalados en la profecía», y siguió escuchando al presentador del telediario.

En su casa de Segovia también Lucía escuchaba sobrecogida las consecuencias del terremoto. Aunque había estado trabajando hasta bastante tarde en el archivo, no había podido dejar de pensar en la noticia del eclipse del día anterior. Cuando apagó el televisor y se acostó en la cama hubiera deseado tener a Fernando a su lado para aliviar o compartir sus temores. Por más que se repetía que aquellos dos sucesos no tenían que ver con la profecía, no conseguía convencerse, y empezaba a temer haber desencadenado un proceso de consecuencias impredecibles.

Al día siguiente, tres días después de haber estado en la Vera Cruz, Lucía llamó muy alterada a Fernando.

—¿Estás viendo la televisión? ¡Acaban de dar una noticia que creo que coincide con el tercer signo de la profecía! Han anunciado que en La Coruña, en la madrugada del 10 de noviembre, ha nacido un niño a partir de una inseminación artificial, completamente ciego, sordo y creen que mudo. Sus padres están acusando a los médicos que han controlado el embarazo de una posible negligencia médica. Yo creo que se está cumpliendo la profecía, Fernando. Estoy muy asustada. Ayer fue el terremoto y antes de ayer el eclipse.

—¡Me voy a verte a Segovia esta misma tarde! Necesitamos estar juntos. De todos modos, piensa que podría tratarse de una triste coincidencia. Tal vez estemos viendo cosas que, aun siendo similares a las que esperábamos, no sean las que estaban descritas. De momento, debemos mantenernos tranquilos. Si de verdad hemos desatado algo, ya no lo podremos parar.

Aquella noche volvieron a saborear su amor mientras sus cuerpos se unían con una intensa pasión. Además del deseo, les empujaba una fuerza especial por saberse en un solo cuerpo. En una íntima unidad que resucitaba aquella percepción que habían sentido en el monte Nebo, donde habían visto con toda claridad que ya no podrían vivir el uno sin el otro.

Al día siguiente, una bella mujer, presa en la cárcel de Alcalá de Henares, contemplaba tan atónita como el resto de las internas las impresionantes imágenes de un incendio devastador que asolaba gran parte del valle del Jordán. Según comentaba el enviado especial, a pleno día hasta los satélites llegaban a recoger una gran columna de humo desde Israel, y por la noche las colosales llamaradas de fuego iluminaban el cielo y podían distinguirse desde gran parte de la nación.

En medio de los intrascendentes comentarios de las demás reclusas, la mujer se levantó con los brazos en alto ante los rostros de sorpresa del resto y gritó, primero en hebreo y luego en español:

—¡La profecía se ha cumplido! ¡Se ha establecido una nueva alianza! —Cruzó los brazos sobre su pecho y se arrodilló ante el asombrado público—. ¡Ya ha comenzado la guerra de los hijos de la luz contra los hijos de las tinieblas! ¡Arrepentíos, pues ya ha llegado la hora de vuestro juicio!

Durante las semanas siguientes los periódicos y cadenas de televisión de todo el mundo dieron, con creciente preocupación, la noticia de los sorprendentes efectos de un fulminante cambio climático que estaba aconteciendo en la práctica totalidad del planeta. Las temperaturas de aquel final de otoño habían experimentado un inusitado ascenso, con ejemplos como los de Moscú o Toronto, con medias diarias de más de cuarenta y cinco grados centígrados. La comunidad científica estaba alarmada al comprobar por los satélites un ensanchamiento espectacular del agujero de ozono de la Antártida y otro casi igual en el Polo Norte que se había producido misteriosamente y en pocos días. Los hielos de ambos extremos de la Tierra se estaban fundiendo a velocidades nunca conocidas, lo que estaba provocando un aumento del nivel del mar en muchas zonas costeras y causando inundaciones graves en las costas del hemisferio sur.

Muchos políticos de los países menos civilizados acusaban violentamente a los más ricos de haber generado ese problema, por no atender las recomendaciones sobre el control de la contaminación y el riesgo climático.

Fernando y Lucía asistían, horrorizados, a la gravedad de aquellas noticias que sólo ellos interpretaban como las posibles consecuencias de la cuarta alianza. No podían creer que fueran los responsables involuntarios de aquel desastre, ni tampoco que Dios estableciese una nueva alianza con el hombre en esos términos apocalípticos. Se buscaban en el amor cada día con una ciega intensidad, tal vez inducidos por el instinto de contrarrestar aquellos efectos negativos que nunca hubieran imaginado que iban a provocar.

Ante aquellos hechos, Lucía decidió visitar a Raquel en la cárcel para encontrar alguna respuesta sobre lo que estaba pasando.

Una radiante sonrisa acompañaba a la mujer cuando se sentó frente a Lucía al otro lado de una deteriorada mesa de madera, en un locutorio de la prisión de Alcalá. Lucía no compartía su manifiesta alegría y mostraba un rictus cargado de tensión y angustia cuando Raquel empezó a hablar:

—Imagino que vienes a saber qué está pasando, o qué tiene que pasar de ahora en adelante, ¿estoy en lo cierto?

—Por supuesto que quiero saberlo, aunque mi arrepentimiento por haber seguido tu voluntad no encuentre ningún consuelo. Me siento abrumada y destrozada por lo que está sucediendo, y sé que sólo tú puedes darle un sentido a todo esto, si es que lo tiene. —Lucía se frotaba las muñecas.

—Necesitas entender lo que has desencadenado y te lo explicaré. Hablaremos de la cuarta alianza, la última de las alianzas entre Yahvé y la humanidad, pues tú, Lucía, has sido el instrumento de su manifestación. Las tres grandes alianzas, si lo piensas, se producen cuando la humanidad, representada por un hombre determinado, accede a cumplir y a seguir la voluntad de Yahvé. A Abraham le pidió que se fuera de su tierra, que se alejara de su familia y de la casa de su padre y que marchara a otro país. Al cumplir sus deseos, le concedió la descendencia que tanto había deseado, Isaac, su hijo, y en general, toda la humanidad. A Moisés le ordenó que sacara de Egipto a su pueblo de Israel, y le dio en premio la ley, una tierra fértil donde Él habitará y su protección frente al enemigo. La tercera alianza, con Jesucristo, se inició con las palabras de María, su madre, cuando se le anunció que iba a engendrar un niño que llamaría Jesús y ella respondió: «Hágase en mí según tu palabra». El propio Jesús manifestó también en sus últimas palabras la obediencia a la voluntad de su Padre durante el calvario en la cruz, diciendo: «Todo está cumplido».

»Pero siempre que Yahvé ha visto que el hombre no ha querido seguirle, su mano ha caído con firmeza sobre él. La destrucción de Sodoma y Gomorra o el diluvio universal fueron dos ejemplos de ello.

»Con las tres primeras alianzas Yahvé dio al hombre la oportunidad de seguir Su voluntad. La cuarta alianza será sellada sólo para los hijos de la luz, para los que le han obedecido.

»Desde nuestros orígenes, los esenios hemos deseado que este tiempo llegase, pues con él retornaríamos de nuestra diáspora en el desierto a Jerusalén, para reunificar al pueblo de Yahvé en su Casa, y obtener su misericordia. Así fue profetizado que ocurriría en algún momento. Volveremos a la tierra prometida y nos uniremos a la voluntad de Yahvé, a la fuente de la Luz, para nunca más alejarnos de Él. Por eso no debes lamentarte por lo que has hecho. No ha sido sólo obra de tus manos sino del destino, escrito desde el principio de los tiempos. ¡Es lo que Yahvé ha querido! ¡Al final el bien derrotará definitivamente al mal!

—Raquel, si vosotros deseáis el triunfo del bien sobre el mal, ¿dónde podéis ver ese bien en la destrucción de todo lo que vemos en la tierra, en el horror de la muerte, en la degradación de la naturaleza y de la propia vida?

Los ojos de Lucía estaban enrojecidos por el dolor que sentía y las lágrimas se deslizaban sin remedio por su rostro. A través de sus preguntas, Lucía ansiaba encontrar alguna explicación razonable, deseaba creer que lo que estaba escuchando era una dislocada interpretación de la realidad por parte de una trastornada por sus creencias.

—Lucía, vamos a asistir a la destrucción del mundo conocido que dará paso a una nueva era. Una gran parte de la humanidad está viviendo de espaldas a Dios. Ésta es la era del hombre, presidida por un impresionante progreso y desarrollo, pero envuelta en las tinieblas de su propio orgullo. Sé que has leído nuestro texto de la guerra de los hijos de la luz contra los hijos de las tinieblas. En él, se dice: «... será el tiempo de la salvación del pueblo de Dios, el tiempo señalado para que asuman el dominio todos cuantos pertenecen a Dios y para la aniquilación eterna de todos los que pertenecen a Belial, a los hijos de las tinieblas. La verdad y la rectitud alumbrarán todos los confines del mundo». El texto de la guerra describe en detalle el proceder que debería seguirse para la derrota del mal: los servicios religiosos, los planes de campaña, los reglamentos, la formación necesaria para la batalla, las maniobras y el desarrollo del combate. Realmente, y de una forma figurada, lo que predice es el advenimiento de esta cuarta alianza, la del final de los tiempos, pero también el inicio de una nueva era, la era de la Luz, la era de Dios. Y por eso, nuestro retorno, en un nuevo éxodo, no se producirá a la Ciudad Santa de Jerusalén, sino a la Jerusalén celestial, a la contemplación de la Luz ¡Ése es el auténtico triunfo de la batalla contra los hijos de las tinieblas! —Raquel reflejaba un brillo radiante en los ojos, que parecían reunir los de cientos de generaciones de esenios.

Afectada en extremo por la crítica situación, Lucía no había escondido en ningún momento la expresión de sus sentimientos más profundos. De hecho, desde la aparición de los proféticos signos, su rostro había acusado paulatinamente el peso de una responsabilidad que se le hacía insoportable, y ahora se mostraba mucho más envejecido y pálido. Su pelo también había perdido vida por la súbita aparición de cientos de canas, y sus ojos parecían nublados y oscuros, presos de una íntima y desconsolada tristeza.

Frente a ella tenía a la mujer que le había inducido a realizar aquella ceremonia de reunificación de los símbolos, sin imaginar en su momento que daba algo más que un paso en la fantástica aventura a la que había sido invitada por su ahora amante Fernando. Encerrada en sus más íntimos pensamientos, apenas escuchaba ya las palabras de Raquel. En su mente estaba empezando a librarse una batalla diferente, donde las consecuencias apocalípticas que le habían acompañado durante los últimos días y que había vuelto a escuchar de boca de Raquel empezaban por primera vez a verse contrarrestadas con otro pensamiento que había surgido de forma natural hacía varios días y que le había ido dominando, al descubrir que podía tomar una decisión que pusiese fin a toda aquella locura. Desde sus propias tinieblas había visto una pequeña luz, como un faro en la lejanía, que se hizo más evidente a medida que fue dirigiéndose en busca de su destello. Y así fue como vio que todas las piezas que habían permanecido sueltas terminaban por fin de encajar en su interior. Ella había sido el comienzo de aquel desastre y ahora sabía cómo podía intervenir en su final; eso le daba una agradable sensación de serenidad. Sólo cuando pensaba en su recién estrenado amor, un lacerante dolor le atravesaba el corazón sin apenas dejarle respirar.

De forma imprevista, Lucía, con una iluminada sonrisa, reflejo de una nueva paz interior, se levantó de su silla y miró fijamente a los ojos de una aturdida Raquel, momentos antes de abandonar aquella sala.

—Raquel, ahora veo todo con plena claridad. Si es verdad que Yahvé ha sellado una nueva alianza con el hombre y yo he sido el instrumento involuntario para que se cumpliera Su deseo, sólo se me ocurre una solución. Si desaparece el instrumento, no puede haber pacto ni alianza posible. Por eso, voy a dar mi vida en sacrificio, después de haber separado los tres símbolos de las anteriores alianzas que ahora permanecen juntos. Creo que así, a través de mi muerte, la vida seguirá tal y como la conocemos. He visto que debo engendrar la nueva vida con el abono de mi propia muerte. Y eso es lo que va a pasar.

Lucía cerró la puerta del locutorio, ahogando el sonido de un desesperado grito de Raquel, decidida a emprender con valentía su nuevo destino.

Dos semanas después, una lluvia fina que había aliviado por primera vez el asfixiante calor que había acompañado al mundo durante varias semanas, caía sobre el rostro de Fernando Luengo formando ríos de dolor con sus lágrimas, cuando asistía, completamente destrozado, al entierro de su amada Lucía. Su cuerpo sin vida había sido encontrado en un vehículo sumergido en el pantano de Manzanares el Real, en las proximidades de Madrid.

Unos días antes del fatal accidente, la había ayudado a recoger y destruir de la iglesia de la Vera Cruz los tres objetos sagrados. Lucía no quería que nadie intentara volver a reunirlos jamás. Le había asegurado que de esa manera conseguirían detener los efectos apocalípticos que habían desencadenado al cumplirse la profecía esenia. Parecía tan convencida de ello que no pudo más que secundarla en sus deseos.

Después de la ceremonia religiosa, Fernando se quedó a solas delante de la tumba donde reposaban los restos del cuerpo de Lucía. Su mirada recorría una y otra vez, con incredulidad, las letras doradas que identificaban la húmeda losa de granito con aquel nombre que había supuesto tanto para él, y que en tan poco tiempo había perdido. La fresca agua de lluvia que salpicaba y rellenaba, a modo de pequeños charcos, algunos de sus números y letras, parecía también querer besarla en una agradecida despedida y en forma de pago y tributo a su propia existencia. Lucía había muerto sin ni siquiera haber sabido que los desastres climatológicos de las últimas semanas habían cedido casi de forma instantánea, dando paso a unas temperaturas y condiciones más acordes con la normalidad.

Fernando se arrodilló delante de su amada y se tumbó abrazando la piedra, con el deseo de fundirse con el agua en su mismo húmedo beso. En su interior, sabía que Lucía se había convertido en ofrenda para devolver la vida al mundo, aunque nada le había dicho.

El mismo día de su fallecimiento se había despedido de él con un beso que no olvidaría jamás, pues le pareció el más tierno de todos los que pudo disfrutar de ella. En sus ojos pudo ver el amor más puro, más definitivo. Pero, sobre todo, Fernando recordaría para siempre sus postreras palabras, mientras ella le acariciaba con ternura y por última vez su rostro.

—Fernando, te amaré eternamente.

Esta obra se terminó de imprimir en septiembre del 2005 en
Litográfica Ingramex, S.A. de C.V.
Centeno 162-1, Col. Granjas Esmeralda
México, D. F.

Certificado No. 02-2082